A. L. Shields

Der Garten

A. L. SHIELDS

DER GARTEN

THRILLER

Aus dem amerikanischen Englisch
von Lea Schirra und Nicola Koniezny

SCM
Hänssler

SCM

Stiftung Christliche Medien

Der SCM-Verlag ist eine Gesellschaft der Stiftung Christliche Medien, einer gemeinnützigen Stiftung, die sich für die Förderung und Verbreitung christlicher Bücher, Zeitschriften, Filme und Musik einsetzt.

Übersetzung: p.s. words
Umschlaggestaltung: Kathrin Spiegelberg, Weil im Schönbuch
Titelbild: Hintergrund: shutterstock.com; Schlange: Kathrin Spiegelberg
Satz: Satz & Medien Wieser, Stolberg
Druck und Bindung: CPI – Ebner & Spiegel, Ulm
Gedruckt in Deutschland
ISBN 978-3-7751-5570-0
Bestell-Nr. 395.570

Dieses Buch widme ich der Gemeinde
der St. Luke's Episcopal Church

PROLOG

An jenem regnerischen Tag im März, als sie von dem Auto angefahren wurde, hatte Annabelle Seaver fünf verschiedene Kirchen aufgesucht. Die Leute sagten später, dass sie entweder sehr gläubig gewesen war oder großes seelisches Leid erduldet haben musste. Ihrer Familie zufolge traf beides zu. Zwar hatte schon seit Monaten keiner ihrer Verwandten etwas von Annabelle gehört, doch der Polizei gegenüber mussten sie eingestehen, dass dies durchaus nicht ungewöhnlich war. Annabelle, früher ein ruhiges, nachdenkliches Kind, hatte sich zu einer extrem flatterhaften Erwachsenen entwickelt, die sich nur selten an irgendwelche Konventionen hielt und oft für Wochen oder sogar noch länger von der Bildfläche verschwand. Und nein, niemand hatte eine Ahnung, was sie nach Washington, D. C. verschlagen hatte. Irgendwann hatte die Familie es aufgegeben, ihre Streifzüge zu verfolgen. Die Polizei stieß schon bald auf die Geschichte mit der Entzugsklinik und natürlich auch auf die neunzig Tage, die sie ein paar Jahre zuvor für den Besitz von Drogen in einem Gefängnis in einer Vorstadt von Chicago abgesessen hatte. Freunden zufolge war das der Zeitpunkt, an dem die Familie Annabelle fallen gelassen hatte, obwohl ihre Schwester Polly darauf bestand, dass es Annabelle war, die sich selbst hatte fallen lassen. Polly hingegen war es gelungen, trotz der widrigen familiären Startbedingungen etwas aus sich zu machen, was Annabelle ganz offensichtlich nicht zustande gebracht hatte.

Das Auto raste auf die Gasse hinter U Street Christian Church zu, kurz nachdem die Mitglieder des Bibelkreises die Hintertüren verriegelt hatten, um Annabelle daran zu hindern, sich wieder heimlich hereinzuschleichen. Nicht dass einer von ihnen ihren Namen gekannt hätte. Natürlich hatten sie sie gefragt, aber keine Antwort erhalten. Mit viel Tamtam war sie in das Treffen hineingeplatzt, gerade als Bruder Everson den Begriff »Rüstung Gottes« in Epheser 6 erklärte, ganz so wie er es in seiner Kindheit in Tennessee gelernt hatte. Auch wenn einige Mitglieder des Bibelkreises später der Polizei gegenüber zugaben, dass die Frau ihnen von Anfang an nicht geheuer gewesen war, gebot ihnen die christliche Nächstenliebe, Fremde willkommen zu heißen. Ein Blick auf die wilden Augen, die abgewetzten Jeans und den festen Griff um den zerschlissenen Rucksack hatten ausgereicht, um Schwester Murray dazu zu bewegen, der außergewöhnlichen Fremden einen Becher Kaffee anzubieten.

Der weitere Verlauf des Abends blieb ungeklärt. Gestützt auf die Polizeiberichte, bezeichnete die Presse das Verhalten der Fremden schlichtweg als »störend«. Irgendwann wurde die Belästigung unzumutbar, sodass der Bibelkreis die Frau gewaltsam vor die Tür setzte. Später, als die Bombenanschläge sich mehrten, würde sich herausstellen, dass Annabelles lautstarke Tiraden, die sie ihrer Eskorte auf ihrem Weg nach draußen an den Kopf warf, sehr wohl von Bedeutung gewesen waren, doch man musste es den guten Menschen der U Street Christian Church nachsehen, dass sie glaubten, den wirren Rasereien einer völlig Verrückten ausgesetzt zu sein.

Sich wieder draußen auf der Straße zu befinden, schien die Fremde – Zeugen zufolge – zu verwirren. Immer wieder starrte sie die Tür an, als könnte sie sie durch reine Willenskraft dazu bewegen, sich wieder zu öffnen. Schließlich ging sie davon, ihren Rucksack noch immer fest an sich gepresst. Der einzige Ausgang aus der Gasse führte auf die U Street, wo das Auto bereits wartete: Dunkel, verdreckt und ein ausländisches Fabrikat, da waren sich die Zeugen einig, es sei denn, es war eine amerikanische Marke, was ihrer Meinung durchaus auch möglich sein konnte. Man hatte einen Fahrer gesehen, männlich, oder vielleicht auch nicht, und außerdem zwei weitere Männer, oder einen, oder keinen. Doch das Auto wartete: Da waren sich alle einig. Das Auto wartete darauf, dass Annabelle Seaver die U Street Christian Church verließ. Wenn man es sich recht überlegte, war es ihr wahrscheinlich von Anfang an dorthin gefolgt.

Als Annabelle aus der Gasse trat, leuchteten die Scheinwerfer auf und der Wagen raste auf sie zu. Noch immer verwirrt, blieb sie mit weit aufgerissenen Augen stehen und streckte dem Fahrzeug eine Handfläche entgegen, als könnte sie es mit übermenschlichen Kräften zum Stehen bringen.

Das Auto rammte sie.

Wie eine Zirkusakrobatin flog die junge Frau in hohem Bogen durch die Luft und schlug völlig verdreht ein paar Meter weiter die Gasse hinunter auf dem Asphalt auf. Das Auto setzte zurück und raste erneut los, offensichtlich mit der Absicht, sie zu überfahren – auch in dieser Hinsicht waren sich die Zeugen wie auch das forensische Team, das den Fall später am Abend untersuchte, einig. Es wäre auch gelungen, wenn der Fahrer sich nicht um einen halben Meter verschätzt hätte und mit der Stoßstange gegen eine Straßenlaterne gestoßen wäre, was dazu führte, dass der Wagen vom Kurs abkam und lediglich Annabelles Beine zertrümmerte, anstatt sie komplett niederzuwalzen. Mittlerweile hatte sich eine Menschentraube versammelt, sodass keine Zeit für einen dritten Versuch blieb. Der Wagen setzte zurück, die Stoßstange auf dem Boden schleifend, und raste ruckelnd davon.

Wenige Stunden später wurde das Fahrzeug nur einen knappen Kilometer entfernt auf dem Parkplatz eines Fast-Food-Restaurants gefunden, wo die Täter es zurückgelassen hatten. Es stellte sich heraus, dass es sich um ein gestohlenes Auto handelte. Man fand weder Fingerabdrücke noch irgendwelche sonstigen Spuren und somit auch keine Verdächtigen, die für die Tat in Betracht kamen. Auf der Fahrt ins Krankenhaus war Annabelle gerade einmal lange genug bei Bewusstsein, um nach dem Arm eines Rettungssanitäters zu greifen und eine einzige verständliche Frage zu stellen: »Wo ist mein Rucksack?« Doch sie starb, bevor er ihr mitteilen konnte, dass er nichts über den Verbleib ihrer Tasche wusste. Die Polizei, wie immer völlig überlastet, machte sich nicht die Mühe, danach zu suchen.

Ein großer Fehler.

ERSTER TEIL

WAHRNEHMUNG

Manchmal drückt Gott seinen Zorn gegenüber den bösen Menschen dieser Welt nicht nur äußerlich aus, sondern auch innerlich, indem er ihn in ihrem Gewissen entfesselt.

Jonathan Edwards, in einer Predigt über 1. Thessalonicher 2,16

1

In der Anwaltsszene war Bethany Barclay ein Niemand, insbesondere im Distrikt von Columbia und Umgebung, wo jeder Anwalt von Rang und Namen entweder für eine große Kanzlei arbeitete, im Staatsdienst tätig war oder zwischen beiden Ämtern wechselte. Bethany führte eine kleine Kanzlei im Hinterland von Virginia und war in juristischen Kreisen daher absolut unbedeutend. Nichtsdestotrotz wurde sie von diesem Albtraum eingeholt.

Es begann mit trügerischer Normalität: ein sonniger Nachmittag im Mai, der erste schöne Tag, nachdem der Regen gefühlt einen Monat lang angehalten hatte. Bethany saß in ihrem Büro hinter dem Schreibtisch, massierte sich die Schläfen und versuchte die Ursache für ihre anhaltende Migräne zu ergründen. Die möglichen Kandidaten waren, erstens, dass Muttertag vor der Tür stand, ein Feiertag, den Bethany wie üblich in North Carolina bei ihrer Tante Claudia verbringen würde, die sie sowohl liebte als auch fürchtete. Oder, zweitens, dass sie, bevor sie am Freitag die sechsstündige Autofahrt antrat, höchstwahrscheinlich ihren Anwaltsgehilfen Will entlassen musste, den sie schon viel länger beschäftigte, als sie es sich angesichts der mageren Einnahmen ihrer Ein-Frau-Kanzlei leisten konnte. Bethany war ganz vernarrt in Will, seine Frau und ihr Baby, und ihr schauderte bei dem Gedanken, der bereits heiklen finanziellen Situation der kleinen Familie nun den Rest geben zu müssen, doch ihr Buchhalter hatte ihr die Zahlen vorgelegt, und so blieb ihr einfach keine Wahl. Es sei denn, sie ging an ihre Ersparnisse, die aus mehreren Tausend Dollar in bar bestanden und stets unangetastet blieben, da ihr verrückter Vater ihr eingetrichtert hatte, immer genug Geld zur Hand zu haben, nur für den Fall, dass sie irgendwann einmal überstürzt die Stadt verlassen musste.

Der dritte Kandidat hatte etwas mit den Nachwehen ihres Mittagessens mit Thelma McKittrick zu tun, die versuchte, Bethany für ihre zum Scheitern verurteilte Kampagne zu gewinnen, den liturgischen Tanz in ihrer Kirche einzuführen, einer episkopalen Gemeinde, deren Wurzeln auf die Zeit vor der Amerikanischen Revolution zurückgingen.

»Wir sind so altmodisch«, beschwerte sich Thelma.

»Ich glaube, den Leuten gefällt es so«, erklärte Bethany, die sich daran erinnerte, dass einer der Gemeindeältesten ein Memo herumgeschickt hatte, in dem er die Gemeinde ermahnte, nicht während des Gottesdienstes zu applaudieren.

Die vierte mögliche Ursache ihrer sengenden Migräne lag in Bethanys kläglichem Versuch, in die Welt der Selbstdisziplin vorzustoßen, eine Unternehmung, die zwei Nächte zuvor zu einem abrupten Ende gekommen war, als sie ihrer Nemesis erlag, einer Packung Mini-Oreo-Kekse, die in dem Fach über dem Kühlschrank gelagert waren. Ohne Zweifel würde Tante Claudia sich dafür das halbe Wochenende lang über sie mokieren, nur um sie dann in ihrer sanft-niederschmetternden Art darüber aufzuklären, dass es scheinbar auch Männer gab (ein paar zumindest, wie Claudia sagen würde), die etwas fülligere Frauen bevorzugten. Der fünfte Kandidat war das Abendessen, zu dem sie heute Abend bei ihrer Cousine in Warrenton eingeladen war, ein Ereignis, das aller Voraussicht nach mit der Anwesenheit eines weiteren unpassenden Mannes einherging, den man als möglichen Partner für sie ausgesucht hatte. Bethany war sich bewusst, dass sie in diesem Fall gezwungen war, ein Mindestmaß an Interesse vorzutäuschen, allein schon um sich besser für die gut gemeinten Mahnungen ihrer Tante Claudia zu wappnen, die sie sicherlich bald über sich ergehen lassen musste. Claudia würde es sich nicht entgehen lassen, Bethany darauf aufmerksam zu machen, dass sie in schon drei Monaten dreißig wurde, das magische Alter, bei dem sich im Kosmos ihrer Tante alle interessanten Junggesellen dieser Welt in Luft auflösten.

Doch der wahrscheinlich plausibelste Grund für Bethanys Migräne war wohl Kandidat Nummer sechs, die Tatsache, dass just in diesem Moment, hier in ihrem Büro, ein wütender Mandant ihr drohte, sie wegen Verletzung ihrer Berufspflicht zu verklagen. Besser gesagt: Es handelte sich dabei um den einzigen Sohn einer ehemaligen Mandantin, Mrs Kirkland, die letzte Woche verstorben war. Ken Kirkland war genau wie seine zwei Schwestern aus dem Testament seiner Mutter gestrichen worden, und so suchten die Geschwister nun die Schuld bei der Anwältin, die das Testament aufgesetzt hatte, nämlich Bethany.

»Hast du wirklich geglaubt, dass ich dich damit durchkommen lassen würde?« Er schlug mit der Faust in seine Handfläche. »Wir werden dich auf Haus und Hof verklagen!«

»Ich bin mir nicht ganz sicher, womit ich davongekommen sein soll«, erwiderte Bethany, die ihre Finger in ihre Handflächen krallte, um eine ruhige Tonlage beizubehalten, während ihre Kopfschmerzen immer unerträglicher wurden. Ihre Tante hatte sie gelehrt, die Bibelverse aus Sprüche 3,5-6 in ihrem Kopf aufzusagen, wann immer der Stress überhandnahm. Auch jetzt erinnerte sie sich an diese Worte und spürte, wie ihre Atmung ruhiger wurde.

Ihre Gelassenheit reizte Ken nur noch mehr. »Ich meine es ernst, Bethany. Bring das in Ordnung, oder du bekommst in dieser Stadt keinen Fuß mehr auf den Boden.«

Aufgebracht lief Ken in ihrem Büro auf und ab, einem Hinterzimmer im ersten Stock eines viktorianischen Häuschens, das nun in Büroflächen und Praxisräume unterteilt war. Ein Stockwerk höher hatte sich ein Zahnarzt eingemietet, weswegen durch die Decke das schrille Geräusch eines Bohrers drang, der jeden Tag mehrmals zu hören war.

»Ich habe mich strikt an die Anweisungen meiner Mandantin gehalten«, erklärte sie. »Deine verstorbene Mutter ist es, auf die du wütend sein musst, nicht auf mich.«

Ken wirbelte herum, seine braunen Augen ganz wild, und einen kurzen Moment lang dachte sie, dass er ihr eine Ohrfeige verpassen würde. Die Revanche. Schließlich hatte Bethany ihn fast auf den Tag genau vor zwölf Jahren geohrfeigt, als er nach dem Abschlussball der Pennville Highschool etwas zu aufdringlich geworden war. Kenny, wie man ihn damals noch nannte, war Captain des Footballteams und betrachtete alle Mädchen an der Schule als sein persönliches Eigentum. Viele von ihnen gaben seinen Avancen nach, doch Bethany war anders erzogen worden. Von ihrer Zimmergenossin im Studentenwohnheim wurde sie immer damit aufgezogen, dass sie sich für ihren Ehemann aufsparen wollte, doch Tante Claudia, die sie großgezogen hatte, sagte immer, anders als die anderen zu sein, sei genau das, was eine Frau attraktiv mache.

»Komm schon, Beth.« Ken musste wissen, wie sehr sie diesen Spitznamen hasste, doch immerhin hatte er die Stimme nun etwas gesenkt.

Sie rief sich ins Gedächtnis, dass die Kirklands in dieser Gegend viel Einfluss hatten. Kens Großvater hatte hier ein wahres Imperium an Grundbesitz errichtet, und im ländlichen Virginia war Land alles, was zählte. Ken selbst hatte nun die Kontrolle über einen Teil dieses Imperiums, doch seiner Mutter gehörte ein viel größeres Stück des Kuchens, und sie hatte ihren Kindern nur ein Bruchstück ihres Vermögens hinterlassen.

»Deine Mandantin war unzurechnungsfähig«, sagte Ken. »Im Ernst.« Seine Stimme hatte jenen charmanten, zuckersüßen Tonfall angenommen, der sie zum Schmelzen bringen sollte. Ken war die Art von Mensch, der im Bruchteil einer Sekunde die Stimmung wechseln konnte, da keine von ihnen echt war. Die Seitenschnallen seiner schwarzen, auf Hochglanz polierten Achthundert-Dollar-Stiefel funkelten im Licht der Sonne. »In den letzten Jahren hat meine Mutter immer weiter abgebaut. Was rechtliche Angelegenheiten betraf, war sie überhaupt nicht in der Lage, irgendwelche Entscheidungen zu treffen.«

Mir kam sie ganz normal vor, wollte Bethany gerade sagen, als der Signalton ihres Handys sie unterbrach. »Einen Moment«, sagte sie mit erhobenem Finger.

Sie hatte eine SMS erhalten, Absender unbekannt:

Hör nicht auf ihn.

Bethany starrte das Display an. Das Pochen in ihren Schläfen wurde immer heftiger. Sie rieb die schmerzende Stelle. Reiner Zufall, sagte sie sich. Ein Scherz. Die Nachricht bezog sich auf etwas ganz anderes, nicht auf diesen selbstgefälligen Kleinstadt-Möchtegern, der sich vor ihrem Schreibtisch aufgebaut hatte. Sie klappte das Handy schnell wieder zu. Ihre Hände zitterten, was Ken bemerkte. Ihm entging nichts, besonders wenn es Frauen betraf.

»Geht es dir gut?«, fragte er nun voller Mitgefühl. Er wies auf das Telefon. »Schlechte Nachrichten?«

Ein Zufall, sagte sie sich erneut. Das hatte nichts mit Kenneth Kirkland zu tun. Denn etwas anderes zu glauben bedeutete, dass sie diese SMS mit den vielen anderen seltsamen Vorkommnissen der letzten Woche in Verbindung bringen musste, wie zum Beispiel der Frau mit der verspiegelten Sonnenbrille, die im Supermarkt und der Drogerie immer wieder im Gang neben ihr auftauchte, dem silbernen Jeep, der ein paar Mal vor ihrem Haus geparkt hatte, oder all den anderen merkwürdigen kleinen Zwischenfällen, die ihr, seitdem Annabelle vor zwei Monaten von dem Auto überfahren wurde, aufgefallen waren. Und wenn Bethany erst anfing, in eine solche Richtung zu denken, dann würde sie sich nicht nur eingestehen müssen, dass sie im reifen Alter von neunundzwanzig Jahren langsam paranoid wurde, sondern auch, dass diese Paranoia begründet war.

Der Gedanke an Annabelle trat eine Lawine von Erinnerungen los, die sie bisher mit Mühe hatte unterdrücken können. Sie hatten sich gegenseitig als ihre besseren Hälften bezeichnet und waren beste Freundinnen, seit sie sich ab dem ersten Jahr am Barnard College ein Zimmer geteilt hatten. Sicher, Bethany hielt sich stets an die Regeln, lernte fleißig und war immer ein bisschen die Außenseiterin, während Annabelle in jedem Punkt das genaue Gegenteil darstellte, doch beide Mädchen waren von ihren starken und gläubigen Tanten großgezogen worden, und so stellte sich heraus, dass sie unglaublich viel verband. Sie hatten gemeinsam die Welt bereist, Geschichten von miserablen Arbeitgebern und furchtbaren Rendezvous ausgetauscht, und bei ihrem letzten Treffen, als Annabelle sie im letzten November besucht hatte, waren sie im Streit auseinandergegangen.

Plötzlich hatte Bethany Mühe, ihre Tränen zurückzuhalten. Sie stand auf und versuchte, gegen den Schmerz der pochenden Migräne anzukämpfen und ebenso gegen den Schmerz über den Verlust ihrer besten Freundin. In Gedanken wandte sie sich Psalm 16 zu, einer weiteren Lieblingspassage ihrer Tante, und zwang ein Lächeln in ihr rundes Gesicht. »Es tut mir sehr leid, Ken, aber ich habe einen Termin am anderen Ende der Stadt. Wenn du mit dem Testament nicht einverstanden bist, solltest du Einspruch beim Nachlassgericht einlegen.«

Er lehnte sich vor. »Hier geht's um was Persönliches, nicht wahr?«, fragte er gefährlich sanft. »Nach all den Jahren bist du immer noch sauer auf mich.« Er hob die Hand und hätte wahrscheinlich ihr Gesicht berührt, wenn sie nicht schnell einen Schritt zurückgetreten wäre. »Meine

Mutter war verrückt, aber du hast die Testamentsänderung trotzdem aufgesetzt. Damit wolltest du dich an mir rächen, stimmt's?«

Natürlich. In Kenneth Kirklands Welt drehte sich alles nur um ihn. Bethany erwiderte: »Das hat nichts mit dir ...«

Erneut erklang der Signalton.

Sie sah auf ihr Handy, ihr wurde flau. »Ich muss los«, sagte sie.

Fünf Minuten später fuhr Bethany in ihrem hellblauen Volvo XC90 die Landstraße zu ihrer Cousine hinunter und versuchte die Verkupplungsversuche, die sie gleich über sich ergehen lassen musste, in einem positiveren Licht zu betrachten. Dabei schob sie alle Gedanken an Kens alberne Drohungen beiseite und weigerte sich strikt, an die letzte SMS zu denken:

Sag ihm, seine Mutter war nicht verrückt.

Ich bin ein Niemand, sagte sich Bethany immer wieder, während sie viel zu schnell durch die sonnengesprenkelten Weiden ihres Countys fuhr, dessen Landschaft sich langsam veränderte: Zwischen den vielen Kilometern, auf denen man nur grasende Kühe erblickte, tauchte nun immer öfter eines der Wochenendhäuser der Washingtoner Oberklasse auf. Ich bin ein Niemand, wiederholte sie, und einem Niemand passiert so etwas einfach nicht, ich bilde mir das alles nur ein, nichts davon ist real. Ohne Unterlass flüsterte Bethany dieses beruhigende Mantra vor sich hin, nicht ahnend, dass sie nie wieder ein Niemand sein würde.

2

»Die Herausforderung beim Bau einer Bombe besteht darin, den Vorgang zu überleben«, erklärte der Experte gerade. »Das fachliche Wissen dafür ist lächerlich gering. Ein Zehnjähriger könnte eine Bombe konstruieren. Und in manchen Teilen der Welt werden Bomben tatsächlich auch von Zehnjährigen gebaut. Diese« - er wies mit einer Hand zu den Regalen - »basieren auf Plastiksprengstoff. Der ist leichter zu modellieren und sehr viel sicherer während der Konstruktion, aber es ist schwer, an ihn heranzukommen, denn der Besitz ist illegal. Diese hingegen« - er zeigte auf die Werkbank, an der er Metall zu Spänen verarbeitet hatte - »wird eine Stabbrandbombe mit Thermit.«

»Sieht aus wie Silberpapier«, bemerkte die Frau, die hinter ihm saß. Der Raum war dunkel und beengt, die einzige Lichtquelle eine Halogenlampe auf einem Ständer neben der Werkbank. Es war ihr unangenehm, so ganz allein mit diesem seltsamen kleinen Mann und den Gerätschaften seines tödlichen Handwerks zu sein, doch er wusste, was er tat, und sie musste es lernen.

Der Experte nickte zustimmend. Er trug dünne, sterile Gummihandschuhe und eine Schürze aus Metall. Seine Finger bewegten sich mit feinfühliger Kompetenz. »Tatsächlich handelt es sich um Aluminiumfolie. Wir werden Eisenoxid einsetzen, um den Oxidationsprozess des Aluminiums anzutreiben. Dadurch wird eine Reaktion hervorgerufen, die zweitausend Grad Celsius erzeugt.« Mit diesen Worten kippte er eine Mischung silbernen und braunen Metallpulvers in eine metallene Zigarrenhülse. »Das ist zweimal so heiß wie beispielsweise Napalm.« Er warf ihr einen Blick zu. »Glauben Sie an einen Gott?«

»Nein.«

»An ein Leben nach dem Tod?«

»Nein.«

»In diesem Fall sollten Sie vielleicht einen Schritt zurücktreten. Sollte sich das Thermit ungeplant entzünden, wird es sich innerhalb von Millisekunden durch Ihren und meinen Körper brennen. Es wird den Tisch und die Stühle einäschern und dann ein Loch in den Boden brennen.«

Ihr drehte sich der Magen um. »Aber der Boden ist aus Beton.«

»So ist es.«

Sie schlich ein paar Meter zurück und beobachtete, wie er das Magnesium für den Zünder abwog. Sie wünschte, er hätte sie nicht überredet, beim Bau der Bombe in diesem unheimlichen Raum mit anwesend zu sein.

Warum konnten sie sich nicht einfach irgendwo anders treffen, wo er ihr die Bombe fertig montiert überreicht hätte? Doch sie hatte strikte Anweisung bekommen, ihn in keiner Weise infrage zu stellen.

»Was das Mischungsverhältnis angeht, gibt es unterschiedliche Ansichten.« Er leuchtete mit einer Stiftlampe in das Röhrchen, klopfte den Inhalt zusammen und kippte mehr Pulver nach. »Manche Leute sagen vier zu eins, andere drei zu zwei. Ich selbst finde, dass ein Verhältnis von zwei zu eins die besten Ergebnisse erzielt, wenn der Zündmechanismus ummantelt ist.«

»Aber wenn Thermit so gefährlich ist«, fragte sie etwas zu laut, »warum benutzen wir dann nicht Plastiksprengstoff? Davon haben Sie doch genug.«

»Erstens ist Plastiksprengstoff zu professionell. Die Bombe muss den Anschein erwecken, dass jeder sie gebaut haben könnte.« Mit einer Knipszange schnitt er die Magnesiumplatte zurecht, sodass die Ränder gezackt waren. Dann drehte er sie in die Zigarrenhülse, bis nur noch das Ende herauslugte. »Zweitens können die Behörden Plastiksprengstoff besser zurückverfolgen.«

»Ich dachte, das wäre auch so gewollt.«

»Erst wenn die Zeit reif ist. Jetzt noch nicht. Reichen Sie mir bitte den Verschluss.«

Sie nahm den gerade gefertigten Verschluss für das Röhrchen zur Hand, der ebenfalls aus Magnesium bestand. Plötzlich fiel ihr ein, dass sie gar keine Handschuhe trug, was auch ihm aufzufallen schien, da er sofort zu einem Seidentuch griff, um ihre Fingerabdrücke abzuwischen. Dann hielt er den Verschluss unter ein Vergrößerungsglas und drehte ihn ein wenig hin und her.

»Sind Sie langsam fertig?«, fragte sie ungeduldig. Der Gedanke an ihren eingeäscherten Körper machte sie nervös.

»Das war die letzte.« Anscheinend zufrieden mit seiner Arbeit, schraubte der Experte den Verschluss auf die Zigarrenhülse. Dann legte er sie in der eigens dafür gefrästen Nut eines Metallzylinders neben den drei anderen ab. »Thermit ist eigentlich gar kein Sprengstoff. Aber wenn man es in einem solch engen Zylinder abbrennt, können die entstehenden Gase und die Hitze nicht entweichen, sodass der Zylinder explodiert, verstehen Sie?«

»Ja.«

»Finden Sie den Tod beängstigend?«

»Aber natürlich.«

»Wollen Sie glorreich sterben? Dafür sorgen, dass Ihr Name in die Geschichte eingeht?«

»Nicht unbedingt.«

»Dann sind Sie vielleicht nicht gerade der geeignetste Kandidat für diese Art von Arbeit. Die besten Bombenleger scheuen den eigenen Tod nicht.« Er hielt ihr den Zylinder entgegen. »Hier. Kommen Sie näher. Schauen Sie hin. Sie öffnen das untere Ende. So. Im Inneren befindet sich die zusammengerollte Zündschnur, ein Glühdraht, ebenfalls aus Magnesium. Den ziehen Sie heraus. Ganz vorsichtig. Der Draht ist sehr brüchig. Wenn er kaputtgeht, funktioniert die Bombe nicht mehr. Sie zünden ihn mit diesem Anzünder.«

»Und dann?«

»Dann rennen Sie los. So schnell Sie können. Sie haben etwa zwei Minuten, um sich in Sicherheit zu bringen.«

Sie schluckte. »Das ist nicht gerade viel Zeit.«

»Sie wollten etwas Transportables, ich habe Ihnen etwas Transportables gebaut.«

Der Körper der Frau verspannte sich. »Warum kann ich keine Zeitschaltuhr oder eine Fernbedienung benutzen?«

»Weil die zusätzliches Gewicht bedeuten und nicht zuverlässig sind. Außerdem wollen Sie sie als Fanatikerin dastehen lassen. Das ist genau die Sorte Risiko, die ein Fanatiker eingehen würde.« Er legte die Kiste beiseite. »Und Sie wollten etwas Primitives. Das hier ist primitiv. Sie sagten, sie habe eine Werkstatt.«

»Einen Schuppen im Garten.«

Er reichte ihr eine Plastiktüte. »Das sind die Späne, die beim Zuschneiden des Magnesiums entstanden sind. Verstreuen Sie dort ein paar. Nicht zu viele. Und nur in den Ecken oder unter irgendwelchen Möbelstücken. Es muss so aussehen, als habe sie sich sehr bemüht, alle Spuren zu beseitigen.«

»Vielleicht sollte ich ein paar offen herumliegen lassen. Nur um sicherzugehen, dass sie auch gefunden werden.«

»Nein. Halten Sie sich genau an meine Anweisungen und versuchen Sie nicht zu improvisieren. Sie dürfen es ihnen nicht zu einfach machen, sonst werden die Behörden vielleicht misstrauisch. So werden die Tatortermittler nicht nur auf die Späne stoßen, sondern sich für ihre Tüchtigkeit auch noch selbst auf die Schulter klopfen.«

Sie drehte die Tüten in ihren Händen herum und beobachtete fasziniert, wie die mattgrauen Späne darin umhergeworfen wurden. Er hatte recht. Nur zwei oder drei, unter den restlichen Staub und Schmutz gemengt. Zusammen mit dem anderen vorsichtig platzierten belastenden Material, das den Anschein erweckte, erfolglos beseitigt worden zu sein, würden sie dafür sorgen, dass ihre Zielperson schnell zur einzigen Verdächtigen wurde. Die arme Frau konnte einem fast leidtun.

Aber auch nur fast.

3

»Ich halte dich absolut nicht für verrückt«, erklärt Richterin Harrigan mit einem hämischen Grinsen. »Zumindest nicht für verrückter, als ich es selbst bin. Du machst dir Sorgen wegen ein paar SMS. Ich hatte es mal mit einem Kläger ohne anwaltlichen Vertreter zu tun, der eine Giftschlange in meinen Briefkasten steckte, nachdem ich seinen Fall abgewiesen hatte. Was meinst du, wie schwer es war, das irgendwem glaubhaft zu machen.«

Bethany Barclay liegt zusammengerollt auf dem Sofa und sieht hinüber zu dem gigantischen, zwei Stockwerke hohen offenen Kamin aus unbehandeltem Stein. Sie trägt einen Anzug, hat die Schuhe ausgezogen und die Füße untergeschlagen. Ihre Hände umklammern eine Tasse heißen Kakao. Sie nimmt einen kleinen Schluck, genießt die wohlige Wärme und den leicht rauchigen Nachgeschmack. Edna Harrigan hat noch nie jemandem ihr Geheimrezept verraten, nicht einmal ihren engsten Freunden oder Leuten wie Bethany, die sie als Mentor begleitet hat.

»Alle anderen denken, dass ich verrückt geworden bin«, sagt Bethany. Es ist der erste Montag nach Muttertag, und sie ist gerade aus North Carolina zurück. »Meine Freunde. Meine Cousinen. Meine Tante.«

Das Lächeln in Richterin Harrigans Gesicht schwindet langsam. Sie sitzt aufrecht in einem Polstersessel, dieser kleine dreiundachtzigjährige Dynamo, in ihrem üblichen Outfit mit Jeans, Sweatshirt und Turnschuhen, das silberne Haar zu einem unordentlichen Dutt hochgesteckt. Ihre Brille hängt an einer goldenen Brillenkette. Die blassen zusammengekniffenen Augen blicken Bethany nachdenklich an. Damals war sie die erste Frau am Obersten Gerichtshof von Virginia, so wie sie schon in vielen anderen Stellen die Erste war. Zweimal kam sie unter die Finalisten der Kandidaten, die zur Beförderung an den Obersten Gerichtshof der Vereinigten Staaten in Betracht gezogen wurden. Den Gerüchten zufolge ließ sie sich beide Male von der Liste streichen. Sie hat nie geheiratet. Keine Kinder bekommen. Sie schätzt ihre Einsamkeit. Die wenigen Menschen, die sich noch an sie erinnern, scheinen davon auszugehen, dass sie bereits tot ist – was ihr eine innere Freude bereitet.

»Du darfst keinem davon erzählen«, befiehlt Richterin Harrigan streng.

Bethany gähnt. »Weil sie mich sonst ins Irrenhaus sperren.«

Der belehrende Tonfall der Richterin ist unermüdlich. »Weil irgendjemand anfangen könnte, dir zu glauben. Darin besteht die wirkliche Gefahr.«

Die jüngere Frau setzt sich abrupt auf. »Was willst du damit sagen?«

Richterin Harrigan erhebt sich, wobei sie sich auf ihren bunt verzierten Gehstock stützt. Die Spitze besteht aus Edelstahl und pocht bei jedem Schritt auf den Boden. Als Bethany aufstehen will, winkt die ältere Frau ab und wandert zum Fenster hinüber. Sie stützt sich beim Gehen nicht ab, vielmehr stößt sie den Stock in den antiken Hartholzboden, der von den Kerben und Kratzern ihres Umherwanderns übersät ist.

Bethany vermutet insgeheim, dass der Gehstock nur Getue ist, ein reines Täuschungsmanöver. Edna Harrigan will in den Augen der Welt schwächer erscheinen, als sie es tatsächlich ist.

»Lass uns die Fakten durchgehen«, schlägt die Richterin vor. Das Telefon klingelt, ein alter Apparat, der an einer Wand der offenen Küche montiert ist, doch sie ignoriert es. Bethany, die wie alle Anwälte darauf konditioniert ist, sofort auf dieses Geräusch zu reagieren, setzt sich auf und wirft einen nervösen Blick durch den Raum. Edna Harrigan verharrt regungslos an ihrem Platz. Das Klingeln verstummt, und Bethany entspannt sich. Die Richterin steht noch immer am Fenster, das genau wie der Rest des Raumes zwei Stockwerke hoch ist. Sie schaut hinaus auf ihr vierundzwanzig Hektar großes Grundstück, die Wiesen rund ums Haus und das Wäldchen weiter hinten, in dem sich gerade die müde Frühlingssonne dem Horizont zuneigt. Hinter den Bäumen liegen Weiden versteckt, auf denen die örtlichen Bauern ihre Kühe grasen lassen dürfen. Um das Wäldchen herum sind Schilder angebracht, die unerlaubtes Betreten verbieten. Seitdem sie vor ein paar Jahren auf einen Jäger schoss, wagt es niemand mehr, Richterin Harrigan zu belästigen. »Lass uns versuchen, eine Lösung für dein Problem zu finden.«

»Darum bin ich hier«, erklärt Bethany und nimmt noch einen Schluck von ihrem Kakao.

Die Richterin wirft einen Blick über ihre Schulter, als würde sie ihren Schützling verdächtigen, frech werden zu wollen, und wendet sich dann wieder dem Fenster zu. »Nun gut. Das sind die Fakten. Sylvia Kirkland war so ziemlich die reichste Frau von zwei ganzen Landkreisen, die vielen Damen, die jedes Wochenende von Washington anreisen, nicht mitgerechnet. Sie wendet sich an dich, um ihr Testament ändern zu lassen. Das allein hätte dich schon stutzig machen sollen. Die Kirklands lassen von jeher alle ihre rechtlichen Angelegenheiten von einer Kanzlei in Charlottesville abwickeln. Ich dachte, das wüsstest du.«

»So ist es auch«, gesteht die jüngere Frau.

»Wie hat sie es also angestellt? Ist sie einfach so hereingeschneit? Hat sie dir gesagt, dass sie mit ihrem alten Anwalt unzufrieden war?«

»Sie hat einen Termin gemacht.«

»Und hast du sie gefragt, wie sie auf dich gestoßen ist?«

Bethany nickt, doch antwortet nur zögernd, während sie im Kopf einen Tanz durch das Minenfeld der Ethik aufführt. »Ein gemeinsamer Freund hat mich wohl empfohlen. Sie wollte nicht sagen, wer es war.«

Richterin Harrigan lässt sie warten. Der Wind trägt das Grollen entfernten Donners heran. »Es wäre doch interessant gewesen, das herauszufinden, meinst du nicht?« *Meinst du nicht*: So hatte die Richterin schon immer alle ihre Anweisungen verpackt, selbst als Bethany noch Rechtsreferendarin bei ihr war. »Zweitens. Sie teilt dir mit, dass sie ihr gesamtes Vermögen - oder den größten Teil davon - einem Mann vermachen möchte, von dem du noch nie etwas gehört hast. Martin Potus war sein Name, stimmt das?«

»Korrekt.«

»Ich gehe davon aus, dass du Mr Potus zumindest gegoogelt hast.«

Bethany atmet tief durch. Sie ahnt, was die Richterin jetzt hören will. »Er leitet so eine alberne Organisation in Chicago, zu der Leute gehen, die wissen wollen, wie sie schnell zu Geld kommen können.«

»Er ist der Kopf einer religiösen Sekte«, erklärt die Richterin kalt. »Jede andere Bezeichnung ist Augenwischerei.« Ohne eine Zustimmung oder einen Widerspruch abzuwarten, fährt sie fort. »Drittens. Mrs Kirkland stirbt, und wie sich herausstellt, hat die Familie keinen Schimmer, dass Mutti ihr Testament geändert hat, sie drohen mit einer Klage ...«

Das Telefon klingelt erneut. Richterin Harrigan wirft einen ungnädigen Blick auf den Apparat. Nur eine Handvoll Leute haben ihre Nummer, wovon die Hälfte bereits in Altersheimen lebt. Das Klingeln hört nicht auf. Die Richterin ballt die Hände zu Fäusten. Bethany ist klug genug, nicht anzubieten, ans Telefon zu gehen. »Einen Moment, meine Liebe«, sagt die ältere Dame schließlich und marschiert wütend, die Spitze ihres Gehstocks in den Boden rammend, durch das Foyer. Sie nimmt den Hörer des Telefons ab, das am Fliesenspiegel neben dem Kühlschrank montiert ist. Ohne ein Wort zu sagen, hört sie zu. Bethany beobachtet die Frau, die nahezu alles im Leben erreicht hat und nun einsam in ihrem umgebauten Bauernhof haust, ganz ohne Familie, einen Partner oder selbst eine Hausangestellte, da Edna Harrigan selbst kocht und putzt.

»Ich verstehe«, sagt die Richterin schließlich, und »das werde ich« – dann hängt sie auf, ohne sich zu verabschieden. Obwohl Richterin Harrigan sich nichts anmerken lässt, beschleicht Bethany das seltsame Gefühl, dass ihre Mentorin gerade schlechte Nachrichten erhalten hat. Vielleicht ist es die Art, wie sie dem nun verstummten Telefon einen bösen Blick zuwirft, als fühlte sie sich durch das Gerät verraten. Vielleicht ist es auch die Art, wie sie auf ihrem Weg zurück zum Fenster ihren Gehstock noch aggressiver als zuvor in die Bodendielen stößt. Auf jeden Fall nimmt die Richterin die Unterhaltung wieder auf, als wären sie nie unterbrochen worden. »Erzähl mir mehr, meine Liebe«, fordert sie Bethany auf. »Mrs Kirkland sucht dich auf und informiert dich darüber, dass sie ihr ganzes Geld einer Sekte hinterlassen will. Da hast du dir natürlich zunächst ein Bild von ihrem Geisteszustand gemacht, nicht wahr? Dich vergewissert, dass sie zurechnungsfähig war?«

»Das ist nicht meine Aufgabe.«

»Natürlich ist es das«, erwidert die Richterin regungslos. »Regel 1.14 (b) des durch die amerikanische Rechtsanwaltskammer herausgegebenen Verhaltenskodex für Anwälte.«

»Die mich nicht dazu verpflichtet, ihren Geisteszustand zu überprüfen. Sie bestimmt nur, dass ich das Mandat ablehnen sollte, wenn ich den begründeten Verdacht habe ...«

»Die Moral gebietet es.« Sie hält einen Moment lang inne, um ihre

Worte wirken zu lassen. »Genau wie die Regel des Verhaltenskodex. Sollte ihre geistige Verwirrung offensichtlich gewesen sein, könnten dir Sanktionen drohen. Verwarnungen. Vielleicht sogar ein vorläufiges Berufsverbot.« Es folgt eine weitere Pause. »Schon gut, meine Liebe. Versuchen wir erst einmal, das aktuelle Problem zu lösen. Während du dich gerade mit Kenny Kirkland auseinandersetzt, bekommst du diese seltsamen SMS. Also gehst du davon aus, dass irgendjemand dich verfolgt. Zunächst vermutest du, dass es sich dabei um irgendwelche Freunde von Kenny handelt, die dir das Leben schwer machen wollen. Aber jetzt bist du dir da nicht mehr so sicher. Lässt sich das so zusammenfassen?«

Bethany schluckt schwer. So nüchtern dargestellt, erscheint ihre Geschichte geradezu absurd. »Ja.«

»Und in der letzten Woche hat sich die Situation noch verschlimmert?«

»Ich habe dir doch gesagt, dass jemand in mein Haus eingebrochen ...«

»Wobei du dem Sheriff später berichtet hast, dass nichts gestohlen wurde.«

»Das mag zwar sein, aber ich weiß einfach, dass die gleichen Typen dahinterstecken.«

Das Stakkato des Gehstocks hinterlässt tiefe Abdrücke im Boden. »*Woher* willst du das wissen, meine Liebe?«

Bethany schüttelt hilflos den Kopf und kommt sich mit jedem Moment immer lächerlicher vor. »Ich weiß es einfach«, sagt sie verzweifelt.

»Du hast jemanden beauftragt, dein Büro, dein Haus und dein Telefon zu überprüfen. Sie haben keine Wanzen gefunden. Ist es nicht so?«

Kurzes Schweigen. »Ja, so ist es.«

»Trotzdem glaubst du, dass du belauscht wirst.« Sie hält kurz inne. »Nur weißt du nicht, von wem. Richtig?«

»Ja.« Bethany sitzt nun mit gesenktem Kopf und geschlossenen Augen zusammengekauert auf der Couch, die Knie an die Brust gezogen. »Mobilfunksignale lassen sich abfangen. Das habe ich nachgelesen. Mit der richtigen Ausrüstung kann man dem Telefon vorgaukeln, dass es Kontakt zum Anbieter hat, selbst wenn das nicht der Fall ist. Dann wird das Versenden von SMS ein Kinderspiel. Ich weiß nur nicht, wer dahintersteckt.«

»Was ist mit den Leuten, denen Mrs Kirkland ihr Vermögen vermacht hat?«

»Daran habe ich auch schon gedacht. Aber warum sollten sie mir auf diese Weise nachstellen? Ich verteidige ihr Recht auf das Geld!«

»Vielleicht wussten sie das zunächst nicht«, sagt Richterin Harrigan. »Vielleicht waren sie sich nicht sicher, was du tun würdest. Das sind sehr seltsame Leute, meine Liebe. Hochgradig paranoid und vielleicht sogar gewaltbereit. Du hättest dich vorher besser informieren müssen.« Ihr Tonfall verändert sich nicht, selbst als sie endlich die entscheidende Frage stellt. »Um wie viel geht es hier, Bethany? Die Summe, die bleibt, nachdem der Anteil für die Familie, die Steuern und alle anderen Ansprüche abgezogen wurden?«

»Elf Millionen Dollar und ein paar Zerquetschte.«

»Nun, meine Liebe, für elf Millionen Dollar solltest du etwas mehr über den Begünstigten in Erfahrung bringen, meinst du nicht auch?«

»Ja schon, aber ...«

»Du solltest nach Chicago fahren«, unterbricht die Richterin sie, und Bethany weiß plötzlich, dass ihre Mentorin schon einige Zeit auf diesen Rat hinarbeitet. »Du solltest dich dort einmal umsehen, dir selbst ein Bild machen.«

Bethany befeuchtet ihre trockenen Lippen. Selbst nach all den Jahren fällt es ihr schwer, der Richterin zu widersprechen. »Ich glaube nicht, dass ich dort auf Informationen stoße, die ich mir nicht auch von hier aus besorgen könnte.« Sie zögert. »Selbst wenn ich davon ausgehe, dass du recht hast, glaube ich nicht, dass ich in Schwierigkeiten stecke.«

Edna Harrigan betrachtet sie aus halb geschlossenen Augen. »Bis auf ein kleines Detail, meine Liebe.«

»Und das wäre?«

»Wenn du eine kranke Frau ungebührlich beeinflusst hast - indem du Mrs Kirkland dazu gebracht hast, ihr Testament zu deinen Gunsten zu ändern -, wird dir vielleicht deine Lizenz entzogen. Vielleicht musst du dich sogar vor Gericht verantworten.«

Diese Worte bringen Bethany endlich auf die Füße. »Was für eine ungebührliche Beeinflussung? Ich bin nicht die Begünstigte!«

»Aber Martin Potus.«

»Was willst du damit sagen?«

»Potus ist nicht sein echter Name.« Das böse Grinsen ist zurück. »Es ist ein gut gehütetes Geheimnis, meine Liebe, aber der Mann scheint die Identität eines anderen gestohlen zu haben. Der echte Martin Potus ist schon vor Jahren gestorben. Und das ist nicht das Schlimmste an der Geschichte.«

Bethany traut sich kaum zu fragen. »Was ist das Schlimmste?«

»Ich befürchte, dass du ihn kennst.«

Die alte Frau beobachtet, wie ihr Schützling die lange Kiesauffahrt hinunterfährt. Der hellblaue Volvo scheint ihr im Licht der untergehenden Sonne zuzuzwinkern. Als der Wagen außer Sichtweite ist, nimmt die Richterin das Telefon zur Hand und wählt eine Nummer.

»Hallo Edna«, begrüßt sie der Mann am anderen Ende. »Bitte halte dich kurz. Ich bin gerade in Peking. Auf dem Weg zu einem Meeting.«

»Sie hat es mir nicht abgekauft.«

»Ich verstehe.«

»Ich dachte, die SMS würden ausreichen, um sie in Bewegung zu setzen. Natürlich macht ihr die ganze Sache Angst, aber sie verfügt über eine erstaunliche innere Stärke.« Die Richterin lässt den Blick über ihr Grundstück schweifen, während sie über den Preis ihres Verrats nachdenkt. »Sie ist eine beeindruckende junge Frau. Du solltest sie mal kennenlernen.«

»Lass uns hoffen, dass es niemals dazu kommen muss«, erwidert die Stimme aus Peking steif. »Und es kann nichts schiefgehen? Was die Technik angeht, meine ich?«

»Lillian zufolge ist es unmöglich, dass Bethany es herausbekommt. Die Vorrichtung gaukelt dem Chip in ihrem Telefon vor, mit ihrem Anbieter verbunden zu sein, aber in Wirklichkeit ...«

»Und du bist dir immer noch sicher, dass man Lillian vertrauen kann?«

»Wir sind seit dreißig Jahren befreundet.«

»Wer hat die Vorrichtung bedient?«

»Mein Neffe. Er ist ein guter Junge. Da musst du mir vertrauen.« Der

Mann am anderen Ende antwortet nicht. Es ist an Edna, zu sprechen. »Es ist noch nicht vorbei«, beharrt sie. »Der Plan kann noch immer funktionieren. Es gibt andere Dinge, die wir tun können. Mittel, mit denen wir Bethany überzeugen können, es sich anders zu überlegen.«

Ein kurzes Schweigen.

»Das überlasse ich komplett dir, Edna.«

»Ich wollte dich nur auf den neusten Stand bringen.«

»Betrachte mich als aufgeklärt. Wenn du mich jetzt entschuldigen willst, ich muss ins Ministerium.«

»Ich rufe dich an, wenn sich etwas ändern sollte.«

»Keine Eile.« Er hängt auf.

4

Bethany wohnte in einer Hälfte eines Zweifamilienhauses am nördlichen Ende der Stadt. In der anderen Hälfte lebte eine stets wechselnde Schar von immer missmutigen jugendlichen Mädchen. Manche von ihnen waren Studentinnen am Community College, andere Verkäuferinnen im Einkaufszentrum, ein paar auch beides. Die ganze Fahrt nach Hause über kochte sie vor Wut. *Martin McAdams.* Martin Potus war Martin McAdams.

Wie konnte ihr das nur entgangen sein?

Martin McAdams, ihre große Liebe zu Unizeiten, der ihr damals das Herz gebrochen hatte. Martin McAdams, faszinierend, aber faul. Martin McAdams, den sie seit ihrem Abschluss nicht mehr gesehen hatte. Martin McAdams, der vor drei Jahren seinen Namen geändert, zurück in seine Heimatstadt Chicago gezogen und die *World Foundation for the Fulfilment of God's Personal Plan* gegründet hatte, die »Globale Stiftung zur Umsetzung von Gottes persönlichem Plan«.

Gottesplaner, wie sie sich nannten; und hier war sie nun also, im Begriff, ihrer Mandantin dabei zu helfen, diesen Leuten elf Millionen Dollar zu überlassen.

Richterin Harrigan hatte recht. Bethany steckte in Schwierigkeiten. Doch sie hatte keine Ahnung, wie sie sich aus dem Schlamassel befreien sollte. Sie hatte die Art von Fehler begangen, der nicht nur ihrer Karriere ein jähes Ende setzen, sondern für den man sie auch persönlich haftbar machen konnte. Als sich auch noch ein Müllwagen vor sie setzte und sie zwang, langsam zu fahren, hätte Bethany am liebsten laut losgebrüllt. Stattdessen biss sie die Zähne zusammen.

Sie war eine hervorragende Studentin gewesen, hatte ein paar Semester in Oxford absolviert und war später an die Rechtsfakultät von Harvard gewechselt. Nach dem Studium wurde sie von einer großen Kanzlei in Washington übernommen, die sie schon ein Jahr später wieder verließ, um ihre eigene Kanzlei hier in Flint Hill zu eröffnen. Sie wollte ihrem im Sterben liegenden Vater nahe sein und dem Stress der Großstadt entfliehen.

Das war drei Jahre her. Ihr Vater war nun schon seit zwei Jahren tot, doch Bethany war geblieben.

Sie hätte nie erwartet, dass ihr so etwas passieren könnte.

Wie sollte sie auch. Sie hatte Martin Potus natürlich gegoogelt und ein paar Stunden damit verbracht, seine Anhängerschaft zu durchleuchten. Dabei war sie auf keinerlei Anzeichen für die gestohlene Identität gestoßen. Aufgrund ihrer Tätigkeit war sie Abonnentin einiger Webseiten, die sich auf die Überprüfung von Vorstrafenregistern und Ähnlichem spezialisierten. Keine von ihnen hatte auch nur die Spur eines Verdachts aufkommen lassen.

Sie stieg vom Gas, fast hätte sie kehrtgemacht.

Woher also wusste Richterin Harrigan davon?

Wenn Google nicht wusste, dass Martin Potus und Martin McAdams ein und dieselbe Person waren, und auch keine der üblichen anderen Quellen - wie konnte dann ihre geliebte Mentorin davon wissen?

Wenn sie doch nur mit Annabelle sprechen könnte. Ihre bessere Hälfte hätte sofort die komische Seite ihrer misslichen Lage erkannt. Die SMS, Sylvia Kirklands Testament, Martin und der ganze Rest wären von ihr zu einer Geschichte zusammengesponnen worden, die Bethany vor Lachen nach Luft hätte schnappen lassen. Es war schon viel zu lange her, dass sie so herzhaft gelacht hatte.

Doch Annabelle war ebenfalls tot.

Nun gut. Sie würde der Sache auf den Grund gehen und dabei den leichtesten Weg wählen. Sobald sie zu Hause angekommen war, würde sie Richterin Harrigan anrufen und sie einfach fragen.

Als Bethany in die Auffahrt fuhr, blockierte ein anderer Wagen ihre Garage. Die Mädels feierten wohl eine Party. Sie führten ein sehr gastliches Haus, und den meisten ihrer Freunde war es egal, ob sie einem die Ausfahrt zustellten. Bethany ging hinüber, um an ihre Tür zu klopfen, als ihr auffiel, dass weder Musik noch Gelächter zu hören waren, und ihr kam in den Sinn, dass der späte Nachmittag am Anfang der Woche auch eine seltsame Zeit wäre, um eine Party zu veranstalten. Sie entschloss sich, trotzdem zu klopfen, doch es schien niemand zu Hause zu sein. Als sie sich zum Gehen wandte, bemerkte sie, dass ihre eigene Tür offen stand.

Bethany zögerte.

Sie besaß eine Waffe. Ihr verstorbener Vater hatte darauf bestanden, dass sie eine besaß, sobald sie hinaus in die Welt ging – mit anderen Worten: anfing, sich mit Jungs zu verabreden. Also brachte er ihr bei einem seiner seltenen Besuche bei Tante Claudia das Schießen bei und schenkte ihr schlussendlich eine 9 Millimeter Smith & Wesson Sigma, weil seiner Meinung nach diese winzigen Knarren, die die meisten Frauen mit sich führten, nicht in der Lage waren, die durchgeknallten, entflohenen Häftlinge auf Crack aufzuhalten, die Everett Barclay hinter jedem Baum vermutete. Bethany konnte sich nicht erinnern, wann sie das Ding das letzte Mal in der Hand gehabt hatte. Eine Zeit lang war sie mit dem alten Sam DeMarco, der ab und an ihre Dienste als Anwältin in Anspruch nahm und ein ganzes Stück die Landstraße hinunter wohnte, auf den Schießstand gegangen. Wenn man seinen Geschichten nur zur Hälfte glauben durfte, hatte Sam ein sehr ereignisreiches Leben geführt, sich dann aber vor sechs oder acht Monaten dazu entschlossen, im Mittleren Westen sesshaft zu werden. Außerdem befand sich die Waffe sicher verschlossen in ihrer Schließkassette, die wiederum im Schlafzimmer lag, viel zu weit weg, falls ihr tatsächlich jemand im Haus auflauern sollte.

Bethany ging, den Blick auf ihr Haus gerichtet, zurück zum Auto, wo sie ihr Handy hervorkramte, um die Polizei anzurufen – auch wenn sie sich vielleicht lächerlich machen würde.

In diesem Moment bemerkte sie den Schuh.

Der glänzende schwarze Stiefel mit der Seitenschnalle, den sie dauernd in der Stadt sah, zuletzt gestern in ihrem Büro. Da stand er nun und hielt die Tür auf. Also handelte es sich hier um eine weitere von Ken Kirklands Machenschaften. Es mochte vielleicht sein, dass sie ihm eine Entschuldigung schuldete – wenn Richterin Harrigan recht behalten sollte, schuldete sie ihm vielleicht sogar mehr als das. Doch das gab ihm noch lange nicht das Recht, in ihr Haus einzudringen.

Bethany rief Kens Namen und marschierte durch die Tür, wobei sie fast über ihn gestolpert wäre. Er lag auf dem Küchenboden. Seine Augen waren zwar weit aufgerissen, würden aber nie wieder etwas sehen. Überall war Blut, neben ihm lag ihre Waffe, und nun kamen auch noch ihre Fußspuren und Fingerabdrücke dazu, denn sie hielt ihn in ihren Armen.

Dann stand sie auf, blutverschmiert.

Das Ganze war perfekt inszeniert.

Ihre Waffe aus ihrer Schließkassette, deren Kombination niemand anders kannte.

Ihre Waffe, die von ihren Fingerabdrücken übersät war.

Jedermann wusste, dass Bethany und Ken sich schon seit Jahren in den Haaren lagen, und bald würden alle zu wissen glauben, dass er sie dabei erwischt hatte, wie sie die Millionen seiner Mutter ihrem Exfreund zuschleusen wollte.

Im Geist hörte sie schon die Zellentür ins Schloss fallen.

Bethany wich auf zittrigen Beinen in den Flur zurück. Ihr Vater hatte ihr immer eingebläut, einen Notgroschen im Auto und an verschiedenen Stellen im Haus zu deponieren, genau wie er sie auch zu der Waffe gedrängt hatte. Doch als sie einen Blick in das Gästezimmer warf, das sie als Arbeitszimmer nutzte, stellte sie fest, dass der Safe offen stand und auch hier überall Blut zu sehen war.

Nicht nur Blut.

Jemand hatte eine seltsam gewundene Linie in, wie Bethany hoffte, roter Farbe an die Wand geschmiert. Sie ähnelte einem stilisierten Buchstaben S. Sie war nur acht bis zehn Zentimeter lang, doch direkt neben dem Safe gemalt, sodass Bethany sie nicht übersehen konnte. An einem Ende war das S gespalten. Aus dem Spalt ragte etwas wie ein Pfeil. Bethany brauchte einen Moment, um zu verstehen, was sie da sah.

Sie betrachtete eine Schlange.

Die Polizei war übertrieben höflich, so wie immer, wenn sie dem Verdächtigen ein Geständnis an Ort und Stelle entlocken wollte. Während das Team der Spurensicherung Fotos machte, Proben entnahm und eintütete, versuchten die Ermittler, ihr immer wieder nahezulegen, das Gespräch doch in einer etwas angenehmeren Umgebung fortzusetzen. Doch Bethany war Anwältin, und so wusste sie, dass sie keinerlei Verpflichtung hatte, ihnen irgendwohin zu folgen. Das Letzte, was sie wollte, war, sich dem kalten, manipulierenden Lächeln der Beamten über dem klapprigen Tisch eines Verhörzimmers zu stellen.

Zumal sie offensichtlich davon überzeugt waren, dass sie schuldig war.

Eine Kriminalbeamtin namens Florio schlug vor, dass sie sich für die kommende Nacht vielleicht eine andere Unterkunft suchen sollte, und Bethany versicherte ihr, dass sie nie wieder in diesem Haus schlafen würde.

»Haben Sie Freunde, die wir für Sie anrufen können?«

»Vielen Dank, ich komme schon zurecht.«

»Einen Freund vielleicht?«, fragte die Polizistin beharrlich nach. Sie war eine kleine, aber selbstbewusste Frau, die einen Nadelstreifenanzug trug und die Angewohnheit hatte, aggressiv die Seiten ihres Jacketts zurückzuschlagen, um den Blick auf die Waffe in ihrem Hüfthalter freizugeben, wann immer sie eine Frage stellte.

»Nein.«

»Familie?«

»Ich komme alleine klar.«

»Sie haben nicht vor, die Stadt zu verlassen, oder?«

»Bitten Sie mich, zu bleiben, Detective Florio?« Obwohl jeder Bürger sich an die gesetzmäßigen Anweisungen der Polizei zu halten hatte, besaß sie in Wahrheit keine Befugnis, über den Aufenthaltsort einer Person zu bestimmen.

Es sei denn, man wurde verhaftet.

Bethany beschloss, dass die Befragung nun abgeschlossen sei. Sie packte ein paar Sachen aus dem Badezimmer zusammen, alles andere ließ sie zurück. Im Kofferraum ihres Volvos hatte sie immer eine Tasche mit Wechselkleidung und etwas Bargeld deponiert: Eine weitere verrückte Idee ihres Vaters, die sich ihr eingeprägt hatte, denn Everett Barclay war zeit seines Lebens ein Spezialist gewesen, was schnelle Rückzüge anging.

Florio hatte sich direkt vor der Badezimmertür aufgebaut. »Das ist doch Ihre Waffe, oder nicht?«, fragte sie und zeigte auf den dicken, bereits beschrifteten durchsichtigen Plastikbeutel für Beweismittel.

»Sie sieht auf jeden Fall genauso aus.«

»Haben Sie sie angefasst?«

»Das habe ich Ihnen doch schon gesagt. Meine Fingerabdrücke sind da überall drauf.«

»Weil Sie die Waffe aufgehoben haben, als Sie die Leiche fanden. Genau.« Florios zusammengekniffener Blick zeigte deutlich, was sie von dieser Geschichte hielt. »Übrigens ist das Zeichen an der Wand rote Farbe, kein Blut.«

»Ich verstehe.«

»Außerdem muss ich Ihnen gestehen, Bethany, dass es für mich nur wie Geschmiere aussieht, nicht wie ein S.«

»Ms Barclay.«

»Wie bitte?«

»Ich bin eine Gerichtsbedienstete, Detective Florio, und würde es bevorzugen, wenn wir es förmlich halten.«

»Ms Barclay.« In der nun korrekten Anrede schwang ein leicht spöttischer Unterton mit. Die dunklen Augen wurden immer größer, der Blick intensiver. »Wir haben neben dem Gartenhäuschen eine Dose roter Farbe gefunden.«

Bethany rieb sich über den Nasenrücken. »Schauen Sie sich den Schuppen an. Er ist rot. Ich habe ihm kürzlich einen neuen Anstrich verpasst.«

»Erst kürzlich?«

»Vor zwei Wochen.« Sie atmete tief aus. »Ich habe die Dose im Schuppen auf einem Regal aufbewahrt. Wer immer das hier getan hat, muss sie dort hingestellt haben.«

Der durchdringende Blick der Polizistin blieb stur auf sie gerichtet. »Vielleicht.«

»Was soll das nun wieder heißen?« Genau wie Ms Florio es wahrscheinlich beabsichtigt hatte, wurde Bethany immer wütender. »Haben Sie schon den Wagen gefunden, der in meiner Auffahrt stand, als ich nach Hause kam?«

»Sie meinen den Wagen, den niemand anderes gesehen hat und den Sie nicht beschreiben können?«

»Ich sagte Ihnen doch, er war rot.«

»Ich erinnere mich.« Die Polizistin schrieb etwas in ihren Notizblock. »Fällt Ihnen noch irgendjemand anderes ein, der einen Groll gegen Mr Kirkland gehegt haben könnte?«

»Ich weiß nicht, was Sie mit ›jemand anderes‹ andeuten wollen.«

Detective Florio lächelte nur und bat Bethany erneut, nicht den Landkreis zu verlassen. Ihre durchdringenden Augen blieben von dem Lächeln unberührt.

»Heißt das, dass ich jetzt gehen kann?«

»Aber natürlich.«

»Vielen Dank.«

»Nur eine Sache noch«, sagte die Polizistin, als sie gemeinsam die Treppe hinuntergingen: genau wie im Film.

»Ja?«

»Habe ich nicht irgendwo gelesen, dass ihr Vater mal wegen Betruges im Gefängnis war?«

»Er hat achtzehn Monate bekommen. Da war ich gerade drei Jahre alt.«

»Und drei Jahre für Körperverletzung, als Sie zehn waren, ist es nicht so?«

Als Bethany davonfuhr, musste sie nicht an Kens Leiche denken, sondern nur an Detective Florios dunkle, intelligente Augen. Sie schienen zu sagen: wie der Vater, so die Tochter.

Bethany hätte Richterin Harrigan anrufen sollen. Das wusste sie natürlich. Sie hätte sich an ihre Mentorin wenden sollen, um es sich dann bei einer weiteren hervorragenden Tasse heißer Schokolade gemütlich zu machen und in der Wärme und Weisheit der Richterin Trost und Entspannung zu finden. Doch diese Krise brachte eine Sturheit in Bethany zutage; den Willen, es allein zu schaffen – dabei handelte es sich ohne Zweifel um die Auswirkungen einer Kindheit mit Tante Claudias gnadenlosen Kindern, die jedes Problem, das sie zu bewältigen hatte, zum Anlass nahmen, um sich endlos über Bethanys Intelligenz und ihr mangelndes Durchhaltevermögen lustig zu machen. Und es gab noch andere Gründe ...

Wie zum Beispiel die Tatsache, dass Richterin Harrigan gewusst hatte, dass Martin McAdams jetzt Martin Potus hieß.

Vielleicht würde sie erst einmal eine Nacht darüber schlafen, bevor sie die Richterin anrief.

Angesichts der Umstände nahm sich Bethany ein Zimmer in einer Frühstückspension. Sie befand sich ein paar Kilometer weiter in einem kleinen Örtchen namens Washington, das von den Einheimischen wie auch den Besuchern, die seine vorzüglichen Restaurants zu schätzen wussten, als »Little Washington« bezeichnet wurde, um es von dem neunzig Minuten entfernt gelegenen Ungetüm zu unterscheiden. Pflichtbewusst rief sie Detective Florio an, um ihr mitzuteilen, wo sie zu erreichen sei. Der Eigentümer der Pension war ein alter Freund, und so bekam Bethany die Captain's Suite auf der Rückseite des zweiten Stockwerks mit dem traumhaften Blick über die Weiden. Die Astkieferwände entsprachen eher dem Stil Neuenglands als Virginias, aber das Haus war auch von einem echten Seefahrtskapitän erbaut worden. Alle Lampen sahen aus wie Öllaternen.

Bethany las ein paar Psalmen aus einer von den Gideons verteilten Bibel, die sie im Nachttisch fand. Sie konnte sich nicht erinnern, wann sie sich das letzte Mal so allein gefühlt hatte. Sie zog sogar kurz in Erwägung, ihre Tante anzurufen, doch sie war sich nicht sicher, wie das Gespräch verlaufen würde:

»Hi, Tante Claudia. Ich bin's. Ich wollte dir noch für das schöne Wochenende danken. Nein, nein, alles in Ordnung. Na ja, vielleicht nicht ganz. Es scheint, als hätte jemand Ken Kirkland erschossen – ja genau, Kenny, er hat mich damals zum Abschlussball begleitet –, wie auch immer, sie haben dafür meine Waffe benutzt, den Mord in meiner Küche begangen und außerdem ein seltsames Schlangensymbol an meine Wand geschmiert. Jedenfalls wollte ich nur Bescheid sagen, dass ich jetzt die Hauptverdächtige in diesem Fall bin, also könnte es eine Weile dauern, bis ich wieder zu Besuch komme ...«

Bethany runzelte die Stirn. Die Schlange an der Wand erinnerte sie an irgendetwas – doch sie war viel zu müde, um den Gedanken zu verfolgen. Halb wach lag sie im Bett und wartete drauf, endlich vom Schlaf übermannt zu werden, während sie den Toilettenspülungen und den leisen Schritten der spät einkehrenden Gäste lauschte. Wann immer sie ihre Augen schloss, sah sie den bedauernswerten Kenneth Kirkland, wie er ausgestreckt auf ihrem Küchenboden lag, mit ihrer Waffe erschossen, nachdem er wahrscheinlich bereits der halben Stadt erzählt hatte, dass sie ihm sein Erbe gestohlen hatte.

Zitternd lag sie im Bett und konnte beinahe hören, wie die Zellentür zuschlug. Geschlossene Räume waren das Schlimmste für sie, seitdem sie einmal von Tante Claudias Söhnen in einen Schrank gesperrt worden war ...

Ihr Handy brummte.

Unmöglich. Hier draußen gab es überhaupt keinen Empfang. Jeder wusste das. Das Dorf setzte alles daran, damit das auch so blieb, und vereitelte jeden Versuch, einen Mobilfunkturm errichten zu lassen. Bethany hatte jede einzelne Petition unterzeichnet.

Es brummte erneut.

Sie setzte sich auf und griff nach dem Handy, das auf dem Nachttisch lag.

Die erste SMS lautete:

Florio hat Anweisung, dich zu verhaften.

Und die zweite:

Sie ist in zehn Minuten bei dir.

Bethany schloss die Augen und versuchte zu beten. Wer auch immer ihr diese SMS schickte, verfolgte einen Plan. Genau wie derjenige, der versuchte, ihr den Mord in die Schuhe zu schieben.

Sie brauchte nur neunzig Sekunden, um sich zur Flucht zu entscheiden.

5

Es gab eine gewisse Studentin, die Stuart van der Staal ständig auf die Nerven ging, wahrscheinlich weil sie stets darauf bestand, all seinen Theorien zu widersprechen – Theorien, die er auf solch brillante Weise bewiesen hatte, dass es den Kollegen aus seinem Fachbereich den Atem verschlug. Und hier saß er nun vor einer weiteren ihrer Abhandlungen, in der sie diesmal seine Ansicht infrage stellte, dass die unterschwellige Botschaft in der Unabhängigkeitserklärung der USA keinen anderen Schluss zuließ, als dass die toten weißen Männer, die die Vereinigten Staaten von Amerika gegründet hatten, auch bereitwillig die Ideologie der Nazis unterstützt hätten. Er erinnerte sich noch genau an den Tag, viele Jahre zuvor, als er seinen Aufsatz bei der jährlichen Versammlung der Modern Language Association, dem wichtigsten Berufsverband der USA für Literaturwissenschaftler und Literaturkritiker, präsentiert hatte. Was für ein Aufruhr! Die alte Margolis war aufgesprungen und hatte seine Arbeit als unprofessionell bezeichnet, nur weil er kaum eines der Werke jener Männer, über die er sprach, gelesen hatte, außer der Unabhängigkeitserklärung selbst! Doch am Ende sollte er die Oberhand gewinnen! Es mochte wahr sein, dass es der Tod und nicht Stuarts Argument war, der Margolis zwei Jahre später schlussendlich besiegt hatte, aber trotzdem: Leute wie Margolis waren Höhlenmenschen. Sie verstanden schon die erste Regel der modernen Wissenschaften nicht, die da lautete: Nachweise waren nichts, Theorien alles. Und Stuart van der Staal hatte eine kluge Theorie aufgestellt; mehr brauchte er nicht. Was die Höhlenmenschen als Nachweise bezeichneten, war in Wirklichkeit nichts weiter als die selektive Interpretation von Wahrnehmungen, die gezielt eingesetzt wurde, um eine bestimmte Theorie zu untermauern: Nichts war wahr, solange es nicht von Nutzen war.

Der Professor lehnte sich in seinem Stuhl zurück. Er war ein seltsam proportionierter Mann, mit sehr dünnen Beinen und sehr breiten Schultern, die er stets versuchte, unter formlosen Tweed-Sakkos zu verstecken, aus Furcht, Studenten könnten seine Muskeln für Fett halten. Hinter seiner teuren Brille verbargen sich eisblaue Augen. Sein dunkles

Haar wurde in der Mitte überraschenderweise durch eine weiße Strähne geteilt. Er war vielleicht fünfzig. Nach einem Vierteljahrhundert hatte er all seinen akademischen Ehrgeiz verloren. Seine dritte Frau - eine ehemalige Studentin, genau wie die ersten beiden - langweilte ihn entsetzlich. Glücklicherweise gab es andere Formen der Zerstreuung, die ihn beschäftigten und glücklich machten.

Das war auch der Grund, warum er den Anruf an diesem Abend kaum erwarten konnte. Schade, dass es noch zu früh dafür war.

Mit einem resignierten Seufzer wandte sich Stuart van der Staal wieder dem albernen Aufsatz zu: per Definition albern, da er die Ergebnisse, zu denen van der Staal gekommen war, schlichtweg ablehnte. Er war erstaunt, dass es Leute gab, die eine so offensichtliche Verbindung immer noch infrage stellten, doch andererseits - rief er sich gönnerhaft ins Gedächtnis - war nicht jeder so intelligent oder gebildet wie er. Den Kleingeistigen musste man es nachsehen, wenn ihnen die Erkenntnis, die ihm selbst geradezu zugeflogen war, verwehrt blieb, nämlich dass die Gründerväter, die in Amerika so verehrt wurden, keinen Deut besser als die Faschisten gewesen waren. Und auch wenn Stuart kein Historiker oder Rechtsgelehrter war - um genau zu sein, war sein Fachbereich die Literaturtheorie und seine Dissertation eine fabelhafte Dekonstruktion der Gedichte von Clemens Brentano -, hätte das Buch, das seiner Arbeit entsprungen war, auf jeden Fall den Truman-Capote-Preis für Literaturkritik verdient. Er hatte schon immer die alte Margolis verdächtigt, bei der Entscheidung der Jury ihre Finger im Spiel gehabt zu haben - schließlich war er davon überzeugt, dass er genug von Geschichte und Jura verstand, um die großen politischen und juristischen Texte aufs Korn zu nehmen, genauso wie er sicher war, genug von Philosophie zu verstehen, um die Theologie zu attackieren, und genug Theologie, um die Bibel zu kritisieren. Er überflog den lächerlichen Aufsatz der jungen Frau, ohne sich die Mühe zu machen, ihn genau durchzulesen. Die Arbeit wich von seinen eigenen Erkenntnissen ab und musste deshalb per Definition ein Fehlschlag sein. Entsprechend benotete er sie, schob sie unsanft beiseite und nahm den nächsten Aufsatz vom Stapel. Viel besser. Er war von einem seiner Getreuen verfasst, dessen glühende Befürwortung von Stewarts eigenen Ansichten intelligent formuliert war.

Ganz offensichtlich verdiente dieser Aufsatz die Note Eins. Nein, doch nicht. Im Fazit erhob der Autor Einwände gegen ein winziges Detail in einem von Stuarts frühen Werken. Dann eben eine Eins minus.

Sein Handy klingelte.

Endlich.

Er ging dran, ohne etwas zu sagen.

»Sie befindet sich in Pittsburgh oder der näheren Umgebung«, sagte die Stimme am anderen Ende. »Die Konkurrenz glaubt, dass sie Richtung Westen will, und ich glaube, dass sie noch mindestens sechs Stunden brauchen werden, bis sie die Verbindung zu Pittsburgh herstellen.«

Stuart wartete ab.

»Wir müssen sie abfangen.«

Er drückte eine Taste, um zu signalisieren, dass er verstanden hatte, dann legte er auf. Endlich war es so weit.

Herrlich aufgeregt schloss er die Aufsätze in seinem Schreibtisch ein und rief dann seine idiotische Frau an, um ihr mitzuteilen, dass er unerwartet auf Geschäftsreise gehen müsse, und nein, er habe keine Zeit, darüber zu reden. Auf der Innenseite seiner Garderobentür hing ein Spiegel, in den er kurz schaute, um sicherzugehen, dass sein Jackett richtig saß. Dann kämmte er sein dunkles Haar mit der auffälligen weißen Strähne und richtete seine Brille. Image war alles. Es war seltsam, wie wenige angeblich schlaue Menschen das begriffen. Menschen waren lediglich eine Anhäufung von Wahrnehmungen, mehr nicht: Die Welt bestand ausschließlich aus Beobachtern und Beobachtungen.

So zumindest sah es Professor Stuart van der Staal, was vielleicht erklärte, warum er in seiner geheimen Zweitkarriere so erfolgreich war.

Er verließ das Gebäude, stieg in seinen schwarzen Lexus und fuhr zu einem Lagerraum, den er unter falschem Namen am anderen Ende der kleinen Universitätsstadt angemietet hatte, in der er lebte. Bevor er das Rolltor hochschob, zog er sich ein paar Handschuhe an. Dann ging er hinein. Hinter den Stapeln von Büchern, die Stuart kiloweise kaufte, befand sich ein altes Klavier, das er auf einem Garagenflohmarkt erstanden hatte. Auf dem Klavierhocker waren noch mehr Bücher aufgetürmt. Alles nur Tarnung. Er fegte sie mit einer Armbewegung zu Boden. Im Inneren des Klavierhockers lagerte ein Haufen vergilbter Notenblätter mit welligen Rändern. Auch diesen schob er beiseite und legte den darunterliegenden schweren Filzbeutel frei. Darin befand sich eine Kiste, die mit Munition gefüllt war.

Die Waffen bewahrte er an einer anderen Stelle auf.

Der Professor legte noch zwei weitere Stopps bei zwei anderen Lagerhallen ein, aber mittags war er dann schon wieder auf dem Weg. Nicht nach Pittsburgh. Die Zielperson war nicht dumm und würde nicht lange an einem Ort bleiben. Pittsburgh war nur eine Zwischenstation gewesen. Er war sich ziemlich sicher, dass er wusste, wo sie hinwollte; und dort würden sie auch aufeinandertreffen.

Die Operation in Virginia verlief nicht so erfolgreich wie gewünscht, doch das war wohl kaum Stuarts Schuld: Dieser Teil der Operation hatte eigentlich nichts mit seinem Auftrag zu tun. Er hatte vor den Schwachstellen des Plans gewarnt, doch sie setzten ihn trotzdem um. Es war ihnen zwar wie gewünscht gelungen, dass das Opfer die Flucht ergriff, doch niemand hatte damit gerechnet, dass sie dabei so rational vorgehen würde. Sie wollten sie in Panik versetzen, da sich ein panischer Mensch leichter verfolgen ließ. Wäre sie nicht geflohen – und verhaftet worden – nun, seine Auftraggeber hätten auch damit leben können. Bethany Barclay hinter Gittern war immer noch besser als Bethany Barclay tot am Tatort: was erneut bewies, das Wahrnehmung alles war. Es gab andere Wege, um ihr Ziel zu erreichen. Doch tatsächlich hatten diese albernen SMS eine Reaktion hervorgerufen, die für die Zielsetzung der Operation am zuträglichsten war: Bethany floh.

Schade, dass diese Idioten, die sie beschatten sollten, versagt hatten. Sie waren ihr nach Front Royal gefolgt, etwa fünfundzwanzig Kilometer von ihrem Zuhause entfernt, wo sie sie in einem Wirrwarr von Seitenstraßen verloren hatten.

Ab da war es an seinen Auftraggebern, in Panik zu geraten.

Also wendeten sie sich an Professor Stuart van der Staal, der niemals versagte und dessen Dienstleistungen entsprechend kostspielig waren.

Er lächelte, zufrieden darüber, hinzugezogen worden zu sein. Nicht nur ging er in seiner geheimen Arbeit auf, sie entsprach außerdem seiner Philosophie. Was geringere Menschen als Dasein bezeichneten, war eigentlich nur eine Frage der Beobachtung – der gute Professor hatte dies schon viele Male bewiesen. Der Mensch besaß kein wirkliches Selbst, nur die Summe seiner eigenen Wahrnehmungen und der Wahrnehmungen anderer.

Die Zeit war gekommen, dass Bethany Barclay nicht mehr wahrgenommen wurde.

Tatsächlich befand sich Bethany überhaupt nicht mehr in Pittsburgh. Sie war dort gewesen und hatte sogar ihren geliebten Volvo am Flughafen zurückgelassen, nachdem sie in viereinhalb Stunden aus Little Washington hergerast war. Bethany hatte keine Ahnung, wie man es vermied, erwischt zu werden, doch sie gedachte, ihr Bestes zu geben. Ihr Vater pflegte immer zu sagen, dass die Polizei auch nicht allmächtig war, und eine Weile tröstete sie dieser Gedanke.

Andererseits war die Polizei mächtig genug gewesen, um Everett Barclay gleich zweimal hinter Gitter zu bringen.

Am Flughafen schleppte Bethany ihre Tasche zum Shuttlebus, fuhr in die Stadt und stieg in einem Hotel ab. Dort checkte sie unter ihrem eigenen Namen ein, wobei sie darauf achtete, genug Aufsehen zu erregen, dass man sich an sie erinnern würde. Dann verließ sie das Gebäude durch den Hinterausgang, ohne sich die Mühe zu machen, vorher hoch in ihr Zimmer zu gehen. Vor einem anderen Hotel zwei Blocks weiter stieg sie in ein Taxi und fuhr in den eleganten Randbezirk im Norden der Stadt. Mit geschlossenen Augen schickte sie eine stumme Entschuldigung an ihre Kommilitonin aus Studienzeiten, die dort lebte und die sie in den vergangenen Jahren zweimal besucht hatte. Sie hegte keinerlei Absicht, der Frau heute einen Besuch abzustatten, auch wenn die Polizei später davon ausgehen würde, dass sie dort gewesen war.

»Bitte lass nicht zu, dass ihr etwas geschieht«, flüsterte Bethany, die sich kaum bewusst war, dass sie betete.

Dann ließ sie den Taxifahrer an einem niedrigen Bürokomplex anhalten. Als er davongefahren war, schleppte sie ihre Tasche bis zu einem Einkaufszentrum zwei Blocks weiter, wo sie sich einen Rucksack kaufte. In der Damentoilette packte sie die Taschen um und schnitt sich die

Haare ab. Dann legte sie sich ein Kopftuch um und nahm den Bus zurück in die Stadt. Mittlerweile war es früher Nachmittag. Sie lief zu dem nahegelegenen Busbahnhof und stieg in den Bus nach Philadelphia, was von Anfang an ihr Ziel gewesen war. Sich in Pittsburgh zu zeigen, war reine Taktik gewesen, um die Polizei glauben zu lassen, sie wäre auf dem Weg Richtung Norden in den Staat New York oder in westliche Richtung unterwegs, was sie sicherlich auch erwarten würden.

Doch zunächst hatte sie noch etwas zu erledigen, das sie zurück an die Ostküste führte. Nachdem sie die Busfahrt genutzt hatte, um sich zu beruhigen und den Sachverhalt zu erfassen – was Richterin Harrigan als »seine Hausaufgaben machen« bezeichnete –, war Bethany zu zwei Prämissen gelangt, die ihr Handeln ab jetzt lenken sollten.

Erstens: Wer immer ihr den Mord anhängen wollte, wollte auch, dass sie floh. Offensichtlich stammten die SMS, die sie auf dem Handy empfangen hatte, das mittlerweile in einem Müllcontainer an der Route 522 lag, von ein und derselben Person. Alles andere wäre viel zu weit hergeholt. Denn dann musste man davon ausgehen, dass zwei ausgeklügelte, aber völlig unabhängige Verschwörungen zufällig die völlig unbekannte und unbedeutende Bethany Barclay als ihr Opfer auserkoren hatten.

Zweitens: Alles, was sie gerade durchmachte, hatte in irgendeiner Weise einen Bezug zu Martin Potus und seinen *Gottesplanern*. Denn auch in diesem Fall wäre ein reiner Zufall einfach zu abwegig. Sylvia Kirkland schneit eines Tages einfach zur Tür herein und bittet eine Anwältin, die sie zuvor nie gesehen hat, ihr Testament so zu ändern, dass Bethanys früherer Verlobter nun der Begünstigte ist. Die mysteriösen SMS erhält Bethany zum ersten Mal, als Sylvias Sohn Kenneth seine Absicht kundtut, das Testament anzufechten, und nur zwei Tage später wird Ken mit ihrer Waffe erschossen.

Warum also, Ms Barclay – hörte sie die Stimme von Professor Delavan in ihrem Kopf sagen, der ihr während ihres Jurastudiums in Harvard im Fach Vertragsrecht das Leben schwer gemacht hatte – *warum also sind Sie auf dem Weg nach Philadelphia? Habe ich geträumt, Ms Barclay, oder sagten Sie nicht, dass sich diese* Gottesplaner *in Chicago aufhalten?*

»Weil sowohl das FBI als auch die Person, die versucht, mich zu manipulieren, davon ausgehen werden, dass ich nach Chicago gehe«, hatte sie geantwortet, während sie erst nach Norden und dann nach Westen durch West Virginia fuhr und sich dabei peinlich genau an die Geschwindigkeitsbegrenzung hielt, um nicht angehalten zu werden. »Ich lasse mich nicht zur Marionette machen.«

Warum dann nicht Tallahassee oder Timbuktu?, ertönte der beliebte Spruch des Professors. *Warum Philadelphia?*

»Wegen der Schlange.«

Schlange, Ms Barclay? Welche Schlange? Bisher haben Sie bei Ihrer Darstellung der Geschehnisse keine Schlange erwähnt.

»Die Schlange an der Wand. Die Schlange, die sie nach dem Mord an Ken Kirkland gemalt haben.«

Und was bitte schön verrät Ihnen die Schlange?

»Zunächst einmal, dass Annabelle vielleicht doch nicht so paranoid war, wie ich erst angenommen hatte. Zweitens, dass dieselben Leute, die hinter mir her sind, auch hinter ihr her waren.« Fast hätte sie gelächelt. »Und drittens, dass sie nicht ahnen, dass ich das weiß.«

Letzten November - wieder stellte sich Bethany vor, wie sie die Geschichte in Delavans Seminar erzählte und die Fakten wiedergab, bevor sie von ihrem Professor in die Mangel genommen wurde - hatte Annabelle angerufen und gesagt, dass sie vorhabe, für ein paar Tage zu Besuch zu kommen. Sie fragte nicht, ob Bethany Zeit habe, sondern kündigte ihren Besuch einfach an. Ihre Stimme klang nervös, doch das tat sie immer. Viele verschiedene Annabelles jagten sich gegenseitig in ihrem Kopf, wie sie oft sagte; und eine ganze Reihe von Psychologen, die sie über die Jahre betreut hatten, stimmten ihr zu.

Erzählen Sie uns mehr von ihr, sagte Delavan. *Etwas mehr Hintergrundinformationen bitte, Ms Barclay.*

Annabelle war klug, überspannt und furchtbar charmant, sie war das Produkt einer kurzen Liaison zwischen zwei Bediensteten eines Herrenhauses in den Hamptons: der Vater Russe, die Mutter aus der Karibik, genauer gesagt Panama. Annabelle hatte eine Halbschwester namens Polly, die zwei Jahre älter war. Als sie noch sehr klein waren, hatte ihre Mutter Delores beide Mädchen der Obhut ihrer Tante, Tia Christina, überlassen. Polly hatte eine glänzende Karriere hingelegt, und Annabelle war zwar schlau genug, um in der Schule zu glänzen, genoss es jedoch viel zu sehr, den strengen Regeln im Hause ihrer Tante entkommen zu sein. Im Lauf der Jahre reiste sie umher, hielt sich mit Gelegenheitsjobs über Wasser und schrieb sich an verschiedenen Unis ein, nur um immer wieder vor Bethanys Tür zu landen, selbst als Bethany in Oxford studierte und Annabelle eigentlich einen Job als Rechtsanwaltsgehilfin in Atlanta angenommen hatte.

»Das war nichts für mich«, erklärte Annabelle dann. »Ich bin immer noch dabei, mich selbst zu finden.«

Diese Antwort hörte Bethany jedes Mal von ihr.

Als sie Bethany im vergangenen Herbst angerufen hatte, um ihren Besuch anzukündigen, war Annabelle gerade in New York, um Verwandte zu besuchen, lebte aber in Chicago. Zwar war sie zu dem Zeitpunkt für irgendeine Lebensmittelkooperative tätig, hatte sich aber mittlerweile angewöhnt, über Wochen von der Bildfläche zu verschwinden, sodass Bethany monatelang nur ihre Mailbox erreichte. Natürlich war sie überglücklich, als sie hörte, dass ihre beste Freundin sie besuchen wollte. Annabelle traf an einem Samstagabend ein, wenn auch nicht mit dem Zug, den sie Bethany genannt hatte, um sie abzuholen. Sie wirkte sehr nervös, ihre Augen waren blutunterlaufen. Als sie in Flint Hill ankamen, ging Annabelle sofort zu Bett. Am nächsten Morgen versuchte Bethany, Annabelle dazu zu bewegen, sie in die Kirche zu begleiten, während Annabelle Bethany überzeugen wollte, zu Hause zu bleiben.

»Ich habe gestern Nacht kaum ein Auge zugemacht«, sagte Annabelle. »Ich hatte Albträume.«

»Ein Grund mehr, hinzugehen.«

»Sie sind hinter mir her. Wahrscheinlich werden wir gerade beobachtet.«

Doch Annabelle zufolge war immer irgendjemand hinter ihr her, also ging Bethany allein in die Kirche. Als sie nach Hause kam, stellte sie fest, dass Annabelle an beiden Eingangstüren die Sicherheitsketten vorgezogen hatte, sodass sie gezwungen war, gegen ein Fenster zu hämmern, um ihre beste Freundin, die den Kopf unter einem Kissen vergraben hatte, auf sich aufmerksam zu machen.

»Ich muss für eine Weile weg«, erklärte sie, nachdem Bethany sie gezwungen hatte, sich anzuziehen, und sie anschließend zum Brunch ausführte.

»Wohin gehst du?«

»Das kann ich dir nicht sagen.«

»Wo hast du die ganze Zeit gesteckt?«

»Auch das darf ich dir nicht verraten.«

»Alle machen sich Sorgen um dich.«

Das rief schließlich ein Lächeln hervor, und für einen kurzen Moment war alles wie früher. »Angesichts unserer Wirtschaft und der Art, wie die Welt vor die Hunde geht, sollte man meinen, dass es genug andere Dinge gibt, um die sich die Leute sorgen können.«

Sie fuhren eine Weile durch abgelegene Straßen und blickten auf die Äcker und Weiden, die sich in der kalten Herbstsonne endlos erstreckten. Bethany war schon immer der Meinung gewesen, dass die verschlafene Landschaft von Rappahannock County entspannend auf ihre beste Freundin wirkte; und außerdem war Annabelle davon überzeugt, so ihre Verfolger besser abhängen zu können.

Als sie zu Hause angekommen waren, stellten sie fest, dass die Mädchen nebenan eine Party schmissen, doch als Bethany die Stimme hob, um die laute Musik zu übertönen, bat Annabelle, dass sie lieber flüstern sollten, nur für den Fall.

»Für welchen Fall?«

»Ich habe etwas für dich gemacht«, wich Annabelle aus, die bereits dabei war, ihre Tasche zu packen. »Ein Abschiedsgeschenk.«

»Das ist aber lieb von dir.«

Wie sich herausstellte, war das Geschenk eine Kohlezeichnung, die zwei überkreuzte Pfeile unter einer Art flachen Zylinder darstellte.

»Was ist das?«

»Etwas, das dich an mich erinnern soll.« Annabelle lächelte süß. »Das habe ich gezeichnet, als ich eingesperrt war. Sozusagen als Therapie.«

»Wann warst du denn eingesperrt?«

Doch Annabelle ließ sich kein weiteres Wort entlocken.

An diesem Abend fuhr Bethany nach Fredericksburg, wo sie ihre beste Freundin am Amtrak-Schlafwagenzug Richtung Süden absetzte.

»Ich wünschte, du würdest länger bleiben.«

»Ich kann nicht. Ich wollte mich nur verabschieden.« Es folgte eine lange Umarmung, die sich wie ein endgültiger Abschied anfühlte, dann eine geflüsterte Warnung.

»Ich habe keine Ahnung, was das jetzt wieder bedeuten soll«, sagte Bethany, als Annabelle den Zug bestieg.

»Das ist wahrscheinlich auch besser so.«

Bethany blieb auf dem Gleis stehen in der Hoffnung, Annabelle noch zuwinken zu können, konnte aber ihr Fenster nicht entdecken. Wochenlang wartete sie auf eine E-Mail, eine Karte oder einen Anruf. Im Januar ging sie auf eine Geschäftsreise nach New York, und so stattete sie Tia Christina, der Respekt einflößenden Tante aus Panama, die Annabelle und ihre Schwester großgezogen hatte, einen Besuch ab, doch auch Tia hatte kein Wort von Annabelle gehört. Bethany zwang sich, nicht in Panik zu geraten: Ihre beste Freundin war schon öfter untergetaucht. Doch noch bevor sie die schlechten Nachrichten erhielt, spürte sie, dass es diesmal anders war. Vielleicht lag das an den letzten Worten, die Annabelle ihr zugeflüstert hatte:

»Die Schlangen sind hinter mir her. Wahrscheinlich haben sie es jetzt auch auf dich abgesehen.«

Annabelle hatte sich von irgendwelchen Schlangen bedroht gefühlt; Ken Kirklands Mörder hatte eine Schlange an die Wand gemalt. Das konnte kein Zufall sein.

Nun, auf ihrem Weg nach Philly im Bus, war Bethany mit ihrer Bestandsaufnahme der Sachlage zufrieden und beschloss, ein wenig zu schlafen. Doch zuerst warf sie noch einen verstohlenen Blick auf das I-Pad der Frau neben ihr, die gerade dabei war, die Schlagzeilen zu lesen. Kein Wort von dem Mord. Sehr gut. Während ihre Sitznachbarin weiterscrollte, fiel Bethany nur die Nachricht über einen Bombenanschlag in einem Universitätslabor ins Auge.

Nichts, das mit ihr zu tun hatte.

Sie schlief ein.

Stuart van der Staal stand inmitten des sonnigen Parks und schaute einer Gruppe von Kindern beim Fußballspielen zu. Er hatte die Nase in den Wind gehalten, wie er es nannte, und war sich ziemlich sicher, ihre Witterung aufgenommen zu haben. Eine Reise nach Pittsburgh kam für ihn gar nicht erst in Betracht, denn Pittsburgh war eine Finte. Bethany war schlauer, als sie angenommen hatten. Dank Stuarts scharfsinnigem Verstand wusste er, wohin die Zielperson unterwegs war: Es gab nur zwei Möglichkeiten. Beide würde er nicht überwachen können, und er war nicht bereit, jemand anderem die Lorbeeren zu überlassen. Also wartete er in der einen Stadt - wenn sie hier nicht auftauchen würde, konnte er sie auf jeden Fall in der anderen abfangen. Ihre Entscheidung für die andere Stadt würde ihm außerdem noch einiges mehr über Bethanys Plan verraten.

Dass sie in dieser Situation überhaupt in der Lage war, einen Plan zu schmieden, fand er durchaus beeindruckend. Auch wenn die Operation in Pittsburgh in einem Fiasko endete, war Ms Barclay nun zumindest auf der Flucht. Jetzt mussten sie sie nur noch dazu bringen, in die richtige Richtung zu laufen.

Eine Möglichkeit wäre es gewesen, sie mithilfe sanfter Manipulation langsam in die richtige Richtung zu drängen, doch Stuart war mit dem Paradoxon Zenons vertraut - er hatte William James' Abhandlung über das zenonische Paradoxon gelesen, genau wie Jorge Luis Borges' Abhandlung über William James' Abhandlung über Zenons Paradox - und im Endeffekt lief alles darauf hinaus, dass sich der ganze philosophische Mischmasch über die Entfernung zwischen zwei Punkten mit einer kühn-dramatischen Handlung über den Haufen werfen ließ.

Etwas Kühnes also, um das Opfer *sofort* auf Kurs zu bringen.

Andere waren sich vielleicht unschlüssig, wenn es darum ging, den nächsten Schritt zu tun, oder, noch schlimmer, trafen Entscheidungen, die sich als fatal herausstellen könnten. Doch Stuart van der Staal ging anders vor; niemand konnte ihm das Wasser reichen. Er hatte seine Vorgehensweise bereits genauestens geplant - sie würde brutal sein, gewiss, doch nur durch Gewalt hinterließ man Eindruck in dieser Welt, indem man demonstrierte, dass man die Macht hatte, sie zu formen, und nicht, dass man sich formen ließ.

Gewalt, Wagemut, Unverfrorenheit, ohne jemals eine Spur zu hinterlassen: Das war sein Markenzeichen.

Der Professor lächelte, genoss den Sonnenschein und die Gesellschaft der geringeren Menschen um ihn herum, die so unbekümmert ihre bedeutungslosen Leben lebten, ohne etwas von den Talenten und Absichten des netten Mannes zu wissen, der sich am Spielfeldrand mit ein paar Eltern unterhielt. Er liebte es, anderen etwas vorzuspielen, denn dies galt in seinen Augen als weiterer Beweis für seine felsenfeste Überzeugung, dass jeder Mensch nur aus einer Ansammlung von Wahrnehmungen bestand. Sie nahmen ihn als Freund wahr und würden ihn nie gegenüber der Polizei erwähnen, da alle davon ausgingen, dass er der Vater eines der Kinder auf dem Platz war.

Niemand hätte je geglaubt, dass sich in seiner Jacke eine Waffe befand und weitere Utensilien seines Handwerks in seinem Wagen.

Stuart schloss die Augen, während ein kleiner Wonneschauer durch seinen muskulösen Körper ging. Er glaubte nicht an einen Schöpfer, doch er konnte sich des Gedankens nicht erwehren, dass er für diese Arbeit, der er so erfolgreich nachging, geschaffen worden war.

6

Das Haus war brandneu, im Tudorstil erbaut, riesengroß und wirkte auf seltsame Weise wachsam, wie es da auf dem über zwei Hektar großen Grundstück hockte. Es stand am Ende einer hübschen Allee aus Multimillionen-Dollar-Heimen in Haverford Township, nicht weit von der Coopertown-Grundschule entfernt, einer der besten in den Vereinigten Staaten. Die Zugfahrt von Philadelphia dauerte nur fünfzehn Minuten, und Bethany hielt die ganze Zeit über den Kopf gesenkt, als würde sie dösen, und ihre Haare unter einer Wollmütze versteckt. Immer wenn sie die Augen schloss, sah sie Kens Leiche vor sich; wenn sie sie öffnete, füllten sie sich mit Tränen. Sie saß so lange mit dem Gesicht in den Händen vergraben da, dass eine der Mitreisenden, eine freundliche Dame, die sich für jedermanns Großmutter hielt oder für die verantwortliche Aufsichtsperson, sie sanft bei der Schulter fasste und sich erkundigte, ob alles in Ordnung sei. Der Ausdruck auf Bethanys Gesicht, als sie versuchte, sich ein Lächeln abzuringen, ließ ihre Möchtegern-Freundin nicht nur die Hand zurückziehen, sondern auch prompt einen anderen Sitzplatz aufsuchen. Vielleicht hielt sie Bethanys Verzweiflung für Spott. Mit dem Rucksack und ihrer abgewetzten Jacke musste sie wie eine Obdachlose auf die anderen Passagiere wirken, auch wenn manche sie aufgrund der Tatsache, dass sie an der Haverford-Station ausstieg, vielleicht für eine Studentin hielten.

Vom Bahnhof aus lief Bethany zu Fuß.

Es war nicht weit, sie musste gerade einmal anderthalb Kilometer laufen, und ein kurzer Schauer hatte die Abendluft so weit abgekühlt, dass sich ihr Schwitzen nur auf die ständige Angst zurückführen ließ, dass der nächstbeste Jogger oder Fahrradfahrer Handschellen zücken und ihr befehlen würde, sich flach auf den Boden zu legen.

Doch das geschah nicht.

Sie hatte Polly nicht vorher angerufen, um ihren Besuch anzukündigen. Erstens wegen der schwierigen Rechtslage, in der sie sich gerade befand, und zweitens, weil die traurige Möglichkeit bestand, dass Annabelles Schwester sich weigern würde zu helfen. Die Schwestern waren beide von der gleichen bemerkenswerten Dame aus Panama großgezogen worden, Tia Christina, nachdem ihre Mutter – Tias Nichte – sich entschlossen hatte, in die Heimat zurückzukehren, und ihre beiden Töchter kurzerhand zurückließ. Obwohl die Mädchen keine Zwillinge waren, ähnelten sie sich sehr, was ihre Stimme, ihr Gemüt und ihre Persönlichkeit anging. Allerdings waren Bethany und Annabelle beste Freundinnen gewesen – ganz im Gegensatz zu dem Verhältnis, das Bethany und Polly zueinander hatten.

Bethany blieb unter einem Baum auf der gegenüberliegenden Straßenseite des Hauses stehen und dachte nach. Dreimal war sie daran vorbeigelaufen, bevor sie sich eingestehen musste, dass sie keine Möglichkeit besaß, festzustellen, ob es Überwachungskameras gab. Wenigstens war Polly offensichtlich zu Hause: Die zwei regengesprenkelten Autos auf dem Vorplatz bestätigten es.

Bethany murmelte ein schnelles Gebet, atmete tief durch, lief entspannten Schrittes die gewundene Auffahrt hinauf – ihre Körpersprache sollte ausdrücken, dass sie in diesem Haus ein- und ausging – und klingelte.

Die Tür wurde von einem traurig dreinblickenden und erschöpft wirkenden Mann Anfang vierzig geöffnet. Er war barfuß und trug Jeans. Es war Pollys Mann, David Hollins. Das erste Mal hatte Bethany ihn vor sechs Jahren getroffen, als sie Annabelle zur Hochzeit ihrer Schwester begleitet hatte. David, gut zehn Jahre älter als seine Frau, war Geschichtsprofessor am Bryn Mawr College und schrieb nebenbei polarisierende Bücher zur Popkultur. Nun stand er vor ihr, mit blassen Zehen, die sich in den fein gearbeiteten Fliesenboden gruben, und starrte erstaunt die unerwartete Besucherin an, die ihm ihr freundlichstes Lächeln bot. Seine Reaktion überraschte keineswegs: Seit dem Mord vor vierundzwanzig Stunden hing ihr Foto überall aus.

Nur einen Augenblick später gesellte sich die winzige Polly zu ihm. Sie trug noch immer ihren Nadelstreifenrock von der Arbeit, nur die cremefarbene Bluse hatte sie aus dem Bund gezogen. Wenn sie wie jetzt nur in Strumpfhosen an die Tür kam, maß sie nicht einmal einen Meter sechzig. Sie war zwei Jahre älter als ihre verstorbene Schwester. Obwohl etwas schlanker, hatte Polly den gleichen ebenmäßig sepiafarbenen

Teint wie Annabelle sowie den gleichen bohrenden Blick in den haselnussbraunen Augen. Bethany schenkte auch ihr ein Lächeln.

»Sieh dir das an, David«, sagte Polly. »Es kommt nicht alle Tage vor, dass eine gesuchte Kriminelle vor der Tür steht.«

Bethany konnte das Zittern in ihrer Stimme kaum verbergen. »Ein Krimineller ist jemand, der ein Verbrechen begangen hat.«

Pollys Ausdruck wurde boshaft. »So ist es.«

Nichtsdestotrotz trat sie einen Schritt beiseite und ließ Bethany herein. Dann schloss sie die schwere Tür mit ihren knochigen Händen, die viel zu schwach für diese Aufgabe wirkten. Polly besaß eine überraschende Vitalität. Auf schnelles Geheiß seiner Frau hatte David ihrem Gast die Jacke abgenommen, fast noch bevor Bethany daran denken konnte, sie auszuziehen. Mittlerweile sah er hauptsächlich zu Boden. Oben, vom anderen Ende der freitragenden Treppe in der Mitte der Eingangshalle, verkündete ein Fernseher irgendeinen Unsinn über den neusten Skandal in Washington, laut genug, um jede Unterhaltung zu übertönen. Bethany fühlte sich, als wäre sie gerade in einen Ehestreit geplatzt.

»Du hättest nicht herkommen sollen«, flüsterte Polly kaum hörbar, die geballten Hände auf ihre schmalen Hüften gestemmt. Sie hatte kluge Augen, die scherzhaft funkeln oder vorwurfsvoll blicken konnten, und einen kurzen, adrett frisierten Afro. »Bist du verrückt geworden?«

»Es tut mir leid. Ich wäre nicht gekommen, wenn ich die Wahl gehabt hätte. Ich brauche nur ein paar Minuten.«

»Wir haben Kinder, Bethany. Du weißt, dass wir dir nicht helfen können.«

Ein gebeutelt aussehender David verfolgte den Austausch zwischen den beiden Frauen mit großen, traurigen Augen. Er hatte deutsche und irische Wurzeln, und sein Fachgebiet waren die USA des neunzehnten Jahrhunderts. Auf Annabelles Beerdigung hatte er hemmungslos geschluchzt, sehr zum offenkundigen Ärger seiner Frau.

»Ich habe diesen Mann nicht ermordet. Wer immer dahintersteckt, hat auch mit dem zu tun, was deiner Schwester passiert ist – davon bin ich überzeugt. Es sind dieselben Leute.« Bethany wartete eine Reaktion ab, doch Polly spielte dieses Spiel besser. Sie startete einen zweiten Versuch. »Ich bitte dich doch nur darum, mir dabei zu helfen, den Mord an deiner Schwester aufzuklären.«

Das Lächeln der kleinen Frau wurde kalt. »Ich will nichts davon hören. Ich werde mich nicht zum Komplizen machen.«

»Mir zuzuhören, macht dich nicht zum Verbrecher.«

»Geh einfach, Bethany. Bitte.«

Mit steigender Wut und Frustration im Nacken versuchte sie einen anderen Ansatz: »Vielleicht solltest du dir erst anhören, was ich zu sagen habe. Du bist diejenige, die gegen das Einwanderungsgesetz verstoßen hat. Vielleicht hast du dich sogar des Betruges schuldig gemacht und andere zu Straftaten angestiftet.«

»Sei nicht unrealistisch!« Polly verschränkte selbstsicher die dünnen Arme vor der Brust.

»Du weißt genau, was ich meine. Und wen.«

»Vielleicht sollte ich lieber oben warten«, sagte David ernst. »Ich schau mal nach dem Baby.«

»Das Baby schläft. Ihr geht es gut«, erwiderte Polly.

»Ehrlich gesagt, halte ich das für eine gute Idee«, warf Bethany ein.

»Nun«, sagte David, gefolgt von »ähm«, und so stand er da und sah mit flehendem Blick von einer Frau zur anderen.

»Ich habe keine Geheimnisse vor meinem Mann.«

»Doch, hast du.«

Erneut grimmiges Schweigen.

»Geh«, sagte Polly schließlich. »Sorg dafür, dass die Kinder oben bleiben.« Sie sah dem Feind ins Gesicht. »Ich glaube nicht, dass unser Gast lange bleiben wird.«

Sie waren allein.

Einen ewig währenden Augenblick lang fochten sie einen stummen Kampf aus. Obwohl sie nur ein paar Jahre älter war als Annabelle, nahm

Polly eine hohe Position in der Hierarchie jener Leute ein, die weltumspannende Organisationen lenkten. In ihrem Biochemie-Studium hatte sie ihren Schwerpunkt auf die Untersuchung von molekularen Strukturen gelegt und war nach dem Studium zu einer vielversprechenden Führungskraft bei Merck aufgestiegen. Später wurde sie von einer Private-Equity-Firma aus Philadelphia abgeworben, die auf Technologie-Investitionen spezialisiert war. Dort arbeitete sie nun halbtags, um nachmittags Zeit mit den Kindern zu verbringen. Auf der Arbeit war sie für ihre knallharte und nüchterne Art bekannt.

»Sobald du weg bist«, erklärte Polly, »verständige ich die Polizei.«

»Verstanden.«

»Ich werde nicht meine Familie in Gefahr bringen, nur um dir zu helfen, Bethany.«

»Das würde ich auch nicht verlangen.«

Da höfliche Floskeln fehl am Platz waren, bat Polly ihren ungebetenen Gast, direkt zum Punkt zu kommen. Sie saßen im Wohnzimmer, die Fenster waren nur einen Spalt weit geöffnet, um die kühle Luft von draußen hereinzulassen. Auf dem Teewagen stand ein Porzellan-Service, doch Polly bot Bethany keinen Tee an, nicht einmal ein Glas Wasser.

Bethany hatte nur ein Ass im Ärmel und spielte es direkt aus. »Als ich sagte, dass du ins Gefängnis wandern könntest, meinte ich das ernst. Einreisebetrug wird schwer geahndet, heute noch mehr als früher, und wenn es um Grenzverstöße geht, ist dieses Land nicht besonders nachsichtig.« Äußerlich ungerührt, saß Polly in ihrem Rock da, die schlanken Beine übereinandergeschlagen, während sie sichtbar unwillig zuhörte. »Du weißt genau, wovon ich spreche, Polly. Du hast Annabelle deinen Pass geliehen. Ihr seid zwar keine Zwillinge, aber auf dem Foto seht ihr euch ähnlich genug.«

Missbilligend rümpfte die strenge Polly ihre Nase. Der beleidigte Ausdruck auf ihrem Gesicht war beeindruckend. Sie schwieg.

»Annabelle hat mich letzten Oktober besucht«, fuhr Bethany fort. »Sie hat ihre Handtasche auf dem Küchentresen stehen lassen, als sie zur Toilette ging. Aus Versehen habe ich die Tasche umgestoßen, sodass der ganze Inhalt herauspurzelte, darunter auch dein Pass. Ich wusste, dass es deiner war, denn er fiel offen auf den Boden. Ich wollte Annabelle fragen, was es damit auf sich hat, doch dann sprach sie von ...«

... *Schlangen* ...

»... etwas anderem, und später kam ich einfach nicht mehr dazu. Danach habe ich den Vorfall vergessen, bis jetzt.«

Oben ging David mit schweren Schritten auf und ab, wie ein beleidigtes Kind, dass von den Erwachsenen, die es aus ihrem Kreis ausgeschlossen hatten, beachtet werden wollte. Auf dem Kaminsims standen Fotos von den stolzen Eltern mit ihren zwei kleinen Kindern und von David, dem passionierten Angler, der einen großen beeindruckenden Fang hochhielt.

Von seiner ersten Frau gab es keine Bilder.

»Ihre Tasche fiel also *aus Versehen* herunter«, wiederholte Polly mit beißendem Sarkasmus. »*Zufällig* fiel mein Pass heraus. Und du hast *vergessen* zu fragen.« Sie schlug die Beine nun andersherum übereinander und lehnte sich zurück. »Du bist schon eine richtige kleine Schnüfflerin, nicht wahr? Aber du irrst dich, Bethany. Ich habe Annabelle meinen Pass nicht geliehen. Wie du schon sagtest, verstößt das gegen das Gesetz. Ich habe ihn verloren. Und ihn, lass mich kurz nachdenken, im vergangenen Januar als verloren gemeldet, als ich ihn für eine Kreuzfahrt brauchte und nicht finden konnte. Nun stellt sich also heraus, dass meine Schwester ihn hatte. Sonderlich überrascht bin ich darüber nicht. Sie hat viele Dinge gestohlen, um ihre Sucht zu finanzieren – Geld, Schmuck, was auch immer. Warum also nicht auch einen Pass?«

Bethany ließ sich nicht beirren. »Das Formular, mit dem man einen Pass als gestohlen meldet, verlangt nach einer Unterschrift, die bei Androhung einer Strafe im Fall eines Meineids bestätigt, dass alle Angaben der Wahrheit entsprechen. Solltest du also in dem Formular fälschlicherweise angegeben haben, dass du den Pass verloren hast, könntest du dafür ins Gefängnis wandern.« Sie sah, wie sich ein Donnerwetter in Pollys Gesicht zusammenbraute. »Ich will dich nicht in Schwierigkeiten bringen. Ich will einfach nur wissen, wofür Annabelle den Pass gebraucht hat, das ist alles. Ich muss herausfinden, wo sie war.«

Pollys rauchige Schönheit war in zornigem Zustand Furcht einflößend und doch grandios anzusehen, wie ein Frühlingsgewitter. Annabelle, die selbst schnell aus der Haut fuhr, erzählte oft beeindruckt von den Tobsuchtsanfällen ihrer Halbschwester. Obwohl sich Polly auf dem Zweisitzer vorlehnte, schien sie sich zurückzuziehen und gleichzeitig aufzuplustern wie Wolken, die sich am Horizont auftürmten. »Ich will, dass du jetzt gehst.«

»Sag mir, wo sie hin ist, und ich bin weg.«

»Warum ist dir das so wichtig? Man sollte meinen, dass du dir im Augenblick lieber Gedanken über deine eigene Situation machen solltest.«

Bethany beschloss, die Wahrheit zu sagen: »Ich glaube, dass das, was mir gerade passiert, etwas mit dem zu tun hat, worin Annabelle verstrickt war. Wenn ich herausfinde, was sie im Schilde geführt hat, kann ich vielleicht beweisen, dass ich unschuldig bin.«

»Warum überrascht mich das nicht?«, fragte Polly mit einem bösen Grinsen. »So war sie einfach. Wann immer Annabelle in Schwierigkeiten geriet, hat sie alle anderen mit hineingezogen. Ich habe meine Schwester sehr geliebt, aber die Wahrheit ist, dass sie nur dann glücklich war, wenn alle um sie herum genauso unglücklich waren wie sie.«

»Sie hatte Probleme, Polly. Sie war süchtig.«

»Und du meinst, das entschuldigt ihr Verhalten? Ihre Sucht? Du hast sie an der Uni kennengelernt, Bethany. Ich kannte sie sehr viel länger. Und ich versichere dir, dass Annabelle schon als kleines Mädchen so war. Und als Teenager. ›Leih mir Geld‹, ›Fahr mich dahin‹, ›Ich brauch dieses Kleid‹. Ich, ich, ich, immer nur ich. Unsere Mutter nannte sie immer ›kleine Miss Gib-mir‹. Sie hatte Tia komplett um den Finger gewickelt und, soweit ich das beurteilen kann, dich auch. Ich wette, dass sie nie gezahlt hat, wenn ihr ausgegangen seid.« Verachtung, Hohn, glühende Kohlen, die von der blindwütigen Hitze einer schweren Kindheit angefacht wurden. »Und wenn man ihr verweigerte, wonach sie verlangte? Dann nahm sie es sich einfach, wenn man nicht hinsah. Manchmal gab sie einem nicht einmal die Gelegenheit, Nein zu sagen, weil sie gar nicht erst fragte. Und sie – nun sagen wir einfach, dass es meiner lieben Schwester egal war, wen sie verletzte.« Der Bruch in der so selbstbewussten Stimme kam überraschend – was sonst noch hatte Annabelle ihr genommen? –, doch Polly unterdrückte die Emotion und wandelte sie in Zorn. »Und fang gar nicht erst damit an, dass mein Vater sie gehasst und Dolores sie verstoßen hat, dass ihre russische Verwandtschaft nichts mit ihr zu tun haben wollte. Ich hatte dieselben Probleme und habe sie überwunden.«

Bethany zwang sich, ruhig zu bleiben. »Mag sein. Du warst stärker als sie. Du hast es weiter gebracht als sie, aber Gott liebt sie dafür nicht weniger und dich dafür nicht mehr.« Ihr Tonfall war ruhig und ausgeglichen. »Und ehe du noch mehr Verleumdungen auffährst, mit denen du das Andenken deiner toten Schwester in den Dreck ziehen willst, wäre es nett, wenn du mir etwas über den Pass erzählen würdest.«

Eine ganze Zeit lang warteten beide Frauen ab, dass die andere etwas sagte. Keine von beiden wollte die Erste sein, die das bittere, blanke Schweigen unterbrach, das wie eine Schneide zwischen sie gefahren war. Bethany saß wie versteinert da. Polly warf immer wieder lange Blicke auf ihr Handy, das auf dem Couchtisch lag, damit ihr Gast es bemerkte. Bethany gab nicht nach, auch wenn sie innerlich hätte schreien können, am liebsten geflohen wäre und sich auf ihrem Weg nach draußen vielleicht noch eben die Zeit genommen hätte, um Polly zu erwürgen. Oben schlich David herum, offensichtlich immer noch aufgebracht über den Überfallbesuch. Bethany musste an die Wettkämpfe denken, die sie als kleines Kind mit ihrer Cousine Eva ausgetragen hatte, bei denen derjenige verlor, der zuerst wegsah. Sie hatte immer gewonnen, weil sie den Trick beherrschte, das Ich verschwinden zu lassen, sodass nur noch ein leerer Blick zurückblieb - Augen, die das Hier und Jetzt zu beobachten schienen, doch in Wirklichkeit nach innen gerichtet waren. Denselben Trick wandte sie auch jetzt an.

»Ich weiß nicht, wo sie hinwollte«, sagte Polly schließlich, während sie mit der Hand abwinkte, um zu zeigen, dass sie nicht verloren hatte, weil es ihr eigentlich egal war. »Herzlichen Glückwunsch, du hattest recht. Ich habe ihr tatsächlich meinen Pass geliehen. Im letzten Herbst stattete sie mir einen Besuch ab - ungebeten, so wie du -, blieb ein paar Stunden und fragte dann einfach so danach. ›Gib mir, gib mir, gib mir ...‹«

Diesmal galt Pollys bitteres Lachen ihr selbst. Bis zu diesem Moment war es Bethany nie in den Sinn gekommen, dass die Verachtung der kleinen Frau an Annabelle und nicht sie selbst gerichtet war.

»Ich habe Nein gesagt. Sie meinte, dass sie ihn nur für eine kurze Reise benötige und in einer Woche wieder zurück sei. Ich sagte ihr, dass sie ihren benutzen soll, woraufhin sie meinte, dass es zu gefährlich sei, ihren eigenen Pass zu nehmen, was wahrscheinlich bedeutete, dass er abgelaufen war und sie vergessen hatte, ihn zu erneuern. Ich fragte sie, was so dringend sei, dass sie jetzt gehen müsse. Sie erwiderte nur, dass sie es mir nicht sagen könne, aber dass ich stolz auf sie sein würde. Ich bohrte weiter nach, aber alles, was sie mir verraten wollte, war: Wenn sie fand, wonach sie suchte, würde es weltweit in den Schlagzeilen zu lesen sein.« Polly warf einen sehnsüchtigen Blick auf das Telefon. »Noch immer weigerte ich mich. Ich wusste, dass sie wieder irgendein krummes Ding plante. Sie sagte, dass sei nicht wahr. Sie sei clean. Sie habe sich einer Kirche angeschlossen. Sie wolle ihren Uniabschluss nachholen, doch zuerst habe sie noch diese eine Sache zu erledigen. Ihre Mission, wie sie es nannte.«

Bethany wartete darauf, dass Polly fortfuhr, doch sie merkte schnell, dass es nichts mehr zu erzählen gab. Angesichts der fadenscheinigen Argumente ihrer Schwester hatte Polly schließlich nachgegeben, so wie alle immer Annabelles Überredungskünsten nachgaben. Auf einmal wurde klar, woher all die Wut kam: Polly wartete bereits seit sechs Monaten darauf, dass die Behörden an ihre Tür klopften, sie anklagten und vor Gericht zerrten. Sie hatte das letzte halbe Jahr damit zugebracht, sich eine Geschichte zurechtzulegen.

»Und das war das letzte Mal, dass du sie gesehen hast«, beendete Bethany die Erzählung.

»Sie hat ihn mir nie zurückgegeben, die kleine Miss Gib-mir.« Polly hielt einen Moment lang inne. »Ich konnte nicht zur Polizei gehen, ich habe es nicht Tia gesagt, selbst David habe ich es verschwiegen. Die Handynummer, die sie mir gab, war schon am nächsten Tag nicht mehr gültig. Ich fragte herum. Niemand hatte sie gesehen. Sie verschwand einfach.«

»Mach dir keine Vorwürfe.«

Etwas an ihrem Tonfall ließ Polly erneut aufbrausen. »Ich mache mir keine Vorwürfe. Es ging alles so schnell. Sie kam vorbei, als ich gerade den Kindern Essen machte. David war auf einer Fakultätsversammlung. Wenn ich ehrlich bin, wollte ich sie einfach nur loswerden, bevor er nach Hause kam.«

Wieder legte sich der mysteriöse Schatten eines Schmerzes über Pollys Stimme und Gesicht. Sie kratzte nervös an ihrem dürren Handgelenk.

»Und sie hat dir keinen Hinweis gegeben, wo sie hinwollte?«, fragte Bethany, nur um die Unterhaltung in Gang zu halten. »Was sie vorhatte?«

Erneutes Kopfschütteln. »Außer wenn sie etwas von einem wollte, war meine kleine Schwester nie der vertrauensselige Typ. Aber wenn sie in Schwierigkeiten steckte, kaute sie einem das Ohr ab, wie sehr sie einen liebte.« Wieder ertönte das unfreundliche Lachen. »Ach ja, sie sagte noch zu mir, dass die Leute, die versteckt hielten, was immer sie suchte, sehr gerissen seien. Sie hatten die Welt glauben lassen, dass es bereits gefunden sei.«

Bethany dachte darüber nach. »Und dass ihr Fund auf der ganzen Welt für Schlagzeilen sorgen würde.«

»Dann sagte sie noch, dass sie es kaum erwarten könne, dir davon zu erzählen. Dir, Bethany. Nicht mir oder Tia. Dir.« Polly war aufgestanden. »Sie meinte, dass nur du ihre Entscheidung verstehen würdest. Du.«

Bethany lehnte sich weit aus dem Fenster. »Ist es vielleicht möglich, dass sie David etwas gesagt hat?«

Polly wurde noch steifer, wenn das überhaupt möglich war. »Ich sagte doch bereits, er war nicht zu Hause.«

»Es ist nur so, dass Annabelle nicht viele Freunde hatte. Vielleicht hat sie ihn ja angerufen oder besucht, als du nicht da warst ...«

Polly schnitt ihr mit eisiger Stimme das Wort ab. »Ich habe deine Fragen beantwortet, Bethany. Ich habe deine Drohungen erduldet. Ich werde meine Familie nicht noch weiter in Gefahr bringen. Wenn es dir also recht ist, würde ich dich jetzt gerne zur Tür begleiten.«

»Ich wollte nicht ...«

Doch Polly war bereits in der Eingangshalle und rief nach ihrem

Mann, der sich irgendwo anders in dem teuren Anwesen aufhielt. »David? Weint da das Baby?«

Es folgte eine unnatürliche Pause. »Ja, Liebes, ich hole sie.«

»Unsinn, du warst die ganze Nacht mit ihr auf. Ich bin dran.« Polly wandte sich ihrem ungebetenen Gast zu. »Wenn du mich jetzt bitte entschuldigst, die Pflicht ruft, wie du siehst.«

»Polly ...«

»Es wird Zeit, dass du verschwindest, Bethany«, verabschiedete sich Polly über die Schulter. »Du hast mich nicht um Rat gefragt, aber ich gebe ihn dir trotzdem. Du bist auf der Flucht vor dem Gesetz. Ich glaube, es wäre das Beste, sich jetzt zu stellen und einen Deal auszuhandeln.« Und mit diesen Worten und wütenden Schritten verschwand sie die Treppe hinauf.

Lächelnd kam David herunter. Bethany fuhr zusammen. Sollte er sie anfassen, würde sie schreien. Doch er war ein sanftmütiger Mann, etwas schwach vielleicht, wie Annabelle immer meinte, und furchtbar vernarrt in seine Frau und die Kinder. Das war das Wort, das sie benutzt hatte: *furchtbar*. David entschuldigte sich nervös für das schreiende Baby, das unter Koliken litt: Nachts wechselten sie sich ab, sie herumzutragen, bis sie ihr Bäuerchen gemacht hatte. Bethany drückte ihr Mitgefühl aus. Als David die Tür aufhielt, schien er zu zögern. Sein Verhalten ließ die Last einer Tragödie erahnen. Sie sah in seine unglücklichen, fragenden Augen und wusste in diesem Augenblick: Solange sich Polly auf der zweiten Etage befand, war dies ihre einzige Chance, David zu fragen. Und auch wenn sie es sich vielleicht nur einbildete, hatte Bethany das Gefühl, dass er ihr etwas sagen wollte. Doch als sie den Mund öffnete, brachte sie nur eine Entschuldigung für ihren unangemeldeten Besuch hervor. Etwas in Bethany weigerte sich, eine Vergangenheit ans Tageslicht zu zerren, die den Frieden, den die beiden geschlossen hatten, gefährden könnte – selbst wenn ihr dies das Leben retten konnte.

Außerdem blieb ihr keine Zeit mehr.

Also sagte sie Gute Nacht, was er erwiderte. Sie spürte die Tränen in seinen Augen im Rücken, als sie die Auffahrt hinuntereilte. Sie bog um die Ecke und lief so schnell sie konnte zum Bahnhof, während sie sich fragte, ob es wohl sicher sei, den Zug zurück nach Philadelphia zu nehmen. Sie musste davon ausgehen, dass Polly bereits das Telefon in der Hand hielt. Was das Weinen des eigenen Kindes anging, war das Gehör einer Mutter perfekt, doch Bethanys Ohren waren noch besser, und sie hatte nicht das leiseste Wimmern gehört.

7

Der Kirchenbaumeister saß in seiner Lieblingsnische, einem unverputzten grauen Mauervorsprung in einer staubigen Ecke der Bibliothek. Er arbeitete sich gerade durch die zerfallenden Seiten eines dicken Tagebuchs, das im neunzehnten Jahrhundert von einem amerikanischen Vize-Präsidenten geführt worden war, dessen Position nun der Baumeister innehatte. Im Licht des Kronleuchters wirkte das Papier gelb. Da es keine Fenster gab, erreichte kein Tageslicht den Raum. Auch Computer suchte man hier vergebens, nichts in diesem Archiv war digitalisiert; was natürlich reine Affektiertheit war, aber heutzutage eine Form von Schutz bot. Was nicht in einem Computer gespeichert wurde, konnte auch nicht gehackt werden. Es gab ein Register, das sich jedoch für jeden, der nicht eingeweiht war, wie reines Kauderwelsch las. Selbst der Standort des Archivs war nur einer Handvoll Menschen bekannt: Die Nachbarn wussten mit Sicherheit nichts davon.

In seinem anderen Leben war der Baumeister ein Architekt, der sich darauf spezialisiert hatte, das Moderne mit dem Klassischen zu verbinden, und internationales Ansehen genoss. Er war Partner bei Miller, Stean und McCabe, einer der prestigeträchtigsten Architekturfirmen der Welt. Er hatte Hotels in Paris errichtet, Theater in Skandinavien, Universitätsgebäude für Elitehochschulen, Bürotürme in Abu Dhabi sowie Kirchen und Kathedralen in jedem Winkel der Erde. Er liebte es, Gebäude zu entwerfen, die ein Gleichgewicht zwischen dem Traditionellen und dem Modernen herstellten oder, wie er es lieber bezeichnete, zwischen dem Alten und dem Neuen.

Seit zwei Jahrzehnten versuchte er die Gruppe, die er anführte, nach dem gleichen Prinzip umzugestalten. Wenn man ihr einen Namen geben wollte, wären sie *Der Garten*. Seit fünf Jahrhunderten wirkten seine Mitglieder im Schatten, um den entschlossenen Angriff seines zunehmend mächtiger werdenden Feindes abzuwehren. Die Gesellschaft, die sie beschützten, wusste nichts von ihren Aktivitäten, da sie sich sonst in großer Rage gegen den *Garten* wenden würde.

Und dann hätte der Feind gesiegt.

Der Baumeister blätterte weiter. Er las das Tagebuch nicht zum ersten Mal, fand aber Trost in dem Wissen, dass die Probleme, mit denen er sich heute auseinandersetzen musste, sich nur in ihrem Ausmaß, nicht aber in ihrer Art von denen unterschieden, die seine Vorgänger zu bewältigen hatten. Er war ein pummeliger kleiner Mann mit schütterem Haar und der Angewohnheit, schwer zu schnaufen, sobald er seine gewohnt gemächliche Gangart auch nur ums Geringste steigern musste. Sein Gesicht war so nichtssagend, dass man es sofort wieder vergaß, und er schätzte diese Anonymität sehr.

»Faszinierend«, murmelte er, während er die perfekte Kupferplatte in Augenschein nahm, in die der Vize-Präsident den Katz-und-Maus-Kampf mit der Opposition in der Zeit vor dem Bürgerkrieg festgehalten hatte. Damals verurteilten beide Seiten die Sklaverei, aber die Opposition war davon überzeugt, dass Prediger, die die Nordstaatenbevölkerung gegen diesen Missstand aufhetzten, eine Gefahr darstellten und aufgehalten werden mussten.

Während der Baumeister durch das Tagebuch blätterte, wurde ihm bewusst, dass ein großer Teil der Geschichte wohl umgeschrieben werden würde, sollte dieses Archiv je öffentlich gemacht werden.

Er hatte dem Mathematiker gegenüber oft die Hoffnung geäußert, dass sie eines Tages das dort so sorgfältig aufbewahrte Wissen mit der Welt würden teilen dürfen.

»Vielleicht irgendwann einmal«, sagte der Mathematiker dann immer. »Aber da werden wir beide schon sehr lange tot sein.«

»Willst du nicht auch das Ende dieses Konflikts miterleben?«

»Nur wenn wir gewinnen.«

Der Mathematiker war ein lieber Freund und guter Mann; vielleicht würde er sogar seinen Platz einnehmen, wenn der Baumeister von der Bildfläche verschwand.

Was wahrscheinlich eher früher als später passieren würde.

Der Kirchenbaumeister schloss die Augen und rieb sich die Nasenwurzel. In dem künstlichen Licht des Archivs war es unmöglich, die Tageszeit abzuschätzen, dennoch musste er nicht auf seine Uhr sehen, um zu wissen, dass es mitten in der Nacht war. Dass alte Menschen weniger Schlaf als junge brauchten, war seinen Ärzten zufolge ein Mythos, doch der Baumeister stellte fest, dass er in den Stunden, in denen der Rest der Welt schlummerte, immer rastloser wurde.

Jene Welt, die er, seinen innbrünstigen Gebeten zufolge, zu beschützen half.

Auf Nachrichten wartend, stand er auf und streckte sich. Er klappte den Ordner zu und nahm einen dicken Band zur Hand, der auf einem Beistelltisch lag: Eine Bibel, die einst das Arbeitszimmer von Jonathan Edwards geziert hatte. Er schlug sie auf und strich über die glatten Seiten. Dieselben Seiten, die auch der bedeutendste Prediger des achtzehnten Jahrhunderts berührt hatte. Ein wohliger Schauer durchfuhr ihn, und er fragte sich, wie es Leute geben konnte, die glaubten, dass die digitale Kopie eines solchen Werkes jemals die Erfahrung ersetzen konnte, es in den Händen zu halten. Lesen war nicht nur ein intellektueller Akt, sondern auch ein taktiler. Warum fiel es der Welt so schwer, das zu verstehen?

Der Baumeister hielt inne, klappte die Edwards-Bibel zu und schalt sich für seine Selbstgefälligkeit und sein Begehren. Er wünschte, seine Frau wäre noch am Leben und an seiner Seite, damit er, wie sie es immer ausdrückte, auf dem Boden der Tatsachen blieb. Doch sollten die Ärzte recht behalten, würde er sie wahrscheinlich schon sehr bald wiedersehen.

Die Tür ging auf, und ein Bediensteter trat ein. Von ihnen gab es nur sechs, alle sorgfältig nach Intellekt und Glauben ausgesucht, nicht nach Muskelkraft. Das Archiv war zum größten Teil unbewacht.

Zum größten Teil.

Der Bedienstete bewegte sich leise an den Reihen mit überladenen Bücherregalen und überfüllten Aktenschränken entlang. Im Lesesaal wurde so wenig wie möglich gesprochen. Niemand wusste, warum; es war Tradition. Die beiden waren allein in dem Raum. Der Bedienstete hätte dem Baumeister sein Anliegen auch zurufen können, ohne dass es jemand mitbekommen hätte, doch die Tradition obsiegte.

Geduldig wartete der Baumeister auf ihn.

Ihm war das ganze Theater und die Geheimniskrämerei, die mit seiner Arbeit einhergingen, ein Graus. Zwar erkannte er ihre Notwendigkeit, hasste aber, wofür sie standen. Für ihn schmeckte das alles nach dem rituellen Firlefanz der Kirche, der für ihn schon immer eine Ablenkung vom wahren Christentum darstellte. Trotzdem verstand er auch die Logik hinter dem, was die christliche Tradition als die *Adiaphora* bezeichnete. Wörtlich übersetzt hieß das so viel wie »nichts Unterschiedenes«. Gemeint war damit, dass man keinen Gläubigen für den Gebrauch von Elementen in seiner Gottesverehrung verurteilen sollte, die weder durch die heiligen Schriften vorgeschrieben noch von ihnen verboten wurden, solange man nicht vorgab, dass diese von Christus erlassen waren.

»Was gibt's denn?«, verlangte der Baumeister zu wissen, sobald der Mann in Hörweite war. Normalerweise war er nicht so ungeduldig – ein weiteres Anzeichen dafür, dass der Stress ihm zu schaffen machte.

»Sir, eine Nachricht vom Mathematiker. Ms Barclay hat Ms Seavers Schwester aufgesucht. Ich nehme an, das war nicht vorgesehen«, fügte der Bedienstete trocken hinzu. Was das anging, waren alle Bediensteten gleich. Ihr Tonfall war stets so reserviert und entrückt, dass man annehmen könnte, sie lebten auf einer höheren Ebene.

»Sind wir uns da sicher?«

»Sir, dem Mathematiker zufolge ja.«

»Wissen wir, worüber sie geredet haben?«

»Sir, der Mathematiker sagt, dass wir daran arbeiten.«

Der Baumeister zögerte. »Weiß irgendjemand anderes davon?«

»Sir, der Mathematiker sagt, dass die Behörden informiert sind. Ms Seavers Schwester hat die Polizei verständigt. Anscheinend versuchte ihr Ehemann, sie davon abzuhalten ...«

»Ich meinte damit nicht die Behörden.« Doch er dachte nur laut nach, sodass der Bedienstete, der empfänglich für seine Stimmungen war, ihn nicht unterbrach. Wenn die Polizei Bescheid wusste, dann mit Sicherheit auch die Gegenseite. Die arme Frau. Ihre Probleme hatten gerade erst begonnen, und es gab nichts, was der Baumeister für sie tun konnte, außer zuzusehen und abzuwarten. Er fühlte sich durch ihre Handlungen beschmutzt. Ihre Ziele waren moralisch und gerecht; daher hoffte er, dass der Herr ihnen ihre Vorgehensweise vergeben würde, da ihnen in Anbetracht der Situation in ihrem Kampf gegen das Böse keine andere Wahl blieb.

»Bitte informieren Sie den Mathematiker darüber, dass ich ihn morgen zum Abendessen treffen werde. Am selben Ort wie immer.«

Als er wieder allein war, kniete der Baumeister neben dem Tisch zum Gebet nieder. Das Knien war heutzutage aus der Mode gekommen und fiel seinen alten Beinen zunehmend schwerer, doch er folgte der Ansicht von C. S. Lewis, dass es für jede Aktivität die angebrachte Haltung gab.

Er betete, wie so oft, für Weisheit und Gottes Führung; dafür, dass seine Organisation, sollte sie im Recht sein, den Sieg davontragen würde; und dass sein Körper lange genug durchhielt, um die bevorstehende Arbeit zu vollenden. Doch hauptsächlich betete er, dass Bethany Barclay lange genug am Leben blieb, damit er sie für die schrecklichen Risiken, die sie gezwungen war einzugehen, entschädigen konnte.

8

Bethany kehrte nicht nach Philadelphia zurück, sondern fuhr nach Newark, wo sie ohne Probleme eine Absteige neben dem Bahnhof fand, in der bar bezahlt wurde und niemand Fragen stellte. Sie schlief ein paar Stunden und schaltete dann die Nachrichten ein, um sich ein Bild über den Ermittlungsstand zu machen. CNN flackerte in seltsamen Neontönen auf dem uralten Fernseher in ihrem Zimmer, doch soweit sie dem lückenhaften Ton entnehmen konnte, hatte man keine Suchaktion in der Gegend um Haverford veranlasst. Vielleicht hatte Polly ja doch nicht die Polizei gerufen; vielleicht hielten die Behörden den Tipp auch nur unter Verschluss; oder sie waren einfach mit wichtigeren Fällen beschäftigt.

Wie dem Bombenattentat in Virginia, das gestern verübt wurde.

Eine kleine Bombe, in einer Zigarrenhülse versteckt, war im Foyer eines Biologielabors der George Mason University hochgegangen. Niemand wurde verletzt. Die Explosion war als Warnung gedacht, so hieß es zumindest in der E-Mail, die nur Minuten vor der Detonation an das Büro des College-Präsidenten geschickt wurde: Keine weiteren Experimente an menschlichen Embryos – oder die Anschläge würden sich verschärfen. Dies war bereits das zweite wissenschaftliche Institut, das Ziel eines Bombenanschlags wurde. Der erste Anschlag hatte einen Monat zuvor in einem Unigebäude in North Carolina stattgefunden. Auch dort wurde an menschlichen Embryos geforscht. Ein Experte, den man schnell aus dem Ärmel geschüttelt hatte, beschuldigte »christliche Extremisten«, und Bethany ging davon aus, dass alles möglich war. Allerdings schienen die meisten dieser Experten, die heutzutage in den Medien präsentiert wurden, jeden für einen Extremisten zu halten, der auch nur die leisesten moralischen Bedenken gegen Praktiken wie beispielsweise eine Abtreibung äußerte. Der Prognose des Experten zufolge würden sich die Anschläge fortsetzen.

Doch was wirklich ihr Interesse erregte, war die Aufzeichnung einer Überwachungskamera in der Nähe des Labors. Das Bild war körnig und zudem nur schwarz-weiß, doch der Volvo, der ihrem zum Verwechseln ähnelte und kurz vor der Explosion davonbrauste, war deutlich zu erkennen.

Es war ein blauer Volvo, sagten Zeugen später, mit Nummernschildern aus Virginia.

»Die Polizei möchte keine Mutmaßungen über eine mögliche Verbindung zwischen dem Bombenanschlag und dem brutalen Mord an einem bekannten ehemaligen Studenten der George-Mason-Universität anstellen, der sich vergangenen Dienstag nur wenige Kilometer von Flint Hill ereignet hat«, verkündete der Nachrichtensprecher mit ernster Stimme. »CNN wurde zugetragen, dass die Hauptverdächtige in diesem Fall, die Exverlobte des Ermordeten, einen Wagen fährt, der auf die Beschreibung zutrifft. Quellen zufolge wurde der Wagen an einer U-Bahn-Station in der Nähe des Campus gefunden.«

Dann ging es mit den Börsenberichten weiter.

Bethany sprintete durch das Zimmer und suchte ihre Sachen zusammen. Trotz der aufsteigenden Panik war sie von der präzisen Vorgehensweise der Drahtzieher beeindruckt. Erst der Mord. Dann das Video mit »ihrem« Auto auf dem George-Mason-Campus. Plötzlich fiel ihr ein, dass der zweite Bombenanschlag in North Carolina ganz in der Nähe von Tante Claudia stattgefunden hatte.

Und Bethany war bereit, ihr letztes Hemd darauf zu verwetten, dass schon bald ein Zeuge auftauchen würde, der sie auch an diesem Tatort gesehen hatte.

Sie versuchten, sie *aufzuscheuchen*, wurde Bethany bewusst. Das war der Grund für die Bombenanschläge und all die Spuren, die auf sie hinzuweisen schienen: Wer immer Ken ermordet hatte, wollte, dass sie aus der Deckung kam und floh, wie das verängstigte Reh, dessen Fellzeichnung es schützt, solange es still steht, aber durch seinen auffallenden weißen Schwanz sofort zur Zielscheibe wird, sobald es davonrennt. Das hatte ihr Vater ihr beigebracht. Bei einem seiner seltenen Besuche bei Tante Claudia hatte er seine Tochter gezwungen, ihn auf die Rehjagd zu begleiten. Dabei war Geduld alles, betonte Everett Barclay immer wieder: Man wartete ab, bis sich das verfolgte Wild in Sicherheit wog. Wenn das nicht funktionierte, veranstaltete man genug Lärm, damit das Reh wusste, dass man ihm näher kam. Das arme Tier sollte in Bedrängnis gebracht werden, damit es vor dem Lärm floh, direkt in die Arme der Jäger, die ihm weiter vorne auflauerten. Man nannte diese Technik Drückjagd.

Ein guter Plan.

Das FBI traf zum Frühstück ein. Bethany saß in einer Essnische des Diners auf der anderen Straßenseite und versuchte gerade, ihre weitere Vorgehensweise zu planen, während sie Eier und Bratkartoffeln in sich hineinschaufelte, die sie sich trotz der fatalen Auswirkungen auf ihre Taille gönnte, nun da sie offiziell auf der Flucht war. Nebenan unterhielt sich eine Gruppe von »Damen der Nacht«, wie Tante Claudia sie bezeichnete, über alternative Verdienstmöglichkeiten.

Bethany wurde bewusst: Wenn sie noch länger untertauchen musste, würde auch sie einen Job brauchen. Ihr Erspartes belief sich nur auf ein paar Tausend Dollar, und sie ahnte, dass ihre Reise noch lange nicht am Ende war. In der vergangenen schlaflosen Nacht im Motel, während sie versucht hatte, dem Ungeziefer in ihrem Bett zu entkommen, hatte sie sogar kurz in Erwägung gezogen, Pollys Rat zu befolgen und sich zu stellen – wenn da nicht die Tatsache wäre, dass die meisten Gerichte der Staatsanwaltschaft gestatteten, die Flucht eines Verdächtigen als Beweis für seine Schuld zu werten. Den Richtern zufolge flohen unschuldige Menschen nicht.

Richtig.

Bethany trank gerade ihren Kaffee aus und wartete auf ihr Wechselgeld, als ein Wagen vor dem Hotel vorfuhr, den sie sofort als Polizeifahrzeug identifizierte, nicht nur weil er dunkel und unauffällig war, sondern auch wegen der Art, wie er ganz selbstverständlich auf zwei Parkplätzen abgestellt wurde. Außerdem sprach die selbstbewusste Art der zwei Männer im Anzug, die nun ausstiegen, Bände. Dann war da noch die Tatsache, dass eine der leichten Damen am Nebentisch den anderen »die Bullen« zuzischte. Ihre Kollegin, die anscheinend die Zeichen besser zu lesen wusste, reagierte mit einem Kopfschütteln und flüsterte »das FBI«.

Die Frauen schienen sich auszukennen.

Einen schrecklichen Moment lang war Bethany wie festgefroren. Die Panik machte sie handlungsunfähig. Als sie sich wieder gefangen hatte, musste sie sich vor Augen halten, wie die Drückjagd funktionierte, um nicht einfach aufzuspringen und loszurennen. Also blieb sie sitzen und starrte wie alle anderen Schaulustigen auf die andere Straßenseite, während sie sich zwang, die Nerven zu behalten, so wie es ihr Vater ihr immer gepredigt hatte. Erneut machte sie sich ein Bild von der Situation. Es war nur ein Auto mit zwei Männern. Kein Sondereinsatzkommando, keine Helikopter, was nur bedeuten konnte, dass dies eine reine Routinemaßnahme war. Sie überprüften alle Hotels in der Gegend, also hatte sie jemand erkannt, wahrscheinlich am Bahnhof.

»Der Rest ist für Sie«, rief sie der Kellnerin zu. Als sie zuvor die Toilette aufgesucht hatte, war Bethany aufgefallen, dass es im Diner einen Hinterausgang gab – den sie nun benutzte. Alles, was sie besaß, war in ihrem Rucksack, außer den paar Kleidungsstücken, die sie im Waschbecken ihres Motelzimmers gewaschen und dann zum Trocknen in der Dusche aufgehängt hatte. Sollte sich das FBI ruhig mit all seinem forensischen Schnickschnack daran austoben. Nichts davon würde dabei helfen, ihr nächstes Ziel zu ermitteln, nicht zuletzt, weil der Plan, den sie letzte Nacht ausgeheckt hatte, noch immer nicht ausgereift war.

Wer zu schnell rannte, wurde gefasst. Sam DeMarco hatte ihr das einmal nach einem Besuch auf dem Schießstand gesagt, als sie sich ein Eis holten. Und Sam, wenn man ihm denn glauben durfte, wusste, wovon er sprach. Anstatt also loszusprinten, wie sie es am liebsten getan hätte, ging Bethany bewusst gemächlich die Straße hinunter und bog in eine Seitengasse ab.

Niemand folgte ihr.

Die Rutgers University war nur drei Blocks entfernt und der Campus einer modernen Hochschule der beste Ort, um unterzutauchen, da Studenten stets nur mit sich selbst beschäftigt waren.

Stuart van der Staal war stolz auf sich. Er hatte mit beiden Annahmen richtig gelegen. Als Erstes war er davon ausgegangen, dass Bethanys auffällige Zurschaustellung ihres Abstechers in Philadelphia nur dazu diente, ihre Verfolger davon zu überzeugen, dass sie in Richtung Westen unterwegs war; woraus sich schließen ließ, dass sie in Wirklichkeit nach Osten wollte. Zweitens kam er zu dem Schluss, dass nur zwei Ziele in Betracht kamen, wenn sie tatsächlich in den Osten reiste: Entweder wollte sie zu Annabelles Tante nach Harlem oder zu Annabelles Schwester nach Haverford.

Stuart, der am liebsten allein arbeitete, konnte unmöglich beide Orte gleichzeitig überwachen. Das FBI würde keine der beiden Möglichkeiten überprüfen, davon ging Stuart aus, denn es würde noch eine ganze Weile dauern, bis sie auf die Verbindung zu Annabelle stießen, wenn überhaupt. Bethany hingegen war zu intelligent, um sie zu übersehen.

Daher auch seine zweite Vermutung.

Was auch immer ihr erstes Ziel war, es würde sie mit Sicherheit bald zu dem anderen führen. Sie war erschöpft und brauchte einen Unterschlupf auf dem Weg zwischen den beiden Optionen. Manhattan war groß genug, aber dort war zu viel Polizei unterwegs. Bei ihren Freunden unterzukommen war zu riskant, und selbst im kleinsten Hotel lief sie Gefahr, erkannt zu werden. Aber New Jersey ... New Jersey lag genau auf halbem Wege zwischen den beiden Orten, die Bethany aufsuchen wollte.

Doch wo in New Jersey würde sie untertauchen?

In einer Stadt, und zwar einer mit einem Bahnhof oder einer Busstation und mit der Sorte Hotels, denen die Identität ihrer Gäste egal war – in fußläufiger Entfernung zum Bahnhof – und ...

Es kamen mehrere Städte infrage, doch sein Bauchgefühl sagte ihm, dass sie nach Newark gehen würde. Von dort aus fuhren Züge in alle Richtungen, es gab genug Busverbindungen, einen Flughafen und arme Menschen, die einem ihr Auto für tausend Dollar auf die Hand verkaufen würden. Sollte er sich wider Erwarten irren, nun, dann gab es noch andere Methoden.

In Newark hielt er sich hauptsächlich im Gebiet zwischen dem Bahnhof und dem Campus der Rutgers University auf. Hier würde sie sich am sichersten fühlen. Sie konnte zu Fuß den Bahnhof erreichen, aber der Campus wäre ihr Zufluchtsort: Für die meisten gebildeten Menschen stellten Universitäten sichere Gefilde dar. Und Rutgers war in der Tat ein sehr sicherer Ort.

Heute allerdings nicht.

Stuart entdeckte Bethany, als sie die Straße zum Campus überquerte, und wünschte sich in einem schwachen Moment, dass er an einen Gott glauben würde, dem er nun danken könnte.

Sie hatte ihre Frisur verändert. Das war ein kluger Schachzug gewesen, doch die Baseballkappe ließ sie verdächtig wirken. Die wahre Kunst der Täuschung hatte sie anscheinend noch nicht verstanden, denn eine gekonnte Tarnung basierte auf dem Verhalten einer Person, nicht ihrem Aussehen. Lief man einfach herum, scheinbar sorglos und als würde man dazugehören, so konnte das einem viel Ärger ersparen.

Er ließ ihr etwas Vorsprung und nutzte die Zeit, um den Inhalt seiner Sporttasche zu überprüfen und sicherzugehen, dass alle Bestandteile seines Springfield-M1A-Gewehrs mit dem verbesserten EBR-Gehäusesystem für Kampfgewehre griffbereit lagen. Dann schob er den Montagering für das Zielfernrohr auf die Picatinny-Schiene und stellte zufrieden fest, dass er sich problemlos bewegen ließ.

Schließlich zog er den Reißverschluss der Tasche wieder zu und folgte Bethany auf den Campus.

Am anderen Ende des Campus entdeckte Bethany einen Taxistand. Sie hatte beschlossen, dass sie noch einmal mit David sprechen musste, doch da sich das FBI in der Stadt herumtrieb, war der Bahnhof nicht mehr sicher, also wies sie den Fahrer an, Richtung Manhattan zu fahren. Sie würde den Amtrak-Zug nehmen. Jetzt, wo sie ihr Haar geschnitten hatte ...

Neben ihr zersplitterte Glas.

Gleich zwei Mal.

Stuart war bereits losgelaufen und hatte die Anhöhe hinter sich gelassen, die er ausgesucht hatte, um das Taxi zu erwischen, als es an einer lange auf Rot geschalteten Ampel stehen bleiben musste, bevor es die Kreuzung überqueren konnte. In Filmen schossen andauernd irgendwelche Leute auf fahrende Autos und, wenn es sich dabei um die guten Jungs handelte, trafen auch meistens. Im wahren Leben war das reine Fantasie. Die Entfernung, der Wind, Blätter, die Schwerkraft, das Flattern eines Vogelflügels - alles Mögliche konnte die Rotation einer Kugel stören, die so entscheidend für ihre Flugbahn war. Genau wie die Bewegungen des Opfers: Selbst wenn das Gewehr das Projektil schneller als der Schall abfeuerte, musste man immer noch abschätzen, wo sich die Person genau befand, wenn die Kugel ihr Ziel erreichte. Und für gewöhnlich blieb einem dafür nur ein Versuch.

Wollte man einen präzisen Treffer landen, wartete man besser ab, bis sich das Opfer nicht mehr bewegte.

Stuart hatte einen perfekten Schuss abgegeben. Zwei, um genau zu sein: einen, um das Fenster zu zerstören, und einen weiteren, um das eigentliche Ziel zu treffen.

Nicht Bethany - er brauchte sie lebend - und auch nicht den Taxifahrer - das hätte zu noch umfangreicheren Ermittlungen geführt.

Stuart hatte auf den leeren Sitz gut einen halben Meter neben ihr gezielt und von der Anhöhe aus keine Probleme gehabt, ihn zu treffen. Er wartete nicht ab, um die Reaktion zu beobachten, konnte sie sich aber bildlich vorstellen. Der Fahrer würde die Polizei rufen, in der Annahme, dass der Anschlag von ein paar Jugendlichen verübt worden war, die mit Gewehren herumspielten. Da niemand zu Schaden gekommen war, würde man den Fall auch nicht forensisch untersuchen, sodass niemandem auffallen würde, dass die stahlummantelten Kugeln aus einem professionellen Scharfschützengewehr stammten.

Bethany Barclay würde vom Tatort flüchten, lange bevor die Polizei eintraf. Der Fahrer würde sie gehen lassen, auch wenn er den Grund für ihre Panik falsch interpretieren würde. Ein weiteres Mal wurde die Realität durch Wahrnehmung geformt - und die Polizei würde niemals den fehlenden Passagier im Fall der blinden Großstadt-Schießerei mit der Frau in Verbindung bringen, die vom FBI gesucht wurde.

Oder jemals davon ausgehen, dass sie das Ziel des Schützen gewesen sein könnte.

Aber Bethany würde es wissen. Bethany würde glauben, dass man versucht hatte, sie zu töten, was nicht stimmte, aber in diesem Fall war die Wahrheit nicht von Belang. Stur wie sie war, würde sie nicht aufgeben und sich nicht stellen. Allerdings würde ihre mitfühlende Natur sie dazu bringen, von jetzt an jeden Kontakt zu Bekannten zu vermeiden, um nicht das Leben anderer in Gefahr zu bringen.

Damit bliebe ihr nur noch eine einzige Option.

Sie würde nun doch nach Westen gehen, was ganz im Sinne seiner Auftraggeber war.

Wieder in seinem Auto angekommen und mit der Gewissheit, noch vor Bethany in Chicago einzutreffen, gratulierte er sich selbst zu einem erfolgreich ausgeführten Auftrag.

9

Als Bethany sich endlich beruhigt hatte, weil sie merkte, dass ihre Todesangst nur noch reine Panik war, befand sie sich bereits mitten in einem Wohngebiet. Noch immer trug sie ihren Rucksack und war sich bewusst, dass sie in dieser Gegend furchtbar auffallen musste.

Sie fragte sich, ob es möglicherweise nicht doch das Beste wäre, sich einfach zu stellen. Vielleicht war die Polizei nicht allmächtig - aber wer auch immer versuchte, sie zu manipulieren, schien allmächtig zu sein. Das Einzige, was sie jetzt noch antrieb, war der Wille, diese Leute nicht gewinnen zu lassen. Sie wusste nicht, wer sie waren; sie wusste nicht, was sie von ihr wollten; aber sie wusste, dass sie Annabelle getötet hatten und dass niemand ihr ihre Geschichte abkaufen würde.

Wenn sie wollte, dass Annabelles Tod aufgeklärt wurde, dann war es an ihr, ihren Mörder zu finden.

Bethany war schon immer eine äußerst selbstständige Einzelgängerin gewesen. Sie war sich bewusst, dass diese Eigenschaft auf ihre Kindheit mit Tante Claudias Kindern zurückzuführen war. Deren ständiger Spott ließ sie nie vergessen, dass sie von ihrem Vater auf seinem Weg ins Gefängnis einfach vor ihrer Tür abgeladen worden war und er außerdem nie die Identität ihrer Mutter preisgegeben hatte. Wenn sie nicht gerade irgendwelchen Hausarbeiten nachging, betete oder in der Schule war, las Bethany Stunde um Stunde in irgendeiner Ecke des stets ordentlichen Hauses. Ihr Leben fand in ihren Büchern statt, und sie hatte sich angewöhnt, anderen Menschen gegenüber reserviert zu sein, die ...

Vor ihr tat sich eine Kirche auf.

Es war nicht die erste, an der sie auf ihrer Flucht vom Tatort der Schießerei vorbeikam. Sie war nicht auf der Suche nach einer Kirche gewesen; eigentlich wusste sie überhaupt nicht, wo sie hinwollte; aber aus irgendeinem Grund fühlte sie sich von dieser Kirche angezogen.

Das Kirchengebäude war schmal und weiß getüncht. Zwischen den zwei größeren Nachbargebäuden wurden die maroden Kirchtürme geradezu eingeklemmt, daher kam Bethany in den Sinn, dass diese Kirche wohl sehr alt sein musste und im Lauf der Zeit wahrscheinlich eine

Vielzahl von Gemeinden verschiedener Konfessionen beherbergt hatte. Heute wies die Informationstafel am Eingang die Kirche als nicht konfessionsgebunden aus, und Bethany wurde klar, was ihre Aufmerksamkeit erregt hatte. Es war der Spruch, der unter dem Namen der Kirche in schwarzen, austauschbaren Buchstaben in einem Glaskasten zu lesen war:

Läufst du nach vorne oder einfach nur davon?

Trotz ihrer verzweifelten Lage musste Bethany lächeln; und bevor sie weiter darüber nachdenken konnte, war sie schon auf halbem Weg die Treppen hinauf. Die Türen waren alt und aus schwerem Holz gefertigt, jedoch gut geschmiert und ließen sich daher ohne große Mühe aufschieben. Im Inneren der Kirche war es kühl. Bethany ging das Hauptschiff entlang. Ein älterer schwarzer Mann saß am Klavier und blätterte durch seine Noten.

»Entschuldigen Sie bitte«, rief sie mit etwas brüchiger Stimme.

Erstaunt sah er auf, erhob sich und kam auf sie zu. »Kann ich Ihnen helfen?«

»Ich ... ich würde gerne den Priester sprechen.«

»Den Pastor, meinen Sie wohl.«

Sie lief rot an. »Ja, natürlich. Entschuldigen Sie bitte.«

»Aber nicht doch.« Er wischte sich die Hände ab und streckte ihr dann eine entgegen. »Ich bin Pastor Perryman. Was kann ich für Sie tun?«

Sie nahmen auf einer der Holzbänke Platz. Bethany fing an zu weinen, woraufhin Pastor Perryman, ein Mann der alten Schule, eine der Schwestern herbeirief, um sie zu trösten, anstatt Bethany selbst zu berühren. Als sie wieder allein waren, begann Bethany zu erzählen. Bis zu diesem Moment hatte sie gar nicht bemerkt, wie groß ihr Bedürfnis gewesen war, sich jemandem anzuvertrauen. Sie berichtete ihm nicht alles - nicht einmal annähernd - und er bohrte nicht nach. Doch sie machte deutlich, dass sie von der Polizei von Virginia aufgrund eines schrecklichen Verbrechens gesucht wurde, das sie nicht begangen hatte, dass eine Freundin von ihr ermordet worden war und dass es ihrer Meinung nach eine Verbindung zwischen den beiden Verbrechen gab.

Nachdem der Pastor sie hatte ausreden lassen, erinnerte er sie daran, dass auch Moses geflüchtet war, nachdem er einen Ägypter erschlagen hatte. Gott hatte Moses erlöst und ihn zu einem großen Anführer gemacht.

»Ich bin aber nicht Moses«, sagte Bethany.

»Das ist es auch nicht, was uns diese Geschichte sagen will.«

»Sie meinen, dass Gott mich erlösen wird.«

Der Pastor schüttelte den Kopf. »Ich maße mir nicht an, den Willen Gottes zu kennen oder die Pläne, die er für Sie hat. Menschen, die das von sich behaupten, sollten Sie niemals Glauben schenken. Was ich sage, ist, dass Sie all Ihr Vertrauen in Gott und nichts anderes setzen sollten.«

An dieser Stelle lief Bethany gegen ein Hindernis, das sich ihr immer wieder in den Weg stellte. »Ich habe keine Ahnung, ob ich mich so verhalte, wie Gott es von mir verlangt.«

»Aber das tun Sie. Sie lesen die Bibel, beten um Gottes Führung, verbringen Zeit mit anderen Gläubigen und geben jeden Tag Ihr Bestes.« Seine Stimme war sanft. »Ich nehme an, dass es keinen Sinn hat, Sie zu überreden, sich zu stellen.«

»Ich kann nicht. Noch nicht.«

»Die Heilige Schrift lehrt uns, dass die Behörden durch Gott gegeben sind.«

Sie schloss kurz die Augen. »Aber dahinter stehen Menschen, die Fehler begehen können.«

»Sie können nicht für immer davonlaufen.«

»Das habe ich auch gerade gedacht.«

»Auf Ihrer Flucht werden Sie auf die Kraft Ihres Glaubens angewiesen sein, umso mehr, wenn Sie geschnappt werden.«

Sie beteten gemeinsam. Er fragte sie nicht nach ihrem Namen und stellte ihre Geschichte nicht infrage. Sie verließ die Kirche mit einer Taschenbuchausgabe des Neuen Testaments und neuer Entschlossenheit, ihre Mission zu einem erfolgreichen Ende zu bringen.

Außerdem gab Pastor Perryman ihr noch einen guten Rat mit auf den Weg.

»Dass man versucht, Sie in eine bestimmte Richtung zu drängen, legt nahe, dass Sie, dort angekommen, etwas Bestimmtes tun sollen. Vielleicht sollten sie sich einmal fragen, was genau Sie tun können, das diese Leute nicht alleine hinkriegen.«

Der Pastor erklärte ihr den Weg zum Pendelbus. Auf ihrem Weg nach New York ließ sich Bethany seine Frage durch den Kopf gehen. Warum ausgerechnet sie? Was konnte sie, das kein anderer konnte?

Darauf gab es nur eine Antwort: Annabelle. Sie kannte Annabelle besser als jeder andere. Was auch immer diese Leute von ihr wollten, hatte höchstwahrscheinlich mit ihrer besten Freundin zu tun.

Bethany kauerte sich auf ihrem Sitz zusammen. Die Mächte, die sich gegen sie verschworen hatten, schienen übermenschlich groß zu sein. Dabei war sie nur eine einzelne Person. Sie öffnete ihre Tasche, um nach einem Müsliriegel zu fischen, und stieß stattdessen auf die Taschenausgabe des Neuen Testaments. Die erste Seite des Matthäusevangeliums aufgeschlagen, begann sie zu lesen. Als sie durch den Tunnel nach Manhattan fuhr, war Stuart van der Staal bereits über hundertsechzig Kilometer in die falsche Richtung gefahren.

»Ms Barclay war definitiv in Newark«, erklärt der Mathematiker. »Das weiß ich von der Senatorin, die es direkt vom FBI erfahren hat.«

Lustlos stochert der Kirchenbaumeister in seinem Essen herum. Normalerweise ist er mit einem gesunden Appetit gesegnet; nicht jedoch heute Abend. »Ich nehme an, dass wir nicht wissen, wo sie sich im Moment aufhält?«

»Nein.«

»Oder ob sie in diesem Taxi saß, auf das geschossen wurde?«

»Nein, aber das wäre naheliegend.« Der Mathematiker zupft seine eleganten Manschetten zurecht und schwenkt sein Weinglas, ohne einen Schluck zu nehmen. »Sie wollen das Gleiche von ihr wie wir.«

Dem Baumeister gelingt es nicht, sein ungutes Gefühl abzuschütteln. Sie sitzen in einer ruhigen Ecke in einem der feinsten Restaurants von Boston. »Der Unterschied ist nur, dass sie bereit sind, Gewalt anzuwenden, und wir nicht.«

»Wir können nicht des Teufels Methoden anwenden, um des Herrn Arbeit zu verrichten.«

»Augustinus zufolge ist in Zeiten des Krieges jedes Mittel ... ach, egal. Du hast recht. Nicht nur das Ergebnis, sondern auch die Methode muss für uns moralisch vertretbar sein.« Er lehnt sich zurück und wirft einen Blick durch das gut besuchte Restaurant. Niemand erwidert seinen Blick. Sie sehen aus wie zwei in die Jahre gekommene alte Freunde, die Art von Männern, an die sich keiner erinnert, falls sie überhaupt wahrgenommen werden. Die Anonymität ist ihr bester Schutz. »Aber George, wenn ihr etwas zustoßen sollte, ist das unsere Schuld.«

Der Mathematiker zuckt mit den Schultern. »Wir können sie nicht beschützen, wenn wir nicht wissen, wo sie ist. Ich wünschte mir einfach, dass sie endlich nach Chicago geht, so wie es vorgesehen war.«

»Ich nehme an, dass sie ihre eigenen Pläne verfolgt. Langsam bekomme ich ein Gespür für diese Bethany Barclay.« Der Baumeister erlaubt sich endlich einen kleinen Bissen von seinem Entenconfit. Es ist köstlich, aber er ist nicht in der richtigen Stimmung, um das zu würdigen. »Sie lässt sich nicht kontrollieren.«

»Du meinst, das wird das gleiche Spiel wie bei Annabelle? Das ist das Letzte, was wir jetzt gebrauchen können.«

»Konzentrieren wir uns einfach darauf, sie am Leben zu halten.«

»Dazu müssen wir sie zuerst finden.«

Der Baumeister wirft seinem alten Freund einen Blick zu. »Dich plagt doch noch etwas anderes.«

Der Mathematiker hantiert mit seinem Wasserglas. »Wir wissen nicht, warum Bethany geflohen ist. Nach dem Mord, meine ich. Sie war in dieser Frühstückspension, und auf einmal packt sie ihre Sachen und verschwindet. Warum?«

»Sie hat einfach die Nerven verloren.«

»Vielleicht. Aber die Senatorin sagt, man gehe davon aus, dass sie gewarnt wurde.« Er lehnt sich vor. »Das Problem ist nur, sie wissen nicht wie. An dem Abend gab es nach ihrer Ankunft keine eingehenden Anrufe in der Pension. Sie hat keinen Besuch empfangen. Keine SMS ging an ihr Handy außer den beiden, die Ednas Neffe ihr am Montag geschickt hat. Das Handy war zu dem Zeitpunkt noch in unserer Gewalt, also kann das FBI nichts von den SMS wissen. In der Pension hat kein Handy Empfang. Also bleibt nur noch eine Möglichkeit, wie sie gewarnt worden sein könnte, nämlich wenn jemand die gleiche Idee hatte wie wir. Ihr Handy zu hacken.«

»Das erscheint mir höchst unwahrscheinlich.«

»Ednas Neffe schwört, dass er ihr nur die zwei SMS geschickt hat.«

»Du hast offensichtlich schon eine andere Theorie.«

»Vielleicht war ihr Handy bereits infiltriert, als wir es gehackt haben. Von jemandem, der erst unsere SMS gelesen und dann seine eigenen Maßnahmen ergriffen hat, um sie aufzuscheuchen.«

Der Baumeister wird nachdenklich. »Ich muss morgen das Land verlassen. Im Ausland wartet Arbeit auf mich. Das lässt sich leider nicht verschieben. Also wirst du dich darum kümmern müssen.«

10

»Fliehen will gekonnt sein«, erklärt der FBI-Agent. Sein Name ist Carraway. Er versteckt seine tiefgründige Intelligenz und sein Selbstbewusstsein hinter dem Lächeln eines Jungen aus dem mittleren Westen. »Das erleben wir immer wieder, Richterin Harrigan. Es gibt Schuldige, die fliehen, und es gibt Unschuldige, die fliehen, doch sie alle stehen schlussendlich vor der gleichen Entscheidung. Entweder sie fliehen zu Menschen und Orten, die ihnen vertraut sind, oder machen einen großen Bogen darum. Das Problem ist nur, dass beide Wege direkt in die Katastrophe führen. Davonzulaufen ist in keinem Fall die richtige Entscheidung.«

Edna Harrigan sitzt mit ernster Miene in ihrem Sessel und nippt ab und zu an ihrem Tee. Sie hatte darum gebeten, über den Ermittlungsstand im Fall Bethany Barclay informiert zu werden, und da sie über die richtigen Verbindungen verfügt, wurde ihrer Bitte umgehend stattgegeben. Sie ist sich vollends bewusst, dass die beiden Männer, die gerade im Salon ihres abgeschiedenen Hauses sitzen, sie genauso scharf beobachten, wie sie es umgekehrt mit ihnen tut. Der County Sheriff hätte nie gewagt, die ehrenwerte Richterin zu fragen, ob sie irgendwie in Bethanys Flucht involviert sei. Wahrscheinlich werden auch diese Männer nicht fragen, jedoch trotzdem versuchen, so viele Informationen wie möglich aus ihr herauszukitzeln. Es ist Mittwochmorgen und Bethany nun schon seit Montagabend auf der Flucht.

»Das scheint mir keine besonders ausgereifte Theorie zu sein, Agent Carraway.« Das Lächeln auf Ednas Gesicht ist kalt und missbilligend. »Für mich klingt das eher nach einem Klischee.«

Carraways Lächeln ist sehr viel treuherziger. »Das mag schon sein, Euer Ehren. Aber gehen wir nur einmal einen Moment davon aus, dass ich recht habe. Welchen Weg würde Ms Barclay einschlagen? An wen würde sie sich wenden? Freunde oder Fremde?«

»Lassen Sie mich die Frage andersherum stellen, Agent Carraway. Ich nehme an, dass Sie Bethanys Route nachvollzogen haben. Wofür scheint sie sich Ihrer Meinung nach entschieden zu haben?«

»Ich fürchte, dass wir ihre Spur in Pittsburgh verloren haben. Aber manche Leute – darunter auch mein Partner hier – gehen davon aus, dass sie auf dem Weg nach Ohio ist.«

Der besagte Partner ist ein Samoaner namens Pulu. Er hat breite Schultern und ist etwas rund um die Hüften, doch seine Bewegungen sind überaus geschmeidig. Bis jetzt hat er nur ruhig dagesessen und aus den hohen Fenstern die Wälder betrachtet. Zweimal hat er eingehende SMS beantwortet, auch wenn es hier draußen für Normalsterbliche so gut wie keinen Empfang gibt. Außerdem schreibt er ab und zu etwas in sein ledergebundenes Notizbuch. Jetzt erhebt er das Wort, das hauptsächlich an das Fenster gerichtet zu sein scheint: »Sie hatte einen Freund. Ein gewisser Mr Sam DeMarco. Ich bin mir sicher, dass Sie sich noch an ihn erinnern.«

Edna nickt. »Er lebte früher drüben bei Little Washington. Ein sehr wütend wirkender Mann, der immer auf der Suche nach Streit war. Man erzählte sich, dass er wohl in einem Zeugenschutzprogramm sein musste, da es keinerlei Aufzeichnungen über ihn gab für die Zeit, bevor er hier auftauchte. Wir hielten ihn für einen Mafia-Auftragskiller oder so jemanden. Vor einem Jahr ist er plötzlich verschwunden. Die Leute gingen davon aus, dass ihr Jungs ihn umgesiedelt habt.«

Der ranghöhere Agent schüttelt den Kopf. »Weder wir noch der Marshals Service haben Mr DeMarco umgesiedelt, Ma'am. Er war nicht im Zeugenschutzprogramm. Er war ein Geschäftsführer, der hierher zog, als seine Firma pleiteging, das ist alles. Er taucht nicht bei Google auf, weil er seinen Namen geändert hat.« Er starrt noch immer zum Fenster hinaus. »Wir gehen davon aus, dass Ms Barclay auf dem Weg nach Ohio ist, weil Mr DeMarco mittlerweile dort lebt.«

Das ist der Richterin neu, doch gekonnt überspielt sie ihre Überraschung. »Gibt es Grund zu der Annahme, dass Bethany von seinem neuen Aufenthaltsort weiß?«

Pulu wendet seinen Blick nun ihr zu. »Sagen Sie es mir.«

Als Edna sich weigert, diese Frage mit einer Antwort zu würdigen, übernimmt der große Junge Carraway wieder das Ruder. »Der Punkt ist, dass Ihre Freundin Bethany Barclay Mr DeMarco sehr nahestand. Sie gingen zusammen auf die Jagd, auf den Schießstand, ritten gemeinsam aus. Er war eine Art Ersatzvater für sie. Wenn Bethany weiß, wo er sich aufhält, wird sie ihn aufsuchen – davon gehen wir aus.«

Er stellt die gleiche Frage wie Pulu, nur höflicher. Und Edna antwortet entsprechend. »Ich fürchte, dass ich in dieser Sache über keine hilfreichen Informationen verfüge, Agent Carraway. Ich hatte keine Ahnung, dass Mr DeMarco in Ohio wohnt, und ich weiß auch gewiss nichts über irgendwelche Treffen, die seit seinem Verschwinden zwischen den beiden stattgefunden haben könnten.«

Wieder ergreift Pulu das Wort: »Wir sind offen für alternative Theorien.«

»Da habe ich leider keine anzubieten.«

»Aber es muss doch irgendjemanden geben, an den sie sich wenden würde.«

»Nicht wirklich. Bethany hatte nicht viele Freunde. Ich nehme an, Sie wissen von ihrer Vergangenheit.« Sie hält inne, aber niemand unterbricht sie. »Ihr Vater war, was die Leute hier unten noch immer als weißen Abschaum bezeichnen. Niemand weiß, wer ihre Mutter war. Der Vater – Everett war sein Name – tauchte einfach eines Tages mit diesem nicht einmal einjährigen Mädchen auf und lud sie bei seiner älteren Schwester Claudia ab. Claudia war verheiratet und hatte selbst fünf Kinder, doch sie nahm die Kleine auf, denn sie war eine gute Christin. Ihr Mann arbeitete auf dem Bau. Zwar war er ausgebildeter Schweißer, doch sie mussten oft dorthin umziehen, wo er Arbeit fand. In den Achtzigern, als die Navy ein Schiff nach dem anderen erbauen ließ, lebten sie in der Nähe von Newport News. Als der Schiffbau-Boom zum Erliegen kam und mit ihm der Immobilien-Boom, zog die Familie nach North Carolina, wo Claudia Verwandte hatte. Später kehrten sie in die Gegend hier oben zurück und ließen sich in Pennville nieder, eine Arbeiterstadt einige Kilometer westlich von Front Royal, direkt am Fuße der Berge. Bethany war ein kluges Kind, die Schule fiel ihr leicht, und die Lehrer liebten sie, doch weil sie ständig umzogen, gelang es ihr nie, enge Freundschaften aufzubauen. Sie bekam ein Stipendium fürs Barnard College, ging dann nach Oxford und studierte Jura in Harvard – das wissen Sie wahrscheinlich bereits alles –, und in der ganzen Zeit war die einzige echte Freundin, von der ich sie je habe reden hören, Annabelle, die aber bekanntermaßen nicht mehr unter uns weilt. Genau wie Claudias Ehemann – nach seinem Tod zog Claudia zurück nach North Carolina, um wieder in der Nähe ihrer Familie zu wohnen.«

»Aber Sie glauben nicht, dass Bethany ihre Tante aufsuchen würde«, stellte Pulu fest. »Sie wäre auch nicht zu einer ihrer Cousinen oder Cousins gegangen, mit denen sie aufgewachsen ist, oder? Sie hatte nicht viel für ihre Familie übrig. Sie könnte sich nicht darauf verlassen, dass sie dichthalten würden.«

Edna weiß, dass er versucht, sie zu provozieren; lässt ihn aber gewähren. »Der Grund, Agent Pulu, warum sie sich von ihrer Familie fernhält, ist wahrscheinlich, dass sie sie nicht in Gefahr bringen will.«

Pulu zeigt sich wenig beeindruckt. Seine finstere Miene ist auf beeindruckende Weise einschüchternd. »Aber die Schwester ihrer besten Freundin würde sie dieser Gefahr aussetzen?«

»Ich weiß es nicht. Ich glaube Ihnen, wenn Sie sagen, dass sie dort war. Ich weiß jedoch nicht, warum. Sie stand Annabelles Familie nicht sonderlich nahe. Sie mochten Bethany nicht besonders.« Sie rührt in ihrer Tasse, ohne jedoch den Blick zu senken. »Ich glaube, dass sie ihr vorwerfen, nicht alles getan zu haben, damit Annabelle clean blieb.«

»Sie glauben also, dass sie ganz auf sich gestellt ist und niemanden um Hilfe bitten wird?«

»Ich möchte keine Vermutungen anstellen, Agent Pulu. Sie ist auf jeden Fall eine willensstarke und eigenständige junge Frau. Was auch immer sie vorhat, es wird ihr auch ohne fremde Hilfe gelingen.«

»Das denkt sie zumindest«, erwidert Pulu unzufrieden.

Jetzt ist wieder Carraway an der Reihe: »Sie waren ihr Mentor, Richterin Harrigan. Sie hatten den größten Einfluss auf sie, waren ihr Vorbild. Sie kannten Bethany besser als jeder andere da draußen.«

»Und deswegen kann ich Ihnen auch versichern, Agent Carraway, dass Bethany sehr viel schlauer ist, als Sie es ihr zugestehen. Sie wird in kein typisches Muster verfallen, das Sie in irgendeinem Kurs gelernt haben. Sie wird die Menschen, die ihr etwas bedeuten, nicht in Gefahr bringen, indem sie sie um Hilfe bittet. Keine ihrer Handlungen wird vorhersehbar sein.« Sie stemmt ihren Gehstock in den Boden und kommt schwerfällig hoch. Die Agenten stehen ebenfalls auf. »Es war ein langer Nachmittag, Gentlemen. Ich danke Ihnen, dass Sie sich die Zeit genommen haben.«

Sie schüttelt beiden die Hände.

Auf der Veranda vor dem Haus erteilt die Richterin den Agenten noch einen letzten Rat. »Noch etwas, Gentlemen. Bethany Barclay ist nicht nur intelligent. Sie verfügt außerdem über sehr viel Engagement und Entschlossenheit. Ich wage sehr zu bezweifeln, dass sie die Art von Flüchtling ist, die Sie in ihr sehen. Oh, ich bin mir sicher, dass sie es bevorzugen würde, nicht ins Gefängnis zu wandern, für eine Tat, die sie, davon bin ich fest überzeugt, nicht begangen hat. Aber sie ist nicht der Typ, der einfach davonläuft. Wenn sie läuft, dann hat sie ein Ziel vor Augen.«

Pulu versteht die Andeutung einen Moment früher als sein Partner. »Sie glauben, dass sie herauszufinden versucht, wer den Mord begangen hat.«

»Sie sind derjenige, der behauptet hat, dass sie sich nach meinem Vorbild geformt hat. Nun, das ist es, was ich in dieser Situation tun würde.«

»Ohio?«, fragt Pulu, als sie die Route 647 entlangfahren.

Carraway präsentiert sein Lausbubenlächeln. »Was Besseres ist mir in der Situation nicht eingefallen.«

»DeMarco ist nicht in Ohio«, entgegnet sein Partner beharrlich.

»So lautete zumindest die Geschichte, die von den Marshals in der Stadt verbreitet wurde, als sie ihn umgesiedelt haben. Ashland, Ohio. Ich bin mir sicher, dass Bethany Barclay den Klatsch aufgeschnappt hat.«

Pulu denkt darüber nach. »Was, wenn sie weiß, wo DeMarco wirklich ist?«

»Auch für diesen Fall ist vorgesorgt.«

»Es läuft alles andere als gut«, sagt Edna später. Sie ist fünfundzwanzig Kilometer aus Front Royal herausgefahren, weil dort der mobile Empfang besser ist, und spricht in ein Wegwerfhandy: Ihr Festnetzanschluss zu Hause ist nun nicht mehr sicher. Der *Garten* ist als Organisation technologisch gesehen nicht so fortschrittlich eingestellt wie sein Widersacher; die größte Schwäche des Baumeisters besteht Ednas Meinung nach in seiner erbitterten Entschlossenheit, die Organisation in keiner Weise zu modernisieren.

»Der Plan hatte von Anfang an seine Schwachstellen«, sagt die Stimme am anderen Ende. »Das Problem ist nur, dass wir keinen besseren haben.«

»Ich sorge mich um sie, Baumeister. Diese Männer sind keine Idioten. Was, wenn sie geschnappt wird?«

»Das wäre eine wahre Tragödie. Doch die Entscheidung, sie aufzuscheuchen, war einstimmig.«

Edna schließt die Augen. Sie ist eine Einsiedlerin und hat nur wenige Freunde, aber Bethany Barclay liegt ihr sehr am Herzen. Sie liebt sie als Freundin, als Schützling und Ersatztochter. Als der Baumeister die Richterin rekrutierte, warnte er sie, dass die Mission große Opfer verlangen würde. Er hatte jedoch nie erwähnt, dass andere diese Opfer zu erbringen haben würden.

»Wir sollten eigentlich besser als die anderen sein«, sagt sie schließlich. »Schließlich sind wir angeblich die Guten.«

»Wir sind besser.« Eine kurze Pause. »Versuch dir ins Gedächtnis zu rufen, was hier auf dem Spiel steht.«

Sie reibt sich die müden Augen. »Es ist nur, dass das arme Mädchen schon so viel durchgemacht hat.«

»Ich wünschte, es wäre anders.« Die Stimme des Baumeisters klingt traurig. »Aber ich fürchte, dass ihr Leiden noch nicht vorüber ist.«

11

Das Restaurant war eines jener Multikulti-Glanzwerke, die in dieser Form auf der ganzen Welt nur in Brooklyn zu finden sind: Um die dort gebotene russische Küche zu genießen, wurde man von einem redegewandten, jedoch hauptsächlich Spanisch sprechenden Oberkellner an den Tisch geführt und von einem wachsamen Koreaner bedient, dessen Verständnis der Karte rein phonetischer Natur war. Und auch die Besitzer, mutmaßte Bethany, kamen weder aus Moskau oder Brighton Beach, sondern wahrscheinlich eher aus dem Libanon, Frankreich oder Australien und lebten mittlerweile fröhlich draußen in Montclair. Wie auch immer es sich tatsächlich verhalten sollte, war Bethany argwöhnisch, was das Treffen mit Peter Zhukov auf seinem eigenen Terrain in Little Odessa betraf, denn hier war er immer ungezügelt und damit auch gefährlich. In Manhattan hingegen, wo sie ihn das letzte Mal vor Jahren in der Wohnung seiner Schwester getroffen hatte, schien er auf seltsame Weise kleiner und stiller, als würde das Wagnis, die eigene Nachbarschaft zu verlassen, beruhigend oder einschüchternd auf ihn wirken.

Doch diese Option blieb ihr verwehrt. Peter hatte ihren Treffpunkt bestimmt, und Bethany dachte nicht daran, seine Entscheidung infrage zu stellen. Sie war hier der Bittsteller, mit nur einer Chance, ihn zu überzeugen. Danach würde er die Vorteile abwägen: Was er gewann, wenn er sie der Polizei auslieferte, gegen das, was er gewann, wenn er sie laufen ließ. Aber Bethany war auch nervös, weil die Leute, die hinter ihr her waren, wahrscheinlich auch Annabelles Familie als mögliche Anlaufstelle im Auge behielten.

Auch wenn sie sich sicher war, dass Peter es wissen würde, wenn er überwacht wurde.

Bethany lief angespannt die Straße hinunter. Sie fühlte sich auf unheimliche Weise irritiert, als würde sich die Stadt jedes Mal ein Stück verschieben, wenn sie ihr den Rücken wandte. Sie blickte sich zu beiden Seiten um und fragte sich, ob sie langsam verrückt wurde. Hierherzukommen, war reiner Wahnsinn. Bethany beherrschte gerade einmal zehn Worte auf Russisch, geschrieben sogar noch weniger, und würde damit im russischen Viertel von Brighton Beach, wo alle Schilder auf Kyrillisch geschrieben waren, wie ein bunter Hund herausstechen. Hier traf man im wahrsten Sinne des Wortes auf Kaukasier; ihre misstrauischen Blicke, die ihr auf ihrem Weg durch die Straßen begegneten, erinnerten Bethany daran, warum das geliebte Mutterland dieser Menschen trotz endlosen Leids im Lauf der Geschichte nur wenige Kriege verloren hatte.

Um ihn anzurufen, hatte Bethany sich in einem Internetcafé ein Handy geliehen. Sie kannte Peters Nummer nicht, wohl aber die eines anderen Cousins von Annabelle, der nach langem Zögern endlich einwilligte, ihm die Nachricht zu übermitteln.

Und so stand sie jetzt kurz vor Mittag im Schein der Frühlingssonne auf einer belebten Einkaufsstraße, einen Block vom Ocean Parkway entfernt. Der russische Name des kleinen Restaurants mit der Glasfront war nicht in Englisch zu lesen, im Gegensatz zu den Logos der amerikanischen Softdrinks und Biersorten, die auf der Scheibe beworben wurden. Sie ging hinein. Das helle Tageslicht ließ das Innere des Restaurants geradezu düster wirken. Der Linoleumboden glänzte. In der Mitte einer jeden tiefroten Tischdecke stand das gleiche Sträußchen Plastikblumen. Jetzt, zur Mittagszeit, war das Restaurant gut besucht und der Geräuschpegel beachtlich, doch als Bethany eintrat, verstummten die Gespräche, und alle Blicke richteten sich auf sie – so auch die von Peter, der in der Nähe der Küche allein im Schatten an einem Tisch in direkter Linie zu beiden Notausgängen saß. Denselben Tisch hätte auch Bethany gewählt, wenn für sie der Blick auf die Tür wichtiger als der Blick aus dem Fenster gewesen wäre.

Peter Zhukov. Peter der Große, wie Annabelle ihn immer nannte. Bethany hatte sie einst gefragt, ob ihr Bruder zur russischen Mafia gehörte, woraufhin ihre beste Freundin nur mit den Schultern gezuckt hatte. Vielleicht, vielleicht auch nicht.

»Aber er kennt ein paar gefährliche Jungs«, hatte Annabelle gemurmelt. »Das weiß ich genau.«

Darauf zählte Bethany jetzt.

Seine Begrüßung war ruppig und förmlich, das Händeschütteln endete so abrupt, dass sie sich nicht sicher war, ob es überhaupt stattgefunden hatte. Er hatte welliges, einst gelbliches Haar, das mittlerweile grau durchzogen war, und ein Lenin-Bärtchen, das er aus irgendeinem Grund schwarz färbte. Der leichte himmelblaue Anzug aus einem Wollgemisch, den er trug, hatte wahrscheinlich mehr gekostet als ihr Volvo aus dritter Hand. Es war ein wunderschön geschnittener Zweireiher, der seine überschüssigen Kilos kaschierte und perfekt saß. An jedem zweiten Finger steckte ein Goldring, ein Ohr zierte ein kleiner Diamantstecker. Sein runder Mund, der irgendwie affektiert verzogen wirkte, glich dem von Annabelle, und auch wenn seine Augen einen unheimlichen und durchdringenden Orange-Ton statt des Haselnussbrauns seiner Schwester hatten, so brannten sie doch mit der gleichen Entschlossenheit, jedes Hindernis zu überwinden. Was diesen Augen jedoch fehlte, war Annabelles Humor, den sie – so unwahrscheinlich das auch klingen mochte – von der karibischen Seite der Familie haben musste.

»Ich hoffe, ich bin nicht zu spät«, sagte Bethany.

»Ich bin immer überpünktlich.« War das als Erklärung oder als Rüge gemeint? Bei Peter Zhukov konnte man sich da nie sicher sein.

»Dieses Restaurant ist echt toll.«

»Ja. Lass uns essen, okay?«

Peter hatte Kebab-Spieße und Birnenlimonade für sie beide bestellt. Bethany, die auf dem Weg hierher vorsichtshalber einen Abstecher zu McDonald's gemacht hatte, knabberte pflichtbewusst an ihrem Essen herum, um nicht unhöflich zu wirken. Er erklärte ihr, dass man diese Kebabs *Liulia* nannte und sie aus gewürztem Lammfleisch und Schalotten gemacht wurden.

»Es ist köstlich, okay?« Ein Befehl, keine Frage. Unbewusst spielten seine Finger mit dem Goldkettchen an seinem Handgelenk. Ein kleines verbogenes Plättchen an einem Ende zierte die Botschaft *WWJD,* eine Abkürzung, die für *What would Jesus do?* stand. Er bemerkte ihren Blick. »Das überrascht dich, nicht wahr? Annabelle hat es mir geschenkt. Ich trage es, um ihrer zu gedenken, okay?«

»Okay, in Ordnung.«

Doch Peter reagierte beleidigt. »Das ist kein billiger Schund von der

Straße, okay? Sie hat einen Kurs belegt. Sie hat es selbst angefertigt. Es ist ein Unikat, okay? Das einzige seiner Art. Genau wie Annabelle.«

Bethany schluckte und erinnerte sich an seinen empfindlichen Stolz. »Eine wunderschöne ... Geste.«

Das orangefarbene Glühen seiner seltsamen Augen war zu viel für sie, daher wandte sie den Blick ab. Auf dem lautlos gestellten Fernseher ahmte gerade ein russischer Popstar mit pinken Haaren ein Britney-Spears-Video nach. Aus der Küche schallten Geräusche, die an eine Talkshow erinnerten, nur dass das Wortgefecht in schnellem und heftigem Russisch ausgetragen wurde, es sich also um den Koch zu handeln schien, der seine Küchenhilfe anschrie. Bethany konnte ein paar Brocken der Sprache verstehen, das meiste davon hatte sie während ihrer Zeit mit Annabelle aufgeschnappt, doch dieser nicht abreißende Strom von Schmähungen überstieg ihre Kenntnisse.

Peter würdigte sie, während er sprach, kaum eines Blickes, sondern blätterte lieber in seiner Ausgabe von *Ruskiy Bazaar*, um seine Geringschätzung zu demonstrieren. Bethany spulte ihr gesamtes Repertoire ab, um ihn um den Finger zu wickeln, doch Peter ließ sich nicht ködern. Er war der Einzige auf der russischen Seite der Familie gewesen, der auch als Erwachsener mit Annabelle Kontakt gehalten hatte, deswegen war sie jetzt hier.

Also unterhielten sie sich eine Weile über die alten Zeiten, und Bethany rief sich ins Gedächtnis, dass Peter ebenfalls von allen russischen Verwandten der Einzige war, der sie nie für Annabelles langsamen Abstieg in den Drogensumpf verantwortlich gemacht hatte. Sie fragte ihn nach seinen Geschäften, und er antwortete ausweichend. Dann fragte er sie nach ihren Geschäften und sie antwortete ausweichend. Das war die einzige Form von Unterhaltung, die Peter führte, umständlich und gerissen, während er im Hintergrund immer seine Kosten-Nutzen-Berechnungen anstellte. Die Tatsache, dass Bethany auf der Flucht war, würde daran nichts ändern. Also erkundigte sie sich höflichkeitshalber nach seiner Familie, doch er lenkte das Gespräch sofort auf ein anderes Thema um. Er fragte, ob sie wusste, dass es in Russland Schwarze gab. Sie verneinte, und er begann ihr einen kleinen Vortrag zu halten. Der Großteil stamme aus Afrika, einige von ihnen waren Nachfahren von Sklaven, doch davon gab es nur wenige. In Russland würden übrigens Tschetschenen mit einem Wort betitelt, das grob übersetzt Neger bedeutete, und Bethany war klar, dass er nur versuchte, sie wütend zu machen, indem er Annabelle beleidigte. Der Grund hierfür hingegen erschloss sich ihr nicht. Er erklärte ihr, dass dunkelhäutige Russen als Schwarze bezeichnet wurden, selbst wenn die meisten von ihnen eigentlich Weiße waren, und dass »Schwarzer« in Russland eine Schmähung darstellte. Nach den Bombenanschlägen auf Moskauer Wohngebäude in den Neunzigern, fuhr er fort, hatte die Polizei wie bei jedem terroristischen Anschlag als Erstes »die Schwarzen« verhaftet – ein Ereignis, dass den westlichen Medien entgangen war. Bethany weigerte sich weiterhin standhaft, auf die Provokation zu reagieren. Er sprach davon, wie schwer es für Schwarze war, Arbeit oder in manchen Fällen sogar Wohnungen zu bekommen. Er erzählte, dass ranghohe Regierungsvertreter den geringschätzigen Ausdruck benutzten, ohne Angst vor öffentlicher Kritik oder Beachtung seitens des Westens. Er erklärte, dass es als Schande betrachtet wurde, ein dunkelhäutiges Kind zu haben, und dass manche russischen Eltern ihre dunkleren Kinder verstießen. Plötzlich wurde Bethany klar, dass Peter noch immer von der Beerdigung sprach und anscheinend versuchte zu erklären, warum seine Halbschwester nie von der russischen Seite ihrer Familie akzeptiert worden war. Er versuchte, ihr etwas klarzumachen. Was er sagen wollte, war: Das ist kein Rassismus. So sind die Dinge einfach.

Bethany senkte den Blick auf ihren Kebab-Teller und antwortete, dass sie verstand. Doch ein anderer Teil von ihr entbrannte erneut im Zorn gegen eine Welt, die ihnen ihre geliebte Freundin und seine geliebte Schwester geraubt hatte. Ihr Entschluss, den Schuldigen zu finden, war so stark wie nie zuvor.

Der Kellner kam an ihren Tisch, um zu sehen, ob sie noch etwas wünschten, doch Peter bedachte ihn mit einem speziellen Blick, der nur für Untergebene reserviert war, sodass der junge Mann erstarrte und auf dem Absatz kehrtmachte.

»Ich gehe davon aus, dass du nichts mehr bestellen willst«, sagte Peter, während er einen Blick auf Bethanys Teller mit dem kaum angerührten Essen warf.

»Nein, richtig, ich bin zufrieden«, versicherte sie ihm, so fröhlich sie nur konnte.

Schließlich kam er auf die Schwierigkeiten zu sprechen, in denen sie gerade steckte, und sie erklärte ihm, dass es sich um ein reines Missverständnis handele, das schon bald aufgeklärt sein sollte. Der Ausdruck auf Peters geschwungenem Mund, der so sehr an Annabelle erinnerte, verriet ihr, dass er diese Prognose bezweifelte. Doch er sagte nichts. Stattdessen zuckte er nur mit den Schultern und sah ganz offen auf seine Armbanduhr, die zwar extrem flach, aber mit so vielen Diamanten besetzt war, dass es gereicht hätte, eine ganze Armada von Frauen glücklich zu machen.

Zeit, zum Punkt zu kommen.

»Peter, hör mir zu. Ich will dir sagen, warum ich dich angerufen habe.«

Er senkte das Kinn und hob es wieder, als Zeichen seiner Zustimmung. Und seine Zustimmung war in diesem Moment, worauf es ankam, denn sie befand sich in Peters Welt und war auf seine Hilfe angewiesen.

»Schieß los«, sagte er.

»Erinnerst du dich noch an unser Gespräch nach der Beerdigung?«

»Da wirst du mir wohl auf die Sprünge helfen müssen.«

Einen Moment lang taxierten sie sich gegenseitig. Peter war ein Romantiker, hatte Annabelle immer gesagt. In einer Welt, in der die russische Mafia zu einer weiteren blutdurstigen kriminellen Bande verkommen war, war er einer der wenigen helleren Sterne, die sich nichtsdestotrotz als *vory v zakone* sahen, als »Diebe vor dem Gesetz«, wie sie einst genannt wurden. Männer, die sich an den altmodischen Ehrenkodex hielten, der früher die russische Unterwelt regiert hatte.

Es war dieser Kodex, an den sie nun appellieren wollte.

»Du sagtest, wenn du jemals herausfinden solltest, wer deine Schwester ermordet hat, dann gäbe es Leute, die sich um ihn kümmern würden.«

Der Russe schien tief in Gedanken versunken zu sein, die orangefarbenen Augen waren zusammengekniffen. »Daran erinnere ich mich nicht.«

»Das war auf den Stufen vor der Kirche. Ich stand neben Tia Christina.«

»Ich erinnere mich nicht.«

Sie verstand, worauf er hinauswollte. »Ich versuche nicht, dich in eine Falle zu locken, Peter. Ich brauche deine Hilfe. Ich versuche herauszufinden, wer Annabelle umgebracht hat.«

»Viel Glück.« Peter warf erneut einen demonstrativen Blick auf seine Uhr. Er war ein Mann, der sich um Wichtigeres zu kümmern hatte – so die eindeutige Botschaft seiner Geste.

Also erzählte sie ihm den Rest: »Jemand hat auf mich geschossen.«

Zum ersten Mal schien er ein wenig beeindruckt zu sein. »Du bist aber noch am Leben, oder nicht?«

»Was ich damit sagen will: Jemand versucht, mich aufzuhalten.«

»Ich verstehe.« Sein Blick wanderte über ihr Gesicht, schnellte dann kurz zur Tür und durch den Raum, bevor er ihn wieder auf sie richtete. »Hast du irgendwelche Informationen für mich?«

»Nein.«

»Dann ein Geschenk. Hast du mir vielleicht ein kleines Geschenk mitgebracht?«

»Tut mir leid«, sagte sie, für einen Moment aus dem Konzept gebracht. »Nein. Ich habe kein Geschenk dabei.«

»Ein Spielzeug für meine Kinder vielleicht? Ein Spiel? Ein Puzzle?«

Bethany verstand nicht, was er von ihr wollte, obwohl er das offensichtlich erwartete.

»Beim nächsten Mal.« Sie versuchte, einnehmend zu wirken. »Versprochen.«

Peter nickte, brach ein Stück von dem Schwarzbrot ab, überlegte es sich anders und zeigte damit auf sie, anstatt es zu essen. »Dann bist du wegen etwas anderem hier? Hast du mich deswegen nach meinen Geschäften gefragt?«

»Ich bin nur wegen Annabelle hier. Als sie starb, war sie in irgendetwas verwickelt. Hat etwas für jemanden erledigt. Ich will wissen, was das war und für wen sie es getan hat.«

»Und du meinst, ich wüsste es?«

»Sie hatte nicht viele Freunde, Peter. Es gab nicht viele Menschen, denen sie sich anvertraut hätte.«

In seinen Augen loderte etwas auf, sein Körper verspannte sich, das schlafende Raubtier erwachte. Genau diese Reaktion hatte sie sich erhofft. Mit dem charmanten Geschäftsmann konnte sie nichts anfangen; was sie brauchte, war der Gangster.

Der schwierige Teil war nun, am Leben zu bleiben.

»Warum stellst du mir all diese Fragen?«, wies er sie mit schneidender Stimme zurecht.

Doch Bethany ließ sich nicht einschüchtern. »Weil ich Antworten brauche, Peter. Ich kann es nicht erklären, aber ich muss es wissen. Annabelle war meine Freundin. Meine allerbeste Freundin. Du weißt, dass ich auf der Flucht bin.« Von der anderen Seite der Blumenvase kam ein kurzes, zögerliches Nicken. »Ich bin davon überzeugt, dass ich gerade vor den gleichen Leuten davonlaufe, die deine Schwester auf dem Gewissen haben. Du und ich verfolgen das gleiche Ziel, Peter. Wir beide wollen ihren Mörder finden.«

Ihre kleine Rede wurde vom Brummen seines Handys unterbrochen. Er ging dran, hörte eine Minute lang stumm zu, sagte dann *khorosho* und legte auf. Die orangefarbenen Augen schweiften wieder umher wie wütende Vögel auf der Suche nach einem Platz zum Landen. Und Fressen.

»Du bist auf der Flucht«, wiederholte er ihre Worte.

»So ist es.« Diesmal war sie es, die zögerte weiterzusprechen, doch die folgende Frage ließ sich nicht schönreden. »Wirst du mich an die Polizei verraten?«

»Vielleicht. Wir werden sehen.« Es folgte eine längere Pause, während Peter sie mit seinen ernsten Augen anstarrte und wie immer alle Optionen abwog, um zu entscheiden, welche davon ihm den meisten Nutzen bringen würde. »Weißt du, was das Wort *Krysha* bedeutet?«, fragte er schließlich. »Hat meine Schwester dir dieses Wort beigebracht?«

»Nein. Nein, ich glaube nicht.«

»Dann hör jetzt gut zu, bitte. Wörtlich übersetzt bedeutet es ›Dach‹ und beschreibt eine besondere Form von Schutz. Wenn zum Beispiel ein Geschäft den Schutz eines einflussreichen Mannes aus der Nachbarschaft ersucht, und dieser Mann einwilligt, diesen zu gewähren, dann ist das Geschäft ab diesem Zeitpunkt unter seiner *Krysha.* Wer auch immer es nun wagt, dieses Geschäft anzugreifen, bekommt es mit dem einflussreichen Mann zu tun. Verstehst du, was ich damit sagen will?«

»Ja, Peter.«

»Manchmal beschreibt das Wort *Krysha* aber auch die Organisation, durch die der Schutz gewährt wird. Also könnte der einflussreiche Mann sowohl der Kopf einer *Krysha* sein als auch *Krysha* bieten. Kannst du mir folgen? Verstehst du?«

»Ja.« Peter hatte sich noch immer nicht dazu geäußert, ob er sie verraten würde. Ihr fiel auf einmal auf, dass er seine Frage hinsichtlich ihrer Flucht erst gestellte hatte, nachdem er den Anruf bekam. Sie warf einen Blick auf die sonnige Straße draußen, konnte aber nichts Ungewöhnliches entdecken.

»Die *Krysha* ist eine sehr wichtige Form des Schutzes«, erklärte Peter gerade mit erhobenem Zeigefinger, und Bethany spürte, oder hoffte zumindest zu spüren, dass er sich zu ihren Gunsten entschieden hatte. »Es handelt sich um einen äußerst wirksamen Schutz. Niemand will freiwillig den einflussreichen Mann und seine *Krysha* herausfordern, okay? Es sei denn, es handelt sich dabei um einen noch einflussreicheren Mann. Okay?«

»Okay.«

»In Russland leitet vielleicht der Anführer einer örtlichen Miliz eine *Krysha.* Und vielleicht führt der Manager eines berühmten Sportlers eine andere, okay? Alles, was es dazu braucht, ist ein gewisser Einfluss.«

»Ich verstehe«, sagte sie und faltete die Hände wie eine folgsame Schülerin.

»Ein Freund eines Freundes hat einen Onkel, der ein Mann mit Einfluss ist. Vor sechs Monaten war meine Schwester in großer Sorge, okay? Sie rief mich immer an und sagte dann, ›Pyotr‹ – so hat sie mich genannt, okay? Ich werde jetzt Peter gerufen, aber ihr gefiel Pyotr besser – ›Pyotr, ich habe Angst. Ein paar wirklich böse Menschen sind hinter mir her.‹ Was Frauen eben so sagen, um Aufmerksamkeit zu bekommen, du weißt schon.«

Bethany verzog keine Miene. Vielleicht hatte sie davon gewusst, vielleicht auch nicht, doch nun, da er zu reden begonnen hatte, würde sie seine Geschichte auf keinen Fall unterbrechen.

»Aber meine Schwester denkt sich normalerweise keine Geschichten aus, um Aufmerksamkeit zu bekommen. Sie ist gerne allein. Sie ruft nie an, nur weil sie einsam ist, sondern nur, wenn sie auch etwas zu sagen hat, okay? Als sie mir also sagt: ›Ein paar wirklich böse Menschen sind hinter mir her‹, nehme ich die Sache ernst. Ich kann nicht so tun, als würde sie sich das ausdenken. Und außerdem höre ich die Angst in ihrer Stimme, sie ist echt, okay? Natürlich frage ich sie, wer hinter ihr her ist. Sie will es mir nicht verraten. Nur, dass die bösen Leute sie wegen etwas verfolgen, das sie sucht. Also frage ich sie natürlich, was sie sucht. Sie sagt mir, dass es etwas Wertvolles ist, okay? Ich frage sie, wie wertvoll? Sie sagt, sehr wertvoll. Mehr will sie nicht sagen. ›Hilf mir, Pyotr‹, bittet sie mich. ›Ich darf nicht zulassen, dass sie mich aufhalten.‹«

Die starken Hände rissen ein weiteres Stück aus dem Schwarzbrot. Bethany brannte eine Frage auf der Zunge, sie scheute sich jedoch, seinen Redefluss zu unterbrechen.

»Also statte ich dem Onkel des Freundes meines Freundes einen Besuch ab. Wir kommen zu einer Übereinkunft. Ich überlasse ihm ein paar Anteile an meinen Unternehmen. Vielleicht bekommt er etwas vom Fischmarkt. Vielleicht überlasse ich ihm die Einnahmen einer der Zeitungen, die mir gehören. Vielleicht auch etwas anderes, okay? Ist ja auch egal. Vielleicht verspreche ich ihm etwas. Vielleicht schulde ich ihm einen Gefallen. Wie auch immer, er willigt ein, okay? Er wird meine Schwester unter seine *Krysha* nehmen. Er wird sie beschützen. Er ist ein einflussreicher Mann, er kann den richtigen Kreisen Bescheid geben. Meine Schwester ist unter seinem Dach. Wenn irgendjemand versucht, ihr auf irgendeine Weise wehzutun, wird er einen Krieg gegen den einflussreichen Mann anzetteln, okay? Er nimmt seine Pflicht sehr ernst.«

Er signalisierte dem Kellner, sein Glas aufzufüllen und mehr Brot zu bringen.

»Und nun ist Annabelle tot, okay? Der einflussreiche Mann muss jetzt seiner Verpflichtung nachkommen, sonst wird niemand mehr seine *Krysha* respektieren, okay?« Peter schien sich in seine Geschichte hineinzusteigern, und sie erinnerte sich an seine Tränen bei der Beerdigung. »Wenn du in das Haus eines Mannes kommst und einem Gast unter seinem Dach etwas antust, muss er sich darum kümmern, und zwar schnell, damit kein Platz für Fragen bleibt.«

»Was genau soll das heißen?«

Peters Ausdruck wurde wild, und durch Bethanys Kopf schossen Bilder von Vorfahren, die in der Steppe bis zum letzten Tropfen Blut kämpften, um ihr Vaterland gegen jeden Eindringling zu verteidigen. »Die Ehre des einflussreichen Mannes wurde verletzt, Bethany. Das kann er nicht dulden. Selbstverständlich muss er seiner Verpflichtung nachkommen.«

»Selbstverständlich«, wiederholte sie mit schwacher Stimme.

»Ich habe meine Schwester sehr geliebt, okay?«

Bethany schluckte. Wenn schon, denn schon. »Liebst du sie genug, um mir zu sagen, wer sie getötet hat? Hinter wem der ... der einflussreiche Mann ... her ist?«

»Die Angelegenheiten dieses Mannes gehen mich nichts an, okay?«, sagte er mit steinerner Miene. »Ich habe ihn nicht danach gefragt.«

Obwohl sie wusste, dass der starre Blick sie einschüchtern sollte, gab sie sich nicht geschlagen. »Würdest du mir dann wenigstens verraten, wohin Annabelle wollte? Oder wo sie gewesen ist?«

»Meine Schwester hat mir nicht gesagt, wo sie hinwollte«, sagte er mit Bestimmtheit. »Und ich habe nicht gefragt, okay?«

»Sie hat dich vor sechs Monaten angerufen. Etwa zur gleichen Zeit stattete sie mir einen Besuch ab. Kurz danach ist sie verschwunden.« Bethany versuchte, alles Schritt für Schritt durchzugehen. »Und als sie anrief, sagte sie nicht: ›Ich darf nicht zulassen, dass sie mir etwas antun‹, sondern: ›Ich darf nicht zulassen, dass sie mich aufhalten‹. Ist es nicht so?«

»Und wenn schon? Das läuft doch auf dasselbe hinaus.«

Aber das tat es nicht. Bethany dachte einen Moment nach. Annabelle war auf der Suche nach etwas gewesen, als sie verschwand. Böse Menschen trachteten ihr nach dem Leben. Und vielleicht interpretierte Bethany zu viel in die Worte hinein, doch für sie klang es, als wäre Annabelle weniger um ihr Leben als um ihre Mission besorgt gewesen.

»Und sie hat nicht die kleinste Andeutung gemacht, wonach sie suchte?«

»Hör zu, sie war meine Schwester, okay? Wen kümmert es, in welchen Schwierigkeiten sie steckte? Sie brauchte meine Hilfe. Ich habe ihr geholfen. Ich bin ihr Bruder.« Wieder spielte er an dem WWJD-Kettchen herum. »Meine Schwester war eine sehr entschlossene Frau, okay? Sie hatte ihre eigenen Dämonen zu bekämpfen, aber wenn sie etwas wollte, dann bekam sie es auch. Und was sie getan hat – nun, niemand hat sie dazu gezwungen, okay? Sie half gerne.« In seinen Augen schwelte etwas. »Sie hat dich sehr geliebt, Bethany. Nur aus diesem Grund war ich bereit, dir zu glauben, okay? Deswegen werde ich dich auch nicht verraten. Weil meine Schwester dich geliebt hat.« Seine Augen flackerten fragend auf. »Ist es möglich, dass sie dich um Unterstützung bitten wollte?«

»Das hat sie nicht. Sie hat mir gar nichts gesagt.«

»Mir sagte sie, dass sie den weisen Mann aufsuchen muss. Und dass du ihn auch kennst.«

»Den weisen Mann? Wer zum Henker ...«

Erneut brummte leise sein Handy. Er hob die Handfläche, um ihr zu signalisieren, dass sie warten sollte. Dann hörte er, was am anderen Ende gesagt wurde, flüsterte leise etwas und hörte wieder zu.

Peter legte das Telefon hin und runzelte die Stirn. Bethany war erneut klug genug, ihn nicht in seinen Gedanken zu stören.

»Meine Schwester hat dich sehr geliebt«, wiederholte er. »Also werde ich dir diese eine Sache noch anvertrauen, okay? Meine Schwester hat mir weder gesagt, wo sie war, noch wo sie hinwollte oder wonach sie suchte. Sie sagte mir nur, dass sie zum weisen Mann müsse. Aber du hast keine Ahnung, wer das sein soll.«

»Nein.«

Ihre Antwort schien ihn zu enttäuschen. Sein Telefon gab einen Signalton von sich. Er warf ihr einen Blick zu. »Sie sagte mir außerdem, dass ein alter Freund von dir sehr wütend auf sie sei.«

»Einer meiner Freunde? Hat sie gesagt, wer?« Sie lehnte sich vor.

»Peter, bitte. Ich weiß nicht, wer der weise Mann sein soll. Ich weiß nicht, welcher meiner Freunde wütend auf sie war. Aber das ist nicht der Grund, warum du mich getroffen hast. Bitte. Was hat Annabelle dir sonst noch anvertraut? Da ist noch etwas, das sehe ich dir an.«

Wieder studierte er ihre Hände. Dann schüttelte er den Kopf, nicht um zu leugnen, sondern als Weigerung: Welche anderen Geheimnisse Annabelle auch sonst noch mit ihm geteilt haben mochte, Peter Zhukov würde sie nicht verraten.

»Du sagst, dass du meine Schwester liebst. Das ist gut. Also sage ich dir Folgendes. Wenn du die Leute findest, die ihren Tod zu verantworten haben, meldest du sie nicht der Polizei. Du rufst mich an. Kannst du mir folgen? Ich gebe dir meine Nummer. Du rufst mich an, ich rufe den einflussreichen Mann an, du wäschst deine Hände in Unschuld, okay? Seine Ehre wurde verletzt, er muss seiner Verpflichtung nachkommen.«

Sie antwortete ihm zögernd, »Ich weiß nicht, ob ich das tun kann, Peter.«

Doch ihre Skrupel interessierten ihn nicht. Stur sagte er seine Nummer zweimal auf, bis er sich sicher war, dass Bethany sie nicht vergessen würde. Dann aß er seinen Nachtisch auf und tupfte sich den kleinen Mund mit einer Serviette ab – eine erstaunlich anmutige Geste, angesichts seiner großen Hände. »Wir müssen jetzt los«, sagte Peter, während er ein paar Geldscheine auf den Tisch legte. Bethany hätte fast erwartet, dass er mit Rubel zahlte. »Es sind einige Leute auf dem Weg hierher, die nicht aus der Gegend sind und auch nicht wie Touristen aussehen.«

»Das FBI?«, fragte sie, während in ihrem Kopf schon die Tür zu der Zelle zuschlug, die für die nächsten fünfzig Jahre ihr Zuhause sein sollte.

»Vielleicht noch Schlimmeres«, sagte Peter Zhukov und sprang leichtfüßig auf. »Komm jetzt.«

12

Obwohl sie erst vor zwei Tagen Kenneth Kirklands Leiche in ihrer Küche gefunden hatte, kam es Bethany so vor, als sei sie schon ewig auf der Flucht. Ohne eine nennenswerte Verschnaufpause waren ihre körperlichen und emotionalen Reserven mittlerweile aufgezehrt, und trotzdem wusste sie, dass sie jetzt nicht einbrechen durfte.

»Wohin gehen wir?«, fragte sie, während sie Peter in die lärmende Küche folgte, in der niemand ihnen Beachtung schenkte.

»Folg mir einfach, okay?«

»Vor wem rennen wir davon?«

»Ich weiß es nicht.« Er lief am Hinterausgang vorbei und führte sie eine wackelige Treppe hinunter in einen Lagerraum, in dessen Regalen sich Kisten und Konserven türmten.

»Warum rennen wir dann weg?«

»Komm einfach.«

Der Keller war weitläufiger als das Restaurant darüber, und Bethany vermutete, dass er zu mehreren Läden gehörte. Sie liefen unter einer Reihe von niedrigen Bögen aus marodem Backstein hindurch. Die Lebensmittelkisten wurden weiter hinten von Papierwaren abgelöst. Es roch nach Tinte, und es war sehr düster.

Bethany kam der Gedanke, dass Peter sie angelogen haben könnte, was ihre Verfolger anging, und dass sie ihm ohne Weiteres einfach in dieses Kellerloch gefolgt war, ohne dass jemand davon wusste. Doch er war Annabelles großer Bruder, und in der Wohnung ihrer besten Freundin hatte sie oft seinen langatmigen Trinksprüchen gelauscht, obwohl sie selbst nur mit einem herzhaften *»Za vas!«* hatte antworten können, als sie an der Reihe war.

Der Keller führte in einen Tunnel mit leichtem Gefälle. Bethany, die niedrige Decken hasste, beschloss, dass es jetzt an der Zeit war zu beten. Während sie Peters breiten Schultern folgte und sich genauso viel Gedanken um das machte, was vor ihnen lag, wie um das, wer ihnen auf den Fersen war, versuchte sie sich ein paar von Tante Claudias Lektionen ins Gedächtnis zu rufen in der Hoffnung, ihr würde ein Trost spendender Passus aus der Bibel einfallen. Dabei war sie sich nicht bewusst, dass sie bereits betete.

»Peter?«, flüsterte Bethany und setzte ihre Neugier ein, um die Angst zu bewältigen. Denn seit sie seine Geschichte gehört hatte, brannte ihr eine Frage auf der Zunge.

»Ja?«

»Dieser einflussreiche Mann, von dem du gesprochen hast. Der Mann mit der *Krysha.*«

»Ja?«

»Hat er ... schon angefangen? Rache zu nehmen, meine ich?«

Peter sprach, ohne langsamer zu werden. Der feuchte Tunnel war so schmal, dass sie nur hintereinander laufen konnten. Immer wieder verschwand Peter in den dunklen Schatten vor ihnen. Irgendwo tropfte Wasser. Ratten huschten durch die Dunkelheit. »Was dieser Mann tut, hat nichts mit Rache zu tun, okay?«, sagte Peter über seine Schulter. »Ich habe es dir erklärt. Er begleicht seine Schuld.«

»Und ist er bereits dabei, seine Schuld zu begleichen?«

»Er begleicht immer seine Schuld. Er ist ein Mann, der seine Verpflichtungen sehr ernst nimmt.« Er blieb stehen, hielt die Hand hoch als Zeichen, dass sie leise sein sollte, und horchte in die Stille hinein. »Genau wie ich, okay? Genau wie du.« Wieder spitzte er die Ohren. Bethany tat es ihm gleich, doch alles, was sie hörte, waren die Ratten, weswegen ihr unwillkürlich ein Schauer über den Rücken lief. Ratten und unter der Erde begraben zu sein: ihre beiden schlimmsten Albträume. Peter sagte leise: »Hier unten ist jemand.«

»Du meinst, sie sind uns gefolgt?«

»Wäre möglich, okay?«

Sie warf einen Blick hinter sich in die Richtung, aus der sie gekommen waren, konnte aber nur das schwache Licht der nackten Glühbirnen erkennen, die in regelmäßigen Abständen von der Decke hingen, von denen die meisten allerdings defekt waren. Daher erweiterte sie ihren Hörradius, so wie ihr Vater es ihr auf der Jagd beigebracht hatte, indem sie jedes Geräusch gezielt wahrnahm, bis das nächste auftauchte, konnte aber nichts Verdächtiges hören.

Doch, da war etwas.

Ein leiser Schritt. Zwei. Drei.

»Wer ist das?«, flüsterte sie.

»Komm«, sagte er, ohne sich die Mühe einer Antwort zu geben. »Beeil dich, okay?«

Sie liefen nun schneller, Peter in seinem schicken Anzug, Bethany in ihrer legeren Hose und flachen Schuhen. Zweimal gabelte sich der Tunnel, und beide Male wusste Peter genau, welche Richtung sie einschlagen mussten. An einer Stelle hörte Bethany ganz in der Nähe die U-Bahn vorbeidonnern. Ein anderes Mal spürte sie das lautlose Tosen einer Hauptwasserleitung.

Doch hauptsächlich hörte sie die Ratten. Es gab keine gute Art zu sterben, doch hier unten ermordet zu werden, schien ihr ein besonders schrecklicher Tod zu sein.

»Hast du eine Waffe?«, fragte Peter irgendwann.

»Nein. Hast du eine?«

Er verlangsamte seinen Schritt lange genug, um ihr einen bösen Blick zuzuwerfen. »Natürlich nicht. Ich bin Geschäftsmann, okay?«

»Okay«, erwiderte sie ernst, mittlerweile bereit, ein Jahr ihres Lebens gegen den kleinsten Schimmer Sonnenlicht einzutauschen.

Sie liefen weiter. Es kam ihr so vor, als würde das Gewicht von ganz Brooklyn auf sie herabdrücken, und so duckte sie sich instinktiv von der Last weg. Sie fragte ihn, was das für ein Tunnel sei, da sie wusste, dass die Geschichte über das breite Netzwerk von Geheimgängen unter der Stadt nur ein Mythos war.

»Beeil dich einfach«, sagte er nur.

Doch Bethany hörte keine Schritte mehr, und ihr kam in den Sinn, dass es sich dabei vielleicht nur um Echos gehandelt haben könnte. Sie fragte sich, ob er sie wegen der Waffe angelogen hatte.

Er blieb vor einer schweren Metalltür stehen. Sie mussten beide mit anpacken, um sie zu öffnen, und als sie mit einem kreischenden Schleifgeräusch aufging, drückte er sie plötzlich gegen die Wand und hielt ihr den Mund zu. Ohne Mühe riss sie sich von ihm los und machte sich, trotz der beengten Verhältnisse, auf einen Kampf bereit, doch Peter blickte nur zurück in die Richtung, aus der sie gekommen waren, und hielt den Zeigefinger gegen die Lippen. Da wurde ihr auf einmal bewusst, dass

Peter sie mit seinem Körper geschützt hätte, wenn sie tatsächlich angegriffen worden wären.

Also doch ein Mann von Ehre.

»Komm«, forderte er sie auf und ging langsamer weiter. »Es ist nicht mehr weit.«

Sie kamen an eine weitere Treppe, und Bethany machte sich gerade daran hinaufzusteigen, als Peter ihre Hand berührte und ihr ein Zeichen gab, noch zu warten. Er holte sein Handy hervor, um jemand anzurufen. Mit Blick auf die schweren Stahlträger und losen Kabel fragte sich Bethany, ob er hier unten überhaupt Empfang hatte. Dann steckte er das Telefon wieder ein, nickte, und Bethany hastete hinter ihm her die Treppe hinauf. Sie traten in einen überladenen Raum, in dem alle Wände, die nicht mit Bücherregalen zugestellt waren, von Bleiglasfenstern geziert wurden, und gingen durch eine schwere Holztür direkt in das glitzernde Hauptschiff einer riesigen russisch-orthodoxen Kirche voller Kerzen, Ikonen und buntem Fensterglas.

Ein einsamer Priester kniete im Gebet. Er trug eine schwarze *Riasa* aus Samt. Als er sich erhob, schien sein Bart breiter als lang zu sein. Peter blieb stehen und flüsterte etwas. Der Priester segnete ihn, und Peter küsste seinen Ring.

Nervös stand Bethany daneben und fragte sich, ob sie es Peter gleichtun sollte, doch der Priester wandte sich wieder seinem Gebet zu, und Peter schob sie den Mittelgang hinunter.

»Was war das denn?«, fragte sie.

»Ich treffe nur jede mögliche Vorsorge«, erklärte er, schien dabei jedoch peinlich berührt, als hätte sie ihn bei einer Sünde erwischt.

Draußen vor der Kirche auf einer ruhigen Wohnstraße angekommen, schossen Bethany ein Dutzend Fragen durch den Kopf, die Peter nie beantworten würde. Sie schirmte ihre Augen mit der Hand ab, musste sie in dem grellen Sonnenlicht aber zusätzlich zusammenkneifen, um sein Gesicht zu erkennen.

»Wir haben sie abgehängt. Wir sind sauber.« Er sprach über seine

Schulter, während er mithilfe seines Spiegelbildes in einem der Fenster sein Jackett zurechtrückte.

»Wer waren die?«, fragte sie immer noch misstrauisch.

»Vielleicht ein paar gefährliche Männer, okay? Vielleicht ein paar sehr gefährliche Männer.«

Sie hatte die Hände in die Hüften gestemmt. »Oder vielleicht auch niemand. Du hast mich doch nicht ohne Grund dort runtergezerrt.«

Peter ignorierte sie. Er richtete seine Krawatte und strich sich über den Kragen. Während sie noch versuchte, aus ihm schlau zu werden, drückte er eine Taste auf seinem Handy und hörte zu, ohne selbst zu sprechen. Dann steckte er es in seine Tasche zurück.

»So. Ab hier findest du dich allein zurecht, okay? Ich nehme an, du wirst die Stadt verlassen.«

»Wahrscheinlich.«

»Vielleicht findest du ja den weisen Mann, was? Der Typ, den meine Schwester besuchen wollte.« Ohne eine Antwort abzuwarten, wies er besitzergreifend die Straße hoch und runter. »Und es wäre keine gute Idee, dich wieder in dieser Gegend blicken zu lassen, okay? Es sei denn, du bringst mir ein Geschenk mit.«

»Ich bin mir immer noch nicht sicher, was du von mir willst.«

»Fürs Erste genügt es mir, wenn du mir Bescheid gibst, sobald du den Mörder meiner Schwester gefunden hast.« Wieder spielte er an seinem Armband herum. Sie sah den Schmerz in seinem Gesicht und wusste, dass er es als ständige Erinnerung an seinen Verlust trug und es ihm mit seiner Rache todernst war. »Wirst du das für mich tun?«

»Ich werde ... darüber nachdenken.«

»Gut. Das wird den einflussreichen Mann zufriedenstellen.«

Peter verabschiedete sich nicht. Er hörte einfach auf zu reden und ging an ihr vorbei die Straße hinunter, zurück in das Labyrinth seiner brutalen Welt.

13

Edna Harrigan ist gerade in der Küche, als das Telefon klingelt. Ihre dünnen Arme sind tief ins Spülwasser getaucht, während sie die Kuchenform schrubbt, die sie eben zum Backen benutzt hat. Im ganzen Landkreis ist sie für ihre Plätzchen und Kuchen bekannt. Als sie noch auf der Richterbank saß, brachte sie ihren Assistenten mindestens einmal im Monat etwas Selbstgebackenes mit. Jetzt backt sie ihre Leckereien für die Kranken und Bettlägerigen, die frisch Verwitweten und Verwaisten. Wann immer die Pfadfinder oder die Feuerwehr einen Kuchenverkauf veranstalten, können sie sich auf Richterin Harrigans Beitrag verlassen. Backen ist Therapie für sie, und tief in ihrem Herzen weiß sie, dass sie damit ein Ventil für ihre Großzügigkeit gefunden hat, die sie sonst vor der Welt geheim hält, um nicht ausgenutzt zu werden.

Ihre Zurückgezogenheit ist auch der Grund, warum nur ein Dutzend Menschen ihre Telefonnummer haben.

Das Telefon hört nicht auf zu klingeln.

Hör auf, ruft Edna, aber nur in ihrem Kopf. *Leg auf. Ich will nicht mit dir reden, wer immer du auch sein magst. Geh und belästige jemand anderen.*

Sie hat keinen Anrufbeantworter. Ihrer Logik zufolge kann es nichts Wichtiges sein, wenn der Anrufer nicht gewillt ist, ein zweites oder drittes Mal anzurufen. Und wenn es doch etwas Wichtiges sein sollte, wird man sie schon erreichen. Aber natürlich ist sie alt genug, um sich an eine Zeit zu erinnern, in der Dinge nicht sofort geklärt oder besprochen wurden. Die meisten Menschen in ihrer Heimatstadt besaßen kein Telefon. Wurde man über einen Todesfall erst nach einer Woche anstatt nach einer Stunde informiert, so fühlte sich niemand hintergangen oder geschmäht.

Natürlich war die Welt damals noch zivilisiert.

Edna seufzt, trocknet sich die Hände ab und durchquert mit zwei schmerzhaften Schritten die Küche.

»Ja«, meldet sie sich, wortkarg wie immer.

»Hast du gerade den Fernseher laufen, Liebes?«

Die fröhliche Stimme gehört Lillian Hartshorne, Ednas engster Freundin, jetzt wo Sylvia Kirkland tot ist. Lillian lebt in palastähnlichem Luxus etwa sechzehn Kilometer östlich von Flint Hill: Ihr verstorbener Ehemann war Gründer einer großen Telefongesellschaft.

»Hallo, Lillian.«

»Du siehst nicht gerade fern, oder?«

»Ich halte nicht viel vom Fernsehen.«

»Nun, dein Schützling ist wieder drin. Das Mädchen, das seinen Freund umgebracht hat.«

»Ich bin mir sicher, dass sie unschuldig ist, und außerdem war er nicht ihr Freund«, schießt Edna wie aus der Pistole zurück. Dann wird es in der Küche trotz des warmen Geruches von Gebackenem plötzlich frostig. »Lillian, haben sie sie verhaftet?«

»Schalt ihn einfach ein.«

»Ist sie ... ist sie ...«, doch Edna bringt es nicht über sich, ihre Frage zu beenden. *Ich fürchte, dass ihr Leiden noch nicht vorüber ist,* hatte der Baumeister gesagt.

»Stell einfach deinen Fernseher an.«

Lillian hängt auf.

Der einzige Fernseher im Haus steht im Salon und wird nur selten genutzt. Edna muss sich erst ins Gedächtnis rufen, welche Tasten auf der Fernbedienung sie drücken muss, und schaltet zunächst aus Versehen die Musikanlage an, die sie immer noch als das Stereogerät bezeichnet. Bachs Konzert für zwei Violinen wabert aus den Lautsprechern. Wahllos drückt sie weiter auf alle Tasten, bis der Bildschirm endlich aufleuchtet. Dann schaltet sie von ihrem Lieblingssender, dem Geschichtssender, um zu den Nachrichten. Gerade läuft der letzte Teil des Beitrags, daher muss sie geduldig warten, bis nach einer Reihe von Werbespots, Berichten über Promi-Scheidungen und sinnlosen politischen Debatten die Nachrichtensprecher endlich wieder zu ihrer »Top-Story« zurückkommen.

Und natürlich wird den Zuschauern Bethanys Führerscheinfoto präsentiert, das wie üblich einem Fahndungsfoto ähnelt.

Es hat einen weiteren Rohrbombenanschlag gegeben, verkündet der Nachrichtensprecher mit ernster Stimme. Er galt einem unabhängigen Forschungslabor in der Nähe des Haverford College Campus, wo die Tatverdächtige erst kürzlich gesichtet wurde. Genau wie bei der Bombe, die in Virginia hochging, richtete sich der Anschlag gegen eine Einrichtung, die medizinische Forschung an menschlichen Embryos betreibt.

Quellen zufolge könnte der Täter Mitglied einer Gruppe christlicher Extremisten sein.

Carraway sitzt in einem Großraumbüro an seinem Schreibtisch neben dem Fenster, mit Blick auf das Washington Monument auf der anderen Seite des Potomac River. Da sowohl das Hoover Building als auch die Washingtoner Außendienststelle hoffnungslos überfüllt sind, werden Sondereinsatzkommandos üblicherweise in irgendwelchen Bürotürmen der Außenbezirke untergebracht – in diesem Fall einer Suite im zehnten Stock eines Hochhauses in Crystal City ganz in der Nähe des Reagan National Airport. Er blickt hinaus in den Regen und fragt sich, was ihn an dem Memo der Einsatzbesprechung auf seinem Bildschirm so stört. Sein Boss ist auf dem Weg zu einem Meeting in der Kommandozentrale, bei dem sie mit angemessener Betroffenheit ein ressortübergreifendes Komitee darüber informieren wird, dass dem FBI keine neuen Hinweise vorliegen. Sie werden sie zu den Spekulationen der Presse befragen, die alle drei Anschläge christlichen Extremisten zuschreibt. Sie werden sie fragen, ob es stimmt, dass die Tatverdächtige, Bethany Barclay, Mitglied einer konservativen episkopalen Gemeinde sei. Entsprechend ihrer Vorurteile werden sie ihr Fragen stellen, auf die sie keine Antwort hat. Aber daran ist nur der Mangel an Informationen schuld.

»Agent Carraway, Sir.«

Er schaut auf. Eine Praktikantin reicht ihm zwei Nachrichtenzettel, woraufhin er ihr dankt und sogar ein Lächeln schenkt, obwohl er eigentlich genervt ist. Nachrichtenzettel sind meistens von irgendwelchen Verrückten. Jeder, der einen guten Grund hat, ihn anzurufen, hat entweder seine Nummer im Büro oder die von einem seiner zwei Handys.

Beide Nachrichten stammen von Ted Lesofsky. Großartig. Genau das, was er jetzt überhaupt nicht gebrauchen kann.

»Wenn er noch einmal anruft«, sagt Carraway, »sagen Sie ihm, dass ich ihn sobald wie möglich zurückrufe.«

Die Praktikantin steht einfach nur da und macht große Augen.

»Was ist los, Valerie?«

»Es ist nur so, dass er behauptet, ein ehemaliger Special Agent zu sein.«

»Das war er auch.«

»Er sagt, dass er wichtige Informationen zu Ihrem Fall hat.«

»Das behauptet er immer. Er ruft einmal die Woche an. Und er fragt immer nach mir, weil ich so ziemlich der Einzige bin, der noch mit ihm spricht.« Er sieht die Neugier in ihrem jungen Gesicht aufkeimen. »Während eines Falls hat er einen Nervenzusammenbruch erlitten. Er war ein guter Mann – er ist ein guter Mann –, aber er kann es einfach nicht ertragen, dass er nicht mehr mitmischen darf, okay? Also sagen Sie ihm einfach, dass ich ihn anrufe, sobald ich Zeit habe. Sagen Sie ihm, dass ich ihn zum Mittagessen einlade.«

Nachdem die Praktikantin verschwunden ist, richtet Carraway den Blick erneut aus dem Fenster und versucht herauszufinden, was ihm keine Ruhe lässt. Der graue Regen prasselt gegen das Glas. Er fragt sich, ob er ...

Das Glas.

Das *Glas.*

»Pulu«, sagt er.

Sein Partner sitzt ihm am Schreibtisch gegenüber. Er telefoniert gerade mit der Außenstelle in Newark, wo sich die Agenten mittlerweile fast sicher sind, dass die Frau, die aus dem Taxi geflüchtet ist, Bethany Barclay war.

»Pulu«, ruft er etwas lauter.

»Warte kurz.«

»Sag ihnen, dass du zurückrufst.«

Pulu entschuldigt sich, drückt auf die »Halten«-Taste und legt vorsichtig auf. Vor drei Monaten hat er einen Hörer zerstört, weil er ihn mit zu viel Gewalt auf die Telefongabel geknallt hat.

»Was ist so wichtig, dass es nicht warten kann?«

Carraway blättert hektisch durch seine Akten. Er hasst das papierlose Büro und druckt jeden Bericht aus, der ihm in die Finger kommt. »Wer hat auf das Taxi geschossen?«

»Irgendwelche Kids von einer Brücke.«

»Einfach so aufs Geratewohl. Das nenne ich mal einen Zufall.«

»Das wissen die Jungs in Newark auch, Carl. Niemand will hier voreilige Schlüsse ziehen. Aber sie können sich einfach keinen Reim darauf machen, wer sie erstens töten will und zweitens wusste, wo sie war.« Er greift wieder zum Telefon. »Vielleicht sind ihre eigenen Leute hinter ihr her. Mit wem auch immer sie zusammenarbeitet. Vielleicht sind die sauer, dass sie diesen Typen in Virginia umgebracht hat und so ihre Deckung aufgeflogen ist.«

»Warum haben sie dann nur zwei Schüsse abgegeben und sind dann abgehauen? Warum haben sie nicht gewartet, bis sie ausstieg? Bei einem Schuss auf ein Fahrzeug läuft man Gefahr, dass die Kugel durch das Glas abgelenkt oder beschädigt wird. Es ist sehr viel einfacher, auf jemanden zu schießen, der zu Fuß unterwegs ist. Warum haben sie nicht gewartet?«

»Vielleicht haben sie es mit der Angst zu tun bekommen.«

»Oder vielleicht hatten sie auch nie die Absicht, sie zu töten.«

Pulu hält den Hörer in der Hand, hat aber noch keine Tasten gedrückt. »Okay, ich beiße an. Wie sieht deine Theorie aus?«

»Vielleicht wollen sie ihr nur Angst einjagen.«

»Warum?«

»Damit sie davonläuft.«

»Sie war bereits auf der Flucht. Das macht keinen Sinn.«

»Ich weiß nicht. Ich werde das Gefühl nicht los, dass wir irgendetwas übersehen.«

Pulu zeigt auf die Akten. »Du bist der stellvertretende Leiter des Sondereinsatzkommandos, Carl. Wenn du unsere Anweisungen ändern willst, geh und sprich mit dem Boss. Ansonsten haben wir einiges zu tun.«

Er widmet sich wieder seinem Telefongespräch. Carraway starrt weiter zum Fenster hinaus.

»Pulu.«

Wieder wird die »Halten«-Taste gedrückt. »Was ist denn jetzt schon wieder?«

»Bethany Barclay ist unsere Bombenlegerin, richtig?«

»Richtig.«

»Sie hat diesen Kirkland umgelegt, eine Bombe an der George-Mason-Uni hochgehen lassen und ist dann untergetaucht, richtig?«

»So ist es.« Ein entnervter Blick. »Carl, ich muss jetzt wirklich ...«

»Wir haben extremistische, regierungsfeindliche Lektüre in ihrem Haus gefunden, richtig?«

»Carl ...«

»Wie kommt es dann, dass sich keiner ihrer Freunde daran erinnert, dass sie so ein Zeug gelesen hat? Keine Hass-Tiraden gegen die Steuerpolitik. Keine mitternächtlichen Anrufe, um ihren Leuten mitzuteilen, dass der Präsident der Antichrist ist. Glaubst du wirklich, dass sie ihre geheimen Zwangsvorstellungen vor ihren Freunden hätte verbergen können?«

»Deswegen nennt man sie auch *geheime* Zwangsvorstellungen, Carl.«

»Hör mir nur noch einen Moment zu. Wir beide hatten schon genug mit Mördern und Bombenlegern zu tun. Und viele von ihnen lebten ein ganz normales Leben. Doch sobald sie mit ihrem Amoklauf loslegen, hört man ihre Freunde immer so etwas sagen wie: ›Wissen Sie, er hat sich in letzter Zeit schon etwas merkwürdig verhalten‹ – so etwas in der Art eben. Und okay, vielleicht entspringt vieles davon nur dem Drang nach Bestätigung. Aber trotzdem. Die Leute sagen so etwas. Aber diesmal nicht. Ihre Freunde, ihre Kirchengemeinde, diese Richterin Harrigan – keiner von ihnen bietet uns ein ›Ich hab's euch ja gesagt‹. Sie alle sind davon überzeugt, dass Bethany die Dinge, die ihr zur Last gelegt werden, nie tun würde.«

Pulu seufzt. »Also, wie lautet deine Theorie? Dass sie unschuldig ist?«

»Ich weiß es nicht. Irgendetwas stimmt an dieser Geschichte einfach nicht.«

14

Ein leichter Regen prasselte gegen die Scheiben des SEPTA-Zuges, der auf dem Weg nach Thorndale gerade durch die Vorstädte fuhr. Die Schienen führten hauptsächlich an Industriegebieten vorbei, ab und zu tauchte auch ein Wohnhaus auf. Bethany war in Philadelphia eingestiegen, in der Annahme oder vielmehr der Hoffnung, dass niemand davon ausgehen würde, sie könnte so schnell in die gleiche Gegend zurückkehren, in der man sie in der Nacht zuvor gesehen hatte.

Von Brooklyn nach Philly zu kommen war ein Kinderspiel gewesen: Zwei U-Bahn-Linien hatten sie zur Haltestelle Port Authority gebracht, den Rest des Weges war sie mit dem Bus gefahren. Auf der Flucht zu sein, war wirklich kein Vergnügen, doch langsam begann sie, die Ratschläge ihres Vaters zu schätzen. Die Polizei konnte tatsächlich nicht überall gleichzeitig sein. Ein wenig Verstand, ein wenig Glück und ein wenig Geld: das waren Everett Barclay zufolge die Zutaten einer erfolgreichen Flucht.

Bisher hatte sie über alle drei verfügt. Sie wagte nicht, daran zu denken, was passieren würde, wenn ihr ein oder zwei davon ausgingen.

Als der Zug Haverford erreichte, hielt sie nervös die Luft an, doch es stiegen keine FBI-Agenten ein. Die Türen schlugen wieder zu.

Ein Freund von dir war sehr wütend auf sie.

Die nächste Station lag direkt am Rand des Bryn-Mawr-Campus, und mithilfe der Beschilderung und Karten fand sie sich gut zurecht. Das historische Institut war in einem schönen Gebäude an der North Merion Avenue untergebracht. Sehr zu ihrer Erleichterung stellte Bethany fest, dass es keinen Wachmann gab. In der Lobby studierte sie die Liste der verschiedenen Büros. Auf der Treppe begegnete sie einer Gruppe Studenten, daher drehte sie schnell den Kopf weg und hielt die Hand ans Ohr, als würde sie telefonieren. Sie wusste, dass David hier war, denn fünf Minuten zuvor hatte sie sein Büro mit eben diesem Telefon angerufen – ein Wegwerfhandy, das sie bar bezahlt hatte – und aufgelegt, als er abnahm. Ihr Instinkt hatte sie zum Bryn Mawr College geführt. Auch wenn David nur halbtags lehrte, fiel ihm zu Hause die Decke auf den

Kopf – das hatte Annabelle immer wieder gesagt –, und angesichts von Pollys aufbrausendem Temperament und der Spannung, die ihr Besuch verursacht hatte, war es mit Sicherheit zu einem Streit gekommen. Also legte die menschliche Natur nahe, dass ein sanftmütiger Mann wie David Zuflucht in der Ruhe und dem Frieden seines Büros suchen würde.

Und sollte sie sich irren – oder ihn auf dem Sprung erwischen –, so war die SEPTA-Haltestelle nicht weit.

Bethany war selbst erstaunt, wie ruhig sie blieb. Sie hatte furchtbare Angst vor dem Gefängnis. Doch solange sie in Bewegung blieb, ließ sich die Angst bewältigen. Sie wusste nicht, wie weit sie Annabelles Schritte zurückverfolgen können würde, doch sie war entschlossen, es zu versuchen. Wenn sie schon geschnappt wurde, dann wollte sie lieber kämpfen, als sich in irgendeinem Loch zu verkriechen.

Mühelos fand sie Davids Büro und stellte fest, dass er anwesend war. Als sie klopfte und eintrat, blickten seine traurigen Augen von den Galeeren auf, die er gerade begutachtet hatte. Er zeigte kein Anzeichen von Überraschung, aber Bethany vermutete, dass er das selten tat.

»Geht es dir gut?«, fragte er sanft. In seinen Augen war ausschließlich seine Sorge um sie zu erkennen.

»Tut mir leid, dass ich hier so hereinplatze«, sagte sie ebenso leicht daher, da er offensichtlich bemüht war, so zu tun, als sei sie nicht auf der Flucht. Sie zog die Tür hinter sich zu. »Ich will deine Zeit nicht zu sehr in Anspruch nehmen.«

Das Büro hatte holzvertäfelte Wände und war auf ansprechend-akademische Weise unordentlich. In den Regalen stapelten sich abgegriffene schwere Wälzer, und überall lagen vergilbte Seiten herum. In einem Schwarz-Weiß-Film wäre dies ein Ort, an dem der zerstreute Professor sich eine Pfeife anzündet, um für mehr Behaglichkeit zu sorgen. Doch David war alles andere als zerstreut. Während er seinen Gast in Augenschein nahm, schien seine kleinlaute Art, die er sonst in Gegenwart seiner Frau an den Tag legte, hier auf seinem heimischen Terrain einer ruhigen Beherrschtheit zu weichen.

»Ich dachte mir schon, dass du wieder auftauchen würdest«, sagte er schließlich. »Genau wie Polly. Wenn du dich blicken lässt, soll ich sie sofort anrufen und außerdem noch etwa neun verschiedene Behörden. Wie auch immer.« Er hob das Kinn. »Setz dich.«

Bethany musste einen Stapel von Büchern, Papieren und alter Post von einem Stuhl räumen, um Platz zu finden. »Lass mich zu Anfang direkt etwas loswerden, David. Es wäre mir sehr lieb, wenn du niemanden anrufst.«

»Das weiß ich.«

»Ich wäre nicht hier, wenn es nicht wichtig wäre.«

»Da bin ich mir sicher.« Ein überhebliches Lächeln umspielte seine dünnen Lippen. Die Traurigkeit, die ihn wie Sturmwolken umgab, schien nun etwas weniger Schwäche, dafür mehr Zynismus in sich zu tragen. Bethany ging durch den Kopf, dass er vielleicht ebenso wenig für sie übrig hatte wie seine Frau. Er trug einen dicken Pullover mit Zopfmuster. David streckte den Arm aus, schob den Ärmel zurück und warf einen Blick auf seine Armbanduhr. »Ich gebe dir fünfzehn Minuten. Dann muss ich mich wieder an die Arbeit machen.«

Hatte sie ihn zuvor als ruhig bezeichnet? Er war nicht ruhig, sondern kalt. Entweder befahl man einem Flüchtigen, zu verschwinden, oder man entschloss sich, ihm zu helfen, oder aber informierte ihn, dass man nun die Polizei rufen würde. Aber man gab ihm kein begrenztes Zeitfenster, um dann wieder zur Tagesordnung überzugehen.

»Ich möchte mit dir über Annabelle sprechen«, setzte sie an.

»Davon bin ich ausgegangen.«

»Ich muss herausfinden, was sie zum Zeitpunkt ihres Todes getrieben hat.«

»Musst du oder willst du?«

»Ich muss, David, glaub mir. Ich denke, dass ich nur so meine Unschuld beweisen kann.«

»Und du glaubst, dass ich es wüsste? Sehr eigenartig.« Sein Blick wirkte nun belustigt.

Sie schluckte. Er schaffte es, dass sie sich klein vorkam, dabei wusste sie nicht einmal wodurch. »An diesem Abend gab es ein paar Dinge, die Polly gesagt hat ... und nicht gesagt hat« – sie spürte, wie ihr das Gespräch entglitt, doch sie hatte nicht damit gerechnet, dass er so hart sein würde –, »wie auch immer, ich habe den Eindruck bekommen, dass du und Annabelle euch vielleicht unterhalten oder vielleicht sogar getroffen habt.«

»So ist es auch.«

»Ohne deine Frau, meine ich.«

David zeigte nicht das leiseste Anzeichen von Scham. »Wir haben uns dreimal getroffen. Vielleicht auch viermal. Nein, drei.« Er hatte vor sich hingestarrt, konzentrierte sich jetzt aber wieder auf Bethany. »Und bitte verkneif dir deine schmutzigen Gedanken. Es war nicht das, wofür du es hältst. Wir haben gearbeitet. Nein, lass mich das präziser ausdrücken. Sie bat mich um Hilfe, und ich habe versucht, ihr zu helfen.«

»Wobei brauchte sie deine Hilfe?«

»Bevor ich diese Frage beantworte, will ich eines klarstellen. Du glaubst, worin auch immer Annabelle verwickelt war, hat zu ihrem Tod geführt.«

Sie schluckte. »Ja.«

»Wahrscheinlich gibt es einen Grund für diese Theorie.«

»Sie hat einem gemeinsamen Freund gesagt, dass jemand versucht, sie zu ermorden. Wegen dem, was sie tat.«

»Und das hat dieser gemeinsame Freund versäumt, der Polizei mitzuteilen? Sind das – und bitte korrigiere mich, wenn das jetzt einfältig klingen sollte – nicht üblicherweise die Art von Informationen, die zur Aufklärung von Mordfällen beitragen können?«

Bethany musste nach Luft schnappen. Sein Scharfsinn und seine schnelle Auffassungsgabe hatten sie vollkommen aus dem Konzept gebracht. Plötzlich hatte sie eine Vision von David Hollins als dem Schrecken aller Studenten, und sie fragte sich, ob hinter verschlossenen Türen das Machtgefälle in seiner Ehe tatsächlich so war, wie es zu sein schien.

»Lass mich raten«, fuhr er fort. »Deine Quelle würde nie zur Polizei gehen. Dafür ist er nicht der Typ. Es ist einer von den Russen, wette ich. Polly wollte nie etwas mit ihnen zu tun haben, aber Annabelle – nun, sie hatte schon immer eine Schwäche für Peter, nicht wahr?«

»Bist du jetzt langsam damit fertig, mir zu beweisen, wie schlau du bist?« Ihre Worte klangen bissig, und das gefiel ihr. »Wenn es so ist, dann kannst du mir vielleicht auch verraten, hinter was Annabelle her war.«

Ohne zu zögern, antwortete er. »Sie war auf der Suche nach der Pilatus-Inschrift.«

Bethany konnte in Davids Stimme die Bedeutung hören, die er diesem Wort beimaß, und wusste, dass er eine Reaktion von ihr erwartete. Doch sie hatte keine Ahnung, wovon er da sprach, und das sagte sie ihm auch.

»Nicht?« Er warf erneut einen Blick auf seine Uhr. »Wie seltsam. Ich bin davon ausgegangen, dass sie dir davon erzählt hat. War sie nicht bei dir in Virginia? Mir hat sie nämlich erzählt, dass sie dich besuchen wollte.«

»Das hat sie auch.«

»Und sie hat kein Wort über die Pilatus-Inschrift verloren. Sehr kurios.« Wieder ein Blick auf die Uhr. »Als Polly mir erzählte, was dich an diesem Abend zu uns geführt hat – die Geschichte mit dem Pass meine ich –, habe ich eins und eins zusammengezählt. Ich habe Annabelle das letzte Mal gesehen, bevor sie den Pass gestohlen hat. Dann fuhr sie nach Virginia. Ich bin davon ausgegangen, dass du sie bei ihrer Suche unterstützen würdest.«

Und da bist du offensichtlich nicht der Einzige, wurde Bethany schlagartig klar, behielt den Gedanken aber für sich. Langsam ergaben die Dinge einen Sinn. Einige zumindest.

»Was ist die Pilatus-Inschrift?«

»Jetzt bin ich aber beleidigt.« Sein gespieltes Schmollen war durchaus einnehmend. »In meinem vorletzten Buch habe ich dem Thema ganze drei Seiten gewidmet. Als Teil meiner Argumentation für die inhärente Verrücktheit der Religion. Deswegen hat Annabelle sich an mich gewandt. Sie hat etwas darüber in meinem Buch gelesen und nahm an, dass ich wissen müsste, wo die Inschrift zu finden sei. Sie war sehr aufgebracht. Man hätte meinen können, das Schicksal der Welt hinge davon ab.«

»Du hast mir immer noch nicht verraten, worum es sich dabei handelt.«

»Oh, du hast recht. Entschuldige bitte. Jelly Beans?«

Einen Moment lang war sie vor den Kopf gestoßen, doch merkte dann, dass er ihr nur Süßigkeiten aus einem Glasgefäß anbot.

»Nein, vielen Dank.«

»Wie du willst.« Er nahm sich eine Handvoll. »Nun. Wir haben nicht viel Zeit, also gebe ich dir den Schnellkurs. Es ist ein Mythos. Das ist die kurze Antwort. Die Inschrift mit der Erwähnung des Pontius Pilatus existiert nicht.«

»Jetzt bin ich verwirrt.«

»Nun ja, es ist auch ein verwirrendes Thema. Wenn man den Begriff bei Wikipedia oder in einem archäologischen Fachbuch nachschlägt, findet man heraus, dass sie sich heute in einem Museum in Israel befindet. Die Steintafel mit der Inschrift wurde 1961 gefunden und ist der einzige zeitgenössische Verweis auf die Existenz von Pontius Pilatus.« Er bemerkte den Blick, den sie ihm zuwarf. »Ich gebe dir recht. Es ist höchst amüsant. Überall auf der Welt behaupten Amateurforscher, dass es keinen Beweis aus der damaligen Zeit gibt, der belegt, dass Jesus Christus wirklich gelebt hat. Tatsächlich gibt es mehr Nachweise für die Existenz Jesu als für die von Alexander dem Großen, wobei die noch erhaltenen Nachweise lange nach seinem Tod datiert sind. Doch niemand bezweifelt, dass es Alexander wirklich gegeben hat.«

»Ich dachte, du glaubst nicht an Jesus Christus.«

»An Christus nicht, an Jesus schon.« Ein kleines schiefes Lächeln. »Das erkläre ich auch in meinem Buch. Nur weil man die übernatürlichen Elemente bezweifelt, heißt das nicht, dass man die ganze Geschichte infrage stellt. Ist ja auch egal. Der Punkt ist: Worauf sie all diese Jahrhunderte hätten hinweisen sollen – damit meine ich die Leute, die die historische Richtigkeit der Bibel infrage stellen –, ist die Tatsache, dass es keinen Nachweis für die Existenz von Pontius Pilatus gab. Bis vor fünfzig Jahren ein italienischer Archäologe die Steintafel mit der Pilatus-Inschrift ausgegraben hat.«

»Und die beweist, dass Pilatus existierte?«

»Ohne einen Hauch von Zweifel. Sie ist aus Kalkstein, der sich außerordentlich gut bearbeiten lässt und gerne für solche Zwecke genutzt wurde. Sie ist außerdem auch alt genug und wurde im richtigen Gebiet gefunden. Die Inschrift entspricht dem Latein, das zu der Zeit damals gesprochen wurde. Die Schrift ist leider nur teilweise erhalten, doch scheint sie eine Widmung irgendeines Gebäudes an den göttlichen Kaiser Tiberius zu sein, eine Widmung, die ganz offensichtlich von Pontius Pilatus verfügt wurde.«

Bethany gab sich nicht die Mühe, ihre Verwirrung zu verbergen. »Das war es, wonach Annabelle suchte? Irgendeine Steintafel in einem Museum?«

»Nein.«

»Dann verstehe ich jetzt überhaupt nichts mehr.«

»Lass es mich dir erklären. Lange bevor die Steintafel mit der Pilatus-Inschrift gefunden wurde, gab es Gerüchte über ihre Existenz. Uralte Sagen von uralten Sagen. Viele Abenteurer machten sich auf die Suche nach ihr. Manche sagten, dass sie in einem Kloster aufbewahrt worden sei, aber dann im Zuge einer Invasion nach Asien verschleppt wurde. Andere vermuteten sie in einer Gruft im Süden Frankreichs. Der Punkt ist: Man nahm an, die Steintafel würde Informationen über Jesus Christus enthalten – Worte, von Pilatus verfasst, die die biblische Geschichte bestätigen würden.« Er nahm sich noch mehr Geleebohnen, auf denen er dann laut herumkaute. »Die Steintafel im Museum beweist einfach nur, dass Pilatus wirklich gelebt hat. Schön und gut, aber was ist mit dieser anderen Tafel? Gab es sie wirklich? Gibt es sie immer noch?«

»Und, ist es so?«

»Ich habe nicht die leiseste Ahnung. Aber Annabelle schien davon überzeugt zu sein.«

»Ich verstehe das nicht. Warum sollte Annabelle all diese Mühen auf sich nehmen – das Gesetz brechen, im Untergrund leben –, warum sollte sie all das durchmachen, nur für irgendein seltenes Artefakt? Ich kann mir durchaus vorstellen, dass ein Archäologe alles riskieren würde, um diese Art von Tafel zu finden. Aber warum sollte Annabelle das tun?«

Davids Lächeln war entwaffnend offen. Sie hatte nicht gewusst, dass er so charmant sein konnte. »Der wohl offensichtlichste Grund ist das Geld.«

»Geld?«

»Ein Relikt wie dieses – falls es denn echt ist – wäre wertvoll. Sehr wertvoll sogar. Ein kleines Vermögen. Museen, Milliardäre, Religionsgemeinschaften, selbst einige Regierungen – sie alle würden es kaufen wollen. Wenn Annabelle die Pilatus-Inschrift gefunden hätte, wäre sie mehr oder weniger in der Lage gewesen, jeden Preis zu verlangen.«

»Das klingt überhaupt nicht nach ihr«, sagte Bethany. Doch in Wirklichkeit wusste sie es besser, und David war anzusehen, dass auch er die Wahrheit kannte. *Kleine Miss Gib-mir. Ich wette, dass sie nie gezahlt hat, wenn ihr ausgegangen seid.* »Okay, du hast mich neugierig gemacht. Wie viel ist ein kleines Vermögen?

David hatte die Zahlen im Kopf, so wie sie es erwartet hatte. »Vor ein paar Jahren wurde eine Statue von Artemis mit dem Hirsch, die etwa auf die gleiche Zeit datiert ist, bei Sotheby's für fast dreißig Millionen verkauft.

Bethany war sprachlos. »Dreißig ... *Millionen*?«

»Und das ohne die religiöse Kontroverse. Die Pilatus-Inschrift wäre sehr viel mehr wert.«

»Ich verstehe nicht, was daran so kontrovers sein soll. Es gibt genügend alte Artefakte. Selbst wenn viele davon wertvoll sind, haben die meisten Menschen noch nie von ihnen gehört.«

»Das stimmt wohl. Aber dennoch. Stell dir vor, die Inschrift gibt Einzelheiten über das Leben Christi wieder, niedergeschrieben von Pilatus selbst – genug Einzelheiten, um beträchtliche Teile der Evangelien untermauern zu können. Was würde dann geschehen? Und anders herum: Stell dir vor, dass die Inschrift stattdessen ein Bericht des Pilatus ist, in dem er Jesus als Betrüger entlarvt und die Behauptungen seiner Jünger Punkt für Punkt entkräftet – verstehst du, worauf ich hinauswill? So oder so, die fehlende Pilatus-Inschrift – die geheime, meine ich – würde für Aufruhr sorgen, und zwar für großen, während die religiöse und die säkulare Welt sich bekämpfen, um – nun, du verstehst was ich meine.«

Das tat sie; doch noch immer war ihr die Rolle ihrer besten Freundin in dieser ganzen Geschichte nicht ganz klar. Ging es ihr wirklich nur ums Geld?

»Hast du eine Ahnung, ob ihre Suche erfolgreich war?«

David schüttelte den Kopf. »Ich denke, das hätte ich mitbekommen. Nun ja, Annabelle dachte, sie wäre dicht dran. So viel war klar. Doch sie hat mich nicht in die Details eingeweiht. Wir haben uns nur dreimal getroffen.« Ein Schatten huschte über sein Gesicht. »Und dann ist sie verschwunden. Plötzlich tauchte sie wieder auf, nahm Pollys Pass mit und ging ... wo auch immer sie hinging.«

»Wahrscheinlich hat sie ihre Suche ins Ausland geführt.«

»Wahrscheinlich.«

Etwas in seiner Stimme fing an, ihr auf die Nerven zu gehen. »Worum ging es bei euren Treffen?«

Wieder das herablassende Lächeln. »Sieh an, sieh an. Du bist wirklich ganz die Anwältin, nicht wahr? Mir scheint, dass ich meinen eigenen Anwalt anrufen sollte.«

»David, glaub mir, ich will dich nicht ausspionieren ...«

Er winkte ab. »Sie kam zu mir, weil ich die Suche nach der Steintafel in einem meiner Bücher beschrieben hatte. Ich habe ihr gesagt, was ich wusste. Sie fragte mich nach Quellen, die sich mit dem Thema beschäftigen. Ich hatte ein paar alte Zeitschriftenartikel in meinen Unterlagen. Sie wollte sie ausleihen. Ich habe sie nie zurückbekommen. Sie fragte, ob ich ihr Zugang zur Universitätsbibliothek verschaffen könnte. Ich gab ihr einen vorläufigen Ausweis, und sie verschwand. Das war's.«

»Hast du eine Ahnung, was sie in der Bibliothek gesucht hat?«

Erneutes Kopfschütteln. Sein Missmut war deutlich zu spüren. »Nein, ich habe versucht, es herauszufinden, aber keiner der Bibliotheksangestellten konnte sich an sie erinnern. Einer von ihnen meinte sich zu entsinnen, dass sie sich Bücher über religiöse Sekten angeschaut hatte. Doch er war sich nicht sicher.«

Die nächste Frage war offensichtlich, trotzdem brauchte Bethany einen Moment, um sie richtig zu formulieren. David schien komplett entspannt zu sein und willens, sich noch stundenlang weiter mit ihr zu unterhalten, doch nach seiner nächsten Antwort wollte sie verschwinden.

»Glaubst du, dass sie wegen der Tafel ermordet wurde?«

»Du meinst von einem anderen Schatzsucher?« Der Gedanke schien ihn zu amüsieren. »Das lässt sich nicht ausschließen, scheint aber etwas weit hergeholt. Im Lauf der Zeit haben sehr viele Menschen nach ihr gesucht. Ich kann mir nicht vorstellen, warum plötzlich einer von ihnen einen bestimmten Konkurrenten ermorden wollen sollte.«

»Es sei denn, sie war kurz davor, die Tafel zu finden, und derjenige wusste davon.« Bethany ließ sich mehrere Möglichkeiten durch den Kopf gehen. »Oder vielleicht hat sie sie auch gefunden. Vielleicht trug sie sie bei sich.«

»Der Polizei zufolge hat der Wagen nicht angehalten. Niemand ist ausgestiegen, um nach etwas zu suchen.«

»Ich weiß, aber die Leute, die dahinterstecken« - wieder zögerte sie, doch die warmen Augen Davids ermunterten sie, weiterzusprechen -, »was ich meine, ist, was ist, wenn das Auto sie angefahren und jemand anderes ihren Rucksack an sich genommen hat? Ein Komplize in der Menge der Schaulustigen.«

»Das klingt furchtbar durchorganisiert, Bethany.«

»Das sind sehr durchorganisierte Leute.« Ihr kam ein weiterer Gedanke. »Und was, wenn es noch nicht einmal ums Geld ging. Vielleicht handelt es sich um eine Gruppe von - ich weiß auch nicht - religiösen Fanatikern.«

»Meinetwegen können es auch verrückte Archäologen gewesen sein. Ist auch egal. Du hast immer noch kein Motiv.«

»Es sei denn, dass sie die Tafel dabeihatte.«

»Sicher, aber das ist eine sehr kühne Vermutung.« Wieder machte sein Gehirn einen Schritt voraus. »Außerdem müsste man meinen, dass die Leute, die sie aus der Kirche geworfen haben, das schwere Gewicht des Rucksacks erwähnt hätten. Eine Kalksteintafel bringt schon einige Kilos auf die Waage. Und wir wissen nicht einmal, wie groß sie ist. Ich wage zu bezweifeln, dass Annabelle sie so einfach hätte herumtragen können.«

»Trotzdem. Das ist der einzige Anhaltspunkt, den ich habe.«

Seine Augen funkelten. »Also wirst du dich jetzt auf die Suche nach der Tafel begeben, nicht wahr? Du wirst versuchen, die Pilatus-Inschrift zu finden, in der Hoffnung, dabei etwas über Annabelles Schicksal zu erfahren.«

»Und warum diese Leute hinter mir her sind.«

»Bethany, denk kurz darüber nach. Nehmen wir an, du liegst richtig. Sagen wir, da gibt es diese große Verschwörung. Irgendwelche Leute sind hinter der Tafel her. Sie haben Annabelle ermordet, um an die Tafel zu kommen, was aber nicht funktioniert hat. Jetzt sind sie hinter dir her. Das bedeutet, dass sie glauben, du bist im Besitz der Tafel oder weißt zumindest, wo sie zu finden ist. So oder so – solltest du recht haben, reden wir hier von sehr gefährlichen Leuten.«

»Das musst du mir nicht sagen, David.«

Ihre abwehrende Haltung schien ihn nicht zu beeindrucken. »Was ich sagen will: Es ist auf keinen Fall sicherer, Annabelles Schritte zu verfolgen, als sich der Polizei zu stellen.« Er bemerkte ihren Gesichtsausdruck. »Oder für eine Weile unterzutauchen. Einfach zu verschwinden. Wenn du Geld brauchst, kann ich dir ...«

Sie war bereits aufgestanden. »Ich will dich da nicht weiter mit hineinziehen, David. Vielen Dank für deine Hilfe.«

»Das ist keine gute Idee, Bethany. Ehrlich gesagt, ist es sogar eine richtig schlechte.«

»Ich weiß.«

»Du kannst sie nicht zurückbringen.«

»Das versuche ich auch gar nicht. Darum geht es mir nicht.«

Er dachte kurz über ihre Worte nach. »Weißt du überhaupt, wo du anfangen sollst?«

»Ich komme schon klar. David, hör zu ...«

Er hob beide Hände. »Hey, mach dir keine Sorgen. Ich würde dich nie an die Polizei verraten.«

Bethany schenkte ihm ein Lächeln, das sehr viel mehr Selbstvertrauen demonstrierte, als sie in Wirklichkeit empfand. Sie glaubte ihm. Er würde sie nicht an das FBI oder die Polizei verraten. Aber seiner Frau würde er von ihrem Treffen erzählen, das konnte sie deutlich in seinem Blick sehen. David konnte es nicht ertragen, mit Polly unter einem Dach zu leben und Geheimnisse vor ihr zu haben. Die Wahrheit würde immer an ihm nagen, genau wie die Wahrheit über das, was wirklich zwischen ihm und Annabelle vorgefallen war. Schlussendlich würde er ihr alles gestehen, weil sie die Erwachsene in der Beziehung war, die alles wieder in Ordnung bringen konnte. Vielleicht nicht heute Abend, vielleicht auch nicht morgen, aber Bethany gab sich nicht mehr als drei Tage, bevor Polly das FBI rief und ihnen mitteilte, dass die verrückte Bombenlegerin, nach der sie suchten, eine religiöse Irre war, die die Mission der verstorbenen Annabelle übernommen hatte, eine antike und höchstwahrscheinlich nicht existierende christliche Reliquie zu finden.

Das würde perfekt zu dem Image passen, das die Medien ihr verpasst hatten; und Bethany konnte nichts tun, außer sich weiter auf die Suche zu begeben.

15

Der Kirchenbaumeister war müde. Er stand am Fenster und rieb sich die Schläfen, während er hinaus in den heftigen schottischen Regen starrte. Gerade befand er sich in Edinburgh, genauer gesagt im Salon der Robert-Louis-Stevenson-Suite des luxuriösen Caledonian Hotels. Er war hier, um einen Klienten zu treffen sowie den Mann, der nervös hinter ihm stand.

»Wozu die Bomben?«, fragte der Baumeister, ohne sich umzudrehen.

Der andere Mann zuckte mit den Schultern. Er war groß und drahtig und nicht älter als vierzig. Auf den ersten Blick wirkte er wohlhabend und durchtrainiert, was auch beides zutraf. »Sie weihen mich nicht mehr in ihre Geheimnisse ein.«

»Aber Sie wissen, wie sie denken.«

»Sie tun nichts ohne Grund.«

Der Baumeister machte eine ärgerliche Handbewegung, drehte sich aber nicht um. Der andere Mann schmunzelte in sich hinein. Sein Gastgeber war klein und rundlich, wodurch seine gelegentlichen Wutanfälle oft komisch wirkten.

»So weit war ich auch schon«, sagte der Baumeister. »Dafür bezahle ich Sie nicht, Hank.«

Der Mann namens Hank nahm sich einen Scone vom Tisch, brach ein kleines Stück ab und kaute ein wenig darauf herum. Bevor der kleine Mann ans Fenster gestürmt war, hatten die beiden gemeinsam ein frühes Abendessen eingenommen.

»Sie nutzen ihre Ressourcen immer auf sehr effiziente Weise«, erklärte Hank schließlich. Er war ein sehr effektiver Agent der Gegenseite gewesen, bis er sich vor drei Jahren plötzlich vom Atheisten zum Gläubigen gewandelt hatte: So etwas kam schon einmal vor, wenn man sich verliebte. »Sie handeln stets nach dem Motto, zwei Fliegen mit einer Klappe zu schlagen.«

»Wollen Sie damit sagen, dass sie mit den Bombenanschlägen noch einen anderen Zweck verfolgen, als Ms Barclay in Bewegung zu halten?«

Der Besucher schmierte einen großen Löffel Sahne auf seinen Scone.

»Ich erinnere mich an einen Einsatz aus meiner Zeit bei ihnen. Das ist vielleicht sechs oder sieben Jahre her. Es gab da einen bestimmten Pastor, der sehr beliebt war und den wir unbedingt bloßstellen wollten. Da war auch diese Frau - eine Frau, die er kaum kannte -, die aus anderen Gründen davon abgehalten werden musste, ihre Forschungen fortzusetzen.« Als Nächstes kam die Marmelade dran, und wieder zeigte er keinerlei Zurückhaltung, denn der große Mann war ganz verrückt nach Süßem. Er stopfte sich den halben Scone in den Mund und sprach weiter, während er kaute. »Wir haben die Frau ausgeschaltet und es so arrangiert, dass es aussah, als hätten die beiden ein Verhältnis gehabt. Der Pastor stritt alles ab, aber natürlich stürzten sich die Medien auf ihn. Sie schafften es sogar anzudeuten, dass der Mann in den Mord verwickelt sein könnte. Seine Reputation war zerstört.«

»Ich verstehe«, sagte der Baumeister. Angepeitscht vom tückischen Wind, hatte der Regen die Richtung gewechselt. »Zwei Fliegen mit einer Klappe.«

»Ganz genau.« Jetzt griff Hank nach einem Lachssandwich. »Es ist anzunehmen, dass die Bombenanschläge einen ganz anderen Hintergrund haben. Wahrscheinlich kommt ihnen Ms Barclay als Verdächtige gerade gelegen, um die Ermittlungen von ihnen abzulenken. Außerdem sind sie bereits an ihr dran, um ein anderes Ziel zu verfolgen.«

»Aber sie zur Haupttatverdächtigen zu machen, steigert das Risiko, dass Ms Barclay geschnappt wird.« Der Baumeister dachte kurz darüber nach. »Sie wollen also, dass Ms Barclay auf freiem Fuß bleibt, damit sie Annabelles Spur folgen und ihre Nachforschungen rekonstruieren kann. Die Gegenseite muss im Schatten bleiben. Genau wie wir. Annabelle hatte Informationen gesammelt, um sie zu entlarven. Nun, das wissen Sie ja bereits. Der Punkt ist, dass sie Annabelle getötet haben, aber nicht in der Lage waren, ihre Aufzeichnungen zu finden oder herauszufinden, zu wem sie in der Zeit, in der sie untergetaucht war, Kontakt hatte. Niemand sonst weiß so viel über Annabelle. Niemand sonst kann nachvollziehen, wo sie gewesen ist und was sie getrieben hat.«

Hank lachte. »Sie beschreiben da gerade Ihre eigenen Beweggründe.«

»Ich frage Sie aber nach deren Motivation. Offensichtlich haben sie ihre Pläne geändert. Warum sollten sie das tun?«

»Vielleicht haben sie festgestellt, dass Ms Barclay auf freiem Fuß zu viel Schaden anrichten könnte. Falls dem so ist, werden sie versuchen, das FBI die Arbeit für sie machen zu lassen.« Hank nahm sich noch einen Scone und griff nach der Marmelade. »Sie werden sie wahrscheinlich umbringen«, erklärte er. »Wenn sie verhaftet wird, umso besser. Sie werden einen Weg finden, um an sie heranzukommen. Das tun sie immer.«

Der Baumeister schüttelte den Kopf. Es war nicht immer so gewesen. Lange Zeit war die Rivalität zwischen den beiden Lagern beinahe ritterlich ausgetragen worden. Natürlich hatte es auch vereinzelt von Fanatismus gelenkte Zwischenfälle gegeben – von denen bei Weitem nicht alle auf das Konto der Gegenseite gingen –, doch beide Seiten hatten den Einsatz von Gewalt meist vermieden.

Das hatte sich erst in den letzten Jahrzehnten geändert.

»Meinen Sie, unsere Gegner wären dazu bereit, eine große Anzahl von Menschen zu töten, wenn der Preis hoch genug wäre?«, fragte der Baumeister.

»Ohne mit der Wimper zu zucken«, erwiderte Hank.

16

Bethany stand im grauen Nieselregen von Chicago und versuchte, all ihren Mut zusammenzunehmen, während sie an dem langweilig renovierten Gebäude hochblickte, das im Downtown-Bezirk von Chicago stand. Ganz in der Nähe befand sich die große Bücherei, die nach dem langjährigen Bürgermeister der Stadt, Harold Washington, benannt war. Es war Samstagnachmittag. Seit Montagnacht war sie nun auf der Flucht, und fünf Tage waren definitiv mehr als genug. Sie hatte so gut wie gar nicht geschlafen und kaum etwas gegessen. Eigentlich tat sie nichts anderes, als wegzulaufen. Jetzt stieß sie an ihre Grenzen. Ihr ganzes Leben lang war sie gut allein zurechtgekommen und immer stolz auf ihre Eigenständigkeit gewesen, aber allmählich wurde ihr der Unterschied zwischen dem selbst gewählten Dasein als Einzelgänger und echter Einsamkeit bewusst. Als sie an diesem Morgen aus dem Greyhound ausgestiegen war, hatte sie einen Streifenwagen an der Haltestelle vorbeifahren sehen. Anstatt sich abzuwenden, wie sie es in letzter Zeit immer tat, hatte sie ihre Sonnenbrille abgenommen und ihr Gesicht unverfroren zur Schau gestellt, in der stillen Hoffnung, man würde sie erkennen und verhaften, einfach damit sie nicht mehr dieser schrecklichen Angst ausgesetzt war.

Glücklicherweise beachteten die Polizisten sie nicht.

Irgendwo hatte Bethany mal einen Bericht über ein paar radikale Studenten gelesen, die in den Sechzigerjahren wegen mehrerer Verbrechen gesucht wurden und jahrzehntelang untergetaucht waren. Sie nahmen neue Identitäten an, heirateten, bekamen Kinder und wurden Elternvertreter an deren Schulen. Wäre sie an ihrer Stelle gewesen, da war Bethany sich sicher, hätte sie spätestens nach anderthalb Jahren den Verstand verloren.

Nun stand sie zitternd an der Straßenecke, erstaunt darüber, dass sie noch genug Klarheit besaß, um zumindest den Ansatz eines Plans auszuarbeiten. Und genau dieser Plan war es, der sie antrieb weiterzumachen. Da es an der Ostküste zu gefährlich wurde, war sie nach Chicago gekommen. Ein vorhersehbarer Schachzug, aber sie hatte keine andere

Wahl. Der ganze Schlamassel hatte damit angefangen, dass Sylvia Kirkland Bethany gebeten hatte, ihr Testament neu aufzusetzen. In diesem neuen Testament vermachte sie dem Besitzer des Gebäudes vor ihr elf Millionen Dollar. Ein Teil der Antworten, die sie suchte, war daher offensichtlich dort drinnen zu finden.

Sie war auf der Suche nach der Pilatus-Inschrift.

David Hollins.

Es war unwahrscheinlich, dass sich die Steintafel in Chicago befand. Dennoch hatte Annabelles geheime Reise sie in diese Stadt geführt. Dessen war sich Bethany sicher.

Sie hat mir nicht gesagt, wo sie gewesen ist, nur, dass ein alter Freund von dir wütend auf sie war.

Peter Zhukov.

Ein alter Freund. Das konnte nur Martin gewesen sein. Martin McAdams, wie er damals noch hieß, der sich nun Martin Potus nannte und der Begünstigte von Sylvias neuem Testament war.

Bethany und Martin waren vor acht Jahren ein Paar gewesen, damals auf dem College, als sie gemeinsam die Vorbereitungskurse für ihr Jurastudium belegt hatten. Martin war sehr groß, dünn und schlau, mit einer starken Präsenz. Die Frauen waren ihm regelrecht nachgelaufen, und er hatte sich ihren Avancen gegenüber stets aufgeschlossen gezeigt. Seine ständigen Flirts führten schließlich zu einer schmerzvollen Trennung, und letzten Endes hatte Bethany ihn aus den Augen verloren.

Dank eines heimlichen Besuchs im Internetcafé vor zwei Tagen war sie nun über den weiteren Verlauf seines Lebens im Bild. Nach dem College hatte er sein Studium an der juristischen Fakultät begonnen und wieder abgebrochen, sich mit diversen Jobs durchgeschlagen, dann vor drei Jahren seinen Namen geändert und die »Globale Stiftung zur Umsetzung von Gottes persönlichem Plan« gegründet.

Seine Anhänger nannten sich die *Gottesplaner* oder einfach nur *Die Planer*. Es gab ein paar Abtrünnige dieser Organisation, wenn auch nicht viele, die aussagten, die Stiftung sei nicht mehr als eine Art Sekte gewesen, so wie es auch Richterin Harrigan immer wieder betont hatte. Und dennoch schienen, sehr zu Bethanys Verwunderung, keine der großen Zeitungen oder Fernsehsender jemals Nachforschungen zu diesem

Thema angestellt zu haben. Die *Planer* waren weder an öffentlicher Aufmerksamkeit interessiert, noch bekehrten sie Menschen. Sie hielten lediglich Messen in ihrem festungsartigen Hauptsitz ab, dem Village House, und erweiterten so langsam den Kreis ihrer Mitglieder.

Genau vor diesem weiß getünchten Haus stand Bethany gerade im eiskalten Regen und versuchte, all ihren Mut zusammenzunehmen und hineinzugehen. Ihre Reserven waren durch ihre anstrengende Flucht fast aufgebraucht. Wie viel Kraft sie noch übrig hatte, konnte sie nicht sagen.

Dennoch hatte sie es bis hierhin geschafft.

Bethany war es gewohnt, den kürzesten Weg einzuschlagen. Ihr Handy hatte sie mit ihrem Auto in Virginia zurückgelassen, damit man sie nicht zurückverfolgen konnte, und sich dafür bei der nächstmöglichen Gelegenheit ein Prepaidhandy gekauft. Den Tag zuvor hatte sie von Cincinnati aus bei der Hauptverwaltung der Stiftung angerufen – niemand ging jemals so weit, sie als Kirchengemeinde zu bezeichnen – und nach Martin persönlich verlangt. Dabei hatte sie gesagt, dass »Bets« ihn sprechen möchte, denn so hatte er sie damals immer genannt. Ein Nein ließ sie allgemein nicht gerne als Antwort gelten, insbesondere nicht, wenn die Person einen Chef hatte, der Ja sagen könnte. Daher kämpfte sie sich bis zu Martins Assistentin durch, eine Frau mit dem schönen Namen Blessing Wilkes, die allerdings alles andere als höflich war. Nein, Mr Potus sei nicht erreichbar. Nein, sie könne nicht absehen, wann er wieder erreichbar sein würde. Und nein, sie brauche es auch nicht später noch einmal zu versuchen. Ganz anders sah es in der PR-Abteilung der *Planer* aus. Bei ihrem zweiten Anruf machte sie sich gar nicht erst die Mühe, ihren Namen zu nennen, und siehe da, man freute sich, ihr behilflich sein zu können. Die *Planer* stellten nur begrenzt Informationen über sich im Internet bereit, da sie das Netz für einen Komplott der großen Konzerne hielten. Dennoch konnte sie sie dazu bringen, ihr eine Liste von allen Seminaren und Predigten des berühmten Mannes an eine nahe gelegene Filiale des Bürobedarfsgeschäft Kinko zu faxen. So erfuhr Bethany, dass Martin erstens in der Tat aktuell einen Vortrag in Chicago hielt und zweitens erst in ein paar Wochen an die Ostküste zurückkehren würde.

Chicago musste also die richtige Adresse sein ...

»Hi!«, zirpte ihr eine Stimme über die Schulter.

Erschrocken fuhr Bethany herum und blickte in die freundlichen Augen eines dunkelhäutigen Mannes um die siebzig, der komplett in Grau gekleidet war und sehr drahtig und agil wirkte.

»Ähm, hallo«, sagte sie und zwang sich, ihre Atmung zu beruhigen.

Mit Wink auf das Gebäude sagte er: »Sie brauchen keine Angst zu haben. Warum kommen Sie nicht herein? Wir freuen uns immer, neue Suchende kennenzulernen.« Begleitet von einem breiten Lächeln, streckte er ihr seine Hand entgegen. »Stafford, Daniel Stafford.«

Einen kurzen Augenblick starrte Bethany ihn an. Ein *Gopo*. Sie unterhielt sich mit einem waschechten, lebendigen *Gopo*. So wurden die Mitglieder der *Gottesplaner* von ihren höhnischen Kritikern betitelt. *Gopos* – der Begriff hatte diese wunderbar totalitäre Note, genau wie es die Kritiker der Stiftung beabsichtigten, denn Gegner hatten die *Planer* einige.

Dennoch schüttelte sie seine Hand und stellte sich mit dem Namen vor, den sie auch in dem heruntergekommenen Hotel angegeben hatte, in dem sie untergekommen war: »Vera Waindell.«

Der alte Herr zog die Augenbrauen zusammen. Bethany hatte diesen Namen gewählt, weil sie eine große Bewunderin von Nabokov war: Waindell war ein College, das der Autor für einen seiner Romane erfunden hatte, und Vera der Name seiner Frau. Als sie sah, dass der *Gopo* die Stirn runzelte, fürchtete sie, es handelte sich ebenfalls um einen Nabokov-Fan, der ihren Wortwitz verstand und den erfundenen Namen kannte. Doch er entgegnete bloß: »Meine Tante hieß auch Vera!« und fing an, eine unglaubwürdige Geschichte von der Dame zu erzählen. Dabei umfasste er sanft, aber bestimmt Bethanys Ellbogen und führte sie in Richtung des Gebäudes.

Vor dem Eingang hielten etwa ein Dutzend Demonstranten hinter einer Polizeiabsperrung Schilder hoch, auf denen die *Planer* als Sekte betitelt wurden. Man verlangte, sie sollten die Angehörigen der Protestler freigeben, das Ganze begleitet von Sprechchören. Ein rundlicher, glatzköpfiger Mann, dem die Brille quer auf der Nase hing, schüttelte seine Faust Daniel Stafford entgegen und schrie ihn an, er wolle seinen

Sohn zurück. Bethany wandte sich der Menge zu, doch Stafford drängte sie an ihnen vorbei.

»Ich weiß, was Sie jetzt denken«, erklärte er. »Aber so ist es nicht. Die Leute können jederzeit kommen und gehen, wie sie möchten.« Sein sanftes Lachen erinnerte an den netten Onkel von nebenan. »Soweit wir es beurteilen können, sind die meisten Leute, die dort draußen Schilder hochhalten, nicht einmal mit einem unserer Mitglieder verwandt. Sie wissen ja, wie das ist.« Er schob sie sanft durch die schwere Eingangstür. »Es gibt Menschen dort draußen, die nicht leben können, ohne gegen irgendetwas auf die Barrikaden zu gehen. Wissen Sie, was Martin dazu sagen würde?«

»Ähm, ich denke nicht.«

»Diese Menschen müssen wir am meisten lieben.«

Daniel Stafford schien seine Worte absolut ehrlich zu meinen, nichtsdestotrotz ließ er ihren Arm nicht los. Ein Teil von ihr wollte weglaufen, aber ihr war klar, dass ihr Weg hierher sinnlos gewesen wäre, wenn sie das Hauptquartier der *Planer* nicht erkunden würde. Freilich, wer auch immer hinter ihr her war, wollte sie ohne Zweifel genau hier haben. Und wenn schon! Hier befand sich das Zentrum der Verschwörung. Da war sie sich absolut sicher.

Doch nun, da sie sich im Inneren des Gebäudes befand, spürte Bethany, dass ihre Entschlossenheit schwand. Irgendwie hatte sie sich vorgestellt, sie würde an die Tür klopfen und nach Martin fragen, und dann würden die beiden sich zusammensetzen und über alte Zeiten plaudern. Er würde ihr alles erklären, und sie konnte nach Virginia zurückfliegen und ihren Namen wieder reinwaschen. Ein einziger Blick genügte, um ihr klarzumachen, wie absurd dieser Gedanke gewesen war.

Der Eingangsbereich war geräumig, hell beleuchtet und - verglichen mit der trostlosen Außenfassade - erstaunlich modern. An mehreren Tischen saßen grau kleidete *Gopos*, bereit, Informationsmaterial an Suchende auszuhändigen. Die tristen Farben waren dazu gedacht, Bescheidenheit auszustrahlen, doch wenn man sich ansah, wie harmonisch die einzelnen Grautöne von Wänden, Boden, Decke und Möbeln aufeinander abgestimmt waren, konnte dies nur das Werk eines teuren Inneneinrichters gewesen sein. Ein paar Menschen gingen gerade in den Hörsaal, in dem Martin Potus gleich seinen Vortrag halten würde. An einer Seite der Eingangshalle befand sich ein Geschenkartikelladen, in dem der Bestseller des großen Mannes auslag, ein Ratgeber mit dem Titel *Wer unhöflich ist, lebt besser.*

»Schön, dass Sie gekommen sind«, hörte sie Daniel Stafford neben sich sagen. Für einen kurzen Moment dachte sie, er wüsste, wer sie wirklich war. Er hatte ihren Blick bemerkt und fragte: »Haben Sie das Buch gelesen?«

»Nein«, antwortete sie. Die Protestrufe draußen waren kaum noch hörbar, aber dennoch nicht verstummt, wie die entfernte Stimme des Gewissens, sobald man sich dafür entschieden hat, sie zu ignorieren.

»Das sollten Sie. Es wird Ihr Leben ändern. So war es zumindest bei mir.« Wieder ein verschämtes Grinsen. »Früher war ich wie all die anderen und glaubte, dass ein gottgefälliges Leben darin besteht, nett zu anderen zu sein. Dabei wusste ich nicht, wie sehr Gott leere Gesten verabscheut. Warum sollte ich einem Bettler auf der Straße einen Dollar geben, wenn er davon höchstwahrscheinlich bloß Drogen kaufen wird? Verstehen Sie, worauf ich hinaus möchte? Ich gebe ihm lediglich das Geld, damit ich mich besser fühle. Und das ist egoistisch.«

Verwundert vergaß Bethany für einen kurzen Moment, dass sie eine Suchende spielte. »Und es ist weniger egoistisch, das Geld zu behalten?«

Völlig unbeirrt wanderte Staffords Blick durch den riesigen Raum. »Ich behalte es nicht, sondern gebe es der Stiftung. So ist alles hier entstanden.«

Dann erzählte er ihr die Geschichte seiner Organisation. Das Gebäude hatte zwölf Stockwerke und war komplett im Besitz der *Planer.* Fünf Jahre zuvor hatte es noch zu einer dieser eigentümlichen städtischen Mischungen aus Produktion und Marketing gehört: Fabrikarbeiter hatten Produkte im hinteren Teil gefertigt, Büroangestellte diese Produkte im vorderen Bereich verkauft, und im Vorraum hatten sich die Frauen um den Schriftverkehr gekümmert. Vor ein paar Jahren war Martin auf der Suche nach Investoren mit Daniel Stafford und ein paar anderen stolz durch das heruntergekommene Bauwerk spaziert und hatte ihnen von seinem Traum erzählt. »Ich hatte damals ein bisschen Geld mit Immobilien gemacht«, erklärte der dunkelhäutige Herr. »Wir hatten uns über Freunde kennengelernt. Ich muss zugeben, ich mochte ihn sofort. Hätte mir nie träumen lassen, dass ich seiner Organisation beitreten würde, aber er war mir sympathisch.«

Vor ihrem inneren Auge konnte Bethany förmlich sehen, wovon er sprach. Zu gut erinnerte sie sich daran, welch eine charismatische Erscheinung er gewesen war: Martin McAdams, heute Martin Potus, dessen Blick auf die Zukunft gerichtet und dessen Enthusiasmus ansteckend ist, während er von seinen Träumen spricht, auf ein heruntergekommenes Büro im ersten Stock zeigt und erzählt, dass hier die Suppenküche sein wird. Wie er die anderen die wackeligen Stufen in eine leere Kammer hochführt und hingebungsvoll sein geplantes Gotteshaus beschreibt. Wie er seine Pläne für die oberen Etagen skizziert, die sie aufgrund von Sicherheitsvorkehrungen nicht begehen dürfen und in denen seine Organisation eine Vielzahl von Büroräumen und Wohnungen für das Personal errichten wird, das er später einmal anstellen will.

Alles, was sie bräuchten, war Geld, hatte er ihnen versichert.

Und dann verriet ihnen Martin das Beste an seinem Plan, erklärte Daniel Stafford und brachte sie damit in die Gegenwart zurück: »Wir würden das Geld zurückbekommen.«

»Wie bitte?«, staunte Bethany erneut.

Staffords Grinsen wurde breiter. »Wir würden bares Geld in die, wie er es nannte, heilige Sache stecken und innerhalb von ein paar Jahren alles wieder zurückbekommen. Jeden Cent, den wir investierten, und noch mehr.«

Prompt meldete sich der Anwalt in ihr, der gerne angemerkt hätte, dass es illegal war, Gewinne mit einer gemeinnützigen Organisation zu erzielen, Kirchen eingenommen. Noch lieber hätte sie dem Mann klargemacht, dass das, was er da beschrieb, schwer nach einem Schneeballsystem klang, bei dem frühere Investoren mit Geldern von späteren ausgezahlt werden – den Sylvia Kirklands dieser Welt. Und dann kam ihr die Pilatus-Inschrift in den Sinn. Wenn das Village House, wie sie zu vermuten begann, die Fassade für einen Betrug im großen Stil war – mit dem Martin und seine Freunde sich die Taschen füllten –, wären sie mit Sicherheit auch an einem Artefakt im Wert von Zigmillionen Dollar interessiert. Zum Glück erinnerte sie sich noch rechtzeitig an ihre Mission, bevor sie sich verriet. »Ist das wahr?«, schwärmte sie übertrieben. »Das ist genial. Er muss ein außergewöhnlicher Mann sein.«

Daniel Stafford nickte. »Man kann es kaum glauben, finden Sie nicht? Aber es funktioniert. Wir spenden großzügig an die Stiftung und sind dafür gesegnet. Sehen Sie nur.« Er tippte an die goldene Nadel an seinem Revers. »Das bedeutet, dass ich von Anfang an dabei bin. Ich gehöre schon lange zu Martin.« Irgendetwas an ihrer verhaltenen Stille schien ihn zu stören. »Sagen Sie, Sie sind doch nicht etwa eine von diesen Frauen, oder?«

»Welche Frauen?«, fragte sie schwach, während sie immer noch auf das Gold mit der in Rot gehaltenen Prägung starrte.

»Die kommen manchmal einfach hereinspaziert und tun so, als wollten sie beitreten. In Wahrheit wollen sie aber nur an Martin heran, weil sie denken, dass er reich ist. Dabei verstehen sie nicht, dass er ein Gelübde abgelegt hat, mittellos und keusch zu bleiben, auch wenn manche das wiederum attraktiv finden, und ...« Als er den Ausdruck in ihrem Gesicht sah, trat sein edelmütiges Wesen wieder in den Vordergrund. »Geht es Ihnen gut, Vera? Sie sehen ein bisschen blass aus. Vielleicht sollten Sie sich setzen. Ich werde Ihnen ein Glas Wasser holen.«

Er führte sie die Stufen ins Auditorium hoch und setzte sie im vorderen Bereich an den Gang. Bethany widersprach nicht. Die Pilatus-Inschrift war auf einmal wie vergessen.

Sie atmete tief durch und versuchte, sich zu beruhigen. Es war zwar nur Zeit für einen kurzen Blick gewesen, doch für einen Moment schien die Prägung in Daniel Staffords Reversnadel einer gewundenen roten Schlange zu ähneln.

17

Das Auditorium entpuppte sich als großer grauer Raum mit glänzend gestrichenen Backsteinwänden und genügend grauen Klappstühlen für ungefähr dreihundert Menschen, auch wenn Bethany, während sie ihr Wasser trank und versuchte, sich zu beruhigen, vielleicht fünfzig Zuhörer zählte. Viele waren im Anzug gekommen, ein paar wenige wirkten wie Obdachlose, und einige *Gopos* trugen das für sie typische Grau. Daniel Stafford setzte sich neben sie. Er stellte ihr unaufhörlich Fragen, die sie gekonnt abwendete. Sie wollte weitere Lügen vermeiden und sich nicht ausdenken müssen, wer sie war, woher sie kam und was sie hier wollte.

Immer wieder sagte sie sich, dass sie sich geirrt haben musste – entweder vor fünf Tagen bei ihr zu Hause oder hier und jetzt. Der kleine rote Schnörkel an der Wand ihres Arbeitszimmers und die rote Spirale auf Staffords Reversnadel sahen sich vielleicht überhaupt nicht ähnlich. Wenn sie sich doch bloß unauffällig weiter vorbeugen könnte, um das Symbol näher in Augenschein zu nehmen.

Doch auch so wusste sie es. Die Gewissheit ließ Übelkeit in ihr aufsteigen. Nichts davon ergab einen Sinn, aber die Symbole waren dieselben. Annabelle war vor den Schlangen davongelaufen, und nun befand sich Bethany mitten unter ihnen.

»Haben Sie Martin schon einmal getroffen?«, fragte sie ihr neuer Freund.

»Martin Potus? Ähm, nein, ich glaube nicht.«

»Er ist ein toller Mann.«

»Das glaube ich Ihnen gerne.«

In Wahrheit erinnerte sie sich an den Martin McAdams, den sie einst geliebt hatte: Er war ein Lügner und ein Schuft mit einer leicht kriminellen Ader gewesen, der seine wilden College-Jahre größtenteils am Pokertisch verbrachte, meistens gewann und nur ab und zu eine Pause einlegte, um in einer Vorlesung vorbeizuschauen, in denen er von den Professoren, die ihn durch die Bank weg vergötterten, auch noch mit offenen Armen empfangen wurde. Während Bethany am Barnard College studierte, führte Martin an der direkt gegenübergelegenen Columbia University die Linken auf dem Campus an und verkündete seine radikalen Thesen auf einer Kundgebung nach der anderen. Mit feuriger Zunge begeisterte er die aufgebrachten Studenten, sodass seine Genossen losmarschierten und Gebäude besetzten, während Martin zusammen mit einer der willigen Frauen, die sich immer um die Revoluzzer scharten, zum Hinterausgang hinausschlich. Bethany erinnerte sich, wie betrunken oder high Martin zwischendurch war, und wie es ihn frustrierte, dass sie sich weigerte, dabei mitzumachen. Außerdem erinnerte sie sich daran, wie sie einmal mitten in der Nacht mit ihm durch die dampfenden Tunnel unterhalb des Campus in das Studentensekretariat gekrochen war, um einen Blick auf die Liste mit den Klausurergebnissen zu werfen und in Martins Fall heimlich hier und dort eine Änderung vorzunehmen. Doch am meisten waren ihr die Nächte in Erinnerung geblieben, in denen sie sich gestritten hatten, überwiegend über die Tatsache, dass sie sich für ihren Ehemann aufhob.

Kein echter Mann, sagte Martin, würde das mitmachen.

Drei Monate später waren sie verlobt.

Bethany wusste sofort, dass Martin sie bemerkt hatte. Mit derselben laserscharfen Aufmerksamkeit, die er schon vor zehn Jahren an den Tag gelegt hatte, fuhren seine Augen durch den kompletten Raum und sahen alles ... und jeden. Gekonnt inszeniert, tauchte er hinter den Zuhörern auf und lief leisen Schrittes durch den engen Gang zwischen den Stühlen und der linken Wand; nickte Leuten zu und schüttelte hier und dort ein paar Hände, ohne jemals wirklich stehen zu bleiben, während vor und hinter ihm jeweils einer seiner grau gekleideten Gefolgsmänner ging. Schon bevor Martin Potus den Raum betreten hatte, war in der Kapelle so gut wie kein Gespräch zu hören gewesen, aber als er am Kopf des Raumes ankam und seine *Gopo*-Eskorte sich zurückgezogen hatte, wurde es - sofern das überhaupt möglich war - noch stiller im Saal. Das Neonlicht wurde abrupt gedimmt, und die stillschweigende Menge reckte sich auf ihren harten Stühlen nach vorne, als würde sie

Martins leuchtendes Gesicht mit dem gesunden Teint und den Sommersprossen wie eine erhöhte Schwerkraft anziehen.

Martin ließ sie warten.

Er lächelte nicht, aber war sichtbar zufrieden; nickte nicht, aber begrüßte offensichtlich ihre Bewunderung für ihn; runzelte nicht die Stirn, aber war eindeutig konzentriert. Er war ein großer Mann, und Bethany hatte ganz vergessen, wie er seine Größe zu seinem Vorteil einsetzte. Es gibt große Männer. Es gibt sehr große Männer. Und dann gibt es Männer, bei denen die Größe Teil ihres Charakters ist. Zu Letzteren gehörte Martin. Die Tatsache, dass man zu ihm hinaufsehen musste, machte es schwierig, ihn zu kritisieren, ihm zu widersprechen oder ihm etwas abzuschlagen.

Sehr schwierig sogar: Bethanys schmerzhafte Erinnerungen waren Beweis genug.

Er hatte zugenommen. Seine Wangen waren voller geworden, die Augenbrauen tiefer gerutscht. Der gepflegte Bart, den er früher trug, war verschwunden, die großen braunen Augen hingegen leuchteten immer noch so verschmitzt wie damals.

Bethany sah sich um. Wie ein lebendiges Wesen ging die gespannte Erwartung im Raum knisternd von einer Stuhlreihe zur nächsten über. Eine gut gekleidete Frau in der ersten Reihe konnte vor Spannung kaum still sitzen und ballte vor Glückseligkeit ihre Fäuste. Auf der anderen Seite des Ganges zitterte ein junges Pärchen vor Vorfreude. Nur der Obdachlose zwei Reihen vor ihr schien gegen all die Aufregung immun zu sein, wahrscheinlich weil er eingeschlafen war.

Martins Einstieg war einfach.

»Guten Tag. Willkommen. Unser Thema heute, meine Freunde, ist die Liebe.«

Irgendwo im Raum ertönte ein Kichern: Die Anwesenden kannten den Titel seines aktuellen Bestsellers. Martin ignorierte das Geräusch. Besser gesagt, er spielte damit, indem er erst sein Gesicht und danach seinen ganzen Körper in Richtung des Lachens drehte. Das sanfte Licht hob den silberweißen Zwirn seiner grauen Uniform hervor, passend zu den dichten silbernen Strähnen, die vereinzelt in seinen kurzen schwarzen Haaren aufleuchteten.

»Liebe«, wiederholte er, wobei er genau wie damals, als er seine Reden noch vor demonstrierenden Studenten schwang, frei sprach, ohne sich auf irgendwelche Notizen zu stützen. Es fehlte nur noch das Megafon. »Ich bin mir sicher, dass viele von euch keine Gläubigen sind, daher sollte ich vielleicht erklären, was ich damit meine. Denn die Liebe ist eine der am wenigsten verstandenen Pflichten eines gläubigen Lebens.« Kurze Pause. »Besonders von den Gläubigen.«

Wieder ein Kichern, das diesmal ein wenig freundlicher klang. Bethany fiel auf, dass er niemals das Wort *Christ* in den Mund nahm, so wie seine Anhänger niemals von einer *Kirche* sprachen.

Martin redete weiter über die Liebe und zitierte dabei nicht nur aus der Bibel, sondern diverse Textstellen von verschiedenen Glaubensrichtungen. Bethany hörte nicht mehr seinen Worten zu, sondern konzentrierte sich stattdessen auf den Mann selbst. Damals im College hatte es keinerlei Anzeichen dafür gegeben, dass Martin McAdams ein gläubiger Mensch war, und sie bezweifelte, dass sich das geändert haben sollte. Nach all dem, was sie von Richterin Harrigan letzte Woche und Daniel Stafford heute gehört hatte, war Martin ein Betrüger. Das schien ganz offensichtlich zu sein. Wo also waren die Ermittler? Warum wurden keine Gerichtsverfahren gegen ihn angestrengt? Mit Sicherheit konnte er nicht die vergangenen drei Jahre damit zugebracht haben, die ganze Welt hinters Licht zu führen.

»Aber, liebe Freunde«, fuhr er fort und tänzelte dabei auf der Bühne vor und zurück, »was Gott wirklich von uns möchte, sind wahre Opfer. Opfer, die von Bedeutung sind. Opfer, die diese Bezeichnung auch verdienen.«

Vereinzelt hörte man ein Amen. Martin sprach weiter, seine Erörterung war eine ausgeschmückte und geschmeidige Version von dem, was Daniel Stafford ihr in der Eingangshalle erklärt hatte. Auf den Punkt gebracht, ging es darum, das Geld nicht den Armen zu geben, sondern in Martins Stiftung zu stecken. Bethany bemerkte, dass um sie herum alle Köpfe energisch und zustimmend nickten. Sie wandte sich Stafford zu, um seine Reaktion zu beobachten, doch stellte erstaunt fest, dass er kaum zuhörte, sondern die Nachrichten auf seinem Blackberry las. Ihr Erstaunen wuchs, als er sich im Flüsterton entschuldigte, von der Bank rutschte und in Richtung Ausgang lief. Doch die Zeit hatte ausgereicht, um erneut einen Blick auf seine Reversnadel werfen zu können. Näher betrachtet, war es nicht bloß eine Schlange, sondern eine Schlange, die sich um einen Baum wickelte. Ganz anders als die in ihrem Haus. Zumindest hoffte sie das. Ein Pyramidensystem zu betreiben ist eine Sache, aber einen Mord zu begehen ...

Laute Akkorde läuteten das große Finale ein. Der Obdachlose schreckte hoch und blinzelte.

»Wir dürfen keine leichten Opfer sein«, verkündete Martin und sah Bethany direkt in die Augen. »Wir dürfen nicht verschwenderisch sein. Wir dürfen keine Angst vor der Welt und unseren Kritikern haben. Und das bedeutet – ich weiß, das klingt komisch, aber es ist wahr –, dass der wahre Gläubige manchmal auf eine Art auftreten muss, die andere Leute als unhöflich empfinden könnten. Zum Beispiel ...« Seine Augen wanderten weiter. Er ließ sein Publikum warten, immer noch fest entschlossen, seine Zuhörer an sich zu binden. Wobei Bethany bezweifelte, dass es ihnen möglich war, ihm noch näher zu kommen, da sie ihm bereits aus der Hand fraßen. »Nehmen wir an, ihr sitzt gerade mit eurer Familie beim Essen. In dem Moment klingelt das Telefon. Ihr steht auf und nehmt den Anruf entgegen, da es sich ja um einen Notfall handeln könnte. Es ist aber kein Notfall.« Seine großen Augen wanderten heiter in Bethanys Richtung, wendeten sich dann aber schnell wieder ab. »Es ist eine alte Freundin vom College, sagen wir eine Freundin, die ihr lange nicht gesehen habt, und die nicht weiß, dass ihr momentan keine Zeit habt, und der das auch egal ist, weil sie etwas zu besprechen hat. Sie will eure Aufmerksamkeit, genau in diesem Moment. So sind alte Freunde eben.« Wieder eine Pause. Die Botschaft war angekommen. Martin wusste ganz offensichtlich, dass Bethany im Raum war. »Also sprecht ihr mit ihr oder mit eurer Familie?«

Gemurmel durchzog die surrende Stille – *Familie ... Familie.*

»Natürlich entscheidet ihr euch für eure Familie. Ihr beendet das Gespräch so schnell ihr könnt, selbst wenn ihr dafür in Kauf nehmt, unhöflich zu sein. Denn wenn ihr euch die Zeit nehmt, um geduldig die neuesten Dummheiten aus dem Leben eurer Freundin zu erfahren, könntet ihr bis spät in die Nacht am Telefon sitzen. Ihr verschwendet eure wertvolle Zeit. Ein anderes Beispiel ...« Wieder ließ er sein Publikum einen Augenblick warten, sein Timing war perfekt. »Vielleicht hat Gott euch mit einem Talent gesegnet. Er hat euch zu einem erstklassigen Anwalt gemacht. Vielleicht arbeitet ihr sogar in der gleichen kleinen Stadt in Virginia, in der ihr aufgewachsen seid.« Ein Lächeln, das niemandem speziell galt, während Bethany erstarrte. »Ihr vertretet einen Klienten, und jemand kommt zu euch und wirft euch vor: Wie konnten Sie das bloß tun, was Ihr Klient von Ihnen verlangt? Das ist unerhört und unmoralisch! Dennoch ist es nicht eure Pflicht, es euren Kritikern recht zu machen, sondern eurem Klienten. Es mag wie eine Floskel klingen, liebe Freunde, aber es stimmt: Wir müssen tun, was wir tun müssen. Punkt. Wenn die Welt euch für unhöflich hält, dann ist es eben so. Ihr seid hier, weil ihr Gott gefallen sollt und nicht der Welt. Und wenn ihr unhöflich sein müsst, um euer Ziel zu erreichen, dann seid ihr eben unhöflich, denn Gott hat euch für eine Aufgabe auserwählt, nämlich für eure Berufung, und die müsst ihr erfüllen. Punkt.«

Seine Eindringlichkeit war ansteckend, die Gemeinde johlte. Martin brachte die Menschen immer dazu, das zu tun, was er wollte. Ein Nein hatte er noch nie akzeptieren können. Dabei waren ihm alle Mittel recht. Wenn er jemanden nicht bezirzen konnte, fand er einen anderen Weg. Als Bethany ihm damals im College erklärt hatte, dass sie noch nicht bereit für eine ernsthafte Beziehung mit einem Mann war, drohte er ihr, aus dem Fenster ihres Zimmers im Studentenwohnheim zu springen, wenn sie nicht mit ihm ausginge.

Kurz darauf sprang er und brach sich den Knöchel.

Gelassen schritt Martin wieder auf und ab, bereit für das Finale, während das Publikum gespannt wie ein Flitzebogen darauf wartete, dass er ihnen die Erlaubnis erteilte, ihrer Begeisterung freien Lauf zu lassen.

»Vielleicht seid ihr auch großzügig, weil Gott euch diese Gabe mitgegeben hat. Schön für euch! Aber wenn ihr immer jedem, der danach fragt, eure Zeit schenkt, selbst wenn es um eine gute Sache geht, werdet ihr bald keine Zeit mehr übrig haben und auch keine Kraft mehr. Was haben die anderen dann noch von euch? Was hat Gott dann noch von euch? Ihr müsst euch eure Kostbarkeit und eure Zeit bewahren, wenn ihr sie für Gott einsetzen wollt. Ihr dürft sie nicht vergeuden, denn sie sind ein Geschenk Gottes. Hört gut zu. Manchmal, nicht selten sogar, ist der einzige Weg, diese wertvollen Geschenke und sich selbst zu schützen, Nein zu sagen. Und manchmal bedeutet Nein zu sagen, unhöflich zu sein.«

Endlich kam Martin Potus an den Punkt, auf den er die ganze Zeit über zusteuerte und den alle Anwesenden erwarteten. Unter den Zuhörern befanden sich einige wahre Gläubige, andere waren bloß neugierig, und manche, so wie Bethany, verfolgten tatsächlich ein bestimmtes Ziel, doch sie alle wollten nun sehen, wie der große Martin Potus das Publikum dazu brachte, den berühmten Sprechchor anzustimmen.

»Denkt immer daran, Freunde, gemocht zu werden, ist keine Sünde. Nur das Streben nach Beliebtheit ist es. Sünde ist, Dinge zu tun, nur damit man gemocht wird. Sünde ist, dem Streben nach Beliebtheit nachzugeben und aus diesem Grund Gottes Geschenk zu vergeuden. Sünde ist, sich zu sträuben, unhöflich zu sein, auch wenn Unhöflichkeit Gottes Zwecke besser erfüllt als Nettigkeit. Es ist eine Sünde, die die meisten von uns begehen, und das muss ein Ende haben. Okay? Meine lieben Freunde, es ist wirklich einfach. Manchmal müssen wir unhöflich sein. Ja, ich sagte unhöflich. Manchmal haben wir keine andere Wahl. Sprecht mir jetzt nach.« Endlich war es Zeit für die Unhöflichkeits-Hymne, die kleine Glanznummer, die Martins Buch an die Spitze der Bestsellerliste katapultiert hatte. »Sprecht mir nach«, wiederholte Martin. »Und jetzt alle: Ich kann unhöflich sein!«

Das Publikum brüllte zurück: »Ich kann unhöflich sein!«

Bethany neigte den Kopf, damit keiner sah, dass ihre Lippen sich nicht bewegten.

»Lauter!«, feuerte ihr Anführer sie an.

»Ich kann unhöflich sein!«

»Um mich selbst zu beschützen!«

»Um mich selbst zu beschützen!«

»Um meine Gesundheit zu schützen!«

»Um meine Gesundheit zu schützen!«

»Und meinen Wohlstand zu vermehren!«

»Und meinen Wohlstand zu vermehren!«

Martin hob seine Hände. »Noch einmal«, raunte er, und das Publikum wiederholte den Sprechchor. Dieses Mal war Bethany versucht, mit einzusteigen.

Bei der dritten Verkündung stand die Gemeinde auf und klatschte und stampfte im Rhythmus zu den einprägsamen Versen. Um nicht aufzufallen, stampfte und klatschte Bethany mit. Schon damals am College hatte Martin Potus diese Fähigkeit besessen, die Menschen in seinen Bann zu schlagen, auch wenn man gerade sauer auf ihn war oder Grund dazu hatte, ihn zu verachten.

Der vierte Durchlauf. Gefolgt vom fünften.

Endlich wedelte Martin Potus, dem der Schweiß wie ein Regenguss über die Brauen strömte, mit den Händen, um der Menge Einhalt zu gebieten. Alle Zuhörer, Bethany eingeschlossen, ließen sich zurück in ihre Klappstühle fallen, und der Sog geladener Energie löste sich auf wie der Nebel am Morgen.

»Ich liebe euch alle«, sagte Martin. »Gott segne euch!« Ohne Vorwarnung verschwand er durch die Tür am anderen Ende des Raumes, vor der sich unmittelbar danach ein großer *Gopo* platzierte, für den Fall, dass eine törichte Seele versuchen sollte, dem Anführer zu folgen.

Bethany steckte in der Zwickmühle.

Sie stand auf und überlegte, wie sie den großen Mann nun ausfindig machen sollte. Rings um sie herum nickten die Leute sich zu, unterhielten sich glücklich und zogen ihre Jacken an. Eine Asiatin in *Gopo*-Grau kam den Gang herunter auf sie zu, in der Hand hielt sie ein Papptablett. Bethany wurde nervös, doch die Dame ging an ihr vorbei. Auf dem Tablett stand ein Becher Kaffee und ein Teller mit einem Brötchen. Die *Gopo* rutschte neben den Obdachlosen in die zweite Reihe und überreichte ihm lächelnd das Tablett. Dann, in einem Ausmaß an Nächstenliebe, das Bethany selten in ihrem Leben gesehen hatte, setzte sie sich neben ihn und fing ein Gespräch an. Kurze Zeit später lächelte auch der Obdachlose.

Vielleicht hatte Bethany die *Planer* falsch eingeschätzt. Oder sie alle fälschlicherweise über einen Kamm geschert. Selbst wenn ihr Exfreund ein Schwindler war, so wie sie es vermutete, waren die Mitglieder offensichtlich hier, weil sie etwas Gutes für ihre Seelen tun wollten ...

Fasziniert beobachtete sie die beiden, als ihr jemand auf die Schulter tippte. Als sie sich umdrehte, traf sie der ungenierte Blick von Daniel Stafford. Hinter ihm stand ein entschlossen aussehender Latino mit ernstem Gesichtsausdruck. Für einen Augenblick schien die Welt aus den Fugen zu geraten. Einer der *Gopos* war wohl doch ein Nabokov-Fan, schoss es ihr durch den Kopf. Die Polizei wartete wahrscheinlich bereits draußen. Oder Martin hatte sich dazu entschlossen, ihr das anzutun, wovor Richterin Harrigan sie zu warnen versucht hatte.

Daniel Stafford taxierte sie von oben bis unten.

»Mr Potus möchte mit Ihnen sprechen«, sagte er.

18

»Zeigen Sie mir noch einmal den Tatort«, bittet Carl Carraway.

Detective Florio ist sichtlich genervt. Wie viele andere Polizeibeamte im Land hält sie FBI-Agenten für störende Dilettanten mit Vorzeige-College-Abschlüssen. Aber dumm ist sie auch nicht, deswegen steht sie an diesem schwülen Samstagnachmittag in Bethany Barclays Diele, obwohl sie eigentlich mit ihrem Mann und ihren Kindern am Strand sein sollte.

»Kenneth Kirklands Leiche wurde in der Küche gefunden«, erklärt sie. Die Kreideumrisse auf dem Boden sind trotz der vielen Fußstapfen noch sichtbar. »Es wurde zwei Mal auf ihn geschossen. Soweit wir die Tat rekonstruieren können, traf ihn der erste Schuss oben in den Rücken. Es muss sehr schmerzhaft für ihn gewesen sein, aber nicht lebensbedrohlich. Er fiel gegen den Tresen – wir haben seine Fingerabdrücke gefunden, er hatte sich dort festgekrallt – und hat es dann geschafft, sich umzudrehen. Der zweite Schuss traf ihn am Kopf, genauer genommen durch die rechte Wange. Das Blut spritzte bis an den Schrank und in die Ecke, wie Sie sehen können. Dieses Mal ging er zu Boden. Wir glauben, dass er gegen den Schrank gesackt und nach einem kurzen Augenblick dann weiter heruntergerutscht ist.«

Carraway geht um den Kreideumriss herum. Bis hierhin kann er nichts entdecken, was ihrer Analyse widerspricht. »Und die Waffe lag neben der Leiche?«

»Voll mit Bethany Barclays Fingerabdrücken.«

»Es war ja auch ihre. Sie ging regelmäßig auf den Schießstand und nutzte sie häufig.«

Florio wirft ihm einen Blick zu. »Wenn jemand anderes mit ihrer Waffe geschossen und sie danach sauber gemacht hätte, hätte er dabei auch ihre Fingerabdrücke weggewischt.«

Carraway blättert durch die Unterlagen in dem Ordner, den er unter seinem Arm trägt. »In Ihren Laborberichten steht, dass auf dem Abzug und dem Griff keine Fingerabdrücke gefunden wurden.«

»Es ist fast unmöglich, einen vollständigen Fingerabdruck von einem Abzug zu bekommen, Agent Carraway. Der Griff ist geriffelt, nicht gerade die beste Oberfläche. Wir haben eindeutige Fingerabdrücke an Lauf und Magazin gefunden.«

»Wie viele Patronen waren übrig?«

»Der Ladestreifen enthält sieben Patronen, aber das wissen Sie ja. Im Patronenlager war noch eine Patrone und drei im Ladestreifen.«

»Also fehlt eine Kugel.«

»Vielleicht wurde sie vorher abgefeuert. Zum Beispiel auf dem Schießstand, den Sie erwähnt haben.«

»Also könnten die Fingerabdrücke auf dem Magazin ohne Bedeutung sein. Wenn der andere Schütze nur zwei Patronen benötigt hat, musste er den Ladestreifen nicht einmal berühren.«

Florio stemmt die Hände in die Hüfte. »Wollen Sie sich den Tatort ansehen oder den Verteidiger vor Gericht spielen?«

»Ich habe nicht gesagt, dass sie es nicht war, Detective. Nichts liegt mir ferner, als ihre Ermittlung infrage zu stellen. Aber an dem Fall ist irgendetwas seltsam, auch wenn ich noch nicht sagen kann, was es ist. Ich hoffe, dass mir hier am Tatort etwas auffällt, was ich übersehen habe.«

»Dann folgen Sie mir«, entgegnet sie, alles andere als besänftigt.

Als Nächstes führt sie ihn in das hintere Schlafzimmer, das von Bethany als Wohn- und Arbeitszimmer genutzt wird. An den Wänden hängen Nachdrucke von Audubon neben einem verblassten in Grün und Schwarz gehaltenen Poster von dem Musical *Wicked – Die Hexen von Oz*. In einer Ecke steht eine handgeschriebene Widmung. Er lehnt sich vor.

Wer von uns ist wer? Deine Annabelle

Aus irgendeinem Grund deprimiert ihn die Widmung.

»Agent Carraway?«

»Entschuldigung.« Er wendet sich zu ihr. Florio steht vor der Wand. Und tatsächlich prangt direkt neben dem weit geöffneten Safe dieser seltsame stilisierte rote Schnörkel. Er geht in die Hocke. »Was halten Sie davon?«

»Ms Barclay zufolge sieht es aus wie eine Schlange. Meiner Meinung nach sieht es nach gar nichts aus.« Sie neigt das Kinn. »Die Farbe stammt aus der Dose, die wir neben dem Schuppen gefunden haben.«

»Der Schuppen, in dem sie die Bomben gebaut hat.«

»Die Bombengeschichte regelt das FBI. Wir kümmern uns um den Mord.«

Ihre Stimme hat einen eigenartigen Unterton angenommen. Er blickt zu ihr auf. »Sie haben Ihre Zweifel, stimmt's? Sie sind sich nicht sicher, ob sie es war.«

»Das ist nicht mein Fall.«

»Sie sind der leitende Detective.«

Florio zögert. »Wir halten sie für die Mörderin. Bei den Bomben bin ich mir nicht so sicher.«

»Warum?«

»Sehen Sie, der Mord könnte aus Leidenschaft passiert sein. Er ist ein Exfreund von ihr, sie streiten über Mrs Kirklands Testament, er droht ihr mit einem Gerichtsverfahren. Vielleicht waren sie wieder zusammen. Das wissen wir nicht. Aber es könnte passen. Es gibt Zeugen, die ihren Streit mitangehört haben. Der Zahnarzt, der seine Praxis über ihrem Büro hat, sagt, das Gebrüll sei so laut gewesen, dass er es sogar beim Bohren hören konnte. Kenneth Kirkland war Alkoholiker. Er hat in einer Bar die Straße hinauf vor mehreren Stammkunden schlecht über sie geredet. Als sie nach Hause kommt, wartet er auf der Veranda oder vielleicht in seinem Auto, sie lässt ihn herein, die beiden fangen an zu streiten – vielleicht ist er aufdringlich geworden, keine Ahnung, vielleicht hat er sie zuerst geschlagen –, wie auch immer der genaue Ablauf aussah, sie verliert die Kontrolle. Sie rennt ins Arbeitszimmer, holte ihre Waffe, vielleicht hat er sie ausgelacht und ihr den Rücken zugedreht. Bei vielen Verbrechen unter Paaren schießt die Frau dem Mann in den Rücken. Experten sagen, der Rücken ist weniger einschüchternd. Sie schießt also auf ihn, er dreht sich um, macht einen Satz in ihre Richtung, sie schießt erneut auf ihn. Er fällt zu Boden. Sie wählt die Nummer des Notrufs, gerät dann aber in Panik und denkt sich eine nicht besonders überzeugende Geschichte aus. Malt den Schnörkel an die Wand. Warum die ganze Mühe? Wenn sie aussagt, dass er sie angegriffen hat, kommt sie eventuell sogar frei. Sie ist Anwältin. Das muss sie doch gewusst haben.

Eine liebenswerte junge Frau gegen einen betrunkenen Angreifer, von dem bekannt ist, dass er früher schon Frauen misshandelt hat. Im schlimmsten Fall wird sie wegen Totschlages mit bedingtem Vorsatz angeklagt. Ein Verbrechen zweiter Klasse – weiter wird die Jury meiner Meinung nach nicht gehen. Die Zeit wird sie im Nu absitzen.«

Ein Grinsen breitet sich auf Carraways Gesicht aus. »Na, wer spielt jetzt hier den Verteidiger?«

Florio wird rot. »Ich will damit sagen, dass sich die Mordanklage mit einer Geschichte unterstützen lässt. Geschworene lieben Geschichten. Sie wollen, dass man ihnen erzählt, warum etwas passiert ist. Welche Geschichte würde der Staatsanwalt über die Bombe erzählen? Ms Barclay war allseits beliebt, und niemand hat je mitbekommen, dass sie irgendwelches Material für diese Bomben gekauft hat. Aber nachdem sie ihren Exfreund umgebracht hat, war sie umsichtig genug, ihr kleines Bombenlabor aufzuräumen und mit dem eigenen Auto den weiten Weg bist nach George Mason zu fahren, um sich von den vielen Sicherheitskameras dabei aufnehmen zu lassen, wie sie das Laborgebäude in die Luft jagt? Obwohl sie niemandem gegenüber jemals das leiseste Interesse an menschlichen Embryos oder Stammzellenforschung bekundet hat?«

Sie wendet sich ab, um zu gehen. »Ich meine, ich persönlich verabscheue Experimente an Embryos und sage das auch bei jeder Gelegenheit. Ich bin keine Fanatikerin, aber meiner Meinung nach ist es falsch. Doch sie soll eine Fanatikerin sein und hat dennoch keiner Menschenseele gegenüber jemals ein Wort über das Thema verloren?«

Sie sind nun wieder in der Diele angekommen. Neben der Treppe hängt ein gerahmtes Foto von einem Mann mit klugen Augen.

»Everett Barclay«, erklärt die Detective, als sie seinem Blick folgt. »Ein gewalttätiger Mann mit einem unangenehmen Temperament. Er wurde nur einmal wegen Körperverletzung verknackt, aber wenn Sie mit ein paar der Leute sprechen, die seit dreißig oder vierzig Jahren im Landkreis leben, werden die Ihnen Geschichten zu den Männern erzählen, die er wegen allen möglichen belanglosen Auseinandersetzungen halb tot geschlagen hat.« Sie zuckt mit den Achseln. »Könnte sein, dass er seine brutale Ader an seine Tochter weitergegeben hat. Aber wie gesagt, das würde die Geschichte mit Ken Kirkland erklären – eine spontane Reaktion, die in einem fürchterlichen Wutausbruch endet. Die Bomben hingegen waren eiskalt geplant. Die Arbeit eines Täters, der auch in einer Stresssituation einen kühlen Kopf bewahrt.«

»Sie kann sich seit einer Woche erfolgreich vor der landesweiten Fahndung verstecken«, entgegnet Carraway. »Das nenne ich einen kühlen Kopf in einer Stresssituation bewahren.«

»Sie halten mein Argument nicht für schlüssig?«

»Ich sehe dieselben Schwachstellen wie Sie. Dennoch glaube ich, dass sie unsere Bombenlegerin sein könnte. Wir werden es herausfinden, wenn wir sie gefunden haben.«

»Wissen Sie, in welche Richtung sie geflohen ist?«

»Richtung Westen.«

19

»Es ist lange her«, sagte Martin Potus, wie er sich nun nannte. »Gut siehst du aus.«

»Danke«, entgegnete Bethany verunsichert.

Sie saßen in seinem Büro auf der zweiten Etage des Gebäudes, ein kleiner Raum mit Bücherregalen aus Holz und zugezogenen Vorhängen. Es gab weder einen Computer noch ein Telefon oder irgendeine andere Art von moderner Technologie, abgesehen von einer uralten Gegensprechanlage. Die Deckenbeleuchtung bestand aus einer nackten Glühbirne. Martin saß hinter seinem alten Schreibtisch und hatte die Hände auf der Schreibunterlage zusammengefaltet. In einem senkrecht aufgestellten Ordner standen ein paar Faltmappen. Er trank Wasser aus einer Flasche. Sie hatte dankend abgelehnt.

»Wie ich höre, hattest du ein paar Probleme auf deinem Weg hierher«, fuhr er fort. Er neigte den Kopf und schenkte ihr das Lächeln eines altklugen Kindes. »Können wir irgendetwas für dich tun?«

»Nein«, antwortete sie, steif in ihrem Sessel sitzend. Dann wurde ihr bewusst, wie unglaubwürdig sie klingen musste. Sie versuchte sich zu entspannen, wurde dadurch aber nur noch steifer. Schnell rezitierte sie Galater 5,22, einen Bibelvers, den sie in ihrer Kindheit auswendig gelernt hatte: *Die Frucht aber des Geistes ist Liebe, Freude, Friede, Geduld, Freundlichkeit, Güte, Glaube, Sanftmut, Keuschheit.* Bethany hatte es gehasst, dass Tante Claudia ihr solche Verse eingebläut hatte, aber als Erwachsene, musste sie zugeben, waren sie ihr schon einige Male hilfreich gewesen. »Mir geht es gut«, fügte sie hinzu.

Martin nickte und beobachtete sie mit seinen dunkelbraunen Augen. Sie bemerkte, dass er versuchte vorauszuahnen, was sie als Nächstes tun würde; ein Spiel, das er ausgezeichnet beherrschte. Sie hatte es nie geschafft, herauszufinden, was in ihm vorging, wohingegen er sie immer mühelos durchschaut hatte.

»Nun gut, was kann ich dann für dich tun? Hat dir die Messe gefallen?« Er lehnte sich über den Tisch und sprach ein bisschen leiser. »Sag nicht, du bist hier, um uns beizutreten ...«

Sie schüttelte den Kopf. Am liebsten wäre sie geflohen, aber dafür war sie zu weit gekommen. Außerdem waren ihr die Orte ausgegangen, an die sie hätte fliehen können. Es gab kein Zurück mehr. »Ich bin wegen eines Klienten hier«, antwortete sie.

Martin zog seine Augenbrauen hoch. »Oh!«

»Es geht um eine Frau namens Kirkland. Sylvia Kirkland. Ich habe ihr Testament aufgesetzt, Martin. Sie hat dir ihr Vermögen hinterlassen.«

Er schwieg. Darin war er schon immer gut gewesen – sie zuerst kommen zu lassen. Bethany sah weg. Sie konnte die Intensität seines Blickes nicht ertragen. Auf den Regalen standen Bibeln und heilige Schriften von anderen Glaubensrichtungen. Außerdem Bücher zu Finanzthemen, Außen- und Innenpolitik.

»Ich wollte dir nur persönlich mitteilen ...«, fuhr Bethany fort, immer noch nicht in der Lage, seinem Blick standzuhalten. In einer verschlossenen Vitrine standen ältere Bücher, die aussahen wie Sammlerstücke, von ihrem Platz konnte sie jedoch die Buchrücken nicht lesen. Ein paar waren umgedreht, sodass sie die Cover sehen konnte. Sie waren mit Schnörkeleien verziert. »... dass du zwar zu Geld kommen wirst, aber das Testament aller Wahrscheinlichkeit nach angefochten wird.«

»Verstehe.«

»Ihre Kinder sind ziemlich aufgebracht.«

»Verstehe«, wiederholte er. Seine Stimme klang zu ruhig und zufrieden, sodass ihre Augen sich seinem Gesicht zuwandten. Er hatte einen der Ordner geöffnet und wanderte mit seinem Finger eine für sie nicht sichtbare Seite entlang. »Hier steht, dass ihr Sohn verstorben ist.«

Bethany schluckte. »Ähm, das ist richtig.«

»Hier steht, dass er der Einzige war, der das Testament angefochten hatte.«

»Das weiß ich nicht«, entgegnete sie.

Seine Augen blickten wieder auf, die Fröhlichkeit in ihnen machte ihr Angst. »Vertrau mir, Bethany. Es ist alles in Ordnung. Das Testament wird eröffnet werden.«

»Gut.« Bethany fuhr sich mit der Zunge über die Lippen. »Ähm, das ist gut.« *Frieden, Geduld, Güte.* Dann stand sie auf. »Nun, wenn du mich dann entschuldigen würdest ...«

Martin erhob sich ebenfalls. »Warte«, bat er sie.

Sie erstarrte, ihr wurde schwindelig, und sie fühlte sich wie ein kleines Mädchen, als er sich über ihr auftürmte.

»Du bist in Schwierigkeiten.« Er stand nun unmittelbar vor ihr. Wenn er jetzt noch seine Hand auf ihre Schulter legte, würde sie losschreien. »In großen Schwierigkeiten.«

»Die Anschuldigungen sind falsch, Martin. Mir wird nichts passieren.«

»Daran habe ich nie gezweifelt. Du bist keine Mörderin. Aber du kannst nicht dein Leben lang davonlaufen.«

»Ich komme schon klar.«

»Lass uns dir helfen.«

»Ich brauche keine Hilfe.«

»Das sehe ich anders, Bets. Zuerst musst du dich etwas ausruhen.« Sanft, aber bestimmt. »Na, komm schon. Nimm unsere Hilfe an. Du brauchst einen Ort, an dem du bleiben kannst, bis zu Hause etwas Gras über die Sache gewachsen ist. Damit können wir dienen.«

Bethany drehte sich um. Beim Blick in seine Augen bemerkte sie eine flüchtige Emotion, so etwas wie Erheiterung, doch dann zeigte sein Gesicht wieder nur Besorgnis und Wärme.

»Wie viel weißt du darüber, was zu Hause los ist?«, fragte sie.

»Nur das, was sie in den Nachrichten gezeigt haben, Bets«, antwortete er sanft. »Dass man dich sucht, weil man dich vernehmen möchte, und so weiter und so fort.«

Bethany entfernte sich. Seine Nähe war genauso angsteinflößend wie sein Wissen. Plötzlich prasselte starker Regen gegen die Fenster.

»Ich habe einen Ort, an dem ich bleiben kann«, sagte sie schließlich.

»Sie werden dich finden.«

»Das Risiko gehe ich ein.«

»Du brauchst Hilfe«, wiederholte er, diesmal mit einem strengeren Unterton. Sie hörte, wie jemand die Tür öffnete. Eine Frau um die Fünfzig trat ein, ihr rundes Gesicht strahlte mütterliche Besorgnis aus. Sie trug eine Jeans und einen Pullover, beides in Grau. »Das ist meine Assistentin, Blessing Wilkes. Sie wird dir auf einer der Gästeetagen ein Zimmer zuweisen. Bleib doch zum Abendessen. Du willst doch bestimmt mehr über unsere Organisation erfahren.«

»Nein danke, Martin. Ich kann es nicht zulassen, dass du dieses Risiko für mich eingehst.«

»Wir sind hier im Village House. Unsere Tür steht für jeden offen, der Hilfe benötigt. Und es steht außer Frage, dass du Hilfe brauchst.« Er verschränkte seine Arme. »Mach dir keine Sorgen. Wir werden dich nicht an die Behörden verraten. Da sind wir ganz altmodisch. Wir glauben an die Kirche als Zufluchtsstätte. Lass uns für dich sorgen.«

Auch wenn sie gerne protestiert hätte, biss sich Bethany auf die Zunge. Wenn sie herausfinden wollte, was hier vor sich ging, gab es dafür keinen besseren Ort als hier drinnen.

»Vielen Dank«, erwiderte sie. »Das ist wirklich sehr nett von dir.«

»Keine Beleidigungen, bitte.« Als er anfing zu lachen, fiel ihr der Titel seines Buches wieder ein. »Meine Motive sind rein egoistischer Natur. Anderen zu helfen, gibt mir ein besseres Gefühl.«

»Wir werden jemanden losschicken, der deine Sachen holt«, fügte Blessing hinzu.

Bethany klopfte auf ihren Rucksack. »Ich habe alles dabei, was ich brauche.«

Das stimmte so nicht. Dem Rat ihres Vaters folgend, hatte sie den größten Teil ihres verbleibenden Geldes an einem anderen Ort der Stadt versteckt.

»Dann zeige ich dir jetzt dein Zimmer«, murmelte die ältere Dame. Daraufhin trat sie einen Schritt beiseite und machte eine Geste in Richtung Flur. Ein letztes Mal sah Bethany sich noch einmal in dem Büro um, wobei ihre Augen an dem verschlossenen Schrank haften blieben, in dem die alten Bücher aufbewahrt wurden. Darunter erregte ein ganz spezielles Buch ihre Aufmerksamkeit.

»Ist alles okay?«, fragte Blessing.

»Ja«, antwortete Bethany, ohne sich vom Fleck zu rühren.

Martin saß mittlerweile wieder an seinem Schreibtisch und sah auf. »Sie möchte noch etwas fragen«, bemerkte er. Wieder einmal hatte er sie durchschaut, indem er ihre Frage beantwortete, noch bevor sie überhaupt wusste, wie sie diese formulieren sollte. »Sie glaubt, wir haben den jungen Mann ermordet, um an das Geld seiner Mutter zu kommen.«

Blessing reagierte schockiert. »Niemand käme auf die Idee, dass ...«

»Nein, nein, das ist schon in Ordnung. Sie hat ein Recht darauf, die Antwort zu erfahren.« Da war es wieder, dieses neckende Lächeln. »Denk mal drüber nach, Bets. Das grenzt an Paranoia. Wir sind doch nicht gewalttätig. Und selbst wenn wir es wären, gäbe es keine Grundlage, auf der das Testament angefochten werden könnte. Das Geld bekommen wir so oder so. Also warum sollten wir Mr Kirkland umbringen?«

Auch wenn es ihr schwerfiel, schaffte sie es, sein Lächeln zu erwidern. »Das habe ich auch gar nicht gedacht, Martin.«

»Doch, hast du.« Seine braunen Augen musterten sie. »Und selbst jetzt bist du dir nicht sicher, ob du mir glauben kannst. Deswegen bist du auch so nervös. Aber ich sage dir, das ist die Wahrheit.« Dann nickte er Blessing zu. »Wir sprechen später.«

Ehe sie sichs versah, stand Bethany wieder auf dem Gang und folgte Blessing Wilkes die Rampe hinauf in den Gästeflügel. Sie dachte über die gewundene Schlange auf Daniel Staffords Reversnadel nach, die sie auf dem Buchrücken in Martins Büro wiedererkannt hatte. Es konnte einfach nicht dieselbe sein, die der Mörder auf die Wand ihres Arbeitszimmers in Virginia geschmiert hatte, beruhigte sie sich. Es stimmte zwar, dass Annabelle etwas von Schlangen gefaselt und ihrem Bruder erzählt hatte, dass ein Freund von Bethany wütend auf sie war. Aber trotzdem, selbst wenn Martin so skrupellos war und Ken Kirkland umgebracht hatte, wäre er nicht so selten dumm gewesen, einen dermaßen offensichtlichen Hinweis zu hinterlassen. Denn trotz vieler anderer unerfreulicher Charakterzüge war Martin alles andere als ein dummer Mann.

Gegenüber auf der anderen Straßenseite nahm der Mann in seinem Auto sein Handy in die Hand.

»Sie ist drin«, sagte er.

20

Es wurde gemeinschaftlich zu Abend gegessen. In einem großen Raum, der offensichtlich zu verschiedenen Zwecken genutzt wurde, hatte man Klapptische aufgestellt. Der Raum war voller Wärme. Fast jeder, egal ob er aß oder bediente, schien glücklich zu sein. Das Village House bot für zwanzig Menschen Übernachtungsmöglichkeiten, erklärte Blessing, während sie zerkochte Auberginen aus einer Schüssel auf der Mitte des runden Tisches auf ihren Teller schaufelte. Fünfundzwanzig, wenn sie sich quetschten. Die meisten Schlafgäste waren Mitglieder, fuhr sie fort, für gewöhnlich übernachteten immer zwei oder drei in einem Raum. Sie konnten selbst entscheiden, wann sie kommen und wann sie wieder gehen wollten, solange sie mindestens eine Nacht im Monat hier schliefen. Bethany hatte ein Zimmer für sich allein, auf dem oberen Gang, mit Blick auf die Innenstadt von Chicago. Obwohl jeder ihr erklärte, welche Ehre es war, ein solches Zimmer für sich allein zu bekommen, wurde Bethany langsam bewusst, dass es nicht so einfach werden würde, schnell wieder zu verschwinden.

Mit ihnen saßen vier andere Frauen am Tisch. Abgesehen von ein paar gemischten Tischen, saßen die meisten der etwa dreißig Personen im Raum in gleichgeschlechtlichen Gruppen zusammen. Die Bedienung übernahmen die jungen Schwestern. Eine Ecke im Raum war für die Kinder reserviert, und Tonya, eine der anderen Frauen am Tisch, sprang alle paar Minuten auf, um sicherzugehen, dass es ihren Zwillingen gut ging. Dann war da noch eine Asiatin in Bethanys Alter, die irgendetwas mit Finanzen machte, und ein nervöses, hübsches dunkelhäutiges Mädchen namens Janice, höchstens achtzehn oder neunzehn Jahre alt. Die Asiatin war dieselbe Frau, die dem Obdachlosen den Kaffee und das Brötchen gebracht hatte. Sie hieß Cynthia. Blessing Wilkes führte anscheinend den Vorsitz und war seit ihrer Bekanntmachung in Martins Büro nicht von Bethanys Seite gewichen. Sollte sie auf sie aufpassen oder sie im Auge behalten? Bethany wusste es nicht; aber es war schon verrückt, in einem Raum voller Menschen gemütlich beim Abendessen zu sitzen, während Polizisten aus verschiedenen Bundesstaaten zusammen mit dem FBI Jagd auf sie machten. Dennoch hatte sie nicht wirklich eine Wahl. Sie konnte nicht den Rest ihres Lebens auf der Flucht sein, allein schon deswegen, weil sie weder jemanden hatte, auf den sie sich verlassen, noch einen Ort, an dem sie bleiben konnte.

Einen Tag würde sie bleiben. Ein oder zwei Tage, um Kraft zu tanken und einen Plan auszuarbeiten. Und was wäre ein besserer Unterschlupf als das Hauptquartier einer mutmaßlichen religiösen Sekte?

Von Blessing ermuntert, erzählte Tonya, wie die *Planer* ihr das Leben gerettet hatten, nachdem ihr gewalttätiger Ehemann endlich verschwunden war. Auch Janice hatte eine Vorgeschichte, die sie mit verlegenem Ernst erzählte, den Kopf gesenkt, sodass ihre geflochtenen Zöpfe ihr Gesicht verbargen – sie kam aus einer mittelständischen Familie, hatte unter ständigem Leistungsdruck gestanden, ein angesehenes College besucht und dem Druck schließlich nicht mehr standhalten können. Daher hatte sie sich auf die Suche nach sich selbst begeben, das Studium abgebrochen – und war daraufhin von der Familie verstoßen worden. Ihr Werdegang erinnerte Bethany schmerzhaft an den von Annabelle.

»Ich wollte ein Jahr Pause machen, bevor ich mit dem College anfing«, erklärte Janice. »Aber meine Eltern fanden, dass nur Faulpelze so etwas machen.«

»Sie wäre jetzt im vorletzten Jahr ihres Studiums«, fügte Tonya hinzu und klang dabei so stolz, als wäre das schwarze Mädchen ihre eigene Tochter. »Achtzehn Jahre und schon im vorletzten Jahr.«

»Du hast mit fünfzehn angefangen zu studieren?«, fragte Bethany. Ihr Interesse war wieder geweckt.

»Mit sechzehn«, gab Janice zu, den Blick zu Boden gesenkt, als wäre es eine Schande. »Allerdings war es bloß ein Advanced Placement Program.«

Janice war abgelenkt, und Bethany wurde schnell klar warum: Ein rothaariger Junge im gleichen Alter an einem Tisch voller junger Leute warf immer wieder heimlich Blicke hinüber zu ihrem Tisch. Zuerst dachte Bethany, dass seine verstohlenen Blicke ihr galten, aber dann sah sie, dass Janice seine Blicke erwiderte, sobald Blessing nicht hinsah.

Unwillkürlich musste Bethany schmunzeln.

Am Anfang des Raumes saß der grimmig aussehende Latino, den sie von vorhin wiedererkannte, zusammen mit Daniel Stafford und zwei oder drei anderen an einem Tisch. Sie alle trugen die seltsame goldene Reversnadel mit der roten Verschnörkelung, bei der sie mittlerweile sicher war, dass es sich unmöglich um eine Schlange handeln konnte. Bethany vermutete, dass die Männer höhergestellte Anführer waren. Gemäß dem Schema saß keine Frau an ihrem Tisch.

Stafford hatte zuvor ein langweiliges ökumenisches Tischgebet gesprochen.

»Mehr Leute kommen für gewöhnlich nicht zum Abendessen«, erklärte Blessing mit ihrer emotionslosen Stimme. »Höchstens fünf oder sechs von ihnen bleiben normalerweise über Nacht. Die meisten sind Mitglieder – wir ermutigen sie dazu, mindestens einmal pro Woche mit uns zusammen zu essen –, und natürlich kommen immer auch Suchende oder Menschen, die nicht wissen, wo sie etwas zu essen herbekommen sollen.« Sie nippte an ihrem Wasser. »Wir behandeln alle gleich«, fügte sie hinzu. »Und lassen so ziemlich jeden rein.« Bethany überkam das Gefühl, dass die letzte Bemerkung als versteckte Spitze gemeint war.

Janice bewunderte Bethanys Kette. Daraufhin wurde sie von Blessing in einem scharfen Ton gemaßregelt, sie solle nicht begehren. Die Asiatin, die im Finanzwesen tätig war, runzelte plötzlich die Stirn und bemerkte, dass Bethany ihr von irgendwoher bekannt vorkäme. Bis zu diesem Zeitpunkt hatte keiner beim Essen nach Bethanys Namen gefragt, und Blessing hatte sie gewarnt, ihn nicht preiszugeben. Ob dies dem Schutz des Gastes diente oder eine obskure Benimmregel des Village Houses war, hatte sie nicht erläutert.

»Sind wir uns schon einmal begegnet?«, fragte Cynthia.

»Nicht dass ich wüsste«, antwortete Bethany und versuchte, lässig zu klingen, auch wenn ihr vor Angst ganz heiß wurde. Janice machte dem Jungen wieder schöne Augen.

»Du bist nicht zufällig im Rohstoffhandel tätig oder so etwas in der Art?« Ihr Stirnrunzeln wurde immer stärker. »Vielleicht habe ich dich schon einmal im Fernsehen gesehen?«

»Du verwechselst mich sicher«, entgegnete Bethany und drehte sich automatisch zu Blessing, damit sie ihr beistand.

»Cynthia, du weißt, dass wir solche Fragen hier nicht stellen«, schaltete die ältere Dame sich wie gerufen ein.

Janice mischte sich ebenfalls ins Gespräch ein. »Du bist auf jeden Fall hübsch genug, um im Fernsehen aufzutreten«, sagte sie. Dann sprach sie wieder über ihre Familie – dass sie zugrunde gegangen wäre, wenn da nicht ihr Onkel gewesen wäre, der sie unter seine Fittiche genommen und ihr von Martin erzählt hatte.

»Ich konnte einfach nicht aufhören«, sagte sie. »Ohne Martin hätte ich es niemals geschafft. Dafür werde ich ihm immer dankbar sein.«

»Womit aufhören?«, fragte Bethany.

Janice sah zu Boden und scharrte mit den Füßen. In dem Moment stand Cynthia auf und verkündete, sie müsse sich auf ein Meeting vorbereiten. Bethany wollte ebenfalls aufstehen, als sie bemerkte, dass die anderen sich nicht rührten. Daraufhin ging Cynthia, ohne sich zu verabschieden, und Bethany fiel wieder der Unhöflichkeitsspruch ein.

»Alles in Ordnung, meine Liebe«, sagte Blessing und tätschelte ihre Hand. Bethany fragte sich einen schrecklichen Augenblick lang, ob Cynthia davongeeilt war, um die Polizei zu rufen.

»Sieh mal«, warf Tonya ein. »Es geht los.« Auf der anderen Seite des Raumes reihten sich ein paar Jugendliche unter Aufsicht von zwei Erwachsenen hintereinander auf.

»Was machen die da?«, fragte Bethany.

Wieder antwortete Blessing. »Sie gehen auf die Straße und suchen Menschen auf, die keinen Platz zum Übernachten haben. Sie geben ihnen Essen oder Kaffee. Manche laden sie ein, hier zu übernachten. Oder bieten ihnen Lektüre an.«

»Die Bibel?«

»Zum Beispiel. Hängt davon ab.«

Währenddessen ergoss sich Janice darüber, wie wundervoll Martin war, wie sehr er ihr Leben verändert hatte. »Ich meine, ihr wisst schon, Jesus Christus war toll und so weiter, aber Martin ist *genial.*«

Sprachlos starrte Bethany sie an. Sie entschied sich dafür, dass sie das Mädchen einfach falsch verstanden hatte.

»Martin weiß alles«, schwärmte Janice weiter. »Alles über jeden. Als könne er in jeden Menschen hineinsehen. Er ist so warmherzig und klug. Wenn man ihm lange genug zuhört, kann er einen verändern.« Sie kicherte. »Zum Besseren, meine ich.«

Tonya bat erneut um Entschuldigung und hechtete ihren unbändigen Zwillingen hinterher.

Janice hingegen kam gerade in Fahrt. »So wie der Mann da hinten.« Sie nickte in Richtung des Latino, der sich angeregt mit Daniel Stafford unterhielt. »Sein Name ist Mr Fuentes. Man sagt, er sei letztes Jahr wie ein Verrückter hier aufgetaucht. Hat seine Schwester gesucht oder so. Aber die war nicht mehr hier. Auf jeden Fall war er total wütend, dann hat er mit Martin gesprochen und ist für eine Weile weg gewesen, aber dann ist er wiedergekommen und hat noch mal mit Martin gesprochen. Danach hat er sich wieder beruhigt und ist beigetreten. Und jetzt ist er nicht mehr wütend.«

»Martin hat ihn beruhigt?«

Janice nickte. Blessing beobachtete sie genau, unterbrach sie aber nicht. »Ich meine, er war bei den Green Berets, dieser Spezialeinheit der US Army, oder ein Navy SEAL, die Spezialeinheit der US Navy. Also, er hätte Martin locker auseinandernehmen können, so wütend, wie der werden kann – das kann ich euch sagen. Aber Martin hat ihn gelehrt, wie er seine Wut unter Kontrolle behält.«

»Und was ist Mr Fuentes' Aufgabe hier?«

Der Blick des Mädchens senkte sich wieder zu Boden. »Keine Ahnung. Ich glaube, er macht so was wie Besorgungen für Martin.«

»Mr Fuentes ist der Sicherheitschef«, korrigierte Blessing sie mit einer pädagogisch einwandfreien freundlichen Strenge, die die arme Janice verstummen ließ. »Wir haben Probleme mit den Medien und anderen Leuten, die versuchen, sich hier einzuschleichen. Mr Fuentes ist sehr gut darin, diese Menschen aufzuspüren und wieder nach draußen zu befördern.«

Bethany sah ihr direkt in die Augen. »Warum sollte jemand versuchen, bei den *Planern* einzudringen?«

Ohne zu blinzeln, erwiderte Blessing ihren Blick. »Die Leute kommen aus allen möglichen Gründen zu uns, meine Liebe, und Martin hat die Angewohnheit, keine Fragen zu stellen. Also bleibt es den anderen überlassen, die Spreu vom Weizen zu trennen.«

Gerade als Bethany fragen wollte, ob sie Spreu oder Weizen war, setzte der ganze Raum zum gemeinsamen Singen nach dem Essen an.

Stuart van der Staal ruhte sich gerade in seinem Hotelzimmer aus, als der Anruf kam. Ausruhen bedeutete in diesem Fall, dass er verschiedene christliche Webseiten auf seinem I-Pad durchforstete, um Argumente zu finden, die er in seinem Kurs verwenden konnte, um die Gläubigen auseinanderzunehmen.

Seine Methode bestand darin, die dümmsten oder am wenigsten fundierten Behauptungen herauszupicken, sie den Studenten dann als »typisch« christlich darzustellen oder zu erklären, dass er sie auf Webseiten gefunden hatte, die bei Gläubigen beliebt waren. Er hatte keine Ahnung, welche Seiten die Objekte seines Spotts in Wahrheit besuchten, und es war ihm auch egal. Fakten waren etwas für intellektuelle Warmduscher. Wenn man für die gute Sache kämpfte, zählte nur das Ergebnis. Die Mittel waren zweitrangig. Eins seiner Themen war die westliche Gesellschaft, ein Pflichtkurs im ersten Semester mit dem Ziel, die Gläubigen von den Lügen ihrer Eltern zu entwöhnen. Seiner Ansicht nach hatte Pädagogik die Aufgabe, den Studenten die Werkzeuge an die Hand zu geben, die sie brauchten, um nicht in die Irre geführt zu werden. Es machte ihm dermaßen Spaß, die Seiten zu durchsuchen, dass er dem Anrufer die Störung fast übel nahm.

Aber nur fast.

»Wir haben sie gefunden«, sagte die Stimme.

Es folgte eine Ortsangabe und eine Reihe sorgfältiger Anweisungen. Man warnte ihn davor, davon abzuweichen oder zu improvisieren – es stand zu viel auf dem Spiel.

Der Professor grinste. Er war sein eigener Herr und würde handeln, wie er es für richtig hielt. Anweisungen zu befolgen, war etwas für Untergebene.

Für eine Weile vergaß Bethany beinahe, dass sie auf der Flucht war; und dass Richterin Harrigan diese Menschen, die sie aufgenommen hatten, als religiöse Sekte bezeichnet hatte, der elf Millionen Dollar aus dem Erbe von Ken Kirklands Mutter zukommen würden. Daniel Stafford leitete den Gesang mit tiefer, schallender Stimme an, sodass die Menge Mühe hatte mitzuhalten. Sie sangen »Amazing Grace« und ein paar andere bekannte Kirchenlieder, danach das ein oder andere Volkslied – »Green Cathedral« war das Einzige, das Bethany kannte – und wechselten dann über zu einer Abfolge fröhlicher Songs über die Liebe und Vertrauen zueinander. Dabei hielten sie sich an den Händen, und viele von ihnen schlossen die Augen.

Der Gesang dauerte eine gute Stunde, jedes Lied langsamer und friedlicher als das zuvor, und Bethany bemerkte unbewusst, während sie mit den anderen hin und her schwankte, dass die Prozedur etwas wunderbar Entspannendes an sich hatte, als würde sie in einen tranceartigen Erstarrungszustand verfallen, der ihre Sorgen und Ängste der letzten Tage endlich dahinschwinden ließ.

Doch sie schlug die Augen abrupt wieder auf, denn wenn es sich tatsächlich um eine Sekte handelte, war nun der richtige Moment, um die vergiftete Limonade für den Massenselbstmord herumzureichen. Sie studierte die zahlreichen glückseligen Gesichter und vermutete, dass der Großteil der Anwesenden sie trinken würde, ohne irgendwelche Fragen zu stellen. Dann sah sie flüchtig in Mr Fuentes' strenges Gesicht, der weder mitsang noch schwankte, sondern neben der Tür stand und seinen durchdringenden Blick durch den Raum wandern ließ. Immer wieder, so kam es Bethany vor, schien er zu ihr zurückzukehren.

Es lief ihr eiskalt den Rücken hinunter, daher schloss sie wieder ihre Augen und versuchte, erneut das Einssein mit den anderen herzustellen, indem sie weiter mitsang, ohne überhaupt den Text zu kennen. Sich in der Musik zu verlieren, war besser, als sich zu Tode zu fürchten. Doch es war zu spät. Selbst in der Dunkelheit hinter ihren Augenlidern konnte Bethany Mr Fuentes' wütenden Blick spüren, und sie fragte sich, ob er glaubte, sie habe tatsächlich Ken Kirkland umgebracht, oder ob es einen anderen Grund dafür gab, dass er sie behandelte wie die Giftschlange, die sich ins Nest geschlichen hatte.

Als sie mit dem Singen fertig waren und die Gruppe sich wieder in die Realität zurückgeblinzelt hatte, begannen mehrere Schwestern, Nachtisch und Kaffee zu servieren. Bethany stand plötzlich wieder neben Janice und einer Pinnwand, auf die Fotos geheftet waren - darunter gestellte und ungestellte Bilder von Gruppen und Einzelpersonen. Sie sah genauso aus wie die anderen Pinnwände in den Kirchen und Gemeinden, die sie in ihrem Leben gesehen hatte. Außerdem hingen dort Teilnahmelisten für Komitees, Bibelkurse und Busreisen nach Milwaukee und Detroit.

»Sind das alles Mitglieder?«, fragte Bethany.

Janice schüttelte den Kopf. »Mitglieder, Suchende. Leute, die an einer unserer Aktivitäten teilgenommen haben.« Sie zeigte auf ein Foto. »Das hier war unser Straßenfest vor drei Monaten. Und das ist unsere Suppenküche. Sind die Kinder nicht einfach herzzerreißend?«

Aber Bethany starrte auf ein anderes Bild weiter weg an der Wand. »Was war das für ein Event?«, fragte sie hölzern.

Janice ging näher heran und kniff die Augen zusammen. »Ähm, ich glaube, das war Martins Geburtstagsparty. Genau.« Sie richtete sich wieder auf. »Da waren natürlich nur Mitglieder geladen.«

»Wann wurde das Foto aufgenommen?«

»Hab ich doch gesagt. An Martins Geburtstag. Letztes Jahr im Oktober.«

»Und alle Personen auf dem Bild sind Mitglieder?«

Janice bemerkte den scharfen Ton in ihrer Stimme. »Ja.«

»Bist du sicher? Jeder Einzelne?«

»Natürlich, Dummerchen. Ich war auch da, siehst du? Ich stehe dort am Fenster.«

Doch Bethany hörte ihr nicht mehr zu. Der Kreis hatte sich geschlossen. Ihr Blick war auf eine dunkelhäutige Frau ihres Alters gerichtet, die ganz nah an einem Tisch stand und Martin ein Kuchenmesser überreichte.

Es war ihre beste Freundin, Annabelle Seaver, die vor zwei Monaten in Washington von einem Auto überfahren worden war.

21

Um sie herum herrschte reges Treiben, das vertraute Geklapper von Geschirr und Besteck, die abgeräumt, Stühle, die zusammengeklappt wurden, und den Doppelschwingtüren an beiden Ausgängen, die nun ständig auf und zu schwangen, während die Leute meist in Zweier- oder Dreiergruppen den Speisesaal verließen. Nur um Bethany war eine winzige Insel der Ruhe entstanden, für die sie so oft gebetet und die ihr so selten zuteilgeworden war. Erneut hatten sich ihre Ängste um das eigene Schicksal in Luft aufgelöst. Sie dachte nicht mehr an Ken Kirkland oder daran, dass sie immer noch auf der Flucht war, oder an den finster-skeptischen Blick von Mr Fuentes.

Sie dachte an Annabelle, an Schlangen, an die Pilatus-Inschrift und an das Auto im Regen, das sie vor einem Dutzend Zeugen überfahren hatte.

»Sie ist ausgestiegen«, fügte Janice hinzu. »Ich wusste gar nicht, dass wir das dürfen.« Von den eigenen Worten verwirrt, blinzelte sie. »Ich meine, es gibt da keine Vorschrift oder so etwas. Man nennt es Loslösung. Aber Martin hält es für keine gute Idee, weil die Welt uns verdirbt. Das Internet, Fernsehen, immer vernetzt zu sein – er sagt, dass diese ganze Informationsflut, der wir ständig ausgesetzt sind, uns daran hindert, klar zu denken. Und er ist echt super intelligent, also weiß er wahrscheinlich, wovon er spricht. Und als Annabelle gegangen ist, dachte ich: ›Krass, das ist so komisch, dass sie Martins Rat nicht befolgt.‹ Denn auf Martin zu hören, hat mir das Leben gerettet, weißt du?«

»Und Annabelle ...«

»Dazu komme ich *gleich*«, reagierte sie gereizt. Bethany fragte sich erneut, was sie so angetrieben hatte, bevor sie zu den *Planern* kam. Auf der anderen Seite des Raumes wurden gerade die letzten Stühle übereinandergestapelt. »Martin sagt, wir sollen keine Fragen stellen«, fuhr Janice fort. »Ich meine, wir sollen uns nicht gegenseitig ausfragen. Weil wir das gottgegebene Recht der Menschen, Dinge für sich zu behalten, respektieren sollen. Christus stellt Fragen, aber damit will er den Leuten etwas beibringen. Und wir sind nicht Christus, richtig? Aber die Bösen stellen auch Fragen – weißt du? Damit wollen sie ihn in die Falle locken.

Und Martin sagt, wir sollen uns nicht gegenseitig Fallen stellen, und wenn Leute uns fragen, sollen wir nicht antworten, weil die Person, die uns die Frage stellt, uns vielleicht auch in eine Falle locken möchte.«

Bethany kämpfte sich durch ihre wirren Ausführungen, bis sie endlich zum Kern der Sache kam: »Willst du damit sagen, dass Annabelle zu viele Fragen gestellt hat?«

Sichtlich beglückt über ihre schnelle Auffassungsgabe, nickte Janice. »Ich glaube, ja. Das habe ich zumindest gehört. Ich meine, versteh mich nicht falsch. Ich habe nicht gefragt, das würde ich nie tun. Ich lebe streng nach dem Plan ...«

»Ich verstehe ...«

»Weißt du, Annabelle war so ein Mensch, der sich nicht sonderlich für die Regeln anderer interessiert.«

»Das stimmt«, pflichtete Bethany ihr mit einem Kloß im Hals zu.

»Weißt du, Martin sagt, dass solche Menschen zu uns kommen, um Selbstdisziplin zu lernen. Und ich schätze, sie hat es versucht. Aber, weißt du, sie hat nicht immer das getan, was man von ihr verlangt hat. Ich meine, das habe ich zumindest gehört. Und die Sache ist, nun ja ...« Sie lehnte sich vor, den Instinkt für Klatsch hatte sie offensichtlich trotz des ideologischen Drills nicht verloren. »Ich habe auch gehört, dass sie wohl sogar im Keller war.«

Bethany wollte gerade fragen, was daran verkehrt war, in den Keller zu gehen, als plötzlich Blessing Wilkes auf die beiden zustürmte. »Hier seid ihr«, sagte sie mit aufgesetzter Heiterkeit. »Janice, deine Gruppe ist bereits auf dem Weg nach oben ins Bett.« Das Mädchen senkte den Blick und eilte in die gegenüberliegende Ecke des Raums, in der drei andere Frauen unter der Führung einer vierten warteten. Blessing sah Bethany an. »Lass uns irgendwo hingehen, wo wir ungestört reden können.«

»Glaubst du an Zufälle?«, fragte Bethany. Sie saß auf dem schmalen Bett in einem spartanisch eingerichteten Raum im zehnten Stock, eingewickelt in einen sauberen, aber abgetragenen Morgenmantel. Jemand hatte ihn dem Obdachlosenheim der *Planer* gespendet, dessen Eingang sich auf der Hinterseite des Gebäudes befand. Die verputzten Wände hätten einen neuen Anstrich vertragen können. Ein Riss lief durch die Decke, der durch die Verfärbung der eindringenden Feuchtigkeit deutlich zu sehen war. Daniel Stafford hatte ihr erzählt, dass er sein ganzes Geld der Stiftung spendete. Andere taten es ihm wahrscheinlich gleich. Aber offensichtlich wurden die Spenden nicht zur Erhaltung des Gebäudes verwendet.

»Mit Zufällen«, raunte Blessing Wilkes vom Fenster aus, »meinst du wohl die Tatsache, dass du noch immer unser Gast bist.« Sie trug immer noch ihr graues Outfit und hatte noch kein einziges Mal gelächelt. »Und natürlich ist Martin rein zufällig ein alter Freund. Nenn es Zufall, wenn du so möchtest. Ich hingegen zweifle nicht daran, dass der Herr dich hierher geführt hat.«

»Eigentlich meinte ich damit Annabelle.«

»Annabelle?«

Bildete sich Bethany das nur ein, oder war die Kälte in der Stimme der älteren Dame gerade eben noch ein paar Grad gesunken?

»Annabelle Seaver. Ich habe ihr Foto unten gesehen. Ich wusste gar nicht, dass sie ein ... ein *Planer* war.« Beinahe hätte sie *Gopo* gesagt.

»War sie auch nicht. Sie war ein Mitläufer. Eine Suchende. Bevor sie zu uns kam, hatte sie jeden Monat eine andere Gruppe ausprobiert.« Blessings Körpersprache zeigte deutlich ihre Ablehnung. »Sie hat unsere Arbeit nie wirklich ernst genommen. Eine Zeit lang war sie bei uns, und dann ist sie weitergezogen. Ist es das, worüber ihr gesprochen habt, Janice und du? Über die arme Annabelle?« Sie gluckste mütterlich. »Ich muss mich für Janice entschuldigen. Sie ist ein liebes Mädchen, aber noch sehr jung und kennt sich mit den Regeln des Village House noch nicht so gut aus. Wir mögen kein leeres Gerede, Bethany. Wir tauschen keine Klatschgeschichten aus, und wir stellen keine peinlichen Fragen. Die Menschen, die zu uns kommen, wollen ein neues, ein anderes Leben beginnen. Wir nehmen ihnen die Last ihrer Vergangenheit von den Schultern. Und diese Last kann so schwer sein, habe ich nicht recht? Aber Janice ist noch jung. Sie wird es lernen.«

Bethany nahm sich einen Augenblick Zeit, das Gesagte an sich vorbeiziehen zu lassen, so wie sie es üblicherweise bei unkooperativen Zeugen tat, die vom Thema ablenken wollten. »Noch einmal zu Annabelle: Wie lange ist es her, dass sie ausgetreten ist?«

»Kann ich nicht genau sagen.« Blessing wandte sich ab und verschränkte die Arme vor ihrer üppigen Brust. »Ach so, jetzt verstehe ich, was du mit Zufall meintest. Annabelle und du seid wohl Freunde.«

»Waren wir. Sehr gute sogar.«

»Habt ihr euch verkracht?«

»Ich gehe davon aus, dass wir immer noch befreundet waren, als sie starb.«

Die ältere Dame blinzelte und ließ sich dann auf einen Metallstuhl fallen. »Annabelle ist tot? Wie ist das passiert?«

Bethany erzählte von dem Unfall mit Fahrerflucht, von den Vermutungen der Polizei, dass der augenscheinliche Unfall gar kein Unfall gewesen war, was sich aber nicht beweisen ließ.

Mit gesenktem Kopf hörte Blessing zu, ohne ein Wort zu sagen. Dann fiel Bethany auf, dass Martins Assistentin angefangen hatte zu beten: das erste Anzeichen einer normalen menschlichen Gefühlsregung, das Bethany bisher bei der Dame hatte feststellen können.

»Das wusste ich nicht«, entgegnete Blessing nach einer kurzen Pause. Sie war wieder aufgestanden und stapfte auf dem abgelaufenen Läufer plötzlich nervös und schnell im Kreis umher. »Wir waren nicht immer einer Meinung, aber ... egal.« An diesem Punkt besann sie sich offensichtlich wieder auf ihre Selbstbeherrschung, »Das spielt jetzt auch keine Rolle mehr. Was wollte sie in Washington? Mir hat sie erzählt, dass sie das Land verlassen und irgendwas in Indien machen wollte.« Dann rieb sie sich die Stirn, als hätte sie gerade die schlimmste Migräne aller Zeiten überkommen. »Mir will das irgendwie nicht in den Kopf. Was ist mit ihr passiert? Das hätte nicht passieren sollen.« Sie sah hoch. »Warst du bei ihrer Beerdigung? Wer hat sie beerdigt? Wir hätten einen Trauergottesdienst für sie abgehalten.«

»Der Großteil ihrer Familie lebt in New York. Sie haben die Beerdigung in Harlem organisiert.«

Es waren nur etwa zwanzig oder dreißig Trauergäste da, hätte Bethany hinzufügen können. Hauptsächlich Familie und Freunde. Annabelles Lebensstil hatte ihr nicht viele Freundschaften beschert. Peter Zhukov,

Bethany und ein dicker älterer Herr, der in einer der hinteren Reihen saß und den niemand zu kennen schien, waren die einzigen Weißen auf der Trauerfeier.

»Ihre Familie? Wir waren ihre Familie. Eine Zeit lang zumindest. So weit ich mich erinnere, hatte Annabelle wenig Kontakt zu ihrer eigenen Familie, oder?« Blessing blieb stehen. »Weiß Martin es schon?« Ein mattes Lächeln. »Natürlich weiß er es. Er weiß alles. Ich muss mit ihm ...«

Dann verstummte sie, zog einen Haufen Papiere aus ihrer Tasche, zauberte von irgendwo einen Stift hervor und schrieb eilig etwas auf. »Das hätte nicht passieren sollen«, wiederholte sie. Ihr Gesicht war aschfahl geworden. »Das hätte *nicht* passieren sollen.« Noch immer vor sich hinmurmelnd, stopfte sie die Notizen zurück in ihre Hosentasche. »Ich verstehe nicht, wie das passieren konnte.«

Bethany beobachtete sie fasziniert. »Menschen sterben, Blessing.«

»Das hätte nicht passieren sollen«, wiederholte sie verbissen. »Nicht so.«

»Wie hätte sie denn sterben sollen?«

Blessing blinzelte verwirrt und schien sich auf einmal zu erinnern, dass sie nicht allein im Raum war. »So habe ich das doch nicht gemeint, meine Liebe. Ganz und gar nicht. Es ist nur so, dass ich Annabelle sehr mochte. Sie war so ein nettes Mädchen. Ich fand es sehr schade, dass sie uns verlassen hat.«

Der Anwalt in Bethany meldete sich zu Wort. »Um nach Indien zu gehen.«

»Ich bin mir nicht sicher. Irgendwo ins Ausland.«

»Wann ist sie gegangen?«

»Im Herbst, glaube ich, aber ich weiß es nicht mehr genau. Sie war eher Martins Projekt als meins.« Sie wich in Richtung der Tür zurück. »Ich lass dich jetzt lieber allein. Du musst dich ausruhen.« Sie schenkte ihr ein breites Lächeln, doch Bethany konnte ihr ansehen, wie viel Überwindung es sie kostete. »Ich weiß, dass du keine von uns bist, Bethany. Und ich gehe nicht davon aus, dass du es werden wirst. Deswegen habe ich mir gedacht, dass du vielleicht zu einem traditionellen kirchlichen Gottesdienst gehen möchtest.« Hektisch fuhr sie fort. »Morgen ist Sonntag. Einige von uns gehen auch hin.« Sie nannte ihr den Namen der

Kirchengemeinde. »Sie ist riesig und liegt in einem Vorort. Keiner wird uns dort kennen. Also es wird ungefährlich für dich sein. Warum kommst du nicht mit?«

Bethany suchte nach einem möglichen Haken, konnte aber keinen finden. Vielleicht versuchte die ältere Dame einfach nur, nett zu sein. Und ihr wurde klar, dass sie unbedingt in die Kirche gehen musste: Vielleicht würde der Gottesdienst ihre kleinen Schreckensängste verjagen. »Das würde ich sehr gerne.«

»Gut. Wir gehen zum zweiten Gottesdienst, um die Mittagszeit. Um halb elf ist Abfahrt. Was meinst du?«

»Prima, vielen Dank. Noch was, Blessing ...«

»Ja, meine Liebe?«

Bethany zögerte. Aber sie war nicht so weit gekommen, um jetzt einen Rückzieher zu machen. »Hast du schon einmal etwas von der Pilatus-Inschrift gehört?«

Blessings Augen fuhren unruhig umher. »Wie kommst du darauf? Ich habe noch nie davon gehört, nein.« Sie rückte weiter in Richtung Tür. »Wir schnüffeln hier nicht herum, Bethany. Das habe ich dir eben zu erklären versucht.«

»Was hat denn meine Frage nach der Inschrift mit Schnüffeln zu tun? Du hast doch gerade gesagt, dass du noch nie davon gehört hast.«

»Das musst du Martin fragen.«

Ihre wenig überzeugenden Leugnungen ließen Bethany erneut darüber nachdenken, was sich wohl im Keller verbarg. Aber es hatte keinen Zweck nachzufragen. Als Antwort würde sie nur bekommen, dass im Village House weder getratscht noch die Nase in fremde Angelegenheiten gesteckt wurde. Und die arme Janice könnte am Ende noch Ärger bekommen.

»Gute Nacht«, verabschiedete sich Bethany.

»Gute Nacht, meine Liebe.«

Mit einem Plastiklächeln im Gesicht verschwand Blessing durch die Tür. Während Bethany auf ihrem Bett saß und nachdachte, fiel ihr auf, dass der älteren Frau einer ihrer Notizzettel aus der Tasche gefallen war. Sie hob ihn auf und eilte zur Tür. Dann zögerte sie. Blessings Stimme war durch die Tür zu hören. Offenbar sprach sie mit jemandem auf ihrem Handy, ihre Stimme wurde immer leiser, je weiter sie sich von der Tür entfernte:

»Das hätte nicht passieren dürfen. Was haben die sich dabei gedacht? Es lief doch alles wie geplant.«

Dann war die Stimme weg. Bethany spähte hinaus in den leeren, kahlen Flur, der im kalten Neonlicht unheimlich wirkte. Besorgter als je zuvor, betrachtete sie den Schnipsel Papier in ihrer Hand. Es war die rudimentäre Zeichnung eines Hahns mit offenem Schnabel, der anscheinend gerade zum Krähen ansetzte. Daneben hatte jemand mit einem roten Stift die Worte GENUG EINFLUSS und dahinter zwei Fragezeichen geschrieben.

Das hätte nicht passieren sollen.

Hieß das, die *Planer* hatten den Mord an ihrer besten Freundin begangen? Weil Annabelle etwas im Keller gesehen hatte?

Was wusste Blessing?

Es gab nur einen Weg, das herauszufinden. Zurück in ihrem Zimmer zog Bethany den Morgenmantel und ihren Schlafanzug aus und schlüpfte in Jeans, Pullover und Schuhe. Dann eilte sie hinaus auf den Flur.

In ihrer Eile bemerkte sie nicht, dass sich die Tür des Zimmers auf der gegenüberliegenden Seite des Ganges mit einem leisen Klicken schloss.

22

»Annabelle Seaver«, beginnt Agent Carraway. »Sie ist die Verbindung.«

Pulu sitzt an seinem Schreibtisch und geht die Berichte mit den Befragungen von Bethanys Freunden und Kommilitonen auf der Suche nach einem Hinweis durch, wo sie sich versteckt halten könnte. »Wir wissen, dass sie die Verbindung ist«, antwortet er, ohne aufzublicken, »aber wir wissen auch, dass sie tot ist.«

Carraway steht an der Wandtafel und zeichnet Pfeile und Kreise. Es ist derselbe Abend, nur etwas früher, und das Einsatzkommando hat sich im Großraumbüro seines Stützpunktes in Crystal City zusammengefunden. »Das stimmt. Sie ist tot. Ein Unfall mit Fahrerflucht. Und davor wurde sie monatelang vermisst.«

»Sie war drogenabhängig«, wirft ein anderer Agent ein. »Vielleicht hat sie auf der Straße gelebt.«

»Vielleicht hat sie das. Aber schaut euch Bethany Barclays Kreditkartenabrechnung an. Kurz vor Annabelles Verschwinden hat sie ihr eine Hin- und Rückfahrkarte für den Zug von New York nach Virginia gekauft. Die beiden sind zusammen gereist, danach ist Annabelle spurlos verschwunden und dann gestorben. Wenige Monate später verschwindet Bethany spurlos.« Er wischt eine Linie weg und zeichnet eine neue. »Nehmen wir einmal an, nur um den Gedanken durchzuspielen, dass sie nicht irgendwo auf der Straße war. Nehmen wir an, sie hatte etwas vor und starb, bevor sie es zu Ende bringen konnte.«

Jemand flüstert einen gehässigen Witz in die Runde, worauf ein paar Agents zu kichern beginnen. Carraway lässt sie lachen. »Hört zu, Leute, guckt euch den Ablauf an.« Er zeigt an die Tafel. »Meiner Meinung nach ist es ziemlich eindeutig. Was auch immer Annabelle vorhatte – ich bin mir ziemlich sicher, dass Bethany gerade dabei ist, es zu Ende zu bringen.«

»Wieso?«, meldet sich eine Stimme von hinten. Es ist die Abteilungsleiterin, eine schlanke Asketin namens Vanner, die ins Büro gekommen ist, um dem Meeting beizuwohnen.

»Wieso was?«, fragt Carraway sie.

Mit verschränkten Armen steht sie im Schatten eines Aktenschrankes.

»Wieso es offensichtlich ist, dass Barclay Seavers Mission weiterverfolgt. Keiner glaubt, dass Seaver eine Bombenlegerin war. Wir wissen von Barclay, dass sie eine ist.«

Carraway studiert die Wandtafel. »Wegen der Art und Weise, wie Annabelle Seaver ums Leben gekommen ist.«

»Nicht unser Fall«, warnt Vanner ihn.

»Hören Sie mir kurz zu. Ein gestohlenes Auto fährt sie an und begeht Fahrerflucht. Okay, das passiert ständig. Die Polizei in Washington geht davon aus, dass die Diebe das Auto irgendwo zurückließen, weil sie damit jemanden angefahren haben. Aber was, wenn sie das Auto gestohlen haben, um jemanden damit anzufahren?«

»Drogendealer sind für solche Dinge bekannt«, versucht Pulu ihm zur Hilfe zu kommen.

»Für Schießereien im Vorbeifahren vielleicht«, bemerkt jemand. »Aber nicht für Unfälle mit Fahrerflucht.«

Vanner wendet sich nun direkt an ihren Stellvertreter. »Wollen Sie damit sagen, dass es hier um Drogen geht, Agent Carraway?«

»Ich weiß nicht, worum es hier geht. Deswegen denke ich, wir sollten herausfinden, was Annabelle Seaver getrieben hat, während sie untergetaucht war. Das könnte darauf hinweisen, was Bethany Barclay momentan tut.«

»Nein, Seaver ist nicht unser Fall. Sie lenkt uns nur ab. Unsere Aufgabe ist es, Barclay zu finden. Das ist alles. Sobald wir sie gefunden haben, können wir sie ganz nach Belieben fragen, ob Seaver und sie gemeinsam das Gesetz gebrochen haben oder ob sie die Taten im Alleingang begangen hat.« Vanners Stimme klingt tonlos. »Wir sind auf der Suche nach einer mutmaßlichen Bombenlegerin. Man geht davon aus, dass sie Mitglied einer christlichen Extremistengruppe ist. Wenn wir die Bombenlegerin finden, finden wir auch die Gruppe. Bisher gab es drei Bombenanschläge. Wir wollen keinen weiteren riskieren. Konzentriert euch auf die Aufgabe, Leute!«

Vanner sucht den Blickkontakt zu Carraway und neigt ihren Kopf zur Seite, bevor sie sich umdreht und den Raum verlässt. Ihr Arbeitsplatz ist ein Zellenbüro mit Glaswänden in einer Ecke des großen Raumes. Die Jalousien sind für gewöhnlich heruntergelassen, so wie auch jetzt, als Carraway ihr in ihr Büro folgt.

»Schließen Sie die Tür«, fordert sie ihn auf, was er auch tut. »Setzen Sie sich.« Auch dieser Anweisung folgt er.

Vanners Schreibtisch ist makellos aufgeräumt. Sogar die Briefe und Notizen im Postausgangsfach sind so ordentlich aufeinandergestapelt, als handele es sich um unbenutzte Blätter, die sie gerade frisch aus dem Vorratsraum für Büromaterialien geholt hat. Auf der Anrichte stehen verschiedene gerahmte Fotos von Kindern und Katzen. Hier in ihrer Privatoase wirken ihre Augen etwas wärmer, wenn auch nicht weniger autoritär. »Wie lange arbeiten Sie schon beim FBI, Carl? Neun Jahre?«

»Elf.«

»Eine Beförderung nach der anderen. Sie sind schon früh zum leitenden Special Agent aufgestiegen.« Sie hat seine Personalakte auf ihrem Monitor geöffnet, der Bildschirm ist in seine Richtung gedreht, damit er seine Akte einsehen kann. Die kleine Frau verfügt über ein erstaunliches Ausmaß an Energie und Ehrgeiz. »Ich könnte mir vorstellen, dass Sie bald zum Sektionschef ernannt werden.« Ein Mausklick. »Sie stammen aus Dartmouth, wie ich sehe.«

»Ja, Ma'am.«

»Sie haben Wirtschaftswissenschaften studiert. Dann bearbeiten Sie bestimmt am liebsten Finanzverbrechen.« Vanner lächelt sanft. »Ich könnte da was für Sie arrangieren, wenn Sie möchten.«

Unsicher, ob sie ihm mit dieser Aussage eine Strafe androht oder ihm eine Belohnung verspricht, schweigt Carraway.

»Sie waren heute am Tatort.«

»Wegen des Mordes an Kirkland. Das ist richtig, Ma'am.«

»Und?«

»Die leitende Detective hat starke Zweifel, dass Bethany Barclay unsere Bombenlegerin ist.«

Vanner sieht wieder auf ihren Bildschirm. »Und diese Detective ist Expertin für Bomben, nehme ich an?«

»Nein ...«

»Eine Profilerin?«

»Nein, aber ihre Argumentation hat Sinn ergeben.«

Seine Vorgesetzte nickt langsam und reibt sich dann die Schläfe, als wolle sie eine Migräne loswerden. »Erzählen Sie mir den Rest«, bittet sie ihn.

»Wie bitte?«

»Was sie vorhin nicht vor der Gruppe erzählen wollten. Erzählen Sie mir, warum Sie denken, dass es eine Verbindung zwischen dem Mord an Seaver und Barclays Flucht gibt.«

Carraway atmet einmal tief durch. »Warum hat sie Annabelles Schwester besucht? Sie stehen sich nicht nahe. Die Schwester sagt, dass Bethany Barclay sie gefragt habe, was Annabelle während der Monate gemacht habe, als sie vom Radar verschwunden war.«

»Und die Schwester – diese Polly Hollins – konnte ihr nicht helfen.«

»Die Fragen sind dabei entscheidend, nicht die Antworten. Bethany Barclays verfolgt eine Spur. Annabelle Seavers Spur.«

Vanner denkt einen Augenblick nach. Sie ist einer der wenigen Menschen ohne nervösen Tick. Kein Trommeln mit den Fingern, Herumspielen an der Kette oder Eindrehen der Haare. Sie schaltet einfach zwischendurch ab und ihre Augen werden leer, während sie im Geist das Problem von allen Seiten beleuchtet. Die Brille auf ihrer Nase hat ein schwarzes Plastikgestell und ist eher altmodisch.

»Nein«, wendet sie ein. »Das genügt nicht, um die Spur weiterzuverfolgen. Alles, was Sie haben, ist ein leiser Verdacht.«

»Deswegen möchte ich dem ja nachgehen.«

»Zeigen Sie mir einen Beweis für die Verbindung zwischen den beiden Fällen, und ich lasse Sie von der Leine. Bis dahin halten Sie sich an den Plan. Unser Fall ist Barclay. Und nur Barclay. Nicht Seaver. Verstehen wir uns?«

»Der Verdacht ist berechtigt.«

»Meine Entscheidung steht fest. Sie werden nichts ohne meine ausdrückliche Genehmigung unternehmen. Nichts, was Seaver betrifft. Ist das klar?«

»Ja, aber...«

»Das wäre dann alles, Agent Carraway. Dann finden Sie mal unsere Bombenlegerin.«

An der Tür macht er halt. »Was, wenn sie es nicht ist?«

»Was nicht ist?«

»Unsere Bombenlegerin.«

Er rechnet damit, dass sie es sich erneut durch den Kopf gehen lässt, aber diesmal ist Vanner vorbereitet. Sie setzt sogar ihr honigsüßes Lächeln ein, vielleicht um nicht zu streng zu wirken. »Sie sind einer meiner besten Leute, Agent Carraway. Vielleicht haben Sie recht mit ihrem Verdacht. Aber selbst wenn – wir müssen sie trotzdem finden, richtig?«

»Richtig, Ma'am.«

»Gut, dann machen Sie sich auf den Weg und finden Sie sie.«

Auf dem Weg nach unten ins Großraumbüro wundert er sich über die seltsame Unnachgiebigkeit seiner Vorgesetzten.

»Na, die hat dir aber ordentlich den Hintern versohlt«, scherzt Agent Pulu, als die beiden Männer wenig später das Gebäude verlassen. Sie sind auf dem Weg zu ihrem Lieblingsitaliener für ein spätes Abendessen. »Du bist zwar Leiter der Spezialeinheit, aber trotzdem solltest du auf den Rat deines Partners hören. Ich hab dir immer wieder gesagt, behalt deine verrückten Vermutungen für dich.«

»Ich frage mich nur, warum wir uns von dem Fall Seaver fernhalten sollen.«

»Das hört sich ja an wie eine Verschwörung. So wie du es mir erzählt hast, hat Vanner dir meiner Meinung nach nur gesagt, dass du deinen Job erledigen sollst.« Er klopft seinem Partner fest auf die Schulter. »Für einen leitenden Agent bist du sehr jung, Carl. Jünger als ich. Und nein, ich bin nicht neidisch auf dich – na gut, vielleicht ein klein wenig –, aber Fakt ist, dass du nicht so weit gekommen bist, weil du dich über Anweisungen hinweggesetzt hast. Carl? Hörst du mir überhaupt zu?«

Tut er nicht. Stattdessen beobachtet er einen großen, schlanken Mann mit flammend roten, grau melierten Haaren, der geradewegs auf die beiden zusteuert.

»Langsam«, ruft Pulu, dessen Hand automatisch zur Waffe an seine Taille wandert.

»Schon okay, ich regele das.«

Der Fremde macht vor den beiden halt. Er trägt eine Regenjacke und hält einen Koffer in der Hand, der Daumen liegt auf der Schnalle. Er sieht aus wie ein Bundesbeamter, seine Stimme klingt tief und schwer. Seine Worte sind ausschließlich an Carraway gerichtet, seinen Partner ignoriert er. »Du hast nicht auf meine Anrufe reagiert.«

»Tut mir leid, Ted. Ich hatte viel zu tun.«

»Wegen der Bombenlegerin.« Der dünne Mann kommt näher. »Deswegen habe ich dich angerufen.«

»Hör zu, ich sag dir was. Wenn ich etwas mehr Zeit habe, können wir ...«

»Wir *haben* aber keine Zeit.« Seine Augen sind düster, der Blick eindringlich. »Das scheinst du nicht zu verstehen, Carl. Wir haben *keine* Zeit. Die anderen hören mir nicht zu. Du bist meine letzte Hoffnung.«

»Ted, hör zu. Ich gebe dir meine Karte. Ruf mich im Büro an, und dann ...«

»Ich *habe* deine Karte. Ich habe *fünf* Visitenkarten von dir.«

»Nun ja, es tut mir leid. Ich setze mich gerne ein anderes Mal mit dir zusammen. Jetzt ist es gerade schlecht.«

Der Fremde nickt. »Weil du denkst, dass ich verrückt bin. Das denken alle. Ich bin verrückt. Na gut. Aber sag später nicht, ich hätte dich nicht gewarnt. Du steckst mitten in einem Krieg und weißt es noch nicht einmal. Das Gute gegen das Böse. Das verstehst du nicht. Gut gegen Böse. Kein Krieg mit Waffen. Ein Krieg der Seelen. Auf welcher Seite stehst du?«

Dann dreht er sich wankend um und verschwindet, vor sich hin murmelnd, den Gehweg hinunter.

Pulu will gerade ansetzen, etwas zu sagen, als Carraway seine Hand hebt und abwinkt.

»Sag es nicht. Er war mal ein guter Mann.«

»Er war beim FBI?«

»Als Analytiker. Das war damals, als du noch im Westen warst.« Sie gehen weiter. »Vor sechs oder sieben Jahren fing er langsam an durchzudrehen. Er murmelte ständig vor sich hin, über Gut und Böse und eine Art heiliger Krieg, der angeblich in unserem Land ausgetragen wird.

Wenn man in sein Büro kam, hing die Pinnwand voll mit roten Fäden und Fotos - so wie kluge Leute das machen, wenn sie insgeheim zusammenbrechen. Jedes Verbrechen, jeden Skandal baute er in seine Wahnvorstellungen mit ein. Er wurde krankgeschrieben, verbrachte einige Zeit in der Klinik, wurde wieder entlassen, kam zurück und brach wieder zusammen. Es endete mit seiner Entlassung. Ab und zu treffe ich ihn auf einen Kaffee oder Donut. Er war mal ein guter Mann, einer unserer Besten.«

»Weißt du, was der Auslöser bei ihm war?«

»Ein Fall, an dem er gearbeitet hat. Erpressung eines berühmten Predigers.« Sie stehen vor dem Restaurant, gehen aber noch nicht rein. »Wir hatten einen Verdächtigen festgenommen. Es gab sogar eine Verhandlung. Aus dem Fall ist jedoch nichts geworden, weil Lesofsky übergeschnappt ist. Er war es, der das Puzzle zusammengefügt hatte, und sein Wahnsinn ließ sich nicht vor den Geschworenen verbergen. Als sie davon Wind bekamen, war es vorbei.«

»Du sprichst von *wir*. Es war also auch dein Fall.«

»Ich war Junior Agent in dem Fall, daher habe ich oft bis tief in die Nacht mit Ted zusammengesessen und mitbekommen, wie das alles mit ihm passiert ist. Wenn wir zum Beispiel ein bestimmtes Beweismittel besprachen, sagte er plötzlich, das wäre genau das, was diese Leute taten: Sie stellten den Predigern nach, denn damit konnten sie ihr eigentliches Ziel treffen, nämlich die Kirche. Ich fragte ihn, was er damit meinte, und er fing vom Garten Eden oder so ähnlich an, dass die Schlange immer noch da draußen wäre - nun ja, wie auch immer. Ich sagte vor dem Untersuchungsausschuss aus und erzählte ihnen, was ich gesehen hatte. Es war nicht so, als hätte ich Ted nicht gemocht, ich mag ihn immer noch. Aber lügen wollte ich deswegen nicht. Er verlor seinen Job und seine Frau. Das hat er mir nie verziehen. Kann ich ihm nicht verübeln.«

»War denn etwas dran an seiner Verschwörungstheorie?«

Carraway hält ihm die Tür auf. »Nein«, antwortet er.

23

Bethanys zweifelte nicht daran, dass Annabelle die Gruppe verlassen hatte. Die zeitliche Abfolge stimmte. Laut Blessing ging Annabelle im Herbst, und im Oktober stand sie vor Bethanys Tür.

Dennoch verheimlichte Blessing offensichtlich etwas und hatte Angst.

Es war unwahrscheinlich, dass man Annabelle ermordet hatte, weil sie im Keller des Village House gewesen war. Selbst wenn man davon ausging, dass Richterin Harrigans beharrliche Annahme stimmte, dass die *Planer* gewalttätig waren und sie Annabelle hatten töten wollen, schien es doch absurd, sie zu diesem Zweck den ganzen Weg bis nach Columbia zu schleifen.

Andererseits: Wenn Annabelle tatsächlich gestorben war, weil sie etwas in dem Keller gesehen hatte, war Bethanys eigenes Leben vielleicht auch bald in Gefahr. Doch ihr Leben war sowieso in Gefahr, ihre Freiheit auf jeden Fall. Sie hatte keine Ahnung, wie man ein Leben im Untergrund führte. Früher oder später würde sie geschnappt werden und mit hoher Wahrscheinlichkeit ins Gefängnis wandern. Vor diesem Hintergrund schien ihr die zusätzliche Bedrohung, ihr Leben aufs Spiel zu setzen, nicht so sehr ins Gewicht zu fallen.

Aber sie hatte einen Pluspunkt vorzuweisen – zumindest bestärkte sie sich immer wieder selbst darin, während sie die Feuertreppe hinabkletterte, weil ihr der Aufzug zu riskant vorkam: Martin würde ihr nichts antun. Egal, wer er jetzt war und was er zu tun gedachte. Sie war sich sicher, dass er ihr nicht wehtun würde.

Sie betete dafür, dass sie sich in diesem Punkt nicht irrte.

Die von Betonbausteinmauern ummantelte Feuertreppe war spärlich beleuchtet und in einem tristen Grau gestrichen. Wenn man in der Mitte hinunterguckte, sah man nichts als Finsternis. Dass man ab und an eine Ratte durch die Dunkelheit huschen hörte, verstärkte Bethanys Eindruck nur noch, sie würde ins Innere der Erde hinabsteigen. Sie ekelte und fürchtete sich vor Ratten, außerdem war sie kein Fan von Dunkelheit. Deswegen war sie damals bei der Flucht mit Peter durch den Tunnel auch beinahe in einen katatonischen Zustand verfallen. Als sie sechs

Jahre alt war, hatten die drei fünf- bis dreizehnjährigen Söhne von Tante Claudia sie in einen Schrank gesperrt, eine Ratte mit hineingeschmissen und die Tür zugesperrt. Es dauerte eine gute halbe Stunde, bis ihre Tante ihre Schreie hörte und sie herausließ. Ihr Onkel setzte den Jungs mit seinem Gürtel zu, doch die steckten ihre Strafe beinahe vergnügt weg und grinsten noch einen Monat später voller Genugtuung, wenn sie an Bethany vorbeigingen. Bethanys einziges Trostpflaster war, dass sie in ihrer Panik die Ratte scheinbar zu Tode getreten hatte.

Tante Claudia ließ sie die Schweinerei sauber machen.

In ihren Gedanken versunken, übersah Bethany eine Stufe, verlor das Gleichgewicht und fiel beinah hin.

Sie zwang sich, langsamer zu gehen. Sie war erschöpft, nervös und konnte wahrscheinlich nicht mal mehr klar denken, vermutete sie.

Dann hörte sie über sich das Geräusch einer sich öffnenden Tür, deren Angeln nicht richtig geölt waren, aber als sie aufblickte, sah sie kein Licht.

Hör auf, dich vor jedem Schatten zu erschrecken.

Sie kletterte weiter die Treppe hinunter.

Das Village House hatte zwölf Stockwerke. Bethanys Zimmer lag auf der zehnten Etage. Einige Etagen wurden noch renoviert, hatte Janice ihr erzählt, aber Bethany hatte nicht vor, sich alle anzusehen. Laut Blessing war keine der Türen verschlossen, weil im Village House das Prinzip des Vertrauens galt. Und wenn ein Dieb unter ihnen wäre, dann handelten sie nach Lukas 6,29 – zumindest behauptete Blessing das.

Es gab keine Schlösser und, so weit Bethany sehen konnte, auch keine Sicherheitskameras auf den Gängen. Wachen entdeckte sie ebenfalls keine, tatsächlich begegnete sie auf ihrem Weg nach unten keiner Menschenseele.

Eigenartig, wo der Keller doch angeblich ein solch großes Geheimnis barg.

Doch als sie das Ende der Feuertreppe erreichte, erwartete sie die erste Überraschung. Die Tür von der Treppe in den Keller war verschlossen.

Es war verboten, Notausgänge zu verschließen. Sie dienten bei einem Notfall als Fluchtweg. Man konnte einen Alarm installieren, der beim

Öffnen der Tür ausgelöst wurde, aber man durfte die Menschen nicht daran hindern, sie zu nutzen. Trotzdem war ein glänzendes Zahlenschloss in die Tür eingebaut, das den Zutritt über die Feuertreppe unmöglich machte.

Drei Stockwerke höher lehnte sich Stuart van der Staal über das Geländer und beobachtete mit einem tragbaren Nachtsichtzielfernrohr die grünen Umrisse seines Zielobjekts.

Das Fernrohr griff die vom Körper ausgehende Infrarotstrahlung auf und wandelte sie in ein Bild um. Demnach sah er in Wirklichkeit bloß eine Wahrnehmung von einer Wahrnehmung von einer Wahrnehmung – eine Aufeinanderfolge, die ihn ungeheuer amüsierte.

Er bewunderte, wie zielstrebig sie in die Dunkelheit hinabgeklettert war und mit welcher Entschlossenheit sie die kurzen Momente der Panik überwand. Er hatte sich ihren akademischen Werdegang angesehen und war beeindruckt. Wie hätte sie wohl in einem seiner Seminare abgeschnitten, fragte er sich. Ihre Herkunft ließ ihn zweifeln – sie kam weder aus einer studierten noch beruflich höhergestellten Familie –, seiner Erfahrung nach zeichneten sich viele dieser Kinder, die als erste Generation der Familie ans College gingen, durch großen Fleiß aus. Der Professor hatte nichts gegen Fleiß, aber der Intellektuelle in ihm verübelte es der Welt, in welchem Ausmaß sie eher Einsatz belohnte als Genialität. Seiner Meinung nach war diese Art der Verteilung von Mitteln und Möglichkeiten alles andere als gerecht.

Sie stemmte sich gerade gegen die Tür, vielleicht um sich zu vergewissern, dass sie tatsächlich verriegelt war. Was würde sie wohl tun, wenn der Alarm ausgelöst wurde? Vielleicht stellte sie sich gerade dieselbe Frage, da sie nur sehr leicht gedrückt hatte und die Tür nun wieder näher zu untersuchen schien.

Kluges Mädchen, lobte er sie innerlich. Zu schade, dass deine Geschichte auf diese Weise enden muss.

Unten im Schacht erinnerte sich Bethany gerade an einen angeblich sicherheitsbewussten Partner aus ihrer alten Kanzlei in Washington. Ein Mann, der sie einmal von einer Kundenkonferenz zurück ins Büro geschickt hatte, damit sie ein Dokument aus seinem Bürosafe holte. Als sie ihn fragte, ob seine Sekretärin den Code kannte, antwortete er lachend: »Natürlich nicht!« Danach gestand er, dass die Zahlenkombination auf einem Zettel stand, der unter den Safe geklebt war – falls er starb oder sich nicht mehr erinnerte.

Also lehnte sie sich vor und nahm das Schloss genauer in Augenschein.

Es klebte zwar kein Zettel mit Zahlen daran, aber in das Metall war etwas hineingeritzt. Sie sah sich die Gravur genauer an, konnte sich aber keinen Reim darauf machen. Dennoch sagte ihr eine kristallklare Eingebung mit absoluter Sicherheit, dass Eingeweihte beim Anblick des Symbols wüssten, welche Zahlenkombination eingegeben werden musste. Wenn man das Symbol verstand, konnte man auch das Schloss öffnen.

Das Tastaturfeld enthielt eher Buchstaben als Zahlen, wahrscheinlich stand das Symbol für ein Wort.

Bethany rieb sich die Nasenwurzel. Sie war entkräftet und verängstigt – und ihr gingen langsam die Ideen aus. Aber Annabelle hatte das alles bereits vor ihr durchgemacht, also würde sie auch nicht aufgeben.

Nun gut. Die Tür war verschlossen. Höchstwahrscheinlich war sie außerdem alarmgesichert. Die Tür aufzubrechen, wäre also, selbst wenn sie das Werkzeug dafür gehabt hätte, keine Option gewesen.

Jetzt wünschte sie sich, so umsichtig gewesen zu sein, Stift und Papier mitzubringen, aber sie hatte weder das eine noch das andere und besaß nicht einmal mehr ein Handy, mit dem sie ein Foto hätte machen können. Also versuchte sie, sich das Symbol einzuprägen, so gut es eben ging.

Danach kletterte sie wieder die Leiter hinauf.

Sie würde in diesen Keller kommen, und zwar noch heute. Bethany hatte auf die harte Tour lernen müssen, dass man immer einen Ersatzplan haben sollte. Wie der Notgroschen, der immer im Auto versteckt war. Oder die Einstellungen in ihrem Laptop, sodass alle Inhalte alle zwölf Stunden in eine Cloud geladen wurden.

In diesem Fall war ihr Plan B etwas knifflig. Sie kletterte hoch bis zum Erdgeschoss. Von dort aus konnte man problemlos in die Lobby oder auf die Straße gelangen. Aber das würde nicht reichen. Wie sie zuvor beobachtet hatte, gab es in der Lobby einen Wächter und unzählige Kameras, ganz zu schweigen von den *Gopos,* die selbst zu dieser späten Stunde ein und aus gingen.

Also kletterte sie weiter, während die Muskeln in ihren Beinen sich mittlerweile schmerzhaft verkrampften; sie musste unbedingt mehr Sport treiben. Wahrscheinlich würde sich ihre Kondition verbessern, wenn sie erst ihre Runden auf dem Gefängnishof drehte. Der Speisesaal befand sich im zweiten Stock, es musste einen Weg geben, die Abfälle von der Küche in den Keller zu transportieren: ein Speise- oder Frachtenaufzug, gesonderte Treppen – irgendetwas eben.

Für Bethany war es sogar noch unangenehmer, die Treppe hinauf- als hinunterzugehen. Wahrscheinlich wegen eines anderen Streichs, den ihre Cousins ihr gespielt hatten, als sie sie überredeten, in ihr Baumhaus zu klettern, nur um dann die Leiter wegzutreten. Um ehrlich zu sein: Sie hatten sich diesen Spaß mehrfach mit ihr erlaubt. Nicht dass Bethany beim zweiten, dritten oder zehnten Mal nicht genau gewusst hätte, was auf sie zukam, aber sie wollte, dass die Jungs sie mochten.

Der Professor hatte Spaß. Er stand immer noch am Geländer im dritten Stock, weil er sich schon gedacht hatte, dass Bethany die zweite Etage anstreben würde. Langsam wurde es interessant. Was hatte sie herausgefunden, was diese dämlichen *Gopos* übersehen hatten? Er steckte das Zielfernrohr zurück in seine Jacke und beobachtete, wie sie im zweiten Stock haltmachte, so wie er es vorhergesehen hatte, und nach dem Türknopf griff.

Bethany öffnete die Brandschutztür einen winzigen Spalt. Keine Stimmen oder sonstige Geräusche zu hören. Sie sah auf die Uhr. Fast Mitternacht. Um diese Zeit dürfte selbst die fürs Putzen zuständige Person fertig sein.

Das Foyer außerhalb des Speisesaals war dunkel, aber durch die alten Fenster spendeten die Straßenlaternen ausreichend Licht. Im Inneren des Speisesaals war es stockduster. So wie sie es von ihrem Vater bei ihren Jagdausflügen gelernt hatte, wartete Bethany geduldig ab. Licht gibt es immer. Gib deinen Augen bloß Zeit, sich an die Dunkelheit zu gewöhnen. Sei geduldig, und das Licht kommt zu dir.

Tante Claudia sagte oft etwas ganz Ähnliches über das Licht, nur dass sie dabei nicht vom Jagen sprach.

Langsam hoben sich Formen und Gegenstände von der Finsternis ab, dann wurde die Dunkelheit grau, und Bethany konnte sehen, wenn auch mehr schlecht als recht. Sie suchte die Decke und die Wände ab, konnte aber keine Bewegungsmelder oder Kameras entdecken. Vielleicht waren sie versteckt angebracht, aber da sie meist auch der Abschreckung dienten, hätte das wenig Sinn ergeben.

Sollten die *Planer* tatsächlich eine Sekte sein, waren sie nicht besonders vorsichtig.

Oder besonders selbstsicher.

Sie eilte durch den Raum und schlüpfte in die Küche. Dort ging sie das Risiko ein und schaltete für einen kurzen Augenblick das Licht an, denn sie konnte es sich nicht leisten, in einen Servierwagen zu laufen und mit dem Geschepper die anderen anzulocken.

Erneut machte sie eine schnelle Bestandsaufnahme des Raumes: Wieder waren keine Kameras oder Alarmanlagen zu sehen. Wenn sie versteckt gewesen wären, hätte man sie längst erwischt.

Sie erspähte einen kleinen Aufzug am anderen Ende des engen Raumes und malte sich im Geist ihren Weg durch die Küche aus, wobei sie sich aufmerksam alle Hindernisse einprägte. Dann schaltete sie das Licht aus und wartete, bis ihre Augen sich wieder an die Dunkelheit gewöhnt hatten.

Vorsichtig schob sie sich an der Küchenzeile entlang und orientierte sich dabei an der blassen Reflektion des Edelstahl-Kühlschranks. Sie bewegte sich im Schneckentempo vorwärts und setzte ihre Fingerspitzen ein, um sich daran zu erinnern, wie die Küche bei eingeschaltetem

Licht aussah. Am Ende der Küchenzeile streckte sie die Hand aus, als im gleichen Moment plötzlich aus dem Nichts der zischende und fauchende Dämon auf ihrem Rücken landete.

Schreiend taumelte Bethany vorwärts, stieß sich den Kopf am Kühlschrank und fing wieder an zu schreien. Die Kreatur knurrte wütend und verschwand wieder in der Dunkelheit, aus der sie gekommen war.

Eine Katze.

Es war bloß eine räudige Katze gewesen, die wahrscheinlich Vollzeit in der Küche arbeitete, um die Ratten zu bekämpfen, auf die sie im Treppenschacht gestoßen war.

Gegen den Kühlschrank gelehnt, wartete Bethany, bis ihr Herzschlag sich wieder beruhigt hatte. Sie starb tausend Tode in der Gewissheit, dass das ganze Gebäude ihr Geschrei gehört haben musste. Doch auch Minuten später ließ sich niemand blicken.

»Weiter«, flüsterte sie in die schreckliche Stille. »Geh weiter, sonst gibst du auf und kehrst um.«

Der Aufzug war ein altmodisches Modell mit Schiebegittertür. Sie schlüpfte hinein und drückte den Knopf. Es hätte sie nicht gewundert, wenn ein Alarm losgegangen wäre, aber der Aufzug bewegte sich gleichmäßig abwärts.

Stuart van der Staal stand in der Küche und beobachtete, wie der Aufzug verschwand. Was für ein cleverer Trick. Den würde er sich merken. Dann entschwand er zurück in den Gang, ging zu einer verschlossenen Tür und tippte das Codewort ein. Dahinter befand sich eine versteckte Treppe, die in alle zwölf Stockwerke führte, denn das Village House war von mehr Gängen durchzogen, als sein Zielobjekt je ahnen würde.

Der Aufzug blieb stehen. Bethany schob das Gitter zur Seite und stellte fest, dass sie sich in einer Art Abstellraum befand.

Im Keller.

Erneut jagte ihr ein komplexes Glücksgefühl einen Schauer über den Rücken, als sie daran dachte, dass Annabelle vielleicht genau über denselben Weg das Sicherheitssystem der *Planer* umgangen hatte.

Bethany trat aus dem Lagerraum hinaus in einen langen Flur. Glühbirnen hingen in Drahtgehäusen von der Decke und warfen schwache gelbe Leuchtkegel auf den Boden. Entlang der Decke verliefen Rohre, irgendwo tropfte Wasser. Zwischen den Lampen herrschte Dunkelheit, in der sich zweifellos weitere Ratten versteckten, aber sie würde jetzt keinen Rückzieher machen. Sie fragte sich, in welche Richtung sie nun gehen sollte.

Dann hörte sie Schritte und zog sich schnell in den Abstellraum zurück, wobei sie die Tür einen winzigen Spalt geöffnet ließ. Blessing eilte mit einer rasanten und irgendwie tragischen Bestimmtheit an ihr vorbei, wie eine Frau, die zu spät zu ihrer eigenen Beerdigung kommt. Bethany vermutete, dass die ältere Dame für Ratten genauso wenig übrighatte wie sie selbst.

Sie wartete, bis die Schritte verhallt waren, dann schlüpfte sie aus der Kammer und schlug dieselbe Richtung wie Blessing ein. Ihre Schritte waren leise, aber hörbar. Als Bethany an einer Ecke ankam, sah sie Blessing, nicht einmal zwanzig Meter von ihr entfernt.

Plötzlich drehte Blessing sich um, als hätte sie gemerkt, dass sie beobachtet wurde, doch Bethany hatte ihren Richtungswechsel anhand ihrer Hüftbewegung vorausgesehen und war wohlweislich hinter einer Säule verschwunden. Die Schritte entfernten sich wieder. Bethany wartete. Aus einem Rohr tropfte heißes Wasser in ihren Nacken, und Bethany machte einen lautlosen Satz zur Seite.

Als sie vorsichtig hinter der Säule hervorlugte, war Blessing verschwunden.

Bethany eilte den Korridor entlang.

Ihr kam es so vor, als hätte sie die Grundfläche des Village House mittlerweile verlassen. Ein dunkler Flur folgte dem anderen, der Keller war riesig. Der perfekte Ort, um kostbare Artefakte zu verstecken. Der

Tunnel lief offensichtlich bis unter das Gebäude nebenan: ein verlassenes Hotel, wenn Bethany sich richtig erinnerte. Wieder stand sie vor einer Tür, die diesmal stahlverstärkt war und deutlich schwerer aussah als die Tür davor. Auch diese hatte ein Schloss mit Buchstabenkombination, unter das auch hier ein Symbol gemalt war.

Ein Tresorraum, wurde Bethany klar. Sie stand direkt vor einem Tresorraum.

Die Tür war wenige Zentimeter geöffnet. Sie überlegte kurz. Sich durch eine schwere Stahltür zu schleichen, ohne zu wissen, was sich dahinter verbarg, war eindeutig ein großes Risiko. Sie vermutete, dass Blessing die Tür eigentlich hätte wieder richtig schließen sollen, sie stattdessen aber nur zugeschubst hatte und weitergegangen war.

Endlich traf sie eine Entscheidung. Vielleicht war die Pilatus-Inschrift hier unten versteckt, vielleicht war Annabelle aber auch aus einem anderen Grund hier unten herumgeschlichen. So oder so würde sie wiederkommen, wenn Blessing sich nicht gerade im Keller befand. Jetzt, da sie den Weg nach unten kannte, stellte das Schloss an der Treppe kein Hindernis mehr dar. Aber es würde kniffelig werden, auch das neue Schloss zu überwinden.

Diesmal nahm Bethany das Symbol genauer in Augenschein. Es sah aus wie ein umgedrehtes Hufeisen, umgeben von Sternen oder Edelsteinen oder etwas Ähnlichem. Aber ein »Hufeisen« wäre zu offensichtlich. Es musste einen anderen Weg geben, es herauszufinden. Sie hatte die richtige Art von Intelligenz, um das Rätsel zu lösen. Sie löste Kreuzworträtsel und Akrosticha, spielte Sudoku und Scrabble mit Freunden, da würde sie es doch auch schaffen ...

Plötzlich erklang eine männliche Stimme. Sie wirbelte herum, doch der nasskalte Flur war leer. Die Stimme musste aus dem Tresorraum kommen. Von der anderen Seite der Tür.

Sie zögerte, dann trat sie so nah an den Türspalt heran, wie sie sich traute.

»Bist du sicher?«, fragte die männliche Stimme, die nach Daniel Stafford klang.

»Sie ist perfekt für uns«, antwortete Blessing. »Genau das, was wir suchen.«

»Und sie ist einfach zu uns gekommen.«

»Das stimmt.«

Eine andere unbekannte Stimme sagte: »Und du bist absolut sicher, dass niemand sie geschickt hat? Dass sie kein Spitzel ist?«

Seine Frage löste allgemeine Heiterkeit aus, auch wenn Bethany den Witz nicht verstand.

Wieder sprach Blessing, diesmal bestimmt: »Martin ist sich sicher. Und niemand hat so eine gute Menschenkenntnis wie er.«

Der Mann, der nicht wie Stafford klang, entgegnete: »Was ist mit morgen? Willst du sie mitnehmen?«

»Kann ich machen«, antwortete Blessing. »Ich habe sie auf jeden Fall schon eingeladen. Sie wieder auszuladen wäre ... unhöflich.«

Wieder ertönte Gelächter.

Stafford: »Ich denke, es ist das Risiko wert. Zwei fallen weniger auf als einer. Außerdem, wenn wir das wirklich durchziehen wollen, brauchen wir jemand wie sie. Sie ist genau die Richtige für ...«

Ein Geräusch - *hinter* ihr - zu spät.

»Haben Sie sich verlaufen, Miss?«

Eine schwere Hand legte sich auf ihre Schulter. Bethany drehte sich um und blickte direkt in die kalten Augen von Mr Fuentes, dem Sicherheitschef.

Zur selben Zeit befand sich der Professor bereits wieder in seinem Zimmer. Er war Bethany nicht in den Keller gefolgt, weil er wusste, dass dort andere Leute waren. Er wollte sich nicht öfter zeigen als notwendig. Außerdem hatte man ihm aufgetragen, keine Gewalt im Village House anzuwenden. Der Ausflug heute Abend war eine reine Erkundungsmission gewesen. Er hatte sein Zielobjekt in ihrer natürlichen Umgebung in Flint Hill beobachtet. Er hatte sie auf der Flucht studiert und gesehen, dass sie außergewöhnlich beherrscht blieb, einen Plan aufstellen und befolgen konnte, um ihn dann spontan abzuändern, und das alles in einer Situation, in der eine weniger starke Frau sich hilflos in einer Ecke zusammengekauert und vor Angst geschlottert hätte.

Oder ein weniger starker Mann.

Sie faszinierte ihn, diese Bethany Barclay. Während er seine Sachen packte, dachte der Professor voller Bewunderung an sie. Er freute sich darauf, sie außerhalb des Village House zu treffen, und konnte es nicht abwarten, ihre Meinung über seine These zur Unabhängigkeitserklärung zu hören. Sollte er die Zeit finden, bevor er sie umbrachte, würde er sie fragen.

24

»Ich bin ein wenig verwirrt«, begann Martin Potus. Statt im vorteilhaften Anzug saß er in Schlafanzug, Bademantel und Hausschuhen auf der Kante seines Schreibtischs. Sie konnte den Ansatz eines Speckbauchs erkennen. »Was hast du im Keller gemacht?«

Bethany hatte genug Zeit gehabt, um sich ihre Antwort parat zu legen. Sie würde ihm die halbe Wahrheit verraten. »Ich bin Blessing gefolgt.«

Martin legte seine glatte Stirn in Falten, wodurch er auf einmal jungenhaft und charmant wirkte. »Warum?«

»Zuerst war ich bloß einsam und wollte mit jemandem sprechen. Und dann wurde ich neugierig, was sie da macht.«

»Warum?«

Die Wiederholung seiner Frage brachte Bethany kurz aus dem Konzept. Ihrer Erfahrung nach war Neugier meist Grund genug. »Weiß ich nicht«, sagte sie schließlich und senkte den Blick. Wieder gab sie ein Stück der Wahrheit preis: »Ihr Verhalten hatte so etwas ... Geheimnistuerisches.«

»Geheimnistuerisch.« Martin musste lachen. Sie merkte, wie ihre Anspannung nachließ, zwang sich aber dennoch, auf der Hut zu bleiben. Martin McAdams war als junger Mann schon mit allen Wassern gewaschen gewesen, und auch jetzt hatte er bestimmt nichts von seiner Gerissenheit verloren. »Blessings Verhalten war also geheimnisvoll«, wiederholte er. Er stand nun am Fenster und blickte auf das hell erleuchtete Chicago bei Nacht. »So ist sie manchmal. Sie glaubt, dass wir mehr im Geheimen wirken sollten. Ich befürchte, sie traut Fremden nicht. Genauso wenig wie der arme Mr Fuentes.« Er lehnte sich gegen das Fenster. »Weißt du, wie Mr Fuentes zu uns gekommen ist? Das war, ach ja, letzten Sommer. Juni, glaube ich, oder Juli. Er war außer sich. Seine Schwester war verschwunden, erklärte er uns, und seine Freunde hatten ihm erzählt, sie wäre unserer Gruppe beigetreten.«

»War sie es denn?«, fragte Bethany. Sie saß kerzengerade. Es war das erste Mal, fiel ihr auf, dass sie sich unter vier Augen unterhielten.

»Oh ja, das war sie«, antwortete er schnell und machte damit klar, dass er Unterbrechungen immer noch genauso wenig mochte wie damals im College. »Also, der arme Mr Fuentes war fuchsteufelswild. Er wollte das ganze Gebäude in Schutt und Asche legen, wenn wir sie nicht sofort freigaben. Nun ja, er ist groß und durchtrainiert, ich nehme an, er hätte das auch geschafft. Wir haben ihm erklärt, dass sie eine Weile bei uns war und sich dann von uns losgelöst hat. Bei einer Gruppe wie unserer passiert so etwas. Als Grund hat sie angegeben, dass ihr die traditionelle Religion fehlte, was auch immer das sein soll.«

»Was ist dann passiert?«

»Mr Fuentes war tatsächlich kurz davor, unser Gebäude auseinanderzunehmen. Er platzte hier ins Büro und machte mich persönlich für das Verschwinden seiner Schwester verantwortlich. Dann bedrohte er mich körperlich. Ich sagte ihm, dass wir keinen Kontakt zu ehemaligen Mitgliedern halten. Ich wusste nicht einmal, dass sie ausgetreten war. Die Mitgliedschaftsbeauftragten werden es gewusst haben, denke ich, aber ich nicht. Wir sind eine große Organisation, Bethany, es ist einfach nicht möglich ...«

Er hielt inne, setzte neu an und schlug eine andere Richtung ein.

»Auf jeden Fall saßen Mr Fuentes und ich hier in diesem Büro zusammen und unterhielten uns. Er stellte Fragen über seine Schwester. Ich beantwortete sie alle, soweit mir das möglich war. Aber ich verwies ihn auch an andere Mitglieder, die sie besser gekannt hatten. Dann schlug ich ihm vor, er solle ein paar Tage bei uns bleiben, um die Gruppe kennenzulernen. Stattdessen ging er wieder, immer noch wütend.«

»Aber er kam wieder.«

»Das ist richtig. Einen Monat später oder sagen wir sechs Wochen. Wir setzten uns erneut zusammen. Dieses Mal sprachen wir über die *Planer,* über unsere Glaubensinhalte und den Aufbau der Gruppe. Und dieses Mal entschied er sich, zu bleiben. Er lernte andere *Planer* kennen, verbrachte Zeit in unserem Gebäude, inspizierte jede Ecke – inklusive deines Kellers, Bethany, wir hielten nichts vor ihm versteckt –, und jeden Abend unterhielten wir uns. Hier in meinem Büro. Über unsere Philosophie. Über Gott. Darüber, in welchen Punkten die traditionelle Religion falsch liegt. Über den Plan des Herrn für jeden von uns und wie man diesen Plan erkennt. Und wie man ihn erfüllt. Drei oder vielleicht vier Tage später entschied er sich, beizutreten. Seitdem ist er bei uns.«

Ohne zu wissen warum, fand Bethany seine Geschichte beängstigend. Plötzlich wurden ihr die Umstände schmerzlich bewusst. Auf der Flucht vor der Festnahme, in Sorge um ihr Leben, auf verzweifelter Suche nach dem, was Annabelle hier aufgedeckt hatte – war sie im Zentrum einer religiösen Sekte gelandet. Eine religiöse Sekte. Ein Ort, an dem Musik und Martins hypnotisierende Persönlichkeit sogar einen offensichtlich starken Mann wie Mr Fuentes einlullen und fügsam machen konnten.

Zum ersten Mal stellte sie sich die Frage, was dieser Ort wohl aus ihr machen würde. Dabei ging es ihr nicht um ihren Körper, so sehr sie sich auch um ihr weltliches Schicksal sorgte, sondern um den unsterblichen Teil, den Tante Claudia so sorgfältig unterwiesen und den sie selbst als junge Erwachsene so vernachlässigt hatte. Sie dachte an die Waffenrüstung Gottes und fragte sich, ob es wohl schon zu spät dafür war, sie anzulegen, zum Schutz gegen – nun ja, gegen was auch immer diese Menschen anderen antaten, um sie als Mitglieder zu gewinnen.

»Entspann dich«, sagte Martin mit sanfter Stimme. »Du hattest es nicht leicht die letzten Tage, und ich kann mir gut vorstellen, dass du überall Gefahr lauern siehst. Es tut mir aufrichtig leid, wenn wir irgendetwas getan haben, was deine Ängste geschürt hat. Ehrlich, unser einziges Ziel ist es, dir die Angst zu nehmen. Darin sind wir ziemlich gut, Bets, wenn du uns nur helfen lässt. Wir können dir helfen, zu lernen, wie man die inneren Sturmwellen beruhigt, die unaufhörlich an der Küste deines Geistes toben.«

Auch wenn sie nichts erwiderte, spürte sie, wie sich ihre Fäuste langsam entspannten.

»Du hast kaum geschlafen«, fuhr Martin nun im sachlichen Tonfall eines Arztes fort, der eine Diagnose erstellt. Doch als sie aufsah, wirkten seine braunen Augen so sanft und mitfühlend, dass sie am liebsten angefangen hätte zu weinen. »Du machst dir Sorgen. Du hast Angst. Das ist absolut verständlich, Bets.«

Sie starrte nur vor sich hin, doch in ihr brodelte es.

»Das ist noch nicht alles«, fügte er sachte hinzu. »Wenn du deine Augen schließt, kannst du ihn sehen, habe ich recht? Du siehst die Leiche des armen jungen Mannes, der in deinem Haus niedergemetzelt wurde. Du siehst das Blut. Das Bild verfolgt dich. Nun, das sollte es auch.« Bewusst rührte er an ihrer Angst, auch wenn sein sanftmütiges Lächeln ihr zeigen sollte, dass er ihre innersten Geheimnisse und den Weg zum Frieden kannte. »Es ist grauenvoll, ein Geschöpf Gottes – einen Menschen wie du und ich – nicht bloß tot, sondern abgeschlachtet zu sehen. Es lässt uns nicht los, weil es unnatürlich ist. Das ist nicht die Art von Zusammenleben, die Gott von uns Menschen erwartet. Darum geht es hier bei uns. Wir versuchen, etwas aufzubauen, was besser als all das ist. Weißt du, warum wir es Village House nennen?«

Sie schüttelte nur den Kopf, weil sie fürchtete, dass ihre Stimme versagen würde.

»Es geschah aber, als sie ihres Weges zogen, dass er in ein Dorf kam; und eine Frau mit Namen Martha nahm ihn in ihr Haus auf.« Ein Lächeln. »Lukas 10,38. Verstehst du, worum es geht? Nein? Die Evangelien erwähnen immer wieder, dass Jesus und seine Jünger von Dorf zu Dorf reisen, um die Frohe Botschaft zu verkünden. Der Herr wurde von Martha in ihr Haus aufgenommen, und das Gleiche tun wir hier. Wir nehmen Menschen – alle Menschen – in unser Haus auf, so wie Martha Jesus und seine Anhänger aufgenommen hat.«

Diese Erklärung beeindruckte sie mehr, als es ihr lieb war. Krampfhaft suchte sie nach einer Erwiderung. »Ich dachte, ihr predigt Unhöflichkeit.«

Er lachte. »Ach, das ist nur ein Aufhänger, um die Leute anzulocken. Um ihre Aufmerksamkeit zu bekommen.« Martin entfernte sich vom Fenster, kam auf sie zu und setzte sich auf die Schreibtischecke direkt vor ihrem Platz. »Wir predigen, dass die Leute das Wort Gottes richtig verstehen und keine verwässerte Auslegung glauben, die besagt: ›Gott ist nett, daher sollten wir auch nett sein‹. Wir wollen über die wahren Pflichten sprechen, die Gott uns auferlegt hat. Wir sind gastfreundliche Menschen, Bethany. Die Tür des Village House steht für jedermann offen. Wir haben nichts zu verbergen.« Martin machte eine bedeutungsvolle

Pause. »Doch Gastfreundschaft kann auch ausgenutzt werden. Schlangen und Vipern schleichen sich in unsere Mitte.«

Sie saß jetzt noch aufrechter, blieb jedoch stumm.

»Wir wollen nur Menschen helfen, das ist alles.« Seine Stimme klang so friedfertig wie immer. »Und trotzdem ist die ganze Welt gegen uns.«

»Ich bin mir sicher, dass das nicht wahr ist.«

»Doch, es ist wahr. Warum bist du so nervös, Bethany?«

»Bin ich gar nicht.«

»Deine Hände zittern ja.«

»Es ist schon spät, ich bin müde.«

»Aber anstatt dich auszuruhen, bist du in den Keller gegangen.«

Ihr Kampf-oder-Flucht-Instinkt war geweckt, auch wenn sie nicht wusste, warum.

»Einige meiner Berater - darunter auch Mr Fuentes - fragen sich, warum du hier bist. Ob dich vielleicht jemand geschickt hat.«

»In meinem Haus wurde ein Mann umgebracht ...«

»Und du konntest fliehen. Das ist genau Mr Fuentes' Argument. Die Polizei sucht überall nach dir, genau wie das FBI, weil du die Grenze in einen anderen Bundesstaat überquert hast, und wegen der Bombenanschläge.« Sein Tonfall wurde langsam härter. »Sie alle sind hinter dir her, Bets, und dennoch hast du es irgendwie geschafft, ihnen durchs Netz zu gehen. Und Mr Fuentes, der einiges an Erfahrung in diesem Bereich hat, sagt, dass das heutzutage nicht leicht zu bewerkstelligen sei. Daher fragt er sich, ob vielleicht jemand *veranlasst* hat, dass du ihnen durchs Netz gehst.«

Ihre Fäuste ballten sich in ihrem Schoß, der ganze Körper spannte sich wie zum Kampf bereit an. »Warum sollte mich jemand geschickt haben? Um was zu tun?«

»Schon gut! Darum geht es nicht. Die Sache ist, dass meine Berater unsicher sind, ob es klug war, dich in unsere Mitte zu lassen.«

Bethany setzte zur Gegenwehr an. »Ich habe euch nicht darum gebeten, mich aufzunehmen, Martin. Du hast es mir angeboten. Wenn ihr mir nicht helfen wollt, dann lasst es einfach.«

Diese Seite von Martin kannte sie noch gut genug von ihren Auseinandersetzungen am College. In dieser Stimmung konnte er mit scheinbar hundertprozentiger Aufrichtigkeit abstreiten, dass das Meer nass ist. »Du könntest darauf gehofft haben, dass ich dir Asyl bieten würde. Die Gastfreundschaft der *Planer* ist nicht gerade ein Staatsgeheimnis.« Er seufzte. »Du hättest nicht in den Keller gehen sollen, Bethany. Wir mögen es nicht, wenn Leute im Village House herumschnüffeln.«

Seine provozierend herablassende Art brachte endlich etwas von ihrem alten vorlauten Ich zum Vorschein: »Ich dachte, ihr hättet keine Geheimnisse.«

Für einen Augenblick verengten sich Martins Augen und funkelten wie die eines wütenden Kindes. Doch die gewohnte Wärme kehrte so rasch zurück, dass sie sich nicht mehr sicher war, wirklich gesehen zu haben, was ein anderer Teil von ihr genau wusste.

»Ich verstehe, was du meinst. Es tut mir leid, wenn wir etwas getan haben, was dich misstrauisch gemacht hat. Wenn du eine Führung durch den Keller wünschst, werde ich eine organisieren, sobald Blessing Zeit findet.«

So leicht würde sich Bethany nicht geschlagen geben. »Erzähl mir von Annabelle.«

»Was möchtest du über sie wissen?«

»Warum ihr sie aufgenommen habt.«

Mit verschränkten Armen saß Martin immer noch auf der Tischecke und baumelte mit einem Bein. »Wie oft soll ich es dir noch erklären? Wir sind das Village House. Wir weisen niemanden ab, der Hilfe braucht.«

»Sie brauchte keine Hilfe. Sie ist hierhergekommen, weil sie auf der Suche nach etwas war.«

»Die meisten Menschen sind das.«

»Nichts Spirituelles. Einen Gegenstand. Sie war auf der Suche nach der Pilatus-Inschrift. Tu nicht so, als wüsstest du das nicht.«

»Natürlich weiß ich das.«

Sie war fassungslos. Mit aller Gewalt hatte sie sich gegen die Tür gestemmt, nur um festzustellen, dass diese von selbst aufschwang. Martin saß da und sah sie mit traurigen Augen an.

»Wie kommst du auf die Pilatus-Inschrift?«, fragte er. »Sie ist bloß ein alter Mythos. Das Gleiche habe ich Annabelle auch gesagt.«

»Ich bin mir nicht sicher, ob sie ein Mythos ist, Martin. Ich weiß nur: Wenn sie existiert, ist sie Zigmillionen Dollar wert. Und da all das hier ...«, mit einer Handbewegung umspann sie das Büro und gesamte Gebäude, »muss eine Menge Geld kosten. Es würde mich nicht überraschen, wenn ihr zwei gemeinsame Sache gemacht hättet.«

»Du glaubst, dass ich ihr geholfen habe?«

»Der Gedanke ist mir durch den Kopf gegangen.«

Martin lächelte. »Du glaubst nicht daran, dass Menschen sich ändern, habe ich recht?«

»Meiner Erfahrung nach nicht.«

»Nun ja, du hast dich definitiv verändert, Bets. Früher warst du nicht so zynisch. Es gab eine Zeit, da hast du im Zweifelsfall zugunsten der Leute entschieden. Das Village House dient nicht meiner persönlichen Bereicherung. Ich versuche, Menschen zu helfen. Warum fällt es dir so schwer, das zu glauben?« Er klang eher enttäuscht als verärgert. »Ich habe ihr nicht geholfen, Bets. Darum ist sie wieder gegangen. Ich merke, dass du mir nicht glaubst, aber es ist die Wahrheit. Ich habe abgelehnt und ihr gesagt, sie könne gerne so lange bei uns bleiben, wie sie wollte, aber ich würde nicht unsere knappen Ressourcen dafür verschwenden, um ihr bei der Suche nach dem verlorenen Schatz zu helfen. So etwas machen wir nicht. Wir helfen Menschen dabei, den Plan zu erkennen, den Gott für sie im Sinn hat. Und wir helfen ihnen, auf dem Weg zu bleiben, den Gott für sie gewählt hat. Deine Freundin Annabelle war weder daran interessiert, Gott zu finden, noch auf seinem Weg zu bleiben. Ihr ging es nur um das Geld.«

Unbehagen machte sich in Bethany breit. Hatte sie ihn falsch eingeschätzt? Sollte in dieser endlosen Rede tatsächlich ein Funken Wahrheit stecken? Sie hielt sich an dem Gedanken fest, der vor einer Stunde ihre Mission in Gang gesetzt hatte: dass nämlich ein ausladender Keller voller Gewölbe und verborgener Räume das perfekte Versteck für ein unbezahlbares Artefakt war.

»Annabelle tat mir leid«, fuhr Martin fort. »Sie war so fürchterlich unstet. Und emotional ungefestigt. Alles drehte sich nur um die Inschrift, die Inschrift, die Inschrift. Sie hat ein paar von unseren Mitgliedern davon erzählt. Ich tat, was ich konnte, um dem Ganzen einen Riegel vorzuschieben. Mr Stafford hat sich nach einer Weile geweigert, mit ihr an einem Tisch zu sitzen, so aufgebracht war er. Doch Annabelle wollte nicht aufhören. Ich habe sogar bei einem auf alte Mythen spezialisierten Geschichtsforscher an der University of Chicago einen Termin für sie gemacht, aber sie lehnte ab. Stattdessen nahm ich den Termin wahr, und er versicherte mir, dass es sich nur um einen Mythos handelt und die Pilatus-Inschrift in Israel die Einzige ist, die weltweit existiert. Als ich Annabelle davon erzählte, wurde sie wütend. Sie bestand darauf, dass es die Inschrift tatsächlich gibt, und außerdem würde ein Milliardär Millionen Dollar dafür bieten.«

»Woher wusste sie das?«

»Keine Ahnung. Das wollte sie mir nicht sagen. Aber sie hörte auch nicht auf, darüber zu sprechen. Die Wahrheit ist, dass ihre Besessenheit langsam zum Störfaktor wurde. Mr Stafford war nicht das einzige erboste Mitglied.«

»Darum ist sie also wieder gegangen? Weil du ihr nicht helfen wolltest?«

»Kann man so sagen. Sie sagte, sie habe jemand anderen gefunden, der Interesse hätte. Jemand, der ihr einen hohen Finderlohn zahlen würde. Und nein, ich weiß nicht, wer das war. Auf jeden Fall habe ich ihr Glück gewünscht und ihr gesagt, dass wir für sie da wären, sollte sie irgendwann ihre Meinung ändern.« Er stand auf. »Das ist die ganze Geschichte, Bets. Nun, wenn sonst nichts ist ...«

»Da ist noch etwas.« Die Geschichte war stimmig, und sie konnte kein Anzeichen von Unehrlichkeit in seinem Gesicht oder seiner Stimme erkennen. Nichtsdestotrotz war Martin schon damals ein geübter Lügner gewesen. So schnell würde sie ihn diese Runde nicht gewinnen lassen. »Wann ist sie gegangen? September? Oktober?«

»So um den Dreh. Müsste ich nachgucken.«

»Und im März wurde sie ermordet.«

»Worauf willst du hinaus, Bets?«

»Ihr beiden habt offensichtlich eine Menge Zeit miteinander verbracht, als sie hier lebte.«

Ein kurzes Nicken. »Wir haben viele seelsorgerische Gespräche geführt.«

»Umso besser. Weil ich gehofft habe, sie hätte dir etwas erzählt, was Aufschluss darüber gibt, wer sie umgebracht hat.«

»Ach so.« Zum ersten Mal schien er sich unbehaglich zu fühlen. »So wie ich es verstanden habe, war es ein Unfall mit Fahrerflucht.«

»Ich gehe davon aus, dass es kein Unfall, sondern Mord war. Du musst eine Theorie haben.«

Martin rutschte nervös auf dem Schreibtisch herum. Er mied ihren Blick. »Ich habe gehofft, du würdest das Thema nicht anschneiden, Bets. Wie ich dir gesagt habe, stecken wir unsere Nase nicht in die Angelegenheiten von anderen. Außerdem herrschen in der Sache Regeln der Vertraulichkeit. Ehrlich gesagt, bin ich mir nicht sicher, ob du bereit für die Wahrheit bist.«

»Ich war ihre beste Freundin, Martin. Ich denke, ich bin bereit.«

»Annabelle war ein guter Mensch. Sie hat viel mitgemacht, versteckte sich hinter einer harten Schale, aber wenn sie sich öffnete, war sie unglaublich großherzig.

»Erzähl weiter.«

Martin seufzte. »Also gut. Annabelle erzählte mir immer wieder, dass es nur eine Person gab, von der sie befürchtete, sie könne ihr etwas antun.«

»Und wer war diese Person?«

»Du.«

25

Bethany blinzelte. »Das denkst du dir aus.«

»Warum sollte ich?«

»Woher soll ich das wissen?« Sie war nun auch aufgestanden, ihre Wut hatte alle Zweifel vertrieben. »Aber ich kenne dich, Martin McAdams. Du hast immer deine geheimen Gründe für das, was du tust. Und dahinter steckt immer noch ein weiterer Grund.«

Seine Stimme klang wieder seelenruhig. »Ich denke mir das nicht aus, Bets.«

»Ich war Annabelles allerbeste Freundin. Warum sollte ich ihr etwas antun?«

»Das wollte sie auch gerne wissen.«

»Wie bitte?«

»Das hat sie sich im Laufe unserer Gespräche oft gefragt. Sie fing immer wieder davon an. Du glaubst mir immer noch nicht. Na schön.« Er griff zum Telefon auf seinem Schreibtisch und drückte einen Knopf. Innerhalb von Sekunden erschien Blessing mit einem dicken Ordner unter dem Arm, den sie Martin überreichte, und verschwand wieder. »Das sind meine Aufzeichnungen von den Sitzungen. Es gibt auch noch Tonbänder. Möchtest du sie dir anhören?« Er wartete ihre Antwort nicht ab und blätterte durch den dicken Ordner. Seine Stimme war sanft, aber entschieden, wie die eines Arztes, der eine Diagnose verkündet, die man nicht hören will. »Es tut mir leid, dass ich das tun muss«, erklärte er. »Aber hier im Village House glauben wir daran, dass man sich der Wahrheit stellen muss, egal wie unangenehm sie ist.«

Er zog einen flachen Chip heraus und steckte ihn in das Aufnahmegerät auf seinem Schreibtisch. Dann sah er auf den Bildschirm, scrollte an die gewünschte Stelle und drückte auf Play.

Annabelles körperlose Stimme erfüllte den Raum.

»... macht mir manchmal Angst. Sie nennt mich ihre beste Freundin, aber ich habe Angst vor ihr. Diese ganzen Waffen. Ihre komischen Freunde. Ich weiß nicht, ob sie wirklich auf meiner Seite steht. Weißt du, was ich meiner Tia erzählt habe? Sollte mir jemals etwas zustoßen,

ist sie diejenige, nach der sie suchen sollen. Bethany. Irgendwas stimmt nicht mit ihr …«

»Schalt das ab«, flüsterte sie. Überrascht stellte sie fest, dass sie wieder saß.

Martin drückte auf Pause. »Du solltest dir den nächsten Teil auch anhören«, sagte er, erneut ohne irgendwelche Einwände zuzulassen.

»… die Art, wie sie mir immer Fragen stellt und mich kritisch hinterfragt. Ich weiß auch nicht. Sie sagt zwar, sie sei meine Freundin, deswegen denkst du bestimmt, ich bin verrückt. Sie denkt das wahrscheinlich auch. Wegen ihr wurde ich zum ersten Mal eingewiesen, wusstest du das? Sie hat dem Richter erzählt, ich könne nicht für mich selbst sorgen. Das war damals im College. Sie würde es wieder tun. Ich vertraue ihr nicht, und Tia habe ich gesagt, sie soll ihr auch nicht trauen. Sie ist die Letzte, der ich ein Geheimnis anvertrauen würde.«

»Du siehst also«, murmelte er, als er wieder auf Stopp drückte, »ich denke mir das nicht aus.«

»Du hast sie manipuliert«, hauchte sie.

»Noch einmal: Wozu?«

»Ich liebte Annabelle. Annabelle liebte mich. Sie wusste, dass ich ihr niemals etwas antun würde. So etwas hätte sie nie über mich gesagt.«

»Und doch hat sie es getan, Bets.«

Bethany schüttelte den Kopf. Sie wusste nichts mehr, konnte nicht klar denken. Plötzlich fühlte sie sich aller Kraft beraubt. Mit einem schnellen Stoß hatte Martin ihre Welt auf den Kopf gestellt. So wie er es damals schon immer geschafft hatte. Sie dachte, sie wäre vorher schon durcheinander gewesen, aber nun ergab nichts mehr Sinn. Niemals hätte sie Annabelle etwas angetan. Oder doch? Wieder musste sie an den toten Ken Kirkland in ihrer Wohnung denken, der mit ihrer Waffe erschossen worden war. Auch das hatte sie nicht getan. Auch wenn die Polizei sie verdächtigte. Es gab zu viele Hinweise, und sie war erschöpft und verängstigt und begann nun auch noch, an ihrer Wahrnehmung zu zweifeln. Die SMS waren real. Das Symbol an der Wand war real. Die Schüsse in Newark waren real. Es musste alles real gewesen sein, denn wenn nur die Hälfte der Gründe, die sie antrieben, das Resultat ihrer überreizten Vorstellungskraft waren, dann bestand das schreckliche Risiko, dass ...

Dass Sie es getan haben, sagte Professor Delavan kalt. *Sie können sich nicht erinnern, aber Sie haben ihn ermordet, nicht wahr, Ms Barclay? Ihre Waffe. Ihre Wohnung. Ihre Fingerabdrücke. Sie haben Annabelle getötet und dann Ken umgebracht. Der Rest existiert nur in Ihrer Fantasie.*

»Ich habe niemanden getötet«, flüsterte sie. »Lass mich in Ruhe.«

»Ich befürchte, das geht nicht«, sagte Martin freundlich. »Du brauchst Hilfe. Und wir sind verpflichtet zu helfen.«

»Verpflichtet?«, wiederholte sie schwach und starrte dabei immer noch auf das Aufnahmegerät auf dem Tisch.

»Dafür stehen wir, Bets. Darum kommen die Leute zu uns. Wir bringen ihnen bei, wie man Fremde willkommen heißt, ohne sich dabei wegen dieser Gastfreundlichkeit stolz aufzuplustern. Wie man es schafft, weniger Zeit damit zu verbringen, sich über die Bedürfnisse von anderen Gedanken zu machen, sondern mehr Zeit dafür findet, sich um seine eigenen Bedürfnisse zu kümmern - die unseres Körpers und unserer Seele, zwei der kostbarsten Geschenke, die Gott uns beschert hat. Wir helfen ihnen dabei, ihre großen und kleinen Sorgen hinter sich zu lassen, die sie unglücklich machen.« Seine Stimme klang nun weich und betörend. »Bets, hör zu. Weißt du, was die Hauptursache dafür ist, dass wir unglücklich sind? Unrealistische Erwartungen. An uns selbst, an andere, an die Welt. Unsere Welt ist ein großes Durcheinander. Menschen sind ein großes Durcheinander. In unserem Gehirn herrscht die Hälfte der Zeit ein großes Durcheinander. Je weniger Zeit wir damit verschwenden, Dinge zu erwarten, desto weniger werden wir enttäuscht sein. Je weniger wir enttäuscht von etwas sind, desto mehr Zeit können wir darauf verwenden, mehr Klarheit in unsere Gedanken und Taten zu bringen. Du würdest die Dinge gerne klarer sehen, nicht wahr, Bets?«

»Ja, aber ...«

»Schhhh. Versuch dich zu entspannen. Alles wird gut werden.« Diese sanfte, beruhigende Stimme - mit der hatte er sie schon damals am College immer herumgekriegt, so wie jetzt auch. »Du hast Furchtbares durchgemacht. Niemand kann dich dafür verurteilen, dass du Dinge durcheinanderbringst. Nach allem, was du durchgemacht hast, muss dein Kopf völlig ausgelaugt und dein Körper am Ende seiner Kraft sein. Ich frage mich, wie du es überhaupt schaffst, wach zu bleiben. All die Sorgen und Ängste, die du in dir trägst, sind eine schwere Last. Du möchtest sie gerne loswerden, ich weiß, dass du das möchtest. Wir können dir dabei helfen. Du willst vor dem Durcheinander in deinem Kopf fliehen. Auch dabei können wir dir helfen. Du sehnst dich nach einem Ort der Ruhe. Ein Ort, an dem du entspannen kannst und dir keine Sorgen machen musst. Wir können dir helfen. Begib dich in unsere Obhut, und wir werden dir den Weg zur Klarheit weisen.«

Klarheit. Sie lächelte verhalten. Das war es, was sie brauchte. Mehr Klarheit, weniger Wirrwarr.

»Ich kenne das Gefühl, Bets«, murmelte er. »Ich weiß, wie schwer es ist, klar zu denken, wenn deine Gedanken vor Sorgen und Angst ganz durcheinander und konfus sind. Deine Gedanken schweifen ab, du kannst ihnen nicht vertrauen. Weil dir die Angst und die Sorgen in die Quere kommen, kannst du deinen Gedanken nicht vertrauen. Je mehr du dich anstrengst, klar zu denken, desto verwirrter wirst du. Je verwirrter du bist, desto schwerer ist es, klar zu denken. Das ist ein Teufelskreis, aus dem es kein Entkommen gibt, Bets - zumindest so lange nicht, wie all die Sorgen dich durcheinanderbringen. Und du bist verwirrt. Das weiß ich. In deinem Kopf geht es drunter und drüber. Es ist so schwer, einen klaren Gedanken zu fassen, wenn in deinem Kopf Durcheinander herrscht. Du brauchst uns, Bets. Du brauchst die Klarheit, die man erlangt, wenn man die Sorgen hinter sich lässt. Die Klarheit, die du erlangst, wenn du uns dir helfen lässt, dir zu zeigen, wie du wieder einen vernünftigen Gedanken fassen kannst. Bitte, Bets, lass uns dir helfen.«

Sie seufzte. Ihr war nicht bewusst gewesen, wie verwirrt sie tatsächlich war. Wie schwer es war, klar zu denken. Martin hatte recht. Martin war ...

... er war dabei ...

... etwas mit ihr zu machen ...

... sie zu manipulieren ...

... wie damals im College ...

Sie blickte zu ihm hoch und kämpfte gegen ihre Verwirrung an. »Hör auf.«

»Was ist los, Bets?« Immer noch ruhig und freundlich. »Du wirkst angespannt. So bedrückt von Sorgen.«

»Ich sagte, du sollst aufhören, Martin. Ich bin nicht hier, um euch beizutreten.«

»Das weiß ich. Und ich würde dich nie dazu überreden, etwas zu tun, was du nicht möchtest. Bitte, das musst du mir glauben.«

Bethany war keineswegs besänftigt. »Du vergisst, dass ich deine Masche kenne. Deine besten Tricks sind ein alter Hut für mich.«

Doch sie vermochte es nicht, ihn aus der Fassung zu bringen oder den charmanten Ansatz eines Lächelns aus seinem Gesicht zu vertreiben. »Du bist aufgebracht, Bets. Verängstigt. Das musst du jetzt an jemandem auslassen. Das verstehe ich.«

»Dann hör auf, mich analysieren zu wollen.« Sie atmete tief durch. »Ich bin nicht verwirrt. Keine Ahnung, worüber Annabelle auf dem Tonband gesprochen hat oder wie das Thema überhaupt aufgekommen ist ...«

»Es ist nicht aus dem Kontext gerissen, wenn du das meinst. Meinetwegen kannst du dir gerne die ganze Aufnahme anhören.«

Ihre Augen verengten sich. »Warum beharrst du so sehr darauf? Solltest du diese Sitzungen nicht eigentlich vertraulich behandeln?«

»Ich bin zu dem Schluss gekommen, dass du es hören musst.« Nun hörte er sich nicht mehr so selbstsicher, sondern eher beleidigt an. »Ich versuche doch nur, dir zu helfen, Bets.«

»Ich habe dich nicht um Hilfe gebeten.« Sie sprang wieder auf und machte zwei schnelle Schritte in seine Richtung. »Ich weiß nicht, was du vorhast, aber es wird nicht funktionieren. Annabelle hat mich nicht gehasst, und ich habe ihr nichts angetan. Genauso wenig habe ich Ken Kirkland etwas angetan. Nichts von dem denke ich mir aus, also versuch mir nicht einzureden, ich würde verrückt werden.«

»Ich habe nicht gesagt, dass du verrückt bist. Ich habe nur gesagt, dass es einem schwerfällt, klar zu denken, wenn man Angst hat.«

»Und ich habe gesagt, du sollst aufhören, mich zu analysieren. Ich bin nicht gekommen, um dein mühevoll aufgebautes Werk durcheinanderzubringen, aber halt dich einfach zurück.« Die Wut in ihr flammte erneut auf. »Und worüber um alles in der Welt haben die überhaupt im Keller gesprochen?«

»Wer?«

»Blessing und Mr Stafford und wer auch immer noch dabei war. Was für ein glücklicher Zufall es wäre, dass ich hier bin und wie perfekt ich für sie wäre und dass zwei weniger auffällig wären als einer. Worum ging es da?«

Nun war Martin an der Reihe, verwirrt auszusehen. »Ich habe keine Ahnung, worum es in dem Gespräch ging, vorausgesetzt, du hast das nicht missverstanden. Aber es ist in der Tat ein Glücksfall, dass Gott dich zu uns geführt hat.« Zurück auf sicherem Terrain entspannte er sich wieder. »Die Möglichkeit zu besitzen, anderen zu helfen, ist allein schon ein Geschenk des Himmels. Was den Rest anbelangt, frag sie doch einfach, wenn du wissen willst, worüber sie geredet haben. Wenn sie möchten, erzählen sie es dir. Wenn nicht, dann nicht.«

»Du hast auf alles eine Antwort, was?« Doch sie gab es auf, weiter nachzuhaken. »Nun, wenn es dir nichts ausmacht, würde ich gerne ins Bett gehen. Ich bin sehr müde.«

Er musterte sie kurz. Es war ihm nicht anzumerken, ob er wütend war. »Sie haben Material zur Herstellung von Bomben in dem Schuppen hinter deinem Haus gefunden, Bets.« Der zufriedene Glanz in seinen Augen zeigte ihr, dass er sich das Beste für den Schluss aufgehoben hatte. »Dieses Detail wurde nicht veröffentlicht, aber was sie gefunden haben, stimmt mit den Bruchstücken überein, die sie von der Bombe in Virginia bergen konnten.«

»Jemand muss die dort platziert haben.«

»Spielt keine Rolle. Wir sind in jedem Fall verpflichtet, dir zu helfen.« Er sprach schnell. »Wir bereiten alle Dokumente für dich vor. Eine neue Identität. Schließlich brauchst du einen Namen, wenn du bei uns bleibst. Nur ein paar von uns wissen, wer du wirklich bist: Blessing, Mr Stafford und ich. Noch nicht einmal Mr Fuentes weiß es.«

»Was für Dokumente?«, meldete sich der Anwalt in ihr.

»Führerschein, Kreditkarten. Der Führerschein wird selbst Computerchecks bestehen. Wir haben Leute bei der Kraftfahrzeugbehörde.« Bei ihm klang es sachlich, als wäre die Tatsache, dass es gegen das Gesetz verstieß, in seiner Position nicht weiter von Belang. »Wir erschaffen für dich eine Kredithistorie und eine unregelmäßige Karrierelaufbahn, hauptsächlich im Einzelhandel. Wenn es hart auf hart kommt, finden wir einen Job in der Nähe für dich.« Er zwinkerte ihr zu. »Aber nicht die Kreditkarten benutzen. Die sind nicht echt. Die Bankkarte hingegen funktioniert. Sie gehört zu einem Konto auf deinen Namen, auf dem dreitausend Dollar liegen.« Er zögerte. »Für den Fall, dass du schnell abhauen musst. Bitte teil es dir sorgfältig ein. Wir schwimmen auch nicht gerade im Geld.« Er stand auf. »Blessing wird morgen alles in die Wege leiten.«

Sie stand ebenfalls auf. »Ich weiß nicht, was ich sagen soll.«

»Es gibt einen Kurs für Anfänger. Wir bezeichnen ihn als Einführung. Wenn du bei uns bleibst, musst du den Kurs besuchen.« Mit nach außen gekehrten Handflächen hob er die Hände. »Keine Angst, wir versuchen nicht, dich anzuwerben, auch wenn wir uns natürlich freuen würden. Das gehört nur zur Tarnung. Wenn du hier bleibst und den Kurs nicht besuchst, könnten die Leute unangenehme Fragen stellen. Wir halten sie zwar dazu an, nicht neugierig zu sein, aber Menschen sind nun mal Menschen.«

»Ein Durcheinander.«

»Genau.«

Sie fragte sich, ob er jetzt wohl eine Umarmung erwartete. »Versteh mich nicht falsch, Martin. Ich bin dir sehr dankbar. Aber warum tust du das alles?«

»Wir sind das Village House. Wir weisen niemanden ab.«

»Stellt ihr allen Leuten falsche Papiere aus?«

»Jedem, der sie benötigt«, erwiderte er, ohne den Ansatz eines Lächelns.

Blessing betrat den Raum, obwohl Martin kein offensichtliches Signal dafür gegeben hatte. Sie begleitete Bethany zurück auf die zehnte Etage.

Keiner der beiden sprach ein Wort.

Raymond Fuentes stand im Eingang einer Seitengasse auf der gegenüberliegenden Straßenseite. Er legte seine Kopfhörer weg und sah zu, wie in Martins Büro das Licht ausging. Diese Frau schien dem Anführer der *Planer* etwas zu bedeuten. Fuentes war sich nicht sicher, was genau, aber er würde es herausfinden: Das gehörte zu seinem Job. Im Moment empfand er sie hauptsächlich als Ablenkung, und das zu einem Zeitpunkt, an dem sie keine Störung gebrauchen konnten. Sein disziplinierter Geist ging noch einmal jeden Schritt durch. Jeder einzelne war mit akribischer Sorgfalt geplant worden, und jetzt, wo die Operation kurz vor ihrem erfolgreichen Ende stand, kam eine Fremde daher, die alles ruinieren könnte, wofür er und die anderen so hart gearbeitet hatten. Und Martin, in seiner gedankenlosen Art, hatte ihr auch noch Tür und Tor geöffnet. Das war so typisch für ihn. Seine Kombination aus Ehrgeiz und Unschuld war genau der Grund dafür, warum er zum nützlichen Werkzeug für noch ehrgeizigere und deutlich weniger unschuldige Menschen wurde.

Im Gegensatz dazu stellte die Frau ein Hindernis dar, eine Komplikation.

Sie musste beseitigt werden. Zweckdienlich beseitigt, wie sie beim CIA in Langley zu sagen pflegten, auch wenn das Ergebnis das Gleiche blieb.

In Gedanken versunken verschwand Fuentes in der Dunkelheit.

ZWEITER TEIL

MÖGLICHKEIT

Haben wir die Erkenntnis, die daraus folgt, dass Gott zu uns von Angesicht zu Angesicht spricht, wie zu einem Freund? Solche Erkenntnis ist die Stimme aus der Mitte unserer Seele.

Reverend J. G. H. Barry
Betrachtungen zum Apostolischen Glaubensbekenntnis

26

Da sich Edna Harrigan nachts nicht mehr auf ihre Sehkraft verlassen konnte, brauchte sie jemanden, der sie zu Lilian Hartshornes Palast fuhr, zehn Meilen östlich entlang der – wie die Ortsansässigen sie immer noch nannten – Route 647. Während das schwarze Taxi durch die von Bäumen durchzogene Dunkelheit schnurrte, bot sich Edna hier und dort der vertraute Blick auf ein beleuchtetes Bauernhaus oder eines der pompösen Herrenhäuser. Die reiche Bevölkerung aus Washington kaufte immer mehr Land hier draußen auf, sodass ein reger Wettbewerb herrschte, wer das größte und teuerste Anwesen besaß. Lilian beschwerte sich ständig über die neu erbauten Häuser und rief jedes Mal kurz darauf ihren Architekten an, um sicherzustellen, dass ihr Haus das größte blieb. Sie nannte ihr Anwesen *Die letzte Generation* und ließ unentwegt neue Flügel, Gästehäuser und Untergeschosse anbauen. Ednas Schätzung zufolge umfasste allein das Haupthaus mittlerweile stolze 3250 Quadratmeter. Mit seinem Netz aus Bibliotheken, Wohnzimmern und Salons war *Die letzte Generation* der perfekte Ort für ihr Vorhaben heute Abend.

Nicht die Party. Das Treffen.

Edna würde sich wie die anderen auf der Party einfinden und sich lange genug mit ihnen unters Volk mischen, um nicht unhöflich zu wirken. Später dann, nach etwa einer Stunde, würden sie sich nacheinander unauffällig in einen anderen Flügel des Anwesens zurückziehen, den Lilian ihnen zur Verfügung gestellt hatte, ohne irgendwelche Fragen zu stellen. Lilian stand tief in Ednas Schuld und gehörte einer Generation an, die ihre Verpflichtungen ernst nahm. Die Gruppe würde sich in einer der Bibliotheken treffen. Traditionsgemäß würde ein Feuer im Kamin brennen, für den Fall, dass etwas umgehend verbrannt werden musste.

Aufzeichnungen, zum Beispiel. Gemäß der Tradition durfte es keine geben.

Die Gruppe hielt sich an viele Traditionen. Manchmal schienen die Treffen fast vornehm, wie ein Rückblick in ein kultivierteres Zeitalter.

Wenn ihre Vermutungen stimmten, standen ihnen schon bald sehr viel rauere Zeiten bevor, doch im Moment war es das Beste, sich nicht den Kopf über zukünftige unkalkulierbare Gewalt zu zerbrechen.

Der Raum war nichts Besonderes, d. h. nicht abhörsicher, da solche Vorkehrungen Aufmerksamkeit erregten. Lilian Hartshorne hatte zwar einen ihrer Bediensteten auf der anderen Seite der Tür postiert, damit sie ungestört reden konnten, aber den meisten Schutz bot den Anwesenden die eigene Anonymität.

An diesem Abend standen sechs Stühle in einem kleinen Kreis. Keiner hielt irgendeinen Gegenstand in der Hand. Sie traten sich sozusagen wehrlos gegenüber.

Bei ihren seltenen Treffen sprachen sie sich gegenseitig ausschließlich mit ihrem Titel an: der Kritiker, die Richterin, die Senatorin, der Pfarrer, der Mathematiker, der Autor, der Baumeister. Die Tradition besagte, dass jede Anrede mit einem anderen Buchstaben beginnen musste, damit es nicht zu Verwechslungen kam. Die sieben Mitglieder leiteten eine Organisation namens der *Garten,* der seit einem halben Jahrtausend ihre Widersacher bekämpfte, die den Menschen in diesem Raum als die *Wildnis* bekannt waren.

Der Kirchenbaumeister führte in der Regel den Vorsitz. Mit seiner Energie und seiner Vision hatte er dem *Garten* zu einer Zeit frisches Leben eingehaucht, in der er beinahe untergegangen wäre. Er war zu einem Klub alter Herren verkommen, die sich heimlich trafen und zurückgezogen von der Welt lebten, ihre Ressourcen mit Argusaugen bewachten und machtlos darüber grummelten, dass alles vor die Hunde ging, seit die *Wildnis* an Einfluss gewonnen hatte. Dem allen hatte der Baumeister ein Ende gesetzt, als er vor zwanzig Jahren die Führung übernahm. Er war zum Nachfolger seines verstorbenen Onkels gewählt worden, den er persönlich für einen Dummkopf hielt. Außerdem hatte er den Brauch abgeschafft, die Mitglieder aus den eigenen Familienreihen zu rekrutieren, und bis auf einen alle Amtsinhaber gezwungen abzudanken. Jedes der seltenen Treffen führte er mit derselben Bestimmtheit und Tatkraft an, nur heute Abend verhinderten dringende Angelegenheiten seine Anwesenheit. An seiner Stelle übernahm der Mathematiker den Vorsitz, da er mit seinen vierzig Mitgliedsjahren dem *Garten* am längsten diente. Er war der Einzige, der die Säuberungsaktion des Baumeisters überstanden hatte.

Edna Harrigan war die Richterin.

»Also, wo waren wir ...«, begann der Mathematiker. Seine perlmuttfarbenen Manschettenknöpfe blitzten auf, als er seine dunkelhäutige Hand erhob. Wie immer trug er einen perfekt geschnittenen Anzug, der mehr Geld gekostet hatte, als Edna im Monat an Rente bekam. In seinem anderen Leben war er Harvard-Professor, der mit Mitte dreißig der Lösung der bisher nicht belegten Vermutung von Hodge so nahegekommen war wie kein anderer Mathematiker dieser Welt. Oft sprach er davon, wie seine Abschlussarbeit zu irreduziblen Prim-Mannigfaltigkeiten vor drei Jahrzehnten ihn darauf schließen ließ, dass es einen Gott gab. Mittlerweile war er an die siebzig und erst das zweite dunkelhäutige Mitglied, das der *Garten* jemals hatte. Das erste starb den Märtyrertod – wie von den meisten Historikern und der Öffentlichkeit vermutet wurde –, weil er sich in den Sechzigerjahren für die Bürgerrechtsbewegung stark gemacht hatte.

Die Anwesenden in diesem Raum wussten es besser.

»Erstens«, verkündete der Mathematiker, »wollen wir den aktuellen Stand zur Suche nach der Inschrift besprechen. Der Quelle des Baumeisters zufolge glaubt die *Wildnis,* so nah dran zu sein, wie seit fünfzig Jahren nicht mehr. Das ist hauptsächlich auf ihre erfolgreiche Rekonstruktion von Annabelle Seavers Erkenntnissen zurückzuführen. Wir liegen mit unseren Bemühungen dagegen etwas im Rückstand, haben aber Maßnahmen in die Wege geleitet, die dieses Defizit beheben sollen. Gibt es dazu irgendwelche Fragen?«

Keine Fragen. Nicht einmal vom Kritiker, der über alles und jedes einen Streit vom Zaun brach.

»Zweitens«, fuhr der Mathematiker fort, »zu der Gruppe, die als die *Gottesplaner* bekannt geworden sind, und ihrem Anführer Mr Potus verfügen wir jetzt über ...«

Der Kritiker konnte sich nicht länger zurückhalten. »Sind wir absolut sicher, dass die *Gopos* wirklich nur eine Fassade sind? Vielleicht sind sie ja doch einfach ein Haufen Verrückter ...«

Der Autor war ein dünner, asketischer, in die Jahre gekommener Mann, dessen enzyklopädisches Geschichtswissen zum Juden- und Christentum seine literarisch wertvollen Romane in Bestseller verwandelte. Er trug eine gehäkelte bunte Kippa auf dem Kopf und bewegte sich mit einer Würde, die die majestätische Autorität seines Alters unterstrich. »Ich wäre dafür, dass wir sie weiterhin die *Planer* nennen«, sagte er mit seiner langsamen hohen Stimme. »Innerhalb unserer Gruppe sollten wir über die Religion anderer ausschließlich respektvoll reden, egal wie ungewöhnlich diese sein mag.«

Doch der Kritiker war nicht bereit einzulenken. Der schlanke flachsblonde Mann war mit seinen zweiundvierzig Jahren der Jüngste im Raum und für seine scharfen Attacken gegen jede Form der Religion bekannt. Außerdem war er ihr jüngster Zuwachs. Der Baumeister hatte seine Mitgliedschaft erst letztes Jahr vorgeschlagen. Obwohl die anderen sich vehement dagegen ausgesprochen hatten, hatte sich der Baumeister am Ende dank seiner Argumentation durchgesetzt: Der Kritiker würde die Art von Fragen stellen und die Skepsis mitbringen, die sie wertschätzten, und Totalitarismus und Verschwörungen sogar noch mehr hassen als die Religion.

»Ich verstehe nicht, warum überhaupt irgendeine Religion Respekt verdient«, entgegnete er. »Du kannst glauben, an was du möchtest, und das gleiche Recht steht den anderen zu. Du bist Jude, die beiden ...« – er zeigte auf den Mathematiker und den Pfarrer – »sind überzeugte Christen, und zwar von der konservativen Art. Sie da ...« – die Senatorin – »ist eher eine liberale Christin. Und der Baumeister ist natürlich ein Christ der Sorte C. S. Lewis. Nun, ich bin froh, dass ich in einem Land lebe, in dem ihr alle an diese Dinge glauben könnt, aber genauso froh bin ich, dass ich in diesem Land auch sagen darf, dass ich euren Glauben für reinen Irrglauben halte. Und genau darum sind wir hier, stimmt's? Um für unser gemeinsames Recht auf Glaubens- beziehungsweise Nichtglaubensfreiheit zu kämpfen!«

Der Mathematiker pochte mit den Knöcheln auf den Tisch. »Lasst uns beim Thema bleiben. Der Kritiker hat gefragt, ob wir sicher sein können, dass die *Planer* wirklich nur eine Fassade sind.« Er nickte in Richtung Senatorin, die vor dem großen Kamin saß. »Ich glaube, du hast ein paar Informationen für uns.«

Das berühmte Gesicht der Senatorin hatte einen finsteren Ausdruck angenommen. Man ging davon aus, dass sie bei den nächsten Wahlen als Präsidentschaftskandidatin antreten würde, und natürlich hatte sie ihre Leute vor Ort, die für sie die Konkurrenz im Auge behielten. Aber die Arbeit, die in diesem Raum gemacht wurde, war weitaus wichtiger als ihre politische Karriere.

»Es steht mittlerweile außer Frage«, begann sie. »Die *Planer* dienen der *Wildnis* als Operationsbasis. Das Problem ist, das wir immer noch nicht wissen, warum. Ich habe mich mit dem Baumeister vor seiner Abreise darüber unterhalten. Er sagt, dass die *Wildnis* noch nie eine Kirche finanziell unterstützt hat, obwohl Kirchen früher gewiss schon von ihr unterwandert und zu ihren eigenen Zwecken benutzt wurden. Uns ist nicht klar, was die *Wildnis* damit erreichen möchte, wenn sie im Endeffekt bloß eine religiöse Sekte erschafft.«

Der Kritiker machte ein beleidigtes Gesicht. »Die Bezeichnung Sekte unterscheidet sie in keiner Weise von jeder beliebigen anderen religiösen Gruppierung.«

Niemand biss an. Wenn der Kritiker in Streitlaune kam, war die einzige Möglichkeit, ihn unter Kontrolle zu halten, indem man seinen Spott ignorierte.

»Das ergibt keinen Sinn«, widersprach der Autor mit seiner langsamen, mitfühlenden Stimme. »Angenommen, die *Planer* fallen aus der Rolle und werden erwischt. Ich verstehe nicht, wie das der *Wildnis* nutzen sollte. Viele Sekten haben sich in der Vergangenheit danebenbenommen, doch nur selten wurde ihr unangemessenes Verhalten auf Gläubige oder das Christentum im Allgemeinen projiziert.«

»Es muss einen Nutzen geben«, schaltete sich der Mathematiker ein. »Eins hat uns dieser Kampf über die Jahrhunderte gelehrt: dass nämlich Die Wildnis von extremen Rationalisten geführt wird. Die gehen kein leichtsinniges Risiko ein. Anders als andere Fanatiker warten sie, bis ihre Zeit gekommen ist. Ihr Ursprungsplan sah einen jahrhundertelangen Kampf voraus, und soweit wir das beurteilen können, befolgen sie diesen Plan noch immer. Wenn sie eine Sekte gegründet haben, dann deswegen, um die Kirche in Verruf zu bringen. Die Tatsache, dass wir die Verbindung zwischen den beiden Organisationen nicht sehen, bedeutet nicht, dass es keine gibt.«

Die Senatorin brachte noch ein weiteres Argument vor. »Mit Sicherheit ahnen die meisten *Planer* auch nichts davon. Wahrscheinlich sind nur ihre Anführer eingeweiht.«

»Die Anführer der *Wildnis* scheinen keine besonders geduldigen Leute zu sein«, warf der Autor ein. »Unsere Agentin zu ermorden, war nicht nur eine sehr grausame und unmoralische, sondern auch eine impulsive Tat.«

»Wir wussten schon immer, dass sie sehr gewaltbereit sind«, entgegnete der Mathematiker.

»Genau das meine ich damit. Die *Wildnis* greift in ihrer Arbeit immer gerne auf Gewalt zurück. Laut dem Psalmisten verabscheut der Herr diejenigen, die die Gewalt lieben. Aber wir lieben die Gewalt nicht, wir hassen sie.« Er sah sich im Kreis um. »Ich glaube, wir haben weder gebührend um Annabelle getrauert noch Buße für ihren Tod getan.«

»Da hat er recht«, pflichtete der Pfarrer ihm in der allgemeinen Stille bei.

»Wer werden nach dem Treffen beten«, sagte der Mathematiker erschüttert.

»*Ihr* werdet beten«, stellte der Kritiker klar. Dann wandte er sich an Edna. »Schon etwas von Bethany Barclay gehört?«

Die Richterin erwiderte seinen Blick und sprach zum ersten Mal. »Nein.«

»Du hast sie losgeschickt und uns versichert, dass sie das hinkriegt.«

»Ich habe sie nicht losgeschickt.«

»Losgeschickt, überlistet, manipuliert, damit sie geht – wo ist da der Unterschied? Sie ist dort, oder nicht? Direkt vor Ort.«

»Das ist sie.«

»Und, was hat sie herausgefunden?«

»Wir haben noch nicht mit ihr gesprochen. Ich bin mir nicht sicher, wie sie die Neuigkeit aufnehmen wird, dass ihre beste Freundin zum Zeitpunkt ihrer Ermordung für uns gearbeitet hat. Außerdem dürft ihr nicht vergessen, dass es nicht leicht ist, Zugang zum Village House zu bekommen, wie wir von unserer letzten Agentin wissen.«

Der Kritiker kam direkt zum Punkt. »Dann würde ich vorschlagen, dass du sie schnellstmöglich kontaktierst, bevor sie auch sie umbringen.«

Dieser Ausbruch löste betroffenes Schweigen in der Runde aus. Die Anwesenden waren alles andere als zimperlich, trotzdem war niemand erpicht darauf, weiteres Blut an den Händen kleben zu haben. Die Führer des *Gartens* hatten ihre Handlungen stets von ihrer Moral lenken lassen und die letzten sechs Jahrhunderte damit zugebracht, einen unerbittlichen Gegner zu bekämpfen, dessen einziges Ziel in der Vernichtung eben dieser Moral bestand.

Endlich meldete sich die Senatorin zu Wort. »Welche Alternativen haben wir? Wir hätten noch genug Zeit, die zuständigen Behörden zu informieren und die Angelegenheit den Experten zu überlassen.«

»Abgelehnt«, widersprach der Mathematiker unverzüglich. »Wir haben das hundertmal durchgesprochen. Wir stehen vor dem gleichen Problem, mit dem sich auch schon unsere Vorgänger konfrontiert sahen. Man kann nie wissen, wer für die *Wildnis* arbeitet.«

Die anderen nickten, nur der Kritiker war nicht überzeugt.

»Man kann nicht durchs Leben gehen und davon ausgehen, dass jeder, der einem begegnet, sich gegen einen verschworen hat. Wenn wir so leben, erwürgen wir am Ende noch unsere eigenen Kinder im Schlaf.«

Schon war ein Streit vom Zaun gebrochen, und alle diskutierten wild durcheinander. Wäre der Baumeister anwesend gewesen, hätte sich das niemand getraut. Der Baumeister war ein Geschäftsmann, der schnelle Entscheidungen traf und präzise Anweisungen erteilte. Für den Mathematiker hingegen, an ausufernde akademische Diskussionen gewöhnt, diente das Geschrei zur Katharsis, bevor eine Zusammenkunft gleichgestellter Intellektueller konstruktiv fortfahren konnte. Daher ließ er sie fünf Minuten gewähren, bevor er erneut auf den Tisch klopfte.

Nachdem wieder Ruhe und Ordnung eingekehrt waren, nickte er dem

Pfarrer zu, der den ganzen Abend bislang kaum ein Wort von sich gegeben hatte. Er war ein hervorragender Prediger, aber dank vieler politischer Debatten auch ein hartgesottener Mann. Die von ihm geführte Organisation hatte zweimal alles darangesetzt, die Senatorin zu besiegen – und wurde beide Male von ihr übertrumpft. Im Fernsehen hatten sie sich vor den Augen der Öffentlichkeit heftig beschimpft. Aber hier, in diesem Raum, verhielten sie sich, als gäbe es zwischen ihnen keine Feindseligkeiten. Daher fragte Edna sich, was tatsächlich in ihnen vorging.

»Jedes menschliche Leben ist heilig«, begann der Pfarrer. »Ich gehe davon aus, dass wir uns in diesem Punkt einig sind, auch wenn wir gelegentlich unterschiedliche Meinungen dazu haben, was genau ein menschliches Wesen ausmacht. So oder so stimmen wir alle wohl überein, dass Bethany Barclay ein Mensch ist. Lasst uns das bitte für einen Augenblick verinnerlichen. Nirgendwo in den Evangelien steht geschrieben, dass unser Heiland uns dazu anhält, andere für unsere Ziele zu opfern. Wir selbst sollen Risiken eingehen, das ist richtig – aber andere unschuldige Menschen? Niemals. Ich habe Miss Barclay noch nicht kennengelernt, aber so wie ich das sehe, benutzen wir sie als Schachfigur. Nichts weiter. Ich sage ja nicht, dass es falsch von uns ist. Und auch nicht, dass kein Krieg jemals gerecht ist. Aber Tatsache ist, dass sie unfreiwillig rekrutiert wurde. Deswegen würde ich es begrüßen, wenn wir in diesem Fall wie damals bei Annabelle vorgehen und sie direkt beauftragen. Geben wir ihr die Chance, zu erfahren, wer wir sind, was wir tun und warum dieser Kampf so wichtig ist. Wenn sie das Risiko schon eingeht, sollte sie es zumindest sehenden Auges tun.«

Der Kritiker lächelte. Der Pfarrer und er waren, so erstaunlich das auch sein mochte, befreundet und traten gelegentlich gemeinsam in der Öffentlichkeit auf, um die Existenz Gottes zu diskutieren. »Ich glaube, seitdem wir uns kennen, sind das die ersten Worte aus deinem Mund, denen ich zustimme.«

Die Senatorin hingegen schüttelte bereits den Kopf. »Ich bin dagegen. Es tut mir leid, aber das ist schlicht und ergreifend nicht möglich. Der Baumeister hat diese Möglichkeit schon in Erwähnung gezogen und sie verworfen. Wir täten gut daran, uns daran zu erinnern, dass wir Annabelle verloren haben. Wer weiß, wem sie alles unser Geheimnis anvertraut hat.«

»Das werde ich bestimmt nicht vergessen«, erwiderte der Kritiker, »allein schon deswegen nicht, weil es meine Idee war, sie zu rekrutieren.«

Erneut legte sich eine Stille über den Raum, die sich diesmal noch unbehaglicher anfühlte.

Der Pfarrer zuckte mit den Achseln. »Nun gut, ich weiß, dass wir hier keine offiziellen Abstimmungen durchführen, deswegen schlage ich es gar nicht erst vor. Letzten Endes haben wir nur eine beratende Funktion, der Baumeister trifft die Entscheidungen.«

»Im Moment zumindest«, bemerkte der Kritiker mit einem eher nachdenklichen als angriffslustigen Unterton.

»Gibt es noch weitere Themen?«, fragte der Mathematiker. »Keine? Dann fassen wir zusammen: Das Ziel bleibt weiterhin, die *Wildnis* davon abzuhalten, die Inschrift in die Hände zu bekommen. Gleichzeitig benötigen wir mehr Informationen darüber, wer ihre Anführer sind. Dafür müssen wir Annabelle Seavers Erkenntnisse rekonstruieren, wofür wir wiederum Bethany Barclay brauchen, damit sie Annabelles Schritte zurückverfolgt.«

Sein Blick wanderte durch den Raum, keiner widersprach.

»Lasst uns nicht vergessen, was hier auf dem Spiel steht. Für die *Wildnis* ist die Inschrift das einzige Ziel. Sie versuchen seit Jahrhunderten, einen historischen Gegenbeweis für die Evangelien zu finden, der Fund der Inschrift wäre ihrer Meinung nach ein wichtiger Schritt in diese Richtung. Aber für uns – na gut, natürlich hätten wir auch gerne die Inschrift, aber die Suche danach ist zweitrangig. Wir haben Annabelle nicht losgeschickt, weil wir die Pilatus-Inschrift haben möchten, sondern weil wir wussten, dass die *Wildnis* sie haben will. Deswegen haben wir sie ins Village House geschickt und gehofft, dass sie aus ihrer Deckung kommen, um in Kontakt mit ihr zu treten, und wir endlich einen Zugang zu ihnen bekommen. Wir wissen nicht mehr, wer ihre Anführer sind. Sie kennen ein paar von uns – besonders den Baumeister und mich – aber wir kennen sie nicht. Dieses Ungleichgewicht ist ein großer Nachteil für uns. Wir müssen herausfinden, wer bei ihnen das Sagen hat.«

»Es hat nicht funktioniert«, bemerkte der Kritiker. »Sie haben sie umgebracht.«

»Ganz im Gegenteil, mein junger Freund. Es hat außerordentlich gut funktioniert. Ich kann mir gut vorstellen, dass Bethany Barclay mittlerweile glaubt, ihre Freundin wurde wegen der Inschrift getötet. Wir wissen es besser; und ja, wir haben Annabelle aus den Augen verloren, als sie im Untergrund abgetaucht ist. Es stimmt auch, dass manche von uns ...« – an dieser Stelle warf er der Senatorin einen strengen Blick zu – »glauben, dass wir sie verloren haben und sie sich dafür entschieden hat, die Inschrift zu behalten, um sie dann zu verkaufen. So oder so hat die *Wildnis* sie aller Wahrscheinlichkeit nach umgebracht, weil sie ihre Arbeit zu gut gemacht hat. Sie hat sie ausgeräuchert, kannte ein paar ihrer Anführer. Sie haben sie ermordet, damit sie uns keine Namen verraten konnte.«

Er lächelte und trank einen Schluck Wasser.

»Nun, ich weiß, dass wir wohl alle über die Situation im Bilde sind, aber der Baumeister hat mich gebeten, noch einmal alles durchzugehen, weil er vermeiden will, dass irgendeiner von uns eine falsche Vorstellung von dem hat, was auf dem Spiel steht. Wir haben Bethany Barclay auf Empfehlung der Richterin rekrutiert, damit sie die Schritte ihrer Freundin zurückverfolgt in der Hoffnung, dass sie entweder herausfindet, was Annabelle herausgefunden hat, oder die *Wildnis* für uns ausräuchert. So lautet immer noch unsere Mission. Ich gehe davon aus, dass es bei unserem einstimmigen Entschluss bleibt: Bethany muss wieder in Bewegung versetzt werden, vorausgesetzt, wir verfügen über die Mittel hierzu. Wir werden außerdem anraten, dass sie nicht darüber unterrichtet wird, wer sie manipuliert.« Er wartete auf Einwände, aber es gab keine. »Pfarrer?«

»Lasset uns beten«, sprach der Pfarrer. Gemäß der Tradition des *Gartens* wählte er einen Auszug aus dem Epheserbrief für sein Gebet, und die anderen neigten die Köpfe, selbst Edna, die Agnostikerin. Nur der Kritiker wollte sich nicht beteiligen und verharrte stattdessen unnachgiebig mit verschränkten Armen und zorniger Miene.

»Dein Wille geschehe«, schloss der Pfarrer ab.

Der Mathematiker beendete die Versammlung, bat Edna aber, noch zu bleiben.

Als die anderen den Raum verließen, nahm der Autor den Kritiker beim Arm und zog ihn in eine Nische. »Danke, dass du mitgebetet hast«, sagte der alte Mann.

»Habe ich nicht.«

»Hast du. Die Urchristen verschränkten damals als Zeichen ihrer Hingabe beim Gebet die Arme. So wie du eben.« Mit einem zufriedenen Lächeln glitt er davon.

Die Bibliothek war nun leer, bis auf die Richterin und den Mathematiker.

»Danke, dass du noch geblieben bist«, setzte der Mathematiker an. In Vietnam hatte er eine Heldentat begangen, über die er nie sprach; seitdem war sein Körper stets zu einer Seite geneigt, weil er auf einer Fußprothese lief. »Wir müssen über deine Freundin Miss Barclay sprechen.«

Edna nickte, sagte aber nichts. Sie stand gegen ihren Gehstock gelehnt.

Der Mathematiker hockte auf der Kante eines Beistelltisches und ließ den ruinierten Fuß baumeln. »Du weißt schon, dass die anderen recht haben, oder? Dass wir das Leben einer jungen Frau für einen ihr unbekannten Grund aufs Spiel setzen?«

»Ich denke, dass ich mir dieser Tatsache wohl mehr als bewusst bin, immerhin ist sie meine Freundin und mein Schützling und nicht deiner.«

»So meinte ich das nicht, Edna. Bist du dir hundertprozentig sicher, dass sie den Mann in ihrem Haus nicht getötet hat?«

Edna zögerte. Als Richterin wusste sie, dass Prozentangaben reine Augenwischerei waren, aber ihr war genauso bewusst, dass der Mathematiker, für den Zahlen alles bedeuteten, eine konkrete Antwort erwartete.

»Neunundachtzig Prozent«, sagte sie schließlich.

»Also stehen die Chancen eins zu fünfzig, dass Miss Barclay eine Mörderin ist?«

»Wenn du es so ausdrücken möchtest – ja, ich denke schon.«

Er nickte, als würde sich seine Theorie bestätigen. »Ich bin froh, dass du nicht gesagt hast, du wärst hundertprozentig sicher.«

»Wieso?«

»Weil das bedeutet hätte, dass du weißt, wer der Mörder ist. Das hätte mich sehr beunruhigt. Außerdem wäre es mir dann unmöglich gewesen, die folgenden Informationen mit dir zu teilen.« Er hielt einen Moment inne. »Sag mir, Edna, hast du schon einmal etwas von einem Pierre de Fermat gehört?«

»Ich glaube, er war Mathematiker.«

»Richtig. Ein französischer Mathematiker aus dem siebzehnten Jahrhundert. Einer der größten abstrakten Denker in der Geschichte der Menschheit. Er war mit Pascal befreundet. Beide waren römisch-katholischer Konfession und treue Anhänger ihrer Kirche. Auf jeden Fall stellte Fermat eine berühmte Hypothese auf, die als sein letztes Theorem bekannt wurde. Der Satz besagt, dass es keine Lösung für positive ganze Zahlen in der Gleichung $an + bn = cn$ gibt, wenn n größer als zwei ist. Kannst du mir folgen?«

»Kein Stück.«

Der Mathematiker grinste. »Fermat formulierte den Satz im Jahr 1637. Er konnte erst in den 1990ern bewiesen werden. Dazwischen liegen über dreieinhalb Jahrhunderte, in denen sich wahrscheinlich die Hälfte aller kompetenten Mathematikstudenten auf dem ganzen Planeten zumindest zeitweise damit auseinandergesetzt hat.« Dann wurde er wieder ernst. »Fermat war einer von uns, Edna. Teil des *Gartens*.«

»Das wusste ich nicht.«

»Fermat pflegte einen regen Austausch mit britischen Mathematikern. Unter ihnen gab es so etwas wie einen Wettbewerb, Probleme aufzustellen, die die andere Seite nicht lösen konnte. Manche Historiker glauben, dass sein letztes Theorem Teil dieses Wettbewerbs war. Jedenfalls wusste er, dass einer seiner britischen Brieffreunde ein überzeugtes Mitglied der *Wildnis* war. Natürlich kannte man sie damals noch nicht unter diesem Namen. Worauf ich hinaus will: Zur damaligen Zeit wurde der Wettstreit zwischen der *Wildnis* und unseren Vorgängern noch verhältnismäßig zivilisiert ausgetragen. In unserem Archiv befindet sich ein Brief von Fermat – von dem seine Historiker und Biografen nichts wissen –, in dem Fermat seinem alten Rivalen von seinem heute so berühmten Theorem berichtet und anmerkt, dass es Hunderte von Jahren dauern würde, bis es gelöst wird. Sie schlossen eine kleine Wette ab. Sein Freund tippte, dass die *Wildnis* die Pilatus-Inschrift noch vor der Lösung des Theorems finden würde.«

Edna spürte einen Anflug kalter Panik in sich aufsteigen. »Sprich es aus, George. Willst du damit sagen, dass ...«

»Ich weiß nicht, was ich damit sagen möchte. Mach dir selbst ein Bild.« Er zog ein Stück Papier aus seiner Jacke: die Kopie einer in Druckbuchstaben geschriebenen Notiz. »Der Baumeister hat mir das gegeben, bevor er ging. Er meinte, dass der Zettel vorletzte Woche zwischen seiner Post lag. Keiner seiner Assistenten wusste, wie er dahin gekommen war.«

Die Richterin war bereits dabei, die Botschaft zu lesen:

M. FERMAT HAT DIE WETTE GEWONNEN.
ABER NUR UM WENIGE JAHRE.

Sie sah auf. »Sie sind im Besitz der Inschrift?«

»Entweder das, oder sie glauben, dass sie kurz davor sind, sie zu finden. Oder sie wollen uns in dem Glauben lassen. Für die anderen ist die Inschrift nicht von Bedeutung, und vielleicht haben sie recht damit. Der Baumeister meint, dass es darum geht, wie verbissen die *Wildnis* hinter ihr her ist. Möglicherweise hat die Inschrift einen Wert für sie, den wir nicht erkennen.«

»Darum hast du eben darauf bestanden, dass wir Bethany nicht von der Sache abziehen, sondern sie in Bewegung halten.«

»Es tut mir leid, Edna.« Er berührte ihren Arm. »Ich weiß, wie viel sie dir bedeutet. Aber wir haben es angefangen - wir müssen es auch zu Ende bringen.«

Mit diesen Worten verschwand der Mathematiker und ließ die ältere Dame mit ihren Gedanken und Ängsten allein.

27

Am Sonntagmorgen machte sich Bethany zusammen mit Blessing, Janice und einem mürrischen Kerl namens Wayne auf den Weg in die Kirche. Fast wäre sie wegen der eigenartigen Unterhaltung, die sie im Keller belauscht hatte, nicht mitgefahren, doch sie sagte sich, dass die Gefahr in der Öffentlichkeit mit Sicherheit nicht höher war als im Village House. Das Spiel mitzuspielen, erschien ihr der beste Weg, um herauszufinden, wofür Blessing und die anderen sie perfekt geeignet hielten.

Also ging sie mit.

In ihrer, wie Tante Claudia sie genannt hätte, Sonntagskleidung fuhren sie mit einem glänzend silbernen Mercedes S-Klasse. In dem schicken Auto wirkten sie wie eine wohlhabende Truppe. Blessing saß am Steuer neben Wayne, Janice und Bethany hinten. Waynes Zähne waren so gelb wie die eines Kettenrauchers, seine ungekämmten Haare erinnerten an einen verzogenen Bengel. Die meiste Zeit blickte er wortlos aus dem Fenster und trommelte mit seinen Fingern auf das Armaturenbrett. Sein bedeutendster Beitrag zur Unterhaltung war, alle paar Minuten nachzufragen, wann sie endlich da wären, wobei er gelegentlich auch mit der eigenen Tradition brach, um Blessing für ihren Fahrstil zu rügen, den er abwechselnd für zu langsam, zu defensiv oder zu mädchenhaft fand. Wenn die von Martin gepredigte Unhöflichkeit mehr als nur ein Werbegag war, gehörte Wayne mit Sicherheit zu seinen Musterschülern.

Blessing wies ihn nicht zurecht, so wie sie es mit jedem anderen der jüngeren Mitglieder getan hätte, daher vermutete Bethany, dass Wayne mit jemand Wichtigem in der Gruppe verwandt war oder vielleicht gar nicht zu den *Planern* gehörte. Stattdessen plauderte sie wie ein waschechter Tourist, zu Besuch aus dem Süden von Illinois, über die berühmte Kirche, in die sie jetzt fuhren, dessen Gemeinde Zehntausende Mitglieder umfasste und dessen Parkplatz der Größe von einem Dutzend Football-Feldern entsprach.

»Der Ort ist perfekt«, schwärmte Blessing, während sie auf die Schnellstraße fuhr. »Er ist einfach unglaublich.«

Bethany zweifelte, ob die ältere Dame wirklich bloß Konversation betrieb.

»Eine geniale Idee«, fuhr sie fort. Dann zwinkerte sie Bethany durch den Rückspiegel zu. »Ich bin so froh, dass du mitgekommen bist.«

Sie hatten Bethany einen neuen Namen verpasst: Sie hieß jetzt Kathy Hobart und besaß ein Portemonnaie voller Beweisstücke für ihre Identität, auch wenn die Kreditkarten unbrauchbare Fälschungen waren. Im Gegensatz zur gestrigen Nacht nannte Blessing sie nun bei ihrem Namen und schärfte so den anderen ein, dass die Frau im Auto Kathy hieß und noch nie in ihrem Leben einen toten Mann in ihrer Küche gefunden hatte und deswegen über eine Staatsgrenze geflohen war.

So fuhren sie also auf dem Kennedy Expressway in Richtung Norden, mit dem rüpelhaften Wayne, der mittlerweile fröhlich mit beiden Händen trommelte und dabei leise »Pah-pah-pah-PAH, pah-pah-pah-PAH« vor sich hinsang. Gerade als Bethany anfangen wollte loszuschreien, rief Janice plötzlich: »Leute, schaut mal da!«

»Was ist los?«, fragte Blessing und ging vorsichtshalber vom Gas.

Die junge Frau zeigte auf ein paar niedrig gebaute Bürogebäude im Stadtviertel Fulton River. Direkt dahinter spiegelte sich die helle Frühlingssonne auf der Oberfläche des Chicago River. »Da war ich schon mal.« Ihre Nase war gegen die Scheibe gepresst. »Da unten war ich mit Annabelle. Wisst ihr, wenige Tage bevor sie gegangen ist.«

Blessings Tonfall war beinahe verächtlich. »Das ist sehr unwahrscheinlich, meine Liebe. Ich bin mir sicher, du vertust dich.«

»Nein, ich erinnere mich genau. Wir waren mit Mr Stafford in der Stadt bei Staples einkaufen. Dann hat Mr Stafford irgendeinen wichtigen Anruf bekommen und musste weg und hat uns zurück ins Village House geschickt. Also haben wir uns zu Fuß auf den Weg gemacht, bis Annabelle sagte, sie wollte genau dort eine Pause einlegen. Ich sollte draußen am Brunnen warten. Und dann verschwand sie in einem dieser ...«

»Welches Gebäude war das?«, fragte Wayne mit einem heimtückischen Blick. »Wie lange war sie dort drin?«

Janice senkte den Blick zu Boden und scharrte mit den Füßen. Dann antwortete sie ihm mit dem Satz, den alle Jugendlichen verwenden, wenn man ihnen schwierige Fragen stellt: »Weiß ich nicht.«

»Eher zehn Minuten? Oder eher eine halbe Stunde?«

»Ich weiß es nicht.«

»Du musst doch wissen, wie lange sie dort oben war! Was ist los mit dir?« Mittlerweile lehnte er sich weit über den Sitz zurück. »Hast du gesehen, auf welche Etage sie gegangen ist? Welchen Aufzug sie genommen hat? Irgendetwas?«

»Lass sie in Ruhe«, forderte Bethany ihn auf.

»Mit dir hat keiner geredet ... Kathy.«

»Schön, mit dir redet aber jetzt jemand.« Sie legte einen Arm um die Schulter der jungen Frau. Etwas an Janice hatte einen mütterlichen Beschützerinstinkt in Bethany geweckt, von dem sie nicht einmal wusste, dass sie ihn besaß. »Hör auf, ihr Angst zu machen. Wir sind auf dem Weg in die Kirche. Wir sollten dort mit der entsprechenden Gemütsverfassung erscheinen.«

»Hör zu«, knurrte er sie wütend an und wollte offensichtlich ein paar gemeine Worte folgen lassen, als Blessing dazwischenging.

»Sie hat recht, Wayne. Setz dich hin und sei still. Es wartet Arbeit auf uns.« Sie lachte. »Außerdem ist das bloß eine von ihren Geschichten, stimmt's, Janice?«

»Ja«, antwortete das Mädchen.

»Du hast Annabelle nie in eins dieser Gebäude gehen sehen, habe ich recht, Liebes?«

»Nein.«

»Du musst damit aufhören, dir Geschichten auszudenken, meine kleine Janice. Ich weiß, dass Martin sich große Sorgen deswegen macht.«

»Es tut mir leid.« Ihr Blick war noch immer zu Boden gesenkt. »Ich werde versuchen, mich zu bessern.«

»Braves Mädchen«, lobte Blessing sie.

Der Rest der Fahr verlief stillschweigend, abgesehen von Waynes hartnäckiger Trommelei.

Die Kirche war genauso groß, wie Blessing sie beschrieben hatte. Sie bestand komplett aus Glas und weiß getünchten Steinen. Das lange ovale Gebäude war umgeben von Bäumen. Im Glitzern der Mai-Sonne sah es aus wie ein edler, in Silber gefasster Juwel, der in einem Etui aus Holz präsentiert wurde. Einen Parkplatz in fußläufiger Nähe zu finden, erwies sich als genauso schwierig wie die Lösung eines mathematischen Theorems und war so wahrscheinlich wie ein Lottogewinn, aber dafür gab es offene, erdgasbetriebene Mini-Busse, die die Kirchgänger hin- und zurückbeförderten.

»Einfach perfekt«, freute sich Blessing, während sie warteten.

Bethany sah sie an und dachte an Annabelle.

Der Bus war gerammelt voll, aber die Fahrt dauerte nur drei Minuten. Die Hälfte der Leute musste Touristen gewesen sein, weil sie alles und jeden fotografierten. Bethany fiel auf, dass Wayne sich am Außengeländer neben ihrer Bank festhielt, als würde er sie mit seinem Körper daran hindern wollen, wegzulaufen. Sie war sich nicht sicher, ob er in der Menge tatsächlich versuchen würde, sie aufzuhalten, aber eine Flucht sah ihr Plan sowieso nicht vor.

Sie stiegen aus und folgten der Menge die Treppe hinauf.

Dann lehnte sich Bethany zu Blessing hinüber und flüsterte: »Was Janice eben im Auto von Annabelle erzählt hat ...«

»Das war bloß eine ihrer Geschichten«, unterbrach Blessing sie. »Lass es gut sein, meine Liebe. Janice erfindet öfter Dinge.«

»Was, wenn es wahr ist? Willst du nicht auch wissen, was Annabelle dort gemacht hat?«

Blessing packte sie am Arm. Sie lächelte, aber ihre Stimme klang hart. »Wenn ich dir sage, dass es erfunden ist, Liebes, dann ist es erfunden.«

Doch Bethany konnte nicht vergessen, wie hart es die Dame getroffen hatte zu erfahren, dass Annabelle tot war, und auch nicht ihre erste Reaktion: *Das hätte nicht passieren sollen.*

Während sie der Menschenmenge folgten, die in die riesige Kirche strömte, wurde Bethany langsam nervös. Obgleich es sich um eine echte Kirche und keine korrupte Imitation wie das Village House handelte, fühlte sie sich von der Menge eingeengt. Sie lösten sich von der Schlange und nahmen in einer leeren Bank ganz hinten rechts Platz, von wo aus der Altar nur sehr schlecht zu sehen war. Wayne saß am Gang neben Blessing, Janice und Bethany drückten sich wie Gefangene gegen die Wand. Als sie ihre Jacke auszog, drehte sich Bethany zufällig zum Gang. Ihr Blick traf den eines anderen Kirchgängers, der sie direkt anstarrte, sodass sie befürchtete, sie wäre erkannt worden. Doch dann lächelte er sie an und ließ sich auf der Bank direkt gegenüber von ihr nieder. Er war um die fünfzig, trug eine Brille mit Stahlgestell, Tweedkleidung im Akademikerstil und hatte dunkle, in der Mitte weiß gewordene Haare.

»Hör auf, herumzuzappeln«, zischte Blessing.

»Ich mache mir Sorgen.«

»Du bist jetzt blond, trägst eine Brille und siehst ganz anders aus als vorher. Entspann dich, Liebes, du verhältst dich viel zu auffällig.«

Also versuchte sie, sich zu entspannen. Es klappte sogar. Doch immer wenn sie einen Blick über den Gang warf, sah der Mann im Tweed-Anzug sie an.

Ein klassisches Kirchenlied. Die Begrüßung. Eine Lesung aus der Bibel. Mehr zeitgenössische Musik. Eine weitere Lesung. Bethany hörte kaum zu. Eine kaum wahrnehmbare Eingebung läutete die Alarmglocken in ihr, auch wenn sie den Grund dafür nicht erkannte. Auch Blessings beruhigend geflüsterte Worte und Beschwichtigungen halfen nichts. Und selbst als Janice ihre Hand nahm und drückte, wurde Bethanys Unbehagen immer größer.

Sie wusste, warum sie die Einladung angenommen hatte: Enge Räume waren ihr ein Gräuel, und von Natur aus war sie lieber in Bewegung, als irgendwo zu hocken und ihr Schicksal zu erwarten. Diese Angst erklärte auch ihre Flucht: Natürlich bestand die Möglichkeit, dass sie freigesprochen wurde, aber allein der Gedanke an eine Haftstrafe war unerträglich für sie. Davonzulaufen war vielleicht nicht gerade die vernünftigste Entscheidung, aber eine typische Reaktion für sie. Auch im Village House fühlte sie sich gefangen und unbeweglich – sie hätte es lieber heute als morgen wieder verlassen.

Doch hier draußen empfand sie den Freiraum auf einmal genauso beängstigend wie das beengende Zimmer, das ihr zugeteilt worden war. Auf der Flucht zu sein bedeutete, mit einem Gefühl der Verwundbarkeit zu leben, das bei jedem Blick eines Fremden, dem sie begegnete, in ihr aufstieg. In diesem Augenblick war sie von Tausenden Menschen umgeben. Wenn sich nur einer der Kirchgänger über ihre Ähnlichkeit mit der Frau aus den Nachrichten wunderte, wäre sie verloren.

Was sie letztlich beruhigte, war die Botschaft des Pfarrers. Irgendwann drangen seine Worte zu ihr durch, und sie begann zuzuhören.

Abermals war der Professor fasziniert. Das Ganze erinnerte ihn an eine anthropologische Feldstudie: die Untersuchung eines primitiven Phänomens in seiner natürlichen Umgebung. Eine Gruppe von Menschen – verstörend viele Menschen, so erschien es ihm –, die offensichtlich all diesen religiösen Hokuspokus glaubten. Und die noch nicht einmal verbittert auf ihn wirkten. Oder dumm. Oder vom Leben gebeutelt. Sie sahen hauptsächlich mittelständisch aus. Den Gesprächsfetzen nach zu urteilen, die er im Foyer mitbekommen hatte, waren viele von ihnen offenbar gebildete Berufstätige. Was für ein bizarrer Haufen. Ihn zu studieren, wäre wahrhaft eine Freude.

Wenn nur Zeit dazu bliebe.

Er fragte sich, ob Bethany wohl entgegen seiner Einschätzung, die auf Erkenntnissen aus ihrer Akte beruhte, auch eine Gläubige war. Wenn ja, würde es schwieriger werden, ihr Angst einzujagen, aber leichter, sie zu töten. Gläubige waren oft auch Fatalisten. Vor zwei Jahren hatte ein Mann ihn sogar angelächelt, als ihm klar wurde, dass es keinen Ausweg gab. *Sie erreichen damit nur, dass ich schneller dort bin,* hatte der Trottel gesagt. *Wenn der Herr bereit für mich ist, bin ich bereit für den Herrn.*

Vielleicht überschätzte er Bethany Barclay auch. Sollte das der Fall sein, würde er sich nicht die Mühe machen, seine Gedanken mit ihr zu teilen, bevor er sie ...

In diesem Moment leuchtete sein Handy auf.

Die Botschaft des Pfarrers spendete Bethany Trost, wie sie ihn schon lange nicht mehr erfahren hatte. Sie war selbst überrascht über diese Empfindung. Ihre Anspannung und Angst waren zwar nicht verschwunden, aber sie fühlte sich viel besser gewappnet, damit umzugehen.

Das Thema war Nächstenliebe, und Bethany fiel sofort der Unterschied zwischen seiner Interpretation und Martins Auslegung auf, obwohl sich beide im Großen und Ganzen auf dieselben Textstellen beriefen. Liebe, sagte der Pfarrer, sei sicherlich eine Emotion, eine sehr kraftvolle sogar, aber Nächstenliebe sei auch ein Handeln, eine Disziplin, eine Lebensweise. Die Liebe, die zählte, sei nicht die Liebe, zu der wir uns bekennen oder die wir in Grußkarten, E-Mails oder auf Facebook beteuern; die Liebe, die zählte, werde in unseren Handlungen sichtbar, es sei die Liebe, der man vertrauen konnte, weil man sie sehen kann. Die Liebe, auf die es ankam, sei die Liebe, die Opfer bringt, bei der wir gegen unsere eigenen Interessen handeln, um jemand anderem etwas Gutes zu tun. Immer wieder haben wir die Wahl, sagte der Pfarrer – es gehe dabei nicht um ein Gefühl, sondern um eine Entscheidung.

»Der Herr verlangt uns keine Gefühle ab«, erklärte er. »Der Herr verlangt Taten von uns.« Bis hierhin waren den meisten der bekennenden Gläubigen diese Worte bekannt. Doch dann verkündete der Pfarrer den Haken an der Sache: »Und was verspricht uns Gott im Gegenzug für die Opfer, die wir aus Liebe erbringen?« Lange Pause. »Nichts. Rein gar nichts. Darum, meine Freunde, geht es. Genau das macht die Liebe wirklich aus: keine Gegenleistung zu erwarten.«

Sein Ton wurde ernst. »Eines der größten Missverständnisse über unser Verhältnis zu Gott ist, dass wir an ihn glauben sollen, weil er uns als Gegenleistung lauter tolle Sachen zukommen lässt. Geld. Gesundheit. Freunde. Nicht zu vergessen unsere freie Eintrittskarte in den Himmel.« Gelächter. »Aber wenn wir in diesem Sinne an Gott denken, wenn wir in diesem Sinne unsere Beziehung zu Jesus Christus definieren, dann verwechseln wir Ursache und Wirkung.«

Er streckte seine Hände aus. »Der Herr befiehlt uns, uns gegenseitig zu lieben. Wie ich bereits gesagt habe, bringt wahre Liebe wahre Opfer mit sich. Aber wir bringen keine Opfer für andere in der Hoffnung, dass Gott uns dafür postwendend all die schönen Dinge beschert, die wir uns wünschen. Wir bringen Opfer füreinander als Symbol unseres Glaubens daran, was Gott bereits für uns getan hat, als er seinen Sohn für unsere Erlösung sterben ließ. Im Vergleich dazu sind die Opfer, die wir füreinander bringen, geradezu unbedeutend, aber mehr können wir nicht tun. Wir bringen keine Opfer, um die bösen und dunklen Mächte auf dieser Erde zu bezwingen. Wir bringen Opfer als Zeichen unseres Glaubens, dass diese Mächte nicht obsiegen können. Sie können nicht die Oberhand gewinnen, weil Gott sie bereits besiegt hat. Wir bringen keine Opfer, um seine Gunst zu gewinnen. Wir bringen Opfer, um uns bei ihm zu revanchieren.«

Opfer. Plötzlich ergab vieles von ihrer missliche Lage Sinn. Mit einem Schlag waren all die Zweifel, die sie geplagt hatten, wie weggefegt. Sie wusste noch immer nicht, wohin ihre Suche sie führen würde, doch zumindest verstand sie nun, dass es darum ging, einen höheren Zweck zu verfolgen, als um ihre eigene Freiheit zu kämpfen.

Blessing hingegen hatte die gesamte Predigt völlig regungslos verfolgt, ohne auch nur den Anflug einer Emotion zu zeigen. Nur Janice schien im Lauf des Gottesdienstes immer nervöser zu werden. Die ganze Zeit rutschte sie unruhig auf der Bank hin und her, und Blessings zugeflüsterte Ermahnungen schienen sie nur noch nervöser zu machen.

Wayne hielt es nicht aus. Nach der Hälfte der Predigt murmelte er, dass er genug habe. Mit diesen Worten schlüpfte er aus der Kirchenbank, eilte den Gang hinunter und kam nicht mehr zurück.

Einen kurzen Augenblick später verschwand auch der Mann mit der weißen Haarsträhne.

Die Kaffeepause war ein ähnlich formelles Ereignis wie der Ball zur Amtseinführung des Präsidenten, nur dass sie besser besucht war. Das Gemeindehaus schien groß genug, um einen Parteitag auszurichten. Noch immer von der Predigt beflügelt, reihte sich Bethany in die ewig lange Schlange von Gemeindemitgliedern ein, die mit dem Pfarrer sprechen wollten - nicht weil sein Stolz ihre Schmeicheleien hätte gebrauchen können, sondern weil ihre verwundete Seele nach mehr Beistand verlangte. Er stand auf einem Podium am Ende des Rundbaus, ganz in Nähe des Altarraums, und vor ihr warteten etwa dreihundert Personen darauf, ihm die Hand zu schütteln. Aber Bethany machte das nichts aus. Sie war nicht in Eile. Als sie hereingekommen waren, saß Wayne schmollend in einer Ecke des Gemeindehauses. Sofort steuerte Blessing auf ihn zu, woraufhin die beiden sich kurz leise unterhielten und dann gemeinsam den Gang hinunter verschwanden. Janice saß zusammen mit anderen Jugendlichen an einem Tisch und lachte so sorgenfrei und unbeschwert, wie sie es nie im Village House tat, egal was Martin für sie getan hatte. Die Schlange bewegte sich langsam vorwärts. Bethany schloss die Augen. Liebe war ein Handeln, kein Gefühl. Annabelle, wurde ihr bewusst, hatte das immer verstanden. Vielleicht galt das für die meisten Gläubigen. Aber Bethany hatte nie hinreichend gewürdigt, dass ihre beste Freundin trotz der Dämonen, die sie plagten, niemals einen Freund oder anderen Menschen in Not hängen lassen würde. Auf dem College hatte Bethany sich lange Zeit mit C.S. Lewis beschäftigt, und nun erinnerte sie sich an seine Biografie *Überrascht von Freude*, in der er seine lebenslange Suche nach Glück und die Sehnsucht beschrieb, die er sein Leben lang empfunden hatte. Ihre Tante Claudia pflegte immer zu sagen, dass es dabei sekundär war, ob man nach Gott suchte, solange man wachsam für die Momente blieb, in denen Gott nach uns ...«

»Bethany? Bethany Barclay?«

Erschrocken riss sie die Augen auf. Neben ihr stand eine große, gut gekleidete Frau, die sie sofort widererkannte: eine alte Freundin aus dem College, die sich mittlerweile auf Thoraxchirurgie spezialisiert hatte. Beim Ehemaligentreffen vor drei Jahren hatten sie am selben Tisch gesessen.

»Verzeihen Sie?«, antwortete Bethany, die sich zusammenreißen musste, um nicht mit den Zähnen zu klappern, während sie verstohlen einen Blick auf die anderen Menschen in der Schlange warf, in der Erwartung, dass alle Leute ihre Handys zückten und besorgt die Polizei anriefen. Früher oder später musste es so kommen, eigentlich war sie überrascht, dass es nicht schon früher passiert war.

»Bethany, ich bin es, Paulette Thiemann. Geht es dir gut?« Sie nahm sie beim Arm und zog sie aus der Reihe. »Was machst du hier? Ich hab dich im Fernsehen gesehen. Was war da eigentlich los? Das hat sich doch mittlerweile geklärt, oder?«

Bethany kniff die Augen zusammen und richtete sich auf. »Es tut mir leid, Ma'am. Ich glaube, sie verwechseln mich mit jemandem.«

Zu ihrem Entsetzen wurde Paulettes Grinsen bloß breiter. »Wow. Du bist auf der Flucht? Im Ernst? Ich meine, das ist ja wie im Film.« Sie standen wieder in der Mitte des Raums, allein in der Menschenmenge. Die Frau griff nach Bethanys Haar und spielte mit einer Strähne. »Ich meine, blond – ist das dein Ernst? Ganz ehrlich, Bethany, manche Menschen sehen aus wie Blondinen und manche nicht. Und du siehst aus wie eine Brünette auf der Flucht. Aber du bist es nicht gewesen, hab ich recht? Du bist unschuldig.«

»Tut mir leid, Ma'am, aber ich bin nicht die, für die Sie mich halten. Und jetzt wäre ich Ihnen sehr verbunden, wenn Sie meine Haare ...«

»Kathy! Da bist du ja!« Blessing war zurück, zusammen mit Janice. Sie musterte Paulette von Kopf bis Fuß. »Wer ist deine neue Freundin?«

»Das ist ...« Bethany zögerte. »Entschuldigen Sie, Ma'am, ich habe Ihren Namen vergessen.« Sie lächelte Blessing an. Es fiel ihr schwer, aber sie lächelte. »Sie scheint mich mit jemandem zu verwechseln, den sie im Fernsehen gesehen hat.«

»Blessing«, stellte sich die ältere Dame vor. Als die erstaunte Paulette ihr ebenfalls Gottes Segen wünschte, erklärte Blessing lachend, dass dies ihr Name sei. »Aber gesegnet seien Sie natürlich trotzdem«, fügte sie hinzu.

»Kathy?«, fragte Paulette. »Wieso Kathy?«

Das Entsetzen nahm kein Ende: Nun kannte sie auch noch ihren neuen Namen.

»Wir müssen jetzt los«, entgegnete Blessing und zog Bethany weg. »Draußen wartet der Wagen auf uns.«

Den kompletten Weg zur Tür spürte Bethany, wie sich die Augen ihrer Kommilitonin in ihren Rücken bohrten.

Draußen war es frisch geworden, und es regnete leicht. Das Wetter hatte innerhalb von Minuten umgeschlagen, typisch für Chicago, selbst mitten im Mai. Blessing zauberte einen Taschenschirm aus ihrer Tasche, unter den sich die drei Frauen auf dem Weg über den Parkplatz drängten. Bethany war schlecht vor Sorge, dass Paulette sie anzeigen würde, doch als sie mit Blessing darüber sprechen wollte, warf diese ihr nur einen strengen Blick zu und deutete mit ihrem Kinn in Richtung Janice.

»Das ist jetzt auch egal«, erklärte sie dann, nachdem sie offensichtlich entschieden hatte, dass ein paar beruhigende Worte angebracht waren. »Wir werden ohnehin nicht mehr lange warten müssen.«

»Warten worauf?«

Blessing ignorierte die Frage. »Außerdem, Liebes, wenn irgendetwas passieren sollte, hätten sie dein hübsches Gesicht sowieso auf dem Band der Überwachungskamera, nicht?« Sie bemerkte Bethanys entsetzten Ausdruck. »Oh je. Du hast sie gar nicht bemerkt, oder? Als du darauf gewartet hast, dem Pfarrer die Hand zu schütteln, waren die Kameras mehrfach auf dich gerichtet. Auch ich habe die Predigt genossen, aber mich wird man nicht in der Aufnahme der Schlange sehen.«

Doch Bethany war immer noch am Anfang des Gesprächs. »Was meinst du mit ›wenn irgendetwas passieren sollte‹? Was wird denn passieren?«

Blessing rümpfte missbilligend die Nase. »Nichts, Liebes. Ich bin auch keine Hellseherin. Ich sage nur, wenn etwas passiert wäre.«

Bevor Bethany weiterbohren konnte, gesellte sich Wayne wieder zu ihnen. Mit gesenktem Kopf las er etwas auf seinem Handy.

»Hast du einen guten Ort gefunden?«, fragte Blessing.

»Mehrere«, murmelte er und schrieb eine SMS.

»Handys sind nicht erlaubt«, sagte Janice aufgeweckt. »Sie lenken uns ab von ...«

»Ruhig«, fuhr ihr Blessing über den Mund.

Auf der Fahrt zurück ins Village House schloss Bethany die Augen und versuchte zu dösen. Sie befand sich immer noch in Sicherheit, beruhigte sie sich selbst. Zumindest für den Augenblick. Für wie lange, konnte sie nicht sagen. Selbst wenn Paulette nicht die Polizei gerufen hatte, waren die Überwachungskameras Anlass zur Sorge. Flüchtling zu sein, war immer noch neu für sie; sie schauderte bei dem Gedanken, wie viele Fehler sie wohl noch begehen würde. Nichtsdestotrotz verlieh ihr die Überzeugung, dass Annabelles Worte etwas anderes bedeuteten, als es schien, neuen Mut.

Es stimmte, dass Bethany Tia und Polly dabei geholfen hatte, Annabelle an einem Tiefpunkt ihres Kampfes gegen die inneren Dämonen gegen ihren Willen einweisen zu lassen. Allerdings hatte Bethany nicht ausgesagt. Sie war während des Verfahrens im Gericht gewesen, aber hauptsächlich, weil sie ihre Freundin unterstützen wollte. Angesichts der Verfassung, in der sich Annabelle damals befand, war es gut möglich, dass ihr diese Tatsache entgangen war. Aber niemals hätte sie sich im Zeitpunkt geirrt. Auf dem Band hatte Annabelle gesagt, das Verfahren zur Zwangseinweisung hätte zu der Zeit stattgefunden, als die beiden am Barnard studierten. Das war nicht richtig. Bethany hatte in Oxford studiert und war extra auf Pollys Drängen hin eingeflogen, um ihre beste Freundin davon zu überzeugen, sich freiwillig behandeln zu lassen. Annabelle mochte sich vielleicht nicht mehr an die Einzelheiten ihrer Einlieferung erinnern, aber sie hatte mit Sicherheit nicht vergessen, *wann* es passiert war. Insbesondere nicht, da sie unmittelbar nach ihrer Entlassung vor Bethanys Tür in Oxford aufgetaucht war.

Annabelle hatte Martin angelogen, was den Zeitpunkt und den Ablauf ihrer Zwangseinweisung anging. Die Frage war nur, warum.

Später beim Abendessen ging Bethany das Problem weiter in ihrem Kopf durch. Dabei stocherte sie in dem faden Essen herum, während Janice den anderen jungen Leuten an ihrem Tisch vom Gottesdienst erzählte, auch von dem rothaarigen Jungen, dessen Name anscheinend Zach war. Umgeben von ihren gleichaltrigen Freunden, löste sich die Schüchternheit des dunkelhäutigen Mädchens in Luft auf, und sie schaffte es sogar, alle zum Lachen zu bringen, während Blessing und Tonya mit Wohlwollen zusahen.

Doch das Interessanteste war, dass Janice die Predigt des Pfarrers beinahe Wort für Wort wiedergeben konnte.

»Sie hat den Studiumseignungstest SAT mit Bravour abgeschlossen«, murmelte Tonya in gedämpftem Ton.

»Was ist passiert?«, fragte Bethany.

Blessing warf ihnen einen Blick zu. »Kein Geschwätz, bitte, Ladys.«

Später am Abend saß Janice nach dem Gesang mit ein oder zwei Jugendlichen und zwei Erwachsenen am Tisch und spielte Schach. Vor den anderen lag jeweils ein Brett auf dem Tisch, doch Janice saß mit dem Rücken zu ihnen gekehrt. Die anderen riefen ihr laut ihre Züge zu, woraufhin Janice schüchtern ihren Zug bekannt gab. Innerhalb kürzester Zeit hatte sie alle vier Spiele gewonnen.

Wer *war* dieses Mädchen?

Stuart van der Staal war immer noch irritiert. Er hatte in seinem geliehenen Buick gesessen und den Mercedes dabei beobachtet, wie er vom Parkplatz fuhr. Sein Plan war perfekt gewesen. Er hatte ausgeklügelt, wie er sein Opfer auf dem Weg aus der Kirche beseitigen und dabei die Schuld auf den Jungen mit den ungepflegten Zähnen schieben konnte. Doch die SMS während der Predigt hatte alles umgeworfen.

Die Rahmenbedingungen seines Auftrags, wie es in seiner Branche hieß, waren neu bestimmt worden. Der neue Plan sah nun nicht mehr vor, dass er sie umbrachte, sondern entführte, um herauszufinden, was sie über Annabelles Recherchen herausgefunden hatte. Die Aufgabe war weitaus komplizierter, hatte aber einen Vorteil: Zumindest bekam er die Gelegenheit, ihren Intellekt zu testen, bevor sie starb.

28

»Das FBI weiß jetzt also, dass sie in Chicago ist«, sagte die Senatorin. Die Luft in Virginia war warm und schwül an diesem Montagmorgen. »Eine ehemalige Kommilitonin deiner Freundin hat sie bei einem Gottesdienst wiedererkannt. Sie hat die Polizei gerufen, die Polizei hat das FBI alarmiert, und die wiederum haben die Anordnung, jede Information über sie umgehend an meinen Stabschef weiterzuleiten.«

»Ich bin verblüfft«, entgegnete Edna und rammte ihren Spazierstock mit jedem Schritt tief ins Gras.

»Keinen Grund zur Beunruhigung. Ich bin eine enge Freundin der Familie Kirkland. Es ist ganz normal, dass mein Büro die Ermittlungen verfolgt. Dafür ist Macht da, Edna.«

»Das ist es auch nicht, was mich verblüfft.« Die Richterin lachte leise. »Ich meinte die Tatsache, dass Bethany Barclay am Sonntag einen Gottesdienst besucht hat. Auf der Flucht vor der ganzen Welt taucht sie plötzlich in einer Kirche auf. Was war das für eine Kirche?«

Die Senatorin sagte es ihr.

»Auch das noch«, antwortete die Richterin. »Nicht irgendeine kleine Gemeinde, sondern eine Megakirche, die von Tausenden besucht wird. Wie sollte sie in einer derartigen Menschenmenge nicht erkannt werden?«

Sie gingen auf der Wiese hinter Ednas Haus spazieren. Die heiße Nachmittagssonne hing tief am Himmel. Es ging kein Lüftchen. Sie liefen nah am Waldrand entlang. Von ihren eigenen kleinen Schatten umringt, hoben sich die alten grün leuchtenden Bäume deutlich von der Landschaft ab. Vor dem Haus hielt der Fahrer der Senatorin Wache, während ein Leibwächter ihnen etwas außer Hörweite folgte. Die beiden Frauen konnten sich in aller Öffentlichkeit treffen, da sie beide ehrenamtlich als Vorsitzende einer furchtbar beeindruckenden Expertenkommission tätig waren, die junge Frauen ermutigte, Karriere zu machen. In Washington hielt man sie für Freunde, was sie im Grunde genommen nie waren. Sie respektierten sich gegenseitig für ihre Begabungen und Leistungen, doch Edna hatte der Senatorin nie so ganz vertraut.

»Du meinst also, wenn sie in die Kirche ging, dann gab es einen Grund dafür«, sagte die Senatorin; auf den Kopf gefallen war sie nicht. »Sie war bestimmt nicht dort, um in all ihrem Leid Trost zu suchen.«

»Ich weiß nicht, warum sie in die Kirche gegangen ist«, antwortete Edna. » Aber es würde mich sehr interessieren, mit wem sie dort war.«

»Das FBI sichtet gerade das Bildmaterial der Überwachungskamera. Sie wissen nicht, dass sie sich zurzeit im Village House aufhält, also wissen sie auch nicht, nach welchen anderen Gesichtern sie Ausschau halten müssen.«

Die Richterin warf ihr einen Blick zu. »Ich verstehe, was du sagen möchtest, Jillian, aber der Vorschlag wurde bereits abgelehnt. Wir werden ihnen nichts verraten. Außerdem ...« Sie schwenkte ihren Gehstock, um ihren Worten Gewicht zu verleihen »Bist du dir sicher, wem du dort vertrauen kannst? Kannst du mit Sicherheit sagen, dass die *Wildnis* keine Leute beim FBI hat?«

»Ich weiß nicht, wo die ihre Leute sitzen haben, Richterin. Ich bin mir nur nicht so sicher wie du und der Baumeister, dass wir die Sache ganz allein regeln können.«

»Der *Garten* arbeitet seit sechs Jahrhunderten allein, Senatorin.«

»Und verliert dabei. Vergiss das nicht. Seitdem ich Mitglied bin, haben wir fast jede Schlacht verloren.« Sie hielt einen Moment inne und fuhr dann fort. »Manchmal sogar auf verheerende Art und Weise.«

»Das stimmt allerdings.«

Es stimmte in der Tat. Der grundlegende Unterschied zwischen dem *Garten* und der *Wildnis* bestand darin, dass der *Garten* nicht zu töten bereit war, um an sein Ziel zu kommen. Vier Christen unterschiedlicher Couleur, ein Jude, ein Agnostiker, ein Atheist – und keiner von ihnen war gewillt, Gewalt als Waffe einzusetzen. Der Plan war mit Präzision und Sorgfalt ausgeklügelt worden, um Bethany vorsichtig in die Richtung ihres alten Liebhabers in Chicago zu dirigieren. Sie sollte herausfinden, dass Annabelle den gleichen Weg vor ihr beschritten hatte, und ihre Schritte zurückverfolgen. Sie waren bereit gewesen, geduldig abzuwarten oder sogar etwas anderes zu probieren.

Im Gegensatz zur *Wildnis*. Wer auch immer die Organisation gerade leitete, wollte offensichtlich, dass sich Bethany sofort in Bewegung setzte, denn für sie zählte stets nur das Jetzt. Eine ganz einfache Gleichung, nach der Ken Kirkland als Opfer für einen höheren Zweck in Bethanys Haus umgebracht worden war.

Der Gegner ging militant und erbarmungslos vor, fest entschlossen, mit allen Mitteln den Einfluss der organisierten Religionen zu brechen, mit dem sie Milliarden von schafähnlichen Anhängern in ihrer Macht hatten. Wie viele andere Säkularisten waren sie ungeduldig. Die Mittel zum Zweck waren unerheblich, das Ziel selbst von großer Bedeutung, aber die Hauptsache schien zu sein, dieses Ziel so schnell wie möglich zu erreichen: Am besten noch heute, ansonsten morgen, aber bis nächste Woche zu warten, wurde bereits als Sieg für die reaktionären Kräfte betrachtet. Daher hatten sie sich in die Operation eingeschaltet. Die zurückhaltende Vorgehensweise des *Gartens* vermochte nichts mehr auszurichten. Sie mussten sich langsam mit der Möglichkeit auseinandersetzen, dass Bethany Barclay mittlerweile der *Wildnis* angehörte.

»Weißt du, Edna«, sagte die Senatorin, »Bethany musste ziemlich viele Bundesstaaten durchqueren, um nach Chicago zu gelangen. Den Westen von Pennsylvania, Ohio, Indiana.«

»Worauf willst du hinaus, Jillian?«

»Auf dem Weg ist sie an unzähligen Colleges und Universitäten vorbeigekommen. Was möchtest du wetten, dass jetzt, wo das FBI weiß, dass sie in Chicago ist, in einer dieser Hochschulen bald eine kleine Bombe hochgehen wird – in einem Labor, in dem man an menschlichen Embryos experimentiert?«

Die Richterin gab einen Laut von sich, der auf Schmerz, aber vielleicht auch Angst schließen ließ. »Sie werden sagen, dass es Bethany war ...«

»Und ihre Bande christlicher Extremisten«, fügte die Senatorin hinzu. Sie gingen weiter.

Noch am selben Abend explodierte eine Bombe in der medizinischen Fakultät der University of Indiana in Bloomington. Auf ihrem Weg nach Chicago machten Carraway und Pulu einen Umweg, um sich mit den Ermittlern vor Ort zu treffen. Die vorläufigen Ergebnisse wiesen auf dieselbe primitive Art von Thermitbombe hin, die auch in George Mason und Haverford benutzt worden war. Es wurden keine brauchbaren Fingerabdrücke gefunden. Genau genommen gab es überhaupt keine forensischen Spuren, außer dass die Bombe denen der vorangegangenen Anschläge glich. Pulu kam zu dem Schluss, dass der Bombenleger dazugelernt hatte. Carraway verfolgte eine andere Theorie, die er allerdings für sich behielt. Führende Politiker sprachen mit ernster Miene davon, dass man die Attentäter ihrer gerechten Strafe zuführen werde. Die Talkshows im Fernsehen waren voll von Diskussionen über diese Art von Terror und christliche Fanatiker. Gäste, die versuchten, sowohl die Forschung an Embryos als auch die Bombenattentate gleichermaßen zu verurteilen, wurden ausgebuht. Man musste die Terroristen finden. Ein Experte schlug vor, »Durchsuchungsbefehle für die Räumlichkeiten jeder sogenannten Anti-Abtreibungsgruppe im Land auszustellen – da man jetzt weiß, was sie in Wirklichkeit vom Wert eines Lebens halten«. Bisher hatte es keine Toten gegeben, aber morgen war auch noch ein Tag. Im ganzen Land patrouillierten bewaffnete Wachleute vor Laboren, in denen mit menschlichen Embryos experimentiert wurde. Von alledem nichts ahnend, suchte Bethany Barclay zur gleichen Zeit im Village House Martin auf, um ihn zu fragen, ob sie sich den Rest von Annabelles Sitzungen auf Band anhören könne.

Er sagte Nein.

Gegen ein Uhr nachts wachte Edna Harrigan auf. Nicht etwa wegen eines Albtraumes, eines Knarrens oder dem Geräusch von Schritten in ihrem wohlbehüteten Haus.

Sie wachte auf, weil ihr eine Idee gekommen war. Sie hatte das schon öfter erlebt, nur dass es im Lauf der Jahre immer seltener vorkam. Als sie noch jünger war, wurde sie immer wieder im Schlaf von diesen Momenten absoluter Klarheit überrascht. In ihrer Zeit als Richterin, während ihrer Laufbahn als Staatsanwältin und selbst damals während ihres Jurastudiums vor gefühlten hundert Jahren hatte Edna die Angewohnheit, mitten im Traum ihre Augen zu öffnen und einfach so die Antwort auf eine Frage zu wissen, die sie zuvor beschäftigt hatte.

So auch in diesem Augenblick.

Den Mord an Ken Kirkland würde sie nicht näher untersuchen können, ohne Aufmerksamkeit zu erregen. Aber es gab einen anderen Weg.

Seine Mutter. Sylvia.

Alles hatte mit Sylvia begonnen.

Sylvia war von ihrer alten Freundin, der Senatorin, überredet worden, ihr Testament ändern zu lassen und die *Planer* zu den Begünstigten zu machen. Sie hatte sogar eingewilligt, Bethany das Testament umschreiben zu lassen. Die Senatorin hatte ihr nie den Grund für ihre seltsame Bitte genannt. Sie waren seit Ewigkeiten befreundet, und als die Senatorin ihr sagte, es ginge um die nationale Sicherheit, hatte Sylvia keine Fragen gestellt.

»Sie findet es aufregend«, hatte die Senatorin Edna damals erzählt.

»Bist du sicher, dass wir ihr vertrauen können?«

»Wir haben uns in Wellesley gegenseitig das Leben gerettet.«

Die Idee dahinter war, Bethany ihr neues Testament aufsetzen zu lassen, woraufhin Sylvia ihren Kindern mitteilen sollte, was sie getan hatte. Einer von ihnen - wahrscheinlich Kenneth, aber es war egal wer - würde sich bei Bethany beschweren, woraufhin diese sich aller Voraussicht nach an Edna wenden würde, die sie wiederum auf die Fährte bringen sollte, nach Chicago zu gehen.

Eigentlich keine große Sache.

Danach konnte Sylvia zurück zu ihren eigenen Anwälten in Charlottesville gehen, ihr voriges Testament wieder in Kraft setzen lassen und ihr Vermögen erneut dem Personenkreis ihrer eigenen Wahl hinterlassen.

Doch bevor das geschehen konnte, war Sylvia gestorben.

Mit diesem Vorfall hatte keiner gerechnet.

Sie starb an einem Herzinfarkt. Die Anführer des *Gartens* hatten danach ihre Köpfe zusammengesteckt und entschieden, den Plan weiter fortzusetzen. Die Wahrscheinlichkeit, dass das neu aufgesetzte Testament von einem der Kinder angefochten wurde, war nach dem Tod der Mutter nur umso höher.

Was für ein günstiger Zufall.

Wohl zu günstig.

Durch den Tod von Sylvia Kirkland kam die gemächlich voranschreitende Operation auf einmal in Fahrt. Zugegebenermaßen war es der Mord, der den Stein erst richtig ins Rollen gebracht hatte, aber Sylvias Tod war der erste Auslöser gewesen.

Eine Vorgehensweise, die man eigentlich nur von der *Wildnis* gewohnt war.

Edna griff zum Telefon neben ihrem Bett, um die Senatorin anzurufen. Dann überlegte sie es sich plötzlich anders. Nein, das wäre zu voreilig. Stattdessen entschied sie sich, den Sheriff zu wecken. Es war zwar mitten in der Nacht, aber sie war Edna Harrigan. In ihrem Landkreis war sie als Exzentrikerin mit Freunden in hohen Positionen bekannt. Dieser Ruf hatte klare Vorteile.

29

Am Dienstagnachmittag stand Bethany im Fulton River District inmitten des Gebäudekomplexes, auf den Janice zwei Tage zuvor auf der Autofahrt zur Kirche gezeigt hatte. Sie war sich ganz sicher gewesen, dass Annabelle und sie zusammen dort angehalten hatten und Annabelle hineingegangen war. Blessing hingegen beharrte darauf, dass Janice die ganze Geschichte nur erfunden hatte, und auch als Bethany Janice am Abend zuvor auf den Zahn gefühlt hatte, blieb das Mädchen bei ihrer neuen Geschichte und behauptete, gelogen zu haben. Ihr blieb keine Zeit, sie zu überreden, die Wahrheit zu sagen, da Janice und Zach, der rothaarige Junge, auf den sie ein Auge geworfen zu haben schien, auf dem Weg zu einem Treffen ihrer Jugendgruppe waren. Aus diesem Grund konnte sie auch nicht fragen, in welchem der Gebäude Annabelle gewesen war.

Bethany war die Straßen auf und ab gelaufen und zwischen glitzernden neuen Wohnhochhäusern, alten maroden Lagerhallen, schicken kleinen Cafés und heruntergekommenen Pizzerien umhergewandert. Sie hatte noch keinen konkreten Plan; sie war zu beschäftigt damit gewesen, einen Weg zu finden, wie sie sich unbemerkt aus dem Village House schleichen konnte.

Am Morgen und den Tag zuvor hatte sie einige Stunden damit zugebracht, die Lobby zu saugen, neben der Tür zum Auditorium und den Verkaufstischen mit den Büchern und T-Shirts. Dabei hatte sie fröhlich mit Janice geplaudert – die den Auftrag zu haben schien, Bethany im Auge zu behalten – und die Tür beobachtet, um sich die Zeiten einzuprägen, in denen am meisten los war. Sie hoffte auf eine Chance, durch das Menschengedränge entwischen zu können. Doch Janice schien ihre Aufgabe sehr ernst zu nehmen und folgte Bethany auf Schritt und Tritt. Selbst als sie die Toilette aufsuchte, wich sie nicht von ihrer Seite. Letzten Endes blieb Bethany keine andere Wahl, als die Grenzen ihrer offensichtlichen Gefangenschaft zu testen, indem sie auf die Eingangstür zuging, um zu sehen, was passierte.

Nämlich nichts.

»Wohin gehst du?«, fragte Janice. Ihre Stimme klang eher neugierig als beunruhigt.

»Nirgendwohin«, antwortete Bethany.

Janice faltete die Hände wie ein Kind, das etwas auswendig aufsagte. »Also, wenn du wegmusst, dann pass auf, dass du vor der Sperrstunde wieder zurück bist.«

»Ab wie viel Uhr ist Ausgangssperre?«

»Heute ist Montag, also um sechs Uhr.«

Das war alles.

Bethany lief die Straße hinunter und wurde, soweit sie es beurteilen konnte, auf ihrem Weg zur U-Bahn nicht verfolgt.

Es schien keinen zu interessieren.

Warum sollte es auch?, fragte sie sich in diesem Moment, während sie den Gehweg auf und ab marschierte, um ihren nächsten Schritt zu überlegen. Fernab der bedrückenden Schatten des Village Houses konnte Bethany auf einmal wieder klar denken. Martin und seine Leute hatten nicht die Absicht, ihren unerwarteten Gast gefangen zu halten. Wenn im Village House tatsächlich etwas vor sich ging – etwas, das die *Planer* lieber geheim hielten –, war es ihnen sicherlich lieber, wenn Bethany sich draußen auf der Straße herumtrieb, anstatt in den staubigen Ecken des Gebäudes herumzuschnüffeln.

Dennoch war Annabelle im Keller gewesen.

Der Verlauf der Ereignisse schien eindeutig.

Annabelle war aus einem für Bethany noch nicht ersichtlichen Grund im Village House aufgetaucht. Dann war sie dort in den Keller gegangen. Und daraufhin hatte sie eines der Büros hier am Fulton River aufgesucht. Danach hatte sie die Gruppe verlassen – sich losgelöst, wie Martin es nannte – und war wieder an der Ostküste aufgetaucht, zuerst vor Peter Zhukovs Tür, dann bei Bethany selbst.

Daraufhin war sie monatelang von der Bildfläche verschwunden. Bis sie ermordet wurde.

Angenommen, Martin sagte die Wahrheit. Angenommen, er hatte es abgelehnt, ihr bei ihrer Suche nach der Pilatus-Inschrift zu helfen. Das musste nicht bedeuten, dass Annabelle aufgehört hatte zu suchen.

Irgendwo vor ihr lag die Antwort. Wenn sie doch nur herausfinden könnte, warum Annabelle hier angehalten hatte – in welches Gebäude sie gegangen war – wen sie hier getroffen hatte –, dann wäre sie auf gutem Wege, beide Rätsel zu lösen: warum Annabelle tot war und warum jemand versuchte, Bethany diese Verbrechen in die Schuhe zu schieben.

Auf der Suche nach der Lösung wanderte Bethany die Bürgersteige auf und ab. Annabelle hatte eines dieser Gebäude betreten und war wenige Tage später verschwunden. Doch welches Gebäude war es gewesen?

Janice hatte gesagt, sie hätte in der Nähe eines Springbrunnens gewartet. Fulton River war voll von Springbrunnen, die meisten davon grässliche Kunstwerke, die vor den schicken Wohnhochhäusern errichtet worden waren. Auch vor einigen Restaurants waren Springbrunnen zu finden sowie vor zwei oder drei Einkaufsmeilen. Und ...

Bethany hielt an.

Diese Sackgasse war ihr vorher gar nicht aufgefallen. Hier waren Wohnhäuser zu Büroräumen umfunktioniert worden, und tatsächlich befand sich am Eingang der gepflasterten Auffahrt ein Springbrunnen.

Das Eingangstor für Fußgänger stand weit offen. Sie überquerte die Straße und sah sich die Namensschilder aus Messing an. Anwälte. Ein Psychiater. Ein Immobilienmakler. Ein Wirtschaftsprüfungsunternehmen. Zwei Anlageberater.

Hatte Annabelle ein Testament aufsetzen wollen? Eine Eigentumswohnung kaufen wollen? Mit einem Psychiater reden wollen? Nichts davon ergab Sinn.

Bethany schlüpfte durch das Tor. Passanten warfen ihr Blicke zu, sahen dann aber schnell wieder weg. Mit ihrer Jeans und dem Pullover, den abgewetzten Schuhen und ihren offensichtlich gebleichten Haaren sah sie aus wie ein Eindringling. Und sie fühlte sich auch wie einer.

Sie ging bis zum Ende des Platzes, auf dem Holzbänke in einem Halbkreis aufgestellt worden waren, von denen aus man die Bahngleise und dahinter den Fluss sehen konnte. Ein junger Mann im adretten Blazer, der auf einer der Bänke zu Mittag aß, warf ihr einen neugierigen Blick zu. Sie wandte sich ab und ging die Reihenhäuser entlang. Dabei schielte sie zu den Türen und Fenstern, als würden sie den Schlüssel zum

Geheimnis bergen. Wieder am Tor angekommen, überquerte sie die gepflasterte Zufahrt und machte sich erneut auf den Weg zum Aussichtspunkt, diesmal mit prüfendem Blick auf die andere Straßenseite.

Nichts. Nicht mal der Anflug einer Eingebung. Sie konnte ja wohl kaum in jedes der Büros platzen und fragen, ob zufällig eine Annabelle ...

Und dann plötzlich sah sie ihn. Er saß auf einem Klappstuhl unter einem Regenschirm im Gras am Fluss. Auf seinem Schoß lag ein Skizzenblock, auf dem er etwas zeichnete. Er war klein und spießig gekleidet, hatte lichtes Haar, ein pausbäckiges Gesicht und trug eine Brille, deren Gläser so dick waren, dass es schon fast komisch wirkte.

Den gleichen Mann hatte sie am Tag ihrer Ankunft im Village House gesehen: Er war einer der Demonstranten vor dem Gebäude gewesen, als Daniel Stafford sie hineinbegleitet hatte.

Nun, da sie ihn genauer in Augenschein nehmen konnte, erkannte sie, dass sie ihn schon vorher gesehen hatte. Es war der unbekannte weiße Mann, der auf Annabelles Beerdigung in der halb leeren Kirche ganz hinten gesessen hatte.

Langsam ging sie auf ihn zu – auf ihren Katzenpfoten, wie Tante Claudia es immer bezeichnet hatte – und behielt dabei den jungen Mann mit seinem Mittagessen im Auge. Während ihrer Zeit auf der Flucht hatte sie gelernt, die Welt mit misstrauischen Augen zu betrachten. Doch als der junge Mann mit seinem Essen fertig war, sprang er auf und ging in Richtung Eingangspforte davon, ohne sich auch nur ein einziges Mal zu ihr umzudrehen.

Der pummelige Mann schaute auf, als sie sich ihm näherte.

»Ich mache keine Porträts«, sagte er. »Ich zeichne nur so zum Vergnügen.«

Dann wandte er sich wieder seiner Arbeit zu. Er zeichnete die Gebäude auf der anderen Seite des Flusses, erkannte sie. Das Bild war nicht schlecht, aber die angesagten Galerien im Ort würden ihm in nächster Zeit wohl eher keine Ausstellung widmen.

Er blickte wieder zu ihr hoch. »Sie sind ja immer noch da.«

Sie schluckte. »Ich bin eine Freundin von Annabelle.«

»Annabelle wer?« Sein missmutiger Tonfall machte klar, dass er bereit war, jedem ihrer Worte zu widersprechen. Während er weiterzeichnete, fragte sie sich, welche Dämonen wohl durch seinen Kopf jagten. Seine Kleidung sah teuer, aber alt aus. Er war schlecht rasiert, seine Brille saß noch immer schief. »Ich kenne keine Annabelle.«

»Annabelle Seaver.«

»Wenn ich Ihnen sage, dass ich keine Annabelle kenne, ändert es nichts an der Tatsache, wenn Sie einen Nachnamen hinzufügen.«

Sie lächelte und spreizte entwaffnend die Hände. »Ich habe Sie letztens vor dem Village House gesehen.« Der Kohlestift in seiner Hand könnte gewackelt haben. »Sie haben demonstriert und etwas über Ihren Sohn gesagt.« Er antwortete nicht, zeichnete bloß weiter. »Ich bitte Sie. Ich weiß, dass sie Annabelle kennen. Sie waren auf ihrer Beerdigung in Harlem.«

Er blickte auf. Zum ersten Mal sah sie seine Augen: Sie waren dunkel, glänzend, eindringlich und – so vermutete sie – etwas verrückt.

»Was wollen Sie von mir? Ich habe gesehen, wie Sie dort hineingegangen sind. Mit *Gopos* habe ich nichts am Hut. Lassen Sie mich in Frieden.«

»Ich gehöre nicht zu denen.«

»Wissen Sie, woran man erkennt, wenn ein *Gopo* lügt? Wenn sich sein Mund bewegt.«

»Den Witz kenne ich mit Anwälten.«

»Anwälte sind genauso schlimm. Ich habe mich mit ein paar getroffen, weil ich diese Typen verklagen wollte. Wissen Sie, was man mir erzählt hat? Mein Sohn sei erwachsen. Es stehe ihm frei, sich jeder kranken religiösen Sekte anzuschließen, die ihm beliebe.« Er senkte wieder den Blick. Der Kohlestift bewegte sich nun schneller, die Linienführung war hart und zornig. »Lassen Sie mich in Ruhe. Ich bin beschäftigt.«

Sie versuchte es erneut. »Annabelle war meine Freundin.«

»Ihr Mund bewegt sich immer noch, also lügen Sie auch noch.«

»Vielleicht kann ich Ihnen helfen, Ihren Sohn zu finden.«

»Er bewegt sich immer noch.«

»Bitte. Annabelle ist tot. Das wissen Sie. Ich habe Sie auf der Beerdigung gesehen. Ich versuche herauszufinden, was mit ihr passiert ist. Darum bin ich hier. Ich weiß, dass sie mit Ihnen geredet hat. Ich will nur wissen, worüber Sie geredet haben. Danach lasse ich Sie in Ruhe.«

Er zeichnete einen Moment weiter. Dann verlangsamte er seine Striche, seufzte und klappte den Zeichenblock zu. »Eines kann ich Ihnen sagen. Sie sind hartnäckig. Wie heißen Sie?«

»Ähm, Kathy. Kathy Hobart.«

»Ist das Ihr echter Name?«

»Ist das wichtig?«

Er packte seine Sachen und klappte den Stuhl zusammen. »Sie wollen, dass ich Ihnen vertraue. Dafür schenken Sie mir nicht besonders viel Vertrauen.«

Sie schluckte. »Ich bin mir nicht sicher, was Sie damit meinen.«

»Sie sind das Mädchen aus den Nachrichten. Die die Bomben gelegt hat. Dachten Sie, ich würde Sie nicht erkennen? Ich bin nicht verrückt, auch wenn die anderen das behaupten.«

»Ich ... ich bin unschuldig.«

Er lehnte sich zurück, das Misstrauen in seinen Augen wuchs. »Und jetzt nennen Sie mir gleich mehrere Gründe, warum ich die Polizei nicht rufen sollte, habe ich recht?«

»Nur einen, um ehrlich zu sein.«

»Und welcher Grund wäre das, *Kathy*?«

»Weil ich nicht will, dass mir das Gleiche zustößt wie Annabelle.«

»Das reicht mir nicht. Sie sind eine religiöse Fanatikerin. Das sagen sie zumindest in den Nachrichten.«

»Auch das entspricht nicht der Wahrheit.«

»Natürlich. Jemand versucht Sie aufs Kreuz zu legen und Sie sind keine Fanatikerin, sondern verstecken sich rein zufällig bei den *Gopos?* Was für eine Geschichte ist das denn? Vergessen Sie es.« Er hielt seinen Klappstuhl und den Block mit überraschender Leichtigkeit fest. »Beweisen Sie es. Beweisen Sie, dass Sie Annabelles Freundin sind. Jetzt sofort. Ansonsten ...« – mit seiner freien Hand zog er ein klobiges altes Handy aus der Tasche – »rufe ich die Polizei.«

Bethany zögerte. Sie wusste tausend Dinge aus dem Leben ihrer besten Freundin, hatte aber keine Ahnung, welches Detail sie diesem verrückten Zeichenkünstler anvertrauen sollte. Dennoch war es eindeutig, dass die beiden miteinander gesprochen hatten. Seine Finger umklammerten noch immer das Telefon, und sie wusste, dass seine Drohung kein leeres Gerede war. Vielleicht sollte sie weglaufen.

Mit einem Blick auf seine Kohlezeichnungen wurde ihr auf einmal alles klar. Die Lösung für ihr Problem lag auf der Hand.

Sie griff in ihre Jacke und zog die Zeichnung heraus, die Annabelle ihr in Virginia geschenkt hatte: eine Kohlezeichnung mit zwei überkreuzten Pfeilen unter einem flachen Zylinder.

»Die hat sie mir gegeben, als ich sie das letzte Mal gesehen habe«, erklärte Bethany. »Sie haben dieses Bild für sie gezeichnet.«

Die Reaktion des älteren Mannes war alles andere als das, was sie erwartet hätte. Sein Gesicht wurde fleckig vor Wut. Er ließ seine Gerätschaften fallen und stieß sie mit den Händen zurück.

»Verschwinde! *Gopo!* Lügnerin! Komm noch einmal in meine Nähe – und ich bring dich um!«

30

Der alte Mann wandte sich von ihr ab und sammelte seine Sachen auf. Bethany bat mehrmals um Entschuldigung für das, wodurch auch immer sie ihn so verärgert hatte, doch der Künstler blieb unerbittlich. Er wollte nichts mehr von ihr hören, hielt sie sogar für seinen Feind. Wütend stapfte er entlang des Ufers davon. Sie musste sich eine andere Vorgehensweise ausdenken und es dann noch einmal versuchen. Der Mann war ein Haupttreffer, sie wusste es einfach.

Sie drehte sich um und ging zurück zum Eingang der Sackgasse. Einer Sache konnte sie sich gewiss sein: Dieser Mann kannte Annabelle. Und wenn Annabelle ihn hier aufgesucht hatte, musste das bedeuten, dass er öfter herkam, um zu zeichnen. Bethany schätzte ihn als Gewohnheitsmenschen ein. Morgen oder übermorgen würde er wieder an derselben Stelle sitzen. Sie brauchte nur noch überzeugendere Argumente.

Stuart van der Staal wartete, bis sie vorbeigegangen war. Er steckte den Schlüssel, mit dem er so getan hatte, als würde er ein unbenutztes Büro abschließen, wieder in seine Hosentasche. In der anderen trug er eine Spritze bei sich – mit Abstand der einfachste Weg, sie zu überwältigen und in sein Auto zu schaffen, um sie dann zu einem Ort außerhalb der Stadt zu bringen, den er bereits für ihr Gespräch vorbereitet hatte. Er konnte es kaum abwarten, einen Blick in ihren faszinierenden Kopf zu werfen.

Als Bethany zum Tor eilte, folgte ihr der Killer im Gleichschritt; seine langen Beine verkürzten den Abstand zwischen den beiden mit jedem Schritt mehr.

Bethany schlüpfte durch das Tor auf dem Gehweg hinaus. Sie jubelte innerlich, als sie feststellte, dass dort keine großen Männer in kugelsicheren Westen auf sie warteten. Nachdem sie in beide Richtungen gespäht hatte, hastete sie über die Straße die Stufen hinunter am Brunnen vorbei. Dann mischte sie sich unter die Menschenmenge auf der Plaza, dankbar, dass sie der Gefahr erneut entkommen war. Denn sie konnte es sich absolut nicht erlauben, erwischt zu werden. Nicht jetzt, wo sie so kurz davorstand, den Fall zu lösen. Dabei ging es nicht nur darum, dass sie nicht ins Gefängnis gehen wollte für einen Mord, den sie nicht begangen hatte.

Es gab einen weiteren entscheidenden Grund.

Annabelle hatte sich mit diesem merkwürdigen alten Mann getroffen, ein Außenstehender, der regelmäßig vor dem Village House protestierte. Der Anwälte beauftragt hatte und versuchte, die Sekte zu verklagen. Ein Mann wie er verfügte mit Sicherheit über Unmengen an Ordnern voller Informationen, die er im Laufe seiner Recherche gesammelt hatte. Vieles von dem, was er für wahr hielt, war wahrscheinlich verrückt oder falsch, aber sicherlich nicht alles. War es naiv zu glauben, dass er Annabelle etwas Brauchbares erzählt hatte?

Ja, Bethany würde definitiv zurückkommen.

Der Professor stand nun neben ihr, während sie darauf wartete, die Straße überqueren zu können. Dank seiner Kopfbedeckung hatte das arme Mädchen keine Ahnung, wer er war: Wieder drehte sich alles nur um die Wahrnehmung. Seine Haare waren sein herausragendes Merkmal, an das sich die Menschen erinnerten. Doch ohne die auffällige Haarsträhne war sein Gesicht nur eines unter vielen.

Er schlich sich näher an sie heran, seine Hand wanderte in seine Tasche.

Ohne etwas von der Gefahr zu ahnen, setzte Bethany ihre Überlegungen fort. Sie wandelte nun ganz offensichtlich in Annabelles Spur. Wie und warum ihre beste Freundin zum Village House gekommen war, wusste

Bethany noch immer nicht. Wenn man Martins Worten glauben konnte, hatte ihre Suche nach der Pilatus-Inschrift sie dorthin geführt. Außerdem schien der alte Mann ihr einen nützlichen Hinweis gegeben zu haben. Von dieser Vorstellung wollte Bethany nicht ablassen.

Doch da war noch das Tonband von der Sitzung mit Martin. Annabelle hatte Martin erzählt, sie könne Bethany nicht ausstehen und würde ihr nie im Leben ein Geheimnis anvertrauen. Sie hatte sogar davon gesprochen, Angst zu haben, Bethany würde ihr etwas antun. Dann wiederum hatte sie über den Zeitpunkt ihrer Zwangseinweisung gelogen. Diese Lüge könnte für Bethanys Ohren bestimmt gewesen sein. Annabelle war nicht dumm. Sie war sich bewusst gewesen, dass nicht ungefährlich war, was immer sie da tat. Sie hatte gewusst, dass die Möglichkeit bestand, nicht lebend aus der Sache herauszukommen, und sich ihre beste Freundin wahrscheinlich auf die Suche nach ihr machen würde.

Ihre Lüge über die Zwangseinweisung sollte Bethany signalisieren, dass der Rest ebenfalls gelogen war - die ganze Geschichte. Also warum hat sie es dann überhaupt gesagt? Aus demselben Grund. Annabelle hatte furchtbare Angst. Aber nicht nur um sich selbst. Sie machte sich Sorgen, dass Bethany ebenfalls etwas zustoßen könnte, falls jemand glaubte, sie hätten Kontakt gehabt. Daher log sie Martin an, wem sie traute und wem nicht - sie wollte ihre Verfolger von Bethanys Spur ablenken.

Das bedeutete, sie ging davon aus, dass Martin, ob er nun bei ihrer Suche nach der Inschrift half oder nicht, ein Teil dessen war, was ...

Plötzlich tauchte dicht neben ihr ein Mann auf, der sie anrempelte. Dann spürte sie, wie seine Hand ihren Arm hochglitt. Sie drehte sich um, um ihm eine Backpfeife ...

»Miss Hobart! Warten Sie!«

Beide Köpfe fuhren gleichzeitig herum, und der Fremde verschwand in der Menge.

Hinter ihr hatte der pummelige Mann sie eingeholt, der nun vor Anstrengung keuchte.

»Geht es Ihnen gut?«, fragte er und sah in die Richtung, in die der Fremde geflohen war.

»Ja, alles in Ordnung.«

»Wer war das?«

»Ich habe keine Ahnung.« Sie konzentrierte sich auf den alten Mann. »Es tut mir leid, dass ich Sie vorhin verärgert habe. Das war nicht meine Absicht.«

Er war immer noch außer Atem. »Es tut mir leid, dass ich in die Luft gegangen bin. Es ist nur, mein vermisster Sohn, der Stress – da habe ich vielleicht überreagiert. Sie haben recht. Die Zeichnung stammt von mir. Und vielleicht sind Sie tatsächlich Annabelles Freundin. Wir sollten uns unterhalten.«

Mit ausreichend Sicherheitsabstand folgte Stuart van der Staal den beiden. Er war so nah dran gewesen. Die Spritze in seiner Tasche steckte nun wieder sicher in ihrer Kappe. Er sah, wie die beiden ein schmuddeliges kleines Restaurant betraten, und kaufte sich einen Eiskaffee an einem Stand gegenüber. Im letztmöglichen Augenblick war Bethany gerettet worden von diesem verrückten alten Mann, mit dem sie gestritten hatte. Die Mathematik der Zufälle war eine unerschöpfliche Quelle der Faszination für ihn, auch wenn einige Idioten meinten, dass nur das wirklich Erklärbare von Bedeutung war.

Dem Professor fiel auf, dass Bethany Barclay mit ihren Spaziergängen durch Chicago ein ziemlich hohes Risiko auf sich nahm. Sie war eine kluge Frau. Mit Sicherheit ging sie dieses Wagnis nicht ohne Grund ein. Das bedeutete, dass der kleine Mann eine wichtige Informationsquelle sein könnte.

Stuart lächelte innerlich, während er seinen Kaffee schlürfte. Das Schicksal hatte ihm anstelle von einem gleich zwei Ziele zugespielt. Vielleicht würde er beide entführen. Falls nicht, würde er den Eindringling wahrscheinlich eliminieren müssen, um an seine Beute zu kommen.

Damit hatte er kein Problem.

31

»Ich bin nicht verrückt, ehrlich«, sagte der alte Mann. »Mein Name ist Harry Pribyl. Ich bin Buchhalter. Ich muss zugeben, dass ich manchmal die Beherrschung verliere, aber nur, weil ich meinen Sohn zurückhaben will. Ist das verrückt?«

»Natürlich nicht.«

»Ihre Freundin Annabelle hat mir ihre Hilfe angeboten. Sie hat mich genau wie Sie draußen vor dem Village House gesehen und ist mit mir ins Gespräch gekommen und – nun ja, sie hat es versucht. Das muss ich ihr lassen. Sie hat versucht, mir zu helfen, und im Gegenzug habe ich versucht, ihr zu helfen.« Sie saßen in der hinteren Sitzecke einer Burger-Bude, die er kannte. Im Schatten der dunklen Holzverkleidung waren sie kaum zu erkennen, zumindest hoffte Bethany, dass ihr Gesicht gut versteckt war. »Ich kenne alle Witze über Anwälte, weil Anwälte und Buchhalter von Natur aus auf Kriegsfuß stehen. Ich bin zwar im Ruhestand, aber hin und wieder schaue ich trotzdem mal rein. Meine Firma sitzt in einem der Gebäude da hinten.« Sein Hals reckte sich in Richtung Fenster. Er runzelte die Stirn, der ungewisse Blick kehrte in sein Gesicht zurück. »Nein, lieber nicht. Ich wollte Ihnen gerade den Namen meiner Firma sagen, aber das werde ich besser nicht tun. Meinen wahren Nachnamen werde ich Ihnen auch nicht verraten, also fragen Sie mich bitte nicht danach.« Er sah an ihr vorbei und schien zu erschaudern, dann richtete er seine Aufmerksamkeit wieder auf sie. »Ich bin immer noch unsicher, ob ich Ihnen trauen kann. Sie könnten trotz allem ein *Gopo* sein.«

»Wenn ich Sie anlüge«, sagte sie mit sanfter Stimme, »haben Sie immer noch die Möglichkeit, mich der Polizei auszuliefern.«

»Sicher, wenn ich überfahren werden möchte wie die arme Annabelle.« Hinter seiner schiefen Brille konnte man die Wut in seinen Augen erkennen. »Ich weiß, was das für Menschen sind. Bedenken Sie nur, was sie mit meinem Sohn gemacht haben.«

Bethany überkam das Gefühl, dass Harrys vorzeitiger Ruhestand nicht unbedingt eine komplett freiwillige Entscheidung gewesen war.

Die Geschichte mit seinem Sohn hatte Wunden bei ihm hinterlassen, und nun war er besessen. Sie musste herausfinden, worüber er mit Annabelle gesprochen hatte, und es war offensichtlich, dass sie dabei behutsam vorgehen musste.

»Erzählen Sie mir von Ihrem Sohn.«

»Harry Junior.« Seine blassen Lippen kräuselten sich, als er hätte er Probleme, sich an die Details zu erinnern. »Er war ein guter Junge. Unser einziges Kind. Nun ja, meine Frau ist schon vor Jahren verstorben. Auf jeden Fall studierte er Jura an der DePaul University hier in Chicago. Seine Leistungen waren sehr gut, bis er plötzlich vor zwei Jahren verkündete, er wolle sein Studium abbrechen und Martin Potus' kleiner Sekte beitreten. Natürlich hat er sie nicht als Sekte betrachtet. Er erklärte, sie würden ihm helfen, den Weg zu finden, den Gott für ihn auserwählt hatte, und dieser Weg führe nicht mehr über die juristische Fakultät.«

Die Kellnerin unterbrach ihr Gespräch, um ihre Bestellung aufzunehmen. Harry Senior bestellte einen Burger mit allem, Bethany einen Salat mit gegrilltem Lachs.

»Ich dachte, es wäre nur eine Phase. Keiner konnte dieses ... dieses Geschwafel wirklich ernst nehmen. Und dann erst dieser Martin Potus. Ich bitte Sie! Dahinter steckt ein Pyramidensystem. Mit solchen Dingen kenne ich mich aus, schließlich bin ich Buchhalter. Sie werden Mitglied, stecken ihr Vermögen in den Laden – nicht alles, versteht sich, aber einen großen Teil davon – und die Leute an der Spitze ... na ja, egal, Sie wissen, wovon ich spreche. Also warte ich ab. Junior und ich, nun ja, wir treffen uns alle paar Wochen zum Essen. Nach einer Weile wird mir bewusst, dass er es ernst meint. Dass es nicht bloß eine Phase bei ihm ist. Er ist dieser Sekte verfallen. Nachdem wir uns ein paar Mal heftig streiten, will er mich nicht mehr sehen. Also suche ich dieses sogenannte Village House auf, wo mir gesagt wird, dass ich nicht mit meinem eigenen Sohn sprechen darf, weil ich ihn von seinem Weg ablenke. Jeden zweiten Tag komme ich wieder, hinterlasse ihm Nachrichten. Und dann eines Tages erzählen sie mir, dass er nicht mehr da sei, sondern auf einer ihrer Missionen unterwegs ist. Sie verraten mir aber nicht wo. Einen Monat später komme ich wieder. Kein Anzeichen von ihm. In der Lobby lauter neue Gesichter, die nie von ihm gehört haben. Ich mache eine Szene, sie rufen die Polizei ... wie auch immer, das ist die Geschichte dahinter.«

Der Funke in seinen Augen war erloschen, so wie Bethany es gehofft hatte. Sie kannte diese Reaktion von einer eidesstattlichen Aussage während eines hässlichen Scheidungsfalls, bei dem die Geschädigte voller Bitterkeit in das Verfahren gestartet war und am Ende ihrer Geschichte zu erschöpft, um wütend zu sein.

»Es tut mir leid, was mit Junior passiert ist«, sagte Bethany mit weiterhin sanfter Stimme.

»Es tut Ihnen leid? Wissen Sie, wie es sich anfühlt, wenn Ihr eigenes Fleisch und Blut vom Erdboden verschwindet? Ohne eine Spur zu hinterlassen, und niemand kümmert es?«

Sie dachte an ihren Vater. Und an Annabelle, ihre bessere Hälfte, die praktisch gesehen ihre Schwester war. »Ein bisschen«, entgegnete sie.

»Haben Sie schon mal Ihr einziges Kind verloren?«

»Nein.«

»Dann haben Sie keine Ahnung, wie das ist.« Doch sein flehender Blick drückte weniger Wut als Fassungslosigkeit aus. »Mein Temperament geht mal wieder mit mir durch. Ich werde sehr emotional, wenn es um Junior geht. Kurze Zeit danach konnte ich nicht mehr arbeiten, weil ich zu aufgebracht war. Ich habe angefangen, die anderen Buchhalter anzuschreien. Wahrscheinlich hat meine Firma deswegen ... Was soll's. Wo waren wir stehen geblieben?«

»Sie wollten mir erzählen, wie Sie Annabelle kennengelernt haben. Und wie es dazu gekommen ist, dass sie Ihnen versprochen hat, Ihren Sohn zu finden.«

»Das war während der Demonstrationen. Vor dem sogenannten Village House.« Er trank gerade seine dritte Cola Light. »Sie hat mich öfter dort draußen vor dem Gebäude stehen sehen. Eines Tages kam sie zu mir und sprach mich an. Ich sagte ihr, sie solle verschwinden. Sie wollte mir helfen, aber ich glaubte ihr nicht. Ich fürchte, ich habe ein paar sehr gemeine Dinge zu ihr gesagt. Doch wenige Tage später traf ich sie wieder. Dieses Mal befand ich mich nicht unter den Demonstranten vor dem Haus, sondern ich ... ich stand vor der Hintertür und suchte nach einem

Weg, wie ich in das Gebäude hineinkommen könnte. Die Hintertür ist mit einem Schloss verriegelt, bei dem man eine Zahlen-Buchstaben-Kombination eingeben muss, die ich natürlich nicht kannte. Auf jeden Fall war ich kurz davor aufzugeben, als mir eine Gravur in dem Metall unter dem Schloss auffiel. Eine Art Symbol. Es kam mir bekannt vor, denn, nun ja, seltsame Symbole sind so etwas wie ein Hobby von mir. Als ich gerade eine Skizze anfertigte, kam Annabelle durch die Hintertür. Zusammen mit Martin und ein paar anderen *Gopos*. Sie sahen aus, als wären sie bereit, mich auf der Stelle zusammenzuschlagen, aber Martin sagte ihnen, sie sollen mich gehen lassen, und Annabelle begleitete mich bis zum Ende der Gasse. Sie fragte mich, was ich dort getrieben hätte. Ich sagte ihr die Wahrheit. Als sie meine Skizze sah, war ihr Interesse geweckt. Das habe ich sofort gemerkt. Also fragte sie mich, ob wir uns vielleicht einmal außerhalb des Village House treffen könnten. Ich blickte die Gasse hinunter und sah Martin, der auf seine Uhr zeigte. Die beiden Gorillas hatten sich in Luft aufgelöst. Ich sagte Annabelle, dass sie mich am nächsten Tag hier treffen sollte – damit meine ich hier draußen, wo ich zum Zeichnen hinkomme. Pünktlich auf die Minute war sie da. Wir haben uns noch dreimal getroffen, bevor sie sie umgebracht haben.«

»Worüber haben Sie sich unterhalten?«

»Über Junior. Habe ich Ihnen doch gesagt. Sie wollte mir helfen, ihn zu finden. Sie sagte, sie würde vielleicht an die Unterlagen zu den Missionen kommen und mir dann sagen, wohin sie ihn geschickt haben. Zuerst dachte ich, sie würde mich vielleicht anlügen. Aber mir fiel kein Vorteil ein, den das Village House davon gehabt haben könnte. Es war ja nicht so, als hätte ich irgendwelche Geheimnisse preisgegeben. Geld wollte sie dafür auch keins.«

»Aber irgendetwas wollte sie dafür haben, oder nicht? Als Gegenleistung?«

Er nickte. »Das ist die Stelle, an der es ... nun ja, bizarr wurde. Beim ersten Mal fragte sie mich, ob sie meine Zeichnung sehen könne. Die Skizze, die ich von dem Symbol angefertigt hatte, das neben der Tür eingraviert ist. Glücklicherweise hatte ich sie dabei. Ich habe sie sogar jetzt noch dabei.« Er griff in eine Box, in der er seine Zeichenkohle aufbewahrte, und zog eine kleine gefaltete, abgenutzte Seite heraus, die er auf dem Tisch glatt strich. Für Bethany sah es aus wie eine Zeichnung von einem Geldsack – die Art von Sack, die Bankräuber in alten Filmen aus der Bank schleppten, oben zugebunden und mit der Prägung eines achtzackigen Sterns.

»Sie wissen nicht, was das ist, oder?«, fragte Harry stolz. »Annabelle wusste es auch nicht. Aber ich hatte es bis dahin schon in meinen Ordnern nachgeschlagen. Es ist ein Bild von einer Geldbörse. In der mittelalterlichen Kirche war es eines der Bildnisse, das den heiligen Kyrill von Alexandria darstellte. Sie fragte mich, ob ich mir sicher sei, und ich bejahte ihre Frage. Natürlich war ich sicher, immerhin ist das mein Hobby. In meiner Freizeit sammle ich alte christliche Symbole. Aus irgendeinem Grund wurde Annabelle ganz aufgeregt. Sie sagte, sie müsse gehen, fragte aber vorher, ob wir uns am nächsten Tag wieder treffen könnten. Obwohl mich die ganze Geschichte eher belustigte, willigte ich ein.«

Wenn er über sein Hobby sprach, war Harry bemerkenswert klar.

»Und ist sie am nächsten Tag wiedergekommen?«

»Ist sie. Mit den Worten: ›Sie hatten recht. Es funktioniert.‹ Ich weiß nicht genau, was sie damit meinte, aber sie war überaus glücklich an diesem Tag. Fast wäre sie vor Freude geplatzt, kann man sagen. Sie zeigte mir ein paar Fotos, die sie mit ihrem Handy aufgenommen hatte. Fünf oder sechs Stück waren es. Dann fragte sie mich, ob ich die Bedeutung dieser Symbole ebenfalls kannte.« Seine Mimik verlor ihre Lebendigkeit. »Zuerst erinnerte ich sie an ihr Versprechen. *Quid pro quo* lautete die Abmachung. Ich würde ihr helfen, wenn sie mir im Gegenzug auch half. Ein paar der Symbole erkannte ich sofort, dennoch sagte ich ihr, dass ich ihr die Bedeutung nur nennen würde, wenn sie herausfand, was mit meinem Sohn passiert war. Sichtlich verärgert willigte sie ein. Wir vereinbarten ein erneutes Treffen für – lassen Sie mich überlegen – vier oder fünf Tage danach, glaube ich.«

Die Bedienung kam mit dem Essen zurück und unterbrach sie noch einmal, um zu fragen, ob sie Ketchup oder Senf wünschten.

»Also«, fuhr Harry fort, als sie wieder allein waren. Sein Blick wirkte schon wieder fahrig. »Ähm, wo waren wir stehen geblieben?«

»Die Symbole auf Annabelles Handy«, half Bethany ihm auf die Sprünge. Die Strichzeichnung von dem roten Schnörkel auf der Reversnadel hatte sie griffbereit. »Sah eines der Symbole so aus?«

»Bitte? Oh, ja. Das habe ich selbstverständlich sofort erkannt.« Seine Stimmung erhellte sich wieder. »Die Schlange, wie Sie mit Sicherheit wissen. Sie ist um einen Baum gewickelt. Im Mittelalter war sie das Symbol für den Garten Eden und repräsentierte die Versuchungen auf der Welt. In Europa ist dieses Zeichen weit verbreitet, allerdings stimmt bei diesem Exemplar etwas nicht.« Er fuhr mit seinen Fingern die Schlange entlang. »Ist Ihnen aufgefallen, dass der Kopf der Schlange der höchste Punkt im Bild ist? Höher sogar als der Baum selbst? Wer auch immer die Gravur angefertigt hat, hat einen Fehler gemacht. Die Handwerker im Mittelalter hätten niemals den Kopf der Schlange höher als die Baumkrone platziert. Das brächte die Bildsprache total durcheinander, da es Satan eine Position verleihen würde, die kein gefallener Engel jemals erreichen könnte.«

Bethany betrachtete das Bild erneut. Jetzt, da ihr die Botschaft erklärt worden war, schien sie offensichtlich zu sein.

»Und das kann nur aus Versehen passiert sein?«, fragte sie nach.

Harry zuckte mit den Achseln. »Ich nehme an. Es kann auch Absicht gewesen sein. Vielleicht um zu symbolisieren – das ist nur eine Vermutung –, dass jemand den Wert der weltlichen Dinge über Gott stellt. Nun ja, ich gehe davon aus, dass sie es im Village House gefunden hat. Und denen traue ich alles zu. Bedenken Sie nur, was sie meinem Sohn angetan haben.« Er schauderte erneut. »Annabelle kam zurück. Drei oder vier Tage später, oder wann auch immer wir uns verabredet hatten. Dieses Mal trafen wir uns in meinem Büro. Ich fragte sie nach Junior, und sie gab mir die gleiche Antwort wie alle anderen: Es gäbe keine Aufzeichnungen. Nicht mal einen Nachweis darüber, dass er Mitglied gewesen war. Sie hatte sich die Akte zu den Mitgliedern vorgenommen, die sich von der Gruppe losgelöst hatten, und Junior war nicht dabei gewesen.«

Bethany wollte gerade die naheliegende Frage stellen, doch plötzlich wurde ihr bewusst, dass sie Harry lieber bremsen statt weiter anspornen sollte.

»Ich wurde wütend, besser gesagt, fuchsteufelswild, das muss ich zugeben. Ich beschimpfte sie, warf ihr vor, sie hätte mich nur benutzt. Wenn sie mir nicht half, würde ich ihr auch nicht helfen, bestand ich auf unserer Abmachung. Sie stammelte irgendeinen Unsinn, es gäbe noch ein paar verschlossene Akten in Martins Haus, die sie noch nicht zu Gesicht bekommen hätte, und dann ... nun ja, dann brach sie zusammen. Sie wurde hysterisch – der Ausdruck beschreibt es wohl am besten. Der Begriff leitet sich aus dem Griechischen ab, wissen Sie, da wird die Ursache der Hysterie in der ›leidenden‹ Gebärmutter gesehen. Also, ich weiß nichts über Annabelles Gebärmutter, aber es war offensichtlich, dass sie litt. Mitten in meinem Büro brach sie in Tränen aus. Ich meine, niemand weint in dem Büro eines Buchhalters, es sei denn, die Steuerbehörde ist hinter einem her.« Sein Witz kam nicht an. »Sie beteuerte mir, dass sie die Akten durchgegangen war und mir wirklich gerne helfen wollte, aber sie könne sich die Antworten nicht aus den Rippen schneiden. Genau das waren ihre Worte. Aus den Rippen schneiden. Sie flehte mich an, sie müsse unbedingt wissen, wofür die restlichen Symbole stehen, es ständen Leben auf dem Spiel. Ich zitiere: Leben ständen auf dem Spiel.«

»Sind Sie sicher, dass sie es im Plural formuliert hat?«

Er hörte ihre Frage kaum. »Ich war immer noch wütend auf sie, immer noch davon überzeugt, dass sie mich anlog. Doch die Sache ist ... die Sache ist, Annabelle schien nicht zu lügen, um sich selbst einen Vorteil zu verschaffen. Sie schien keinen Nutzen aus der Angelegenheit zu ziehen.« Er zeigte auf das Blatt, das zwischen ihnen auf dem Tisch lag. »Zumindest sehe ich keinen Vorteil darin, die Bedeutung von Symbolen zu kennen, die seit fünfhundert Jahren kein Mensch mehr benutzt hat.«

Bethany horchte auf. »Was haben Sie gerade gesagt?«

»Ich sagte, Annabelle schien die Wahrheit zu sagen. Meiner Meinung nach ging es in der Angelegenheit nicht um sie persönlich.«

»Nein, ich meinte über die Symbole ...«

»Ach so, diese Art von Symbolen wird seit Hunderten von Jahren nicht mehr verwendet. Meiner Einschätzung nach interessieren sich heutzutage vielleicht weltweit zwanzig oder dreißig Menschen für diese Zeichen.« Sein Lächeln wirkte finster. »So ein Hobby ist eine echte Herausforderung. Die meisten Symbole findet man nicht einmal im Internet. Um ihre Bedeutung herauszufinden, muss man in Katakomben oder staubigen Bibliotheken herumstöbern, und wer hat dazu schon Lust?«

Bethanys Gedanken rasten mit großen Schritten voraus. Niemand benutzte diese Symbole, niemand verstand sie. Im Netz waren sie auch nicht zu finden. Wenn das nicht perfekte Bedingungen waren. Schlichtweg perfekt, wenn man ein nicht decodierbares Kommunikationsmittel brauchte.

»Sie haben gesagt, Annabelle zeigte Ihnen fünf oder sechs Fotos, von denen sie nur zwei direkt erkannten.«

»Das stimmt.«

»Was war auf den anderen?«

Sie merkte, dass er zögerte. Seine Augen wanderten im Raum umher, sie wusste, dass er an Harry Junior dachte. Als sie gerade glaubte, ihn verloren zu haben, diesmal vielleicht für immer, antwortete er mit angemessen tiefer und ernster Stimme.

»Das Jüngste Gericht. Die bedeutendsten Individuen dieser Welt, inklusive der großen kirchlichen Persönlichkeiten, die vor Christus stehen, damit er über sie urteilt.« Hinter seiner schiefen Brille war Besorgnis in seinen farblosen Augen zu erkennen. »Es war seltsam. Das Jüngste Gericht wird heutzutage kaum noch in Kirchen dargestellt, zumindest nicht in Amerika und Europa. Im Mittelalter waren diese Darstellungen weit verbreitet, und in einigen älteren europäischen Bauwerken sind sie noch zu finden, aber in Amerika, wo viele Christen zu glauben scheinen, man könne das Evangelium per Mehrheitsentscheidung bestimmen, ohne jeglichen Bezug auf die Heilige Schrift zu nehmen ... nun ja, lassen Sie es mich so ausdrücken, die Verwendung einer Darstellung des Jüngsten Gerichts ist eher ungewöhnlich. Und da ist noch etwas.« Sein Blick wanderte zum Fenster hinaus, mit seinen Fingern trommelte er auf den Tisch, während er nachdachte. Wenn Harry von seinem Hobby und nicht von seinem Sohn sprach, waren seine Gedanken kristallklar. »Der Richter auf dem Bild, das sie mir zeigte – nun ja, es war keine typische Darstellung von Christus. Es handelte sich zum Beispiel nicht um einen Delfin oder Löwen, und außerdem fehlte der Engel mit der Trompete. Stattdessen knieten die unzähligen Männer und Frauen vor einem Zentaur, der im Mittelalter als heidnisches Symbol galt. Zudem trug der Engel ein Schwert und eine Sanduhr anstelle einer Trompete.«

»Wofür stehen diese Symbole?«

Harry schüttelte den Kopf. Er gab zu, dass er sie im Lauf seines langen Lebens schon einmal gesehen haben könnte, schob aber vor, dass seine Erinnerung ihn im Stich ließ. Sie spürte, dass er ihr etwas vormachte, meinte aber zu wissen, warum.

»Darf ich Ihnen noch ein Symbol zeigen?«, fragte sie.

»Gerne«, antwortete Harry, doch seine gelassene Haltung wurde von einer Aufgeregtheit abgelöst, die Bethany zu verstehen gab, dass ihr nicht viel Zeit blieb.

Ihre Zeichnung lag bereit: die aus dem Gedächtnis gezeichnete Gravur unter dem Tastenfeld der Panzertür. »Für mich sieht es wie ein Hufeisen aus.«

»Bitte? Oh, nein. Überhaupt nicht. Ganz und gar nicht. Das liegt an der bescheidenen Darstellung«, meinte er ohne jeglichen Vorwurf in der Stimme. Erneut öffnete er seine Zeichenbox, nahm ein Stück Kreide heraus und zeichnete eine Skizze auf die Papiertischdecke. »Kommt das dem näher, was Sie gesehen haben?«

»Ich glaube, ja«, antwortete Bethany beeindruckt. »Genau.«

»Ach so. Gut. Langsam nimmt die Sache Form an. Das ist ein Ledergürtel, wie ihn Ritter an ihrer Rüstung trugen. Die drei Kreise stehen für Steine. Das Bild ist eines der mittelalterlichen Symbole für den heiligen Thomas, der laut Überlieferung in Indien zu Tode gesteinigt wurde. Definitiv ein Thomas.«

»Ein Thomas«, wiederholte sie.

»Ja.« Er schob seinen Teller beiseite. »Und jetzt muss ich Sie um dasselbe bitten wie Annabelle. Werden Sie mir helfen, meinen Sohn zu finden?«

»Das möchte ich sehr gerne. Aber ich werde Sie nicht anlügen. Ich habe keinen Zugang zu irgendwelchen Dokumenten.«

»Sie könnten sich aber ein wenig umhören.«

Sie überlegte. »Okay, das werde ich.«

»Vielen Dank.« Wieder trommelte er mit den Fingern. »Vielleicht können wir uns noch einmal treffen? Sagen wir in zwei Tagen? Donnerstag, etwa zur selben Zeit wie heute?«

»Wieder am Fluss?«

»Wie wär's mit diesem Restaurant. In derselben Sitzecke.«

»Wenn ich es hierhin schaffe, werde ich da sein.«

Danach wurde der Buchhalter missmutig. Sie versuchte, ihn aufzuheitern, aber offensichtlich trauerte er um seinen Sohn und sagte ihr, er wolle lieber allein sein. Dann bat er die Bedienung, ihm ein Bier zu bringen. Das war das Letzte, was Bethany von ihm sah.

32

Stuart van der Staal hasste Eiskaffee. Dennoch schlürfte er gerade seinen dritten, weil der Stand, den er ausgewählt hatte, nichts anderes bieten konnte, das ihn auch nur im Entferntesten ansprach. Diese Art des Wartens mochte er überhaupt nicht, so allein in aller Öffentlichkeit. Viel lieber waren ihm Schatten, dunkle Ecken und Nischen. Am liebsten näherte er sich seiner Beute, ohne gesehen zu werden. Ihm war bewusst, dass er einen Hang zum Dramatischen hatte – oder besser zur Melodramatik –, doch bisher hatte das seiner Arbeit nie geschadet. Er war nun seit über zehn Jahren im Geschäft und hatte fünfzehn Eliminierungen vorzuweisen, jede davon absolut sauber ausgeführt. Er hatte bislang niemals versagt – und zwar weil er keinerlei Mitgefühl verspürte. Die Menschen, die er verfolgte, waren nicht wirklich Menschen – sie waren nicht einmal real –, sondern bloß eine Ansammlung von Wahrnehmungen; Zellen, die andere Zellen wahrnehmen, die wieder andere Zellen wahrnehmen und sich dann vorstellen, sie würden sich etwas vorstellen. Es gab keinen Verstand, nur ein Gehirn. Ein geistloses Tier ...

Da tauchte sie plötzlich auf. Gerade hastete sie aus einem Lokal. Allein.

Der Professor beobachtete sie dabei, wie sie die Straße hinuntereilte, weg vom Fluss. Ihr dicker kleiner Freund blieb zurück. Bethany musste ihm eine Abfuhr erteilt haben.

Gut gemacht!

Unauffällig mischte sich Stuart unter die Fußgänger und folgte ihr den Gehweg hinunter.

Bethany beschloss, dass sie keine Lust auf den Zug hatte, daher ging sie in Richtung Bushaltestelle. Ein kurzer Blick auf die Uhr, es war fast vier Uhr. Mittlerweile würde das Geschrei groß sein. Alle würden annehmen, dass Bethany die Spur von Annabelles Nachforschungen verfolgte. Mit ihrer Rückkehr würde niemand rechnen. Welch eine Überraschung, wenn sie auf einmal wieder vor der Tür stand und sich freundlich lächelnd entschuldigte!

Die Schlange am Bus war zu lang, daher entschied sie sich, das nächstgelegene Hotel aufzusuchen und ein Taxi zu rufen. Zwei Straßenblöcke entfernt lag ein großes Hotel, das Bethany nun ansteuerte. Sie reckte ihr Gesicht der Sonne entgegen und erfreute sich des seltsamen Gefühls von Freiheit, das neue Informationen mit sich brachten. Die Gewissheit, alles unter Kontrolle zu haben, hatte schon immer eine befreiende Wirkung auf sie gehabt, zumindest glaubte sie momentan, dass sie die Situation irgendwie im Griff hatte.

Langsam ergaben die Ereignisse einen Sinn.

Annabelles Suche nach der Pilatus-Inschrift führte sie ins Village House. Sie ging hinunter in den Keller. Einige Zeit später traf sie den armen Harry in der Gasse. Sie unterhielten sich über sein Hobby. Daraufhin trafen sie sich erneut. Sie zeigte ihm Fotos von Gravuren, wahrscheinlich aus dem Village House, und er erklärte ihr, was einige von ihnen bedeuteten. Dann verschwand sie.

Aber nicht sofort.

Zuerst ging sie zurück ins Village House, ausgestattet mit den Informationen, die sie von dem verrückten alten Mann bekommen hatte. Plötzlich schien alles so offensichtlich. Symbole, die seit einem halben Jahrtausend niemand mehr benutzt hatte. Und eine verängstigte Annabelle, die um das Leben anderer fürchtete. Nur wegen dem, was sie im Keller gesehen hatte. Vielleicht hatte Annabelle weitere Türen mit weiteren Codeschlössern gefunden und auf ihrer Suche die Kombinationen eingegeben, die der verrückte alte Mann ihr, ohne es zu wissen, gegeben hatte.

Schön und gut.

Annabelle war wieder in den Keller gegangen. Und genau dorthin würde Bethany sich heute Abend begeben, bewaffnet mit Harry Pribyls Symbol-Deutung.

Bisher hatte sie keinen Grund zur Annahme, dass die *Planer* gewalttätig waren. So oder so hatten die beiden Gespräche mit Martin sie davon überzeugt, dass ihr einstiger Liebhaber nicht beabsichtigte, ihr etwas anzutun. Wenn man sie erneut im Keller erwischen würde, hatte sie zweifelsohne einen strengen Vortrag über ihr irregeleitetes Verhalten zu erwarten, und die *Gopos* könnten sich dazu entschließen, sie vom Village House auszuschließen. Doch ihr Plan war es, sich reuevoll zu zeigen und zu versprechen, sich ab jetzt an die Regeln zu halten. Wichtig war allein, ihr altes Zimmer zurückzubekommen, nur für eine Nacht. Sie hatte Martin erzählt, dass Blessing die Tür vom Treppenhaus zum Keller offen gelassen hatte, was er ihr anscheinend glaubte. Daher war es unwahrscheinlich, dass jemand in der Zwischenzeit ihren tatsächlichen Weg durch die Küche, den Lastenaufzug hinunter, versperrt hatte ...

Bethany schrie auf und schlug mit der Hand in den Nacken. Etwas hatte sie gebissen. Nicht gebissen, sondern gestochen. Oder, halt – es fühlte sich an wie eine Nadel ... ein brennendes Gefühl ... ihre Zunge wurde taub, und plötzlich lief alles wie in Zeitlupe ab ...

»Brauchen Sie Hilfe, Miss?«, murmelte der Fremde neben ihr direkt in ihr Ohr. »Alles wird gut. Entspann dich. Kämpf nicht dagegen an.« Es war derselbe Mann, der sie am Arm gepackt hatte. Dieses Mal umklammerte er mit einer Hand ihren Oberarm, mit der anderen fasste er sie an ihrem Schal. Sie wollte aufschreien, war dazu aber viel zu müde. Sie blinzelte und verlor langsam das Bewusstsein. In ihrem Kopf herrschte ein einziges Durcheinander, als das Quietschen von Reifen sie für einen kurzen Moment wieder zur Besinnung kommen ließ. Sie fragte sich vage, ob sie auf die Straße getaumelt war, doch sie stand immer noch auf dem Bordstein. Eine große, vertraute Gestalt stieg aus der Beifahrertür.

»Bitte steigen Sie ein, Ms Hobart«, forderte Mr Fuentes sie mit ernster Miene auf. »Die anderen suchen Sie schon alle, und ...«

Dann klappte Bethany einfach zusammen.

Fuentes fing sie auf und wusste sofort, was los war. Ihm war der gut gekleidete Fremde aufgefallen, der ihr etwas ins Ohr geflüstert hatte, und hielt ihn zuerst für einen flirtfreudigen Geschäftsmann. Doch der Mann hatte sich in Windeseile wieder unter die Fußgänger gemischt. Fuentes schob Bethanys widerstandslosen Körper auf den Rücksitz und blaffte eine schroffe Anweisung an Wayne.

Das Auto schoss in den Verkehr.

Sein Pech verfluchend, musste der Professor beobachten, wie Bethany Barclay erneut seinen Fängen entwischte. Seiner Meinung nach hatte sie einfach höllisches Glück – auch wenn sie es wahrscheinlich etwas anders ausdrücken würde.

Egal. Fakten waren nun einmal Fakten. Was auf den ersten Blick wie eine Rettungsaktion aussah, würde sich wahrscheinlich als das genaue Gegenteil herausstellen. Martin Potus und seine lustigen Gesellen konnten wohl kaum glücklich über Bethanys jüngstes Fehlverhalten sein. Und anders als Stuart van der Staal waren sie mit Sicherheit nicht so fasziniert von ihr, als dass sie sie mit Samthandschuhen anpacken würden.

Sein Auftrag lautete nicht, sie an ihrem Spaß zu hindern, daher würde er einfach abwarten, bis die *Gopos* mit ihr fertig waren, was immer das auch beinhalten mochte. Dann würde er sehen, ob den Überbleibseln ihres Verstands noch irgendwelche nützlichen Informationen zu entlocken waren.

33

Am selben Dienstag befand sich Carl Carraway in der Third-District-Polizeistation auf der V Street, nur wenige Häuserblocks von der Stelle entfernt, an der Annabelle überfahren worden war. Kurz zuvor hatte er eine Stunde in der Kirche auf der U Street verbracht und sich mit dem Chorleiter unterhalten, der sich gerade auf den Abendgottesdienst vorbereitete. Ja, hatte der Chorleiter gesagt, er sei auch beim Bibelkreis gewesen in der Nacht, in der die arme Frau überfahren wurde. Ja, sie sei laut und unangenehm gewesen, so wie es die anderen beschrieben hatten. Nein, er könne leider nicht mehr genau wiedergeben, was sie geschrien habe, in etwa, dass sie ihre Hilfe brauche, um zu entscheiden, was sie mit dem Buch machen sollte. Sie sagte, sie habe den ganzen Tag versucht herauszufinden, wen Gott als ihre Helfer auserkoren hatte, und sei dann zu dem Entschluss gekommen, dass es diese Kirchengemeinde war. Sie wisse, dass jemand da sei, also solle man ihr bitte einfach nur zuhören – und so was eben. Und nein, er wusste nicht, von welchem Buch sie sprach, aber nach der Art zu urteilen, wie sie ihren Rucksack umklammerte, war es vielleicht da drin gewesen. Sicher, an den Rucksack konnte er sich erinnern, er war hellgrün mit orangefarbenen fluoreszierenden Streifen. Das hatte er auch schon der Polizei erzählt ...

Carraway war noch einmal die Liste der Gegenstände durchgegangen, die man bei der Verstorbenen gefunden hatte, um sicherzugehen, dass sich kein Rucksack oder Ranzen darunter befand. Daraufhin hatte er die Gasse und die Straße abgesucht, hinter Mülleimer und in Kanalöffnungen geguckt, für den unwahrscheinlichen Fall, dass der Rucksack zwei Monate nach dem Vorfall noch irgendwo herumliegen könnte.

Mittlerweile war es früher Abend geworden, und er wartete ungeduldig darauf, dass der Asservatenverwalter der Third-District-Polizeistation von seinem Abendessen zurückkehrte, damit er ihm das Gitter zum Lagerraum aufschloss und er sich Annabelles Habseligkeiten ansehen konnte. Dieser Nachmittagsausflug war nicht nur außerhalb seines Zuständigkeitsbereichs, sondern verstieß auch gegen Vanners unmissverständliche Anordnungen. Dennoch sagte ihm sein Instinkt, dass die Antwort in der Vergangenheit der Verdächtigen lag. Und selbst nach einer nur flüchtigen Untersuchung ihrer Vergangenheit wurde eins glasklar: Bethany Barclays Leben, so exzentrisch und einsam es auch gewesen sein mochte, war bis zu dem Zeitpunkt, an dem Annabelle aus welchem Grund auch immer ermordet worden war, absolut solide verlaufen.

Und genau deswegen saß Carraway nun in der Third-District-Polizeistation und wartete.

Den Morgen hatte er mit Meetings im Justizministerium verbracht. Während des endlosen Mittagessens mit den hochrangigen Mitgliedern der Sonderkommission wurde die Aufteilung der zur Verfügung stehenden Ressourcen besprochen, da man die Suche auf den Mittleren Westen ausgeweitet hatte – für den wahrscheinlichen Fall, dass Bethany bereits aus Chicago geflohen war. Im Anschluss hatte er Pulu gebeten, ihn für etwa eine Stunde zu vertreten.

Aus der Stunde waren mittlerweile dreieinhalb geworden.

Er fragte sich, welcher Art von Arbeit er wohl nachgehen würde, nachdem man ihn gefeuert hatte.

»Ich wäre schneller hier gewesen, wenn man mir gesagt hätte, dass das FBI auf mich wartet«, begrüßte ihn der Asservatenverwalter, ein korpulenter dunkelhäutiger Sergeant mit Brille namens Lattimore. Seine von Tränensäcken gesäumten Augen funkelten, und Carraway fragte sich, ob der Mann ihn auf den Arm nehmen wollte. »Ich hoffe, Sie mussten nicht allzu lange warten.«

»Kein Problem.«

Der Sergeant beäugte das I-Pad. »Spielen Sie Spiele auf dem Computer?«

»So etwas in der Art.«

»An welchem Fall arbeiten Sie?«

»Seaver. Annabelle Seaver.« Er zeigte dem Polizisten den Fallbericht mit dem deutlich erkennbaren Aktenzeichen am oberen Rand.

»Ach ja, richtig. Der Unfall mit Fahrerflucht bei der Kirche.« Mit dem Kinn deutete er zum Tisch. »Unterschreiben Sie hier.«

Carl unterschrieb.

»Kommen Sie mit.« Der Sergeant öffnete das Tor, ließ den Agent herein und wies auf einen wackeligen Holztisch. »Nehmen Sie Platz. Ich bringe Ihnen die Kartons. Sie dürfen nichts aus den Hüllen nehmen. Und nichts mitnehmen. Haben Sie verstanden?«

»Habe ich, Sergeant Lattimore. Vielen Dank.«

»Möchten Sie alle Beweisstücke sehen?«

»Nur die persönlichen Sachen, die bei der Leiche gefunden wurden.« Er studierte die Akte. »Es gibt eine Liste ...«

Aber Lattimore watschelte bereits in sein Allerheiligstes. Fünf Minuten später kehrte er zurück. »Ich habe mich geirrt. Es gibt nur einen Karton.« Er stellte ihn auf den Tisch und verschwand wieder hinter der Absperrung.

Carraway durchwühlte den Inhalt der Kiste. Kleidung und Schuhe, in Beutel verpackt und gekennzeichnet. Ein Portemonnaie ohne Ausweis oder Kreditkarten. Ein Buchungsbeleg über ein paar Hundert Dollar in bar, aufbewahrt in einem separaten Safe, ganz nach Vorschrift. Ein Stück Papier mit einer Nummer, die im Notfall angerufen werden sollte, mit dem Zusatz »Fragen Sie nach Polly«. Hmmm ... Warum gab sie ihre Schwester an, mit der sie allen Berichten zufolge zerstritten war, und nicht ihre beste Freundin, Bethany Barclay? Er machte sich eine Notiz, um der Sache nachzugehen ...

»Ich habe noch etwas gefunden«, unterbrach Sergeant Lattimore seinen Gedanken.

Carl sah auf und schnappte nach Luft.

Der Polizist hielt einen großen durchsichtigen Plastikbeutel hoch, in dem ein grüner Rucksack mit orangefarbenen fluoreszierenden Streifen steckte.

»Der ist nicht im Fallbericht aufgelistet«, sagte Carraway.

»Dann haben Sie wohl eine alte Kopie. Wir haben ihn zwei oder drei Wochen nach ihrem Tod bekommen.«

»Warum wurden wir darüber nicht informiert?«

»Der Fall wurde nicht markiert.« Er bemerkte Carraways verständnislosen Blick. »Keine Notiz im Fallbericht, dass das FBI über Neuerungen informiert werden soll. Ihr Jungs müsst solche Dinge veranlassen. Es ist ja nicht so, als hätten wir Zeit, jedes neue Beweisstück an das FBI weiterzuleiten.« Er studierte sein Logbuch. »Ach, und außerdem hat einer eurer Leute ihn bereits unter die Lupe genommen.«

»Den Rucksack?«

»Richtig.« Er kniff die Augen zusammen. »Hier steht Special Agent i. R. – buchstabiert: i Punkt r Punkt.«

»Sie haben das Beweisstück einem Agent im Ruhestand ausgehändigt?«

»Im Ruhestand, nicht im Ruhestand, es ist nicht mein Job, über eure Statusmeldungen auf dem Laufenden zu sein. Er konnte sich als FBI-Agent ausweisen und hat gesagt, er würde an einem Spezialauftrag arbeiten. Wieso sollte ich daran zweifeln? Seit dem 11. September scheint irgendwie jeder so eine Art Special Agent zu sein.« Seine Stimme wurde ernst. »Hören Sie, Agent Carraway. Er hat unterschrieben, okay? Mag sein, dass wir sonst strengere Sicherheitsvorkehrungen haben, aber es ist ja nicht so, als wäre das der heißeste Fall der Stadt.«

»Wie hieß der Mann?«

»Mmmh, lassen Sie mich nachsehen. Sieht aus wie, ähm, Lerosko vielleicht. So etwas Ähnliches.«

Carraways Kopf schnellte hoch. »Lerosko? Könnte es auch Lesofsky heißen?«

»Genau das steht hier. Lesofsky. Theodore Lesofsky. Kennen Sie ihn?«

»Oh ja, ich kenne ihn.«

Was er nicht hinzufügte: *Er ist ein verrückter Spinner, und ich habe mit dafür gesorgt, dass er gefeuert wurde.*

»Wer hat den Rucksack hier abgegeben?«

»Auf dem Beleg steht, dass ein paar Kinder ihn in den Büschen im Park einen Block von der Kirche entfernt gefunden haben. Sehen Sie das hier?« Er zeigte auf eine Stelle unter dem Plastik. »Abdrücke von Zähnen. Die Polizeibeamten sagen, die Hunde haben ihn in die Mangel genommen. Im Rucksack war Essen, deswegen haben sie versucht, ihn aufzureißen. Die Ratten haben es hineingeschafft. Alles war nass und zerfleddert.« Er zog sich ein Paar Gummihandschuhe an und reichte den Karton an Carraway weiter, der es ihm nachtat. Der Sergeant öffnete den Beutel. »Ich muss überprüfen, dass alles da ist, bevor Sie sich den Rucksack ansehen dürfen.«

»Das verstehe ich.«

Lattimore hatte den Beleg auf den Tisch gelegt, sodass Carl ihn auf dem Kopf lesen konnte, während der Beamte einen Blick in den Rucksack warf.

»Hey, das ist komisch.«

»Was ist komisch?«

»Auf dem Beleg steht, dass in dem Rucksack Kleidung, ein paar Magazine, Bonbonpapierchen und ein Notizbuch sein sollen.«

»Und?«

»Sehen Sie selbst.« Er hielt ihm die Öffnung des grellgrünen Rucksacks entgegen. »Kein Notizbuch.«

34

Bethany war in den evangelischen Kirchen des ländlichen Virginia und North Carolina groß geworden und hielt daher nichts von Geschichten über das Fegefeuer. Doch genau dort schien sie sich gerade zu befinden, an jenem mythischen Ort aufgezwungener Buße, der zwischen dem irdischen Tod und der Entlohnung im Himmel lag. Damals im College hatte sie Dante gelesen, daher war sie mit der Vorstellung vertraut, dass die Seele des Menschen, um von den Sünden gereinigt zu werden, für ein oder zwei Jahrhunderte an irgendeine schreckliche Form der Bestrafung gekettet wurde, was gemessen an der Ewigkeit ein lächerlich kurzer Zeitraum war. Sie fühlte die Ketten, als sie versuchte, sich zu bewegen, genau wie sie die Bestrafung in Form von Schmerzen in ihrem Körper spürte. Ihre halb offenen Augen nahmen verschwommen ihre engelsgleichen Peiniger wahr, die sich gegenseitig etwas zuflüsterten, doch ihr Gehör schien nicht zu funktionieren, was angesichts der Tatsache, dass sie tot war, absolut verständlich schien. Irgendwann war Annabelle da und redete mit ihr, während Ken Kirkland mit seinem halb weggeschossenen Gesicht auf der anderen Seite des Bettes saß und Bethany sich darüber wunderte, dass er seine Wunden mit ins Jenseits nehmen musste. Ken schien ihr etwas Dringendes mitteilen zu wollen. Was von seinem Mund übrig geblieben war, bewegte sich ohne Unterlass. Zwar konnte sie nicht hören, was er sagte, dennoch war sie fasziniert davon, wie das Blut bei jedem seiner Worte an seinem Hals heruntersickerte. Es hörte gar nicht auf zu tropfen. Warum blutete er, obwohl er schon tot war? Da war so unendlich viel Blut, es lief überallhin, auf beiden Seiten des Bettes erhob sich ein rotes Meer, immer schneller stieg es an, und sie musste aufstehen, durch das Meer hindurchschwimmen, weil sie fliehen musste und sich beeilen musste, weil ...

... sich beeilen, weil ...

... weil ...

... weil sie es wusste ...

Bethany schlug die Augen auf. Sie blinzelte, nahm ihre Umgebung in Augenschein. Noch am Leben. Nicht im Fegefeuer. Ihre Gedanken schwerfällig. Sie lag in einem fremden Bett, in einem ihr unbekannten Raum. Kein Krankenhaus, auch wenn ein Infusionsschlauch an ihren Arm angeschlossen war und man sie mit Gurten an das Bett geschnallt hatte. Sie wackelte mit ihren Fingern und Zehen. Alles funktionierte, auch wenn die Befehle ihres Gehirns merkwürdig verzögert ausgeführt wurden. Bruchstückhaft kehrte ihre Erinnerung zurück. Der Mann an der Straßenecke, der ihr eine Injektion verpasst hatte. Fuentes, der sie ins Auto schob. Ab da – nur noch Dunkelheit. Ihre Kehle war staubtrocken, und von dem metallischen Geschmack in ihrem Mund wurde ihr leicht übel. Durch die Fenster konnte sie sehen, dass es draußen Nacht war. Sie drehte den Kopf. Eine Frau, die sie zuvor noch nie gesehen hatte, schlief zusammengekauert, mit einer Ausgabe von Martins Buch auf dem Schoß, auf einem Stuhl. Das Zimmer war groß, aber, wie die meisten Räume im Village House, spärlich möbliert.

»Hey«, brachte Bethany gurgelnd hervor. »Hey, hallo!«

Die Frau hob den Kopf und stand dann auf. Sie war blond und drahtig. Ihr frühzeitig gealtertes Gesicht ließ darauf schließen, dass sie vom Leben gebeutelt, aber dadurch nur härter geworden war. Sie könnte zwanzig gewesen sein, aber auch fünfzig. Im *Gopo*-Grau gekleidet, lächelte sie zögernd, als müsste sie sich erst erinnern, wie das ging.

»Hallo zurück«, antwortete sie und näherte sich dem Bett. »Wie geht's dir?«

»Ganz okay. Kannst du mich losbinden?«

»Du hast ganz schön um dich geschlagen. Sie wollten nicht, dass du dich dabei selbst verletzt.« Sie überprüfte die Gurte, aber löste sie nicht. »Ich heiße Gratitude. Wir haben telefoniert.«

Blessing. Gratitude. Die Frauen, die es bei den *Planern* zu etwas gebracht hatten, trugen alle diese hochtrabenden, aber irgendwie auch kitschigen Namen, wohingegen die höhergestellten Männer, außer Martin, alle mit Mr Soundso angesprochen wurden.

»Wann haben wir telefoniert?«, krächzte Bethany.

»Ich bin für die PR in diesem Haus zuständig. Du hast angerufen, erinnerst du dich? Um nachzufragen, wann Martin das nächste Mal predigt.« Sie zuckte die Achseln, als hätte man ihr ein Kompliment gemacht. »Ich kann mich gut an Stimmen erinnern.«

Bethany zitterte. Man hatte sie in zwei Decken gehüllt, und den Strömen von Schweiß auf Gratitudes hartem Gesicht nach zu urteilen, war die Heizung voll aufgedreht, doch ihr war trotzdem eiskalt. Ihr stieg die Galle hoch, doch die Übelkeit legte sich wieder. »Bitte nimm mir die Gurte ab. Es ist nicht gerade ... bequem.«

»Das sind die Nachwirkungen der Drogen, Kathy. Entspann dich.«

Gerade wollte sie fragen, wer Kathy war, als Bethany sich gerade noch rechtzeitig an den Decknamen erinnerte, den Blessing ihr verpasst hatte. Martin hatte gesagt, dass nur er, Blessing und Daniel Stafford ihre wahre Identität kannten.

»Befrei mich von den Gurten.« Sie versuchte, mit fester Stimme zu sprechen. Am liebsten hätte sie laut losgeschrien, aber dafür fehlte ihr wahrscheinlich sowieso die Energie. »Ich mag es nicht, gefesselt zu sein.«

»Ich weiß, es tut mir leid.«

»Gratitude, ich bitte dich. Dein Name bedeutet doch Dankbarkeit, ich werde dir sehr dankbar sein.« Es war nicht ihre Absicht, einen Wortwitz aus ihrem Namen zu machen. Sie fühlte sich, als wäre sie übergeschnappt. Als wäre ihr Gehirn auf links gedreht.

»Vielleicht hole ich besser jemanden.«

Sie verschwand.

Bethany stöhnte auf und schloss wieder die Augen. Sie wurde von ihrer Angst vor engen Räumen übermannt, die sie seit ihrer Kindheit plagte, und sie begann, hilflos herumzuzappeln. Tante Claudias Jungs hatten ihr damals übel zugesetzt, heute verhielten sie sich jedoch so, als wären sie ihre besten Freunde. Warum dachte sie überhaupt an sie? Immer noch verrückt.

Wahrscheinlich war sie eingeschlafen, denn als sie ihre Augen öffnete, saß Martin auf ihrer Bettkante, und nach seinen Augenringen und den zerwühlten grauen Haaren, seinem Markenzeichen, zu urteilen, das schon seit einer ganzen Weile.

»Wir wollten das Risiko nicht eingehen, dich in ein Krankenhaus zu bringen«, erklärte er, während er die Gurte löste. »Wir wussten ja nicht, was sie dir gegeben haben, daher waren wir uns unsicher, was du in deinem Delirium erzählen könntest.« Er zwinkerte. »Oder mit welchem Namen du dich bei den Ärzten vorstellen würdest. Nein, warte, bleib liegen. Ruh dich aus. Die Infusion ist nur eine Kochsalzlösung.« In seiner Hand hielt er eine Schnabeltasse mit Wasser. »Trink das.«

Er stützte ihren Kopf.

»Danke.« Seinen Rat ignorierend, zwang sich Bethany in eine sitzende Position, woraufhin sie erst einmal warten musste, bis der Raum aufgehört hatte, sich zu drehen. »Was ist passiert?«

»Mr Fuentes meint, dass jemand versucht hat, dich zu entführen.«

»Mich entführen? Wozu?«

Martin schüttelte den Kopf. »Ich hatte gehofft, die Frage könntest du mir beantworten, Bets.« Er stellte die Tasse ab. »Irgendeine Idee?«

»Nein.« Die Übelkeit überkam sie erneut. Sie schloss die Augen für einen Augenblick. »Ich verstehe das Ganze überhaupt nicht.«

Er berührte ihre Hand, sie zuckte zusammen. »Vielleicht hat es etwas damit zu tun, was du da draußen gemacht hast«, sagte er sanft. »Wir haben uns Sorgen um dich gemacht, Bets. Unsere Leute haben überall nach dir gesucht.« Sein Blick war betrübt. »Wir können dich nicht beschützen, wenn du in Chicago herumwanderst. Vielleicht solltest du besser eine Weile hier im Gebäude bleiben. Zumindest bis wir einen Umzug für dich organisiert haben.«

»Umzug wohin?«

»An einen sicheren Ort.«

Sie zitterte immer noch vor Kälte. »Wo sind meine Klamotten?«

»Blessing wäscht sie.« Er griff in seine Tasche und zog die Zeichnung hervor, die sie von dem Schloss im Keller gemacht und die Harry als Symbol für den Apostel Thomas gedeutet hatte. »Was ist das, Bets?«

Das Hämmern in ihrem Kopf erwachte plötzlich zum Leben, tobte und schrie und wurde so grell, dass es sie blendete. Dennoch schaffte sie es, sich ein Quäntchen Mut zusammenzuraffen. »Ich fasse es nicht, dass du meine Taschen durchsucht hast.«

»Was ist das?«

»Du weißt doch genau, was das ist«, antwortete sie müde.

»Komm schon, Bets. Warum trägst du das mit dir herum? Wozu hast du die Zeichnung überhaupt angefertigt?«

Erneut fing der Raum an zu schwanken, diesmal wahrscheinlich eher durch ihre Angst bedingt. Der Ton in Martins Stimme hatte nichts mehr mit der aalglatt-bezirzenden Einführung am ersten Abend gemein. »Diese kleinen Symbole findet man überall im Village House. Ich wollte bloß wissen, was sie bedeuten.«

»Das geht dich nichts an.«

»Ich dachte, ihr hättet keine Geheimnisse.«

»Und ich dachte, du würdest dich an die Regeln halten.«

Bethany entschied sich, es dabei zu belassen. Sie dachte immer noch darüber nach, wie knapp sie der Katastrophe entgangen war. Auch wenn ihr nicht in den Kopf ging, warum sie jemand entführen wollte, war sie sich ziemlich sicher, dass sie weiterhin in Gefahr wäre, wenn sie hier im Village House blieb.

»Ich möchte meine Sachen zurück«, sagte sie. »Und ich möchte zurück in mein altes Zimmer.« Die Übelkeit wurde schlimmer. Was zum Teufel hatte dieser Mann ihr gegeben? »Und dann ist es, glaube ich, an der Zeit weiterzuziehen.«

»Das sehe ich anders, Bets. Da draußen bist du nicht sicher.«

»Das ist wohl kaum deine Entscheidung, Martin.«

»Ich befürchte doch.«

Während sie ihn ansah, erinnerte sie sich daran, wie wütend er in der Nacht gewesen war, in der sie ihre Verlobung aufgelöst hatte. Sie erkannte dasselbe verwöhnte Kind in ihm, nur mit mehr Macht als damals. »Ich werde gehen, Martin. Und zwar jetzt gleich.«

»Noch nicht, fürchte ich.«

»Was soll das heißen?«

»Erst musst du mir ein paar Fragen beantworten, Bets. Tut mir leid, aber das hast du dir selbst eingebrockt.«

Plötzlich tauchte Mr Fuentes aus dem Nichts auf und erhob sich bedrohlich vor ihrem Bett. Ihr wurde klar, dass er schon die ganze Zeit im Zimmer gewesen sein musste.

Panik flatterte in ihrer Brust auf. »Was willst du wissen?«

Die beiden Männer warfen sich einen Blick zu. Dann sagte Martin mit sanfter Stimme: »Du musst noch ein wenig schlafen, Bets.«

»Ich bin aber nicht müde.«

»Das wirst du gleich sein.« Er griff zum Absperrhahn des Infusionsschlauchs.

Erst jetzt fiel Bethany auf, dass nicht nur ein, sondern zwei Beutel an dem Ständer hingen. Panisch griff sie nach der Nadel in ihrem Arm, doch Mr Fuentes war schneller. Mit Leichtigkeit presste er ihr Handgelenk aufs Bett, als wäre sie ein kleines Kind.

»Schlaf, Bets.« Martin drehte den Zulauf auf. »Kämpf nicht dagegen an. Danach wirst du dich viel besser fühlen.«

Bethany kämpfte mit allem, was sie hatte. Fünfzehn oder vielleicht zwanzig Sekunden hielt sie durch, dann flatterten ihre Augenlider, und sie schlief ein.

Das Blut war wieder da, aber kein Ken Kirkland. Sie folgte Annabelle den Flur entlang hinunter in den Keller. Das Blut tropfte von den Rohren und lief wie ein Bach unter ihren Füßen. Ihr wurde klar, dass es unmöglich das Blut von nur einer Person sein konnte.

Da hast du recht, Süße, bestätigte Annabelle, ohne dabei ihre Lippen zu bewegen.

Wenn es nicht von einer Person war, musste es von mehr als einer Person sein. Bethany beglückwünschte sich selbst zu dieser Schlussfolgerung.

Nicht schlecht für 'ne mit Drogen vollgepumpte Puppe, kommentierte Annabelle lautlos.

»Du bist doch der Junkie von uns beiden.«

Heute nicht.

Sie standen vor der Panzertür. Das Blut quoll mittlerweile aus dem Betonboden. Das Tastenfeld mit seinen Buchstaben lag vor ihr bereit.

»Welche Schreibweise?«, fragte Bethany sich laut. »THOMAS oder ST. THOMAS oder SANKT THOMAS?« Sie wandte sich Annabelle zu. »Du hast es durch diese Tür geschafft, Süße. Ich weiß, dass es so ist. Darum haben sie dich umgebracht. Welche Schreibweise hast du benutzt?«

Doch Annabelle war verschwunden. Stattdessen war Mr Fuentes da, seine Stimme drang durch unzählige Schichten von dicken, waberndem

Sirup, bedrängte sie, wollte etwas wissen – sie bekam nicht mit, was es war, spürte aber, wie die entsprechende Erinnerung an ihrem Bewusstsein vorbeidriftete und durch ihren Mund entfloh. Es war faszinierend, all das mit anzusehen; sie stand eine Weile bloß da und starrte sich selbst an, während die für sie unverständlichen Fragen in sie eindrangen und die Antworten aus ihr herausglitten. Es war so viel einfacher, sich einfach zurückzulehnen und zu entspannen, zuzuhören und sich keine Sorgen zu machen, anstatt dagegen anzukämpfen ...

Nassgeschwitzt und erschöpft wachte Bethany auf. Fuentes saß auf einem Stuhl und regulierte die Infusion. Außer ihm war niemand im Raum. Sie fühlte sich bedrängt und schuldig, als hätte sie etwas Schreckliches getan.

»Ich habe Ihnen ein Gegenmittel gegeben«, sagte er. »Jetzt bekommen Sie nur noch Flüssigkeit verabreicht, das verspreche ich Ihnen.«

Als sie den Mund öffnete, um ihm zu antworten, musste sie sich erst ins Gedächtnis rufen, wie das mit dem Sprechen funktionierte. »Ich glaube Ihnen kein Wort«, brachte sie endlich hervor.

Er nickte, seine Miene war so ausdruckslos wie immer. »Sie hätten sich nicht mit diesem Mann treffen sollen, Ms Barclay. Das war sehr gefährlich.« Er hantierte immer noch an der Infusion herum. »Oh ja, Sie haben mir eine Menge erzählt. Ihren richtigen Namen. Warum sie dort draußen waren. Ihre Widerstandskräfte sind beachtlich, aber am Ende spielt das keine Rolle. Das tut es nie.«

Sie versuchte, sich aufzurichten, war aber wieder mit Gurten an das Bett fixiert. Ihre Stimme klang hohl. »Sie haben mir ein Wahrheitsserum gegeben?«

Sein Lachen war rau und ohne Mitgefühl. »So etwas gibt es nicht. Eine Erfindung von Hollywood und Schundromanschriftstellern. Die Wahrheit ist eine metaphysische Angelegenheit, keine biologische. Keine Droge kann jemanden dazu bringen, die Wahrheit zu sagen. Aber sie kann die Willenskraft einer Person zerstören, sodass sie halb bewusstlos und fügsam wird, letztendlich also leicht zu überreden ist.«

Bethany brachte keine Antwort zustande. Sie hörte auf, gegen die Fesseln anzukämpfen. Noch nie in ihrem Leben hatte sie sich so hilflos oder missbraucht gefühlt. Sie wusste, dass ihr die Tränen übers Gesicht liefen, aber genauso wusste sie, wie wütend sie war. Wäre sie in einer körperlich besseren Verfassung, wäre es ihr ein Vergnügen gewesen, zerstoßenes Glas in das Getränk dieses seltsamen Mannes zu mischen.

Unterdessen sprach Fuentes immer weiter und wühlte dabei in einer Aktentasche herum. »Ich verstehe nun, warum Martin Ihnen unbedingt helfen möchte. Ich hatte keine Ahnung, welche Beziehung Sie früher zueinander hatten.« Er zog ein paar Blätter aus seiner Tasche, die sie als Fotos aus der Polizeiakte zum Kirkland-Mord identifizierte. Eines davon wählte er aus. »Ich weiß jetzt, dass Sie es nicht waren, Ms Barclay. Und mich fasziniert es, dass jemand diesen ganzen Aufwand betreibt, sogar Martins Symbol an die Wand gemalt hat.« Er zeigte auf die entsprechende Stelle auf dem Foto. Trotz ihrer Wut und Demütigung folgte ihr Blick seinem Finger. »Direkt unter Ihren weit geöffneten Safe, wo man es nicht verfehlen kann. Abstrakt genug, damit die Polizei ihm keine Beachtung schenkt, aber deutlich genug, um bei Ihnen Verdacht zu erregen.«

Sie schüttelte den Kopf. »Fragen Sie mich nicht, wer das war. Ich habe keine Ahnung.«

»Das weiß ich. Ich habe Ihnen schon auf den Zahn gefühlt, muss ich gestehen. Aber ich glaube, es ist wichtig, dass wir herausfinden, wer es war und, noch viel wichtiger, warum derjenige Sie in Richtung Village House lenken wollte. Denn das war eindeutig die Absicht dahinter. Wer auch immer das getan hat, will, dass Sie hier bei uns sind.« Er packte die Fotos weg. »Diese Frage müssen Sie sich stellen, Ms Barclay. Welchen möglichen Zweck könnte es haben, dass Sie hierhin gebracht wurden? Finden Sie die Antwort auf diese Frage, und Sie werden wissen, wer Sie entführen wollte.«

Ihre Augen loderten auf. »In meinem ganzen Leben werde ich niemals einen Rat von Ihnen annehmen. Für mich sind Sie ein sadistischer Feigling.«

Doch ihre Beleidigungen prallten an Fuentes genauso ab wie ihr Flehen. »Vielleicht hat es etwas mit Ihrer Freundin Annabelle zu tun. Sie wussten vorher nicht, dass sie hier gewohnt hat, also sind Sie nicht wegen ihr hierhergekommen. Aber vielleicht kann sie Ihnen bei der Entscheidung helfen, was Sie als Nächstes tun sollten.«

Meinte er damit, dass man sie gehen lassen würde? Nein, darauf zu hoffen, wäre töricht.

Der Sicherheitschef hatte außerdem noch mehr zu sagen. »Diese ganze Angelegenheit mit der Pilatus-Inschrift – darauf kann ich mir genauso wenig einen Reim machen wie Sie. Ich habe noch nie etwas in der Art hier gesehen, und mein Job wäre es, es zu bewachen. Die ganze Geschichte ist wirklich seltsam.«

Ein erneuter Schwindelanfall toste durch ihren Kopf. Sie schloss die Augen. »Warum ist sie seltsam?«

»Ich verstehe nicht, warum Annabelle zu uns gekommen sein sollte, um ein religiöses Artefakt zu suchen. So was gehört nicht gerade zu Martins Repertoire.« Seine Stimme war nachdenklich geworden. Er schien im gleichen Maße mit sich selbst zu sprechen. »Ich frage mich, ob es wirklich die Inschrift war, hinter der sie her war.«

»Was sollte es sonst gewesen sein?«

»Ich weiß es nicht. Oder besser gesagt, Sie wissen es nicht. Glauben Sie mir, Ms Barclay, dieses Thema haben wir in allen Einzelheiten besprochen.«

Sie suchte nach passenden Schimpfwörtern für ihn, war aber viel zu ausgelaugt.

Fuentes stand am Fenster und hatte ihr den Rücken zugewandt. »Meine Vermutung ist: Wer auch immer Sie hierhin lotste, ahnte, was passieren könnte. Dass man Sie eventuell verhören würde.« Er legte eine Hand an die Scheibe. »Ich glaube, dass man wollte, dass Sie genau diese Geschichte erzählen, wenn sie geschnappt werden.«

»Ich verstehe nicht.«

»Ich auch nicht, Ms Barclay. Und ich hatte eine Menge Zeit, über Ihre Antworten nachzudenken.«

Bethany schluckte. »Wie lange ... wie lange war ich ...«

»Eine Weile.« Er sah sie an und warf dann einen Blick auf seine Uhr. »Es ist fast zwei Uhr.«

»Morgens?«

»Nachmittags, Ms Barclay. Heute ist Mittwoch.« Er bemerkte ihren Gesichtsausdruck. »Oh nein, keine Sorge, Sie haben nicht die ganze Zeit meine Fragen beantwortet. Die meiste Zeit haben Sie dank der Arzneimittel tief und fest geschlafen. Und jetzt, würde ich sagen, könnten Sie eine Runde echten Schlaf vertragen.«

Erneut stieg Panik in ihr auf, aber diesmal schwach und flattrig: Nachwirkungen von den Drogen.

»Nein, nein, keine Injektionen mehr. Das ist vorbei. Ich habe alles, was ich benötige. Es gibt Dinge, die Sie mir nicht erzählt haben, da bin ich mir sicher, aber wir haben keine Zeit, jeden Winkel Ihres Geistes zu erforschen. Sie sind eine sehr mutige junge Frau, Ms Barclay.«

Sein Lob schien sie nicht besonders zu bewegen. »Und was passiert jetzt?«

»Das liegt nicht in meinen Händen.« Er ging in Richtung Tür.

»Die Gurte ...«

»Ein paar Schwestern werden Ihnen etwas zu essen bringen. Leichte Kost bis morgen. Die Schwestern werden Sie von den Gurten befreien, Ihnen ins Badezimmer helfen, Sie waschen und Ihnen einen Schlafanzug anziehen. Bitte kooperieren Sie. Ich werde vor der Tür Wache stehen, und mir wäre es lieber, nicht hereinkommen zu müssen und Sie in einem nicht gesellschaftsfähigen Zustand zu sehen.«

»Also was Sie eben getan haben, empfinden Sie nicht als ...«

»Dafür entschuldige ich mich, Ms Barclay. Manche Dinge müssen getan werden. Und ich habe ein paar davon getan, auf die ich nicht stolz bin, aber so ist es nun einmal.«

»Warten Sie. Wo ist Martin?«

»Ich bin mir sicher, er wird Sie bald besuchen.« Er schien nachzudenken. »Ich weiß, dass Sie viel durchgemacht haben, und es tut mir leid, dass ich es noch verschlimmert habe. Wenn Sie Mr Kirkland nicht umgebracht haben, kann man meiner Meinung nach davon ausgehen, dass der Mann, der Sie entführen wollte, weiß, wer es war.«

»Wie kommen Sie darauf?«

Ein Hauch eines Lächelns huschte über sein hartes Gesicht. »Sie und ich sind unbedeutende Menschen, Ms Barclay. Es häufen sich zu viele Zufälle um Sie herum. Damit all diese Dinge passieren, müssen eine oder mehrere Personen sie in die Wege geleitet haben. Wir müssen herausfinden, wer das war.«

»Vielleicht war es Gott«, entgegnete sie.

Fuentes wirkte verdutzt, fing sich aber schnell wieder. »Schlafen Sie sich aus«, antwortete er und verließ das Zimmer.

35

Theodore Lesofsky besitzt ein Haus in Olney, Maryland, vierzig Minuten von der Innenstadt entfernt. Carraway schafft es in fünfundzwanzig Minuten, da er später am Abend nach Chicago fliegen muss. Er ruft nicht an, um seinen Besuch anzukündigen, daher trifft er Ted im Sportdress beim Training mit Freihanteln an und wird von ihm in die Küche geleitet. Der ehemalige Analytiker hält sich immer topfit, genau wie er immer dafür Sorge trägt, einen gültigen Waffenschein zu besitzen. Seine harte Arbeit basiert auf der Illusion, dass einer seiner zahlreichen Anträge auf Wiedereinstellung letztendlich Erfolg haben wird. Und Carl ist bei ihren gelegentlichen Treffen über die Jahre einfach immer zu höflich gewesen, ihm diese Hoffnung zu nehmen.

»Möchtest du ein Bier?«

»Nein, danke.«

»Apfelsaft?« Teds Blick wandert ständig zu den leeren Hände seines unerwarteten Besuchers, woraufhin Carl klar wird, dass er Angst hat. »Wie wär's mit einem Wasser?«

»Ich möchte nichts, ehrlich.«

Lesofsky legt die Stirn in Falten, als wollte er damit ausdrücken, dass diese Behauptung zu abwegig sei, um sich die Mühe zu machen, sie infrage zu stellen. Er hält eine Flasche Grünen Teemix in der Hand, die neuerdings überall verkauft werden.

»Was machst du hier, Carl?«

»Ich glaube, das weißt du, Ted.«

»Keine Ahnung.« Ihre Blicke kreuzen sich für einen Augenblick. Dann schaut der große Mann zu Boden. Ohne Zweifel hat er Angst.

»Ich glaube, du hast etwas für mich«, prescht Carraway vor.

»Ich dachte, es gibt absolut nichts, was du von mir haben wollen könntest.«

»Ich spreche von dem Notizbuch.«

»Notizbuch. Welches Notizbuch? Warum fragst du mich nach einem Notizbuch?« Als Lügner gibt man Ted Lesofsky mit gutem Willen eine Drei minus. Diese Schwäche war ihm vor Gericht zum Verhängnis geworden. Wer ein Talent dafür hat, die Wahrheit zu umgehen, kommt oft durch, obwohl sie untergehen sollten - und umgekehrt.

Carraways Tonfall wird forsch. »Du hast dich bei der Polizei in Washington fälschlicherweise als ein Bundesbeamter im Dienst ausgegeben. Das ist kein geringfügiges Vergehen mehr, sondern ein Verbrechen, Ted. Du hast ohne Erlaubnis Eigentum aus der Asservatenkammer entwendet. Auch das ist ein Verbrechen. Und ich wette, dass du mit dem Notizbuch herumhantiert hast, seit es in deinen Händen ist. Gemessen an dem Zustand, in dem es sich befindet, werden wahrscheinlich selbst beim Umblättern der Seiten Beweismittel zerstört. Damit wären wir schon bei drei schweren Verbrechen.«

Ted Lesofsky mag ein schlechter Lügner sein, aber er besitzt Mut. Und Stolz. »Wenn du hier bist, um mich zu verhaften, dann bringen wir es hinter uns.«

»Ich will dich nicht verhaften. Gib mir das Notizbuch, und ich vergesse alles.«

»Warum?«

»Wie bitte?«

»Was willst du mit dem Notizbuch?« Er setzt die Flasche ab, nimmt eine der Hanteln auf und fängt an, seinen Bizeps zu trainieren, während er durch die Küche marschiert. »Du ermittelst nicht wegen Annabelle Seaver. Nicht dein Fall, habe ich recht? Damit darfst du dich eigentlich überhaupt nicht beschäftigen, hab ich recht?« Zur Bestätigung seiner These nickt er. »Ein Vertuschungsversuch, Carl, darum geht es hier. Du bist zwischen die Fronten geraten, so wie ich damals. Wenn du so weitermachst, stehst auch du bald vor einem Komitee.«

Carraway schweigt, bis Ted schließlich stehen bleibt. Er legt die Hanteln ab und nimmt die Flasche zur Hand.

»Ich will das Notizbuch, Ted. Und dieses Mal will ich auch deine Geschichte hören.« Er tippt auf seine Uhr. »Allerdings bitte die Kurzversion. Ich darf meinen Flug nicht verpassen.«

»Bist du kurz davor, sie festzunehmen?«

»Kann ich nicht sagen.«

»Ich möchte dabei sein.«

»Du weißt, dass das unmöglich ist.«

Teds Blick wirkt auf einmal gewieft. »Sie ist in Chicago, stimmt's? Im Village House.«

Carl ist überrascht. »Woher weißt du das?«

»Du hast deine Quellen, ich habe meine.«

»Ich wette, du wunderst dich, warum man dir verbietet, an dem Fall Seaver zu arbeiten.« Mittlerweile sitzen sie in Teds Büro, das – wer hätte es gedacht – übersät ist mit denselben Pinnwänden, denselben Fotos, die alle die gleiche Geschichte zum Thema haben, nur dass sich nach all den Jahren noch viel mehr Material angesammelt hat. »Du hast keine Erlaubnis, in dem Mord an Seaver zu ermitteln, stimmt's? Du machst das auf eigene Faust. Richtig?«

»Du weißt, dass ich die Frage nicht beantworten kann, Ted.«

»Schön, das ist vielleicht auch eine Antwort. Lass mich dir erklären, warum sie dich stilllegen. Weil ihre Leute in den höchsten Führungsebenen sitzen und sie ihre Hände an den Hebeln der Macht haben. So sind sie mich damals losgeworden, und so werden sie auch dich loswerden, wenn du nicht auf der Stelle aufhörst.«

»Wer hat die Hände an den Hebeln der Macht, Ted?«

»Hör auf, jeden Satz mit meinem Namen zu beenden, okay? Das ist unheimlich. Du hörst dich an, als wärst du einer dieser Psychiater.« Doch sein tiefes Bedürfnis, die Geschichte zu erzählen, überwiegt seine Empörung. »Die *Wildnis*. So nennen sie sich. Die *Wildnis*. Nie von ihnen gehört, habe ich recht? Wie sieht es mit Roger Williams aus? Schon mal von dem gehört?«

»Er hat Rhode Island gegründet.« Carl versucht, sich nicht zu genau umzusehen. Von all den Fotos, Zeitungsausschnitten und Verschwörungstheorien bekommt er, wie seine Mutter es ausdrückte, Zustände.

»Stimmt genau. Vor fast fünfhundert Jahren gründete er Rhode Island, um die religiöse Freiheit zu schützen. Die Metaphern waren seine Idee: der *Garten* und die *Wildnis*.« Zur Veranschaulichung kreist er die Hände mit nach innen gekehrten Handflächen umeinander. »Der *Garten* sind die Gläubigen. Die *Wildnis* die feindselige Welt um sie herum. Die beiden trennt eine Hecke – daher stammt auch Jeffersons Trennungsmauer zwischen Kirche und Staat –, und diese Hecke ist dazu da, den *Garten* vor der *Wildnis* zu beschützen. Kannst du mir folgen?«

»Ja, Ted, aber es wird langsam spät ...«

»Ja, ja, das Flugzeug nach Chicago ... Aber lass mich das noch zu Ende bringen. Das hier ist sehr wichtig. Du musst es erfahren, bevor du gehst. Angenommen, es handelt sich nicht bloß um eine Metapher. Angenommen, Williams beschrieb einen tatsächlichen Kampf, einen spirituellen Krieg, der hier auf unserer Erde ausgetragen wird. Das waren die Namen, die er diesen zwei Mächten verpasste. Der *Garten* und die *Wildnis*. Gut gegen Böse. Licht gegen Dunkelheit. Der Kampf fand überall um ihn herum statt, findet noch immer überall um uns herum statt ...«

»Ted! *Ted*! Das bringt uns nicht weiter!«

Erneut springt Lesofsky auf und schreitet wütend auf und ab. »Genau, richtig. Das sagen alle. Das bringt uns nicht weiter. Reine Zeitverschwendung. Ich sag dir was. Der Prediger, der erpresst wurde ... der Fall, bei dem du mich verraten hast ...«

»Ich habe dich nicht ...«

Doch der ehemalige Analytiker lässt ihn nicht zu Wort kommen. »Das war die *Wildnis*. Sie greifen die Kirche an. Die Kirche schneidet sich zwar schon genug ins eigene Fleisch, aber die *Wildnis* will nicht so lange warten, bis sie von allein zugrunde geht. Sie wollen die Menschen gegen sie aufhetzen. Das war schon vor Jahrhunderten ihr Ziel und ist es heute immer noch. Es gibt sie immer noch. Das habe ich herausgefunden, als es noch mein Fall war. Die Notiz eines Agents enthielt einen Hinweis, der mich auf einen anderen Fall brachte und wieder einen anderen Fall, bis ich die Beweise zusammenfügen konnte. Ich habe ein paar Leuten beim FBI davon erzählt, die mich aber nur für verrückt erklärten. Sie standen offensichtlich bereits unter dem Einfluss der *Wildnis*, so wie du vielleicht auch. Das würde erklären, warum du mich verraten hast und warum du jetzt hier bist.« Die Worte sprudeln nur so aus ihm heraus. »Ich musste auf eigene Faust agieren. Meine eigenen Ermittlungen anstellen. Meine eigenen Quellen suchen. Ich habe sogar einen Informanten gefunden.«

»Einen Informanten, der Teil der, ähm, Verschwörung ist?«

»Die *Wildnis*. Er hatte nichts mit ihnen zu tun, wusste aber Bescheid. Ich brauchte einen Informanten, weil ich mich auf die Regierung nicht mehr verlassen konnte. Sie ist bereits unterwandert und befallen. Ihre Ohren sind überall. Wahrscheinlich sogar hier. Ich suche mein Haus zweimal die Woche nach Wanzen ab. Aber vielleicht ist zweimal die Woche nicht genug. Bist du deswegen hier? Um eine Wanze anzubringen, wenn ich gerade nicht hinsehe?«

Ruhig bleiben. »Ich bin nur wegen des Notizbuchs hier.«

»Natürlich. Sicher. Natürlich hast du eine passende Geschichte parat.« Er steht neben einem Sideboard und öffnet langsam eine Schiebetür. Wenn er jetzt eine Waffe herauszieht, wird Carl ihn erschießen müssen. »Siehst du es denn nicht? Die Zeichen sind überall zu sehen. Schau dir das Village House an. Diese bescheuerte Sekte. Glaubst du nicht, dass ich weiß, für wen sie in Wirklichkeit arbeiten? Und *du* willst es auch nicht wissen?«

»Willst du damit sagen, dass die *Planer* Teil der *Wildnis* sind?« Er beobachtet Teds Hände. »Gewissermaßen eine Fassade?«

»Keine Fassade. Ein Ausleger. Wie ein Teil der anderen Welt, der in unsere Welt vorstößt. Das kommt vor. Die *Wildnis* schiebt ein Stück von sich an die Oberfläche und wird für uns sichtbar. Doch das Böse selbst bleibt dahinter verborgen.«

Die Tür des Schranks ist nun offen. Carraway achtet darauf, dass Ted keine plötzlichen Bewegungen macht. »Erzähl mir mehr von der *Wildnis*.«

»Keine Ahnung. Mein Informant wusste auch nicht mehr. Das ist es ja. Ich wollte mehr herausfinden, aber das ist nicht gestattet.« Er nickt weise, als wolle er einem besonders tiefsinnigen Aspekt zustimmen. »Darum hat man mich aus dem Verkehr gezogen. Weil sie nicht wollten, dass ich meine Ermittlungen fortführe.«

»Mit ›sie‹ meinst du die *Wildnis*.«

»Und ihre Gehilfen. Ihre fünfte Kolonne. Wegbegleiter. Wie auch immer du sie nennen willst.« Er hebt den Zeigefinger. »Aber ich sage dir etwas, Carl. Die *Wildnis* hat eine Schwäche. Stolz. Die Sünde, von der man sich am schwersten reinwaschen kann. Allein schon ihr Symbol, die Schlange.«

»Die Schlange«, wiederholt Carl.

Vor seinem inneren Auge sieht er Detective Florio in Bethanys Wohnzimmer, die auf den Schnörkel aus roter Farbe neben dem Safe deutet. Auch das sollte angeblich eine Schlange darstellen. Zum ersten Mal fragt er sich, ob der Wahnsinn vielleicht doch ein Fünkchen Wahrheit in sich birgt. Damit meint er nicht die ganze Geschichte – ein Kampf über fünfhundert Jahre oder länger und so weiter –, aber ob dahinter eine Gruppe steckt, deren Symbol eine rote Schlange ist. Dieser Information sollte das FBI ...

Seine Hand schnellt zur Waffe, da Lesofsky sich plötzlich abwendet und in die Kommode greift.

»Keine Bewegung!«

Der große Mann dreht sich langsam um. »Was? Hey, steck die Waffe weg. Ich bin nicht gefährlich, auch wenn der Untersuchungsausschuss das behauptet. Weißt du nicht, dass ich nicht einmal eine Waffe besitzen darf?«

Tatsächlich hält Ted keine Waffe in seinen Händen, sondern das gesuchte Notizbuch, eingewickelt in ein Stofftaschentuch.

»Die meisten Seiten sind durchgefressen oder nur noch Pappmaschee. Die restlichen habe ich herausgerissen, um sie zu trocknen, in der Hoffnung etwas von dem Geschriebenen retten zu können. Keine Chance.«

Carraway, der mittlerweile die Waffe wieder weggesteckt hat, hält einen Plastikbeutel für Beweismittel auf. Ted steckt die traurigen Überbleibsel hinein, woraufhin Carl den Beutel verschließt und beschriftet.

»Ich muss los«, sagt er. »Aber ich möchte gern mehr über die *Wildnis* erfahren.«

»Nachdem du das Village House hochgenommen hast, meinst du.«

»Du weißt, dass ich darüber nicht mit dir sprechen darf.«

»Okay, aber vergiss nicht, wenn du dort reingehst, dass es keine Fassade ist, sondern ein Ausleger.«

»Und das bedeutet?«

»Dass kaum jemand dort darüber Bescheid weiß, wer die wahren Sponsoren hinter dem Ganzen sind. So arbeitet die *Wildnis*. Sie führt die Menschen in die Irre.« In seinen Augen zeichnet sich echter Schmerz ab. »Außerdem sorgen sie immer dafür, dass andere als Sündenbock für ihre Taten herhalten müssen.«

Auf dem Weg zum Flughafen hält Carraway kurz im kriminaltechnischen Labor des FBI im J.-Edgar-Hoover-Gebäude auf der Pennsylvania Avenue an. Er sucht seine Lieblingstechnikerin auf, eine mütterliche dunkelhäutige Frau, deren Arbeitsplatz mit Fotos ihrer Großfamilie und Zitaten aus dem Neuen Testament dekoriert ist. Vor vielen Jahren hatte sich ein anderer Mitarbeiter beschwert, da er sich von den Bibelversen belästigt fühlte. Zur allgemeinen Verwunderung hatte Janet Anders, anstatt das anstößige Material still und leise abzuhängen, sich einen von Carraway empfohlenen Anwalt genommen und den Fall vor Gericht gebracht.

Sie gewann.

Als sie nun hinter ihrem Tisch hervorkommt, runzelt sich ihr rundes dunkles Gesicht vor Freude. »Sieh an, sieh an! Der zuständige Sonderermittler und stellvertretende Leiter der Sonderkommission.« Ihre Stimme ist bezaubernd melodisch. »Dass man dich hier sieht. Ich dachte, nach deinen ganzen Beförderungen und dem allen hättest du uns Gesindel vergessen. Hast du keinen Praktikanten oder Agent in Probezeit, der die Beweise für dich hier abliefert?«

»Du musst mir einen Gefallen tun, Janet.«

Sie lächelt. »Ich glaube nicht, dass ich dir etwas schuldig bin.«

»Dann schulde ich dir etwas.«

Es fällt ihm schwer, mit der Leichtigkeit in ihrer Stimme mitzuhalten. Der Besuch in Ted Lesofskys Irrenhaus macht ihn immer noch nervös. Kaum etwas von dem, was der pensionierte Analytiker beschrieben hatte, konnte der Wahrheit entsprechen. Auf der anderen Seite wusste er vom Village House. Und seine Theorie, dass Annabelle wegen des Notizbuchs umgebracht worden war, stimmte mit seiner eigenen überein. Man musste die absonderlichen Aspekte von Teds Behauptungen über die *Wildnis* nicht glauben, um zu erkennen, dass hier etwas ziemlich Eigenartiges vor sich ging.

Erst jetzt bemerkt Janet den Ausdruck in seinem Gesicht, blickt sich dann im Raum um und schaut zu den anderen Labortechnikern hinüber.

»Hier rein«, sagt sie und zieht ihn in ihr Zellenbüro. Es gibt keine Türen, daher spricht sie leise. »Worum geht es, Süßer? Sag Tante Janet, was du brauchst.«

Er hält einen Plastikbeutel hoch. »Dieses Notizbuch hat ein paar Monate in Wind und Wetter verbracht. Ratten haben die wenig übrig gebliebenen Seiten angenagt. Es gibt nicht viel zu retten, aber ich brauche jedes Wort, das du retten kannst. Und das am besten gestern.«

Die Technikerin sieht sich den Beutel an. »Carl.«

»Ja, Janet?«

»Das Notizbuch wurde schon bearbeitet. Das waren nicht nur Tiere und Regen. Da wurden Seiten ausgerissen.«

»Ich weiß.«

Dann sieht sie sich die Beschriftung an. »Der Beleg scheint in Ordnung zu sein, aber es gibt keine Fallnummer.«

»Das stimmt.«

»Ohne Fallnummer kann ich es nicht dokumentieren. Keine Beweismittelkette. Keine Möglichkeit, die Geräte zu benutzen. Keine Möglichkeit, die Zeit am Computer zu rechtfertigen. Gar nichts.« Sie hält ihm den Beutel hin. »Du kennst die Regeln. Ohne Fallnummer kann ich keine Tests durchführen.«

Nun ist Carl an der Reihe zu lächeln. »Genau darin besteht der Gefallen.«

36

Der Freitagnachmittag war kalt und nass. Bethany stand am Fenster ihres Zimmers und fragte sich, wie wahrscheinlich es war, dass sie einen Sturz aus dem zwölften Stock überlebte, vorausgesetzt sie schaffte es, das Glas zu durchbrechen. Wenn ein Psychiater ihre Gedanken hören könnte, würde er sie auf der Stelle für selbstmordgefährdet erklären, doch das Letzte, was Bethany wollte, war zu sterben. Sie wollte bloß aus diesem Zimmer raus.

Die Tür war nicht verschlossen – eine der Regeln des Village House –, aber draußen im Flur schlich immer Wayne oder ein anderer ebenso bedrohlich-finsterer junger Mann herum, der erfolglos versuchte, Gratitude oder eine ihrer gemeinen Zwillinge dazu zu bringen, mit ihm zu flirten. Seit man sie am Dienstag hierher verschleppt hatte, saß Bethany in diesem Raum fest. Das Verhör zog sich bis Mittwoch hin. Nur die Schwestern leisteten ihr Gesellschaft – kein Mitglied der Führungsriege hatte auch nur einen Fuß in ihr Zimmer gesetzt. Kein Martin. Kein Fuentes. Kein Daniel Stafford. Nicht einmal Blessing Wilkes, von der Bethany törichterweise angenommen hätte, es würde zumindest ein klitzekleiner Tropfen menschlicher Güte durch ihre Venen fließen. Gratitude kam immer wieder mit Essen oder Kleidung oder um sie zu bestimmten Uhrzeiten auf die Toilette am Ende des Flurs zu begleiten. Die einzige Ablenkung war das Lesen. Sie hatten ihr das Neue Testament mit Psalmen von dem Pastor aus New Jersey dagelassen. Außerdem hatten sie ihr eine Ausgabe von *Wer unhöflich ist, lebt besser* gegeben. Die Apostelgeschichte, den Römerbrief und den ersten Korintherbrief hatte sie gelesen, dabei waren ihr nach und nach wieder Tante Claudias Erläuterungen dazu eingefallen. Sie erinnerte sich auch an die Sonntagspredigt und fragte sich, ob ihr ein Opfer abverlangt wurde, mit dem sie ihre Liebe beweisen sollte.

Ein- oder zweimal hatte sie durch Martins Buch geblättert, konnte es aber nicht über sich bringen, es ausführlich zu lesen. In den Auszügen, die sie überflogen hatte, waren jedenfalls keine Hinweise auf seine offensichtliche Geisteskrankheit zu erkennen.

Wie viel hatte sie wohl Mr Fuentes erzählt – und wie gründlich war er bei der Befragung vorgegangen? Manche Ecken hatte er nach eigener Aussage aus Zeitgründen auslassen müssen. Sie wüsste nur zu gerne, welche er damit meinte.

Mehr als einmal hatte sie verlangt, mit einem Verantwortlichen zu sprechen.

»Du musst hierbleiben«, hatte Gratitude jedes Mal geantwortet.

»Dann überliefere ihnen meine Nachricht.«

»Das habe ich bereits getan.«

»Worauf warten sie dann noch?«

»Bleib einfach im Zimmer, Liebes.«

»Du weißt, dass man das hier Freiheitsberaubung nennt, oder? Das ist eine Straftat!«

»Geh bitte wieder rein, oder ich muss Wayne bitten, dir die Gurte anzulegen.«

Dieser schien, seinem anzüglichen Grinsen nach zu urteilen, mehr als bereit zu sein: Frauen gewaltsam zu bändigen war offensichtlich etwas, was ihm Spaß machte.

Sie ging wieder in ihr Zimmer.

Unten im öffentlichen Bereich war alles licht und lieblich. Die lächelnden Gesichter wirkten einladend, die Lieder fröhlich, die Botschaften erbaulich und waren wahrscheinlich auch hilfreich. Hier oben auf der obersten Etage hingegen hausten die Monster.

Wie eine Art Unterbewusstsein.

Bethany widmete sich wieder ihrer Lektüre und wartete weiter ab.

Jede Stunde verlief gleich. Sie war eingesperrt, was sie nicht ausstehen konnte. Ohne Anregungen, was sie noch weniger ausstehen konnte. Unfähig, ihr eigenes Schicksal selbst in die Hand zu nehmen, was sie am allerwenigsten ausstehen konnte. Ein weiterer Tag unter diesen Bedingungen – und sie wäre bereit, die Beine in die Hand zu nehmen und Gratitude und Wayne und wer sonst immer sich in ihren Weg stellen würde, zu überwältigen. Das einzige Problem war, dass sie nicht glaubte, es mit Mr Fuentes aufnehmen zu können, und so sehr sie Angst davor hatte, in diesem schrecklichen Raum gefangen zu sein, machten ihr die Gurte und intravenös verabreichten Drogen noch mehr Angst.

Also wartete sie ab. Es gab keine Uhr in dem Raum, und ihre Armbanduhr hatten sie ihr abgenommen, doch nachts konnte sie die beleuchteten Zahlen eines Ziffernblattes auf einem Reklameschild die Straße hinunter erkennen. Sie schaute nur hin, wenn sie es nicht mehr aushielt, aus Furcht, die viel zu langsam verstreichenden Stunden könnten sie in den Wahnsinn treiben.

Als der Privatjet des FBI in Richtung Chicago schießt, will Pulu von seinem Partner wissen, was er so Heimliches in den Stunden getrieben hat. Carraway erzählt es ihm nicht.

»Bist wohl wieder aus der Reihe getanzt, was?«, foppt Pulu ihn. »Oder hast du eine neue Freundin?« Verwundert schüttelt er den Kopf. »Du weißt, dass Vanner deine Dienstmarke einkassiert, Carl? Oder dich zumindest nach Kuala Lumpur versetzt.«

»Ich tue, was ich tun muss.«

»Ich hab gehört, du warst bei Lesofsky.«

Carraway dreht sich zu ihm um. »Wo hast du das gehört?«

»Was denn, du glaubst, der Mann kann ein Geheimnis für sich behalten? Du warst doch derjenige, der mir erzählt hat, dass er verrückt ist.« Unter ihnen werden die Bäume von Gebäuden abgelöst, die wiederum dem endlosen majestätischen Blau des Lake Michigan weichen. »Also, was läuft hier, Carl? Im Ernst jetzt. Glaubst du wirklich, dass sie unschuldig ist?«

»So weit würde ich nicht gehen. Aber es gibt einfach unheimlich viele Ungereimtheiten. Diese extremistische Gruppe, der sie angehören soll. Von denen haben wir vorher noch nie etwas gehört.«

Pulu lacht. »Wenn wir von ihnen gehört hätten, hätten wir sie plattgemacht. Es sind immer die Unbekannten, die den Schaden anrichten.«

»Ich weiß nicht. Langsam mache ich mir ein Bild von dieser Bethany Barclay. Ich will auf jeden Fall bei ihrer Verhaftung dabei sein.«

»Warum?«

»Ich bin mir nicht sicher. Vielleicht um zu sehen, ob meine Vorstellung von ihr mit der Wirklichkeit übereinstimmt.«

»Sie ist eine Terroristin, Carl. Vergiss das nicht. Mag sein, dass sie Freunde hat, die sie mögen, eine Tante, die sie liebt, und einen Freund, der umgebracht wurde. Jeder hat das. Ändert jedoch nichts daran, was sie ist.«

»Das meine ich ja. Wir wissen gar nicht genau, was sie ist.« Das Flugzeug rüttelt aufgrund von Turbulenzen über dem Wasser. »Wenn wir sie falsch einschätzen – und sie unschuldig ist –, dann ist es außergewöhnlich, was diese Frau leistet.«

»Und was genau wäre das?«

»Die ganze Sache eben. Gut gegen Böse, die sich direkt vor unserer Nase bekämpfen. Die meisten von uns befassen sich nicht mit solchen Problemen, weil wir zu beschäftigt sind oder ins System passen wollen. Aber sie hat sich für eine Seite entschieden.« Er reibt sich die Augen. »Nein, das ist zu einfach. Jemand hat diese Entscheidung für sie getroffen. Dennoch macht sie weiter. Sie wurde bisher nicht gefasst. Das ist ziemlich beeindruckend.«

Pulu erkennt den Unterton in der Stimme seines Partners. »Du magst doch Filme, oder?«

»Natürlich.«

»Wie findest du *Laura*? Hast du den schon gesehen?«

»*Laura*? Nein. Nie davon gehört.«

Pulu verkneift sich ein Grinsen. »Zu schade.«

Das erste Anzeichen für eine Verbesserung ihrer Situation kam nach dem Abendessen. Gratitude brachte das übliche Gericht – gegrilltes Hühnchen, Salat, eine Scheibe Vollkornbrot, gesund, aber ohne Geschmack, da die *Planer* sich unwissentlich an der islamischen Kultur orientierten, indem sie predigten, dass Essen nur dem Lebenserhalt diente. Doch als die Tür eine Stunde später wieder aufging, war es Janice, die eintrat, um das Geschirr abzuräumen.

»Was für ein erfreulicher Anblick!«, entfuhr es Bethany. Ihr Lächeln war absolut echt, aber als sie zu einer Umarmung ansetzte, wich die Jugendliche hastig zurück.

»Warum hast du das getan?«, fragte Janice, während sie die Teller auf ein Tablett stapelte.

»Was soll ich denn getan haben?«

»Du hast uns hintergangen. Du willst Martin verletzen. Warum? Er ist ein großartiger Mensch. Er ist liebenswürdig und kümmert sich ...«

Bethany winkte ab. »Ich weiß, ich weiß. Er hat dir das Leben gerettet.«

»*Hat* er auch. Du weißt nicht, wie schlecht es mir ging, Kathy. Wie schlecht es allen von uns ging. Die Kirche, in die meine Eltern gingen – mit ihren schicken Klamotten und großen Autos und versnobtem Auftreten –, glaubst du, da war jemand wie ich willkommen?«

»Ich weiß doch gar nichts über dich, Janice.«

»Genau. Das tust du nicht. Also urteile auch nicht über mich.«

»Warte, Süße, warte.« Janice bewegte sich in Richtung Tür. »Geh nicht. Rede mit mir, hier oben ist es ganz schön einsam.«

»Wir dürfen nicht mit dir reden. Du hast Lügen verbreitet. Wusstest du, dass das FBI schon zweimal hier war und nach dir gefragt hat? Mr Stafford hat mit ihnen geredet. Sie haben sogar Martin befragt! Als wäre er irgendein Krimineller! Und Mr Fuentes sagt, dass sie mit einem Durchsuchungsbefehl zurückkommen werden! Alles nur wegen dir!« Sie zeigte auf sie und schrie wie ein Zeuge bei einem Schauprozess. »Alles war gut, bevor du aufgetaucht bist! Wir waren glücklich! Und dann fängst du an, diese ganzen Lügen zu verbreiten! Und bist in den Keller gegangen ...«

»So wie Annabelle?«

Janice errötete, wurde still und sah zu Boden. Bethany war auf der richtigen Spur, eindeutig. Die beiden schwarzen Frauen waren befreundet gewesen, und Annabelles Verschwinden hatte bei der Jugendlichen Wunden hinterlassen.

»Sie ist tot, Janice. Ich nehme an, das haben sie dir erzählt.«

»Blessing hat es mir erzählt.«

»Sie erzählt dir so manches, kann das sein?« Bethany ging vorsichtig vor und war für einen Augenblick ganz die Anwältin. Wenn sie nur ein falsches Wort gegen Martin sagte, wäre das Mädchen weg. Solange sich der Fokus jedoch auf Blessing richtete – die Janice ganz offensichtlich nicht leiden konnte –, würde sie vielleicht doch noch mehr erfahren.

»Sie ist die ranghöchste Schwester«, antwortete Janice. »Es ist ihr Job, den jüngeren Schwestern zu erzählen, was wir wissen müssen.« Ihre Stimme wurde kraftvoller. »Oder was Martin denkt, das wir wissen müssen.«

Die nächste Frage basierte auf reinem Instinkt. »Also hat Blessing dir gesagt, du sollst mein Geschirr heute Abend abräumen?«

Janice sah auf. »Nein, das war Mr Stafford.«

»Wirklich? Ich hätte gedacht, als jüngere Schwester ...«

»Blessing ist bei einer Mission, Gratitude in einem Meeting, daher hat Mr Stafford es mir aufgetragen.«

Langsam zeichnete sich ein Muster ab. »Was ist mit Wayne?«

»Das weiß ich nicht. Hab ihn nicht gesehen.«

»Seit wann?«

Die Antwort kam widerwillig. »Keine Ahnung. Seit gestern vielleicht.«

Der nächste Teil war der kniffligste. Aber wenn ihr Plan aufging, könnte das ihre Chance sein, hier rauszukommen.

»Janice, hör zu. Hör mir gut zu. Was haben du, Blessing und Wayne gemeinsam?«

»Keine Ahnung.«

»Komm schon, denk nach. Etwas, das ihr gemeinsam unternommen habt?«

»Wir waren mit dir in der Kirche ...«

»Genau. Wir waren alle zusammen in der Kirche. Und genau diese Leute schicken sie weg, Liebes. Erkennst du es nicht? Das FBI denkt, dass ich hier bin, deswegen wird das Village House alle Leute los, die mit mir in der Kirche waren. Jeden, der ihnen verraten könnte, dass ich hier bin. Oder was auch immer in der Kirche passiert ist. Dich eingeschlossen, Janice. Blessing ist bei einer Mission. Wayne ist verschwunden. Und Gratitude ...«

»Ich sagte doch, sie trifft sich mit Martin.«

»Sicher tut sie das. Und danach wird sie auch auf eine Mission geschickt. Janice, hör mir zu. Annabelle Seaver war meine Freundin. Meine allerbeste Freundin auf der Welt.«

»Ich hab dir doch erzählt, dass sie ausgetreten ist.«

»Denk nach. Sie war im Keller, so wie ich, und jetzt ist sie tot.«

Die Augen des Teenagers wurden groß. »Du irrst dich, Kathy. Mr Stafford würde sich niemals an so etwas beteiligen, was immer du auch andeuten willst. Wir haben Regeln. Wir heißen Fremde willkommen. Wir mischen uns nicht in das Leben anderer ein. Und Martin – Martin ist ein Genie. Er ist der liebenswerteste Mensch, den ich je kennengelernt habe. Er hat mir so geholfen ...«

Bethany hätte sie am liebsten geschüttelt. »Hör auf, Janice. Lass es einfach. Du wiederholst immer den gleichen Text. Deinen Sprechchor. Ich weiß nicht, woher du das hast. Oder haben sie dich auch unter Drogen gesetzt?«

»Nein, Martin glaubt nicht an Drogen ...«

»Er hat mich unter Drogen gesetzt, Janice. Schau mich nicht so an. Mr Fuentes hat mich festgehalten, und Martin hat mir Drogen in den Arm gespritzt. Seitdem hocke ich hier oben im Zimmer und werde gegen meinen Willen festgehalten. Ich will hier raus, aber sie lassen mich nicht gehen. Läuten bei dir da nicht irgendwelche Glocken?« Sie riss die Arme auf. »Mein Name ist nicht Kathy Hobart. Mein Name ist Bethany Barclay, und ich werde wegen Mordes gesucht. Und wegen einer Reihe von Bombenanschlägen. Ja, genau. Ich bin die Frau aus den Nachrichten. Und Martin versteckt mich hier. Glaubst du nicht, dass das etwas zu bedeuten hat?«

»Das beweist, was für ein guter Mann er ist«, entgegnete Janice und warf den Kopf mit dem Stolz einer Gebrandmarkten zurück. »Keiner hier guckt die Nachrichten. Wir sind hier, um uns selbst wieder ins Reine zu bringen, nicht die Welt.«

»Janice ...«

»Versuch nicht, mich gegen ihn aufzuhetzen. Er hat uns vor Menschen wie dir gewarnt. Falsche Propheten, so wie die Bibel es vorhersagt. Martin ist der liebenswürdigste und genialste Mann, den ich je kennengelernt habe. Er hat mir das Leben gerettet. Ich werde es nicht zulassen, dass du ihn so verleumdest.«

Tränenüberströmt rannte Janice aus dem Zimmer.

Bethany wollte hinter ihr her, doch dieses Mal, Regeln hin oder her, war die Tür verschlossen.

Natürlich war sie das. Es war keiner da, um sie zu bewachen.

Um viertel nach elf öffnete die Tür sich wieder. Janice war zurück mit frisch gefalteten Bettlaken und Handtüchern unterm Arm.

»Ich soll deine Bettwäsche wechseln«, sagte sie, schloss die Tür und ging auf das Bett zu. Bethany saß am Schreibtisch, ihr fiel eine gewisse Entschlossenheit im Gang des Mädchens auf, eine wütende Bestimmtheit, die sie nie zuvor bei ihr bemerkt hatte.

»Meine Bettwäsche wurde erst heute Morgen gewechselt.«

»Teddy weiß das nicht. Er wird dich ab jetzt bewachen.« Janice sah unglücklich aus. »Ich habe mit Mr Stafford geredet. Er sagt, ich werde morgen früh auf eine Mission geschickt.«

Trotz ihrer eigenen Zwangslage spürte Bethany einen Schmerz in ihr aufkeimen. Janice war nur ein Kind.

»Liebes ...«

»Ich weiß. Hör zu.« Sie kam näher. »Sie werden dich morgen verlegen. Ich habe gehört, wie Mr Fuentes mit Mr Stafford geredet hat.« Sie sah sich um und sprach im Flüsterton weiter. »Martin ist seit gestern nicht mehr gesehen worden. Ich glaube, er ist weg.«

Das Mädchen fing an zu weinen, Bethany nahm sie in den Arm. »Verschwinde von hier, heute Nacht noch.«

»Ich wüsste nicht, wo ich hin soll.«

»Du darfst nicht zulassen, dass sie dich auf eine Mission schicken.«

»Mr Stafford sagt, es gibt keinen Grund zur Sorge, und ich weiß, dass er mir nie etwas antun würde, aber du hast mir diesen Floh ins Ohr gesetzt, und jetzt weiß ich nicht mehr, wem ich vertrauen kann.« Sie wischte die Tränen weg. »Kathy, ich meine, Bethany, nimm mich mit.«

»Mit wohin?«

»Die Tür wird nicht bewacht.« Janice hielt einen Schlüssel hoch. »Du hast doch vor zu fliehen, oder? Ich will auch hier weg.«

37

Das Village House wirkte wie eine Stadt, die eine Invasion befürchtete. Die Flure waren leer. Überall Anzeichen von hastigem Abschied: Schränke mit offenen Türen, Bücher und Papiere lagen verstreut in verlassenen Büros. Die wenigen *Planer,* denen sie begegneten, eilten von einem Ort zum andern, zu beschäftigt, um sie zu bemerken.

Weil man es ihnen nicht aufgetragen hatte, wurde Bethany klar. Niemand hatte Anweisung gegeben, nach ihr zu suchen, daher war sie so gut wie unsichtbar.

Man hatte sie gewarnt, so viel stand fest. Sie wussten, dass ihnen die lang erwartete Razzia bevorstand, vielleicht sogar schon heute Nacht.

In einer hinteren Ecke des Speisesaals knieten drei oder vier Leute mit geneigten Köpfen und beteten Hand in Hand. Janice' Schritte wurden langsamer. Sie sah wie ein junges, verängstigtes Kind aus, und das war sie ja auch. In ihrem Gesicht zeichnete sich eine große Sehnsucht ab – für einen Moment schien es, als würde sie die Fluchtpläne über den Haufen werfen und sich wieder ihren *Planer*-Geschwistern anschließen. Bethany war kurz versucht, sie gehen zu lassen. Doch es gab gute Gründe, die dagegensprachen. Selbsterhaltung war einer davon: Auch wenn nur noch eine Handvoll *Planer* übrig waren, könnte Janice sich dazu entscheiden, Alarm zu schlagen, wenn sie sich mit ihnen zusammenschloss. Viel wichtiger jedoch war Janice selbst. Bethany hatte entschieden, dieser Erfahrung etwas Gutes abzuringen, und mochte es noch so klein sein. Für sie fühlte es sich immer noch so an, als hätte sie Annabelle im Stich gelassen hatte. Dasselbe würde ihr nicht noch einmal mit Janice passieren.

»Komm schon«, zischte Bethany, doch letzten Endes musste sie Janice am Arm ziehen, damit sie weiterging. Nicht das Gebet war Gift für den Geist, sondern das Gebet mit den *Gopos.* Zu einem geeigneten Zeitpunkt würde sie es dem Mädchen erklären. Doch jetzt blieb keine Zeit, sie mussten weiter.

Also drängte und zerrte sie den Teenager in die Küche. Das Licht war aus, aber diesmal wollte sie nicht warten, bis ihre Augen sich an die

Dunkelheit gewöhnt hatten, weil Janice noch immer über ihre Schulter blickte. Eine schnelle Entscheidung war gefragt. Bethany machte das Licht an und eilte in Richtung Lastenaufzug.

»Da gehe ich nicht rein«, rief Janice.

»Doch, das wirst du«, entgegnete Bethany, musste sie aber letzten Endes mehr oder weniger hineinstoßen.

Sie hielt das zitternde Mädchen auf der gesamten Fahrt nach unten in den Armen, sprang dann in den Lagerraum, lugte in den Flur und fand ihn leer vor. Komisch, dass Fuentes ihre alte Route in den Keller nicht abgesperrt hatte. Sie hatte erwartet, dass Janice sich wieder sperren würde, aber das Mädchen legte auf einmal einen unerwarteten Mut an den Tag.

»Mir geht's gut. Ziehen wir das durch.«

Sie eilten den Gang hinunter bis zu der T-Kreuzung, an der sie links abbogen und Wayne direkt in die Arme liefen, der aus der anderen Richtung kam. Ein Schockmoment für alle drei. Er griff an seinen Gürtel und zog weder Waffe noch Messer hervor, sondern eine Art Funkgerät. Sie hatten keine andere Wahl. Bethany stürmte auf ihn zu und riss ihn zu Boden. Er warf sie beiseite, sprang auf und schlug ihr mit der Faust in den Magen. Noch nie hatte sie einen solch harten Schlag verpasst bekommen. Sie taumelte gegen die Wand, krümmte sich und versuchte, den sich drehenden Raum wieder unter Kontrolle zu bringen. Plötzlich stand Janice vor ihr, half ihr hoch und schrie sie an, während Wayne stöhnend auf dem Betonboden lag.

Das Mädchen hielt ein langes Rohr hoch. »Ich hab ihn am Kopf getroffen. Hoffentlich geht's ihm gut. Nein, hoffentlich nicht.«

Bethany gab ihr Bestes, aufrecht zu stehen. »Danke, Süße.« Sie sah sich um. »Guck, ob du irgendwo ein Seil oder so etwas findest.«

Nach kurzer Suche fand sich Isolierband. Wahrscheinlich musste man erst einen Kurs belegt haben, um jemanden damit fesseln zu können. Sie gaben ihr Bestes, zogen das Band um und zwischen Waynes Handgelenken und Knöcheln herum, solange er noch benebelt war. Dann klebten sie zwei Streifen über seinen Mund, wobei sie aufpassten, dass seine Nase frei blieb.

»Besonders fest sieht es nicht aus«, warf Janice ein.

»Ich weiß.« Bethany legte ihre Hand gegen ihre verschwitzte Stirn. »Wir müssen uns beeilen. Komm.«

Sie rannten den schummrigen Gang hinunter. Wie Bethany vermutet hatte, war die schwere Stahltür verschlossen. Hinter ihnen war Waynes geräuschvoller Befreiungskampf zu hören. Bethany sah sich das Bild auf dem Tastenfeld an. Thomas oder Sankt Thomas oder St. Thomas? Dieselbe Frage wie in ihrem Traum.

Und dieselbe Antwort.

Eine Menge Leute hatten während ihrer Zeit im Village House über die Bibel gesprochen, aber keiner von ihnen hatte irgendwelche Heiligen erwähnt.

»Warte«, hörte sie Janice sagen.

Bethanys Finger schwebten über der Tastatur. »Was ist los?«

»Rückwärts. Probier es rückwärts.«

»Was?«

»Ich habe vor ein paar Wochen gehört, wie Mr Stafford Blessing bei einer der Türen oben daran erinnert hat. Wie auch immer der Code lautet, du musst ihn rückwärts eingeben.«

Trotz der Anspannung musste Bethany grinsen. »Jetzt hast du schon zwei Sachen bei mir gut.«

»Ich weiß«, antwortete Janice.

Zeit für eine Entscheidung. THOMAS also, aber rückwärts: S-A-M-O-H-T.

Ein Surren. Das Licht wechselte auf Grün, es ertönte ein klickendes Geräusch, und als Bethany zog, schwang die Tür unbehindert auf.

Bethany hätte etwas weit Spektakuläreres erwartet. Einen Schrein vielleicht, mit der Pilatus-Inschrift unter Glas, umgeben von flackerndem Kerzenlicht. Oder eine Kiste, durch modernste Technik gesichert, um der zerstörerischen Kraft der Ewigkeit zu trotzen. Sogar eine weitere Tür mit einem anderen Zahlenschloss und einem unbekannten Symbol hätte sie nicht überrascht.

Stattdessen befanden die beiden sich in einer Art Werkstatt: Bänke und Tische, an denen Drechselbänke befestigt waren, eine Menge Werkzeug, das an einer Stecktafel hing, und in den Regalen eine Reihe veralteter Computermonitore und klobiger Laptops der ersten Generation, die wie alte Soldaten darauf warteten, ausgemustert zu werden.

»Ich verstehe das nicht«, sagte Janice. »Warum halten sie dieses Zeugs unter Verschluss? Ich meine, nicht einmal ein Obdachloser könnte damit etwas anfangen.«

»Schau nach, ob du irgendwelche versteckten Türen findest.«

»Was bitte?«

»Türen. Durchgänge. Ein versteckter Safe vielleicht. Sieh nach, was sich hinter den Regalen befindet.« Bethany kippte bereits einen Schrank an. »Komm schon. Was auch immer sie verstecken, es ist irgendwo in diesem Raum. Wir haben nicht viel Zeit, bis jemand hier herunterkommt. Beeil dich!«

Der Raum war nicht groß. Nach drei Minuten Suche schrie Janice triumphierend auf. Bethany eilte zu ihr herüber. Das Mädchen hatte ein loses Stück Wand hinter einer der Stecktafeln gefunden, doch als sie es herausnahmen, fanden sie bloß einen Stapel Plastikpakete mit einer Art biegsamer grauer Masse darin. Sie öffneten einen der Beutel, ohne dabei auf irgendwelche in Stein gemeißelten lateinischen Worte zu stoßen.

Fünf Minuten später war Bethany sich sicher: In dem Raum war keine seit zweitausend Jahren vermisste Pilatus-Inschrift versteckt. Ungewöhnlich war vielleicht nur, dass einer der uralten Laptops, der mindestens sechs Zentimeter dick war, mit geöffnetem Gehäuse auf einem Beistelltisch stand.

Vielleicht gaben die *Planer* Kurse, wie man Computer reparierte ...

Bethany sah ihn sich genauer an. Die Tastatur war aus dem Gehäuse genommen worden, als wollte man sie reparieren. Das Innenleben lag wild durcheinander auf dem Tisch. An die Stelle der Tastatur war etwas Dickes, Weiches, Graubraunes gestopft worden – der Inhalt aus einem der versteckten Plastikbeutel, fiel ihr auf. Aus der seltsamen Masse ragten zwei Fühler, die flach am Gehäuse anlagen und leicht abwinkelt wie kleine Teufelshörner aussahen. Kabel verbanden sie mit einer kleinen grünen Grundplatine. Die komplette Vorrichtung war festgeschweißt, in jede Spalte und Ecke war zerknülltes Papier gestopft worden, um zu verhindern, dass etwas verrutschte. Bethany brauchte dreißig Sekunden, bis ihr klar wurde, was sie da sah.

Sie blickte auf eine Bombe.

38

Edna verbrachte den Tag in Charlottesville. Sie stattete einem ehemaligen Angestellten einen Besuch ab, dem mittlerweile die größte Kanzlei der Stadt gehörte, und traf sich mit einem anderen zum Abendessen, der Deliktsrecht und Strafverfahren an der Rechtsfakultät der University of Virginia lehrte, eine der besten in ganz Amerika. In Wirklichkeit waren die beiden Treffen bloß Tarnung. Dazwischen verbrachte sie zwei stille Stunden in den Büroräumen einer der kleineren Kanzleien der Stadt, die sich auf die Erbschaftsplanung für eine exklusive und besonders vermögende Klientelen spezialisiert hatte.

Der Mathematiker hielt sich ebenfalls in Charlottesville auf, mit einer ähnlichen Geschichte, die seine Aktivitäten dort erklären würde. Der vorgebliche Grund seines Abstechers in der Stadt war ein Treffen mit einem ehemaligen Harvardprofessor, der mittlerweile einen großen Hedgefonds verwaltete und sich in der Gegend niedergelassen hatte. Der Professor bearbeitete seinen Kollegen schon seit einiger Zeit, ihre Beratungskompetenzen zu verbinden. Eine seiner ehemaligen Lieblingsstudentinnen lehrte mittlerweile angewandte Mathematik an der Uni, und er war Patenonkel ihres zweiten Kindes, also traf er sich mit ihr und ihrem Mann zum Abendessen. Ganz nach der obersten Regel des Baumeisters: In solchen Fällen waren zwei Geschichten besser als eine.

Nach dem Essen lief der Mathematiker rein zufällig durch die Lobby des Boar's Head Inn, dem edelsten Hotel der Stadt, als im gleichen Moment seine gute alte Freundin Edna Harrigan aus dem Fahrstuhl trat. Nachdem beide ihre Überraschung kundgetan hatten – »Ach, du übernachtest auch hier im Hotel?« –, lag nichts näher, als sich zu einer gemeinsamen Tasse Tee in die Lounge zu begeben. Der Mai hatte das schwüle Wetter an die Ostküste getrieben, daher loderte diesmal kein Feuer im großen Kamin. Sie suchten sich eine gemütliche Ecke aus, in der sie höchstwahrscheinlich ungestört waren und von der aus jeder von ihnen einen der Eingänge im Blick hatte.

»Wie ist es mit dem Anwalt gelaufen?«, fragte der Mathematiker nach dem üblichen Austausch von Höflichkeiten.

»Das war eine schwere Geburt. Ein Glück, dass wir die Senatorin auf unserer Seite haben, ohne sie hätte er niemals eingewilligt, sich überhaupt mit mir zu treffen.«

Der Mathematiker lächelte. An diesem Abend trug er große Goldmünzen als Manschettenknöpfe, zweifellos kostbare Antiquitäten. Sein Hemd war blasslila, mit weißem Kragen und Aufschlag. »Du meinst wohl, Gott sei Dank.«

»Das ist das, was du meinst. Ich sagte, was ich meinte.«

»Entschuldige.« Obwohl er das älteste Mitglied der Gruppe war, verfügte er in manchen Momenten über einen jungenhaften Charme, der Edna stets ein wenig aus der Fassung brachte. »Erzähl bitte weiter.«

Sie nannte die Fakten, die der Anwalt der Familie Kirkland widerwillig ausgespuckt hatte. Sylvia war achtundsechzig Jahre alt geworden, ohne jemals irgendein Problem mit dem Herzen gehabt zu haben – zumindest hatte keiner ihrer Ärzte davon gewusst. Der tödliche Infarkt ereignete sich, als sie eines frühen Abends eine Straße entlangspaziert war, ein weiteres untypisches Verhalten. Daher entschied sich der Gerichtsmediziner für eine Autopsie.

Die Bedienung wollte ihnen mehr Tee bringen oder alternativ ein, wie sie es nannte, Stärkungsmittel. Leider Gottes war Edna zeit ihres Lebens abstinent gewesen, und der Mathematiker folgte der strengen Anweisung sowohl seines Internisten als auch seiner Frau, nicht mehr als einen Drink am Tag zu sich zu nehmen.

»Und was hat die Autopsie ergeben?«, fragte er, als sie wieder allein waren.

»Nichts Außergewöhnliches. Zumindest nicht auf dem Papier.«

»Ah.«

Missbilligung konnte sie schon an einer einzigen Silbe erkennen. »Du musst verstehen, wie die Dinge hier unten funktionieren, George. Alteingesessene Familien, Einfluss – die Jahre vergehen, die Welt verändert sich, aber hier unten sind den Menschen diese Dinge noch wichtig.«

Das amüsierte den Mathematiker. »Das glaube ich dir aufs Wort.«

»Soll heißen?«

»Dass ich meine mich zu entsinnen, dass deine Familie schon vor der Revolution in dieser Gegend gelebt hat.«

Ihr stieg die Hitze ins Gesicht. »Meine Familie war aber nie reich, George.«

»Was der Grund dafür ist, warum du dich dieser jungen Ms Barclay so verbunden fühlst. Ich verstehe schon, Edna. Erzähl weiter.«

Die Richterin brauchte einen Augenblick, um sich zu beruhigen. Eigentlich war sie für ihre Gelassenheit bekannt, doch der Mathematiker besaß die seltene Gabe, sie auf die Palme zu bringen. Der Kritiker hatte eine scharfe Zunge, dem Baumeister war nie etwas gut genug, doch dieser Mann hatte eine Art zu sticheln, auf die sie jedes Mal ansprang. Edna kam in den Sinn, dass er sie möglicherweise nicht besonders mochte, und sie fragte sich, was sie getan hatte, das ihn verärgert haben könnte. Nichtsdestotrotz hatte der Mathematiker während der Abwesenheit des Baumeisters – dieses Mal war er in Lateinamerika – das Sagen, daher musste sie ihm Bericht erstatten.

»Es handelt sich hier nur um Gerüchte«, erklärte sie schließlich. »Gerüchte aus zweiter Hand, um genau zu sein. Nichts, was vor Gericht verwendet werden könnte. Laut dem Anwalt hatte der Pathologe seine Zweifel. Es gab Anzeichen – nichts Eindeutiges, sonst hätte er keine andere Wahl gehabt –, aber es gab Hinweise darauf, dass vielleicht, aber nur vielleicht, alles nicht ganz mit rechten Dingen zugegangen ist. Möglicherweise gab es eine frische Einstichstelle zu einer Zeit, in der Sylvia Kirkland keine Medikamente verabreicht bekam. Eine ganz schwache Spur von Betäubungsmitteln im Gewebe, die ihr nicht verschrieben worden waren. Wenn man nach der Gesetzeslage geht, hätte er streng genommen die Polizei rufen müssen. Aber die Kirklands sind mächtige Leute in diesem Staat, und wenn sich schlussendlich herausgestellt hätte, dass es sich nicht um ein Verbrechen handelte, sondern die alte Dame nur ein heimliches Drogenproblem hatte – ich denke, du kannst mir folgen.«

Erneut wirkte der Unterton des Mathematikers fast heiter. »Ich nehme an, er hat keine Festanstellung.«

»Ich weiß nicht, was er hat oder nicht hat. Vielleicht wollte er die Familie einfach vor noch mehr Leid oder Bloßstellung bewahren.«

»Und vielleicht wachsen Schweinen nächstes Jahr Flügel. Komm schon, Edna. Wir wissen doch beide, was hier läuft.«

Sie wurden unterbrochen, diesmal von einem Anwalt, den Edna hätte erkennen müssen, dessen war sie sich bewusst. Er erklärte, er habe einen Fall vor ihr verhandelt, »als sie noch aktiv war« - autsch! -, und dass sie von allen Richtern die besten Fragen gestellt habe. Vermutlich wusste er nicht, dass es Richtern ziemlich egal war, was die Anwälte von ihren Fragen hielten.

Sie dankte ihm, bis er sich wieder verzog.

»Jetzt wird er allen erzählen, dass du ein Rendezvous hattest«, sagte der Mathematiker mit demselben amüsierten Tonfall.

»In meinem Alter? Ich bin eher die, bei der die Autopsie vorgenommen wird.«

»Du bist genauso wunderschön, wie du immer warst.«

»Das nennt man dann wohl ein falsches Lob.«

Dann wurden sie wieder ernst.

»Fassen wir zusammen«, sagte der Mathematiker. »Du meinst also, dass der Familienanwalt glaubt, Mrs Kirkland wurde ermordet.«

»Ich denke schon.«

»Und du glaubst ebenfalls, dass es so war.«

Kurzes Zögern. »Wahrscheinlich.«

»Aber nicht von einem Familienmitglied - das wäre die eigentlich peinliche Situation gewesen, weswegen der arme Pathologe besorgt war, stimmt's? Er dachte daran, dass Ken seine Mutter ermordet haben könnte oder eine seiner älteren Schwestern, um an das Erbe zu kommen, da die alte Dame keinerlei Anzeichen für Altersschwäche zeigte. Darum hat der Mann seinen Mund gehalten. Weil er genau diese Art von Ärger vermeiden wollte. Aber du und ich, wir wissen es besser, oder nicht? Wir wissen, wer es war. Und wir wissen, warum.«

»Nicht ganz«, entgegnete die Richterin.

»Du zweifelst daran, dass die *Wildnis* dahintersteckt? Dass sie sich eingemischt haben, so wie du es angedeutet hast, um Bethany Barclay in Bewegung zu versetzen?«

»Ich bin mir sicher, dass es so war, George. Es gibt da nur ein kleines Problem.«

»Warum? Wird unsere Theorie nicht durch die Beweislage gestützt?«

»Das ist das Problem daran, wenn man ein Wissenschaftler und kein

Jurist ist. Du betrachtest die Gleichung und Informationen und stellst fest, dass alles aufgeht. Ich will wissen, woher die Informationen stammen.« Sie schwenkte ihre Tasse. »Woher wusste die *Wildnis* vom Inhalt des Testaments?«

»Offenbar hatten sie jemanden, der in der Kanzlei Einblick in die Akte hatte.«

»War es so? Und woher wussten sie, dass es diese Akte überhaupt gab? Kennen sie jedes Testament, das in Amerika aufgesetzt wird?« Sie schüttelte vehement den Kopf. »Komm schon, George. Ist es nicht offensichtlich, was hier vorgeht?«

»Für mich nicht.«

»Wir haben eine undichte Stelle. Um den Plan voranzutreiben, muss die *Wildnis* überhaupt erst einmal von dem Plan erfahren haben. Und nur sieben Leute wussten davon.«

»Willst du damit sagen, dass einer von uns ein Verräter ist? Einer von *uns*?«

»Ja, George. Ich befürchte, dass es eine Schlange im *Garten* gibt.«

Edna hatte erwartet, dass der Mathematiker erschrocken sein, Widerspruch erheben oder auf irgendeine Art entweder erstaunt oder verärgert reagieren würde. Doch er rührte bloß in seinem Tee, winkte die Kellnerin heran und bat um ein frisches Kännchen heißes Wasser. Nein, meine Liebe, der Teebeutel ist noch wunderbar. Er war barbadischer Abstammung und liebte es, davon zu erzählen, dass sein sparsamer Vater eine ganze Woche mit einem einzigen Teebeutel auskam.

»Ich erinnere mich noch daran, wie ich zum ersten Mal von diesem Verdacht hörte«, begann der Mathematiker, als die Stärke des Tees wieder seinem Geschmack entsprach. Er testete ihn kurz mit der Zunge an und nahm dann einen langsamen Schluck. »Das muss – lass mich überlegen – in den achtzigern gewesen sein. Damals hatten wir ein Mitglied, das der Krieger hieß, was eine Kurzversion für der Kalte Krieger war. Er hatte in so ziemlich jedem Geheimdienst und jeder Verteidigungseinrichtung des Landes gearbeitet. Zu der Zeit war er im privaten Sektor tätig.

Luft- und Raumfahrt. Auf jeden Fall steckten wir mitten in einer Serie von Niederlagen, ähnlich wie heute. Die *Wildnis* hatte einige Skandale initiiert, die große Schande über die Kirche brachten – ein paar unserer berühmtesten Pfarrer hatten dank ihrer eigenen Vergehen die Sache noch verschlimmert –, und einige unserer Pläne waren übel schiefgelaufen. Wir trafen uns in Kalifornien, glaube ich. Mir sind die Palmen in Erinnerung geblieben.« Kurzes Stirnrunzeln. »Jedenfalls brachte der Krieger dasselbe Argument vor wie du jetzt. Nur die sieben Personen am Tisch wussten genug über unsere Operationen, um sie auf solch beeindruckende Weise scheitern lassen zu können. Es musste einen Verräter unter uns geben. Der Baumeister war gerade erst an Bord gekommen, damals hatte er noch nicht das Sagen. Zu jener Zeit wurden wir noch vom Sänger angeführt. Jetzt, wo ich es sage, fällt mir ein, dass wir uns auf dem Anwesen des Sängers in Bel Air getroffen haben. Deswegen erinnere ich mich an Palmen. Zur Tarnung schmiss er eine Party. Der Sänger war eine große Nummer in Kalifornien, wenn er eine Party gab, kamen alle.« Bei der Erinnerung an die Zeit wurden die Gesichtszüge des dunkelhäutigen Mannes weicher. »In der Nacht habe ich Tony Bennett getroffen, Edna. Sinatra. Jack Nicholson. Ich war wie ein naives Kind. Der Sänger kannte jeden. Mit seinen sechs Grammys, fünfzehn oder zwanzig Goldalben war er reicher als König Midas. Das wurde später ausschlaggebend.«

Er nippte wieder an seinem Tee. Edna sagte kein Wort, sie zog es vor, die Geschichte ohne Unterbrechung zu hören. Der Baumeister hatte sie erst kurz vor ihrem Ruhestand vor elf Jahren rekrutiert. Er hatte ihr sogar vorgeschlagen, ihr Amt früher niederzulegen, als sie geplant hatte, und sie war seinem Rat gefolgt. Doch nur der Anführer und das älteste Mitglied hatten Zugriff auf das Archiv, daher lautete ihre Philosophie, still sitzen zu bleiben und gut aufzupassen, sobald sie die Chance bekam, mehr über die Geschichte des *Gartens* zu erfahren.

»Wie auch immer, wir trafen uns im Pool-Haus. Es stank nach Chlor. Der Krieger trug seine Anschuldigung vor, woraufhin heftig diskutiert wurde, wie du dir vielleicht vorstellen kannst. Beinahe wären der Krieger und ein anderer Mann – der Magnat – aufeinander losgegangen. Ein oder zwei Mitglieder forderten den Rücktritt des Kriegers. Doch der

Baumeister stand hinter ihm. Letzten Endes auch ich. Außerdem der - lass mich überlegen - damals hatten wir noch den Erzbischof. Der Sänger entschied, dass wir den Fall untersuchen mussten, und beauftragte dafür sogar einen Außenstehenden, einen pensionierten stellvertretenden Direktor des FBI. Es war fürchterlich. Noch nie zuvor hatte jemand so bei uns herumgeschnüffelt. Nun ja, in den letzten dreihundert Jahren zumindest nicht. Das letzte Mal war die Geschichte mit Cromwell, und die haben wir ja nicht angezettelt, obwohl sie uns fast zerstört hat.«

Er sah ihren Gesichtsausdruck.

»Oh ja. Oliver Cromwell gehörte zur *Wildnis*. Wir hatten Hobbes. Kein wirklicher Vergleich. Egal, das passt jetzt nicht hierher. Die Geschichte erzähle ich dir mal zusammen mit der über Lincoln.« Der Mathematiker zwinkerte, und Edna konnte nicht sagen, ob er sie bloß foppte. »Jedenfalls brachte der Sänger diesen Außenstehenden in den Kreis - und er nahm uns auseinander. Er befragte alle, versuchte unsere Lügen zu entlarven, wollte uns sogar an einen Lügendetektor anschließen, doch das wurde allen zu viel. Mit dem Ergebnis, dass wir den Ermittler in ein« - da war es wieder, dieses spitzbübische Lächeln - »sagen wir mal anderes Land umsiedelten. Dort konnte er sich gemütlich zur Ruhe setzen. Zehn Millionen Dollar erhielt er für sein Schweigen, und das war wohlgemerkt vor dreißig Jahren. Heute müssten das - lass mich kurz überlegen - ungefähr vierundzwanzig Millionen sein. Also eine ordentliche Stange Geld. Die Hälfte davon stammte aus unserer Schatzkammer, den Rest steuerten hauptsächlich der Sänger und der Magnat bei, wobei jeder von uns etwas in den Topf schmeißen musste. Ein gemeinsames Opfer.« Er überlegte. »Der Erzbischof erzählte es wahrscheinlich dem Vatikan. Darüber zerbrachen wir uns eine Weile die Köpfe, das kannst du mir glauben.«

Der Mathematiker rief die Bedienung noch einmal an ihren Platz und ließ den Tee zurückgehen. Er hätte jetzt gern einen Kaffee, gab er seine Bestellung auf, und vielleicht noch eins von diesen leckeren Croissants, die es immer zum Frühstück gab - ach ja, und bitte ein frisches von dem Vorrat für morgen und keins von heute -, doch Edna merkte, dass er ihr in Wahrheit Zeit geben wollte, seine Geschichte zu verarbeiten.

Als sie wieder allein waren, fragte sie: »Gab es denn einen Verräter?«

»Aber ja. Den gab es. Der Krieger hatte recht gehabt.«

»Wer war es?«

»Der Krieger selbst.«

Ednas Lächeln wirkte verkrampft. Sie hatte die Pointe kommen sehen. »Glaubst du, dass ich eine Verräterin bin, George?«

»Nein.«

»Denkst du, dass ich mich irre?«

»Kann ich nicht sagen, Edna. Dazu habe ich nicht genügend Hintergrundinformationen. Du solltest jedoch wissen, dass die Suche nach dem Verräter damals in den achtzigern den *Garten* auseinandergerissen hat. Deswegen musste der Sänger sein Amt niederlegen. Und es war der Grund dafür, dass der Baumeister die Führung übernehmen konnte.«

Die Geschichte hatte sie bereits gehört, obgleich nur hinter der Hand und in verschiedenen Variationen: dass der Baumeister im Alter von dreißig Jahren das Zepter überreicht bekommen und den *Garten* in Zeiten schlechter Moral wieder auf Kurs gebracht hatte. Allerdings hatte er dabei so resolut aufgeräumt, dass vom institutionellen Gedächtnis der Gruppe fast nichts übrig geblieben wäre. Man sagte dem Baumeister nach, dass kein anderer Anführer in jüngster Vergangenheit ein solch strenges Regiment geführt hatte – obwohl der Abolitionist, ein Politiker, der in der Mitte des neunzehnten Jahrhunderts über anderthalb Jahrzehnte den *Garten* geführt hatte, schonungslos jedes Mitglied ausschloss, das sich nicht voller Überzeugung für die heilige Sache, die Abschaffung der Sklaverei, einsetzte.

»Verstehst du, warum ich dir das erzähle?«, fragte der Mathematiker. »Ich möchte, dass du weißt, welche Konsequenzen deine Anschuldigung haben könnte.«

»Ich verstehe sehr gut, George, und ich habe lange darüber nachgedacht.« Ihr fiel auf, dass seine Augen ihre Heiterkeit verloren hatten. Gut so. »Ich glaube nicht, dass du es bist, weil du am längsten von uns allen dabei bist. Ich weiß, dass ich es nicht bin. Und ich hoffe sehr, dass es nicht der Baumeister ist, weil, nun ja, dann wären wir alle erledigt.«

Der Mathematiker nickte angespannt. Der Verlauf, den das Gespräch nahm, schien ihm nicht zu gefallen. »Damit bleiben vier Möglichkeiten: der Schriftsteller, die Senatorin, der Kritiker und der Pfarrer.« Er schüttelte den Kopf. »Mir fällt kein Grund ein, warum einer von ihnen uns hintergehen sollte.«

»Wenn das Motiv offensichtlich wäre, säße derjenige nicht mit uns an einem Tisch.«

Eine weitere Unterbrechung, als der Kaffee und die Croissants serviert wurden.

»Hast du dem Baumeister schon etwas davon erzählt?«, fragte der Mathematiker.

»Nein, noch nicht. Ich bin mir nicht sicher, ob er die Kraft hat, sich damit auseinanderzusetzen.« Müde rieb sie sich mit der Hand über die Stirn. »Ich weiß nicht mal, ob ich die Kraft habe.«

»Was schlägst du vor, Edna? Dass wir die Sache selbst in die Hand nehmen? Eine Ermittlung einleiten, um herauszufinden, wer die Seiten gewechselt hat?«

»Natürlich nicht. Dazu haben wir nicht die Mittel. Wir wüssten doch nicht einmal, wo wir anfangen sollten.« Sie blickte im Raum umher, um zu sehen, ob sie jemand beobachtete. »Ich sage bloß, dass wir die Augen offen halten sollen.«

Der Mathematiker rührte seinen Kaffee um. »Und wonach suchen wir genau?«

»Ich wünschte, ich wüsste es.«

39

»Wir brauchen ein Telefon«, sagte Bethany.

Janice schüttelte den Kopf. Sie stand neben der Tür und behielt Wayne im Auge, der immer noch gefesselt und geknebelt war. »Keine Chance. Handys sind nicht erlaubt und werden sowieso blockiert oder so etwas. In manchen Büros gibt es Telefone. Vielleicht hat Martin eins, das weiß ich nicht.«

»Dann müssen wir hier raus.«

»Gut.«

»Wir müssen jemanden warnen. Janice, hör mir gut zu.« Sie nahm das Kinn des Mädchens in die Hand und zwang sie, sie anzusehen. »Wo immer ich hingehe – ob zur Polizei oder zum FBI –, es macht keinen Unterschied. Man wird mich verhaften. Du solltest besser nicht in der Nähe sein, wenn das passiert.«

Die braunen Augen wurden groß. »Ich bleibe bei dir.«

»Willst du ins Gefängnis gehen?«

»Solange du dabei bist.«

Bethany erkannte, dass Diskutieren zwecklos war. Janice' Abhängigkeit von den *Planern* hatte sich auf ihre Retterin übertragen. »Gut. Darüber machen wir uns später Gedanken. Lass uns hier abhauen.«

Erneut schüttelte Janice den Kopf. »Geht nicht. In der Lobby sind zu viele Leute. Außerdem wissen sie jetzt, dass du nicht mehr in deinem Zimmer bist.«

»Dann wissen sie auch, dass du mir hilfst.« Sie dachte schnell nach. »Wir nehmen die Feuertreppe. Es muss einen Ausgang zur Straße geben.«

»Wir werden den Alarm auslösen.«

»Das macht nichts, solange wir dann schon draußen sind.«

»Aber was ist, wenn ...«

»Keine Fragen mehr, Janice. Wir müssen sofort hier raus.« Dass sie sich sorgte, die Bombe könne scharf sein, ließ sie aus. »Komm schon.«

Sie traten wieder in den Flur hinaus und schlossen vorsichtig die Tür hinter sich. Kein Wunder, dass sie stahlverstärkt war. Wayne war wieder bei Bewusstsein und strampelte wütend umher. Sie machten einen Bogen um ihn und rannten zu der T-Kreuzung. Als sie um die Ecke bogen, musste Bethany eine Entscheidung treffen. Sie beschloss, nicht zweimal aus derselben Quelle zu schöpfen – noch so eine Redensart von Tante Claudia –, daher ließ sie Lagerraum und Frachtenaufzug links liegen und lief direkt in Richtung Feuertreppe. Sie kletterten ein Stockwerk höher, und Bethany wollte gerade die Tür nach draußen aufstoßen, als ihr auffiel, dass Janice weiter hochstieg.

»Süße, komm schon. Hier ist der Ausgang.«

»Geh du«, antwortete das Mädchen selbstsicher und gar nicht mehr anhänglich. »Ich muss noch jemanden ... jemanden warnen.«

Bethany schloss kurz die Augen. Zach. Junge Liebe. Warum konnten die Menschen nicht warten, bis sie erwachsen waren, um sich zu verlieben? Sie für ihren Teil hätte liebend gern diesen Teil ihrer Jugend übersprungen. Auf der anderen Seite erinnerte sie sich nur zu gut an ihr eigenes Gemütsleben damals, um zu wissen, dass es sinnlos war, es ihr ausreden zu wollen. Die Wahl bestand darin, entweder mit ihr zu gehen oder sie zurückzulassen.

Sie hatte vor Augen, wie heftig Wayne mit seinen Fesseln gekämpft hatte, und schätzte, dass ihnen höchstens zehn Minuten blieben.

»Fünf Minuten«, sagte sie und kletterte Janice bis zum vierten Stock hinterher, wohin die Männer verbannt waren, ganz altmodisch, mit deutlichem Abstand zu den Frauen.

Die Feuertür war alarmgesichert, aber diesen Code kannte Janice. Bethany fragte sich, wie viele andere Mädchen ihn noch kannten, und wie viele der Jungen auf die gleiche Weise auf die Etage der Mädchen gelangten. Was das Leben im Village House betraf, hatten Theorie und Praxis anscheinend nicht viel miteinander zu tun. Aber das war auch bei vielen anderen Kirchen nicht anders, und, wenn sie darüber nachdachte, galt das für fast jede Art von Organisation, die Bethany kannte.

Auf dem Gang begegneten sie zwei jungen Männern, die gerade aus dem Fitnessraum kamen und sie gleichgültig beobachteten, während sie an ihnen vorbeieilten. Bethany kam in den Sinn, dass anscheinend nicht jeder gewarnt worden war. An einer Tür, die sich weitab von anderen Räumen in der Nähe des Aufzugs befand, blieben sie stehen.

»Beeil dich«, sagte Bethany.

Janice klopfte und ging sofort hinein. Bethany folgte ihr. Es war ein Büro, dem ein ganzes Apartment angeschlossen zu sein schien. Sie konnte sich nicht erklären, warum einem jungen Mann, der sicherlich nicht älter als zwanzig war, solcher Überfluss zuteilwurde.

Janice steckte ihren Kopf ins Schlafzimmer. »Er ist nicht hier«, sagte sie.

»Wir müssen los, Süße. Ich bin mir sicher, Zach wird nichts passieren.«

Janice richtete ihren treuherzigen Blick auf sie. »Zach? Wie kommst du jetzt auf Zach?«

»Ist das nicht sein Zimmer?«

»Nein. Machst du Witze? Das ist das Zimmer von meinem Onkel, wenn er hier übernachtet.«

»Dein Onkel«, setzte Bethany an, der auf einmal klar wurde, was sie übersehen hatte. Der Onkel, von dem Janice am ersten Abend erzählt hatte, der sie ins Village House gebracht hatte, als der Rest der Familie ihr den Rücken kehrte. »Oh nein, Liebes, wir müssen hier raus. Sofort, bevor er zurückkommt.«

»Dafür ist es ein bisschen zu spät«, ertönte Daniel Staffords Stimme hinter ihnen.

Janice fiel ihm in die Arme, woraufhin er sie an sich drückte, ihr leise zuredete und über ihren Rücken strich. »Da ist eine Bombe im Keller«, wiederholte sie immer wieder.

Ihr Onkel lächelte nachsichtig. »Das kann nicht sein.«

»Doch. Ich habe sie gesehen!«

»Das ergibt keinen Sinn, Liebling.«

Bethany nahm die Nebenhandlung kaum war. Sie war zu sehr damit beschäftigt, Mr Fuentes anzustarren, dessen große Gestalt nun den Eingang versperrte. Dieses Mal hielt der Sicherheitschef eine Waffe in der Hand.

»Wie ich sehe, haben Sie es geschafft, die Tresortür zu öffnen«, sagte er.

Bethany wollte nur noch weg, am besten so weit wie möglich, aber Fuentes verkündete, dass nun alle zusammen in den Keller gehen würden. Daniel Stafford war dagegen, doch Fuentes beharrte höflich darauf – mit der Waffe in der Hand.

»Als Martins Stellvertreter habe ich hier das Kommando«, haspelte Stafford.

»Im Moment gerade nicht«, entgegnete Fuentes freundlich.

Dieses Mal nahmen sie den Hauptaufzug. Mit geschlossenen Augen lehnte Bethany an der Wand und fragte sich, wie sie so dumm gewesen sein konnte, als sie so nah dran war. Keine Nachnamen. Keiner der jüngeren Schwestern und Brüder benutzte seinen Nachnamen, daher hätte sie niemals ahnen können, dass Janice eine Stafford war. Dennoch schalt sich Bethany innerlich für ihre Unachtsamkeit.

Als sie im Keller ankamen, trat Fuentes hinter sie und befahl Bethany, ihnen den Weg zu weisen. Janice und ihr Onkel, die in der Mitte liefen, flüsterten miteinander. Bethany hörte die Worte »Mission« mehrere Male heraus, gefolgt von Staffords »Du verstehst das nicht« und dem obligatorischen »Sie gehört nicht zu uns, du darfst ihr kein Wort glauben«.

Hinter der T-Kreuzung trafen sie auf Wayne, der gerade die letzten Reste des Klebebands von seinen Knöcheln entfernte. Er sprang auf, bereit, eine Reihe von Ausreden abzuspulen, doch Fuentes wies ihn bloß mit einem Wink der Waffe an, sich einzureihen. Der Sicherheitschef ließ Bethany die Tür mit dem Code öffnen und trieb dann alle in den Raum. Daniel Staffords attraktives Gesicht verzog sich zu einem Ausdruck tiefsten Schmerzes. Während ihres Marsches hatte seine Nichte sich aus seiner Umarmung gelöst und stand nun plötzlich wieder neben Bethany, die sich fragte, was genau Fuentes mit ihnen vorhatte. Sie in dem Raum einzusperren, bis die Bombe hochging?

»Das haben Sie gut gemacht«, sagte Fuentes, wobei nicht klar war, wen er damit meinte. »Dafür erfordert es eine Menge Mut.«

»Was wollen Sie damit hochgehen lassen?«, fragte Bethany. Sie hatte einen Arm um Janice gelegt, die ihren Onkel anstarrte. Stafford starrte Wayne an, dessen Blick wiederum auf Fuentes gerichtet war. Niemand sah die Bombe an – wenn man so tat, als existiere sie nicht, blieb sie vielleicht inaktiv. Da sie keine Antwort auf ihre Frage erhielt, stellte sie eine andere: »Warum wurden die Sicherheitscodes nicht geändert? Sie wussten doch, dass ich sie kenne.«

»Weil ich es keinem erzählt habe«, antwortete Fuentes. Er stand an der Wand und untersuchte die alten Computermonitore. Die Waffe hielt er locker in der Hand, aber jeder im Raum wusste, wer hier das Sagen hatte. »Ich schätze, in einen von denen passen vielleicht zwischen vier und sieben Kilogramm Sprengstoff. Nicht genug, um ein Gebäude in Schutt und Asche zu legen, aber mehr als genug, um ein Auto in die Luft zu sprengen oder jeden im Raum zu töten.« Er zeigte auf die Laptops. »In die Laptops gehen etwa ein Kilogramm oder anderthalb. Ein paar Metallsplitter dazu und fertig ist eine ernst zu nehmende Waffe.«

»Sie wollten, dass ich in diesen Raum einbreche«, sagte Bethany. »Warum?«

»Weil das Komische an meinem Job ist, dass ich fast nie allein bin«, antwortete Fuentes. Er sah sich gerade den offenen Laptop an, ohne ihn mit den Händen zu berühren. »Da war jemand ziemlich unbeholfen. Ich kenne Kinder in Afghanistan, die das besser hinkriegen würden.« Er ging näher heran, offensichtlich überrascht von dem, was er sah. Dann lachte er auf. »Oh Mann, das ist die Höhe.«

»Was ist die Höhe?«, verlangte Daniel Stafford zu wissen. Seine souveräne Haltung war verschwunden. Er bewegte sich auf die Tür zu. »Was ist so lustig? Was läuft hier? Wayne? Fuentes? Was ist hier überhaupt los?«

Wayne schüttelte den Kopf. »Keine Ahnung! Ich hab bloß die Tür bewacht.«

»Lass es gut sein«, sagte Fuentes. »Niemand kauft dir das Theater ab.« Sein Blick schwenkte zu dem dunkelhäutigen Mann, Martins Stellvertreter. »Ihnen genauso wenig.« Er drehte sich um, die Waffe war nun genau zwischen Stafford und Wayne gerichtet. An Stafford gewandt, sagte er: »Das ist der Grund, warum ich keine Codes für diesen Raum bekommen habe. Warum Sie mir immer wieder gesagt haben, ich müsse sie nicht kennen.« Dann wandte er sich Wayne zu: »Und das ist auch der Grund, warum ein Mann wie du an einem Sonntag in die Kirche geht.« Die nächsten Worte waren an alle Anwesenden gerichtet: »Und warum Wayne und Ms Wilkes peinlich genau darauf geachtet haben, dass Ms

Barclays Gesicht das einzige war, das auf den Sicherheitskameras zu sehen ist.«

Bethany kam immer noch nicht wirklich mit, daher war es an Janice, die offensichtliche Frage zu stellen: »Sie wollten die Kirche in die Luft sprengen?«

»Nein, das glaube ich nicht. Nicht mit dem Ding hier.« Mit angewidertem Blick zeigte er auf den offenen Laptop. »Das ist Stümperarbeit. Anstatt einer Bombe eher eine Bomblet, wie wir sie früher genannt haben. Ihr Zweck ist es nicht, etwas zu zerstören, sondern ein Zeichen zu setzen. Mit einem lauten Knall für Aufruhr zu sorgen. Ein wenig Schaden anrichten, mit vielleicht ein oder zwei Todesopfern, aber nichts, was kompetentere Terroristen vor Neid erblassen lassen würde.« Er nickte Bethany zu. »Nehmen Sie die Polsterung raus.«

»Die was?«

»Das Papier, das in die Ecken gestopft wurde, damit die Apparatur nicht hin und her wackelt. Machen Sie schon.« Er wurde ungeduldig. »Die Bombe ist nicht aktiv, sie wird schon nicht hochgehen. Nehmen Sie die Polsterung heraus.«

Mit offenem Mund starrte Janice ihren Onkel an. Bethany zögerte, steckte dann eine Hand in den Laptop und zog ein Stück Papier heraus. Ein weiteres. Flyer. Flyer und das Sonntagsprogramm der Kirche, die sie vor ein paar Tagen besucht hatten.

»Ich verstehe das nicht.«

»So sollte es eigentlich ablaufen, Ms Barclay. Die Laptop-Bombe sollte irgendwo hochgehen – ich nehme an, in einem weiteren Labor, das Stammzellenforschung betreibt oder so etwas in der Art –, und die Ermittler würden daraufhin Fragmente des Kirchenflyers entdecken. Es ist ein allgemein verbreiteter Irrglaube, dass Bomben alles zerstören, denn es bleibt immer etwas übrig. Eine kleine Ecke des Flyers hätte gereicht, damit das FBI eine Razzia in der Kirche veranstaltet. Daraufhin würden sie auf Spuren von Materialien stoßen, mit denen man eine Bombe basteln kann, vielleicht sogar Plastiksprengstoff, beides von unserem Freund Wayne am Sonntag dort platziert. Und schon wäre das Szenario perfekt. Innerhalb von 24 Stunden würde jeder Kabelsender des Landes die fanatischen christlichen Bombenleger anprangern, die den Fortschritt verabscheuen und Frauen und Gott weiß was noch, woraufhin eine halbe Million Unentschlossene nie wieder einen Fuß in die Kirche setzen würden. Habe ich nicht recht, Mr Stafford?«

Doch Daniel Stafford hatte beschlossen, sich aus dem Staub zu machen. Für immer. Er steckte sich eine Kapsel in den Mund, und bis Fuentes bei ihm war und ihm die Finger in den Hals stecken konnte, damit er sie wieder erbrach, machten die Krämpfe deutlich, dass es bereits zu spät war. Wayne rannte in den Flur hinaus.

»Lassen Sie ihn laufen«, rief Fuentes. »Er ist nicht wichtig.« Er stand auf und klopfte seine Hose ab. »Gehen Sie, meine Damen. Ich regele das hier.«

Bethany wich nicht von der Stelle. »Sie sind ein verdeckter Ermittler der Polizei oder vom FBI.«

»Es spielt keine Rolle, wer ich bin. Sie müssen hier verschwinden, oder Sie landen im Gefängnis.«

Janice kniete neben Daniel Stafford, hielt vorsichtig seinen Kopf in ihren Händen und weinte. Bethany wollte zu ihr gehen, brauchte aber einen Augenblick. »Warten Sie. Wenn Sie vom FBI sind – oder von wem auch immer –, wie konnten Sie das tun? Mich mit Chemikalien vollpumpen?«

Fuentes war nicht interessiert. »Sie verschwenden Zeit, Ms Barclay. Sagen wir einfach, ich bin eine Ein-Mann-Armee, und belassen es dabei.« Sie rührte sich immer noch nicht vom Fleck. »Ich habe Sie angelogen. Die Bombe ist scharf. Ich muss sie jetzt entschärfen. Hier wird es jeden Moment eine Razzia geben. Es ist an der Zeit, dass wir getrennte Wege gehen.« Er riss Janice hoch und schob sie in Richtung Tür. »Und vergessen Sie nicht, Ms Stafford mitzunehmen.«

»Ich gehe nirgendwohin«, warf Janice ein und versuchte, sich aus seinem Griff zu befreien.

»Wohin soll ich sie mitnehmen?«, fragte Bethany.

»Ich kenne Ihr Ziel nicht, Ms Barclay. Und ich will es auch nicht wissen. Aber ich bin mir sicher, dass Ms Stafford von unschätzbarem Wert für Sie sein wird.« Nun schob er beide Frauen Richtung Tür. »Gehen Sie einfach. Wenn das FBI Sie schnappt, ist das schlecht. Wenn die bösen Jungs Sie schnappen, wahrscheinlich sehr viel schlimmer.«

Janice lag in ihren Armen, untröstlich, und streckte immer noch die Hand nach Stafford aus. Bethany war noch nicht bereit, sie wegzuzerren. »Welche bösen Jungs?«, fragte sie. »Die *Planer* sind Geschichte. Gleich wird hier eine Razzia losgehen. Sie haben es selbst gesagt.«

»Sind Sie wirklich so blauäugig? Glauben Sie tatsächlich, dass sich Ihr Exfreund und seine Gefolgsleute eine Operation wie diese ausgedacht haben? Zu welchem Zweck?«

Er schüttelte den Kopf. »Martin Potus mag vieles sein, aber er ist kein Mörder. Er ist ein Egoist und Lügner, doch in ihm ist auch etwas Aufrechtes. Das Village House mag zum Teil ein Schwindel sein, aber teilweise ist es auch echt. Er will wirklich Menschen helfen und hat eine Gabe dafür. Aber auch er wird an der Nase herumgeführt, das ist mir sofort bei meiner Ankunft hier klar geworden. Ich will herausfinden, wer hier in Wirklichkeit das Sagen hat.« Er stieß die Leiche mit dem Fuß an. »Dieser Mann hier war die einzige Verbindung zu der Wahrheit. Darum hat er sich umgebracht. Er hatte keine Angst davor, hinter Gitter zu wandern. Er hatte Angst vor den Chemikalien, die einen zum Reden bringen. Glauben Sie, Menschen wie diese kriegen Sie nicht auch im Gefängnis? Weil Sie nämlich im Gefängnis landen werden, wenn Sie jetzt nicht hier verschwinden.«

»Aber Sie wissen doch, dass ich unschuldig bin.«

»Was Sie mir unter Drogen bei dem Verhör erzählt haben, wird niemanden überzeugen. Sie können es sich nicht leisten, erwischt zu werden, Ms Barclay. Gehen Sie jetzt. Sie haben Ihre Aufgabe zu erledigen, ich muss mich um die Bombe kümmern.« Dann richtete er sich mit unerwartet sanfter Stimme an Janice: »Das mit Ihrem Onkel tut mir sehr leid, Ms Stafford. Aber er war ein böser Mann, der etwas Schlimmes getan hat. Sie werden noch Zeit haben, ihn zu betrauern. Jetzt müssen Sie sich erst einmal um sich selbst kümmern.« Dann wieder an Bethany: »Bringen Sie sie hier weg, und kümmern Sie sich um sie.« Und am Ende an beide zusammen: »Vermeiden Sie Orte, an denen man Sie vermuten wird. Aber gehen Sie endlich, und lassen Sie mich die Bombe entschärfen.«

Sie verließen den Raum.

40

Eine Polizeirazzia ist eine äußerst komplizierte Angelegenheit – besonders wenn es Überschneidungen bei der Zuständigkeit von verschiedenen Behörden gibt. In den Sturmangriff auf das Village House, ursprünglich eine Operation des FBI, waren mittlerweile vier Bundes- und zwei Staatsbehörden sowie so ziemlich jede lokale Behörde von Cook Country und der Stadt Chicago involviert. Anwälte hatten höchst komplexe Vereinbarungen aufgesetzt, die die Frage nach der Zuständigkeit der einzelnen Beteiligten klären sollten. Doch Carraways natürliche wenn auch jungenhafte Autorität brachte die anderen älteren und meistens erfahreneren Beamten dazu, ihm den Vortritt zu lassen. Der Plan war, gleichzeitig die Vorder- und Hinterausgänge des Village House zu stürmen, ebenso das leer stehende Gebäude nebenan, das Daniel Stafford gehörte. Es war bekannt, dass ein großer Keller die beiden Gebäude verband, der allerdings nirgendwo richtig verzeichnet zu sein schien, und man hatte es nicht geschafft, einen offiziellen Gebäudeplan aufzutreiben. Jedem war klar, dass es geheime Ausgänge geben könnte. Daher sperrte die Polizei das Gebiet in alle Richtungen zwei Häuserblocks weit ab – was nicht so leicht zu bewerkstelligen ist, denn zwei Häuserblocks in jede Richtung bedeutet ein Vier-mal-vier-Raster, also insgesamt sechzehn Häuserblocks, mit fünf möglichen Fluchtwegen auf jeder Seite und insgesamt zwanzig Kreuzungen, die bewacht werden mussten –, vorausgesetzt natürlich, die Zielperson fand nicht einfach in einem der Gebäude Zuflucht. In Hollywood schossen sich Ganoven ihren Weg durch Straßensperren frei. Im wahren Leben hingegen tauchten sie in der Menschenmenge unter oder schlichen sich durch Gassen fort, die von der Polizei übersehen worden waren.

Das andere Problem mit der Absperrung war, dass sie vor dem Übergriff aufgestellt werden musste. Die *Planer* wären somit gewarnt. Auf der anderen Seite waren so viele Menschen an dem Einsatz beteiligt, dass sie es wahrscheinlich sowieso schon wussten.

»Die meisten dieser Leute sind unschuldig«, instruierte Carraway die Truppe. »Vergesst das nicht. Wir haben die Genehmigung, das Gebäude zu durchsuchen und bestimmte Verdächtige festzunehmen, doch alle anderen werden sich zu Tode erschrecken, wenn sie uns sehen. Lasst es uns nicht noch schlimmer für sie machen.«

Einer der DEA-Agenten wollte es genauer wissen. »Aber keiner von ihnen kommt ohne Handschellen dort raus, oder? Ich meine, wir wissen nicht, ob sie gefährlich sind.«

»Laut unserer Informanten befinden sich Waffen auf dem Gelände«, sagte ein Polizeioffizier aus Chicago.

»Wir legen ihnen Handschellen an, bringen sie raus und setzen sie in diesem Park ab« – mit seinem Laserpointer zeigte er die Stelle auf der Karte an, die auf einen Bildschirm projiziert wurde –, »aber wir wenden keine unnötige Gewalt an. Draußen vergewissern wir uns, dass sie nicht die Leute sind, die wir suchen. Sobald das festgestellt ist, dürfen sie gehen.«

»Es ist eine Sekte«, warf ein anderer ein. »Ich denke, wir müssen davon ausgehen, dass sie sich zur Wehr setzen werden, egal, ob sie diejenigen sind, die wir suchen, oder nicht.«

»Wie die Branch-Davidianer von Waco«, fügte eine andere Stimme hinzu.

»Wir sind ausgebildet, sie sind es nicht«, entgegnete Carraway. »Wir zeigen uns diszipliniert.«

»Nicht, wenn wir deswegen draufgehen«, meldete sich ein Hilfssheriff zu Wort.

»Wir versuchen alles, um Todesopfer auf beiden Seiten zu vermeiden«, antwortete Carl. »Aber natürlich werden wir uns mit allen Mitteln schützen.«

Er nickte einer Hilfskraft zu, die auf eine Maus klickte. Auf dem riesigen Bildschirm erschienen Fotos von Bethany Barclay: ihr Führerscheinbild, das Foto aus ihrem Jahrbuch und ein Bild von der Sicherheitskamera in der Kirche, die sie besucht hatte.

»Wir haben fünf Haftbefehle. Das hier ist der wichtigste von allen. Sie ist unsere Verdächtige für die Bombenattentate auf die Labore. Vielleicht hat sie ihr Aussehen erneut verändert. Vielleicht gibt sie sich als ›Kathy‹ aus. Zumindest verwendete sie diesen Namen in der Kirche. Den Nachnamen wissen wir nicht.« Der nächste Teil fiel ihm schwerer, als er gedacht hätte. »Wie ihr wisst, wird sie außerdem wegen Mordes in Virginia gesucht. Der Mord geschah mit einer Pistole. Sie weiß, wie man schießt. Sie hat viel Zeit auf dem Übungsplatz verbracht. Sie könnte bewaffnet sein. Also, obwohl wir alles in unserer Macht Stehende tun, um sie lebendig zu schnappen« – es schnürte ihm tatsächlich für einen Augenblick die Kehle zu, aber Übung und Konzentration obsiegten –, »so oder so, wir kriegen sie.«

41

Frische Luft bedeutet Freiheit. Der Gefangenschaft entkommen zu sein, diesem Zimmer, dem Schicksal entkommen zu sein, dass das Village House für sie bereitgehalten hatte, war so belebend, dass Bethany am liebsten losgeschrien hätte vor Freude, als sie auf dem Gehweg stand.

Aber es gab Wichtigeres, um das sie sich kümmern musste.

Zum Beispiel, so weit wie möglich von hier wegzukommen.

Zum Beispiel die Frage, wo sie jetzt hin sollten.

Zum Beispiel die Tatsache, dass Janice wieder zitternd Bethanys Arm umklammerte, als würde sie ertrinken. »Warum hat er uns gehen lassen?«, fragte sie immer wieder.

»Schhh. Es ist okay, Süße. Alles in Ordnung.«

»Nein, ist es nicht. Er hatte eine Waffe, oder nicht? Also warum hat er uns gehen lassen?«

»Ich weiß es nicht.« Bethany hörte ihr kaum zu. Sie spähte in die tiefschwarzen Schatten, die sie umgaben, noch immer befürchtend, der nächste Feind würde bereits auf der Lauer liegen. Die wenigen Fußgänger, die zu dieser späten Stunde noch unterwegs waren, wandten den Blick ab. Das war ihr nur recht. »Komm schon, wir müssen hier weg.«

»Er war mein Onkel ... Mr Stafford ...«

»Ich weiß.«

»Er war derjenige, der mich rausgeholt hat aus ... Ich kann es nicht fassen, dass er mich ... mich da hineingezogen hat ...«

»Später. Wir müssen uns beeilen.«

Sie weigerte sich, auch nur einen Schritt zu tun. »Was meinte er damit, wohin du als Nächstes gehen musst? Und mit der Kirche? Was läuft hier, Bethany?«

»Janice, bitte. Wir sprechen später darüber.«

»Jetzt.«

»Hör zu ...«

Plötzlich überschlug sich alles in Janice' Kopf, bis sie es nicht mehr aushalten konnte. Gerade einmal einen Häuserblock vom Village House entfernt, bekam sie einen Wutanfall. »Das sagt Blessing auch immer: ›Wir sprechen später darüber, Liebes.‹ Später bedeutet nie. Meine Mutter ist genauso. ›Später.‹ Warum kannst du es mir nicht einfach sagen? Ich war auch in dem Raum. Ich hätte auch in die Luft gesprengt werden können. Und ich hab dich da rausgeholt. Erinnerst du dich? Meinst du nicht, du schuldest mir etwas? Zum Beispiel meine Fragen zu beantworten oder anzuerkennen, dass meine Ansichten auch etwas zählen? Onkel Daniel war der Einzige, der mich nicht wie ein Kind behandelt hat! Der Einzige!«

Bethany spürte die Jahre, die zwischen ihnen lagen. Sie hatte noch kein Kind großgezogen, aber hoffte immer noch darauf, dass es eines Tages passieren würde. Nun sah sie den Schmerz in den Augen des Teenagers, wusste aber gleichzeitig, dass man in Krisenmomenten nicht weich werden durfte. Liebevolle Bestimmtheit war die Antwort – zumindest war das Tante Claudias Devise gewesen.

»Wir werden darüber reden, Janice. Ich verspreche es. Aber nicht mitten auf dem Gehweg und wenn du herumschreist und die Aufmerksamkeit der Leute auf uns ziehst.« Sie legte einen Arm um die dünnen Schultern des Mädchens. »Komm, wir müssen schnell so weit weg von hier wie möglich.«

»Wir haben aber kein Geld«, wandte Janice mürrisch ein.

»Doch, haben wir. Wir müssen es nur holen.« Ihre Sorge wuchs, sie wollte unbedingt los. Der Wind blies hart vom Fluss herüber, und sie überlegte, ob ihr Pullover und die dünne Jacke, die Janice trug, wetterfest genug waren. »Wir müssen einen Bankautomaten finden – ich hoffe sehr, dass das Konto von Kathy Hobart noch aktiv ist. Ich habe noch mehr Geld. Ich habe es versteckt, als ich nach Chicago gekommen bin.«

»Warte.«

Verzweiflung. »Was ist jetzt schon wieder?«

Sie lächelte schüchtern. »Nun ja, wir haben es rausgeschafft, oder? Also sind wir jetzt in Sicherheit, oder?«

»Im Moment.«

»Dann sollten wir Gott danken, dass wir den richtigen Plan verfolgt haben. Das würde Martin jetzt sagen.«

Kurz davor, einen Einwand vorzubringen, biss Bethany sich auf die Zunge. Sie war bereit, alles zu tun, um das Mädchen zu beruhigen. Also führte sie Janice in den kleinen Park auf der anderen Straßenseite. Unter dem sanften Licht zweier Straßenlaternen, die auf alt getrimmt wie aus dem letzten Jahrhundert wirkten, nahmen sie auf einer Steinbank Platz. Der Teenager betete mit geschlossenen Augen und zusammengelegten Händen, die Ellenbogen aufgestützt. Bethany hörte hauptsächlich zu. Janice bedankte sich, ohne ihre genauen Gedanken im Detail wiederzugeben. Danach hätte Bethany nicht sagen können, dass sie sich anders fühlte, ganz im Gegensatz zu Janice.

Sirenen.

Polizeiwagen schossen in die entgegensetzte Richtung die Straße hinunter, fünf oder sechs mussten es gewesen sein, gefolgt von ein paar Transportern. Die Razzia, die Fuentes vorhergesagt hatte, begann.

»Komm«, forderte Bethany Janice auf.

Dieses Mal folgte Janice, ohne Fragen zu stellen. Sie hasteten durch eine Gasse zwischen zwei Bürohochhäusern, bogen ein paarmal rechts ab und kamen auf der West Madison raus. Bethany brauchte einen Moment, um sich in der Dunkelheit zurechtzufinden, dann zeigte sie in Richtung See.

»Da lang.«

Janice widersprach nicht.

Die Sirenen wurden immer leiser. Ihnen wurde klar, dass sie entkommen waren. Sie hatten es tatsächlich geschafft. Einen Häuserblock weiter fing Bethany an zu lachen. Sie konnte einfach nicht anders. Freiheit war etwas Wunderbares. Janice sah den Anflug von Wahnsinn in den Augen ihrer Retterin und lachte dann auch los. Eine Gruppe Nachtschwärmer, die aus einem Klub stolperten, machten einen großen Bogen um die zwei verrückten Frauen. Einige von ihnen warfen ihnen misstrauische Blicke zu, andere lächelten, aber alle wollten Abstand zu ihnen wahren. Bethany und Janice mussten vor Erleichterung so lachen, dass sie nicht mehr weitergehen konnten. Sie umarmten sich, lachten und weinten und hätten für immer so stehen bleiben können – wenn die Erde nicht gebebt und die Leute nicht zu schreien begonnen hätten. Was eben so passiert, wenn eine Bombe in die Luft geht.

Was für eine köstliche Ironie wäre es gewesen, sie beim Beten zu überfallen. Hätte das nicht wieder einmal bewiesen – zumindest zur Befriedigung des Professors –, dass es keinen Schöpfergott gab, der sie vor dem Bösen bewahrte? Denn entweder wäre es ihm egal gewesen, oder es gab ihn gar nicht. Stuart van der Staal hatte vor langer Zeit sein ganzes Geld auf die zweite Option gesetzt.

Wenn er an sein eigenes Ableben dachte, bedauerte er nur eines: dass er nicht in der Lage sein würde, die erstaunten Gesichter der Milliarden törichten Gläubigen zu sehen, wenn sie dem Tod begegneten. Oft wünschte er sich, es gäbe doch für nur eine Stunde ein Leben nach dem Tod, in der eine offizielle Nicht-Gottheit feierlich verkündete, dass das Leben schlichtweg vorbei war, wenn es endete. Die nächsten sechzig Minuten würden die Gläubigen vor Angst zittern, während die Erwachsenen, die sich die Wahrheit schon gedacht und ihr Leben dementsprechend gelebt hatten, amüsiert zusahen.

Oh ja. Er hätte seine wahre Freude daran gehabt, Bethany und ihre Begleiterin in diesem wunderbaren Moment zu schnappen. Von seinem Versteck aus, zwanzig Meter von ihnen entfernt, hätte er sich heranschleichen, dem dunkelhäutigen Mädchen eine Kugel in den Kopf jagen und die Nadel in Bethanys Hals rammen können, bevor sie überhaupt mitkriegte, was los war. Aber dem schwarzen Mädchen durfte laut Anweisung nichts zustoßen. Man hatte ihm nicht den Grund für diese Entscheidung genannt – er wusste nicht einmal, wer die Entscheidung getroffen hatte –, aber es machte die Sache definitiv komplizierter.

Also folgte er den beiden stattdessen. Bethany schien keine Geduld mit dem jüngeren Mädchen zu haben, was der Professor nur allzu gut verstand. Aus Erfahrung wusste er: Wenn man nicht geschnappt werden wollte, musste die Parole lauten, ständig in Bewegung zu bleiben. Bethany Barclay hatte dieses Prinzip offensichtlich verstanden. Ihre Begleiterin war Ballast. Man musste sie sich nur anschauen, wie sie da standen und lachten und sich umarmten, während sie eigentlich die Beine in die Hand hätten nehmen sollen. *Impedimentum* hätten die Römer das Mädchen genannt, der lateinische Begriff für ein Hindernis, ein Ding, das sich an die Füße klammert und einen zurückhält. Diesen Eindruck machte das dunkelhäutige Mädchen auf ihn: klammernd. Früher oder später würde Bethany zu derselben Einsicht kommen, und sie würden getrennte Wege gehen.

Dann könnte er ...

Der Donnerschlag der Explosion kam so gänzlich unerwartet, dass er den Kopf herumriss, sich duckte und fast seine Waffe gezogen hätte. Keine halbe Minute später wurde ihm klar, dass die Explosion nichts mit ihm zu tun hatte, doch als er sich wieder umwandte, waren die beiden Frauen bereits weg.

Nach einer guten halben Meile verlangsamten die beiden ihr Tempo. Bethany wurde in diesem Augenblick klar, wie sehr sie doch von der Welt abgenabelt waren. Sie besaßen weder Handys noch I-Pads, auf denen sie die Nachrichten hätten verfolgen können. Um ein Restaurant oder eine Bar zu betreten, benötigten sie Geld, das sie nicht hatten, somit blieb ihnen der einfachste Zugang zu einem Fernseher verwehrt. Ein Stück weit konnten sie sich die Ereignisse dennoch selbst zusammenreimen. Fuentes hatte gesagt, die Bombe wäre nicht groß genug, um ein Gebäude zu sprengen, daher stand das Village House mit großer Wahrscheinlichkeit noch. Er hatte außerdem gesagt, er könne sie entschärfen. Hatte er sich verschätzt? Oder waren noch andere Bomben im Gebäude versteckt gewesen – installiert von den *Planern* als verzweifelter Versuch, die Razzia zu stoppen?

»Was ist passiert?«, fragte Janice immer wieder, als sie in der Nähe der Endhaltestelle des East Wacker Drive standen, im Schatten der Luxushotels und Apartments mit Blick auf den See. »Glaubst du, dass die anderen tot sind?«

»Ich weiß es nicht.«

»Wohin gehen wir jetzt?«

»Gib mir einen Moment Zeit, Süße.«

»Wohin, Bethany?«

Bethany sammelte ihre Gedanken. Es gab drei Antworten auf die Frage: eine kurzfristige, eine mittelfristige und eine langfristige. Sie sah keinen Sinn darin, das Mädchen mit den letzten beiden zu belasten, insbesondere weil es nicht klar war, wie lange ihre aus der Not geborene Partnerschaft dauern würde.

Daher beließ sie es bei der kurzfristigen Antwort.

»Weißt du, wo Martin wohnt?«

Janice warf ihr einen Blick zu. »Im Village House.«

»Ich meine, wo zählt er sein Geld? Schmeißt seine Partys?«

»Martin ist nicht so einer ...«

»Nein, er ist genial. Der liebenswerteste Mensch auf Erden. Weiß du was, Janice? Ich glaube daran, dass Menschen sich ändern können. Wirklich. Meine Tante hat mir beigebracht, niemals daran zu zweifeln, und das habe ich auch nie. Aber nur weil ein Mensch sich ändern kann, beweist das noch nicht, dass er sich wirklich ändert, und meine Bereitschaft zu glauben, dass Martin McAdams sich geändert hat, endete in dem Moment, als er mich mit Drogen vollgepumpt hat.«

Der Teenager zuckte zusammen, und Bethany wurde bewusst, dass sie ihre Fäuste geballt hatte. Sie versuchte, ihre Atmung zu beruhigen.

»Janice, hör mir zu. Nach dem zu urteilen, was Mr – was dein Onkel mir erzählt hat, haben die *Planer* eine Menge Geld gesammelt. Wo fließt dieses Geld hin? Das Village House ist kein Palast. Es ist alt und ziemlich heruntergekommen. Und erzähl mir nicht, das Geld würde für Missionsarbeit verwendet; es ist offensichtlich, dass diese Missionen hauptsächlich Tarnung sind. Das Geld geht woanders hin. Martin schwelgte schon immer gern im Luxus. Ich wette, es gibt irgendwo ein Haus.«

»Und wenn schon. Das hat er sich verdient.«

»Da bin ich mir sicher. Trotzdem muss ich mit ihm reden.«

Mit verschränkten Armen stand Janice da und schüttelte den Kopf.

»Bitte, Süße. Ich muss ihn sehen. Du vielleicht nicht, aber ich. Es gibt so viel zu tun, aber bevor ich die Stadt verlasse, muss ich ihm erst ein paar Fragen stellen. Wie soll ich ihn fragen, wenn ich nicht weiß, wo ich ihn finden kann? Ich verspreche, ich werde ihm nicht wehtun oder ihm in irgendeiner Form Probleme bereiten. Alles, was ich brauche, sind ein paar Informationen.«

Am Ende gab Janice sich mit einem herzzerreißend besiegten Ausdruck in den Augen geschlagen. Bethany wurde schmerzlich klar, dass das Mädchen am Ende immer nachgab und sich dessen auch bewusst war. »Es gibt ein Haus in der Vorstadt«, gab Janice zu. »Wir nennen es das Forum. Dort finden Meetings statt, und es dient außerdem als Rückzugsort.«

»Nur dafür wird es genutzt?«

Wie viele andere widerwillige Zeugen beantwortete das Mädchen eine etwas andere Frage. »Martin verbringt dort viel Zeit. Und - manche der anderen Anführer auch.«

»Warst du schon einmal dort?«

Ein Ausdruck reinen Schmerzes huschte über das hübsche dunkle Gesicht, und Bethany sackte angesichts dieser Bestätigung ihrer schlimmsten Befürchtungen in sich zusammen.

»Ja«, flüsterte Janice.

»Kannst du mir sagen, wo es ist?«

»Sagte ich doch, in einem Vorort.«

»In welchem Vorort?«

Carraway und Pulu standen in dem Park gegenüber vom Village House und liefen durch die Reihen der Menschen, die verhaftet worden waren. Alle saßen wie geplant auf dem Boden, die Hände mit Kabelbindern hinter dem Rücken gefesselt. Es war kein einziger Schuss gefallen, aber noch warteten sie darauf, dass das Bombenkommando nach der unerwarteten Explosion Entwarnung gab. Insgesamt befanden sich fünfunddreißig *Planer* im Park, und die Agents sahen sich jedes Gesicht mindestens dreimal an.

Keine Bethany Barclay.

Kein Martin Potus, ehemals Martin McAdams

Keine Blessing Wilkes, ehemals Shirley Wilkes.

Kein Raymond Fuentes.

Von den fünf Zielpersonen der Razzia wurde in dem Gebäude nur Daniel Stafford gefunden, und der war tot.

»Was denkst du?«, fragte Pulu.

»Ich glaube, sie ist abgehauen.«

»Alle zusammen?«

Er schüttelte den Kopf. »Sie ist eine Einzelgängerin. Fast ihr ganzes Leben lang war sie allein. Sie würde nicht als Teil einer Gruppe fliehen. Sie tickt anders. Sie würde sich unwohl fühlen.«

»Ach, jetzt bist du auch noch unter die Profiler gegangen?«

»Ich habe bloß ...«

Sein Handy klingelte. Es war Vanner. Ihre Stimme klang eisig. »Kommen Sie in mein Büro.«

»Bitte? Wann?«

»Jetzt. Es wartet ein Flugzeug auf Sie am Flughafen Midway. Special Agent Pulu kann das Chaos beseitigen.«

Carraway blinzelte ungläubig. »Aber sie ist hier. Direkt in Reichweite. Wenn wir uns beeilen ...«

»Zum Flughafen, Carl. Ihr Flugzeug. Gehen Sie jetzt.«

»Können Sie mir zumindest sagen, was passiert ist?«

Eine lange Pause. »Sie haben sich vor Kurzem mit Theodore Lesofsky getroffen.«

»Ich bin einer Spur gefolgt. Es tut mir leid, wenn ...«

»Er ist verschwunden, Carl. Und hat Ihnen eine sehr spezielle Nachricht hinterlassen. Während wir sprechen, schicke ich Ihnen ein Bild davon auf Ihr Handy. Werfen Sie einen Blick drauf und rufen Sie mich von dem abhörsicheren Telefon im Flugzeug zurück.«

Den ganzen Weg zum Flughafen dachte er über die Nachricht nach:

Carl, denk nach. Sie mag verrückt gewesen sein, aber sie war nicht dumm. Sie hätte Kopien davon gemacht. Lass uns hoffen, dass sie in den richtigen Händen sind, denn das hier liegt weit über deiner Gehaltsklasse. Versuch nicht, mich zu finden. Viel Glück. Ted

42

Das Haus war eine Steinkonstruktion in einer teuren Gegend von Highland Park, ein pseudogotischer Bau inmitten von anderen protzigen Villen und einen Katzensprung von Michael Jordans berühmtem Anwesen entfernt. Zuerst machten sie an einem öffentlichen Park halt, in dem Bethany ihr letztes Geld unter einer Hecke zwischen zwei Ulmen vergraben hatte. Danach waren sie auf ein Elektronikgeschäft gestoßen, das auch nachts geöffnet hatte, und kauften zwei Prepaidhandys. Per Taxi, Zug und Bus arbeiteten sie sich bis auf eine halbe Meile an ihr Ziel heran. Den Rest waren sie gelaufen.

Eine Mauer umschloss das Grundstück, aber das Tor war offen. Im Vorhof standen ein verbeulter Ford Pick-up und ein silberner Mercedes S-Klasse. Auf dem Torpfosten war eine Kamera angebracht. Im Licht der Veranda sah es für Bethany so aus, als wäre über der Eingangstür eine weitere Kamera installiert.

»Sie werden uns sehen«, warnte Janice.

»Es scheint nur diesen einen Eingang zu geben.«

»Dann lass uns gehen.«

»Nein. Ich ziehe das durch.« Sie bemerkte Janice' gequälten Ausdruck. »Ich hab dir doch gesagt, dass du nicht mit reingehen musst. Du kannst hier warten.«

Das Mädchen schüttelte den Kopf. »Wenn du reingehst, gehe ich mit.«

Hand in Hand marschierten sie mutig die Einfahrt hoch. Niemand hielt sie auf. Keine Wachen riefen ihnen nach. Niemand sprang sie aus dem Hinterhalt an. Die Veranda war aus Ziegeln gebaut und hing leicht durch. Bethany achtete darauf, dass ihr Gesicht komplett sichtbar war für die Kamera, als sie klingelte.

Der Ton der Klingel klang düster. Es lief ihr kalt den Rücken herunter.

Sie klingelte erneut.

Nichts rührte sich.

Bethany rüttelte an der Tür. Sie war verschlossen und zu massiv, um sie einzutreten. Die Hände in die Hüfte gestemmt, dachte sie darüber nach, was jetzt zu tun sei, als ihr auffiel, dass Janice zurückwich. Einen Finger auf den Lippen, flüsterte das Mädchen: »Hier entlang.«

Bethany folgte ihr über den Weg aus Naturstein, der um das Haus herum führte. Die Blumen in den Fenstern ließen aus Wassermangel die Köpfe hängen. Die Beete im Garten mussten gestutzt werden, überall wucherte das Unkraut. Die Tür zur Küche besaß ein Schlüsselloch, aber gleichzeitig auch ein Ziffernblatt wie die Schlösser im Village House. Und auch hier war ein Symbol eingraviert: Es sah aus wie ein brennendes Herz, von Pfeilen durchbohrt. Während Bethany noch versuchte, dessen Bedeutung herauszufinden, trat Janice einfach vor sie und begann Buchstaben einzutippen: S-U-N-I-T-S-U-G-U-A.

Augustinus rückwärts.

Das Schloss klickte, und Janice drückte die Tür auf.

»Wie hast du ...«

»Annabelle hat mich mal hierher mitgenommen. Ich hab gesehen, wie sie den Code eingegeben hat.«

»Sie kannte die Kombination?«

Janice nickte mit einem Ausdruck von Schmerz und Schamgefühl im Gesicht. »Sie war oft hier draußen. Sie und Martin ... man sagt, die beiden waren ... du weißt schon.«

Bethany merkte, dass ihr Gesicht knallrot anlief. Zum Glück war es dunkel. Das Haus bestand hauptsächlich aus einem einzigen ausgedehnten Stockwerk, das von einem Giebeldach bekrönt wurde. Von der Küche aus sah sie ein Wohnzimmer und dahinter einen Korridor, der wahrscheinlich zu den Schlafräumen führte. Dämmriges Licht, eventuell Kerzenlicht, drang aus dem Flur, doch im Haus herrschte Grabesstille, und ungefähr genauso einladend wirkte es auch.

»Es darf eigentlich keinen ... du weißt schon«, erklärte Janice, als sie an einer Küchentheke aus glänzendem Granitstein und teuren Haushaltsgeräten hinter schwarzen Glasfronten vorbeigingen. »Aber für Martin gelten etwas andere Regeln, weißt du, weil ...«

»Weil er ein Genie ist und einfach wunderbar und liebenswert. Ich weiß.«

Das brachte das Mädchen tatsächlich zum Kichern. »Ich wollte eigentlich sagen, weil er der Chef ist.«

Im Wohnzimmer fanden sie eine Ledergarnitur vor, einen übertrieben flauschigen Teppich und einen Fernseher von beinah Wandgröße. Hinter dem Haus erhellte gelbes Flutlicht die Nacht. Die Aussicht fiel auf einen Swimmingpool, der noch nicht für die Saison vorbereitet war, dahinter lag ein Tennisplatz. Im Haus steckte Bethany ihren Kopf ins Esszimmer, das gleichzeitig Martins Arbeitszimmer sein musste. Nur in diesem Raum wagte sie, das Licht kurz anzuschalten. Die aufwendig gestalteten Holzregale waren weit weniger spartanisch als jene in seinem Thronzimmer im Village House. Auf der Tapete prangte ein grünes Schottenmuster. Helle Vierecke hier und dort ließen vermuten, dass kürzlich Kunstwerke abgehängt worden waren. Entweder brauchte Martin dringend Bares, oder er hatte sich aus dem Staub gemacht, möglicherweise auch beides.

»Wir sollten wieder gehen«, sagte Janice so dicht neben Bethany, dass sie einen Satz zur Seite machte. »Wir sollten hier sofort abhauen.«

»Ist schon okay, Liebes.« Sie führte sie zurück ins Wohnzimmer. »Er kann dir nicht mehr wehtun.«

»Ich habe keine Angst vor Martin. Er würde mir niemals etwas antun.«

»Wovor dann?«

»Kannst du es nicht spüren?« Sie schlug die Arme um sich. »Wir sind hier nicht willkommen.«

»Ich glaube, hier ist keiner außer uns.«

»Er hat mich gewarnt. Mr Stafford. Mein ... mein Onkel. Er sagte, ich solle nicht hierherkommen. Er sagte, die Menschen seien nicht perfekt, und wir sollten ihnen nicht helfen, es noch schlimmer zu machen.« Sie bedeckte ihre Augen. »Ich ... er ... er hat sich vor meinen Augen umgebracht. Er hat sich nicht einmal verabschiedet.«

Wieder meldete sich in Bethany dieser mysteriöse Beschützerinstinkt, als wäre die elf Jahre jüngere Janice ihr eigen Fleisch und Blut. »Es tut mir so leid, Süße.«

»Hör auf. Du musst mich nicht bemuttern. Ich werde nicht wieder zusammenbrechen, okay? Mir geht's gut.«

»Janice ...«

»Lass uns tun, wofür wir gekommen sind, und dann abhauen. Ich hasse diesen Ort.«

Das Hauptschlafzimmer lag am Ende eines kleinen Flures. Bethany zögerte. An diesem traurigen, einsamen Ort wirkte die Furcht des Teenagers ansteckend, daher setzte Bethany sie auf ein Sofa, um sich und ihr eine Pause zu gönnen. »Erzähl mir von Annabelle und Martin.«

Janice sah auf ihre Turnschuhe herunter. »Keine Ahnung. Wir sollen keinen Klatsch verbreiten. Aber manche der jüngeren Schwestern sagten ... nun ja, sie stieg sehr schnell auf und hatte eine Menge ... eine Menge privater Treffen mit ihm. Sie verschwanden zur selben Zeit. Solche Sachen halt. Und sie hielten eine Menge ... eine Menge Therapiestunden ab. *Sehr* viele Therapiestunden. Es war einfach, du weißt schon, manchmal ist es die Art, wie Menschen sich verhalten, wenn sie zusammen sind. Also, ich meine, wenn sie versuchen vorzutäuschen, dass nichts läuft, aber sie strengen sich einfach zu sehr dabei an ...«

»Ich weiß, was du meinst«, sagte Bethany. Ihre Gedanken wanderten zu dem Martin, in den sie im College verliebt gewesen war und der damals das gleiche Verhalten mit einer oder zwei ihrer Freundinnen an den Tag gelegt hatte. Sie dachte über diese angebliche Beziehung zu Annabelle nach – ob es teils Rache gewesen war. Auf der anderen Seite lautete eine von Tante Claudias Lieblingslektionen, dass sich die Welt nicht nur um einen selbst dreht. Zwei kluge, attraktive Menschen könnten sich ineinander verlieben, ohne dabei Bethany Barclay im Hinterkopf zu haben.

»Können wir jetzt gehen?«, fragte Janice.

»Ich muss sichergehen, dass Martin nicht hier ist.«

»Warum?« Sie standen auf. »Was musst du ihn fragen?«

Fragen über Fragen. »Du hast Mr Fuentes gehört. Er glaubt, die *Planer* sind eine Fassade für jemand anderen. Ich muss wissen für wen. Darum sind wir hier.«

»Pass auf«, warnte Janice sie.

»Oh, glaub mir ...«

»Ich meine, tritt nicht in das Blut.«

Bethanys Blick folgte dem Finger des Mädchens.

Ein Fußabdruck. Nur ein einzelner, verwischt, aber deutlich erkennbar auf dem Boden, die Zehen zeigten weg von den Schlafzimmern in Richtung Wohnzimmer und der dahinterliegenden Eingangstür.

»Warte hier«, sagte Bethany.

»Nein.«

»Diesmal meine ich es ernst. Rühr dich nicht vom Fleck. Fass nichts an. Wir wollen nicht, dass deine Fingerabdrücke überall im Raum verteilt werden.« Sie wandte sich ihr zu. »Janice ...«

»Ich warte hier«, sagte das Mädchen mit weit aufgerissenen Augen, in denen sich die aufkommende Panik spiegelte.

Bethany war sich sicher, dass ihre Augen nicht anders aussahen.

Drei Minuten später kehrte Bethany ins Wohnzimmer zurück. Ihr Gesicht war aschfahl.

»Lass uns gehen, Süße«, sagte sie mit hölzerner Stimme.

»Was ist los?« Janice' Augen waren immer noch so groß wie zuvor. »Wer ist da drin?«

Doch Bethany starrte sie nur an. »Was machst du da?«

»Ich schreibe Zach eine SMS, um ihm zu sagen, dass es mir gut geht. Wer ist da drinnen?« Sie schluckte. »Es ist Martin, oder?«

»Nein, ist es nicht. Im ganzen Haus kein Zeichen von ihm. Janice, hör zu. Wegen Zach. Das ist sehr wichtig. Du kannst nicht ... wenn du ...«

»Ich weiß. Wir sind auf der Flucht. Aber das heißt nicht, dass ich meinem Freund keine SMS schreiben darf.«

»Er gehört zu den *Planern*. Er wird ...«

»Er ist kein *Planer*. Überhaupt nichts wird er tun.« Sie legte das Handy beiseite. »Wer liegt da drinnen?«, wiederholte sie.

»Es ist Blessing, und du willst sie nicht sehen.«

»Doch, das will ich.«

»Nein, Süße. Nicht in dem Zustand. Komm, wir gehen.«

Sie standen auf dem Parkplatz eines McDonald's in einer Einkaufsmeile südlich vom Highland Park. Die Autoschlüssel hatten sie an einem Haken neben der Küchentür gefunden und sich für den verbeulten Pick-up anstelle des auffälligeren Mercedes entschieden. Um nicht zu riskieren, erkannt zu werden, waren sie durch den Drive-in gefahren, sodass der Truck nun nach Big Macs und Fritten roch, auch wenn Janice mehr weinte, als zu essen. Von stärkeren Muttergefühlen als je zuvor überkommen, drückte Bethany das Mädchen an sich, beruhigte sie, streichelte ihr über den Rücken und flüsterte ihr zu, dass alles wieder gut werden würde. In Gedanken war Bethany bei der armen Blessing und fragte sich, ob Peters Freund – der einflussreiche Mann – bereits Rache übte, auch wenn sie in die falsche Richtung ging.

»Erzähl mir von deinem Zach«, sagte sie schließlich. »Du hast gesagt, er ist gar kein *Planer.*«

»Er ist ein Ersti an der Northwestern. Und nicht wirklich mein Freund.« Sie wischte sich die Tränen weg und lächelte sogar. »Ich kenne ihn aus der Highschool. Wir sind gleich alt, aber ich war in der zwölften Klasse, er in der zehnten. In unserer Gemeindejugendgruppe wurden wir dann Freunde. Er ist kein *Planer,* er findet uns albern – sie albern –, aber er kommt ins Village House, um mich zu besuchen. Kam mich besuchen. Jetzt geht wohl keiner mehr hin.«

Endlich schafften sie es, die Nachrichten zu sehen. Die Polizei hatte Material zur Herstellung einer Bombe und mindestens zwei fertige Bomben gefunden, von denen eine unmittelbar zu Beginn der Razzia in die Luft ging, allem Anschein nach, um die Flucht der Gruppenführer zu vertuschen – so lautete zumindest die Erklärung der Reporter. Bei der Explosion wurde niemand verletzt, aber die Polizei fand einen Leichnam im Keller, der augenscheinlich auf Selbstmord zurückzuführen war.

Es war nicht schwer zu erraten, wessen Flucht die Bombe vertuscht hatte.

Bethany sprach Janice nochmals auf Zach an, um sie abzulenken. »Also, um da reinzugehen, muss er dich wirklich sehr mögen.«

»Hab ich doch gesagt, wir sind nur Freunde.«

»Du hast ihn vorhin deinen Freund genannt. Oder war das Wunschdenken?«

»Er ist süß.« Janice' Stimme klang auffallend trotzig. »Und er ist ein Gentleman. Davon trifft man heutzutage nicht viele.«

»Wem sagst du das.«

»Mein Onkel war auch ein Gentleman.« Sie schüttelte den Kopf, aber diesmal blieben die Tränen aus.

»Janice, wegen Zach ...«

»Mach dir keine Sorgen. Ich werde nicht der Grund sein, dass wir im Gefängnis landen. Versprochen. Wenn ich keinen Kontakt mehr mit ihm haben darf, dann lasse ich es.« Sie holte das Prepaidhandy hervor, öffnete es, nahm die Batterie heraus und steckte die SIM-Karte in ihre Hosentasche. »Ohne Batterie kann man es nicht orten«, sagte sie. »Aber wir sollten jetzt los. Ich meine, wenn wir uns mit ihm treffen wollen.«

Die Alarmglocke läutete. »Janice ...«

»Ich habe mir überlegt, dass wir mit diesem Truck nicht weit kommen werden. Er wird uns sein Auto leihen. Seinen Eltern will er erzählen, dass es gestohlen wurde. Dass er die Schlüssel im Auto hat liegen lassen, als er im Kino war. Dafür bekommt er wahrscheinlich einen Monat Hausarrest, aber zumindest wird keiner wissen, welchen Wagen wir fahren.«

Bethany hatte den Truck bereits wieder auf die Hauptstraße gesteuert. Sie fuhren für einige Minuten weiter, ohne ein Wort zu sagen, dann bog Bethany auf einen Park-and-Ride-Parkplatz ab. Sie musste eine wichtige Entscheidung treffen.

»Süße, pass auf ...«

»Ich will helfen. Ich will meinen Beitrag leisten.«

»Ja, aber das hier ist ...«

»Wir brauchen ein Auto, Bethany. Du weißt, dass ich recht habe. Und Zach – also, wir können ihm vertrauen.«

Bethany trommelte mit den Fingern aufs Lenkrad. Sie hasste es, wenn andere das taten, aber im Augenblick brauchte sie die Ablenkung. In den letzten Wochen hatte sie eine Menge über das Leben im Untergrund gelernt. Kaum etwas war dabei so hilfreich wie die Fähigkeit, schnell aus der Stadt verschwinden zu können, ohne dass es jemand mitbekam. Es gefiel ihr überhaupt nicht, zugeben zu müssen, dass Janice recht haben könnte. Doch das würde bedeuten, dass sie Janice mitnehmen musste ...

Das Mädchen unterbrach ihre Gedankengänge. »Ich verstehe immer noch nicht, was Mr Fuentes uns sagen wollte.«

»Ich glaube, er meinte, für wen auch immer die *Planer* als Fassade dienten, er will die Menschen davon abbringen, an Gott zu glauben.«

Janice schnaubte. »Wer würde dafür Bomben hochgehen lassen?«

»Ich weiß es nicht, Süße. Aber Gläubige aller Glaubensrichtungen haben solche Taktiken angewandt. Also warum nicht auch Ungläubige?«

Endlich griff das Mädchen nach ihrem Big Mac. Bethany tat es ihr gleich. Sie waren beide hungriger, als sie gedacht hatten.

»Ich glaube, du solltest mir den Rest der Geschichte erzählen«, forderte Janice sie zwischen zwei Bissen auf. »Warum du eingesperrt worden bist, was es mit den chemischen Drogen auf sich hat, mit denen sie dich vollgepumpt haben, und was du und Mr Fuentes denken, was hinter der ganzen Sache steckt.« Sie zwinkerte. »Keine Sorge, ich kann es verkraften.«

Und so erzählte Bethany es ihr. Natürlich nicht alles, aber zumindest die wichtigsten Eckpunkte. Ihre Geschichte dauerte eine gute Viertelstunde.

»Also haben sie Annabelle umgebracht, um sie davon abzuhalten, diese Inschrift zu finden«, murmelte Janice, als Bethany fertig war. Ihre dunklen Augen erstrahlten in einem absonderlichen Glanz. Zum ersten Mal spürte Bethany, wie die furchterregende Intelligenz des Mädchens aufloderte. »Und wir werden Annabelles Spur folgen. Darum geht es, oder? Wenn sie wegen dem, was sie wusste, sterben musste, und wenn all das mit dem zusammenhängt, was in Virginia passiert ist – dann kannst du deine Unschuld nur beweisen, wenn du herausfindest, was sie wusste.«

»Ich befürchte, dass selbst das meinen Namen nicht wieder reinwaschen wird, Süße, aber es ist die beste Idee, die ich habe.«

»Das bedeutet, du musst herausfinden, wo sie hinging, als sie ... als sie bei den *Planern* ausgestiegen ist.«

»Ich weiß genau, wo sie hingegangen ist, Janice.«

»Wohin?«

Bethany schüttelte den Kopf. »Tut mir leid, Süße. In dieser Sache musst du mir vertrauen.«

»Aber ...«

»Nicht, weil du ein Teenager bist. Nicht, weil ich dir nicht traue. Sondern weil das nicht dein Kampf ist. Du musst nicht mit mir mitkommen. Ich stehe in deiner Schuld. Tief in deiner Schuld. Wenn du willst, setze ich dich bei deinen Eltern ab. Oder gebe dir etwas Geld. Du kannst hingehen, wohin du möchtest.«

»Ich will mit dir gehen.«

»Es wird aber gefährlich werden.«

»Ist mir egal. Meine Eltern glauben, dass etwas mit mir nicht stimmt, nur weil es mich nicht glücklich gemacht hat, die Hälfte meines Teenagerdaseins auf dem College zu verbringen. Wenn ich nach Hause gehe, werden sie mich irgendwohin schicken, und dann drehe ich wirklich durch. Wenn ich woanders hingehe, werden sie mich sowieso direkt zu meinen Eltern bringen, oder ich ziehe am Ende irgendwo herum und lasse mich mit denselben Leuten auf denselben Mist ein wie damals, bevor ...«

»Bevor Martin dich gerettet hat«, ergänzte Bethany ruhig.

»Ja. Nichts kann das ändern.«

»Ich weiß.«

»Das Jahr nachdem ich die Schule verlassen habe, bevor mein Onkel mich zu ... zu Martin gebracht hat ... es war schrecklich und gleichzeitig wunderbar. Die Dinge, die ich getan habe ... die Leute, mit denen ich sie getan habe ... ich kann nicht zurück, Bethany. Wenn ich noch einmal damit anfange, werde ich nie wieder aufhören können. Ich muss mit dir gehen.«

»Solange du dir sicher bist, dass du das willst, Liebes.«

»Ich weiß, dass es nicht leicht werden wird.« Janice lächelte. Leicht zumindest. »Du sagst also, dort draußen ist jemand, der dich umbringen will und jetzt vielleicht auch mich, und wir müssen uns von denen fernhalten, während wir nach einer Steintafel suchen, die seit mehreren Tausend Jahren verschwunden ist und die seither keiner finden kann.«

»Genau.«

»Und wir dürfen keinem erzählen, was wir vorhaben.«

»Absolut richtig.«

»Und du glaubst, all das schaffen wir ganz allein.«

»Aber sicher.« Sie umarmte sie erneut. »Wir sind eine Zwei-Mann-Armee.«

DRITTER TEIL

WAHR-SCHEINLICHKEIT

Die meisten von uns leben die meiste Zeit in Gottvergessenheit und sehen den Schwerpunkt ihrer Existenz in sich selbst.

John Hick, Disputed Questions (Umstrittene Fragen)

43

»Sie sind eine Drei-Mann-Armee«, sagt der Pfarrer. »Vorausgesetzt, versteht sich, sie legen die Rüstung des Herrn an. Sie gehen Gottes Werk nach, und er wird mit ihnen sein. Daran besteht kein Zweifel. Ich glaube nicht daran, dass die dunklen Mächte siegen werden. So düster die Dinge zeitweise auch aussehen mögen – es sage keiner, dass Kämpfen vergeblich sei.«

»Nun«, wendet der Kritiker ein, »ob man sich über das brennende Village House freuen kann, ist noch die Frage. In meinen Augen bedeutet es eher eine Niederlage als einen Sieg für uns, weil somit alle Beweise ausgelöscht wurden, die uns dabei hätten helfen können, die Hintermänner auszumachen. Wir haben diesen Weg eingeschlagen, weil wir nicht wissen, wer zurzeit die *Wildnis* anführt. Nun ja, wir haben zwei Spione eingeschleust, einer war eingeweiht, der andere ist es nicht. Wir sind trotzdem nicht klüger, habe ich recht?« Die Frage ist rhetorisch, wie es beim Kritiker meistens der Fall ist. Er wedelt mit dem Zeigefinger. Eine unhöfliche Geste, aber seit Bethanys Verschwinden aus dem Village House ist fast eine Woche vergangen, und die Stimmung ist gereizt. »Und versucht mir nicht zu erzählen, euer Gott würde unserer Seite den Sieg gewähren. Es ist geschichtlich bewiesen, dass die Guten genauso oft verlieren, wie sie gewinnen. Und die Niederlagen sind in der Regel nicht besonders schön.«

Der Pfarrer hält seine Antwort kurz. »Am Ende sind alle Tyrannen gescheitert. Immer. Hat Gandhi das nicht gesagt?«

»Lass mich dir einmal ein paar harte Wahrheiten über Gandhi erzählen ...«

Der Baumeister pocht mit seinen Knöcheln auf einen Astkiefer-Beistelltisch – das Signal für Ruhe. »Lasst uns beim Thema bleiben, okay? Wir haben Ms Barclays Spur verloren. Schon wieder. Sie zu finden, hat höchste Priorität. Verstanden?« Keiner widerspricht. »Außerdem haben wir die Verbindung verloren, wegen der wir sie dorthin geschickt haben – die Verbindung zwischen dem Village House und der *Wildnis*. Richtig? Mit anderen Worten, wir befinden uns wieder ganz am Anfang.«

Obwohl er der geborene Tyrann ist, merkt Edna, dass sie erleichtert ist, ihn wieder an seinem Platz zu sehen. Es mag schon sein, dass der nicht gerade groß geratene Mann ein kleiner Napoleon sein kann; er neigt zu Wutausbrüchen und ist durch Widerspruch leicht zu verärgern. Aber es lässt sich nicht bestreiten, dass dank ihm ihre Treffen sehr viel geordneter ablaufen, er verleiht ihnen Klarheit und entschlossene Zielstrebigkeit. Der Mathematiker ist vielleicht der klügere Kopf, doch der Baumeister besitzt Führungsqualitäten, und im Moment ist ein Anführer genau das, was sie brauchen.

Das Treffen an diesem Nachmittag findet in einem rustikalen Cottage statt, von dem aus man auf den Rappahannock River blickt bis hinunter zum südlichen Ende, an dem der Fluss breiter wird und in die Chesapeake Bay fließt. Die Wände zieren Angelgeräte und zeitgenössische Drucke mit Jagdmotiven. Der schieferfarbene Himmel hängt tief, das graue Wasser tost gegen die Felsen, und man muss kein Seemann sein, um zu spüren, dass ein Sturm aufzieht.

Stuart van der Staal bindet sein geschwärztes Beiboot an einer Dalbe fest. Er befindet sich an einem ausrangierten Hafen anderthalb Meilen südlich vom Cottage. In der Nähe treiben ein paar ramponierte, halb versunkene Boote im Wasser. Während er zum Ufer watet, geht er den Plan für den kommenden Abend im Kopf durch. Er kommt zu dem Schluss, dass es mehr als nur einen Weg gibt, Bethany Barclay aufzuscheuchen, und mehr als nur einen Weg, um sicherzustellen, dass sie in die richtige Richtung läuft statt in die Arme der Gegenspieler.

Er verschnauft einen Moment, lässt seine Lungen sich an die süßliche Luft des Sumpfgebietes gewöhnen. Wenn auch nur kurz, zieht er gewisse literarische Parallelen, insbesondere zu Beowulf, denn sein Mitgefühl liegt bei Grendel, dem kompromisslosen Rationalisten, der mütterlicherseits ein Nachfahre von Kain ist, dem ersten Mörder. Stuart hat schon immer mit Kain sympathisiert, der seiner Meinung nach in der Entstehungsgeschichte ungerechtfertigt kritisiert wird. Kain wurde von seinem beliebteren jüngeren Bruder unterdrückt. Was hätte er denn tun sollen?

Er hatte keine andere Wahl, als Abel aus dem Weg zu schaffen, so wie Stuart vor vielen Jahren keine andere Wahl hatte, als die widerwärtige Professorin Margolis aus dem Weg zu schaffen, selbst wenn die ganze Welt immer noch davon ausging, dass es ein Schlaganfall war.

Das Leben ist nicht heilig, ruft Stuart sich ins Gedächtnis. Die Menschen haben genauso wenig recht auf Leben wie auf Reichtum. Es ist alles eine Frage der Wahrnehmung: Aus dem richtigen Blickwinkel durch die richtige Linse betrachtet, konnte alles ganz leicht etwas anderes sein.

Moralische Grundsätze eingeschlossen.

Nachdem er sich versichert hat, dass sein Boot in der Dunkelheit unsichtbar ist, überprüft er sein Nachtsichtgerät und die restliche Ausrüstung, geht dann in die Hocke und hastet das abgeschwemmte Flussufer in Richtung Norden.

»Wir fangen nicht wieder ganz bei null an«, sagt die Senatorin. »Zumindest haben die Bombenanschläge aufgehört.«

»Die Bomben waren reine Ablenkung«, entgegnet der Baumeister. »Sie sind nicht von Belang.«

»Wir haben vielleicht Leben gerettet ...«

Der Baumeister fährt ihr über den Mund. »Wenn ich dich richtig verstanden habe, Senatorin, hat das FBI immer noch nichts über die Hintergründe der Anschläge in Erfahrung gebracht. Habe ich recht? Es ist in der Tat mehr als irritierend, dass es ihnen so schwerzufallen scheint, den Hinweisen zu folgen.«

»Sie wollen einfach keine voreiligen Schlüsse ziehen«, erwidert die Senatorin unbeeindruckt. »Sie müssen erst alle Möglichkeiten prüfen.«

Doch der Baumeister hasst es, unterbrochen zu werden. »Oder sie könnten einfach die Augen aufmachen und erkennen, was so offensichtlich ist.« Er zählt die Punkte an seinen dicken Fingern ab. »Erstens, sie zerren Bethany in die Kirche und sorgen dafür, dass die Kamera ihr Gesicht aufzeichnet. Zweitens, sie bauen primitive Bomben. Drittens, die Bomben sind mit Mitteilungsblättern der Kirche ausgepolstert. Viertens, Material zur Herstellung von Bomben wird in der Kirche platziert.« Er ballt seine Hand zur Faust und stößt sie in die Luft. Wie aufs Stichwort prasseln die ersten Regentropfen, groß wie Schrotkugeln, gegen die Fenster. »Sollte das FBI tatsächlich damit überfordert sein, einen Schritt weiter zu denken?«, fragt der Baumeister. »Aber nein. Sie sind zu sehr damit beschäftigt, die möglichen Zielobjekte zu analysieren. Sie glauben, es zählt allein, wen die Bombe in die Luft sprengen sollte. Nur wissen wir, dass das nichts zur Sache tut, oder? Wir wissen, dass es nicht darum geht, wer getötet werden soll, sondern wer für den Anschlag verantwortlich gemacht wird.«

»Sie werden es schon herausfinden«, verteidigt die Senatorin hartnäckig das bürokratische Vorgehen. »Du bist doch derjenige, der immer wieder betont, dass wir geduldig sein müssen. Ihr Verlangen nach unmittelbaren Ergebnissen ist die größte Schwäche der *Wildnis*. Das ist dein Slogan, Baumeister. Sie sind Fanatiker, erinnerst du dich an deine Worte? Ihr Fanatismus zwingt sie, voreilig zu handeln, und dabei machen sie Fehler, die wir ausnutzen können, wenn wir einfach abwarten – auch das ist deine Philosophie. Erinnerst du dich?«

Edna grinst. »Ich befürchte, der Punkt geht an sie.«

Der Baumeister starrt sie zornig an, aber die Frauen halten seinem Blick stand. Der Ausdruck auf seinem rundlichen Gesicht wird wieder weicher. »Nun gut, vielleicht habt ihr recht. Das FBI wird schon noch draufkommen. Irgendwann.« Das letzte Wort zieht er in die Länge, um seinen Standpunkt zu verdeutlichen. Draußen grollt der Donner wie eine langsame, fast lyrische Gegenstimme zu dem Streit, der im Cottage tobt. Jemand fängt an zu lachen. »Auf jeden Fall«, fährt der Baumeister fort, »müssen wir immer noch Ms Barclay finden. Wie ich immer wieder feststelle, bringt es uns nichts, wenn sie Annabelles Spur folgt, wenn wir ihr nicht folgen können. Und an diesem Punkt sehe ich keinen anderen Weg, wie wir die Situation wieder unter Kontrolle bekommen.«

»Ich werde sofort informiert, sobald das FBI einen Hinweis erhält«, wirft die Senatorin ein.

»Ehrlich gesagt, mache ich mir mehr Sorgen darüber, dass die andere Seite einen Hinweis bekommt. Mittlerweile könnten sie beschlossen haben, dass es ihren Zwecken dienlicher ist, sie laufen zu lassen, sofern sie ihr Ziel kennen. Soweit wir wissen, ist das Mädchen, das sie auf ihrer Flucht begleitet, ein Spitzel.«

Der Autor schnalzt mit der Zunge. »Sie ist doch bloß ein Kind.«

»Sie ist ein Teenager«, korrigiert ihn der Pfarrer. »Und die *Wildnis* scheut auch nicht davor zurück, auf dem College-Campus zu rekrutieren.«

»Also genau wie ihr«, mischt sich der Kritiker ins Gespräch ein.

Erneut klopft der Baumeister auf den Tisch. »Das bringt uns nicht weiter. Im Klartext: Unsere Priorität lautet, Bethany Barclay zu finden. Ich habe einen Plan. Die Umsetzung wird nicht leicht, und ich werde ein paar Gefallen einfordern müssen, aber ich denke, es könnte funktionieren.« Niemand stellt ihn infrage, sie verlangen nicht einmal eine Erklärung; die Erfahrung hat ihnen oft genug gezeigt, zu was er fähig ist. »Zweiter Punkt: Was die Bombenattentate anbelangt, lasst uns davon ausgehen, dass die *Wildnis* diese Strategie bis auf Weiteres auf Eis legt. Genau wie wir werden sie erst abwarten müssen, wie weit die Behörden mit ihren Ermittlungen kommen. Hinter der *Wildnis* mögen Fanatiker stecken, aber keine Idioten. Ich gehe davon aus, dass wir uns in diesem Punkt einig sind.« Auch diesmal gibt es keine gemurmelten Einwände oder Fragen. Edna blickt hinaus in den Sturm. Der Baumeister ist in Hochform, zeigt sich aber auch gleichzeitig von seiner schlechtesten Seite. Er ist der Sache voll und ganz verpflichtet. Dennoch steht sein Stolz ihm im Weg, ihrer Meinung nach die gefährlichste Sünde von allen.

Edna wird stocksteif und lehnt sich gegen das hintere Erkerfenster. In den abgehackten grellen Lichtblitzen des Gewitters nimmt sie eine Bewegung am Ende des Anlegers wahr. Sie kneift die Augen zusammen. Wieder ein Blitz. Ein großer Mann schleicht tief gebückt auf das Haus zu. Wahrscheinlich einer der Leibwächter der Senatorin, sagt sie sich. Oder vielleicht einer der anderen Fahrer – der vom Baumeister soll eine Waffe tragen –, auch wenn sie sich nicht vorstellen kann, warum einer von ihnen bei diesem garstigen Wind einen Spaziergang auf dem maroden Anleger riskieren sollte. Es muss ein Fischer sein, der bei dem Wetter nach einer sicheren Anlegestelle sucht. Edna schilt sich aus. Sie ist viel zu alt, um sich vor ihrem eigenen Schatten zu fürchten. Daher richtet sie ihre Aufmerksamkeit wieder auf den Raum, in dem der Baumeister bereits zum nächsten Punkt der Tagesordnung übergegangen ist.

Doch nur Sekunden später irren ihre Augen gegen ihren Willen zurück zum Fenster. Der Mann ist verschwunden.

»Lasst uns jetzt über die Pilatus-Inschrift reden«, fordert der Baumeister die anderen auf, »bitte denkt daran, dass die oberste Priorität für die *Wildnis* ist, die Inschrift zu finden. Unsere oberste Priorität ist das allerdings nicht. Der einzige Grund für unsere Suche ist, die *Wildnis* aus der Deckung zu scheuchen. Wir können sie nicht effektiv bekämpfen, wenn wir nicht wissen, wer sie sind.«

»Ich hoffe nicht, dass du damit vorschlägst, unsere Suche aufzugeben«, wirft der Pfarrer ein. Er sitzt kerzengerade da, seine blonden Haare sind mit militärischer Präzision getrimmt. »Dem Widersacher« – er benutzt nie den Begriff Wildnis – »darf unter keinen Umständen erlaubt werden, die Pilatus-Tafel in seinen Besitz zu bringen.«

»Ich schlage nicht vor, dass wir die Suche aufgeben sollten«, erklärt der Baumeister. »Ich erinnere bloß daran, dass sie für uns keine Priorität hat.«

Edna hört der altbekannten Auseinandersetzung nur mit einem Ohr zu. Sie versucht zu entscheiden, ob sie den Mann erwähnen soll, den sie vielleicht gesehen hat. Die anderen würden sie wahrscheinlich auslachen, und wenn die Richterin etwas hasst, dann ist es, ausgelacht zu werden – auch sie ist gestraft mit einer übergroßen Portion Stolz.

»Wir werden uns hüten, den Kreis der Eingeweihten zu erweitern«, warnt der Mathematiker. »Das wurde schon zigmal vorgeschlagen und immer wieder abgelehnt.«

Der Baumeister wirkt genervt. »Ich spreche von etwas anderem. Wir haben Annabelle Seaver rekrutiert. Wir haben sie ins Village House geschickt, weil wir von der Verbindung zwischen der *Wildnis* und den *Planern* wussten. Ihre Aufgabe war es, so lange über die Pilatus-Inschrift zu sprechen, bis jemand darauf ansprang. Wir wussten, dass die *Wildnis* hinter ihr her war. Und wir wussten auch, dass sie Annabelle ernst nehmen mussten, selbst wenn sie ahnten, dass sie für uns arbeitet. Aber wir wissen nicht, was schiefgelaufen ist. Ich spreche nicht von dem Mord, sondern von der Zeit vor dem Mord. Als sie auf einmal verschwand. Sie hat etwas entdeckt, irgendeinen Hinweis, etwas, das ihr wahrscheinlich jemand erzählt hat - wodurch sie in eine bestimmte Richtung gelenkt wurde. Wir wissen nicht, welcher Hinweis das war, weil sie sich geweigert hat, es uns zu erzählen. Natürlich verfügen wir über die Mittel, es aus ihr herauszubekommen. Aber eine gewaltsame Vorgehensweise wäre nicht mit unserer Überzeugung vereinbar, stets moralisch zu handeln. Anders als für unseren Gegenspieler ist uns *ius in bello* genauso wichtig wie *ius ad bellum.*«

Erneut wartet er auf Widerspruch, doch auch diesmal vergeblich. Vor dem Fenster glänzt der abfallende Rasen mittlerweile silbern. Der Sturm hat dieses seltsam finstere Licht mit sich gebracht, das oft ein Vorzeichen für Tornados ist. Doch hinter dem Cottage bleibt alles ruhig.

»Annabelle ist also auf eigene Faust losgezogen. Dafür übernehme ich die volle Verantwortung.« Der Baumeister tippt auf seine Brust. »Sie zu rekrutieren war die Idee des Kritikers, eine sehr gute Idee, wenn ich das hinzufügen darf. Der Plan selbst jedoch war meiner, ich war derjenige, der sie später befragt hat. Oder zumindest habe ich es versucht. Tatsache ist, sie hat ihren eigenen Weg eingeschlagen, ist verschwunden, dann wieder in Washington aufgetaucht und umgebracht worden. Wir haben keine Möglichkeit herauszufinden, ob sie die Pilatus-Inschrift gefunden oder überhaupt etwas herausgefunden hat. Es gibt Grund zur Annahme, dass sie einen oder mehrere Anführer der *Wildnis* identifiziert hat, aber selbst darüber können wir uns nicht sicher sein. Wir haben keine Möglichkeit herauszufinden, welchen Fortschritt sie gemacht hat. Genauso wenig wie die *Wildnis.*«

»Es sei denn, sie war die ganze Zeit bei ihnen«, schlug der Autor vor. »Die *Wildnis* würde vor nichts zurückschrecken. Sie könnten jede Information aus ihr herausquetschen, die sie in Erfahrung gebracht hat.«

»Und dann haben sie sie laufen lassen, damit sie ungehindert ihrer Wege gehen kann«, sagt der Baumeister mit vernichtendem Sarkasmus. »Ich denke nicht. Sie hatten sie nicht in ihrer Gewalt. Sie müssen genauso dringend wie wir herausfinden, was sie gemacht hat.« Hinter seinen dicken Brillengläsern duldet der finstere Blick des Baumeisters keinen Widerspruch. Mit seiner Faust schlägt er auf seine Armlehne. »Wir waren so nah dran.«

Draußen vor dem Cottage ertönt ein Schrei. Der Fahrer des Baumeisters erscheint in der Türschwelle. »Wir haben vielleicht ein Problem«, sagt er.

Stuart van der Staal befindet sich im Wald nördlich des Hauses. Er ist zugleich erstaunt und enttäuscht, dass er sich mit solcher Leichtigkeit nähern konnte. Wie können die Menschen, die sich wahrscheinlich im Cottage aufhalten, mit so wenig Sicherheitspersonal auskommen?

Die Idioten zu finden war ein Kinderspiel gewesen. Seine Auftraggeber haben es irgendwie geschafft, die Bewegungen von Bethanys Mentorin, der Richterin, zu verfolgen, obwohl sie auf ein Prepaidhandy umgestiegen ist. Stuart verspricht sich selbst, dass er zu einem geeigneteren Zeitpunkt herausfinden wird, wie das funktioniert. Bei seiner Arbeit kann solches Wissen durchaus nützlich sein.

An seinem Aussichtspunkt auf dem Hügel angekommen, verharrt er nun absolut still und beobachtet, wie zwei bewaffnete Männer mit erhobenen Waffen auf den Wald zugehen. Er hat sie mit voller Absicht sehen lassen, wie er über den Rasen gerannt ist, aber natürlich ist er mittlerweile weit von der Stelle entfernt, auf die sie nun zusteuern. Er klopft seine Hosentaschen ab. Alle Werkzeuge, die er benötigt, hat er dabei. Er trägt einen Tarnanzug, durchzogen mit den neuesten verpixelten Fasern, einer Technologie, dank derer es unmöglich ist, jemanden auf große Entfernung zu erkennen. Natürlich war es riskant gewesen, den Anleger hochzulaufen, weil die Blitze den Hintergrund schlagartig veränderten, doch die Gefahr hatte nur einen kurzen Moment angedauert.

Er mustert die beiden übrig gebliebenen Wachen. Ausgebildet, aber ohne Erfahrung. Im Grunde genommen private Sicherheitskräfte der Extraklasse. Die Profis sind bereits weg, da sie nur für die Sicherheit ihrer eigenen Arbeitgeber zuständig sind. Er hat beobachtet, wie zwei Frauen von ein paar ernst dreinblickenden Brechern in eine Limousine gelotst wurden und zwei Männer zusammen mit einem weiteren extrem kompetenten Leibwächter wegfuhren. Wenn Stuart richtig gezählt hat, bleiben noch drei Personen im Cottage übrig, die nur von den zwei Männern bewacht werden, die gerade zwischen den Bäumen herumirren. Zwei Limousinen stehen noch mit laufenden Motoren und wartenden Fahrern auf dem Vorhof.

Stuart zieht eine Pistole aus seinem Halfter. Jetzt kann der Spaß beginnen.

44

»Warum verschwinden wir nicht?«, fragt der Kritiker und schirmt mit einer Hand seine Augen ab, während er in den Sturm starrt. »Es hieß doch immer, dass wir uns im Notfall aufteilen sollen.«

Der Mathematiker steht an der Anrichte und schenkt sich Kaffee nach. Die plötzlichen Wendungen des Lebens scheinen ihn zu amüsieren. »Nun ja, einige von uns sind weg und einige geblieben. Das könnte man doch als Aufteilung durchgehen lassen, oder?«

Der Pfarrer steht am Bücherregal, in dem er, sehr zu seiner ehrlichen Freude, die erste Ausgabe von J. G. H. Barrys *Meditations on the Apostles' Creed* entdeckt hat. »Ärger ihn nicht«, sagt er und blättert vorsichtig die Seiten um. »Erzähl es ihm.«

»Was soll er mir erzählen?«

Der Mathematiker steht nun neben dem Kritiker am Fenster. »Du bist noch nicht lange genug dabei, um zu wissen, dass wir alle ein bis zwei Jahre auf ähnliche Weise aufgeschreckt werden. Das ist nichts Ungewöhnliches. Dabei geht die Sache meist harmlos aus. Die *Wildnis* hat sich seit den sechziger Jahren nicht mehr zu Gewaltakten gegenüber unseren Mitgliedern hinreißen lassen.«

»Warum sind die anderen dann abgehauen?«

»Die Bodyguards der Senatorin waren früher beim Secret Service. Sie sind darauf trainiert, ihre Schutzperson aus der Gefahrenzone zu bringen und erst dann zu prüfen, ob wirklich Gefahr bestand. Die Richterin ist mit ihr gefahren, weil sie auch mit ihr gekommen ist. Der Fahrer des Baumeisters hat eine ähnliche Ausbildung genossen. Dass er den Autor mitgenommen hat, liegt bestimmt daran, dass er etwas mit ihm zu besprechen hat.« Er nippt an seinem Kaffee. »Du wirst noch merken, dass der Baumeister Informationen gerne aufsplittert. Keiner von uns wird in seine kompletten Gedankengänge eingeweiht.«

»Er hat etwas von einem Tyrann«, bemerkt der Kritiker.

Inzwischen hat der Pfarrer sich entschlossen, etwas aus dem Barry-Text vorzulesen: »Hinter dem Christentum steht keine große Idee, sondern ein liebender Mensch.« Er blickt auf und schiebt seine Brille hoch.

»Darum spielt es am Ende keine Rolle, ob die *Wildnis* die Pilatus-Tafel findet. Das Christentum ist keine Idee. Unser Glaube erfordert eine Gemeinschaft mit einer echten Person namens Jesus.«

Der Kritiker stöhnt auf und bedeckt seine Augen. »Bitte, quäl uns nicht damit. Es ist schon schlimm genug, darauf zu warten, dass die Jungs da draußen Entwarnung geben. Können wir in der Zwischenzeit vielleicht auf die Einzelheiten deines Aberglaubens verzichten?«

Lächelnd widmet der Pfarrer sich wieder seinem Buch. Doch der Mathematiker will sein Argument so nicht stehen lassen. »Die Suche ist enorm wichtig«, widerspricht er, immer noch tief in Gedanken versunken. »Mein Glaube oder der des Pfarrers mögen vielleicht nicht davon beeinflusst werden, was auf einem historischen Artefakt geschrieben steht, aber manche Leute glauben eine Wahrheit schlichtweg, wenn sie alt und bröckelig ist, als würde feststehen, dass unsere Urgroßväter es besser wussten als wir. Nationen sind schon aus viel nichtigeren Gründen in den Krieg gezogen.«

Doch so leicht lässt sich der Kritiker nicht überzeugen. »Die Inschrift besagt, was immer sie besagt. Ob wir sie finden oder unsere Widersacher, ihre Bedeutung wird zweifelsohne einen Monat lang von Gelehrten diskutiert werden, danach wird sie sofort wieder in Vergessenheit geraten.«

»Das glaube ich nicht«, sagt der Mathematiker. »Denk mal drüber nach. Wenn die Steintafel den christlichen Glauben unterstützt – oder den Glauben an Gott allgemein –, traue ich der *Wildnis* glatt zu, dass sie Stücke wegschlagen, um die Botschaft zu verschleiern oder sogar die Bedeutung komplett zu verändern.« Er blickt aus dem Fenster. Das Gewitter hat aufgehört, der Regen lässt nach. Die Wachen sind noch nicht zurückgekehrt. »Die Suche nach Relikten ist bei der *Wildnis* schon fast eine Tradition. Die skrupellose Suche, sollte ich wohl besser sagen. Angenommen, sie finden ein altes Stück Papyrus. Dann untersuchen sie es und entscheiden dann, ob sie es veröffentlichen oder verstecken – vielleicht sogar zerstören. Das hängt davon ab, ob es dem religiösen Glauben allgemein und insbesondere dem Christentum schadet oder nutzt.«

»Gib mir ein Beispiel«, erwidert der Kritiker, wenig überzeugt.

Der Mathematiker überlegt. »Nehmen wir an, die Steintafel wird gefunden, und die Inschrift lautet - entschuldige, mein Latein ist ein wenig eingerostet -, aber angenommen eine Zeile lautet *Iesus fecit miracula*. Dann könnte die *Wildnis* das letzte Wort abschlagen, sodass aus *Jesus tat Wunder* einfach nur *Jesus tat* ... wird. Über den Rest lässt sich diskutieren. Siehst du, wie gefährlich das ist? Es könnte alles bedeuten. Oder aus *Iesus resurrexit* könnte ganz leicht ...«

Er wird durch Schüsse unterbrochen, die draußen fallen.

»Dann kann ich dir auch gleich den Rest erzählen«, sagt die Senatorin, während die Limousine über die Landstraße in Richtung Schnellstraße steuert. Der Fahrer hat zweimal das Funkgerät bedient, und dem anderen Leibwächter scheint das Handy am Ohr festgeklebt zu sein. »Bethany ist schließlich dein Schützling.«

»Den Rest wovon?«, fragt Edna und wundert sich, ob das wieder eine der Sicherheitsübungen des Baumeisters ist oder ob es wirklich Grund zur Sorge gibt. Immer wieder blickt sie über ihre Schulter, aber einen Verfolger würde man in der verregneten Dunkelheit sowieso nicht erkennen.

»Keine Angst«, sagt die Senatorin, als sie Ednas Besorgnis bemerkt. »Meine Jungs wissen, was sie tun.«

»Was ist mit den anderen, die wir zurückgelassen haben?«

»Sie haben Autos. Und Leibwachen. Sie können verschwinden, wann immer sie möchten.«

»Glaubst du, sie sind in Schwierigkeiten?«

Die Senatorin reagiert entnervt. »Was soll ich deiner Meinung nach tun, Edna? Zurückfahren und fragen, ob ich sie mitnehmen soll?«

Kurz davor, genauso verärgert zu antworten, schafft Edna es noch, ihre Wut herunterzuschlucken. Sie ruft sich ins Gedächtnis, dass die Dame neben ihr ein nicht gerade einfaches Leben hinter sich hat und wahrscheinlich von ihnen allen am härtesten im Nehmen ist. Gleichzeitig fällt ihr das Gespräch mit dem Mathematiker ein - ihr gemeinsamer Verdacht, dass es unter ihnen einen Verräter gibt.

Gerade will sie sich entschuldigen, als ihr Prepaidhandy klingelt.

Der Baumeister.

»Die Unannehmlichkeiten tun mir leid«, beginnt er das Gespräch. »Es gab in der Tat einen Zwischenfall, aber meinem Erkenntnisstand nach ist die Situation unter Kontrolle.«

»Was für einen Zwischenfall?«

»Unsere Leute sind wohlauf, wenn du das meinst. Ich melde mich zur üblichen Zeit wieder bei dir.«

Er legt auf und überlässt Edna ihren Gedanken. Die Senatorin rückt dichter an sie heran. Die Sorge in ihrem Gesicht lässt sie auf einmal so alt wirken, wie sie wirklich ist. »Was hat er gesagt?«

Eine kurze Pause. »Er sagt, dass alles unter Kontrolle ist.«

»Was soll das heißen?«

Edna beobachtet die vorbeiziehenden regenschweren Bäume. »Dass nicht alles unter Kontrolle ist.«

Stuart hat sich auf höheres Terrain begeben und steht jetzt auf einer anderen Hügelkuppe, von der aus er auf seine letzte Position herunterblicken kann. Er hat sich zusammengekauert und genießt es, wie der Regen von den Ästen auf seinen breitkrempigen Hut prasselt. Seine Nachtsichtbrille durchbricht die von dem Gewitter durchnässte Dunkelheit. Er beobachtet das panische Treiben dort unten und wundert sich gleichzeitig, warum die Wachen so unvorsichtig postiert waren. Er hätte sich dem Cottage nicht so einfach nähern können dürfen, seine Flucht in den Wald hätte früher bemerkt und die gesamte Gruppe sofort weggebracht werden müssen. Hätte sein Auftrag Mord gelautet, wären mindestens zwei der abergläubischen Gegenspieler aus dem Rennen gewesen. Beinahe hätte er es nur so zum Spaß getan.

Selbst jetzt noch, während er aus der Hocke von seinem Hügel aus beobachtet, wie sie sich um den verwundeten Sicherheitsmann kümmern, muss Stuart der Versuchung widerstehen. Er hat kein Gewehr mitgebracht, aber aus dieser Höhe würde er mindestens einen von ihnen auch mit einer Pistole erschießen können. Er zückt seine Beretta Px4 Storm Kaliber .45 und nimmt sein potenzielles Opfer über den Lauf der

Waffe ins Visier. So einfach. Es wäre so einfach. Doch die Disziplin behält die Oberhand. Heute Abend geht es nicht darum, sie auszuschalten, sondern ihnen zu zeigen, dass man sie ausschalten kann. Und Stuart leuchtet sogar der Grund dafür ein. Sie alle sind prominente Menschen. Sie umzubringen, würde mehr Gesetzeshüter und Ermittler anziehen, als seine Auftraggeber zu bewältigen bereit wären.

Verletzt man hingegen einen Leibwächter, geht die Polizei davon aus, dass die Tat auf die Kappe eines unvorsichtigen Jägers geht. Keiner der Mitglieder des *Gartens* würde ihrer Theorie widersprechen. Und trotzdem ist die Botschaft bei ihnen angekommen.

Ihm fällt einer seiner Lieblingsverse von Hermann Hesse ein, der sinngemäß lautet: Solange ich meine eigene Individualität erschaffe, hat mein Leben einen Wert. Daher rührt auch Stuart van der Staals Entschlossenheit, nicht den durch die konventionelle Moral auferlegten Weg zu gehen. Selbst seine Freude am Morden hebt seine Individualität nur noch weiter von den anderen ab. Warum mit dem Strom schwimmen, wenn man sich auch von der großen Masse absetzen kann?

Zeit, sich auf den Weg zu machen. Ohne das Laub großartig zu bewegen, kommt er leichtfüßig auf die Beine. Jetzt, wo er die Botschaft übermittelt hat, lautet seine nächste Aufgabe, Bethany wieder in seine Gewalt zu bringen. Dafür muss er erraten, wohin sie gehen wird.

Ihm kommt eine brillante Idee.

Er wirft einen letzten Blick den Hügel hinunter. Dann entschwindet er, zufrieden mit der gelungenen Arbeit des heutigen Abends, in die düstere Nacht von Virginia.

»Ich bleib nicht länger hier drin«, sagt der Kritiker und marschiert in Richtung Tür.

Der Pfarrer hält ihn am Arm fest. »Du kannst da nicht rausgehen. Du könntest erschossen werden.«

Der Ausdruck im Gesicht des Kritikers ist zynisch. »Hast du Angst um dein Leben?«

»Im Moment habe ich eher Angst um deines.«

»Das ist sehr christlich von dir, da bin ich mir sicher, aber ich bin nicht der Typ Mann, der herumsitzt und wartet, bis die Axt fällt. Wenn jemand hinter uns her ist, sollten wir versuchen, den Spieß umzudrehen.«

»Dafür sind die Leibwachen da.«

»Ist dir aufgefallen, dass sie nicht mehr aus dem Wald zurückgekommen sind?«

Der Pfarrer reagiert geduldig. »Vielleicht haben sie ihn geschnappt.«

»Oder er hat sie geschnappt.«

Er stürzt zur Tür hinaus.

»Lass ihn gehen«, befiehlt der Mathematiker.

»Das kann ich nicht tun«, antwortet der Pfarrer und tritt hinaus in die verregnete Nacht.

»Was wolltest du mir eben erzählen?« Edna muss wieder husten. Es wird schlimmer. »Du hast gesagt, du wolltest mir etwas über Bethany erzählen.«

Die Senatorin beobachtet sie ganz genau. »Nicht direkt über Bethany, aber es betrifft sie. Wenn das Treffen nicht so ... ähm, abrupt geendet hätte, hätte ich meine Erkenntnisse der ganzen Gruppe mitgeteilt.« Sie zieht eine kleine Karteikarte hervor, auf die sie ein paar Notizen gekritzelt hat. Normalerweise wäre sie nach dem Treffen im Feuer verbrannt worden. »Es geht um Janice Stafford. Die junge Frau, mit der deine Bethany auf der Flucht ist.« Sie wirft der Richterin einen Blick zu. »Ich bin mir sicher, einiges wiederholt sich, aber hab etwas Geduld mit mir. Am Ende wirst du erkennen, worum es geht. Es handelt sich um den eigentlichen Grund für unser Treffen.«

»Ich höre«, sagt Edna verwundert.

»Janice stammt aus einer wohlhabenden afroamerikanischen Familie. Ärzte, Anwälte und so weiter seit vielen Generationen. Die Mutter ist Professorin an der Universität von Chicago, eine Historikerin. Der Vater Kardiologe. Sie leben in Evanston. Janice ist die jüngste Tochter. Ihre ältere Schwester studiert Jura, der ältere Bruder arbeitet für eine Bürgerrechtsbewegung in Chicago.«

Ednas Kopf schnellt hoch: Könnte das Bethanys nächstes Ziel sein?

»Das FBI hält das für unwahrscheinlich«, sagt die Senatorin, als hätte sie die Gedanken ihrer Freundin gelesen. »Sie haben den Bruder mehrfach befragt. Er sagt, er hat seit sechs oder acht Monaten nichts mehr von Janice gehört. Seine Telefone sind angezapft. Wenn sie miteinander sprechen, wird das FBI davon erfahren. Daher werden sie es gar nicht erst versuchen.« Dann fährt sie mit ihrer Geschichte fort. »Okay, Janice hat den IQ eines Genies. Mit sechzehn Jahren fing sie ihr Studium an der Northwestern University an und hatte zu dem Zeitpunkt im Rahmen eines Förderprogramms schon ein Jahr lang an Kursen auf College-Niveau teilgenommen. Physik als Hauptfach. Einser-Durchschnitt in Mathe und Naturwissenschaften, Zweier-Durchschnitt in allen anderen Fächern. Ein Jahr später warf sie die Uni hin, trieb sich über ein halbes Jahr herum und landete dann anscheinend dank ihres Onkels im Village House.« Die Senatorin dreht die Karteikarte um. »Wie mir zugetragen wurde, ist Janice eine echte Schachmeisterin. Mit vierzehn erreichte sie den zweiten Platz bei der Landesmeisterschaft für Damen. Mit fünfzehn den ersten Platz. Die *New York Times* brachte einen Artikel über sie. Der amerikanische Schachverband setzte große Hoffnungen in sie, doch als sie die Uni abbrach, schien sie offensichtlich auch das Schachspiel an den Nagel zu hängen.« Sie blickt wieder auf. »Der Mathematiker kennt einige ihrer Verwandten. Anscheinend zwar nicht Janice selbst oder ihre Eltern, aber ein paar Cousins und Cousinen. Er wird sich bei ihnen umhören – auf subtile Weise, da besteht kein Zweifel.«

»Kein Zweifel«, wiederholt Edna, und beide Damen müssen lächeln, auch wenn sie sich dabei nicht anblicken.

»Ich sehe es so«, fährt die Senatorin fort, »diese jugendlichen Mathewunderkinder gibt es wie Sand am Meer, und die meisten von ihnen bringen es nicht weiter als alle anderen klugen Kinder, die im ersten Studienjahr zum ersten Mal ein Mathebuch in die Hand nehmen. Daher würde ich dem IQ-Test und dem Schachspiel und so weiter nicht so viel Bedeutung beimessen.«

Edna denkt nach. »Das ist Teil des Problems, nicht wahr? So wie ich es verstehe, haben Kinder, die früher als alle anderen Erfolg in ihrer akademischen Laufbahn haben, häufig Probleme, mit Misserfolgen umzugehen. Manche können dem Druck nicht standhalten. Das könnte auch bei Janice der Fall gewesen sein. Deswegen hat sie die Uni geschmissen.«

»Vielleicht.« Die Zurückhaltung der Senatorin ist beinahe greifbar, und Edna wird klar, dass sie sich dem Kern der Sache nähern.

»Erzähl mir den Rest«, sagt sie sanft.

Die Muskeln um den kantigen Kiefer der Senatorin sind angespannt. »Janice Stafford hat eine Akte beim FBI. Ich weiß nicht, was drinsteht – sie wollen meinen Leuten gegenüber nicht mal eine Andeutung machen –, aber die Akte wurde in ihrem ersten Studienjahr angelegt und ist nur für sehr hochrangige Beamte freigegeben.« Sie zögert. »Alle Anfragen werden an die Antiterroreinheit des FBI weitergeleitet.«

Stuart van der Staal ist auf halbem Weg zum Dock, als er bemerkt, dass die Geräusche nicht von Tieren stammen. Jemand folgt seiner Spur, jemand, der geübt darin ist, sich im Wald leise zu bewegen. Ein Jäger vielleicht. Oder ein Fischer. Oder ein Mann wie er selbst.

Er wünschte, seine Auftraggeber hätten mehr Informationen über die Anführer des *Gartens*. Es ist nicht auszuschließen, dass einer von ihnen mal beim Militär war. Offensichtlich ist gerade jemand dabei, seinen Mut zu demonstrieren.

Der Professor zieht seine Beretta und geht einige Schritte den Weg zurück, den er gekommen ist. Dann duckt er sich ins Unterholz und wartet ab. Warten ist eine seiner größten Stärken. Stundenlang hat er schon regungslos in der Hocke verharrt, um dann im richtigen Moment die Falle zuschnappen zu lassen. Dieses Mal ist er sich sicher, dass er nur wenige Minuten warten muss.

Neunzig Sekunden später läuft ein großer, dünner Mann an ihm vorbei. Kein Sicherheitsmann. Einer der Anführer. Seine Anweisung lautet, sie nicht anzurühren, doch diese Gelegenheit ist zu gut, um sie verstreichen zu lassen.

Geräuschvoll tritt er aus seinem Versteck hervor und wartet, bis der andere Mann sich umdreht.

Beide starren sich erstaunt an.

»Sie!«, sagt der Kritiker erstaunt.

»Sie sind es«, entgegnet Stuart. »Das hätte ich nie erraten. Darf ich sagen, dass ich ein großer Fan Ihrer Arbeit bin? Wie schade, dass Sie der falschen Seite angehören ...«

»Aber Sie können doch nicht einfach ...«

Bereits gelangweilt von dem Gespräch, drückt der Professor zwei Mal ab und trifft den Oberkörper.

Er hört ein Keuchen hinter sich, wirbelt herum und drückt erneut zweimal ab. Auch diesen Mann erkennt er. Ein bekannter politischer Prediger. Der noch nicht tot ist. Mit fuchtelnden Händen liegt er auf dem Rücken und ringt nach Luft.

Stuart hockt sich neben ihn. »Glauben Sie, Gott wird Sie retten?«

Der Pfarrer schwenkt seinen Blick auf ihn. »Nicht ... so ... wie Sie meinen.«

»Das denke ich mir«, sagt Stuart und feuert noch einmal ab.

45

»Bei mir gibt's kein Essen aus der Dose«, sagte Tia Christina, und Bethany glaubte ihr. Auf der hinteren Platte des Gasherds stand ein bebender Topf, in dem eine Suppe köchelte. Die alte Dame schnitt unter den wachsamen Augen von Bethany und Janice eine weitere Zwiebel hinein und probierte ihr Machwerk dann mit einem Holzlöffel. Sofort wanderte der Löffel zurück in den Topf, um die Suppe umzurühren, ohne vorher abgespült zu werden – Tante Claudia wäre auf der Stelle ohnmächtig geworden. Dann fügte Tia gewürfelten Schinken hinzu, der auf dem Schneidebrett auf seinen Einsatz gewartet hatte. »Das ist die einzig richtige Art zu kochen.«

»Ich weiß«, sagte Bethany rittlings auf einem der Küchenstühle sitzend, während ihr bereits das Wasser im Mund zusammenlief.

»Magst du Kochbananen?«

Die Frage war an Janice gerichtet, die am Esstisch unter den Fenstern hockte und mit staunendem und ehrfürchtigem Ausdruck die Seiten der *New York Post* durchblätterte, als wäre die Printversion einer Zeitung etwas völlig Neues für sie.

»Ja, vielen Dank«, erwiderte der Teenager.

»Gut.« Tia Christina machte sich jetzt an der Friteuse zu schaffen. Suppe, Kochbananen, Reis und Hühnchen: Das heutige Abendessen war das Beste, was die beiden jungen Frauen seit langer Zeit gegessen hatten. Eine echte Steigerung im Vergleich zu dem, was im Village House angeboten wurde, und zu dem Fast Food, von dem sie sich auf ihrer Flucht quer durchs Land ernährt hatten.

»Annabelle hasste es zu kochen.«

»Ich weiß«, sagte Bethany, deren Magen vor Vorfreude rumorte. Dass Tia auf den Gesprächsmitschnitten von Annabelles und Martins Sitzungen so oft erwähnt worden war, konnte nur ein Hinweis sein, welches Ziel Annabelle als Nächstes vor Augen gehabt hatte; aber Bethany war sich bewusst, dass sie nicht die Einzige sein würde, die diese Verbindung herstellen konnte. Deswegen hatte sie auch nur einen kurzen Abstecher bei Tias Wohnung eingeplant, in der Hoffnung, schnell ein paar Fragen beantwortet zu bekommen, bevor jemand überhaupt merkte, dass sie sich in Manhattan aufhielten. Doch Tia ließ sich nie drängen und gestattete keinem Gast zu gehen, ohne vorher eine Mahlzeit eingenommen zu haben.

»Alles andere habe ich ihr beigebracht, aber gekocht hat sie nur dieses Dosenzeugs.«

»Ich weiß.«

»Aber sie war ein gutes Mädchen.«

»Ja, das war sie wirklich.«

Es folgte eine lange Pause, deren Stimmung an das Unbehagen eines Bräutigams vorm Altar erinnerte. »Meistens zumindest«, fügte Tia hinzu, auch wenn Bethany nicht zu sagen vermochte, ob sie damit auf Annabelles zahlreiche Männerbekanntschaften anspielte oder auf die Tatsache, dass sie eine religiöse Sekte unterwandert hatte.

»Ja, das war sie.«

Die alte Frau wandte sich ihr zu. Ihre gelblichen Augen wirkten hinter der Brille winzig. Sie richtete den tropfenden Löffel auf Bethany. »Warum ist die Polizei hinter dir her?«

»Das ist nur ein Missverständnis.«

»Ich habe dich im Fernsehen gesehen.«

»Ich versuche gerade, das zu regeln«, erklärte Bethany, die sich sicher war, dass Tia sich niemals gegen sie wenden würde. Halbwegs sicher. Sie umschlang die Stuhllehne noch fester und spürte, wie Janice hinter ihr wachsam wurde. »Das wird sich alles klären.«

»Sie waren hier und haben mich befragt, mein Kind« – so hatte Tia sie immer bei all den wundervollen gemeinsamen Besuchen mit Annabelle genannt: Jetzt war der Ausdruck zu einer nostalgischen, warmen und doch irgendwie traurigen Erinnerung geworden, einer Sommerliebe nicht unähnlich.

»Tut mir leid, Tia.«

»Sie waren zweimal hier. Dreimal. Ich soll sie anrufen, wenn du auftauchst.« Sie nickte in Janice' Richtung. »Oder sie.«

»Ich hoffe, dass du das nicht tun wirst, Tia.«

»Hast du meiner Annabelle etwas angetan?« Ihr Ton wurde auf einmal hart, und Bethany wusste, wenn die alte Dame jetzt die falsche Antwort hörte, würde sie alles daransetzen, die beste Freundin ihrer Nichte aus ihrem Fenster im fünften Stock auf die 101st Street zu werfen. Zum ersten Mal sah sie nicht die großmütterliche Frau, die sich Gameshows ansah, Kochbananen zubereitete und ständig über schmerzende Füße klagte, sondern die steinharte Kämpfernatur, die für Annabelle ein Leben aus den Ruinen aufgebaut hatte, die ihre Eltern hinterlassen hatten. Dennoch kam ihr die Frage seltsam vor, niemand sonst war bisher auf den Gedanken gekommen.

Es sei denn, dass FBI hatte etwas in der Art angedeutet, um Tia zum Reden zu bringen.

Das FBI oder ... jemand anderes.

Zum Beispiel jemand, der den Inhalt der Aufnahmen von Annabelles Sitzungen mit Martin kannte.

»Nein, Tia. Ich hätte ihr niemals wehgetan. Ich habe sie geliebt. Das tue ich immer noch«, fügte sie zu ihrem eigenen Erstaunen hinzu.

»Weißt du denn, wer es getan hat?«

»Das versuche ich herauszufinden.« Sie zögerte einen Moment, während sie einen Blick mit Janice austauschte. »Das ist auch irgendwie der Grund, warum ich jetzt in Schwierigkeiten stecke.«

Mit steinerner Miene gab Tia einen grummelnden Laut von sich, dann wandte sie sich wieder dem Herd zu und befahl über ihre Schulter: »Deck den Tisch.«

»Okay.«

»Sie war so ein gutes Mädchen«, beteuerte Tia erneut, und auch wenn sie ihr den Rücken zugewandt hatte, spürte Bethany, dass die alte Frau weinte. Während sie Besteck für drei Personen auslegte und die zähe alte Dame lautlos schluchzte, kam Bethany wieder in den Sinn, dass sowohl Annabelle als auch sie von ihren Tanten großgezogen worden waren, was eine Verbindung zwischen ihnen geschaffen hatte. Sie sah zu Janice hinüber, die noch immer die Zeitung studierte. Der Teenager war in einer von Reichtum geprägten Umgebung groß geworden, aber nach eigener Aussage ohne dass jemand sich wirklich um sie gekümmert hätte, wenn man von den Schachbekanntschaften und ihren Freunden im Internet absah. Und nicht zum ersten Mal wurde ihr klar, dass Janice trotz der Anfälle kindlicher Abhängigkeit eine spürbare Tiefe besaß, eine Zurückhaltung, eine gewisse Reserviertheit. Man konnte es in ihren wachsamen grauen Augen sehen und an der Art, wie sie die Lippen aufblies, wenn sie nachdachte, so als würde ihr beeindruckendes Gehirn ständig alle Aspekte berücksichtigen, alle Eventualitäten abdecken und stets vier Züge vorausplanen.

Zum ersten Mal betrachtete sie Janice nicht als das Kind, das sie aus dem Village House gerettet hatte, sondern als die Erwachsene, die über ein Jahr lang, umgeben von all dem Wahnsinn, dort überlebt hatte. Und Bethany rief sich nun auch ihre gemeinsame Flucht ins Gedächtnis – dabei dachte sie nicht an die Tränen des Teenagers angesichts des Selbstmords ihres Onkels, sondern vor allem daran, wie sie Wayne eins mit dem Bleirohr übergezogen hatte.

Bethany wollte sich merken, das Mädchen niemals zu provozieren.

»Lasst uns essen«, sagte Tia Christina.

Wie oft schon war sie in dieser Wohnung gewesen, hatte den Geruch von Bratfett gerochen, den Tisch gedeckt, auf dem Sofa gesessen und ferngesehen, während Annabelle die knorrigen Füße ihrer Tante massierte? Während Bethany nun an Tias Tisch saß, konnte sie sich beinahe vorstellen, dass sich die vergangenen Jahre gar nicht ereignet hatten. Beinahe verwandelte sich für sie der dunkelhäutige, nervöse Teenager ihr gegenüber, der sich gerade das köstlichste Hühnchengericht der Welt in den Mund stopfte und den sie aus dem Village House gerettet hatte, in ihre beste Freundin Annabelle, die gesund und glücklich die aufregendsten und abwegigsten Ideen zum Besten gab, wie sich Politik, Wirtschaft oder einfach nur New York City verbessern ließen. Und nach dem Abendessen, wenn Tia zu Bett gegangen war, würden die beiden gemeinsam abwaschen und Annabelle Bethany dann beknien, mit ihr tanzen zu gehen. Der Abend würde damit enden, dass Bethany irgendeinem jungen Investmentbanker eine Abfuhr erteilte und sich auf den Weg zurück zu Tias Wohnung machte, während Annabelle genau das Gegenteil tat. Am nächsten Morgen wäre dann die Stimmung beim Frühstück zwischen Bethany und Tia in Abwesenheit von Annabelle angespannt, weil die alte Frau der jüngeren insgeheim den Vorwurf machen würde, nicht besser auf ihre wilde Nichte aufgepasst zu haben.

Wie sie es auch versäumt hatte, Annabelle vor Martin zu schützen und vor allen anderen, die da draußen auf sie gelauert hatten.

Das Abendessen war eine lautstarke Angelegenheit. Sie saßen ganz am Ende des Esstisches, damit sie den Fernseher sehen konnten. Das Wohnzimmer war ein komplett zugestellter, überdekorierter Raum, mit einer plüschigen Sitzgarnitur, die in maßgefertigten Plastiküberzügen steckte. Alle Einwanderer eines gewissen Alters schienen so etwas zu besitzen. In einem vergoldeten Rahmen hing der erste Vers von Psalm 23 aus der King-James-Bibel. Daneben waren Fotos von Annabelle in verschiedenen Altersstufen zu sehen. Auf keinem trug sie das Grau der *Gopos*.

Gerade lief *Jeopardy* im Fernsehen, und der Ton war voll aufgedreht, um gegen den Krach der nutzlosen Klimaanlage anzukämpfen, die im Fenster ratterte und lärmte. Außerdem war das Fenster hochgeschoben, da Tia trotz aller Gegenargumente davon überzeugt war, dass die heiße Luft nur so entweichen konnte. Draußen von der Straße drang der konstante Verkehrslärm zu ihnen hoch, untermauert von den Rufen der Menschen, die sich lautstark begrüßten, anschrien oder bedrohten, und dem gelegentlichen Jaulen der Polizei- und Feuerwehrsirenen, die zum jüngsten Katastrophenschauplatz eilten.

Wie sich herausstellte, war Bethany, die bereits ihre zweite Portion vertilgte, keine Bereicherung, wenn es um *Jeopardy* ging. Sie war erschüttert, wie wenig Vizepräsidenten oder Filmstars sie kannte, deren Vor- und Nachnamen mit dem gleichen Buchstaben anfingen. Janice hingegen schien jedes Detail in der Geschichte der Menschheit zu kennen. Tia konnte ihr Entzücken kaum verbergen, und als sie nach dem Abendessen hinüber zu den Sofas gewechselt waren, um *Glücksrad* zu sehen, hatte der Teenager sich auf dem Sofa in Tias warme Umarmung gekuschelt. Der Halt ihrer starken Arme schien beide für einen kostbaren Moment von ihrem Kummer zu befreien. Und Bethany, die bei diesem

Anblick erwartet hätte, Eifersucht zu verspüren, überkam stattdessen ein Gefühl von fast überbordender Erleichterung.

Inmitten der Ruinen war Liebe noch immer möglich.

Als Janice weggedöst war, massierte Bethany Tias Füße, so wie Annabelle es immer getan hatte, und kam endlich auf den wahren Grund ihres Besuchs zu sprechen.

»Wir haben uns seit der Beerdigung nicht mehr gesprochen«, sagte Bethany. »Es war eine schöne Trauerfeier.«

»Eine wunderschöne Trauerfeier«, murmelte Tia. Ihre Augen waren geschlossen, aber Bethany konnte spüren, dass die alte Dame plötzlich wachsam geworden war.

»Die Grabrede war wirklich ergreifend.«

»Mmm-hmm.«

»Annabelle wurde von vielen Menschen sehr geliebt.«

Tia machte eine Grimasse, trotzdem waren auf ihrem kleinen, dunklen Gesicht kaum Falten zu sehen, als würde sie wie Merlin jünger statt älter werden. Ihr Kinn war knubbelig. »Gott scheint die, die wir am meisten lieben, immer zu früh zu sich zu holen.«

»Ja, das tut er«, raunte Bethany.

»Jetzt den anderen Fuß.«

»In Ordnung.« Dank der acht Jahrzehnte, die Tia auf dieser Erde verbracht hatte, waren ihre Füße zäh wie Leder, krumm und kalt. Bethany verspürte das dringende Bedürfnis, sie zu wärmen, als würde ihre niedrige Temperatur den nahenden Tod ankündigen. »Weißt du, Tia, jemand hat mir erzählt, das Annabelle vor ein paar Monaten einen neuen Mann kennengelernt hat.«

Tia machte ein typisch karibisches Geräusch, eine Mischung aus Lachen und Schnauben, während die Zunge als Zeichen der Missbilligung über die Zähne fuhr. »Dieses Mädchen hatte doch ständig einen neuen Mann.«

Bethany warf einen Blick auf Janice. »Der Mann, den ich meine, hieß Martin.«

»Ich weiß nichts von einem Martin.«

»Ich glaube, er lebt in Chicago.«

Wieder ertönte das abfällige Schnauben. »Da hat sie also die ganze

Zeit gesteckt? Das Mädchen hat mir nur gesagt, dass sie für eine Weile wegmusste. Als *Gefallen*. Für einen *Freund*.«

Bethany wagte sich weit vor. »Vielleicht hat ja dieser Martin sie gebeten, ihn zu besuchen?«

»Nein, mein Kind. Das war der Gefallen. Irgendeinen Mann aufzusuchen. Sie sagte, dass es vielleicht eine Weile dauern würde.«

Bethany wusste, dass sie nicht die Nerven hatte, weiterzubohren. Sie war sich sicher: Annabelle hatte gewollt, dass sie hierherkommen sollte. Aber sie wusste nicht, warum. Dennoch wollte sie die alte Dame nicht misstrauisch machen. Tia hatte nie eine Schule besucht, war aber ganz gewiss nicht dumm, und wenn Annabelles Freundin zu viele Fragen über Martin und Chicago stellte, würde sie über kurz oder lang selbst Fragen stellen. Also ließ sie das Thema, während sie weitermassierte, im Rest des Gesprächs versinken und kam auf vergangene Zeiten zu sprechen. Sie stellte Fragen über Annabelles verschwundene Mutter und ihren Vater, den Russen Vassily, der sich aus dem Staub gemacht hatte. Tia erzählte eine lustige Geschichte von den beiden, wie die winzige Dolores und der große Vassily versucht hatten, den Stehblues zu tanzen.

Dann sagte Tia: »Meine Annabelle hat mir gesagt, dass du auch einen neuen Freund hast, Kind.«

»Ich?«

»Irgendeinen afrikanischen Prinzen oder so etwas in der Art. Sie meinte außerdem, dass du im Lotto gewonnen hast.«

Bethany, die sich keinen Reim auf diese Geschichte machen konnte, schüttelte den Kopf und fragte sich, ob Tia wohl gerade im Schlaf redete.

Dann sah sie es. »Was ist das?«

Tias Augen waren halb geschlossen. »Was ist was, mein Kind?«

Janice' Kopf kam hoch. »Was ist was?«, wiederholte sie verschlafen.

Bethany nickte in Richtung des Beistelltischs. Darauf lagen ein paar Schmuckstücke in einem Haufen.

»Janice«, sagte Bethany, die noch immer Tias Füße massierte, »würdest du mir wohl dieses Armband reichen?«

Der Teenager kam ihrer Bitte nach. Das Armband war aus Gold und handgemacht. WWJD?

Tia lächelte. »Sie hat es für mich gemacht. Annabelle hat es gemacht.

Sie hatte einen Kurs belegt, im Rahmen ihrer Therapie. Ich glaube nicht mal, dass es echtes Gold ist.«

»Es ist sehr hübsch«, meinte Janice.

»Das ist es«, sagte Bethany, die sich an das Gegenstück erinnerte. »Tia?«

»Ja, Kind?«

»Könnte ich mir das vielleicht für ein paar Tage ausborgen?«

Kurze Zeit später war Tia eingeschlafen und atmete so sacht, dass Bethany sich vorlehnte, um sicherzugehen, dass sie noch lebte. Mit Janice' Hilfe trug sie die alte Frau, die um einiges leichter war als erwartet, in das hintere Schlafzimmer und deckte sie sanft zu. Bethany war darauf gefasst, dass Tia die Augen öffnen und ihr eine letzte Weisheit mit auf den Weg geben würde, doch die alte Dame schlummerte weiter. Niedergeschlagen, ohne wirklich zu wissen, warum, führte Bethany den Teenager in die Küche zurück.

»Wozu brauchst du das Armband?«, wollte Janice wissen, während sie das Geschirr spülten. »Warte, lass mich raten. Du kannst es mir nicht verraten.«

»Tut mir leid.«

»Ich bin's mittlerweile gewohnt.« Es folgte ein theatralischer Seufzer. »Auf jeden Fall ist sie superlieb. Ich wünschte, sie wäre meine Tante.«

»Sie ist toll«, stimmte Bethany zu.

»Und sie war es, die Annabelle großgezogen hat?«

»Zum größten Teil. Sie und ihr Mann – er ist bereits tot – haben sie aufgenommen, nachdem ihre Mutter nach Panama zurückgegangen war.«

»Ich wünschte, sie wäre meine Tante«, wiederholte Janice, während sie ihre Arbeit in der Küche beendeten.

»Ich weiß, Süße«, sagte Bethany abwesend. Ihr Kopf war damit beschäftigt, eine erneute Bestandsaufnahme zu machen. Die Geschichte, die Tia erzählt hatte, und Bethanys eigene Informationen ließen nur einen Rückschluss zu: Annabelle war nicht zufällig im Village House gelandet. Sie war nach Chicago gereist, um Martin und die *Planer* zu suchen. Als Gefallen, hatte Tia gesagt – was bedeutete, dass jemand sie dorthin geschickt hatte.

Also musste es irgendwo da draußen einen Menschen geben, der Annabelle rekrutiert, sie gebrieft und dann auf ihre Mission geschickt hatte. Wer könnte das sein? Sie erinnerte sich an etwas, das Fuentes nach ihrem Verhör gesagt hatte: *Welchen möglichen Zweck könnte es haben, dass Sie hierhin gebracht wurden? Finden Sie die Antwort auf diese Frage, und Sie werden wissen, wer Sie entführen wollte.*

Bethany war auf jedem Schritt ihres Weges manipuliert worden. Wer auch immer das getan hatte – konnte diese Person nicht auch Annabelles Auftraggeber gewesen war?

Die Pilatus-Inschrift, rief sie sich ins Gedächtnis. Fand sie die Pilatus-Inschrift, würde sie die Antwort wissen.

»Was machen wir jetzt?«, fragte Janice.

Bethany trocknete den Bräter ab und bückte sich, um ihn im Schrank unter der Arbeitsplatte zu verstauen. Tia schaffte es immer, die Töpfe geräuschlos einzuräumen, doch wie immer veranstaltete Bethany dabei einen enormen Lärm. Sie nahm das Adressbuch, das Tia in einem Fach neben dem Kühlschrank aufbewahrte, und blätterte auf der Suche nach einer bestimmten Nummer darin herum.

»Was machen wir jetzt?«, bohrte Janice nach. »Hier können wir nicht bleiben. Unseretwegen könnte Tia Ärger bekommen.«

»Wir bleiben auch nicht hier«, sagte Bethany. »Wir suchen uns ein Motel in New Jersey und holen etwas Schlaf nach.«

»Was machen wir morgen?«

»Du wirst den Nachmittag in der Bücherei verbringen.«

Janice' Körperhaltung versteifte sich. »Warum?«

In diesem Moment klingelte das Telefon.

Unsicher, was sie nun tun sollte, starrte Bethany den Apparat etwas dümmlich an.

»Vielleicht sollten wir drangehen«, schlug Janice vor.

»Wenn jemand die Leitung abhört ...«

»Wenn es weiter klingelt, wird Tia wach.«

Das Klingeln verstummte.

»Schätze, sie ist schon wach«, meinte Bethany.

»Was soll ich denn in der Bücherei?«, fragte Janice erneut.

»Es gibt da ein paar Dinge zu recherchieren. Jemanden, den ich finden muss.«

»Oh, das sollte ich wirklich nicht.« Auf einmal wirkte sie kleinlaut. »Nachforschungen anstellen, meine ich. Ich meine, ich darf so etwas eigentlich nicht.«

Bethany wertete die Aussage als Nachwehe einer der seltsamen Regeln im Village House. »Keine Sorge, Süße, dir passiert nichts.« Sie schrubbte die Arbeitsflächen. »Sein Name ist Sam DeMarco. Er wird wahrscheinlich unter einem anderen Namen gemeldet sein. Er lebt in Ohio. Wahrscheinlich irgendwo in der Umgebung von Ashland. Das sollte eigentlich niemand wissen, aber als er wegzog, war es in Flint Hill so eine Art offenes Geheimnis, dass er nach Ashland wollte.«

»Ich kann nicht. Ich darf das nicht.«

»Es ist in Ordnung. Dir passiert nichts.« Den Rest verschwieg sie: dass Janice niemals einen Mann im Zeugenschutzprogramm durch eine einfache Internetsuche aufspüren würde. Aber so wäre sie zumindest beschäftigt, und das an einem sicheren Ort.

Janice' schmales braunes Gesicht war den Tränen nahe. »Bitte. Ich darf so etwas nicht machen. Wirklich nicht. Kannst du das nicht übernehmen?«

»Leider nicht, Liebes. Ich habe etwas zu erledigen. Du würdest mir damit wirklich helfen.«

Der Teenager dachte kurz nach. »Was musst du denn erledigen?«

Bevor sie antworten konnte, rief Tia Christina nach Bethany.

Rief sie beim Namen.

Innerhalb von zwei Sekunden war Bethany in Tias Schlafzimmer.

»Was ist los? Was ist passiert?«

Tia saß aufrecht im Bett, schüttelte den Kopf und streckte ihr den Hörer entgegen.

»Es ist Polly. Sie ist sehr aufgebracht. Rede du mit ihr.«

»Was?«

»Ich verstehe kein Wort, was sie sagt. Rede mit ihr.«

»Tia, ich kann nicht ...«

»Rede mit ihr«, befahl sie und reichte ihr das Telefon.

»Polly?«, meldete Bethany sich zögerlich, voller Angst, dass die halbe Welt ihr Gespräch mithörte, auch wenn sie wusste, wie unwahrscheinlich das war: Es gab keinen hinreichenden Verdacht, der die Behörden berechtigte, Tias oder Pollys Telefon abzuhören.

»Du!«, fauchte Polly und brach dann wieder in Tränen aus, heulte und weinte, fluchte und schmiss mit Beschuldigungen um sich. Der Flut von Beschimpfungen konnte Bethany zumindest die grundlegenden Informationen entnehmen, und was sie hörte, ließ ihr das Blut in den Adern gefrieren.

Pollys Mann David war tot.

Anscheinend war er während eines Angelausflugs von einem Dieb erschossen worden. Seine Leiche wurde in der Nähe einer Hütte in Virginia gefunden. Ein bekannter konservativer Pastor und langjähriger Freund lag neben ihm.

46

»Das ergibt überhaupt keinen Sinn«, sagt Carl Carraway, der auf dem Felsvorsprung steht und über das dunkle flache Wasser schaut. Hinter ihm herrscht das emsige Treiben der Tatortermittler, das immer zu beobachten ist, wenn das Opfer einem Mächtigen am Herzen lag: überall grelle Scheinwerfer und laute Generatoren, gebrüllte Befehle, umherstapfende Forensiker. »Dafür gib es keinen Grund.«

Pulu hat die Arme verschränkt. »Die Hütte wurde von David Hollins angemietet. Wir wissen, dass Bethany Barclay sich letzte Woche auf den Campus geschlichen hat, um ihm einen Besuch abzustatten. Soweit wir es beurteilen können, ist er der Letzte, der sie gesehen hat, bevor sie im Village House untergetaucht ist. Da ist es doch naheliegend, dass sie ihn auch als Ersten aufsuchte, als sie dort wieder weg ist.«

»Du meinst, die beiden hatten eine Affäre?«, fragt Carraway.

»Ich halte sie eher für Komplizen.«

Carl schüttelt den Kopf. Seit der misslungenen Razzia in Chicago ist er zwar offiziell noch stellvertretender Leiter der Sonderkommission, aber mittlerweile hat man zwei andere Agents abberufen, die ihn bei seiner Aufgabe unterstützen sollen. Ms Vanner hat ihn darüber informiert, dass es für seinen nicht autorisierten Besuch bei Ted Lesofsky eine offizielle Verwarnung in seiner Akte geben würde. Sie hat ihn nicht gefragt, worüber sie sich unterhalten haben. Als Carraway ihr sagen wollte, was er in Erfahrung gebracht hatte, wollte Vanner nichts davon hören. Da es sich bei der ganzen Aktion um einen Regelverstoß gehandelt hatte, waren diese Informationen ihrer Beamtenmentalität zufolge somit völlig irrelevant.

Doch er ist nicht gefeuert worden und befindet sich auch nicht auf dem Weg nach Kuala Lumpur.

Pulu ist noch nicht fertig. »Das andere Opfer. Dieser Norval Jamison. Er ist ein bekannter Verfechter des christlichen Glaubens. Ein sehr konservativer Typ. Wir gehen doch davon aus, dass Ms Barclay zu einer Gruppe von Extremisten gehört, richtig? Nun, seine Anhänger passen genau ins Schema.«

»Jamisons Leute sind eher politisch engagiert. Die würden so etwas nicht machen.«

»Du bist doch derjenige, der sonst nie an Zufälle glaubt.«

»Er wird die ganze Nacht im OP verbringen. Falls er es schafft, können wir ihn ja fragen.«

Pulus Lachen ist schroff. »Eine Kugel in die Brust und eine in den Kopf. Ich halte es nicht für sehr wahrscheinlich, dass er überleben wird.«

Ein anderer Agent nähert sich ihnen. Pulu entschuldigt sich, geht ein paar Schritte weg und hört dem Mann zu. Dann kommt er zurück.

»Es gibt Hinweise, dass jemand aus dem Wasser gekommen ist«, sagt er. »Vielleicht auch auf diesem Weg den Tatort wieder verlassen hat. Außerdem haben sie Reifenspuren von mindestens drei, vielleicht sogar vier anderen Wagen gefunden, wenn man die von dem Auto, das immer noch in der Auffahrt steht, nicht mitzählt.«

Carl erwidert nichts. Er denkt über Verschwörungen nach und über Ted Lesofskys Abschiedsbrief. Annabelle hätte von allem, was sich auch immer in ihrem Rucksack befand, Kopien gemacht, nur für den Fall, dass sie unter die Räder kam. Dessen war sich Ted sicher gewesen. Annabelle hätte Kopien gemacht und ...

Sie irgendwo deponiert, wo sie Bethany finden würde.

Er wendet sich Pulu zu. »Wird Zeit, dass wir uns mit der trauernden Witwe unterhalten.«

Bethany Barclay und Peter Zhukov trafen sich in derselben russisch-orthodoxen Kirche, die sie bei ihrer letzten Flucht als Ausgang genutzt hatten. Als Bethany in das zugige Hauptschiff trat, kam es ihr in den Sinn, dass er sie vielleicht deswegen damals hierher geschleppt hatte: Wenn seine Leute ihr mitteilten, dass sie ihn »in der Kirche« treffen sollte, würde sie wissen, welche gemeint war.

Im Inneren des Gebäudes herrschte größtenteils Dunkelheit. Die Deckenleuchten waren fast alle ausgeschaltet. Kerzen flackerten vor den Ikonen. In dieser Finsternis stellte sich ihr ein großer bärtiger Mann in den Weg. Er hielt eine Hand hoch, was unmissverständlich »Halt!« bedeutete, und einen schrecklichen Moment lang fürchtete sie, dass er sie abtasten würde. Doch er warf nur einen Blick über ihre Schulter, und als sie sich umdrehte, sah sie, wie eine Frau unbestimmten Alters den Kopf schüttelte: die gleiche Frau, wie ihr nun auffiel, die schon seit zwei Blocks hinter ihr herlief.

»Niemand ist dir gefolgt«, sagte der Riese.

»Da bin ich aber erleichtert.«

Er führte sie zu einer der Bänke, hieß sie warten und verschwand in der Sakristei. Sie wusste, dass man in den orthodoxen Kirchen der Osteuropäer normalerweise nichts von Sitzbänken hielt: Wenn der Heiland einen ganzen Tag für uns am Kreuz gehangen hatte, war es dann zu viel verlangt, ein oder zwei Stunden für ihn zu stehen? Doch immer mehr Gemeinden stellten mittlerweile ein paar Sitzgelegenheiten für unvorbereitete oder kranke Gläubige bereit, und auch in dieser Kirche hatte man einige Bänke ganz am Rand des Raumes aufgestellt.

Als sich ihre Augen an die Dunkelheit gewöhnt hatten, konnte Bethany auf der anderen Seite des Ganges einen zweiten Mann sehen, der eher fett als muskulös war.

Sie schüttelte den Kopf und senkte den Blick zu Boden. David war tot. Wer um alles in der Welt sollte David töten wollen? Das konnte einfach kein Zufall sein. Erst Annabelle, dann ihr Schwager, dem sie sich anvertraut hatte ... wer war der Nächste?

Arme Polly. Es war kein Wunder, dass sie die Schuld ...

»Ich habe mich schon gefragt, ob du zurückkommen würdest«, erklang Peters Stimme hinter ihr.

Sie drehte sich langsam um, offensichtlich weniger beeindruckt, als er es sich erhofft hatte. »Nur ob? Nicht wann?«

Er musterte sie von Kopf bis Fuß. »Hör mal, ich bin froh, dass du überlebt hast, okay?«

Bethany verspürte keinerlei Verlangen, sich mit ihm anzulegen. Die Woche auf der Flucht hatte sie verändert, und Peters Augen war anzusehen, dass er es bemerkte, denn sein Blick drückte Respekt aus. Also kam sie direkt zur Sache. »Ich war bei Tia Christina. Das ist das Armband, das Annabelle ihr geschenkt hat. Es ähnelt dem, das du trägst.«

»Du hast also Tia einen Besuch abgestattet. Sie ist 'ne echt taffe Lady.

Bestell ihr schöne Grüße von mir und sag ihr, dass sie sich immer melden kann, wenn sie was braucht, okay?«

Bethany ließ sich nicht vom Thema abbringen. »Du hast mir gesagt, dass Annabelle nur eins davon gemacht hat. Jetzt stellt sich heraus, dass es zwei gibt. Das war das Geschenk, dass du letztes Mal von mir erwartet hast.«

Peter lächelte reumütig. »Du verstehst doch, dass ich keine andere Wahl hatte, als dich abblitzen zu lassen. Ich habe meiner Schwester ein Versprechen gegeben. Versprechen sind heilig. Versprechen, die man der Familie macht, sind noch heiliger.«

»Ich habe dir das Armband gebracht. Jetzt gib du mir, was auch immer du für sie aufbewahren solltest.«

Peter schien sich mit seiner Antwort lange Zeit zu lassen, auch wenn in Wirklichkeit nicht mehr als ein oder zwei Minuten verstrichen waren. »Woher wusstest du, dass Tia Christina es hatte?«, fragte er schließlich.

»Annabelle hat mir eine Botschaft hinterlassen. Eine indirekte Botschaft. Auf einem Band, das ich ... wie auch immer. Sag mir einfach, was sie dir gegeben hat.«

»Kopien. Sie sagte, die Papiere seien Kopien.«

»Von was?«

»Von den Originalen, die sie bei sich trug.« Er nickte dem dicken Mann auf der anderen Seite des Ganges zu, der ein schweres Paket von irgendwo herbeiholte, den Gang überquerte, es Peter reichte und dann auf seinen Posten zurückkehrte. Peters plumpe Finger hielten das Paket fest umklammert. Er warf einen Blick auf das Paketband, mit dem es zugeklebt war, und reichte es dann an Bethany weiter. »Ich habe nicht reingesehen. Das musst du mir glauben.«

»Ich glaube dir.«

»Du warst ihr eine gute Freundin. Sie hat dich geliebt.«

»Dich hat sie auch geliebt. Du warst ein guter Bruder.«

Er begleitete sie auf die Straße hinaus. »Vielleicht sollte dich einer meiner Jungs nach Manhattan fahren, okay?«

»Nein, vielen Dank.«

»Er könnte feststellen, ob dir jemand folgt.«

»Ich komme schon zurecht.«

»Geht es Tia gut? Habt ihr euch nett unterhalten?«

Sie gab ihm keine Antwort; doch ein Mann wie Peter Zhukov war in der Lage, das stumme Entsetzen in ihrem Gesicht zu erkennen.

»Und diese Papiere werden dir helfen, den Tod meiner Schwester zu rächen?«, fragte Peter weiter.

»Sie werden mir helfen, die Leute zu finden, die sie ermordet haben und ... und versucht haben, mir all diese Verbrechen in die Schuhe zu schieben.«

»Und dann rufst du mich an, damit ich dem einflussreichen Mann Bescheid sagen und er die Beleidigung seiner Ehre bestrafen kann?«

Wieder blieb ihm Bethany eine Antwort schuldig. Sie schüttelten sich zum Abschied die Hand.

»Peter, warte.«

Sein Blick wanderte über ihr Gesicht, als suche er nach Hinweisen. »Ja?«

»Darf ich dir noch eine Frage stellen?«

»Schieß los.« Peter strich sich über sein Ziegenbärtchen, als hätte er es gerade erst entdeckt. »Stell mir deine Frage.«

Vorsicht, Bethany, Vorsicht. »Es gab da ... einen Mord in Chicago.« Peter sagte nichts. Ein kurzes Nicken ließ die Sonne in seinem gelben Haar, das mittlerweile von Grau durchzogen war, aufleuchten. »Dafür hätte es mehrere Männer gebraucht.« Wieder hielt sie inne, doch er wartete darauf, dass sie den ersten Schritt machte. Bethany bemerkte die misstrauischen Blicke der vorbeilaufenden Russen. »Die Frau, die ermordet wurde ... Ich frage mich, ob du meinst, dass sie etwas mit deiner Schwester zu tun gehabt hatte. Musste sie deswegen sterben?«

»Wenn deine Frage auf die Aktivitäten des einflussreichen Mannes abzielt, muss ich dir leider sagen, dass er mich nicht in seine Pläne einweiht.« Er hob die Hand, um ihrem Protest zuvorzukommen. »Willst du mich fragen, ob der einflussreiche Mann zu so einer Tat fähig ist? Ob sein Einfluss so weit reicht?« Peter hob die Hand, mit der Handfläche unten, die gleiche Geste, die ihr auch von Annabelle vertraut war. Er wiegte die Hand sachte hin und her, während das Sonnenlicht auf seinen Ringen funkelte. »Ich weiß es nicht, okay? Zumindest kann ich es nicht mit Sicherheit sagen.«

»Du könntest aber eine wohlbegründete Vermutung hegen.«

»Genau wie du, okay?«

»Ich will damit sagen, dass die Leute, mit denen sich Annabelle in Chicago abgegeben hat, vielleicht keine umwerfenden Menschen waren, aber ich glaube nicht, dass sie ihr Böses wollten. Wenn du Kontakt zum einflussreichen Mann hast, dann lass ihn bitte wissen, dass er hinter den falschen Leuten her ist.«

»Meine Meinung interessiert ihn nicht, okay? Genauso wenig wie deine.«

Mit diesen Worten verschwand Peter, ohne sich ein zweites Mal zu verabschieden.

47

Das Motel befand sich in New Jersey, ganz in der Nähe des Delaware River. Sie hielten sich von den bekannten Ketten fern, wo Barzahlung Aufsehen erregt hätte, und hielten stattdessen Ausschau nach Motels, die zumindest zur Hälfte belegt waren, um nicht aufzufallen. Dieses spezielle Motel war heruntergekommen und so gut wie leer. Man schien hier die Art von Kunden zu beherbergen, die lieber hinter dem Gebäude parkte, um nicht von vorbeifahrenden Freunden oder Ehepartnern entdeckt zu werden. Außerdem waren Bethany und Janice vollkommen erschöpft, nicht minder verängstigt, und sie wollten endlich wissen, was sich in dem Paket von Peter Zhukov befand.

»Kann ich nicht auch sehen, was drin ist?«, maulte Janice. Der Teenager lag auf einem der zwei Einzelbetten. Bethany saß neben ihr.

»Nein, Schätzchen.«

»Komm schon. Ich hab den ganzen Tag für dich am Computer gesessen.«

»Und dafür bin ich dir auch dankbar. Aber ich muss das hier erst einmal allein lesen. Und du solltest dich etwas ausruhen.«

»Willst du denn gar nicht wissen, was ich herausgefunden habe?«

»Morgen, Liebes. Schlaf jetzt.«

Sehr zu ihrer beider Erstaunen tat sie das auch. Sie schloss die Augen und war sofort eingeschlafen. Bethany setzte sich an den wackligen Schreibtisch. Sie hatten ein Zimmer mit Blick auf den Parkplatz, und das war auch gut so, denn sollten hier irgendwelche Polizeiwagen aufkreuzen, wollte Bethany genug Zeit haben, um rechtzeitig durch das Badezimmerfenster verschwinden zu können.

Das Paket war dick und gut verpackt, dank dem Paketband, das mehrere Male in den unmöglichsten Bahnen herumgeklebt war. Annabelle hatte an drei verschiedenen Stellen mit ihrem Namen unterschrieben. Den Umschlag aufzuschneiden fühlte sich an, als würde sie die Erinnerung an Annabelle verwischen.

Im Inneren des Paketes befanden sich einige Magazine, Fotokopien und Ausdrucke von Webseiten. Ein schneller Blick sagte ihr, dass es sich dabei immer um Seiten handelte, die sich entweder mit der echten oder imaginären Inschrift befassten. Sie blätterte die Seiten durch. Alles nur Spekulationen und Mutmaßungen. Es gab keinerlei beweiskräftige Fakten, außer denen, die der arme David Hollins ihr mitgeteilt hatte, als sie ihn am Bryn Mawr besucht hatte. All die Behauptungen, die Inschrift sei »im frühen Mittelalter heimlich von einem Kloster zum nächsten weitergereicht« oder »während des Zweiten Weltkrieges unter größter Gefahr aus Europa geschmuggelt worden«, mochten zwar fantastische Bilder heraufbeschwören, enthielten aber keinerlei hilfreichen Hinweis über ihren Verbleib - oder ob sie überhaupt existierte. Eine Werbeannonce, die Annabelle aus irgendeinem skurrilen Winkel des Internets heruntergeladen hatte, versprach Interessenten, gegen Gebühr ein Stück der echten Inschrift, das garantiert alle Krankheiten zu heilen vermochte. Bethany fragte sich, ob ihre beste Freundin tatsächlich an diesen Unsinn geglaubt oder ob sie die Unterlagen nur zu Tarnungszwecken gehortet hatte. Die Zeitungen berichteten, dass Annabelle zum Ende hin in keiner guten Verfassung gewesen sei. Wer konnte schon sagen, welche Schrecken ihr Leben auf der Flucht heraufbeschworen hatte.

Bethany legte die Artikel beiseite und stöberte weiter. Sie stieß auf drei weiße Umschläge im Standardformat, die praktischerweise mit seltsamen Botschaften in der Handschrift ihrer besten Freundin beschriftet waren: *Öffne mich zuerst.* In Ordnung. *Öffne mich als Zweites, aber nicht am selben Tag.* Hmmmm. *Öffne mich nur im Notfall.*

»Tut mir leid, Schätzchen«, murmelte Bethany vor sich hin. »Aber das hier ist ein Notfall.«

Nichtsdestotrotz öffnete sie zuerst den ersten Umschlag. Er war dick und schwer wie ein Ziegelstein. Sie griff hinein und zog ein Bündel Geld heraus: Hundertdollarnoten, und zwar einige. Nach einer schnellen Zählung musste Bethany feststellen, dass sie gerade zwanzigtausend Dollar in den Händen hielt. *Und was sagt uns das, Ms Barclay?,* fragte Professor Delavan in ihrem Kopf. Es sagt uns, antwortete sie, dass Annabelle von ihr gelernt hatte, wie wichtig es war, stets einen Notgroschen griffbereit zu haben. Auch wenn es etwas seltsam war, dass Peter ihr Geld aufbewahrte, denn er hätte seiner Schwester jederzeit gerne das Zehnfache geschenkt, wäre er nur gefragt worden.

Zwischen den Geldscheinen steckte eine handgeschriebene Notiz: *Wenn du das hier liest, bedeutet das wohl, dass ich tot bin, was?*

Bethany blieb die Luft weg. Vielleicht lag es an ihrer Überraschung; vielleicht war es auch der kecke Tonfall oder das scherzhafte *was?* am Ende der Botschaft. Was auch immer der Auslöser gewesen sein mochte, auf einmal wich all ihre Kraft und all das Adrenalin aus ihrem Körper. Und zum ersten Mal, seit sie an jenem Abend, an dem Ken Kirkland ermordet wurde, aus ihrem Haus geflüchtet war, vergrub sie den Kopf in den Armen und ließ ihren hilflosen Tränen freien Lauf.

Dann schlief sie ein.

Das Gesicht des Kirchenbaumeisters war aschfahl geworden. Er saß im Archiv in seinem Lieblingssessel, doch die vertraute Umgebung mit all den verstaubten Büchern vermochte es nicht, in ihm die Energie und Zuversicht der vergangenen Jahrzehnte aufkeimen zu lassen.

»Ich verstehe das nicht«, sagte er nun zum fünften oder vielleicht auch fünfzigsten Mal. »Warum sollten sie das tun? Warum sollten sie auf diese Weise den Waffenstillstand brechen?«

Der Mathematiker saß ihm gegenüber. Auf dem Tisch zwischen ihnen lagen die Aufzeichnungen des Sängers, eines glücklosen Vorgängers des Baumeisters, und auch jene des Poeten, der noch vor dem Sänger das Amt innegehabt hatte. Vom Oberhaupt des *Gartens* wurde erwartet, ein Tagebuch zu führen und dieses mindestens wöchentlich auf den neusten Stand zu bringen. Die Dokumente wurden auf herkömmliche Weise in Pappmappen archiviert. Auch hier gab es keinerlei digitalisierte Kopien. Sie hatten die Seiten unter sich aufgeteilt, um sicherzugehen, dass ihnen kein Gewaltakt gegen die Führungsriege entging. Doch der Mathematiker hatte sich richtig erinnert. Das letzte Mal, dass die *Wildnis* einen Anführer des *Gartens* ermordet hatte, war fast vierzig Jahre her.

»Das ergibt überhaupt keinen Sinn«, sagte der Baumeister gerade. »Sie erringen dadurch keinen Vorteil. Absolut keinen.«

»Du hast es selbst gesagt«, erwiderte der Mathematiker. »Wir wissen nicht, wer bei ihnen jetzt das Sagen hat. Eine Generation löst die nächste ab. Und so verhält es sich auch mit ihren Methoden. Sie scheinen jetzt weniger geduldig vorzugehen, warum auch immer. Vielleicht macht sie das langfristig unvorsichtig, doch im Moment macht es sie nur gefährlich. Nicht gefährlich für die Kirche, aber für uns als Einzelpersonen.« Ein weiterer gescheiterter Versuch, seinen Freund zu provozieren. »Deswegen ist es umso wichtiger, dass wir die Operation bis zum Ende durchziehen.«

Während des gesamten Gesprächs war der Blick des Baumeisters nur auf das Tagebuch gerichtet gewesen, dessen Seiten er studierte. Nun schaute er auf. »Wie bitte? Rede keinen Unsinn. Wir müssen uns zurückziehen.«

»Das können wir nicht machen.«

»Es sind nur noch sechs von uns übrig, George. Ich bin bereit, mein eigenes Leben aufs Spiel zu setzen, aber nicht deins oder das der anderen. Der *Garten* muss sich zurückziehen, und die *Wildnis* muss das sehen. Lass sie uns dabei beobachten, wie wir uns neu formieren, uns Zeit nehmen, über alles nachzudenken. Sie sollen glauben, dass wir Angst haben. Dass wir keine Gefahr für sie darstellen.«

Der Mathematiker war erstaunt. »Das meinst du nicht ernst.«

»Und wie ernst ich es meine. Ich habe diese Operation bewilligt. Aber schau dir an, welchen Preis wir dafür bezahlt haben. Annabelle Seaver ist tot. Der Kritiker ist tot. Der Pfarrer und Bethany Barclay sind so gut wie tot. All das geht auf meine Kappe, aber schau dir die Rechnung an. Wie viele Menschen sind wir noch bereit zu opfern, nur um herauszufinden, wer die Anführer der *Wildnis* sind?«

»Wir müssen wissen, wer sie anführt. Wir müssen wissen, gegen wen wir kämpfen.«

»Und das werden wir auch.«

»Wie soll das gehen, wenn wir uns jetzt zurückziehen?«

Die Finger des Baumeisters glitten über die Dokumente, die die beiden gemeinsam gelesen hatten. »Du und die anderen werdet aus der Operation aussteigen, die ab diesem Zeitpunkt zu meiner alleinigen Verantwortung wird.«

»Das halte ich für keine gute Idee. In diesem Punkt würden mir die anderen sicherlich zustimmen.«

»Nichtsdestotrotz wird es so ablaufen. Es liegt nicht in der Hand der Gruppe, das zu entscheiden, dieses Vorrecht habe nur ich. Ich werde meine persönlichen Ressourcen und Verbindungen nutzen, um Bethany Barclay aufzuspüren. Das schulde ich ihr.«

»Wir schulden es ihr.«

»Nein. Es war meine Entscheidung, George. Und damit auch meine Verantwortung. Ich werde sie finden. Ich weiß, dass das dem Wunsch der Gruppe entspricht. Ich werde ihr alle Möglichkeiten aufzeigen. Entweder kommt sie aus der Deckung, und wir tun alles, damit sie ihr altes Leben zurückbekommt, oder sie bleibt im Untergrund und hilft uns, zu finden, was auch immer Annabelle Seaver uns hinterlassen hat.« Kaum merklich kehrten langsam Farbe und Entschlossenheit in sein Gesicht zurück. »Ihr anderen werdet euch zurückziehen. Der *Garten* muss erhalten bleiben. Taucht eine Weile unter, wenn es sein muss. Wir verfügen über die nötigen Mittel dafür. Ich werde das Risiko allein auf mich nehmen.«

Der Mathematiker brachte ein trauriges Lächeln zustande. »Bist du nicht ein wenig zu alt, um den Helden zu spielen?«

Der Tonfall des Baumeisters war todernst. »Hier geht es nicht um Heldentum, George, sondern um Pflichtbewusstsein.«

»Die Aufgabe ist für einen allein nicht zu bewältigen. Es gibt noch viel zu viel, was wir nicht wissen. Wohin Annabelle ging. Wer sie getötet hat. Warum sie David ermordeten und es bei Norval versucht haben. Und wenn wir schon dabei sind, müssen wir uns auch fragen, warum Janice Staffords Akte beim FBI so streng unter Verschluss ist, dass nicht einmal die Senatorin sie einsehen darf. Du kannst doch nicht allen Ernstes glauben, dass du die Antwort auf all diese Fragen im Alleingang finden wirst?«

»Du erstaunst mich, George. Steht nicht geschrieben, dass mit Gottes Hilfe alles möglich ist?«

»Es steht außerdem geschrieben, dass du den Herrn, deinen Gott, nicht auf die Probe stellen sollst.«

Der Baumeister hatte sich erhoben. Trotz seines vorangeschrittenen Alters und seiner angeschlagenen Gesundheit war sein Kampfgeist deutlich spürbar. Doch dann ließ er die Schultern hängen. »Sieh dich doch nur um, George. Schau dir das Archiv an. Natürlich fehlen uns immer noch einige Daten und Fakten, doch was du hier siehst, sind achthundert Jahre Geschichte. Der *Garten* hat bereits sehr lange Zeit überlebt. Sollte ich einen Fehler machen, so wird er sicherlich auch meinen dürftigen Führungsstil überstehen.« Er richtete sich auf. »Wie dem auch sei, mein Entschluss steht fest. Ich erwarte von dir und den anderen, dass ihr meine Entscheidung akzeptiert.«

Carl Carraway sitzt im Großraumbüro und betrachtet die funkelnden Lichter von Washington auf der gegenüberliegenden Seite des Flusses. Am nächsten Morgen wird er mit Pulu nach Philadelphia fahren, um Polly Hollins zu befragen. Eigentlich sollte er jetzt zu Hause sein und ein wenig Schlaf nachholen. Aber das kommt für Carl nicht infrage. Zu Hause ist es neuerdings gefährlich für ihn. Dabei würde er nicht mal sich selbst eingestehen, dass es die Einsamkeit ist, die ihn zurück ins Büro treibt. Also sitzt er wieder an seinem Schreibtisch und vertieft sich weiter in seine Arbeit.

Er hat Janet Anders eine Nachricht hinterlassen, in der Hoffnung, dass das Labor irgendetwas in dem Notizbuch finden konnte. In der Zwischenzeit sitzt er mit Kopfhörern vor seinem Bildschirm und hört sich die Bänder an, die sie bei der Razzia im Village House beschlagnahmen konnten. Er findet die Stelle, nach der er gesucht hat, und klickt auf den PLAY-Pfeil.

»Warum bist du so nervös, Bethany?«

»Bin ich gar nicht.«

»Deine Hände zittern ja.«

»Es ist schon spät, ich bin müde.«

»Aber anstatt dich auszuruhen, bist du in den Keller gegangen. Einige meiner Berater – darunter auch Mr Fuentes – fragen sich, warum du hier bist. Ob dich vielleicht jemand geschickt hat.«

Er stoppt die Aufnahme. Die Analysten streiten sich über die Bedeutung von diesem Teil der Sitzung. Manche halten es für offensichtlich, dass Bethany nichts von dem wusste, was im Keller vor sich ging. Andere glauben, dass sie ganz genau wusste, dass dort die Bomben lagerten, und Martin sie zurechtwies, weil sie in den Keller *zurückgegangen* war. Und dann gibt es noch jene – Vanner allen voran –, die die Bänder für Fälschungen halten. Ihrer Meinung nach sollen die Aufnahmen Bethanys Unschuld beweisen, für den Fall, dass sie den Behörden im Rahmen einer Razzia in die Hände fallen, damit sie danach ungestört mit ihrem Amoklauf weitermachen kann.

Carl macht sich eine Notiz und drückt wieder auf PLAY.

»In meinem Haus wurde ein Mann umgebracht …«

»Und du konntest fliehen. Das ist genau Mr Fuentes' Argument. Die Polizei sucht überall nach dir, genau wie das FBI, weil du die Grenze zu einem anderen Bundesstaat überquert hast, und wegen der Bombenanschläge sind sie alle hinter dir her, Bets, und dennoch hast du es irgendwie geschafft, ihnen durchs Netz zu gehen. Und Mr Fuentes, der einiges an Erfahrung in diesem Bereich hat, sagt, dass das heutzutage nicht leicht zu bewerkstelligen ist. Daher fragt er sich, ob es vielleicht möglich wäre, dass jemand dir geholfen hat, ihnen durchs Netz zu gehen.«

Wieder hält er die Aufnahme an. Spult zurück. Spielt den letzten Satz erneut ab.

»Daher fragt er sich, ob es vielleicht möglich wäre, dass jemand dir geholfen hat, ihnen durchs Netz zu gehen.«

Natürlich. Wenn man davon ausging, dass die Bänder keine Fälschung waren, dann versuchte Martin auch nicht, sie zu decken. Er misstraute ihr. Er glaubte wirklich, dass sie für das FBI arbeitete oder für jemand anderen, den er noch mehr fürchtete.

Carraway lehnt sich in seinen Stuhl zurück, faltet die Hände hinter dem Kopf und blickt zur abgehängten Decke hoch. Wer auch immer hinter ihr her ist, verfolgt einen ausgeklügelten Plan. Niemand wird ihr glauben. Die Regierung hält sie für eine Verschwörerin, die Verschwörer halten sie für eine Regierungsmitarbeiterin. Das Ziel muss offensichtlich lauten, sie in Bewegung zu halten. Das bedeutet, dass es hier gar nicht um den Bombenanschlag geht – der ist zweitrangig. Sie ist eine Agentin wider Willen, auf einer Mission, die sie selbst nicht versteht, und wird dennoch bei jedem Schritt gezwungen, auf Kurs zu bleiben.

Wer auch immer sie manipuliert, will dafür sorgen, dass sie in Bewegung bleibt. Deswegen ist es nur naheliegend, dass ...

Jemand sie beobachtet.

Mit einem Schlag hellwach, greift Carraway zum Telefon. Er könnte auch die Abschriften der Vernehmungen aufrufen und eine Schlüsselwortsuche vornehmen, doch er weiß nicht, nach welchen Schlagwörtern er suchen sollte, außerdem hat es mal eine Zeit gegeben, in der die altbewährten Methoden einfach besser waren.

»Du willst mich wohl auf den Arm nehmen«, sagt Pulu. »Um diese Uhrzeit rufst du mich an?«

»Ist es gerade ungelegen?«

»Ich gehe gerade zum ersten Mal seit über einem Monat mit meiner Frau zum Essen aus, also lautet meine Antwort wohl Ja.«

»Tut mir leid«, entschuldigt sich Carl.

»Du scheinst gern zu vergessen, dass manche von uns auch noch ein Privatleben haben.«

»Vergiss es. Es kann auch bis morgen warten.«

Eine Pause.

»Na schön«, gibt Pulu nach. »Sie ist sowieso schon sauer auf mich, weil ich zum Telefonieren rausgegangen bin. Also kannst du mir auch sagen, worum es geht.«

»Du hast dir doch die Abschriften der Verhöre vorgenommen, die wir mit Häftlingen aus dem Village House durchgeführt haben. Du kennst sie besser als jeder andere.«

»Und weiter?«

»Ich gehe da nur einer Sache nach. Am Tag, als Bethany Barclay dort aufgetaucht ist: Gab es da noch irgendwelche anderen Neuzugänge? Irgendjemand Fremdes?«

»Nein.«

»Dann vielleicht am Tag danach?«

»Nein. Es gab einen Kerl, der zwei Tage vor ihr aufgetaucht ist. Er wurde wie ein VIP behandelt, mit eigenem Zimmer und so. Anscheinend hat er sich von den anderen Mitgliedern abgekapselt. Niemand weiß, was aus ihm geworden ist, oder ob er zur Zeit der Razzia überhaupt im Haus war. Er tauchte einfach auf und verschwand wieder. Eine Frau meinte gehört zu haben, dass er der Cousin eines großzügigen Spenders wäre, der sich vor irgendwelchen Schuldeneintreibern verstecken musste.«

»Ist die Geschichte glaubhaft?«

»Aber sicher. Schon vor Bethany Barclay gab es immer wieder Leute, die für einige Zeit im Village House untertauchen wollten, und Martin hat sie alle aufgenommen. Er behauptete zwar immer, dass er damit seiner moralischen Pflicht nachkommen würde, doch nach Prüfung der Geschäftsbücher sieht es eher danach aus, als wären für diesen Akt der Nächstenliebe teilweise große Summen gezahlt worden, die allesamt in die Haushaltskasse der *Planer* geflossen sind.«

»Haben wir einen Namen? Oder zumindest eine Beschreibung des Fremden?«

»Niemand hat ihm viel Beachtung geschenkt. Er war weiß. Groß. Intelligent. Dunkles Haar mit einer weißen Strähne. Irgendwie reserviert. Nicht unfreundlich, aber ein Einzelgänger. Oh, da war doch noch was. Er hatte einen Spitznamen. Jemand hörte, wie Daniel Stafford ihn so nannte, und seitdem hatte er ihn weg.«

»Wie lautete der Spitzname?«

»Der Professor.«

»War er das denn? Ein Professor, meine ich?«

»Das werden wir wohl nie herausfinden, Carl. Kann ich jetzt zurück zu meinem Abendessen?«

»Vielleicht sollten wir eine Phantomzeichnung erstellen lassen.«

»Ich wage zu bezweifeln, dass wir dafür noch genug Augenzeugen in Untersuchungshaft haben, aber ich werde sehen, was ich tun kann. Morgen.« Die Betonung liegt auf dem letzten Wort.

»Danke, Jake. Genieß dein Essen.«

Wieder allein mit seinen Gedanken, reibt sich Carraway die müden Augen, lehnt sich zurück und betrachtet das vertraute, immer wieder beeindruckende Panorama: das Washington Monument mit den rot blinkenden Lichtern und in einiger Entfernung dahinter die Kuppel des Kapitols.

Der Professor.

»Ich werde dich finden.« Carl ist sich nicht bewusst, dass er die Worte laut ausspricht. »Ich werde dich finden, bevor du sie finden kannst. Das verspreche ich dir.«

48

Angst war eine vollkommen neue Erfahrung für Stuart van der Staal. Er war fasziniert von dem Gefühl. Gerade saß er in seinem Mietwagen auf der dritten Ebene des Kurzzeitparkhauses am Bradley International Airport in Hartford, Connecticut. Seine zwei Handys lagen auf dem Armaturenbrett, seine beiden Hände hatte er gut sichtbar ans Lenkrad gelegt. Der Wagen stand in der ersten Reihe mit Blick auf das Terminal und somit nicht in Richtung des Parkhausverkehrs. Man hatte verlangt, dass er die Augen nur nach vorne gerichtet hielt. Doch dank des Rückspiegels war ihm der dunkle SUV bereits aufgefallen, als dieser auf den Stellplatz zwei Reihen hinter ihm fuhr. Er wusste, dass es der Wagen war, auf den er gewartet hatte, weil die eine Person, die bisher ausgestiegen war, sofort in den Schatten des Parkhauses verschwand, genau wie Stuart es gemacht hätte, wären die Rollen vertauscht gewesen. Wer auch immer sich noch in dem Wagen befand, war sein Kontaktmann, doch er - oder sie - würde erst aussteigen, wenn sie Gewissheit hatten, dass das Treffen nicht beobachtet wurde.

Stuart verfolgte die Lichter eines Flugzeugs, das schnell in die Dunkelheit aufstieg. Es war fast neun Uhr abends, und schon bald würde der Flugverkehr für die Nacht eingestellt werden. Das Parkhaus war vierundzwanzig Stunden geöffnet, aber es war unwahrscheinlich, dass ein Sicherheitsmann mitbekam ...

Was auch immer sich gleich hier abspielen würde.

Seine Hände zitterten. Auch das war neu. Natürlich wusste der Professor, dass diese Reaktion durch ein chemisches Ungleichgewicht hervorgerufen wurde, weil sein Körper versuchte, die richtigen Wirkstoffe in seinem Blutkreislauf freizugeben, um ihn für Flucht oder Kampf zu wappnen. Es ärgerte ihn, dass er es nun sein könnte, der aufhören würde, wahrzunehmen. Und ja: Wahrgenommen zu werden, machte ihm Angst. Trotzdem konnte es hilfreich sein, zu wissen, was die Menschen, denen er seine Waffe vorgehalten hatte, gefühlt hatten. Er konzentrierte sich auf diesen Gedanken: Nutze diese Gefühle, um deine eigene Arbeit zu verbessern.

Die Tür des SUV öffnete sich, und Stuart saß regungslos da. Nicht nur ein Mann, sondern zwei stiegen aus, und er wusste: Sollte er hingerichtet werden, waren das seine Henker. Sie kamen auf seinen Wagen zu, wobei sie großen Abstand zueinander hielten. Clever, denn sollte er seine Meinung ändern und einen von ihnen erschießen, dann würde der andere ihn töten, bevor er seine Waffe herumschwingen konnte. Und selbst für den Fall, dass er beide erwischte, war da immer noch der dritte Mann im Schatten.

Die zwei Männer traten auf beiden Seiten an das Auto heran. Einer von ihnen lehnte sich vor und klopfte an das Fenster auf der Fahrerseite.

Stuart löste langsam eine Hand vom Lenkrad und fuhr das Fenster herunter. Als er aufschaute, blickte er direkt in den Lauf einer Waffe.

»Halten Sie die Augen nur auf mich gerichtet«, sagte der Mann. Die Waffe war in einer Falte seiner Jacke versteckt. Jeder, der vorbeifuhr, würde glauben, dass sie sich nur unterhielten. »Wenn Sie den Kopf drehen oder in den Rückspiegel schauen, werde ich Sie töten.«

Der Professor blieb stumm. Dann nickte er.

»Nicht reden, es sei denn, es wird Ihnen eine Frage gestellt.«

Wieder nickte er.

Die hintere Tür wurde geöffnet. Stuart saß ganz still da. Jemand nahm auf dem Rücksitz Platz. Das Auto schwankte. Die hintere Tür wurde zugezogen.

Einen Moment lang herrschte Stille, die Waffe blieb stur auf ihn gerichtet.

»Wir sind sehr enttäuscht«, sagte der Mann hinter ihm. Die Stimme klang alt, doch Ehrfurcht gebietend, der Tonfall gehörte zu jemandem, der sowohl öffentliche Reden als auch großen Applaus gewohnt war. Es war eine tiefe, ausgewogene Stimme, die zu einem schweren Mann passte. »Sie haben sich nicht an meine Anweisungen gehalten, Professor van der Staal. Eine solche Vermessenheit irritiert mich. Ich wollte Sie persönlich treffen, um mir ein Bild von dem Stümper zu machen, der jahrhundertelange Planungen einfach aus einer Laune heraus über den Haufen wirft. Oder genießen Sie das Morden einfach so sehr, dass Sie nicht Folge leisten können, wenn wir Sie anweisen, bestimmte Personen zu verschonen?«

Stuart wurde bewusst, dass man ihm eine direkte Frage gestellt hatte. Mittlerweile war er viel zu sehr von der Vorgehensweise der Männer fasziniert, als dass er sich noch Sorgen um sein Leben machte. Die Waffe in seinem Gesicht war ein kluger Zug. Den würde er sich merken müssen.

»Sie haben mein Gesicht gesehen«, erklärte er.

Der Mann auf dem Rücksitz zeigte sich wenig beeindruckt. »Wir sind vernünftige Leute«, sagte er. »Momentan befinden wir uns zwar im Krieg mit der Unvernunft, doch wir selbst sind vernünftig. Menschen sterben manchmal. Wir wünschten, dass es anders wäre, aber so ist es nun mal. Wir versuchen, so wenigen Menschen wie möglich Schmerz zuzufügen, doch wir kämpfen gegen ein viel größeres Übel, das sowohl die Gesellschaft als auch die Welt befällt. Dieses Übel entsteht, wenn der Geist von Millionen ignoranter Menschen durch den Glauben an übernatürliche Wesen vergiftet wird, den Glauben an ein Leben nach dem Tod und all den anderen Unsinn, den Sie wahrscheinlich genauso entschlossen ablehnen wie wir. Ihr Schicksal ist im Vergleich zu diesem größeren Kampf geradezu unwichtig. Verstehen Sie, was ich sage?«

»Ja, aber ...«

»Ein Ja genügt mir, Professor. Das ist keine Diskussion oder Verhandlung. Ich erläutere lediglich unsere Position. Sie sind ein ungeduldiger Mann. Oft auch unberechenbar. Mit diesem Verhalten stellen Sie eine Gefahr für Organisationen wie die unsere dar. Für Sie zählen die Tage Ihres Lebens, aber für uns zählen die Jahrhunderte unseres Kampfes gegen den Feind.« Der Professor bemerkte, wie betont der Mann das letzte Wort aussprach. »Natürlich gehen Sie ein gewisses Risiko ein, aber das ist irrelevant. Sie werden gut bezahlt, und das Ausmaß des Risikos, das Sie zu tragen haben, wird in unserem Vertrag entsprechend entlohnt. Daher können Sie das Risiko, gesehen zu werden, nicht als Grund aufführen, um sich unseren Anweisungen zu widersetzen. Das ist kein vernünftiges Argument. Haben Sie mich verstanden?«

»Ja«, erwiderte der Professor, der gegen den Drang ankämpfen musste, sich umzudrehen, und stattdessen nur in den Lauf der Waffe starrte.

»Es gibt zwei Gründe, warum wir Sie engagiert haben, Professor. Erstens, weil Sie eine unschlagbare Erfolgsquote vorzuweisen haben. Zweitens, weil wir dieselbe Gesinnung teilen. Doch beide Punkte sind unbedeutend, wenn wir uns nicht darauf verlassen können, dass Sie sich an unsere Anweisungen halten. Wir planen unser Vorgehen mit allergrößter Sorgfalt. Wir können nicht zulassen, dass Ihre Impulsivität die Arbeit von Jahrhunderten zerstört. Wenn Sie sich nicht an unsere Instruktionen halten, dann stellen Sie keinen Nutzen, sondern eine Behinderung für uns dar. Sie erschweren uns unsere Arbeit sogar noch zusätzlich. Wenn Sie sich nicht an unsere Anweisungen halten, unterstützen Sie damit den Feind in seinen Bestrebungen. Wären Sie einer meiner Angestellten, hätte ich Sie schon längst gefeuert. Doch die einzigartige Kombination Ihrer Fähigkeiten und Überzeugungen ist auf dem Markt leider nicht leicht zu finden. Verstehen Sie mich?«

»Ja.«

Stuart kam in den Sinn, dass der Mann auf dem Rücksitz zur Führungsriege seines Klienten gehören musste – vielleicht sogar an der Spitze saß. Sein Tonfall, die besitzergreifende Art, in der er von seiner namenlosen Organisation sprach, und die ausgeklügelten Sicherheitsvorkehrungen waren eindeutige Hinweise. Bis jetzt hatte er es immer nur mit Mittelsmännern zu tun gehabt, die in keinerlei Kontakt zu seinem eigentlichen Kunden standen. Es wurde auch Zeit, dass man ihm einen würdigen Abgesandten schickte.

»Der Feind ist gerissen. Machen Sie nie den Fehler, ihn zu unterschätzen. Nur weil ihre Überzeugungen absurd sind, darf man ihre Intelligenz nicht unterschätzen. Im Lauf der letzten Jahrzehnte haben wir die direkte Konfrontation gescheut und sie damit selbstgefällig werden lassen. Sie scheinen sich immer weniger zu bemühen, ihre persönlichen Identitäten vor uns zu verbergen. Verstehen Sie, worauf das hinausläuft? Wir haben uns in jüngster Vergangenheit ganz bewusst dafür entschieden, sie nicht direkt zu bedrohen. Wir kennen einige Namen derer, die die Operationen des Feindes leiten. Sie hingegen kennen keinen einzigen von uns. Doch sollten sie den Eindruck bekommen, dass ihr Leben auf dem Spiel steht, werden sie sofort ihren hohen Posten verlassen und einen neuen Vorstand gründen, dessen Mitglieder uns dann unbekannt sind, sodass all unsere Arbeit umsonst war. Haben Sie das verstanden?«

»Ja.«

»Ich werde Ihnen jetzt etwas mitteilen, das Sie noch nicht wissen. Annabelle Seaver war eine Agentin des Feindes. Sie sollte so tun, als suchte sie nach einem Artefakt, das von großem Interesse für uns ist, doch in Wirklichkeit lautete ihre Mission, uns aufzuscheuchen, damit der Feind die Identitäten einiger unserer Mitglieder in Erfahrung bringen konnte. Wir haben ihr Vorhaben zu spät erkannt. Zwar haben wir Sicherheitsmaßnahmen in die Wege geleitet, um uns zu schützen, doch sie war bereits teilweise erfolgreich gewesen. Und dann ist sie natürlich gestorben. Das hat die ganze Angelegenheit enorm verkompliziert. Leider waren wir nicht in der Lage, ihre Aufzeichnungen, welche auch immer sie zusammengestellt haben mag, mit den Ergebnissen ihrer Nachforschungen in unseren Besitz zu bringen. Ab sofort ist das unsere oberste Priorität. Haben Sie das verstanden?«

»Ja.«

»Wollen Sie weiterhin für uns arbeiten?«

Der Professor starrte in den Lauf der Waffe. »Ja.«

»Dann werden Sie dieses Projekt zu Ende bringen, allerdings unentgeltlich. Haben Sie mich verstanden?«

»Ja.«

»Hören Sie gut zu. Ich erteile Ihnen jetzt unsere neuen Anweisungen. Sie werden die Zielperson wieder in Ihre Gewalt bringen und den Anweisungen genauestens Folge leisten. Jegliche Abweichung wird nicht toleriert werden. Haben Sie mich verstanden?«

»Ja.«

»Es ist nicht gerade leicht für mich, meine Aufgaben zu vernachlässigen, nur um mich mit Ihnen zu treffen. Sie haben einigen Ärger verursacht. Betrachten Sie dies als Ihre Bewährungsprobe. Haben wir uns verstanden?«

»Ja.«

Die nächsten zehn Minuten verbrachte der Mann auf dem Rücksitz damit, seine neuen Anweisungen zu erteilen. Danach stieg er einfach aus dem Auto und schlug die Tür zu. Stuart starrte noch immer in den Lauf der Waffe, da der Mann am Seitenfenster noch keine Anstalten machte zu gehen. Der schwarze SUV fuhr vor und hielt neben seinem Wagen. Der bewaffnete Mann trat einen Schritt zurück, wobei er seine Pistole immer noch auf den Professor gerichtet hielt. Die Seitentür des Geländewagens wurde von innen aufgeschoben. Der Schütze stieg ein und der SUV fuhr eilig davon.

Sofort zückte der Professor sein Notizbuch und schrieb auf, was er mitbekommen hatte. Das Fabrikat und Modell des Wagens, der grüne Aufkleber auf der Heckscheibe, der winzige Kratzer weiter hinten am Kotflügel auf der Beifahrerseite. Das Waffenmodell und das Gesicht des Schützen. Der Wechsel im Tonfall des Mannes auf dem Rücksitz. Die Tatsache, dass dessen Stimme wie die eines über Siebzigjährigen klang, der dennoch aktiv und schwer beschäftigt zu sein schien. Dass seine Pflichten ihm kaum Zeit für sonstige Aktivitäten ließen. Dass er irgendeine Art von Unternehmen leitete. Dass er korpulent war: Das konnte Stuart daran erkennen, wie der Wagen sich geneigt hatte, als der Mann eingestiegen war. Vor allem aber, dass Annabelle irgendwo die Namen von zumindest einigen Anführern der Organisation versteckt hatte, für die er arbeitete. Und dass sie keine Ahnung hatten, wo sich diese Aufzeichnungen befanden.

Es war nicht viel, aber ein Anfang. Professor Stuart van der Staal wurde nicht gerne bedroht. Wenn es nach Stuart ging, befand sich sein Klient ebenfalls auf Bewährung.

Und dann war da noch etwas.

Als er von Annabelle sprach, hatte der Mann auf dem Rücksitz gesagt: *Und dann ist sie gestorben.* Dabei klang er irgendwie enttäuscht. Annabelle war gestorben, und deswegen war es Stuarts Klienten nicht mehr möglich gewesen, aus ihr herauszubekommen, wo sie ihre Aufzeichnungen versteckt hatte. Das bedeutete, dass es nicht sein Klient war, der sie ermordet hatte.

Es gab einen weiteren Mitspieler in diesem Spiel – einen sehr brutalen.

49

Der zweite Umschlag von Annabelle lag auf dem wackligen Tisch. *Öffne mich als Zweites, aber nicht am selben Tag.*

Bethany war wieder aufgewacht - nach Mitternacht. Doch sie hatte nicht die Absicht, ins Bett zu gehen. Sie hob den Umschlag auf und betastete ihn. Anscheinend befanden sich darin zwei oder drei gefaltete Seiten.

Mit einem schnellen Blick vergewisserte sie sich, dass Janice noch schlief, dann ging sie hinüber zur Minibar, holte sich eine Flasche lauwarmes Wasser heraus und setzte sich wieder an den Schreibtisch. Nach längerem Zögern griff sie zur Schere. Unter den gegebenen Umständen, sagte sie sich, zählte ihr kurzes Wegnicken genauso, als würde sie bis zum Morgen warten.

Sie schlitzte den Umschlag auf.

Und stieß auf eine Goldgrube.

Offensichtlich konntest du wohl doch nicht warten. Aber da ich tot bin, kann ich wohl kaum beleidigt sein, was? Konntest du das Rätsel bereits lösen? Sind sie hinter dir her? Aber vielleicht hast du noch nicht mal diese Briefe gefunden. Es ist so furchtbar gefährlich dort draußen. Mir fällt es unglaublich schwer, die Wahrheit von der Lüge und dem, was ich mir zusammenspinne, zu trennen. In meinem Kopf geistern lauter Hirngespinste herum. Kann sein, dass ich wieder auf Droge bin. Ich bin mir nicht sicher, kann mich nicht erinnern. Ich war einige Zeit im Ausland, jetzt bin ich wieder zurück. Vielleicht bist du dem Ganzen noch nicht auf die Schliche gekommen. Vielleicht suchst du gar nicht nach der Wahrheit. Das wäre schade, denn ich habe Pyotr angewiesen, alles zu verbrennen, falls du nicht bis zum vierten Juli bei ihm auftauchst. Und jetzt fragst du dich bestimmt, warum ich ausgerechnet dieses Datum gewählt habe. Was ist an diesem Tag so besonders? Ist das ein Hinweis? Auf gewisse Weise schon, denke ich. Dazu komme ich später noch. Ich muss jetzt los, weil sie

Damit endete die erste Seite. Bethany nahm die zweite zur Hand und stellte fest, dass es sich um einen beidseitig beschriebenen Brief handelte, der ebenfalls an sie gerichtet zu sein schien. Er bestand aus einem langen Absatz.

Okay, Folgendes ist passiert. Ich bin auf einer Mission, die Welt zu retten. Dabei stecke ich zwischen den Guten und den Bösen fest. Ich weiß, was du denkst. Du glaubst nicht an gute und schlechte Menschen. Du meinst, dass jeder ein bisschen von beidem in sich trägt. Du meinst, es wäre ein großer Mischmasch. Nun, das ist es nicht. Ich bin beiden Seiten von Angesicht zu Angesicht begegnet. Die Guten sind nicht unbedingt überwältigend nett, aber die Bösen sind wirklich furchtbar böse Leute. Gestern hat mich David besucht. Ja, genau, David, der Mann meiner Schwester, der perfekte David, David, das Genie, der brillante David, David, den Tia schon immer verehrt hat und mich immer fragte, wann ich endlich jemanden wie ihn finde und sesshaft werde. Dieser David. Er ist einer von den Guten. Du kannst ihm vertrauen. Ich weiß, dass er etwas weich wirkt, aber so ist er nur in Gegenwart meiner Schwester. Verbring ein bisschen Zeit mit ihm allein, und du wirst überrascht sein. Zumindest war ich das. Aber nun zur Sache. Sollte mir etwas zustoßen, und du liest diesen Brief, musst du zu David gehen. Und zwar sofort. Es ist mir egal, wie spät es gerade sein mag. Es ist eine ganze Gruppe, die zusammenarbeitet, aber ich kenne nur David, also musst du ihn anrufen …

Bethany wischte sich die Tränen aus den Augen. Langsam wurde es lächerlich. Wenn sie nicht bald aufhörte zu weinen, würde sie den Brief nie zu Ende lesen können. Also hatte David sie angelogen. All das Gerede, dass Annabelle ihm von der Inschrift erzählt hatte. Offensichtlich war es genau andersherum gewesen. Worin ihre beste Freundin auch immer verwickelt gewesen sein mochte, der arme David hatte bis zum Hals mit dringesteckt. Doch wenn Annabelles großer Plan gelautet hatte, dass Bethany mit David in Kontakt treten sollte, erwies sich dieser nun als echter Fehlschlag. Annabelle hatte alle Vorkehrungen getroffen für den

Fall, dass sie die Mission nicht überleben würde – auf den Mord an David Hollins hingegen war sie überhaupt nicht vorbereitet gewesen.

Doch es gab noch andere, hatte sie geschrieben. David Hollins war Mitglied einer Gruppe gewesen. Vielleicht gelang es ihr ja, den Rest aufzuspüren.

… aber ich kenne nur David, also musst du ihn anrufen. Du musst mit David sprechen und ihm erzählen, was passiert ist, damit er es den anderen sagen kann. Du musst ihn wissen lassen, wie weit ich gekommen bin, und ihm sagen, dass ich sie nicht wirklich verraten habe. Ich steckte nur einfach in der Klemme und wusste nicht, wie ich da sonst wieder rauskommen sollte. Sag ihm, dass ich nun zwei Namen weiß. Bei einem bin ich mir sicher, beim anderen nicht ganz. David hat mir erzählt, dass sie keine Namen benutzen, also sind zwei wohl schon mal ein großer Durchbruch, oder? Und einer der Namen wird alle überraschen. Ich habe also meinen Auftrag erfüllt. Aber dann geriet ich in Schwierigkeiten. Sie haben mich losgeschickt, um die richtigen Leute auf mich aufmerksam zu machen, aber gleichzeitig wurden auch die falschen Leute auf mich aufmerksam. Sag ihnen, dass es ein Fehler war, mich damit zu beauftragen. Wir alle haben es vermasselt. Wir haben nicht bedacht, dass es noch andere Leute gibt, die glauben, dass die Inschrift existiert, und die sie für sich wollen. Nicht nur die Wildnis, *sondern noch andere Leute. Ich bin nach Chicago gegangen, so wie es mir aufgetragen wurde, und habe darüber geredet, so wie sie es wollten. Ich erzählte, dass ich eine Spur gefunden hätte, und Martin war überhaupt nicht interessiert, aber dafür ein paar seiner Leute, und so fing alles an. Das hast du verstanden, oder? Martin war nicht interessiert. Er ist kein Mitglied der* Wildnis. *Ich erwähne das nur für den Fall, dass du vielleicht immer noch mit ihm in den Sonnenuntergang reiten willst oder so etwas in der Art. Es tut mir leid, dass ich nicht mehr deine Trauzeugin sein kann. Nicht dass ich der Rolle entsprechen würde. Und jetzt wird mir gerade klar, dass du vielleicht gar nicht weißt, was die* Wildnis *ist. Ich weiß es auch nicht so genau, nur dass das die bösen Jungs sind. David wird dir viel*

mehr darüber erzählen können. Wenn nicht gerade meine Schwester anwesend ist, ist er gar kein so übler Kerl. Und sie ist eigentlich auch nicht so schlimm. Sie würde alles für mich tun, und deswegen weiß ich auch, dass sie alles für dich tun würde. Du solltest zu ihr gehen. Ich wette, sie kann dir helfen. Auf jeden Fall hat sie mir sehr geholfen. Weil nicht nur die Wildnis *hinter mir her war. Sobald ich rumerzählt hatte, dass ich der Inschrift auf der Spur war, stellten mir auch andere Leute nach. Auch sie wollten die Inschrift haben. Also musste ich ihnen etwas geben. Ich tat, was ich tun musste. Ich kann mir vorstellen, dass meine Auftraggeber jetzt vielleicht glauben, ich hätte sie hintergangen. Sie sind ein wenig sauer auf mich. Sag David bitte, dass es mir unendlich leidtut. Aber ich habe zwei Namen rausbekommen. Ich schätze, ich sollte lieber sagen, ich hatte zwei Namen, weil ich ja jetzt tot bin. Sag es David. Das ist am allerwichtigsten. Zwei Namen. Und wenn du dich jetzt fragst, warum ich sie nicht an dieser Stelle nenne, ist die Antwort, weil ich nicht genau weiß, ob du es bist, die diesen Brief liest. Es könnte auch Pyotr sein. Das wäre nicht unbedingt schlimm. Doch es könnten auch die Bösen sein. Und die zwei Namen sind nicht für sie bestimmt, sondern für David. David und die Leute, für die er arbeitet. Aber, Süße, falls du es tatsächlich sein solltest, dann nimm dich in Acht vor der* Wildnis *und den anderen Leuten, die hinter der Inschrift her sind. Vielleicht hast du schon gehört, dass ich mich mit dem weisen Mann getroffen habe. Er ist ein guter Mensch. Aber hüte dich vor der Düsteren Schlange. Du kannst seinem besten Freund nicht vertrauen. Und weißt du was? Auch er kann es nicht. Denn sein bester Freund ist einer von ihnen. Und vielleicht hast du bereits gehört, dass du und dein neuer Freund im Lotto gewonnen habt. Für einen kurzen Moment glaubte ich, das hätte ich auch. Ich ging ins Ausland, zurück zum Ursprung. Ich traf den weisen Mann. Den Rest habe ich dir geschickt. Ich liebe dich!*

Damit endete Annabelles Nachricht. Kein Hinweis, wo sie die Namen versteckt haben könnte, oder wer an sie herangetreten war und ihr solche Angst eingejagt hatte, dass sie sich auf einen Deal einließ. Aber zumindest wusste Bethany jetzt in etwa, was ihre beste Freundin getrieben hatte. Und sie wusste noch etwas anderes. Sie drehte das Blatt um und las erneut, was Annabelle über ihre Schwester geschrieben hatte:

Und sie ist eigentlich auch nicht so schlimm. Sie würde alles für mich tun, und deswegen weiß ich auch, dass sie alles für dich tun würde. Du solltest zu ihr gehen, Ich wette, sie kann dir helfen. Auf jeden Fall hat sie mir sehr geholfen.

Sie sprach hier von der Schwester, die sie angeblich nicht ausstehen konnte. Dieselbe Schwester, die so verächtlich über Annabelle gesprochen hatte, als Bethany sie am Abend nach dem Mord an Ken Kirkland aufgesucht hatte. Während sie sich noch fragte, was das alles zu bedeuten haben könnte, nahm sie den dritten Umschlag zur Hand ...

Vor dem Fenster leuchtete ein rot-blaues Blinklicht auf.

Gerade war ein Polizeiwagen vorgefahren.

Sie hatten es sich angewöhnt, nie die Taschen auszupacken und immer voll bekleidet zu schlafen. Schnell rüttelte sie Janice wach, die nur in ihre Schuhe schlüpfen musste und sich ihren Rucksack griff. Sechzig Sekunden nachdem Bethany den Polizeiwagen entdeckt hatte, waren sie zur Tür hinaus.

Zu spät.

Auf dem Parkplatz standen zwei Straßenkreuzer, von denen einer seinen Suchscheinwerfer über den unteren Gang des Motels wandern ließ. Bethany riss Janice rechtzeitig hinter einen Pfeiler, gerade als das Licht an ihnen vorbeizog. Ihr Wagen stand direkt vor ihnen, Bethany hielt die Schlüssel in der Hand, und trotzdem wagten sie es nicht, sich zu bewegen.

Janice' schlanke Gestalt zitterte spürbar neben ihr, und Bethany flehte stumm, dass sie jetzt nur keinen Angstlaut von sich gab.

Der Scheinwerfer erreichte das Ende der Plattform und schwenkte nicht zurück.

Bethany wog das Risiko ab. Der Lichtstrahl war so grell, dass alles um ihn herum in tiefer Finsternis lag. Das war ihre Chance: zum Auto zu laufen, bevor der Scheinwerfer wieder in ihre Richtung wanderte.

Die einzige andere Möglichkeit war, an Ort und Stelle zu verharren und sich verhaften zu lassen, was bedeuten würde, nach Virginia überführt und wegen Mordes angeklagt zu werden, plus eines Verfahrens auf bundesstaatlicher Ebene wegen der Bombenanschläge. Annabelles Briefe steckten in der Innentasche ihrer Jacke. Sie würde ihre beste Freundin kein zweites Mal im Stich lassen.

»Mach dich bereit«, flüsterte sie und spürte Janice' zustimmendes Nicken mehr, als dass sie es sah. Sie schloss kurz die Augen, doch es dauerte nur wenige Sekunden, bis sie merkte, dass sie betete. »Los geht's«, sagte sie.

Bethany wollte gerade loslaufen, als plötzlich eine Hand aus der Dunkelheit schnellte und sie am Arm packte.

Reiner Instinkt.

Sie reagierte genau so, wie sie es in dem Selbstverteidigungskurs gelernt hatte, zu dem Sam DeMarco sie überredet hatte. Sie drehte sich zu ihrem Angreifer hin und schlug ihm mit der Handkante gegen das Ohr. Nur dass der Schlag nie sein Ziel erreichte, da er ihr Handgelenk mit einem Gewehrkolben abwehrte.

Ein State Trooper.

In voller Kampfausrüstung.

»Stillhalten«, sagte er. »Hören Sie auf. Wir sind die Guten.« Damit ließ er Bethany los, die einfach nur dastand, ihn anstarrte und überlegte, was sie sagen sollte. »Ich denke, dass Sie beide besser wieder auf ihr Zimmer gehen«, fügte er hinzu.

»Wie bitte?«, fragte Bethany und blinzelte verständnislos. »Was haben Sie gesagt?«

»Lass uns zurück aufs Zimmer gehen«, sagte Janice ganz entspannt, als der Officer an ihnen vorbeiging. »Die sind nicht wegen uns hier«, flüsterte sie.

Während Janice Bethany in Richtung ihres Zimmers zog, versammelten sich die Polizisten vor einer Tür, auf die der Scheinwerfer gerichtet war. Ein Officer mit Helm brach die Tür mit einem Rammbock auf, die anderen stürmten hinein – Rufe, Kommandos und Schreie wurden laut.

Minuten später trat die Polizei wieder aus dem Zimmer und führte ein paar dürre, unglückselig zitternde Jugendliche in Handschellen ab.

»Drogenrazzia«, kommentierte Janice mit der Überzeugung einer Expertin.

»Wir sollten trotzdem verschwinden«, murmelte Bethany, als die Jugendlichen in Handschellen getrennt voneinander auf die Rücksitze von verschiedenen Polizeifahrzeugen bugsiert wurden.

Janice antwortete mit einem knappen Nicken. »Das denke ich auch.«

Sie stiegen in ihren Wagen, warteten, bis die Polizei vom Parkplatz gefahren war, und machten sich dann davon.

50

»Das war knapp«, sagt Bethany, die sich immer noch nicht sicher ist, dass sie nicht verfolgt werden.

»Knapp?« Der Teenager lacht unerwartet und herzhaft. »Ich hab schon sehr viel Schlimmeres erlebt. Das war ein echter Spaß.«

Sie fahren auf der Interstate 80 durch Pennsylvania. Ackerland und kleine nachttrunkene Ortschaften ziehen an ihnen vorbei. Zwischen ihnen und dem Motel liegen nun gut neunzig Minuten Autofahrt. Noch immer sind sie in Zachs VW Jetta in Richtung Ohio unterwegs, zu Sam DeMarco, ihrem alten Schießkumpanen, der einzigen Person, die ihr bei dem nächsten und schwersten Schritt ihrer verrückten Flucht auf Annabelles Fährte helfen kann. Bethany würde den Wagen am liebsten irgendwo stehen lassen, aber in Bussen und Bahnen gibt es Schaffner und Menschenmengen, mehr als genug Leute, die ihr Gesicht aus dem Fernsehen wiedererkennen könnten. Außerdem, meint Janice, weiß noch niemand, wessen Auto sie fahren.

Ihre Zuversicht raubt Bethany noch den letzten Nerv.

»Was war in dem Paket?«, fragt Janice.

»Das versuche ich immer noch herauszufinden. Ein Umschlag ist noch übrig.«

»Was war in den ersten beiden?«

Bethany zögert. Sie ist noch nicht bereit, den dritten Umschlag zu öffnen, da Annabelle wahrscheinlich guten Grund hatte, sie zu warnen, ihn nur im Notfall zu öffnen.

Wie zum Beispiel, dass man sie bei einer Befragung unter Drogen setzen könnte, um die Wahrheit aus ihr herauszubekommen. Was sie nicht wusste, konnte sie auch nicht verraten.

»Lass uns später darüber reden, Liebes.«

»Aber ...«

»Später.«

Janice rutscht zum Fenster rüber, kurbelt es herunter und legt ihren Kopf auf dem Rahmen ab – wie immer, wenn sie schmollt. Bethany seufzt. Seit ihrem Ausflug zur Bücherei benimmt sich der Teenager irgendwie seltsam. Allerdings lässt sich schwer sagen, was normales Verhalten ist, wenn man sich auf der Flucht befindet.

Auf der Flucht. Zumindest ist Bethany sich jetzt relativ sicher, dass sie auf ein Ziel zu- und nicht einfach nur davonläuft.

Und vielleicht hast du bereits gehört, dass du und dein neuer Freund im Lotto gewonnen habt. Für einen kurzen Moment glaubte ich, das hätte ich auch. Ich ging ins Ausland, zurück zum Ursprung. Ich traf den weisen Mann. Den Rest habe ich dir geschickt.

Aber sie hat weder einen Freund noch jemals Lotto gespielt.

Meine Annabelle hat mir gesagt, dass du auch einen neuen Freund hast, hatte Tia Christina gesagt. *Irgendeinen afrikanischen Prinzen oder so etwas in der Art. Sie meinte außerdem, dass du im Lotto gewonnen hast.*

Vergiss den mittleren Teil. Den, ob Annabelle im Lotto gewonnen hat und wo sie mit dem Pass ihrer Schwester hin ist.

Den Rest habe ich dir geschickt.

War das der Hinweis? Auf welchem Weg hatte sie es geschickt?

Ein neuer Mann. Ein afrikanischer Prinz. Ein Lottogewinn. Wenn man das alles zusammennahm, klang es fast wie ... die Spam-E-Mails, die man ...

»Ich muss meine E-Mails checken«, sagt Bethany vor sich hin.

Sie dachte, Janice wäre weggenickt, doch der Teenager gähnt und streckt sich, nickt ihr dann zu. »Okay.«

»Ich glaube, Annabelle hat mir eine Nachricht geschickt, bevor sie starb. Sie hat sie als eine dieser Spam-Mails getarnt, in denen man mitgeteilt bekommt, man hätte im Lotto gewonnen, oder in denen irgendein afrikanischer Prinz um Hilfe bittet, um sein Vermögen zurückzubekommen, aber die E-Mail ist von ihr. Sie ist wahrscheinlich in meinem Spam-Ordner.«

»Okay, lass uns nachschauen gehen.«

Bethany lächelt. »Das ist aber nicht ganz so einfach, Süße. Das FBI wird wahrscheinlich meinen Account überwachen. Sie wissen sofort Bescheid, wenn ich mich einlogge.«

»Okay.«

»Sie werden den Account beobachten.«

»Da kann ich helfen.«

Sie wirft dem Teenager einen Blick zu. »Ich bin mir relativ sicher, dass sie auch deinen Account im Auge behalten. Das tut aber auch nichts zur Sache. Ich muss eine alte E-Mail finden, die ich schon vor Monaten empfangen habe.«

»Okay.«

Bethany unterdrückt ihre Verärgerung. Zuerst war Janice hilfsbedürftig gewesen und hatte sich dann als bezaubernde Weggefährtin entpuppt, doch langsam wurde sie zur Last. Nicht zum ersten Mal fragt sie sich, ob sie das Mädchen nach Hause schicken und allein weitermachen sollte. Wahrscheinlich würde sie diesen Plan auch in die Tat umsetzen, wenn sie nicht versprochen hätte, es nicht zu tun, und ihre Erziehung gebietet ihr, ein einmal gegebenes Versprechen zu halten.

Außerdem wird sie noch immer von Schuldgefühlen geplagt, weil sie Annabelle den Rücken gekehrt hat. Sie wird Janice nicht fortschicken.

Zumindest jetzt noch nicht.

»Ich glaube, du musst in die andere Richtung«, sagt Janice nach einer Weile.

»Wie bitte?«

»Wir sollten nicht nach Westen fahren.«

»Ohio liegt aber im Westen.«

»Wir sollten nicht nach Ohio fahren.«

Gerade als Bethany ihre Beifahrerin anweisen will, ruhig zu sein, fällt ihr der stahlharte Unterton in der Stimme der jungen Frau auf, den Janice immer bekommt, wenn sie sich absolut sicher ist.

»Was willst du damit sagen? Hast du ihn etwa gefunden?«

»Ä-hä.«

»Ernsthaft? Du hast Sam DeMarco gefunden.«

»Ä-hä.«

»Wirklich?« Auf einmal ist sie ganz aufgeregt. Bethany hatte den Teenager hauptsächlich in die Bücherei geschickt, um sie zu beschäftigen, damit Janice nicht auf der Straße herumlief und in Sicherheit war und sie sich ungestört mit Peter Zhukov treffen konnte. Tante Claudia hatte damals das Gleiche mit ihr gemacht: Die Bücherei wurde zu ihrem Babysitter. »Aber er ist im Zeugenschutzprogramm.«

»Davon weiß ich nichts. Kann sein.«

»Wir reden hier von Sam DeMarco aus Ashland?«

»Ä-hä.«

»Und konntest du feststellen, ob er wirklich dort wohnt?«

»Ä-hä. Ich kenne zwar seine Adresse nicht oder unter welchem Namen er dort lebt, aber er ist hundertprozentig dort.«

»Ich glaub's einfach nicht. Schätzchen, du bist einfach unglaublich.«

Janice schüttelt den Kopf. Sie hat die Schuhe ausgezogen und die Füße auf den Sitz hochgezogen. Ihre dünnen Arme sind um die in Jeans gekleideten Knie geschlungen. »Ich hätte das nicht tun sollen. Ich versuche, damit aufzuhören. Martin hat versucht, mir dabei zu helfen. Genau wie ... mein Onkel. Oh, Bethany. Ich habe es wirklich versucht. Sogar immer wieder dafür gebetet. Aber ich konnte einfach nicht damit aufhören.«

»Es ist okay ...«

»Du verstehst das nicht. Es ist nicht okay. Ich muss mich von Computern fernhalten. Unbedingt. Sonst kann ich nicht widerstehen.« Sie hatte angefangen zu zittern. »Du musst umdrehen.«

»Das ist der schnellste Weg nach Ohio ...«

»Er ist nicht in Ohio.«

»Du hast gesagt, du hättest ihn in Ashland aufgespürt!«

»Nicht in Ashland, Ohio. Ashland, New Hampshire.«

»Was? Wie kommst du darauf?«

Es folgt ein langes Schweigen. Als Bethany sich endlich damit abgefunden hat, dass sie nicht mehr in Erfahrung bringen wird, schießen ihr die Worte so sachlich wie eine Antwort im Schulunterricht entgegen.

»Ich habe seine Nichte Tara gefunden. Sie lebt in Florida. Ich habe ihren E-Mail-Account gehackt.«

Das Auto kommt von der Spur ab. »Janice, ernsthaft jetzt.«

»Was denn? Ist doch nicht schwer.« Der Rest der Geschichte folgt in einem großen Worterguss. »Ich habe über den Bibliothekscomputer eine App geöffnet, die ich letztes Jahr geschrieben habe – die hatte ich in einem dieser Polit-Blogs versteckt –, die politischen mögen wir am liebsten, weil die nie blockiert werden, und die App ist echt eine feine Sache, die ist als Paket-Manager getarnt – wie auch immer, ich habe dann meine App benutzt, um einen ungeschützten Laptop zu finden, der mit dem System der Uni Texas verbunden war. College-Studenten sind am einfachsten zu hacken. Die haben nie eine vernünftige Sicherheitssoftware auf ihren Geräten. Ich hab den Laptop in einen Proxy-Server umgewandelt und ein rechnerfernes Linux-Betriebssystem benutzt – nicht so gut wie eine Platte, aber eigentlich ganz okay –, zusammen mit einem netten kleinen Programm, das ein Freund von mir geschrieben hat, und habe so Zugang zum Computer von Sams Nichte bekommen und ihr Passwort gehackt. Linux ist echt super, wenn man ein Windows-System hacken will. Man installiert einfach das Linux-Betriebssystem, und wenn man das neue Betriebssystem auf dem Rechner laufen lässt, ist die alte Festplatte nichts anderes als Daten, richtig? Man muss dann nur noch die Windows-Architektur nach Passwort-Dateien scannen, und wenn sie ihr Passwort auf dem Computer gespeichert haben – was echt keine gute Idee ist, man sollte die immer neu eintippen –, wie auch immer, wenn die Passwörter auf dem Computer gespeichert sind, komme ich da eigentlich immer ohne Probleme ran. Ich meine, es gibt Sicherheitsupdates, die es etwas schwerer machen, aber normalerweise laden College-Studenten sich die nie runter, und deswegen – wie auch immer, was ich eigentlich sagen will: Die beiden hatten regen E-Mail-Kontakt. Tara und ihr Onkel Sam, meine ich. Er durfte das eigentlich nicht, hat es aber trotzdem getan. Ich meine, das ist nicht besonders schlau, wenn man eigentlich unentdeckt bleiben soll, oder? Alten Freunden eine E-Mail zu schreiben oder der Familie. Seinen Liebsten einen Besuch abzustatten.« Sie wirft Bethany einen verstohlenen Blick zu, während beide sofort an Tia denken mussten. »Ich weiß nicht, welchen Namen er benutzt, aber in welcher Stadt er wohnt. Zumindest ist das die Stadt, aus der er sich immer im Internet einloggt.«

Bethany tritt auf die Bremse und fährt rechts ran, wo sie den Wagen zum Stehen bringt. Janice' Gesicht ist hinter ihren Afrozöpfen versteckt, doch der jammernde Unterton ist aus ihrer Stimme gewichen. Sie klingt nicht mehr entmutigt, sondern ...

... stolz ...

... glücklich.

»Wer *bist* du?«, fragt Bethany tonlos.

Die Zöpfe teilen sich. Ein graues Auge wird sichtbar, gefolgt von einem schelmischen Lächeln. »Ich sollte das nicht tun. Ich versuche damit aufzuhören. Aber du wolltest es unbedingt wissen, oder?«

»Ja, aber ...«

»Dann fahr los.«

»Süße, was du getan hast – du weißt, dass du damit gegen das Gesetz verstoßen hast, oder?«

»Ä-hä. Das war genauso illegal, wie die Identität von Kathy Hobart anzunehmen.«

»Das kann man nicht vergleichen. Ich hatte keine andere Wahl.«

»Du hattest auch keine andere Wahl, um herauszufinden, wo sich Mr DeMarco aufhält.« Sie richtet sich auf. »Wir sollten uns besser beeilen. Wenn ich es herausfinden konnte, wird es den bösen Jungs bestimmt auch nicht schwerfallen.«

»Da bin ich mir nicht so sicher.«

»Nun, ich bin zwar echt gut, aber ich versuche, damit aufzuhören.« Sie sieht sich um. »Ich wünschte, diese Karre hätte ein Navi. Ich hab Hunger. Lass uns einen McDonald's suchen.«

»Es ist mitten in der Nacht.«

»Schau hinter dich. Die Sonne geht schon fast auf.«

Und tatsächlich färben sich die Wolken im Rückspiegel langsam in ein sanftes Orange. Ein neuer Morgen ist angebrochen, und Bethany befindet sich noch immer auf der Flucht. Und zu allem Übel beginnt der Teenager, der sie begleitet, ihr allmählich Angst zu machen.

51

»Ich verstehe nicht, wie du dir so sicher sein kannst, dass sie nicht der Labor-Bomber ist«, sagt Lillian Hartshorne. Die beiden Frauen frühstücken zusammen auf einer der vielen Terrassen von Lillians Palast. Das Dienstmädchen, das sie bedient, trägt tatsächlich Uniform. »Ich weiß, dass sie dein Schützling ist, Liebes, aber irgendwann wirst du den Fakten ins Auge blicken müssen.«

»Welche Fakten sollen das sein?«, fragt Edna, deren Gabel auf halbem Wege zum Mund angehalten hat. Der Koch hat Eier aus dem Ofen zubereitet, mit Schinken als Grundlage und einer köstlichen Vielfalt von Garnierungen. Sehr zu ihrer eigenen Schande isst Edna bereits ihre zweite Portion. Ihr mangelnder Appetit, unter dem sie allein zu Hause leidet, kommt bei Lillian immer voll in Fahrt.

Die Witwe des Telekommunikationsmoguls hat ein einstudiertes halbes Lächeln aufgesetzt, das Edna als herablassend empfinden würde, wenn sie nicht schon seit dreißig Jahren befreundet wären. »Erstens ist sie eine Einzelgängerin. Schau mich nicht so an, meine Liebe. Du bist ihre einzige Freundin, und offensichtlich gibt es doch einiges, das selbst du nicht über sie weißt, oder?« Sie klappt einen Finger um, während sie die Punkte an ihrer Hand abzählt. »Zweitens ist sie Mitglied einer dieser ultrakonservativen episkopalen Gemeinden, ist es nicht so?«

»Ultrakonservativ?«

»Liebe Güte, Edna, du willst diese Leute doch nicht wirklich verteidigen, oder? Sie liegen ständig wegen der einen oder anderen Sache mit der nationalen Kirche im Clinch. Und, du liebes bisschen, benutzen die nicht sogar das Gebetbuch von 1928, oder so? Sie sind geradezu primitiv. Wenn irgendeine episkopale Kirche einen fanatischen Bombenleger hervorbringen sollte, dann eine wie diese.«

»Nur weil sie die Bibel auf traditionelle Weise interpretieren ...«

»Und drittens«, fährt ihr Lillian über den Mund. »Drittens ist sie ein echter Waffennarr. Ist sie doch. Du brauchst mich gar nicht so anzusehen. Eine Frau, die auf den Schießstand geht? Meine Güte, Liebes. Klingt, als hätte sie eine Menge Aggressionen zu verarbeiten.«

Edna schüttelt den Kopf und nimmt noch einen Bissen von den Eiern. Am Ende der Terrasse führen breite Steinstufen hinunter auf einen perfekt manikürten Rasen, der sich endlos hinzieht. In der Ferne galoppieren Pferde über eine Weide. Edna kommt in den Sinn, dass sie Lillians voreilige Schlüsse wahrscheinlich teilen würde, wenn sie Bethany nicht kennen würde. Es ist so einfach. Menschen zu verachten, die anders sind; ihnen die schlimmsten Vergehen anzulasten, nur weil sie einem Stereotyp entsprechen, den die Medien erschaffen haben. Arme Bethany. Sie fragt sich, ob es – abgesehen von den Mitgliedern des *Gartens* und der *Wildnis* – überhaupt jemand gibt, der an ihrer Schuld zweifelt.

»Aber deswegen habe ich dich nicht hergebeten«, erklärt Lillian. Sie hält eine Scheibe Toast auf Augenhöhe und runzelt die Stirn. Edna fragt sich, ob es wohl auf der falschen Seite mit Butter beschmiert wurde. Lillian schüttelt den Kopf, vielleicht als Zeichen, dass es heutzutage unmöglich ist, gutes Personal zu bekommen, und nimmt einen winzigen Bissen. »Ich wollte mit dir über ein Problem sprechen, das deine Freundin Bethany eventuell haben könnte, wenn sie doch unschuldig sein sollte.«

Edna lächelt gekünstelt. »Meinst du nicht, dass sie schon genügend Probleme hat?«

»Offensichtlich nicht. Sag mir, meine Liebe, hast du je etwas von *bllnet* gehört? Nein? Nun, das hat kaum jemand. Sie arbeiten gern im Verborgenen. Eine Gruppe internationaler Hacker.«

»Ich glaube nicht, dass ich von ihnen gehört habe. Warte. Doch. Haben die nicht letztes Jahr irgendwas mit einer Investmentbank angestellt?«

Das Dienstmädchen schenkt ihnen Kaffee nach. Lillian nimmt zwei Stück Zucker, Edna keins.

»So ist es«, sagt Lillian, als sie wieder allein sind. »Sie haben sich in einen der Sicherheitsserver gehackt und vertrauliche Kundendaten auf einer Webseite veröffentlicht. Seit diesem Tag muss sich die Bank in einem Rechtsstreit nach dem nächsten verantworten.« Die blauen Augen scheinen beinahe beeindruckt zu sein. »Sie sind eine echt gerissene Truppe. Die meisten dieser Gruppen sind einfach nur lästig, aber *bllnet* ist echt gut. Sie haben zahlreiche Konzern- und Regierungssysteme geknackt. Die von Politikern, sogar von Softwareunternehmen. Einmal haben sie die Webseite einer Universität lahmgelegt, um gegen die Exmatrikulation eines Studenten zu protestieren, der irgendwas angestellt hat, an das ich mich jetzt gerade nicht mehr erinnern kann. Aber egal, darum geht es auch nicht.« Sie lehnt sich vor. »Ich weiß das alles, meine Liebe, weil wir solche Leute im Auge behalten müssen. Sollten sie sich jemals Zugang zu einem Telekommunikationsnetz verschaffen, würden wir das Vertrauen unserer Kunden in null Komma nichts verlieren. Das verstehst du doch, oder?«

»Was hat das alles mit Bethany zu tun?«

»Es geht um das schwarze Mädchen, das sie angeblich auf ihrer Flucht begleitet. Diese Janice Stafford. Man sagt, sie sei so eine Art Genie.« Lillian knabbert an ihren Ofeneiern herum und seufzt erfreut: Zumindest dieser Teil des Frühstücks ist geglückt. »Ein Computergenie«, erklärt sie. »FBI und Homeland Security haben bisher erfolglos versucht, die Mitglieder von *bllnet* zu identifizieren. Ab und zu haben sie jemanden verhaftet, aber das waren alles nur Nebenfiguren. Es gibt einige Hinweise, aber sie haben nicht genug in der Hand, um den Kern der Gruppe hochzunehmen. Diese Janice Stafford hingegen – nun, das ist der Grund, warum sie das College frühzeitig abgebrochen hat, heißt es. Um Vollzeit an den Projekten von *bllnet* zu arbeiten. Sie soll nicht nur ein Mitglied sein, sondern einer ihrer Top-Leute.«

»Warte ... willst du damit sagen ...«

»Ich will damit sagen, Liebes, dass deine Freundin Bethany auf ihrer Flucht von einem der gefährlichsten Computerhacker der Welt begleitet wird.«

»Du weißt, was das bedeutet«, sagt der Mathematiker, nachdem sein Freund den beunruhigenden Bericht der Richterin für ihn zusammengefasst hat.

Die Stimme des Baumeisters klingt traurig. »Dass wir die Lage komplett verkehrt eingeschätzt haben.«

»So ist es. Daniel Stafford gehörte zur *Wildnis*. Warum dann nicht auch seine geliebte Nichte? Die Nichte, die er ins Village House brachte?« Er schwenkt sein Wasserglas. Wieder sitzen sie in ihrem Lieblingsrestaurant an ihrem üblichen Tisch in einer ruhigen Ecke auf der Galerie. Das Stimmengewirr der anderen Gäste dringt zu ihnen herauf. »Das ist einfach perfekt. Bethany versucht, der *Wildnis* zu entkommen, doch wie sich herausstellt, haben die ihr schon längst eine Agentin untergejubelt. Janice ist kein Kind mehr. Nicht wirklich. Sie ist achtzehn, und wenn Lillian Hartshornes Informationen korrekt sind, ist sie mit dem Leben im Untergrund vertraut und hat für Autorität wenig übrig. Es würde mich nicht im Geringsten wundern, wenn sie Bethany irgendwie dazu kriegen würde, sich mit ihren Leuten zu treffen. Wir bleiben nach wie vor unsichtbar, doch sie bekommen ein menschliches Gesicht. Sie ist auf der Flucht, erschöpft, verängstigt und verunsichert - da kann ein bisschen Menschlichkeit viel ausmachen, wenn es dazu kommt, dass sie sich für eine Seite entscheiden muss.«

»Ich weiß«, sagt der Baumeister. »Deswegen muss ich auch ins Ausland reisen.«

»Wohin gehst du?«

»Du weißt wohin, George. Wenn Bethany überleben sollte, ist ihr nächstes Ziel offensichtlich. Ich muss vor ihr dort sein. Das ist unsere beste Chance, um den Kontakt herzustellen.«

Der Mathematiker nimmt einen kleinen Schluck von seiner Hummercremesuppe und lässt sie sich einen Moment lang auf der Zunge zergehen, während er nachdenkt. »Das halte ich für keine gute Idee, Harry. Du hast doch schon in Chicago Kontakt zu ihr aufgenommen, weißt du nicht mehr? Gegen meinen Rat hast du vorgegeben, ein verrückter alter Mann zu sein, der seinen Sohn an die *Planer* verloren hat.«

»Das war riskant, ich weiß. Aber Bethany brauchte Hilfe, um die Türschlösser zu knacken. Die gleichen Informationen habe ich damals auch Annabelle gegeben.«

»Was ich sagen will: Sie hat mit Sicherheit schon längst erfahren, dass dein Sohn nie im Village House war. Wenn Martin es ihr nicht gesagt hat - oder falls sie ihm nicht geglaubt hat -, dann wird sie es bestimmt von Janice wissen.«

»Na und?«

»Bethany kennt jetzt dein Gesicht und hat keinen Grund, dir zu trauen. Du hast sie angelogen, Harry, weißt du noch? Sie weiß nicht, wer du wirklich bist, und selbst wenn du es ihr sagen würdest, wäre es ihr wahrscheinlich egal. Wenn sie dich sieht, wird sie so schnell wie möglich das Weite suchen.« Der dunkle Finger des Mathematikers sticht in die Luft. »Und warum, um alles in der Welt, hast du ihr deinen echten Vornamen verraten?«

»Eine alte Gewohnheit von mir. Man sollte beim Decknamen immer seinen echten Vornamen benutzen, nur für den Fall, dass im kritischen Moment plötzlich ein alter Bekannter auftaucht und ›Hey, Harry, wie geht's deiner Frau?‹ ruft. Deswegen.«

»Nun, in diesem Fall war es eine furchtbar schlechte Idee. Kannst du dir nicht vorstellen, dass sie deine Identität überprüfen wird? Dass sie ins Internet geht und ein Foto von Harry Pribyl aufruft?« In einem Anflug von Verzweiflung fährt er sich mit der Hand über die Augen. »Und da ist noch ein Gesichtspunkt. Da draußen treibt sich ein Killer herum, falls du es vergessen haben solltest. Das hier sind nicht mehr die guten alten Zeiten. Sie haben es jetzt auf uns abgesehen. Aus diesem Grund hast du uns angewiesen, uns zurückzuhalten.«

»Die *Wildnis* weiß, wer ich bin, George. Eure Identitäten kennen sie vielleicht nicht, meine aber schon. Wenn sie mich tot sehen wollen, können sie mich jederzeit ausschalten.«

»Ein afrikanischer Prinz«, sagte Bethany und lehnte sich über Janice' Schulter, während der Teenager durch ihre Spam-Mails scrollte. »Annabelle sagte, sie habe mir eine Nachricht geschickt. Tia und Peter hat sie erzählt, ich hätte einen neuen Freund, einen Prinzen, und dass ich im Lotto gewonnen hätte. Sie muss davon ausgegangen sein, dass zumindest einer von ihnen mich darauf ansprechen würde. Also verbirgt sich ihre Botschaft in einer dieser Spam-Mails, die niemand liest.«

»Und die auch das FBI ignorieren würde«, fügte Janice sichtlich beeindruckt hinzu. »Der Trick ist uns noch nicht eingefallen. Das ist echt cool.«

Sie nutzten den öffentlichen Prepaid-Internetzugang in der Eingangshalle des Bahnhofs von Newark. Janice versicherte ihr, die Behörden würden zunächst glauben, sie loggten sich aus Cleveland ein, und dann, nachdem sie ihre Proxy durchbrochen hätten, dass sie sich in Washington D. C. aufhielten. Natürlich würden sie ihnen früher oder später auf die Spur kommen, aber bis dahin wären sie schon lange weg – davon war Janice überzeugt, und sie schien zu wissen, wovon sie redete.

Aber sie würden nachvollziehen können, welche gelöschten E-Mails aus dem Papierkorb geholt worden waren, warnte Janice. Daran konnte man nichts ändern.

Sie entschlossen sich, als Ablenkungsmanöver mehrere Dutzend Spam-Mails zu öffnen.

Es dauerte gut fünfundvierzig Minuten, bis sie Annabelles Nachricht gefunden hatten – die, in der ein afrikanischer Prinz plus Lottogewinn erwähnt wurden. Mit einer Schlagwortsuche wären sie schneller zum Ziel gekommen, aber Janice war dagegen: Möglicherweise wurden die Suchbegriffe vom E-Mail-Provider gespeichert.

»So können sie mehr Werbung verkaufen«, erklärte Janice.

Die E-Mail begann mit »Mein lieber und geschätzter Freund« und ging dann in die übliche Leidensgeschichte über – Millionen von Dollar, zu denen der Zugang verwehrt war, die sich nicht nur aus dem persönlichen Erbe des Absenders, sondern auch aus einem Lotteriegewinn zusammensetzten, und zwanzig Prozent davon könnten ihr gehören, wenn sie nur bereit wäre, ihre Bankdaten zu übermitteln – da der arme Prinz, der die Nachricht geschickt hatte, oh weh, im Exil leben musste, und deswegen ...

Nichts Auffälliges zu erkennen, keinerlei Hinweise.

Außer in der einen Zeile, in der sich der Prinz beschrieb:

... hatte das Glück, an einer der besten Fakultäten in einer der besten Universitäten der Welt zu studieren ...

Bethany starrte den Bildschirm an. Bis jetzt hatte sie nur eine Vermutung gehegt. Jetzt war sie sich sicher.

»Die Zeit ist um«, verkündete Janice.

»Warte.« Sie rief die Google-Seite auf und tippte eine Suchanfrage ein. »Ich muss noch etwas überprüfen.«

»Nein. Wir müssen jetzt verschwinden.«

»Lass mich das nur ausdrucken.«

»Keine Zeit.« Janice zog sie am Ärmel. »Wir sind schon zu lange drin. Sie wissen, wo wir sind.« Ihre Blicke trafen sich. »Vertrau mir.«

Sie waren bereits um die Ecke und steuerten auf ihren VW Jetta zu, als die ersten Polizeiwagen mit heulenden Sirenen an ihnen vorbeirasten.

52

»Viel war nicht zu retten«, sagt Janet Anders. »Und wenn ich ›nicht viel‹ sage, meine ich das wörtlich. Nur ein paar Seiten enthielten überhaupt irgendwelche Daten, und von denen war das meiste zerstört, verloren oder nicht zu entziffern. Das ist alles, was ich habe.«

Sie reicht ihm einen Ausdruck.

`Seite eins: Keine Daten`
`Seite zwei: Keine Daten`
`Seite drei: Wiederherstellbare Daten`
meinst, es wär ein großer Mischmasch.
Ja, genau, David, der Mann meiner Schwester, der perfekte David, David, das Genie, der brillante David, David, den Tia schon immer [verehrte?] [verabscheute?]
Gruppe, die zusammenarbeitet, aber ich kenne nur David
du musst ihn anrufen
`Seite vier: Wiederherstellbare Daten`
steckte nur einfach in der Klemme
dass ich nun zwei Namen weiß. Bei einem bin ich mir sicher, beim anderen nicht ganz. David hat mir erzählt, dass sie keine benutzen
geriet ich in Schwierigkeiten
nur die Wildnis, *sondern noch andere Leute. Ich bin nach*
Auch sie wollten die Inschrift haben. Also musste ich ihnen etwas geben. Ich tat, was ich
am allerwichtigsten. Zwei Namen. Und wenn du dich jetzt fragst, warum ich sie nicht an dieser Stelle nenne

Carl blickt auf, seinem jungenhaften Gesicht ist die Enttäuschung deutlich anzusehen.

»Das ist alles?«

»Das ist alles.« Sie gibt ihm die Originalunterlagen. »Jetzt muss ich dich um einen Gefallen bitten.«

»Alles, was du willst.«

»Verpass dem hier eine Fallnummer und mach es offiziell.«

Als er wieder in seinem Auto sitzt, erwägt er kurz, ins Büro zu fahren, überlegt es sich dann aber anders und lenkt den Wagen Richtung Norden zu seiner Wohnung in der Nähe des National Zoo. Er muss auf jeden Fall erst einmal schlafen, bevor Pulu und er am nächsten Tag nach Philadelphia fahren, um Polly Hollins zu befragen.

Janet ist ein Genie. Sie hat gefunden, wonach er suchte, obwohl er sich nicht getraut hat, es ihr zu sagen.

Das bisschen, was sie wiederherstellen konnte, hat ihm drei Erkenntnisse beschert: erstens, dass Annabelle Seaver tatsächlich mit David Hollins zusammengearbeitet hat; zweitens, dass sie zumindest überall rumerzählte, sie wüsste, wo die Inschrift zu finden sei; und drittens, dass sie zwei Namen herausgefunden hatte. Und auch wenn er seine Vermutung nicht mal mit Pulu teilen würde, war es sinnvoll anzunehmen, dass es sich bei den erwähnten Namen um die Identität von zwei Anführern der *Wildnis* handelte.

Was bedeutete, dass die komplette Geschichte tatsächlich stimmte.

»Ich bin kein Hacker«, sagte Janice, die mit der Stirn an der Fensterscheibe lehnte. »Echte Hacker sind einfach nur extrem begeisterte Computerfreaks. Ich denke, so einer war ich mal. Aber heute würden mich echte Hacker als Cracker bezeichnen.«

»Weil du fremde Systeme knackst.«

Der Teenager hatte die Beine hochgezogen und schien sich in sich selbst verkriechen zu wollen. »Ich mache so etwas nicht mehr. Ich versuche, damit aufzuhören.« Sie atmete tief aus. »Und außerdem haben wir niemandem geschadet. Wir haben kein Geld geklaut. Wir haben nicht das Stromnetz lahmgelegt. Wir wollten einfach nur eine Botschaft senden. Wir wollten zeigen, wie anfällig diese Systeme sind. Und das Ganze. Die Welt – einfach alles ist so verletzlich.« Sie schüttelte den Kopf. »Ich habe versucht, damit aufzuhören. Wie konntest du mich dazu bringen, das zu machen? Ich versuche, damit aufzuhören.«

»Das wusste ich nicht. Es tut mir leid.«

»Ich kann das nicht mehr machen. Es ist eine Sucht. Wenn ich wieder anfange, kann ich nicht mehr damit aufhören. Also zwing mich bitte nicht dazu.«

Bethanys Stimme wurde sanft. »Das war es, was Martin für dich getan hat, nicht wahr? Er hat versucht, dir dabei zu helfen aufzuhören.«

»Er und Onkel Daniel.«

»Das war nett von ihnen.« Aber Bethany erinnerte sich an einen Pastor, der ihrer Gemeinde einen Besuch abgestattet hatte, als sie vielleicht zehn oder elf Jahre alt war. Er war ein immens fettleibiger Mann gewesen, dieser Pastor Crawley, und er predigte über Römer 7. Er erzählte ihnen, dass alles augenscheinlich Gute, das nicht dem Herrn zuliebe getan wird, schlussendlich etwas Böses in sich birgt. Damals hatte diese Botschaft sie verwirrt und wütend gemacht, doch heute konnte sie zumindest teilweise nachvollziehen, was er damit gemeint hatte. Vielleicht hatte Martin Janice geholfen, dabei aber nur seine eigenen Interessen verfolgt oder die der Drahtzieher im Hintergrund. Schließlich war Janice an dem Tag, an dem Wayne das Material zur Bombenherstellung platziert hatte, mit in die Kirche gegangen, und Bethany war sich sicher, dass das Gesicht des Teenagers auf den Bändern der Überwachungskameras zu sehen sein würde. Das FBI wäre nicht schlecht überrascht gewesen, wenn die Hinweise sie wieder zurück zur Kirche lenkten: eine gesuchte Mörderin, die auch an einer Reihe von Bombenanschlägen beteiligt gewesen zu sein schien, und eine bekannte Computerhackerin, die zu der Bande gehörte, die letztes Jahr in einen Bankserver eingedrungen war.

Crackerin, nicht Hackerin.

»Weißt du, Janice«, sagte Bethany nach einer Weile, »vielleicht solltest du dich an einen echten Pastor wenden. Ich bin sicher, dass es dir helfen würde.«

Sie fuhren an einem Bautrupp vorbei, der bei Flutlicht hinter orangefarbenen Pylonen arbeitete. Ein Polizeiauto bewachte die gesperrte Spur, das weiß-blaue Warnlicht durchbrach die Dunkelheit. Beide Frauen wandten instinktiv das Gesicht ab.

»Dann will ich mal zusammenfassen«, sagte Janice. »Dein Freund Sam befindet sich im Zeugenschutzprogramm. Peter ist ein Gangster. Und

Martin – nun, ich schätze, er war ein Betrüger, richtig? Du hast echt ein paar interessante Freunde, Bethany.«

»Ich schätze, das hab ich.«

Die Baustelle verschwand hinter ihnen, und wieder legte sich die Nacht über sie. Schwere Lastwagen donnerten an ihnen vorbei. Sie waren in Connecticut und fuhren Richtung Norden.

»Ich meine, findest du das nicht seltsam?«, hakte Janice nach. »Du versuchst, Annabelles Spur zu folgen, die nach dieser verschollenen Inschrift gesucht hat, und rein zufällig pflegst du die Art von Bekanntschaften, die dabei hilfreich ist? Das ist ja wohl ein echt extremer Zufall, oder nicht?«

»Oder Gott hat es so arrangiert«, sagte Bethany, sehr zu ihrer eigenen Überraschung.

»Du glaubst also an Gott?«

»Ja, das tue ich.« Sie fühlte sich durch die bohrende Neugier der jungen Frau bedrängt, die sie dazu brachte, über Dinge zu reden, die sie sonst für sich behielt. »Vielleicht liegt es an meiner Erziehung, aber Gott – nun, Gott erklärt so vieles. Damals an der Uni haben Annabelle und ich darüber sehr oft diskutiert. Thomas von Aquins Argumente für die Existenz Gottes, Humes Argumente dagegen. Bubers Ansichten über den Atheismus. Polkinghornes Ausführungen über Wissenschaftler und Glauben. All das.«

Janice zwirbelte an einem ihrer Zöpfe. »Ich weiß nicht. Ich meine, wir sind auch zur Kirche gegangen und so, aber das war so eine Kirche, in die Leute eben gehen. Es hat ihnen nicht wirklich etwas bedeutet. Es wurde nie davon gesprochen, ob Gott tatsächlich existiert oder was er von uns erwartet oder so.« Sie lehnte sich zurück und schloss die Augen. »Aber eines sag ich dir. Wenn das, was wir tun, wirklich Gottes Wille sein sollte, wünschte ich, er würde es so einrichten, dass dabei niemand ums Leben kommen muss.«

»Schlaf jetzt, Süße«, sagte Bethany sanft. Genau das war auch Bethanys Gebet.

53

»Sie haben siebenundfünfzig E-Mails in einundfünfzig Minuten geöffnet«, erzählt die Mitarbeiterin der Technikabteilung gerade. Sie steht am Kopfende des Großraumbüros, auf der Position, die normalerweise Carraway vorbehalten ist. Doch anstatt sein schwarzes Brett zu benutzen, hat sie den Bildschirm von der Decke heruntergefahren. »Das ist nicht besonders schnell, eigentlich sogar etwas langsam. Durchschnittlich braucht man zehn bis dreißig Sekunden, um eine E-Mail zu lesen.« Sie nimmt einen Schluck aus ihrer Wasserflasche. »Die langsame Leserate deutet darauf hin, dass sie sich einige Mails etwas länger angesehen haben, allerdings lässt sich nicht genau bestimmen, welche das waren, da sie immer acht bis zehn Mails auf einmal geöffnet haben. Wir wissen, welche acht bis zehn in welcher Gruppe waren, haben aber keine Möglichkeit zu bestimmen, welche davon angeklickt wurden. Jedoch weisen alle geöffneten E-Mails eine Gemeinsamkeit auf: Es sind alles Spam-Mails.«

Die Agentin klickt auf die Maus, und ein neuer Bildschirm erscheint. Sie erklärt den Algorithmus, den die Analysten benutzen, um die Spams in verschiedene Kategorien einzuordnen. Carl blendet ihre Erklärungen aus. Die Arbeit der Analysten ist wichtig, aber sie suchen nach der Nadel im Heuhaufen. Die wirklich interessante Frage lautet, warum Bethany sich auf einmal entschließt, einen E-Mail-Account zu checken, den sie seit dem Abend, an dem Ken Kirkland ermordet wurde, ignoriert hat. Carraway wagt zu bezweifeln, dass sie nur die Gunst der Stunde genutzt und dabei in Kauf genommen hat, digitale Spuren zu hinterlassen, die das FBI früher oder später entdecken muss. Nein. Sie ist ein kalkuliertes Risiko eingegangen. Es muss sich für sie gelohnt haben – und das wusste sie erst seit Kurzem.

Dank der Überwachung von Polly Hollins Telefon wissen sie, dass Bethany vor drei Nächten in der Wohnung von Annabelles Tante war. Doch die alte Dame beharrt darauf, dass sie keine Ahnung hat, wohin die jungen Frauen danach gegangen sind, was nach Aussage der Beamten, die sie verhört haben, auch glaubhaft ist. Sie kochte Abendessen für die zwei, danach sahen sie fern, Polly Hollins rief an, und die beiden Flüchtlinge machten sich aus dem Staub.

Das FBI geht davon aus, dass der Anruf und die Entscheidung, die E-Mails zu checken, in direkter Verbindung stehen. Carraway hat seine Zweifel: Mrs Hollins ist in seinen Augen nicht der Typ, der sich an einer Verschwörung beteiligt. Aber natürlich muss man dabei bedenken, dass er und das FBI zwei ganz verschiedene Verschwörungen aufdecken wollen.

Auf jeden Fall wurde der Ausflug nach Philadelphia für das Verhör von Polly Hollins abgesagt: Sie und ihr Anwalt verlangen volle Immunität, bevor sie noch ein einziges Wort sagt.

»Dann haben sie sich noch etwas anderes angesehen«, erklärt die Analystin gerade. »Sie haben einen Mann gegoogelt. Harry Pribyl. Er war früher Buchhalter bei einem bekannten Unternehmen in Chicago.«

»Hatte Mr Pribyl irgendeine Verbindung zum Village House?«, fragt jemand.

»Sein Sohn lebte dort einige Monate.«

Carraway blickt von seinen Kritzeleien auf. »Stand Ms Barclay mit ihm in Kontakt, während sie im Village House war?«

»Das ist unwahrscheinlich«, meint die Analystin. »Mr Pribyl ist vor anderthalb Jahren an Krebs gestorben.«

»Und sein Sohn?«

»Lebt munter und fröhlich als Kellner in Evanston. Wir haben ein paar unserer Leute hingeschickt, um ihn zu befragen.«

»Was ist mit ...«

Bevor Carl seine Frage stellen kann, geht das Licht an. Die technische Analystin gibt den Ring frei für Abteilungsleiterin Vanner, die nun an die Stirnseite des Raumes schreitet. Ihre klugen Augen huschen durch das Großraumbüro.

»Ich freue mich, bekannt geben zu können, dass Martin McAdams alias Martin Potus bei dem Versuch, von Detroit nach Kanada überzusetzen, verhaftet worden ist.« Diese Ansage erntet vielleicht keinen Applaus, aber auf jeden Fall erleichterte Seufzer. Carraway, der nun nicht mehr nach Philadelphia fahren muss, sammelt seine Unterlagen zusammen. Vanners Blick trifft ihn. Sie lächelt. »Die Agents Bolgren und Ramirez werden damit beauftragt, nach Detroit zu reisen und das Verhör zu leiten.«

Damit marschiert sie an Carls Schreibtisch vorbei in ihr Büro zurück, ohne ihn eines Blickes zu würdigen.

»Hey, nimm's nicht so schwer«, sagt Pulu und legt eine Hand auf den Arm seines Partners. »Kuala Lumpur soll um diese Jahreszeit echt schön sein.«

Janice las die *USA Today* und verschlang dabei einen ganzen Stapel Pfannkuchen. Um vier Uhr morgens waren sie in einem Motel in der Nähe von Stockbridge, Massachusetts, abgestiegen und schon um acht Uhr wieder aufgestanden. Dann hatte Bethany, sehr zu Janice' Belustigung, darauf bestanden, zwei Stunden lang in einem großen Kreis zu fahren, wobei sie hauptsächlich die Nebenstraßen nutzte, bis sie sich sicher war, nicht verfolgt zu werden. Nun genossen sie ein spätes Frühstück in Greenfield, nicht weit von der Grenze zu New Hampshire. Bethany hatte sich bei der Wahl des Restaurants für eine der größeren Ketten entscheiden, da sie bereits gelernt hatte, dass man in der Menge am unsichtbarsten war. Eine Kellnerin, die Hunderte von Leuten bediente, würde sich nicht so schnell an sie erinnern. Das Restaurant hatte gerade Pfannkuchen-Tag - man konnte so viel essen, wie man wollte. Ein Angebot, dass Janice gerne in Anspruch nahm. Wenn der Teenager eine dritte Portion bestellen sollte, würde Bethany einschreiten, damit ihr Status als unauffällige Gäste nicht gefährdet wurde. Es war fast elf Uhr, und sie mussten ohnehin bald weiterfahren.

Bethany blätterte durch den kleinen Notizblock, in den sie mittlerweile alle Hinweise schrieb. Die heutige Mission war unkompliziert, wenn auch nicht einfach zu bewältigen. Sie mussten nach Ashland, New Hampshire, um Sam DeMarco zu finden. Bethany war sich sicher, dass Sam ihr dabei helfen konnte, an einen gefälschten Pass zu kommen, vielleicht sogar zwei, das hatte sie noch nicht entschieden. Die E-Mail, die angeblich von dem afrikanischen Prinzen stammte, hatte *die beste Fakultät in der besten Universität der Welt* erwähnt, was vor zwei Jahren, als Annabelle plötzlich vor Bethanys Tür in Oxford aufgetaucht war, ein Insiderwitz zwischen den beiden war. An jenem Abend hatte ein anderer Student seine eigene Fakultät so genannt, und der Spruch war seitdem zu einem Running Gag zwischen den beiden geworden. Annabelle war also nach Oxford gegangen. Was sie dort getrieben oder wen sie dort getroffen hatte, vermochte Bethany nicht zu sagen. Aber wenn es ihr gelingen sollte, nach Oxford zu reisen, war sie sich sicher, dass sie die Spur aufnehmen ...

»Sieh nur. Du bist schon wieder in der Zeitung. Aber diesmal nur weiter hinten, auf Seite fünf.«

Bethany sah nicht mal richtig auf. »Ich will das nicht sehen. Ich kann nicht verstehen, wie du dir diese Geschichten tatsächlich immer noch antun kannst.«

»Vielleicht, weil ich darauf hoffe, berühmt zu werden.«

»Diese Art von Ruhm ist nicht erstrebenswert, Liebes. Außerdem bist du noch minderjährig, also wird dein Name nicht erwähnt.«

»Sie haben ein paar deiner Freunde aus College-Zeiten aufgespürt. Die sagen alle, dass du damals noch nicht so eine fanatische Rechtsextreme warst.« Sie kicherte. »Oh, und hier steht, dass Experten zufolge Bombenattentäter normalerweise Einzelgänger ...«

»Kannst du bitte damit aufhören?«

Janice las weiter, das Gesicht zu einer ernsten Miene verzogen. Bethany widmete sich wieder ihren Berechnungen. Sie fragte sich, wie lange es wohl dauern würde, einen gefälschten Pass zu bekommen. Wenn man davon ausging, dass sie anderthalb Tage brauchen würde, Sam zu finden. Morgen war Mittwoch. Wenn sie ihn Freitag traf, könnte sie die Pässe vielleicht schon Montag in Empfang nehmen. Reichte die Zeit aus? Oder würde es überhaupt ...

»Warte mal«, sagte Janice. »Die liegen ja vollkommen falsch.«

»Ich hab dir doch gesagt, dass du diesen Schund nicht lesen sollst.«

»Nein, schau doch. Sie haben auch ein paar Prominente gefunden, die Verbindungen zu den *Planern* haben. Und sieh nur, hier unten ...«

»Danke, aber nein, Süße.«

»Komm schon, Bethany. Ich mein es ernst. Hier klingt das so, als hätten die sich kaum gekannt. Das stimmt aber nicht.«

Etwas in Bethany horchte auf.

»Was hast du gesagt, Liebes?«

»Sie zitieren diesen Medien-Heini, Elliott St. John.«

»Der Milliardär?«

»Genau. Dem diese ganzen Fernsehsender und Zeitungen und das alles gehören. Er sagt, dass er Onkel David aus alten Zeiten kennt, als sie damals am College waren, er ihn aber seitdem nicht mehr gesehen hat. Das stimmt nicht.«

»Ach, wirklich?« Auf einmal war ihr Interesse geweckt. Janice hatte eine Seite aus dem mittleren Teil der Zeitung aufgeschlagen. Bethany rutschte näher heran. »Er kannte deinen Onkel?«

»Die haben ständig zusammen rumgehangen. Ich habe ihn sogar Onkel Elliott genannt.« Die Erinnerung entlockte ihr ein Seufzen. »Sie waren wie beste Freunde.«

Bethany starrte die Buchstaben auf der Seite an, doch vor ihrem Geist sah sie nur das seltsame Testament ihrer besten Freundin.

Aber hüte dich vor der Düsteren Schlange. Du kannst seinem besten Freund nicht vertrauen. Auch er kann es nicht. Denn sein bester Freund ist einer von ihnen.

Düstere Schlange.

Daniel Stafford.

Elliott St. John, sein bester Freund.

Sie kannte nun einen der Namen, die Annabelle herausgefunden hatte.

»Planänderung«, verkündete Bethany. »Wir haben einen neuen Zielort.«

»Fahren wir nicht nach Ashland?«

»Das werden wir, Liebes, nur jetzt noch nicht.« Sie tippte auf die Seite. »Wegen deines Onkels Elliott. Gibt es eine Möglichkeit, wie du mit ihm in Kontakt treten kannst?«

Als Trostpreis für die verpasste Gelegenheit, Martin Potus zu vernehmen, überreicht Vanner Carraway eine größtenteils geschwärzte Akte, die sie endlich vom CIA über dessen ehemaligen Mitarbeiter Raymond Fuentes bekommen hat. Eine einzige Kopie wurde an ihr Büro ausgehändigt, und außer Vanner sind nur Carl und sein Partner berechtigt, sie einzusehen. Es ist nicht gestattet, Aufzeichnungen zu machen. Ein Sicherheitsbeamter der Agency folgt der Akte mit Metallaktenkoffer in der Hand von Zimmer zu Zimmer und wird sie nach Ablauf von drei Stunden wieder nach Langley mitnehmen, ob sie bis dahin damit fertig sind oder nicht.

»Ich habe versucht zu protestieren«, sagt Vanner offensichtlich beschämt, »aber sie haben mir nur gesagt, dass ich meinen Boss anrufen soll, was ich auch getan habe, und der hat seinen Boss angerufen, und der Staatsanwalt hat ihm nur gesagt, dass wir lieber zufrieden sein sollten, überhaupt so viel bekommen zu haben.«

Die Akte fasziniert ihn.

Raymond Fuentes ist das Kind christlicher Missionare, die im Lauf seiner Kindheit und Jugend Kirchen in sechs verschiedenen Ländern gegründet haben. Während seiner Zeit an einem kleinen christlichen College im Mittleren Westen der USA bemerkt ein namentlich nicht erwähnter Professor sein großes Talent für Sprachen und empfiehlt ihm eine Karriere beim Militär. Daraufhin absolviert er drei Jahre als Nachrichtenoffizier in der Army, gefolgt von einem Sprachkurs am Middlebury College und einer Promotion an der Georgetown University, bevor er in den Dienst der heute als National Clandestine Service bekannten Behörde tritt. Jegliche Informationen über seine Fachkenntnisse und Einsätze sind aus der Akte entfernt worden. Genau wie seine Einsatzgebiete im Ausland. Dafür gibt Fuentes' Akte her, dass er relativ gut Paschto spricht und auch Dari ausreichend beherrscht, sodass er mit Sicherheit eine Zeit lang in Afghanistan gedient haben muss. Vor elf Monaten hat er die Agency verlassen. Er ist einunddreißig Jahre alt und der am wenigsten geeignete Kandidat für die Rekrutierung einer religiösen Sekte, den Carl sich vorstellen kann.

Andererseits hätte den *Planern* kein besserer Bombenleger in die Hände fallen können.

Carraway klappt die Akte zu. Sein Partner hat sie bereits gelesen.

»Pulu.«

»Hmm?«

»Du warst doch in Afghanistan, stimmt's? Bei dieser Anti-Terror-Einheit. Ihr habt doch den Bombenanschlag 2009 in Kandahar bearbeitet.«

»Mmmm-hmmm.« Pulu gönnt sich gerade eine Pause. Sein schwerer Körper ruht auf der Lehne seines Stuhls, die Hände sind über dem Bauch gefaltet. Die Vorderbeine des Stuhls stehen vom Boden ab.

»Was ist der Unterschied zwischen Paschto und Dari?«

Pulu gähnt und öffnet die Augen. Doch er lächelt, vielleicht weil ausnahmsweise mal er an der Reihe ist, einen Vortrag halten zu können. »Der Großteil der Bevölkerung spricht Dari. Paschto wird hauptsächlich im Süden und Osten gesprochen, wo die Taliban herkommen. Heutzutage hassen die meisten Afghanen Paschto, und viele von ihnen geben vor, es nicht zu verstehen. Unter der Herrschaft der Taliban wurde die Dari sprechende Mehrheit unterdrückt. Selbst Schulbücher und Straßenschilder wurden damals in Paschto umgeändert. Heute kommt nur noch Dari zum Einsatz.«

»Also wäre ein Paschto sprechender Offizier der Agency ...«

»Er wäre in Kabul nutzlos. Sie würden ihn mit Sicherheit in den gefährlichen Gebieten einsetzen. Sie haben dort Teams, die wochen- oder sogar monatelang bei den Stämmen leben und versuchen, sie von den Taliban loszueisen. Sehr gefährliche Arbeit. Ein Fehler – und man riskiert, den Kopf zu verlieren. Im wahrsten Sinn des Wortes.«

»Man muss schon sehr gefestigt sein, um so ein Leben führen zu können.«

»Die Agency-Psychiater lassen diese Typen so viele Psychotests durchlaufen, dass man meinen könnte, Langley würde dafür Geld bekommen.«

»Klingt nicht nach der Sorte Mann, der sich einer religiösen Sekte anschließt.«

»Er war auf der Suche nach seiner Schwester und ist auf Martins Masche reingefallen.«

»Ich weiß nicht.« Er zieht etwas aus einer Schublade. »Den Berichten zufolge ist Fuentes sehr gläubig. Liest die Bibel und betet viel. Schreibt es seinem Glauben zu, während des Krieges nicht den Verstand verloren zu haben.« Endlich findet er, wonach er gesucht hat. »Sieh dir das an. Seine Eltern sind tot. Seine Schwester ist alles, was er hat. So weit wir herausfinden konnten, ist sie in Iowa aufs College gegangen, fuhr dann immer öfter mit einem Freund nach Chicago und hat dann ihr Studium abgebrochen. Ihr Bruder kommt zurück und verkündet, dass sie einer Sekte beigetreten ist. Dann macht er sich auf, sie zu suchen.«

»Und?«

»Und niemand anderes wusste, dass sie sich einer Sekte angeschlossen hatte. Keiner von ihren Freunden hatte eine Ahnung, was mit ihr passiert war – bis auf das, was Fuentes ihnen erzählt hat. Und dann ist da noch etwas.«

Er schlägt die CIA-Akte wieder auf. »Fällt dir auf, was hier fehlt?«

»Ungefähr neunzig Prozent der Wörter.«

»Das meine ich nicht. Nicht im vertraulichen Teil.« Er blättert durch die Seiten. »In der Akte wird mit keinem Wort erwähnt, was Fuentes getan hat, nachdem er die Agency verließ.«

»Vielleicht weil sie so etwas nicht verfolgen.«

»Du weißt, dass das nicht stimmt.«

»Na gut. Aber du weißt, was er getrieben hat. Er war in Chicago bei Martin Potus und seiner fröhlichen Bande.«

»Nicht die ganze Zeit.« Er geht sein Notizbuch durch. »Den Befragten aus dem Village House zufolge ist er vor acht Monaten aufgetaucht und wollte wissen, was mit seiner Schwester passiert ist. Daraufhin ist er für zwei Monate verschwunden und dann wieder zurückgekommen. Und er ist der Organisation nicht einfach nur beigetreten, sondern hat sich innerhalb kürzester Zeit an ihre Spitze hochgearbeitet.«

»Na und?«

»Mir fallen hier zwei Dinge besonders auf. Martin Potus ist zweifelsohne der misstrauische Typ Mensch. Wie hat es Fuentes da geschafft, so schnell so hoch aufzusteigen? Und warum sollte er zurückkommen und sich den Leuten anschließen, die er für das Verschwinden seiner Schwester verantwortlich macht? Und wo war er in diesen fehlenden zwei Monaten?«

»Das sind drei Fragen, nicht zwei.«

»Und warum hat die Agency keine Berichte über seine Aktivitäten? Und wenn es auch nur die Information ist, dass er sich den *Planern* angeschlossen hat?«

Pulu reißt die Augen auf. Die Vorderbeine seines Stuhls schlagen wieder auf dem Boden auf. »Willst du damit sagen, dass er im Auftrag der CIA gehandelt hat? Dass sie einen ihrer Leute ins Village House eingeschleust haben? Würden sie damit nicht ungefähr sechs verschiedene Bundesgesetze verletzen? Sie haben keine Befugnis für Operationen im Inland.«

»Ich weiß. Aber trotzdem. Irgendwas an der Geschichte ist faul.«

»Das höre ich nicht zum ersten Mal von dir.«

»Ich muss mit Vanner sprechen.«

»Warum?«

»Sie ist eine Bürokratin. Sollte die Chance bestehen, dass die CIA auf unserem Terrain mitmischt, wird sie es wissen wollen, damit sie Köpfe rollen lassen kann.« Er zeigt auf das Telefon. »Tu mir einen Gefallen, Jake. Ruf die Jungs an, die Mr Potus verhören werden. Sie sollen ihn am besten als Erstes über Fuentes' Rolle in seiner Organisation befragen und uns so schnell wie möglich Bericht erstatten.«

»Carl, du weißt, dass die nicht für mich arbeiten.«

»Für mich auch nicht, zumindest nicht mehr. Aber dich können sie sehr viel besser leiden als mich.«

»Tut das nicht jeder?«, grummelt Pulu und greift zum Hörer.

54

Sie stand zwischen den Bäumen auf dem grünen Hügel ein paar Hundert Meter von dem kleinen bunten Karussell entfernt, das im Boston Common Park aufgebaut war. Eine Hochzeitsgesellschaft fuhr darauf Runde um Runde, während das Ereignis von zwei Fotografen und einem Mann mit Videokamera emsig festgehalten wurde. Bethany beobachtete die Gruppe durch ein teures Fernglas, das sie in einem Outlet-Einkaufszentrum bar bezahlt hatte. Sie trug ein paar Geräte bei sich, die aus einem Elektroladen in der Nähe des Boston College stammten. Ihr Plan war extrem riskant, und so hatten sie ihr Bestes getan, um sich gegen unangenehme Konsequenzen zu schützen.

Es war sechs Minuten nach drei. Das Treffen war für Punkt drei vereinbart worden, und die Tatsache, dass Elliott St. John bereits seit fünf Minuten auf sie wartete, sagte ihr, dass er sie genauso dringend treffen wollte wie sie ihn.

Sie fragte sich, warum das wohl so war.

Bethany hielt sich schon seit Viertel nach zwei auf dem Hügel auf, und auch wenn sie kein Experte war, konnte sie keinerlei Form der Überwachung feststellen. Der Medienmogul war allein gekommen, so wie sie es verlangt hatte. Auch das ließ gewisse Rückschlüsse zu. Sie nahm ihn genauer in Augenschein. Er war ein winziger Mann, doch er wirkte alles andere als lächerlich. Die Leute machten ihm Platz, als er vorbeiging; es gab Menschen, die vor Macht nur so zu strotzen schienen, bei denen jede kleinste Geste deutlich machte, dass ihre Handlanger nur auf die nächste Anweisung und ihre Milliarden auf der Bank warteten. Er besaß die Ausstrahlung, von der die Martin McAdams' dieser Welt träumten. Vor etwas mehr als dreißig Jahren hatte St. John sein Studium abgebrochen und sich mit Artikeln für ein paar kleinere Zeitungen über Wasser gehalten. Ein Jahrzehnt später gehörte ihm die gesamte Kette. Mittlerweile kontrollierte er eines der größten Medienimperien der Welt.

Und nun wartete dieser Mann auf sie. Auf Bethany Barclay.

Sie legte das Fernglas weg und schlug einen Bogen durch die Bäume, damit sie das Karussell aus einer anderen Richtung erreichte. Während sie über den Gehweg lief und sich zwischen herumlaufenden Kindern hindurchschlängelte, wartete sie auf die Kugel oder die Handschellen, die ihrer Handlungsfreiheit ein jähes Ende setzen würden.

Doch nichts dergleichen geschah.

So ging sie einfach auf Elliott St. John zu, der zufrieden an einem Schokoladeneis schleckte und sie gleichgültig beobachtete, als sie sich näherte.

Einen Moment lang musterten sie sich kritisch, und Bethany – entschlossen, die Zügel in der Hand zu behalten – wartete darauf, dass der Mogul als Erster sprach.

»Schön, Sie endlich kennenzulernen«, sagte er schließlich mit so ernster Stimme, dass man meinen könnte, sie hätten gemeinsam Furchtbares überstanden. »Ich kann nicht verstehen, wie die Dinge so außer Kontrolle geraten konnten. Wir haben einige Fehler gemacht. Dafür möchte ich mich entschuldigen. Aber ich hoffe, wir können die Vergangenheit hinter uns lassen und von jetzt an zusammenarbeiten.«

Bethany zwang sich noch immer, nichts zu sagen, um ihn aus der Fassung zu bringen. Beunruhigt öffnete er den Mund, um etwas hinzuzufügen – im selben Augenblick redete sie los und schnitt ihm das Wort ab.

»Bevor wir uns unterhalten, Mr St. John, will ich eines klarstellen. Ich übermittle ein Signal an jemand, der unser Gespräch überwacht. Ich denke, ich muss Ihnen nicht sagen, wer das ist. Ich bin mir sicher, dass Sie über ihre Fähigkeiten im Bilde sind. Sollte das Signal unterbrochen werden oder unsere Zuhörerin etwas mitbekommen, das ihr nicht gefällt, wird Ihre geschäftliche Beziehung zu Annabelle öffentlich gemacht werden.«

Ihre Worte schienen ihn zu treffen, doch sein Selbstvertrauen war unerschütterlich. »Warum gehen Sie davon aus, dass irgendetwas passieren sollte, das unserer Zuhörerin missfällt?«

»Weil es mir in den Sinn gekommen ist, dass Sie planen könnten, mich hochgehen zu lassen.«

»Sie meinen, dass ich Sie verhaften lasse? Pah. Ich bin im Mediengeschäft. Vielleicht will ich erst ein exklusives Interview, aber das ist auch schon alles.« Er verengte die Augen und kniff sich in die Nasenwurzel. Auch wenn es für den Rest der Welt so aussah, als würde er den Anflug einer Migräne bekämpfen, deutete Bethanys messerscharfe Beobachtungsgabe, die sie auf ihrer Flucht entwickelt hatte, diese Geste als Zeichen, das er irgendwelchen Handlangern im Hintergrund gab. Vielleicht um sie zu ergreifen, vielleicht um sie in Ruhe zu lassen ... sie würde es bald erfahren.

»Und noch etwas«, fuhr sie fort. »Sollte irgendjemand mich daran hindern, diesen Park zu verlassen – wenn ich während meiner Arbeit im Lauf der nächsten Wochen von Ihren Leuten angegriffen oder behindert werde –, wird dieselbe Information an so vielen Stellen öffentlich gemacht, dass es selbst einem Mann mit Ihrem Einfluss nicht gelingen wird, die Sache unter Verschluss zu halten. Haben wir uns verstanden?«

Elliott St. John legte den Kopf zur Seite. Er trug eine rahmenlose Brille, und das Haar auf seinem winzigen Kopf war licht. Aber in den kleinen Augen blitzte Macht. Dies war ein Mann, der nicht verlor.

»Was sollte ich mit Annabelle Seaver zu tun gehabt haben?«, fragte er nach einer kurzen Pause. Seine Stimme klang enttäuscht, als habe Bethany seine Erwartungen nicht erfüllt. »Und was würde es für einen Unterschied machen, wenn die Öffentlichkeit davon erfahren würde?«

Sie zwang sich, seinem Blick standzuhalten. Er hatte es geschafft, Zweifel in ihr zu säen, doch das wollte sie ihm auf keinen Fall zeigen. »Bitte, Mr St. John. Die Medien sind Ihr Geschäft. Sie wissen, was passieren würde. Man wird Sie mit einer jungen Frau in Verbindung bringen, die auf mysteriöse Weise ums Leben gekommen ist, und nur die Erwähnung Ihrer beider Namen in einem Satz wird ausreichen, um Ihre Investoren nervös zu machen. Dabei spielt keine Rolle, was wirklich passiert ist. All Ihre Dementis werden Ihnen nichts nutzen. Ihre Aktie saust in den Keller, die Börsenaufsichtsbehörde fragt sich, warum, und leitet ein Prüfverfahren ein, ein paar örtliche Staatsanwälte, die sich einen Namen machen wollen, stellen Untersuchungen an, eine Reihe von Kongressmitgliedern, die mehr Zeit im Fernsehen wittern, gehen der Sache nach – und nicht alle werden sich kaufen lassen.«

»Wahrscheinlich nicht.« Er sah noch betrübter drein als zuvor. »Am günstigsten wäre es also, Sie zu bestechen.«

»Sie haben nichts, das ich will.«

»Was bedeutet, dass dieses Treffen stattfindet, weil Sie etwas haben, das ich will.«

»Wäre möglich.«

»Es ist so.« Er studierte sie mit unglücklichem Blick. Seine Ohren waren zu groß und sein Gesicht zu schlaff für einen gerade Fünfzigjährigen. Doch niemand hätte es je gewagt, sich über ihn lustig zu machen. »Sie haben Annabelles Aufzeichnungen gefunden. Das ist offensichtlich. So sind Sie auf mich gestoßen. Sie folgen ihrer Spur, richtig? Gut. Dann sind wir hinter derselben Sache her.«

»Aber vielleicht nicht aus demselben Grund.«

»Die Frage lautet also, wie viel es mich kosten wird, um meine Gründe zu Ihren zu machen.« Sie liefen mittlerweile um das Karussell herum. Die Hochzeitsgesellschaft packte gerade zusammen. Kreischende Kinder warteten darauf, endlich an die Reihe zu kommen. Der Milliardär hielt seine Waffel schief, dennoch tropfte kein Eis auf seinen Anzug. »Ich will die Pilatus-Inschrift, Bethany. So einfach ist das. Annabelle sollte sie für mich finden. Ich habe sie gut bezahlt, und sie hat mich hintergangen.«

Bethany spürte, wie ihr kalt wurde. »Ist das der Grund, warum Sie sie getötet haben?«

»Was? Ich?« Seine Überraschung schien nicht gespielt zu sein. »Warum sollte ich sie umbringen? Mag sein, dass sie mich übers Ohr hauen wollte, aber trotzdem war sie im Besitz der Informationen, die ich brauchte. Sie wollte nur mehr Geld, als vereinbart war.« Er aß sein Eis auf und warf die Serviette in einen Mülleimer. »Ich habe mich nicht eine Minute lang täuschen lassen. Ich wusste von Anfang an, dass Annabelle eine Spionin war. Sie wurde ins Village House geschickt, um uns auszuräuchern.«

»Von wem wurde sie geschickt?«

Er warf ihr einen Blick zu. »Sie wissen es wirklich nicht, oder? Sie ist in die Fänge einer wirklich gefährlichen Gruppe geraten. Religiöse Fanatiker. Sie nennen sich der *Garten*. Gefährliche Leute«, wiederholte er. Er sprach schnell, in knappen, einfachen Sätzen. »Fanatiker, wie ich schon sagte. Diese Organisation gibt es schon sehr lange, sie ist für viel Unheil verantwortlich. Aber uns bleibt keine Zeit für Geschichtsstunden. Alles, was Sie wissen müssen, ist: Ich bin Mitglied einer Gruppe, die vor vielen Jahren gegründet wurde, um ihre Pläne zu durchkreuzen.« Er seufzte. Der Ausdruck auf seinem Gesicht wurde zunehmend unglücklicher, als würde ihm die Last dieser ganzen Geschichte zu viel werden. »Sie nennen uns die *Wildnis*. Was für ein alberner Gedanke. Denn es sind doch diese Narren, die noch immer versuchen, die Welt zu einer Wildnis zu machen.«

»Wäre Ihnen ein anderer Name lieber?«

»Das ist nebensächlich. Es geht darum, dass ich gewusst habe, was vor sich ging. Und mit der Zeit auch meine Kollegen. Sie wurde geschickt. Es ist auch egal, von wem. Der Punkt ist, dass sie über die Inschrift sprach, um unsere Aufmerksamkeit zu erregen. Und, glauben Sie mir, das hat sie auch geschafft. Durch einen unserer Mittelsmänner im Village House. Er berichtete uns, dass eine junge Frau behauptete, kurz vor der Entdeckung der Inschrift zu stehen, und dafür Geld verlangte. Wir wussten, dass es zu schön war, um wahr zu sein, mussten der Sache aber trotzdem nachgehen. Nach zwei Treffen war klar, dass Annabelle nicht mal sicher war, ob die Inschrift überhaupt tatsächlich existierte. Sie hatte sich nur auf öffentlich zugängliche und meist sehr fragwürdige Quellen gestützt, um sich die Geschichte mit ein paar überzeugenden Hinweisen und Gerüchten zusammenzuschustern, aber das war auch schon alles. Sie hatte keinerlei neue Erkenntnisse generiert, die sie den allgemein bekannten Informationen hinzufügen konnte. Nichts außer einem einzigen Volltreffer, von dem sie nicht einmal wusste, dass sie ihn gelandet hatte. Aber darauf komme ich später zurück.«

Auf dem grünen Hang waren zwei Kinder ineinandergerannt und hingefallen. Keines von beiden hatte sich verletzt, dennoch schrien beide nach ihren Müttern. In Bethanys Kopf überschlug sich alles. David hatte ihr gesagt, die Inschrift existiere überhaupt nicht, und die paar seriösen Quellen aus dem Internet bestätigten seine Meinung. Doch nun bestand Elliott St. John darauf, dass es sie doch gab und ihre beste Freundin einen Hinweis auf ihren Verbleib gefunden hatte.

»Ich fuhr nach Chicago und traf Annabelle persönlich«, sagte er gerade. Seine Stimme klang wehmütig, beinahe niedergeschlagen. »Wir haben eine Vereinbarung getroffen. Sie sollte die Inschrift finden, im Gegenzug würde sie von mir einen Finderlohn erhalten. Mindestens zwei Millionen Dollar.« Seine Augen wanderten zu Bethany. »Ja, Sie haben richtig gehört. So sehr wollte ich die Inschrift haben. Sollte sich die Inschrift in einer privaten Sammlung befinden, würde sie trotzdem ihren Lohn erhalten, und für den Fall, dass ich verhandeln musste und der Kaufpreis bei mehr als zwanzig Millionen lag, noch zehn Prozent des Differenzbetrages obendrauf.«

»Sie sprechen diesmal von *ich*, nicht von *wir*.«

»Tue ich das?«

»Es handelt sich hier doch um irgendein privates Unterfangen, nicht wahr? Das hat nichts mit Ihrer ... Ihrer Organisation zu tun. Darum ...« Sie schluckte den letzten Teil des Satzes herunter, nicht willens zu sagen: *Darum hat Annabelle gesagt, dass Ihr Freund Daniel Stafford Ihnen nicht trauen sollte.* »Sie wollen die Inschrift für sich allein haben«, erklärte sie stattdessen.

»Ich sammele wertvolle Artefakte, das ist kein Geheimnis. Eines Tages, wenn das alles vorbei ist, werde ich Ihnen meine Sammlung zeigen. Den vorsichtigen Schätzungen meiner Kuratoren zufolge ist sie fast eine halbe Milliarde Dollar wert. Eine halbe Milliarde, wenn ich sie auf dem Markt verkaufen könnte, versteht sich. Natürlich kann ich das nicht, da viele Stücke eigentlich gar nicht in privatem Besitz sein dürften.«

»Warum erzählen Sie mir das alles? Ich könnte Sie ausliefern. Sie ans FBI verraten, im Gegenzug für meine Freiheit.«

»Das könnten Sie wohl. In diesem Fall müsste ich wohl meine Abneigung gegen Gewalt überwinden und den Zorn der kleinen Janice riskieren.« Er zuckte mit den Achseln. »Aber darum geht es nicht, Bethany. Ich erzähle Ihnen das alles, weil ich will, dass Sie mir vertrauen. Ich erzähle Ihnen Dinge, die die Welt zu gern wissen würde, weil es mir nur gerecht erscheint, angesichts dessen, was ich von Ihnen will.«

»Und was wäre das?«

»Finden Sie die Pilatus-Inschrift für mich.«

»Das meinen Sie nicht ernst.«

»Aber so ist es. Ich möchte, dass Sie Annabelles Arbeit zu Ende bringen. Folgen Sie der Brotkrumenspur, die sie ausgestreut hat. Niemand sonst scheint in der Lage, das zu bewältigen. Aber Sie kannten sie am besten.«

»Ich verstehe das nicht. Sie hatten sie doch zum Schluss in Ihrer Gewalt, haben sie verhört. Alles, was sie wusste, hat sie Ihnen verraten.«

Der Magnat schien sich zu winden. »Sie irren sich. Wir haben sie nicht entführt.«

»Wer dann?«

»Wir gehen davon aus, dass es ihre eigenen Leute waren.«

»Was?«

»Sie ist als Köder ausgesandt worden und auf ihren eigenen Trick hereingefallen. Sie sollte nur vorgeben, hinter dem Geld her zu sein. Doch dann wollte sie es tatsächlich haben. Sie hat diese Leute hintergangen, Bethany. Sie hat sie verraten, und daraufhin haben sie sie geschnappt und ausgequetscht, und als sie mit ihr fertig waren, mit Drogen vollgepumpt und auf der Straße ausgesetzt. Zumindest ist das die Geschichte, die mein Informant mir erzählt hat.«

Das war unmöglich. Es passte zu keiner der Fakten. Und das bedeutete ...

... das bedeutete ...

Annabelle hat sich das selbst angetan.

Alles, was Bethany über ihre beste Freundin angenommen hatte, war falsch.

Am Ende hatte sie tatsächlich wieder Drogen konsumiert. Sie litt also doch unter Wahnvorstellungen oder Schlimmerem, als sie damals in der U Street Christian Church aufgetaucht war. Egal, was man dafür verantwortlich machte: den Stress, im Untergrund leben zu müssen; die Angst, die das Leben als Doppelagentin mit sich brachte; den lebenslangen Missbrauch von Körper und Geist; oder einfach nur ihr Mangel an Charakter, wie Polly immer beharrt hatte. Der Punkt war, dass Annabelle in den letzten Wochen vor ihrem Tod von niemandem gefangen gehalten worden war.

Außer von sich selbst.

Und doch ...

»Wer hat sie dann ermordet?«, fragte Bethany.

»Man kann nur davon ausgehen, dass es ihre eigenen Leute waren. Sie sind skrupellos, wie ich bereits versucht habe, Ihnen klarzumachen. Unsere Seite ist vernunftorientiert. Ihre nur fanatisch.« Sie waren zum großen Stadtpark hinübergewandert und standen nun auf der schönen Brücke mit Blick auf die Schwanenboote. »Sie sind paranoid. Überall wittern sie Verschwörungen. Sie glauben, dass es eine Verschwörung gibt, die Kirche durch systematische Angriffe zu zerstören. Immer wenn sich ein Monsignore des Kindesmissbrauchs schuldig bekennt, immer wenn ein muslimischer Taxifahrer gegen seinen Glauben gezwungen wird, Passagiere mit Blindenhunden zu transportieren, immer wenn einer kleinen Kirchengemeinde die Baugenehmigung zur Erweiterung ihrer Räumlichkeiten verweigert wird, sieht der *Garten* dies nicht als die unaufhaltsame kulturelle Entwicklung hin zur Vernunft, sondern als die finsteren Machenschaften von Verschwörern. Dieser Reverend Jamison war einer ihrer Anführer. Sie wissen ja, was für ein Typ Mensch er war. Und trotzdem hat Annabelle für diese Gruppe gearbeitet.« Er schien ihrem Schweigen etwas zu entnehmen. »Sie denken an David Hollins. Der berühmte Befürworter des Atheismus. Wie konnte er Mitglied einer solchen Gruppe sein? Die Antwort auf diese Frage kennen wir auch nicht, Bethany. Wir wussten nicht, dass er einer von ihnen war. Um ehrlich zu sein, gehen wir davon aus, dass er schon immer dazugehörte. Sein Atheismus war nur gespielt. Eine öffentliche Zurschaustellung. Seine militant aggressive anti-christliche Haltung könnte der Kirche sogar dabei geholfen haben, alte Mitglieder an sich zu binden und neue zu gewinnen. Es wäre nicht das erste Mal, dass schmollende, paranoide Verschwörer einen *Agent Provocateur* eingesetzt hätten.«

Bethany wurde immer verwirrter. Seine Geschichte schien so einleuchtend zu sein. Und trotzdem ...

»Es ist ganz einfach«, fuhr Elliott St. John fort. »Ich treffe mit Ihnen die gleiche Vereinbarung wie mit Annabelle. Das gleiche Geld. Sogar mehr, wenn Sie wollen. Nennen Sie mir Ihren Preis. Außerdem werde ich meinen beträchtlichen Einfluss dafür nutzen, dass Sie für keines Ihrer angeblich begangenen Verbrechen angeklagt werden. Glauben

Sie mir: Wenn ein Medienimperium wie das meine sich erst einmal einem Zweck verschrieben hat, müssen diejenigen, die an der Macht zu sein meinen, schnell klein beigeben.« Er grinste breit. »Bis ich damit fertig bin, Ihren Ruf wiederhergestellt zu haben, wird die Hälfte des Kongresses die Entlassung des FBI-Direktors fordern, weil er überhaupt annehmen konnte, die heilige Bethany Barclay könnte an solch monströsen Taten beteiligt gewesen sein.«

»Darum haben Sie es getan«, sagte sie leise und nachdenklich.

»Warum habe ich was getan, Bethany?«

»Deswegen haben Sie mir all diese Verbrechen in die Schuhe geschoben. Natürlich um mich in Bewegung zu versetzen, aber auch, damit ich am Ende auf Sie angewiesen bin, um mich zu entlasten. Ich wette, dass ein oder zwei Ihrer Reporter sogar Beweise dafür haben, dass das Ganze eine Falle war.«

Zum ersten Mal umspielte der Ansatz eines Lächelns den missbilligenden Ausdruck seines Mundes. »Das würde mich in der Tat nicht überraschen.«

»Und diese Beweise werden veröffentlicht, sobald Sie die Inschrift haben.«

»Schön zu sehen, dass Sie langsam verstehen, wie die Welt funktioniert. Offen gesagt, hatte ich einen Moment lang die Befürchtung, Sie seien zu naiv, um mir von Nutzen zu sein.«

»Sie sprachen davon, dass Annabelle auf einen brauchbaren Hinweis gestoßen sei.«

»Annabelle flog im Dezember nach Europa. Nach ihrer Rückkehr traf ich mich mit ihr. Sie war viel herumgereist, wollte mir aber nicht verraten, wo sie überall gewesen war. Sie erzählte mir nur, dass sie auf ihrem Weg jemanden getroffen hatte, den sie als den weisen Mann bezeichnete und der behauptete zu wissen, wo die Inschrift versteckt sei. Der weise Mann teilte ihr mit, dass die Inschrift Teil des römischen Amphitheaters in Caesarea Maritima gewesen war und sich gegenüber der bekannten Steintafel befunden hatte. Von dort wurde sie jedoch entfernt, bevor man die berühmte Tafel entdeckte.«

»Und?«

»Also konnte Annabelle dieses Wissen nicht aus einer öffentlichen

Quelle haben. Diese Information wird nur in einer Schriftrolle aus dem Mittelalter erwähnt, die sich in meinem Besitz befindet. Wenn der weise Mann davon wusste, könnte es sein, dass er noch viel mehr weiß. Das Problem ist nur, dass Annabelle verschwand, ohne uns vorher die Identität dieses Mannes zu verraten. Aber Sie kannten sie am besten, Bethany. Sie können ihrer Spur folgen, die Leute treffen, mit denen sie sich traf, und herausfinden, wer von ihnen der weise Mann ist.«

»Ich habe keine Ahnung, wo sie überall war. Und schon gar nicht, wen sie getroffen hat.«

»Wir gehen davon aus, dass sie Ihnen irgendwo ihre Aufzeichnungen hinterlassen hat.«

»Aber Sie sollten nicht glauben, dass sie vollständig sind.«

»Dann müssen Sie ihre Reise eben nachvollziehen, so gut es eben geht. Sie hat Spuren hinterlassen. Wenn es jemand schafft, ihren Brotkrumen zu folgen, dann sind Sie das, Bethany.«

Er zog seine Visitenkarte aus der Tasche und schrieb eine Nummer auf die Rückseite. »Hier. Unter dieser Nummer können Sie mich Tag und Nacht erreichen. Ich besitze viele Handys, aber diese Nummer kennen nur meine Frau, meine Kinder und meine Freundinnen. Niemand außer mir sollte drangehen, wenn sie anrufen. Sollten Sie doch eine fremde Stimme hören, tun Sie so, als seien Sie eine meiner Affären. Melden Sie sich in diesem Fall mit ... Anna. Das passt. Sagen Sie, dass Anna anruft und sich später noch mal meldet. Dann weiß ich, dass Sie es waren.«

Sie spielte mit der Karte und drehte sie hin und her. »Und was ist mit meiner Begleitung?«

»Die kleine Janice? Du meine Güte, Sie haben doch nicht etwa vor, sie mitzunehmen, oder? Sie ist in keiner guten Verfassung, fürchte ich. Sie haben doch Zeit mit ihr verbracht, da muss es Ihnen doch auch aufgefallen sein, dass Janice Hilfe benötigt, sowohl rechtlich als auch psychisch gesehen. Sie sollte da nicht mit hineingezogen werden.«

»Das ist sie bereits.«

»Nun gut. Wenn sie Ihnen helfen kann, lassen Sie sie helfen. Wenn sie es nicht kann, ist sie nur Ballast, den Sie schnell loswerden sollten. Sehen Sie mich nicht so an. Wir sind keine Barbaren. Anders als die Fanatiker. Damit meinte ich nur, dass Sie sie zurück zu ihrer Familie schicken sollen.« Er ließ wieder die Schultern hängen. »Der *Garten* ist gefährlich. Sie werden sich die ganze Zeit über in Gefahr befinden. Sie werden vor nichts haltmachen, um zu verhindern, dass die Inschrift gefunden wird. Vielleicht sollten Sie es sich noch mal überlegen, ob Sie Janice dieser Gefahr aussetzen wollen.«

»Vielleicht will ich ja mich selbst nicht dieser Gefahr aussetzen.«

»Bitte, Sie können es jederzeit gern auf eigene Faust probieren. Tauchen Sie wieder unter. Das machen Leute andauernd. Vielleicht schaffen Sie es ja sogar eine Zeit lang. Doch früher oder später werden Sie einen Fehler machen. Dann wird das FBI oder der *Garten* Sie schnappen. Und an Ihrer Stelle würde ich hoffen, dass es das FBI ist.«

»Ich werde darüber nachdenken.«

»Überlegen Sie nicht zu lange, Bethany. Die Zeit ist knapp, wie Sie wissen. Oh, das hätte ich beinahe vergessen.«

Sie wagte zu bezweifeln, dass Elliott St. John jemals auch nur eine einzige Sache vergessen hatte.

Er griff erneut in seine Jackentasche und zog einen dicken Umschlag hervor. »Hier noch etwas Bargeld. Sie könnten es brauchen.«

»Nein, vielen Dank.«

»Sie haben also Annabelles Geld gefunden? War noch etwas davon übrig?«

»Ich muss jetzt los.«

»Ich verstehe. Aber Sie haben ja meine Nummer. Rufen Sie an, wenn Sie etwas brauchen. Geld, ein Transportmittel ... egal was. Und besonders, wenn Sie meinen, dass der *Garten* Ihnen auf den Fersen ist. Wir haben unsere eigenen Leute. Wir können Sie da rausholen.«

»Ich verstehe.«

Seine depressive Stimmung hatte sich in Luft aufgelöst. Mittlerweile strahlte er fast. »Ich weiß, dass Sie mir nicht glauben, Bethany. Ich weiß, dass Sie Stunden damit zubringen werden, herauszufinden, welche Teile meiner Geschichte glaubhaft sind und welche nicht. Aber dabei sollten Sie sich eine unumstößliche Tatsache vor Augen halten.«

»Und das wäre?«

»Dass der *Garten* sich die ganze Zeit vor Ihnen versteckt hat. Sie angelogen und manipuliert hat, während er nur aus dem Schatten agierte. Ich hingegen habe Informationen mit Ihnen geteilt, für die ich ins Gefängnis gehen könnte, und Ihnen außerdem eine Nummer gegeben, unter der ich rund um die Uhr zu erreichen bin. Während Sie also versuchen, herauszufinden, welcher Seite Sie trauen können, sollten Sie sich Folgendes fragen: Welche Seite vertraut Ihnen?«

Selbst als sie zwischen den Bäumen verschwunden war, lächelte Elliott St. John noch immer.

Der Milliardär schlenderte weiter durch den Park. Er hatte Bethany die Wahrheit gesagt. Keiner seiner Leute würde ihr folgen. Dafür gab es keinen Grund. Sollte sie sich entscheiden, ihm bei der Beschaffung der Inschrift zu helfen, würde sie sich sowieso bei ihm melden. Wenn nicht ... nun, es gab Mittel und Wege, um Versprechen einzutreiben.

Sein Telefon klingelte. Nicht sein persönliches oder das Geschäftshandy, sondern der besondere Prototyp, den er vom Kopf des Rates erhalten hatte, der seit Cromwells Tagen als der Schutzherr bekannt war und zu förmlichen Anlässen Lord Schutzherr genannt wurde. Er verließ den Gehweg und lief über den Rasen, bis er an zwei Felsbrocken in sicherer Entfernung von möglichen Zuhörern stehen blieb. Der Schutzherr hatte ihnen versichert, dass es unmöglich war, Anrufe abzuhören, die über dieses Gerät liefen, selbst für die schlauen Köpfe der National Security Agency, und in diesen Dingen hatte der Schutzherr immer recht.

»Hat sie angebissen?« Wie immer kam der Schutzherr direkt zum Punkt. Als Vorstandskollege wusste Elliott diese Angewohnheit zu schätzen, wenn auch nicht den Tonfall.

»Wer?«

»Bethany Barclay. Hat sie sich schon bei Ihnen gemeldet? Dieser Zeitungsbericht hätte sie schon längst zu Ihnen führen sollen.«

»Tut mir leid«, log er. »Ich habe noch nichts von ihr gehört.«

»Aber das ist absurd. Janice weiß, dass Sie Daniels bester Freund waren. Ich kann mir kaum vorstellen, dass sie diese Tatsache Bethany vorenthalten würde.«

»Vielleicht haben sie die Zeitung noch gar nicht gelesen.«

»Vielleicht.«

»Ich rufe an, sobald sie sich meldet.«

»Da bin ich mir sicher, Elliott.«

Daraufhin legte der Schutzherr wieder auf, ohne sich zu verabschieden.

Elliott eilte auf das Karussell zu. Einer seiner Bodyguards wartete auf der anderen Seite. St. John machte sich Sorgen. Der Schutzherr war immer kurz angebunden, aber heute war sein Verhalten beinahe unhöflich gewesen. Er fragte sich, ob der Rat ihn verdächtigte, einen Sonderdeal mit Annabelle ausgehandelt zu haben und nun das Gleiche bei Bethany versuchte. Nein, er war vorsichtig gewesen. Sie konnten davon nichts wissen. Schließlich waren sie keine Hellseher.

Und außerdem: Wäre der Rat über sein doppeltes Spiel im Bild, hätte er nicht mit einem forschen Anruf des Schutzherrn reagiert. Ein durch Medikamente herbeigeführter Herzinfarkt entsprach eher ihrem Stil.

Und höchstwahrscheinlich hätten sie seinen eigenen Leibwächter damit beauftragt.

55

Sie erreichten Ashland in New Hampshire im Morgengrauen.

»Dein Freund hat sich ein nettes Städtchen ausgesucht«, sagte Janice, während sie in einem Imbiss saßen und Eier mit Würstchen verspeisten.

»Ich glaube nicht, dass es seine Entscheidung war. Die wurde für ihn getroffen.«

»Durch den Marshals Service?«

»Ja.«

Janice schmierte sich Marmelade auf ihren Toast. »Aber wenn die wissen, wo er lebt, werden sie doch bestimmt sein Haus überwachen, oder?« Sie sah sich um. »Ich sehe hier keinen einzigen Menschen mit meiner Hautfarbe. Die Leute beobachten uns. Wir müssen hier wohl ziemlich auffallen.«

»Darauf zähle ich.« Als sie den Ausdruck auf dem Gesicht des Teenagers sah, lehnte sie sich vor und erklärte sich. »Du weißt nicht, wie es in Kleinstädten zugeht, ich aber schon. Die Leute werden tratschen. Sie werden erzählen, dass ein schwarzes Mädchen in der Stadt ist. Mit dem FBI werden sie nicht reden, weil das Außenseiter sind. Das FBI wird hier wahrscheinlich nur beobachten. Sie werden sich nicht umhören, weil sie nicht jeden Tag Leute befragen können, ohne für schlechte Stimmung zu sorgen. Also sind sie außen vor. Aber die Leute werden mit Sam reden. Er lebt hier. Sie werden tratschen, und er wird mitbekommen, dass wir hier sind.« Ein wehmütiges Lächeln breitete sich in ihrem Gesicht aus. »Wenn ich ihn früher besucht habe, konnte er mir jeden Fremden aufzählen, der im Laufe der Woche durch Flint Hill gekommen war. Er hat mir einmal gesagt, dass die erste Regel fürs Überleben lautet, sich immer mit dem Besitzer des örtlichen Imbisses anzufreunden.«

»Ist das der Grund, warum wir hier essen?«

»Dieser Laden ist wahrscheinlich Sams Frühwarnsystem. Er wird erfahren, dass wir hier sind.«

»Und was wird er dann tun?«

»Er wird uns finden.«

»Was, wenn er im Urlaub ist, oder so etwas?«

»Dann haben wir ein Problem«, gab Bethany zu. Sie berührte den ungeöffneten dritten Umschlag in ihrer Innentasche und hoffte, dass sie ihn nicht brauchen würde.

Morgenbesprechung. Special Agent Ramirez hat sich vor dem versammelten Großraumbüro aufgestellt. Sie ist gerade aus Detroit zurückgekehrt, wo ihr Partner das Verhör des Mannes, den das FBI mittlerweile Martin McAdams nennt, fortsetzt. Ramirez benutzt den Bildschirm und einen Laserpointer. Vanner steht stolz strahlend im hinteren Teil des Raumes. Jeder weiß, dass Ramirez als Schützling der Abteilungsleiterin auf der Überholspur ist.

Carraway ist heute nur ein Gesicht in der Menge.

»McAdams behauptet beharrlich, nichts mit den Bombenanschlägen zu tun zu haben«, sagt Ramirez gerade. »Zu diesem Zeitpunkt tendieren Agent Bolgren und ich dazu, ihm zu glauben. Je mehr wir über das Village House erfahren, umso deutlicher wird, dass McAdams nur ein Frontmann war. Ein Teil von ihm glaubt an das, was er dort geschaffen hat. Ein anderer Teil war nur wegen des Geldes mit an Bord. Eigentlich war der Kopf der Organisation der verstorbene Daniel Stafford.«

Auf dem Bildschirm erscheint ein Foto.

»Stafford hat das Geld besorgt. Er hat die Opfer für ihre Betrügereien ausgesucht. Alles deutet darauf hin, dass er außerdem maßgeblich an den Bombenanschlägen beteiligt war.« Sie sieht sich im Raum um. »Momentan lässt sich kein Hinweis darauf finden, dass eine der großen Konfessionen oder religiösen Organisationen ihre Finger im Spiel hatte. Dennoch werden die Ermittlungen bezüglich Norval Jamisons Organisation fortgeführt. Sie lehnen alle Vorladungen ab und berufen sich dabei auf den ersten Zusatzartikel, also kann man davon ausgehen, dass dieser Kampf noch eine Weile dauern wird. Aber das Justizministerium ist zuversichtlich, dass wir am Ende als Gewinner hervorgehen.«

Und in jeder Minute, in der die Kirchen auf ihr Recht beharren, denkt sich Carraway, wird ihr Ruf weiter geschädigt. Was für eine verrückte Welt.

»McAdams besteht weiterhin darauf, dass Bethany Barclay an den noch ungeklärten Vorgängen nicht beteiligt gewesen sein konnte, da sie erst eine Woche vor der Razzia dort auftauchte. Auch in diesem Punkt sind wir davon überzeugt, dass er glaubt, was er sagt. Aber da er nicht einmal etwas über die Bomben in seinem Keller wusste, kann man sich leicht vorstellen, dass die Verschwörer auch Ms Barclays Beteiligung erfolgreich vor ihm geheim halten konnten. Nach Auswertung der Hinweise sind wir nämlich noch immer der Meinung, dass sie die Bombenaktionen unterstützt hat. Dafür gibt es genügend Indizien.« Sie zählt die einzelnen Punkte an ihren Fingern ab. »Sie ist Mitglied einer konservativen Kirchengemeinde. Sie hat Sylvia Kirkland dabei geholfen, den *Planern* elf Millionen Dollar zu hinterlassen. Sie ist die Hauptverdächtige im Mordfall von Mrs Kirklands Sohn, der das Testament anfechten wollte, und nun gibt es auch noch Hinweise, dass Mrs Kirklands Tod – der die Übertragung des Vermögens erst ermöglichte – vielleicht ein Mord war.«

Carraway richtet sich in seinem Stuhl auf. Davon hat er noch nichts gewusst. Pulu schiebt ihm einen Bericht zu: die unterschriebene Aussage des Pathologen in Richmond, in der er sein Misstrauen äußert, was Mrs Kirklands Todesursache betrifft, und erklärt, dass er seinen Verdacht dem Anwalt der Familie mitgeteilt hat. Der Anwalt hingegen hat jede Aussage mit Verweis auf die Vertraulichkeit von Mandantengesprächen abgelehnt.

»Wie lange wissen wir das schon?«, flüstert Carl. Doch noch vor einer Antwort stiche ihm das Datum direkt ins Auge: seit letzter Woche, als er in Chicago war.

Ramirez fährt mit ihrer Aufzählung fort. »Nachdem sie Kirkland umbringt, stattet sie David Hollins einen Besuch ab, der mittlerweile auch tot ist, und sucht dann auf direktem Wege das Village House auf. Ein äußerst ungewöhnlicher Ort, um unterzutauchen, es sei denn, sie wusste schon vorher, dass man sie dort aufnehmen würde.« Sie wirft einen Blick in die Runde. »Gibt es dazu noch Fragen?«

Jemand will wissen, was es mit den Zeugenaussagen auf sich hat, dass die Zielperson in Begleitung von Janice Stafford das Haus verließ. Ramirez erklärt, man gehe davon aus, dass die beiden gemeinsam unterwegs seien oder zumindest waren. Jemand anders fragt, welche Transportmittel die beiden nutzen. Ramirez antwortet, dass Janice' Freund seinen Volkswagen als gestohlen gemeldet hat. Er bleibt bei seiner Geschichte, aber sie nehmen an, dass dies ihr Fluchtfahrzeug ist oder war.

Carl steht auf. »Was ist mit Raymond Fuentes?«

Ramirez tauscht einen Blick aus. Nicht mit Carl, sondern Vanner. »Wir sind ehrlich gesagt über das Ausmaß seiner Beteiligung nicht im Bild«, sagt Ramirez. »Martin McAdams scheint ihm nicht vertraut zu haben. Er dachte, Fuentes sei ein Spitzel. Es ist möglich, dass die Verschwörer diese Annahme teilten. Es ist ebenso möglich, dass er einer von ihnen ist. Wir arbeiten noch daran.«

Aus der letzten Reihe klatscht Vanner einmal in die Hände. »In Ordnung, Leute. Das war's. Zurück an die Arbeit.«

Nach dem Frühstück fuhren sie durch die malerische kleine Stadt und bestaunten die Sehenswürdigkeiten wie Touristen, für die sie gehalten werden wollten. Sie kamen an einer Grundschule vorbei und fuhren Richtung Norden auf die Hügel zu. Auf ihrem Weg ließen sie sich Zeit und hielten oft an. Während sie sich den Riverside Drive hochwanden, auf die südwestliche Seite des Sqam Lake zu, hielten sie nach Fahrzeugen Ausschau, die ihnen auf ihrer umschweifenden Route folgten oder öfter vor ihnen auftauchten. Als sie am Standstreifen Rast machten und sich unterhielten, fuhr ein junger Mann mit seinem Fahrrad an ihnen vorbei. Er wurde langsamer, warf ihnen einen prüfenden Blick zu und war eine Minute später hinter dem Hügel verschwunden.

»Das war der Kellner«, sagte Janice. »Er hat meine Bestellung durcheinandergebracht.«

»Der Kellner war älter.«

»Auf dem Fahrrad wirkt jeder jünger.«

Bethany warf ihr einen Blick zu. »Ich glaube, deine Fantasie geht mit dir durch.«

Nichtsdestotrotz startete sie den Wagen und nahm eine Abbiegung, bevor der Fahrradfahrer zurückkam, um sie genauer in Augenschein zu nehmen. Die schmale Straße wurde von riesigen roten Ahornbäumen überschattet.

»Das ist ein echt schlechter Plan«, meinte Janice.

»Um Sam zu finden, müssen wir ihn wissen lassen, dass wir hier sind.«

»Wir könnten doch so lange durch die Stadt kurven, bis wir ihn dabei erwischen, wie er seinen Hund ausführt oder so etwas.«

»Er hat aber keinen Hund. Und er geht auch nicht spazieren, weil er im Rollstuhl sitzt. Außerdem, Liebes, ist es sehr viel auffälliger, durch die Stadt zu fahren, als dort nur zu frühstücken und dann wieder zu verschwinden. Wir bleiben zwei oder drei Stunden in den Bergen, dann fahren wir zurück.«

Doch mit jedem Tag, den Janice nicht im Village House verbrachte, schwand ihr unselbstständiges und unterwürfiges Wesen zusehends. Mittlerweile diskutierte sie über alles und jedes. »Warum musst du diesen Mr DeMarco überhaupt treffen? Er kannte Annabelle nicht mal. Das hast du selbst gesagt.«

»Soweit ich weiß, sind sie sich nie begegnet.«

»Warum das Ganze also? Wir gehen hier ein echt großes Risiko ein!«

Bethany war mit ihrer Geduld am Ende. »Hast du denn einen besseren Plan? Irgendeine Idee, wo wir sonst hin könnten?«

»Ich dachte, wir folgen Annabelles Spur!«

»Glaub mir, Süße, das tun wir auch.«

Sie fuhren aus dem Dickicht der Bäume. Neben ihnen tat sich ein Abhang auf, der sich zu dem schimmernden Gold des Sees hin neigte.

»Ich glaube, wir sollten zurückfahren«, sagte Bethany.

»Zurück zum Imbiss, meinst du? Weil Gott dafür gesorgt hat, dass dort eine Nachricht von Mr DeMarco auf uns wartet?«

Bethany widerstand dem Drang, das Mädchen anzufahren. Stattdessen legte sie den Rückwärtsgang ein, fuhr den schmalen Weg zurück und wendete den Wagen. »Behalt einfach die Spiegel im Auge, Süße, okay? Nur für den Fall, dass unser Fahrradfahrer wieder auftaucht.«

»Na klar. Wenn du aufhörst, das Thema zu wechseln. Was soll die ganze Heimlichtuerei eigentlich? Du hast mir alles andere über Mr DeMarco erzählt. Wieso willst du mir dann nicht auch verraten, warum es so wichtig ist, dass wir uns mit ihm treffen?«

Ihr blieb keine andere Wahl. »Ich muss Sam finden, weil er die einzige Person ist, die uns dabei helfen könnte, das zu beschaffen, was wir brauchen, um weiter Annabelles Spur folgen zu können.«

»Und was wäre das?«, fragte Janice.

»Pässe.«

Stuart van der Staal wog seine Optionen ab. Er stand am Schlafzimmerfenster seiner Suite im zweiten Stock der reizenden Frühstückspension. Das viktorianische Gebäude befand sich an einer Kreuzung der belebten Hauptstraße. Seit drei Tagen war er bereits in Ashland und wartete. Dieses Mal wurde er von einem ganzen Team begleitet, eine Entwicklung, die er missbilligte, da er ein überzeugter Einzelgänger war. Doch er beugte sich der Notwendigkeit, da er kaum in der Lage war, allein rund um die Uhr eine ganze Stadt zu beschatten, selbst wenn es sich dabei um einen so kleinen Ort wie Ashland handelte. Doch leider waren die drei Männer, die ihn in seiner Mission unterstützten, Abschaum: Keiner von ihnen hatte einen höheren akademischen Grad vorzuweisen, sodass unter ihnen nicht ein Einziger war, der seine Theorien zu würdigen wusste. Stuart war es ein Rätsel, wie Amerika zu einem so mächtigen Staat heranwachsen konnte, obwohl so viele das Wahlrecht hatten, die für dieses Privileg ganz offensichtlich nicht qualifiziert waren. Er teilte die Ansicht, die immer wieder unter Akademikern und Intellektuellen kreiste, dass der beste Weg für eine vernünftige Politik darin bestand, die klügsten Leute entscheiden zu lassen. Seiner Meinung nach war es nur folgerichtig, dass Menschen mit den höchsten IQs auch die meisten Stimmen bekamen. Andernfalls würde die Politik durch alle möglichen Formen verstörender Überzeugungen verunreinigt: von der Religion, dem Patriotismus, dem Traditionsbewusstsein oder Ähnlichem – eben jener Art von irrationalen Tendenzen, gegen die die meisten brillanten Menschen immun waren.

Er war sich noch nicht im Klaren, ob Bethany Barclay der Herausforderung ihrer Staatsbürgerschaft in diesem höheren Sinne gewachsen war. Diese Janice Stafford hingegen schien über den nötigen Verstand zu verfügen, allerdings bedurfte sie noch der richtigen Führung. Er grinste, als er an seine neuen Anweisungen dachte. Seine Auftraggeber waren mittlerweile davon überzeugt, dass Bethany mit dem richtigen Ansporn in der Lage sein würde ...

Sein Handy brummte, und bevor er sich des Geräusches richtig bewusst wurde, war das Telefon dank seiner Reflexe bereits an seinem Ohr.

Er sagte nichts, sondern hörte nur zu. Sie waren möglicherweise auf dem Riverside Drive gesehen worden, und die Frage lautete, ob er irgendwelche Anweisungen hatte.

»Nein«, erwiderte er und legte auf.

Sein Plan stand bereits fest. Es war sinnlos, jedem Phantom hinterherzujagen, besonders da sich auch das FBI in der Stadt aufhielt und vielleicht bemerken würde, wenn seine Leute kreuz und quer durch den Ort jagten. Nein. Er würde sich strikt an den Ablaufplan der Operation halten. Schließlich gab es nur ein Ziel, das die beiden Frauen im Auge haben konnten. Und dort wollte Stuart auf sie warten.

Natürlich würde das FBI die gleiche Idee haben, und bei den Agenten handelte es sich nicht gerade um Amateure. Doch einem Stuart van der Staal waren sie nicht gewachsen.

56

»Warum glaubst du nicht an Gott?«

Janice blickte so schnell auf, dass ihre Afrozöpfe umherflogen. Anstatt des sonst üblichen Burgers hatte sie diesmal ein gegrilltes Käse-Sandwich bestellt. Sie saßen in einer Sitznische in der Nähe des Fensters mit Blick auf die Hauptstraße, aber niemand schien sie sonderlich zu beachten.

»Ich habe nie behauptet, dass ich nicht an Gott glaube«, murmelte der Teenager mit vollem Mund. »Ich habe nur gesagt, dass sich die Welt auch ohne die Existenz Gottes erklären lässt.«

»Wie ist dann das alles entstanden?« Bethany war selbst nicht klar, warum sie auf einmal so beharrlich auf diesem Punkt herumritt. Es schien, als wären all die Jahre vergessen, in denen sie diese Frage unbeantwortet an sich vorbeiziehen ließ; doch es war erstaunlich, wie plötzlich sich der Geist auf die wirklich wichtigen Dinge konzentrierte, wenn man um sein Leben lief. Auf einmal wollte sie die Antwort wissen und ließ deshalb nicht locker. »Du willst mir jetzt bestimmt etwas vom Urknall erzählen, richtig? Aber wer hat den verursacht?«

»Können wir vielleicht das Thema wechseln?«

»Es ist mir ernst, Süße. Tu mir den Gefallen und spiel nur kurz mit, bitte.« Sie sah sich um. Das Restaurant war voll besetzt, doch niemand schenkte ihnen besondere Beachtung. »Wenn es einen Urknall gab, wer hat ihn dann ausgelöst?«

»Niemand, es ist einfach passiert.«

»Einfach so, meinst du? Aus nichts entsteht etwas?«

Janice stopfte sich Pommes frites in den Mund. Bethany versuchte sich zu erinnern, ob sie mit achtzehn Jahren auch so begeistert Kohlehydrate in sich hineingeschaufelt hatte. Sie meinte nicht, aber es mochte sein, dass Janice' außergewöhnliches Gehirn einfach einen höheren Kalorienbedarf hatte.

»Nicht einfach so«, lenkte der Teenager ein. »Nein. Zuerst gab es nichts. Nur Vakuumenergie. Wie kann man sich dieses Nichts vorstellen? Ohne die Verwendung von mathematischen Gleichungen lässt es sich nur schwer beschreiben, aber man kann beweisen, dass das Nichts klumpig ist.«

»Wie bitte?«

»Es ist klumpig. Weil das Nichts nicht komplett eigenschaftslos sein kann. Und weißt du, warum? Weil Eigenschaftslosigkeit eine Eigenschaft ist. Etwas komplett Glattes ist nicht nichts, weil es glatt ist. Also muss es Unebenheiten geben. Klumpen von dichterem Nichts, die durch das dünnere Nichts driften. Vor dem Urknall gibt es keine Zeit ...«

Die Kellnerin kam zu ihnen herüber geschlendert. Bethany schaute erwartungsvoll auf in der Hoffnung, sie würde ihnen die lang erwartete Nachricht von Sam DeMarco überbringen, doch die rothaarige Frau wollte nur die dringende Frage klären, wer noch etwas Kaffee nachgeschenkt haben wollte. Das Namenschild auf ihrem pinken Kittel verriet, dass die Dame Mickee hieß.

»Vor dem Urknall existiert Zeit nicht«, fuhr Janice fort, als sie wieder allein waren. »Aber es gibt Vakuumfluktuationen. Das Vakuum windet und dreht sich. Ohne die entsprechenden Gleichungen ist es schwer zu erklären, aber solange die Regeln der Physik gelten, wird sich das Vakuum drehen, winden und auf gewisse Weise sogar beben und Peng! Entsteht etwas aus Nichts.«

Bethany schüttelte den Kopf. »Und du meinst wirklich, das wäre eine einfachere Erklärung, als Gott für den Urknall verantwortlich zu machen?«

»Auf jeden Fall ist es wissenschaftlicher. Nicht unbedingt einfacher.«

»Das klingt nicht sonderlich wissenschaftlich. Mehr nach Mutmaßungen.«

»Nun, das ist es aber nicht. Eine Menge kluger Menschen hat viel Zeit damit verbracht herauszufinden, wie etwas aus dem Nichts entstehen kann, wenn man die Schöpfertheorie außen vor lässt ...«

»Aber genau darum geht es ja. Dabei lässt man eine Möglichkeit außer Acht.«

»Weil es für sie keinen Beweis gibt.«

»Gibt es denn einen Beweis dafür, dass das Nichts klumpig ist? Oder dient diese Annahme nur dazu, die Richtigkeit der Gleichungen zu bestätigen?«

»Das Nichts muss klumpig sein. Wenn es formlos wäre und trotzdem ein Urknall stattgefunden hätte, gäbe es keine Galaxien oder nicht einmal Sterne. Alles hätte sich viel zu schnell ausgedehnt. Ein paar Elemente aus dem Urknall mussten mit anderen zusammenstoßen und dann in andere Richtungen weggeschleudert werden, angetrieben durch die Schwerkraft und andere Kräfte, die noch nicht entdeckt wurden ...«

»Wie zum Beispiel Gottes Wille?«

»Oder andere Kräfte«, beharrte Janice.

Dann verstummte sie und sah zum Fenster hinaus. Bethany folgte ihrem Blick, konnte jedoch nur einen Lkw entdecken, der auf der anderen Straßenseite vor dem Supermarkt Brot entlud.

»Was ist los, Süße?«

»Dein Freund sitzt im Rollstuhl, richtig?«

Mickee, die Kellnerin, schenkte ihnen Kaffee nach, den sie nicht bestellt hatten. Bethany scheuchte sie davon.

»Ja«, erwiderte sie. »Er sitzt im Rollstuhl.«

»Er kann also nicht laufen.«

»Nein.«

»Dann könnten wir ein Problem haben, weil in den letzten fünf Minuten irgend so ein Typ mit Baseballkappe zweimal am Fenster vorbeigelaufen ist. Er scheint uns heimlich durch die Scheibe zu beobachten.«

»Ich melde eine sichere Identifizierung.«

»Von beiden?«

»Bestätige.«

Der Professor nahm das Handy vom Ohr und starrte es an. Woher hatten sie diese Ausdrücke nur? Aus dem Fernsehen? Wie auch immer. Jetzt war Konzentration gefragt. Wenn sich Bethany und Janice noch immer in der Stadt aufhielten, hatten sie noch keinen Kontakt aufgenommen. Wahrscheinlich würden sie bis zum Abend warten. Umso besser. Die Dunkelheit war schon immer sein Verbündeter gewesen.

Das nächste Problem war der Idiot am anderen Ende der Leitung, der geduldig auf seine Anweisungen wartete. Stuart dachte nach. Es blieb ihm eigentlich keine Wahl. Er arbeitete nun schon so lange erfolgreich allein. Nie hatte es einen Zeugen für irgendetwas gegeben.

»In Ordnung. Ziehen Sie sich zurück.«

»Soll ich ihnen folgen?«

»Nein.«

»Aber ...«

»Lassen Sie es gut sein«, sagte er. »Ich will sie nicht verschrecken.« Was der Idiot mit Sicherheit tun würde, wenn es nicht schon passiert war. Ihn zu beseitigen, würde eine echte Erleichterung sein.

»Ziehen Sie sich zurück. Weit zurück. Wir treffen uns in zwei Stunden.«

Er legte auf. Dann ging er zu seinem Aktenkoffer hinüber und wählte nach kurzer Überlegung die Glock-Pistole und ein Tactical-Schnellschuss-Gürtelholster. Es war wichtig, dass das Holster zu sehen war. Zur Tarnung. Heute zählte nur die Tarnung.

Nachdem sie bereits fast eine Woche gemeinsam auf der Flucht waren, beherrschte das Duo den Ablauf im Schlaf. Wann immer sie ein Restaurant aufsuchten, rechneten sie bereits bei der Bestellung genau aus, was sie verzehrten, und baten darum, die Rechnung mit dem Essen ausgehändigt zu bekommen. Gerade warf Bethany ein paar Scheine auf den Tisch, während Janice sich versicherte, dass sie nichts aus Versehen zurückließen. An einer Raststätte in Indiana war Bethany ihr kleines Notizbuch aus der Jackentasche gefallen und wäre ohne Janice' Achtsamkeit verloren gewesen. Ein anderes Mal hatte sie ihre Geldklammer gerettet. Es war sinnlos, hatten sie vor zwei Tagen beschlossen, sich über Fingerabdrücke oder DNA-Spuren Gedanken zu machen: Wenn die Behörden ihnen nahe genug kamen, um solche Spuren zu sichern, wäre die Party sowieso vorbei.

Nun hasteten sie zum Seiteneingang neben den Toiletten hinaus, der ihnen am Morgen aufgefallen war. Die Tür führte in eine Gasse, die zwischen dem Imbiss und einer Eisenwarenhandlung verlief und sich in etwa über einen Block erstreckte. Doch lange bevor sie die School

Street erreichten, wo sie ihren Wagen geparkt hatten, ertönte hinter ihnen eine weibliche Stimme. »Hey, Sie! *Hey!*« Bethany wäre einfach weitergelaufen, wenn nicht Janice automatisch auf den autoritären Tonfall reagiert hätte. Der Teenager blieb wie angewurzelt stehen und drehte sich um. Bethany tat es ihr gleich und erblickte die rothaarige Mickee, die auf sie zusteuerte.

»Sie haben Ihr Wechselgeld vergessen.«

»Das ist für Sie«, erklärte Bethany und zupfte Janice am Ärmel.

»Oh, vielen Dank«, sagte die Kellnerin. Sie stopfte sich das Geld in die Tasche, riss die Quittung von ihrem Block und überreichte sie ihnen. Dann stolzierte sie zum Restaurant zurück.

»Komm, wir gehen«, sagte Janice.

Doch Bethany ignorierte sie. Sie war damit beschäftigt, die Worte auf der Rückseite der Quittung anzustarren, die jemand dort hingekritzelt hatte:

Du bist ein Idiot. Ich schäme mich für dich. Das graue Haus mit dem ungleichseitigen Satteldach auf der Winona Road. Warte, bis es dunkel ist. Nimm den üblichen Weg.

»Woher weißt du, dass die Nachricht von Sam ist?«, fragte Janice. Sie waren in einem Motel knapp fünfzig Kilometer die Route 3 hinunter eingekehrt, um sich auszuruhen, bis die Sonne unterging. »Es könnte auch eine Falle sein.«

»Das ist sein Stil, Liebes. Dieser Teil mit dem ›Idiot‹ ist zu hundert Prozent Sam DeMarco. Und jeder, der uns in eine Falle locken wollte, hätte uns in der Gasse abfangen können.«

»Das kannst du nicht wissen, Bethany. Es könnte sehr gefährlich werden.«

»Deswegen bleibst du auch hier.«

Die funkelnden Augen wurden weit aufgerissen. »Allein?«

»Um sieben fahre ich los. Wenn ich bis zehn Uhr nicht zurück bin, nimmst du das Geld und haust ab.«

»Wo soll ich denn hin?«

»Sag es mir nicht.« Bethany schauderte bei der Erinnerung. »Falls es eine Falle sein sollte, wäre es besser für dich, wenn ich es nicht weiß.«

Janice' ruhiger Ton war unheimlich. »Achte darauf, dass dein Handy aufgeladen ist.«

»Mach ich.«

57

Die Winona Road schien hauptsächlich aus dichten Bäumen zu bestehen, die niedrige Häuser überschatteten. Sie waren vor einem halben Jahrhundert erbaut worden und durch große Vorgärten von der gewundenen Straße getrennt. Bethany war sich nicht sicher, wie sie Sams Haus erkennen sollte, vor allem im Dunkeln. Er hatte ihr nicht einmal gesagt, auf welcher Seite der Straße er wohnte. Was es noch schlimmer machte: Sie traute sich nicht, eine zweite Erkundungsrunde zu machen. Weit und breit war kein anderes Auto zu sehen, und umzukehren, um die Straße erneut in Augenschein zu nehmen, war der beste Weg, um auf sich aufmerksam zu machen, falls jemand sie beobachten sollte ...

Dann entdeckte sie es: Ein graues Haus mit ungleichseitigem Satteldach stand weit von der Straße entfernt, aber von Flutlichtern so erhellt, dass es gut sichtbar war. Und das sah Sam ähnlich, sein Grundstück abends hell erleuchten zu lassen, damit sich niemand unbemerkt nähern konnte. In dem grellen weißen Licht konnte sie das Haus mit seinen zwei Nebengebäuden und den dunklen Viertürer mit Stufenheck erkennen, der gut sichtbar auf der anderen Straßenseite parkte. Da ihr Gesicht hinter einer Baseballkappe und Sonnenbrille versteckt war, zwang sie sich, obwohl ihr das Herz mittlerweile bis zum Hals schlug, bewusst langsam vorbeizufahren und einen Blick auf die zwei Männer im Wagen zu werfen, anstatt auffällig den Kopf abzuwenden und davonzubrausen.

Dann hatte sie die Lichter hinter sich gelassen. Sie nahm sich einen Moment Zeit, um sich wieder zu beruhigen, ihren Mut erneut zusammenzunehmen und einen klaren Kopf zu bekommen. Die Straße verlief bis hierhin in nordöstliche Richtung, bog nun aber scharf nach Osten ab. Das war schlecht. Sam hatte sie angewiesen, den üblichen Weg zu nehmen. Der übliche Weg damals in Flint Hill war, einen verlassenen Feldweg hinunterzufahren, der in das Wäldchen hinter Sams Haus führte, und sich von dort aus den grasbewachsenen Hang zu seiner Hintertür hochzukämpfen. Sie hatte ihn einmal gefragt, warum er darauf bestand, dass sie bei ihren Besuchen diesen umständlichen Weg auf sich nahm.

»Training«, hatte Sam lachend geantwortet. Bethany schloss sich seinem Gelächter an und war dabei nie auf den Gedanken gekommen, ihn zu fragen, wofür er sie trainieren wollte.

Jetzt wusste sie es.

Sie erreichte eine Weggabelung, hielt sich links und bog dann erneut links in eine nicht beschilderte Straße ab. Nun zeigte ihr der Kompass auf ihrem Armaturenbrett an, dass sie wieder genau nach Westen fuhr. Sie kam an ein paar Häusern vorbei, von denen einige ziemlich neu wirkten und im Kolonialstil erbaut worden waren. Sie fuhr über eine Anhöhe und ließ die kleine Siedlung hinter sich. Die Straße bog scharf nach rechts ab, jedoch führte ein Feldweg weiter geradeaus, dem Bethany nun folgte und dabei schnell die Scheinwerfer ihres Wagens ausschaltete – sollte ihr jemand folgen, würde er kein Licht sehen, wenn er über die Anhöhe kam, und davon ausgehen, dass sie die befestigte Straße genommen hatte.

Bethany war nicht weit gekommen, da der Feldweg so zugewachsen war, dass sie aussteigen und zu Fuß weitergehen musste. Sie hatte die Taschenlampe aus Martins Haus in Highland Park dabei, entschied sich aber, sich nur auf das Mondlicht zu verlassen, so wie sie es auf den Jagdausflügen mit Everett Barclay gelernt hatte. Sie wusste bereits, in welche Richtung sie gehen musste, da sie den Schein von Sams Flutlichtern von der Anhöhe, auf der sie stand, sehen konnte.

Woher Sam wissen konnte, dass niemand etwas von diesem Schleichweg wusste, war ihr ein Rätsel. Bethany konnte keinen Weg erkennen, also kämpfte sie sich den Abhang hinunter, wie sie es von Sams Training in Flint Hill gewohnt war. Das Gestrüpp zerkratzte ihr die Beine, die niedrig hängenden Äste hätten sie fast das Augenlicht gekostet, und sie befürchtete, dass selbst ihre Jeans und der Pullover sie nicht vor den Verätzungen des Giftefeus bewahren würden.

Dann endlich hatte sie es geschafft und fand sich in einem gepflegten Garten wieder. Der Geruch von frischem Mulch stieg ihr in die Nase, ein Duft, den sie schon seit ihrer Kindheit liebte. Ein Blausteinweg führte zum Haus, den sie entschlossen, aber nicht zu schnell hinauflief, um nicht durch ein Geräusch die Beobachter vor dem Haus auf sich aufmerksam zu machen.

Die Hintertür stand offen, das Fliegengitter war geschlossen, aber nicht verriegelt.

Genau wie in Flint Hill.

Und genau wie damals in Flint Hill trat sie in die Küche ein, wobei sie sich diesmal den Anblick, der sich ihr in Highland geboten hatte, vor Augen hielt und auf das Schlimmste gefasst machte.

»Gut gemacht, Schätzchen«, rief eine Stimme aus dem angrenzenden Raum und ließ sie zusammenfahren, doch es war nur Sam, der alterslose drahtige Sam, der sie anlächelte, während er ein Buch von seinem Schoß nahm und weglegte.

»Niemand hat dich gesehen«, fügte er überzeugt hinzu und wendete seinen Rollstuhl in ihre Richtung. »Niemand ist dir gefolgt. Diese FBI-Typen da draußen haben überhaupt nichts mitbekommen. Kein Mensch weiß, dass du hier bist. Also, warum nimmst du dir nicht einen Kaffee, setzt dich und erzählst mir, was hier los ist.«

Es ist Abend.

Carraway sitzt in Vanners Büro und hört sich eine weitere Standpauke an. Sie wird niemals laut, und manchmal muss man sich anstrengen, um zu hören, wie sie einem die Hölle heißmacht.

»Keine Spur von Ted Lesofsky«, sagt sie. »Wie ich höre, sieht es so aus, als hätte er sein Verschwinden schon seit Jahren geplant. Sie müssen ihn wirklich erschreckt haben.«

»Ich habe angeboten, Ihnen alles zu erzählen, was er mir gesagt hat.«

»Und ich musste Sie daran erinnern, dass dieser Mann aufgrund seiner psychischen Probleme in den Ruhestand gezwungen wurde. Ich war in dem Komitee, das die Entscheidung traf, wie Sie sicherlich noch wissen.«

»Ich erinnere mich, Ma'am.«

»Gut. Weil ich Sie ungern an die gleiche Wahnvorstellung verlieren würde, der er zum Opfer gefallen ist.« Sie wedelt mit der Hand durch die Luft, als will sie ein störendes Insekt vertreiben. »Um es kurz zu machen: Wenn Sie weiterhin stellvertretender Leiter dieser Sonderkommission bleiben wollen, muss ich mich darauf verlassen können, dass Sie sich an meine Anweisungen halten. Sie glauben, dass Bethany Barclay unschuldig ist. Soweit ich es beurteilen kann, haben Sie recht. Trotzdem müssen wir sie finden. So lautet der Auftrag. Keine Ausflüge nebenbei, um irgendein anderes Verbrechen zu untersuchen.« Sie lächelt noch immer, doch ihr Tonfall wird kälter. »Ich kann Sie gut leiden, Carl. Das konnte ich immer. Aber Sie können nicht einfach jedem kleinen Bauchgefühl nachjagen ...«

Es klopft an der Tür. Pulu tritt ein, ohne eine Aufforderung abzuwarten.

»Tut mir leid, wenn ich störe. Es könnte sein, dass sie gesichtet wurden. In Greenfield, Massachusetts.«

»Wann?«, fragen Carraway und Vanner gleichzeitig.

»Gestern Morgen.« Pulus Ausdruck ist verlegen, als wäre es seine Schuld. »Ein Typ aus dem International House of Pancakes meint, zwei Frauen bedient zu haben, auf die unsere Beschreibungen passen. Er hat sich nichts dabei gedacht, bis er heute die Nachrichten sah.«

»Sie will Sam DeMarco treffen.« Carraway ist aufgesprungen. »Alarmier das Team, das sein Haus beschattet.«

»Schon geschehen«, erklärt Pulu.

Carraway dreht sich seiner Chefin zu. »Ma'am ...«

»Gehen Sie«, sagt Vanner, mit einem erneuten Wink ihrer schlanken Finger. »Ich rufe an und lasse den Flieger startklar machen. Oh, und dieses Mal, Gentlemen, denken Sie bitte daran, mich auf dem Laufenden zu halten.«

Doch sie spricht zu einem leeren Raum.

Der Ersatzvater für die Ersatztochter: Sie beide wussten, auf welchen Gefühlen ihre Beziehung beruhte. In Virginia waren sie gemeinsam Schießen gegangen, sowohl im Wald als auch auf dem Schießstand, wobei Sam immer fröhlich in seinem motorisierten Rollstuhl neben ihr herfuhr und Ratschläge, Kritik und Befehle bellte. Im Gegenzug hatte sie umsonst ein paar rechtliche Dinge für ihn geklärt – nichts Weltbewegendes, aber, wie Everett Barclay zu sagen pflegte, ein Dollar ist ein Dollar.

»Schön, dich zu sehen«, sagte Sam. »Auch wenn du ein kleiner Idiot bist.«

»Was habe ich jetzt schon wieder falsch gemacht?«

Er schlug sich aufs Knie. »Soll ich dir das wirklich aufzählen?«

Sie wurde rot. »Ich meine, dass ich mich bisher ganz gut geschlagen habe. Das FBI ist hinter mir her, außerdem irgendein Verrückter, der auf mich geschossen hat, und ein anderer, der versucht hat, mich zu entführen, aber ich konnte entkommen ...«

»Am besten fängst du ganz am Anfang an. Aber hol mir erst mal die Decke von meinem Bett. Nur für den Fall.«

»Nur für den Fall, dass was?«

»Dass es kalt wird.«

Das Schlafzimmer befand sich hinter ihr und war von ihrem Platz aus direkt einzusehen. Ihr wurde klar, dass der Raum, in dem sie sich befanden, das ganze Haus ausmachte. Alle Wände waren auf Hüfthöhe reduziert, tragende Wände durch Pfeiler ersetzt worden. Sam wollte alles sehen können. Die einzigen Ausnahmen waren das Badezimmer – das keine Fenster hatte – und die Küche, durch die sie gekommen war, nachdem sie sich durch die Hintertür Zutritt verschafft hatte. Über der Küchenzeile befanden sich faltbare Lamellentüren. Sie konnte nicht erkennen, warum die Küche von der Regel ausgenommen wurde, die für den Rest des Hauses galt, allerdings wusste sie, das Sam für alles, was er tat, einen Grund hatte.

»Falls ich Besuch bekomme«, erklärte er ihrem Blick folgend. »Damit meine Gäste nicht die Unordnung sehen.«

»Zu Hause hast du nie Leute zu dir eingeladen.«

»Das tue ich hier eigentlich auch nicht. Aber vielleicht mache ich es ja eines Tages.«

Sie legte ihm die Decke um und versuchte, sie um ihn herum festzustecken.

Er scheuchte sie weg und machte den Rest selbst. »Also, wo hast du deine kleine Freundin gelassen? Ist sie nach Hause gegangen?«

Sie machte sich nicht die Mühe, ihn zu fragen, woher er wusste, dass sie nicht allein unterwegs war. Sie hatte schließlich dafür gesorgt, dass sie in der Stadt gesehen wurde. »Ihr geht es gut.«

»Ah. Du hältst sie versteckt. Eine gute Idee. Jetzt erzähl mir alles.«

Das tat sie. Anders als bei dem Gespräch mit dem Pastor in Newark ließ sie dabei so gut wie nichts aus. Sie redete mehr als vierzig Minuten lang, ohne dass Sam sie ein einziges Mal unterbrach.

»In zehn Minuten landen wir.«

»Geben Sie den Agents vor Ort Bescheid«, sagt Carraway. Das Adrenalin rauscht in seinen Adern. Er schafft es kaum, in seinem Sitz zu bleiben, während die Gulfstream über die nachtschwarzen, niedrigen Berge gleitet. »Sagen Sie ihnen, dass wir auf dem Weg sind und sie noch nichts unternehmen sollen.«

Pulu grinst heimlich. Der Kommunikationsoffizier wirkt brüskiert. »Wir haben uns gerade vor zehn Minuten bei ihnen gemeldet. Und zehn Minuten davor haben wir dieselbe Nachricht übermittelt.«

»Tun Sie es mir zuliebe.«

Carraway reibt sich die müden Augen. Er geht seine Berechnungen noch einmal durch. Bethany muss auf dem Weg nach Ashland sein. Es gibt keinen anderen Grund, warum sie sich in Greenfield aufhalten sollte. Aber sie muss wissen, dass DeMarcos Haus vom FBI überwacht wird. Er fragt sich, wie sie glauben kann, sich unbemerkt an den Beamten vorbeischleichen zu können.

Aber natürlich wird DeMarco an alles gedacht haben. Ein Mann wie er, der ständig so vielen Feinden aus dem Weg gehen muss, kann nicht anders als ...

Der Kommunikationsoffizier ist zurück. »Sir, wir können die Agents vor Ort nicht erreichen. Sie reagieren weder auf Anrufe noch auf Funk.«

»Vielleicht sind sie ins Haus gegangen«, meint ein anderer Agent. »Da hat man schlechten Empfang.«

Carraway schüttelt den Kopf. »Wir können kein Risiko eingehen. Rufen Sie die örtliche Polizei an. Sie sollen dort ein paar Wagen vorbeischicken.«

»Das wird ihnen nicht gefallen«, sagt Pulu.

»Bitten Sie sie höflich.«

Als sie mit ihrer Erzählung am Ende war, richtete Sam seine Decke und zauberte von irgendwo eine dicke Zigarre hervor. »Willst du auch eine? Nein, offensichtlich nicht. Nun, mir soll's recht sein.« Er zündete sie mit großer Ruhe an und paffte gedankenverloren. »Eine schreckliche Angewohnheit. Ich habe es mir angewöhnt, nachdem ... nun, eben später.« Er verzog das Gesicht bei der Erinnerung. »Wie auch immer, du hast wirklich einiges durchgemacht. Ich dachte immer, ich hätte das eine oder andere Abenteuer hinter mir, aber du ... nun, ist ja auch egal. Du bist nicht hergekommen, um mich schwafeln zu hören, und ich kann mir vorstellen, dass du nicht lange bleiben kannst. Du gehst ein ziemliches Risiko ein, wenn du hier auftauchst – also, warum sagst du mir nicht, womit ich dir helfen kann?«

»Ich muss das Land verlassen, Sam.«

»Gesprochen wie ein echter Flüchtling.«

»Ich meine es ernst.«

»Dann wirst du einen Pass brauchen«, sagte Sam, der mittlerweile ganz sachlich geworden war. »Es ist schon eine Weile her, dass ich so etwas tun musste, aber das sollte ich noch hinbekommen.«

»Das habe ich gehofft.«

»Ich habe einen Lieferanten, der früher der Beste auf dem Markt war. Von ihm bekommt man einen Pass, der bei einmaliger Nutzung garantiert funktioniert. Es wird kein amerikanischer sein, aber wenn du ihn an der Grenze vorzeigst, wirst du ohne Probleme das Land verlassen können. Alles Weitere liegt an dir.« Er war zum Beistelltisch hinübergerollt und griff nun zu Stift und Papier. »Es könnte natürlich sein, dass mein Lieferant nicht mehr aktiv ist. Leute, die auf beiden Seiten der Straße arbeiten, gehen oft frühzeitig in den Ruhestand.« Er zwinkerte ihr zu. »Ab und zu sogar freiwillig.«

»Ich danke dir.«

Er notierte einen Namen und eine Adresse, weil sie seiner Meinung nach nicht in der Verfassung war, sich etwas zu merken. Aber sie bemerkte, dass er nur auf einem einzigen Blatt schrieb, das auf dem Glastisch lag, um keine Abdrücke auf anderen Seiten zu hinterlassen.

Sie hustete – der Zigarrenrauch hing mittlerweile schwer in der Luft – und steckte den Zettel weg. »Wie kann er garantieren, dass der Pass akzeptiert wird? Ich meine, bei der Technologie, die sie heute zur Verfügung haben?«

»Es gibt eine Möglichkeit. Es ist relativ offensichtlich, und die Behörden können nicht viel dagegen tun. Vielleicht verrät er es dir, wenn ihm der Sinn danach steht.«

»Danke, Sam.«

Er lächelte traurig. »Lass mich dir einen Rat mit auf den Weg geben, meine Liebe. Wenn man auf der Flucht ist, sollte man versuchen, so viel wie möglich zu schlafen. Ausgeruht zu sein, hat seine klaren Vorteile.«

»Ich werde versuchen, mich daran zu halten.«

»Bist du dir sicher, dass du das durchziehen willst, Bethany? Noch kannst du dich stellen. Je länger du davonläufst, umso weniger werden sie dir glauben, wenn sie dich schnappen.«

»Ich weiß.«

»Und sie werden dich kriegen, meine Liebe. Früher oder später, entweder gehst du den guten Jungs in die Falle oder den bösen.«

Sie versuchte, den Gedanken wegzuschieben. »Wie viel wird mich der Pass kosten?«

»Nichts. Man schuldet mir noch einen Gefallen.«

»Also schulde ich dir jetzt etwas.«

»Ich muss dich darum bitten, dass du nie wieder Kontakt zu mir aufnimmst.« Er machte sich nicht die Mühe zu verbergen, wie traurig ihn seine eigenen Worte machten. »Nicht, dass mir noch viel Zeit bliebe.«

Das Lächeln schwand aus ihrem Gesicht. »Sam, ich ... ich weiß nicht, was ich sagen soll.«

»Ich muss leiden, Bethany. Ich sage nicht, dass es Gottes Wille ist, sondern dass ich es verdient habe.« Er lehnte sich zurück. Nun konnte sie die Anzeichen seines ständigen Kampfes gegen den Schmerz sehen, die Schweißperlen auf seiner Stirn und seine steife Körperhaltung. »Aber ich weiß auch, dass mir vergeben wurde. Ich bin bereit, meinem

Schöpfer entgegenzutreten.« Er richtete sich auf. »Ist ja auch egal. Hör zu. Du hast einiges an Ratschlägen nötig, aber uns bleibt nicht viel Zeit. Also lass mich dir zwei Dinge erklären, nur zwei. Erstens, sie werden jeden deiner potenziellen Helfer beschatten.«

»Ich weiß ...«

»Ruhig jetzt. Hör zu. Das andere ist, dass sie nicht allmächtig sind. Sie werden Fehler machen, genau wie du. Irgendwo in deiner Vergangenheit gibt es Leute, auf die sie noch nicht gekommen sind. Das sind die einzigen Menschen, an die du dich jetzt noch wenden kannst.«

»Verstehe.«

Er nahm einen weiteren tiefen Zug von seiner Zigarre und lehnte sich vor. »Pass auf, Bethany. Dieser Kerl, mit dem du dich gestern unterhalten hast. Elliott St. John. Kommt es dir nicht seltsam vor, dass er dich so einfach hat ziehen lassen?«

»Ich sagte ihm, dass ich überwacht werde.«

»Das hätte ihn normalerweise in keiner Weise aufhalten sollen. Nicht bei allem, was auf dem Spiel zu stehen scheint. Ich glaube, du solltest in Betracht ziehen, dass er nicht im Namen seiner ... Organisation handelt. Es könnte sein, dass er eigene Ziele verfolgt und versucht, die Pilatus-Inschrift für sich selbst zu finden.«

»Daran habe ich auch schon gedacht.«

»Nun, in diesem Fall wäre ich an deiner Stelle vorsichtig. Es scheint, als wäre die *Wildnis* in mehr als ein Lager geteilt. Ich weiß, dass du glaubst, ihn in der Hand zu haben, aber pass auf, dass du nicht zwischen die Fronten gerätst. Andererseits eröffnen einem Unstimmigkeiten im feindlichen Lager auch immer gewisse Möglichkeiten, zumindest wenn man mit Bedacht vorgeht.«

»Ich bin mir mittlerweile nicht mehr ganz sicher, auf welcher Seite sich der Feind befindet. Ich kann nicht mal mit Sicherheit sagen, auf welcher Seite Annabelle war.«

»Klingt so, als wäre sie auf ihrer eigenen Seite gewesen. Und das ist auch das Seltsame an der Geschichte. Wenn St. Johns Leute sie nicht ermordet haben und du dir sicher bist, dass es auch nicht Davids Seite war, wer zum Henker hat sie dann ...«

Es klingelte an der Tür.

Sofort rollte DeMarco zu seinem Kontrollpult hinüber. Über seine Schulter konnte sie zwei Männer sehen, die der Überwachungskamera ihre Ausweise entgegenstreckten.

»FBI«, sagte er tonlos.

Bethany war schon halb aufgesprungen. In ihrem Kopf überschlugen sich die Bilder: Handschellen, eine zuschlagende Zellentür, vielleicht sogar die Nadel der Giftspritze, wegen des Mordes in Virginia ...

»Beruhige dich«, sagte DeMarco. »Natürlich werden sie auch mich befragen wollen. Sie sind nur etwas früher dran als erwartet, das ist alles.« Er dachte kurz nach. »Ich muss sie reinlassen, Bethany. Jetzt entspann dich. Sie haben keinen Durchsuchungsbefehl präsentiert, also dürfen sie mein Haus nicht durchsuchen. Sie wissen nicht, dass du hier bist, sonst hätten sie ein SWAT-Team dabei. Das hier ist eine reine Routinemaßnahme.« Er nickte zur Küche hin. »Geh da rein und schließ die Lamellen. Wenn du willst, kannst du zuhören oder durch die Hintertür verschwinden, das überlasse ich dir.«

»Vielleicht bewachen sie die Hintertür!«

»Ganz ruhig, Schätzchen.« Er musste tatsächlich lächeln. »Ich hab es dir doch gesagt: Das hier ist reine Routine. Ich habe mit so etwas Erfahrung. Wenn sie die Hintertür bewachen würden, hätten sie schon längst die Vordertür eingetreten.«

»Ja, aber ...«

»Geh jetzt. Los!« Seine Augen hatten wieder einen bitterernsten Ausdruck angenommen. »Und verhalte dich ruhig.« Er zwinkerte ihr so grimmig zu, dass ihr kalt wurde. »Und bete.«

Bethany betete. Voller Inbrunst. Nun stand sie in der kleinen Küche und spähte durch die Lamellen der Falttüren, während DeMarcos Rollstuhl ins Wohnzimmer zurücksetzte. Sie hatte die Hintertür bereits einen Spalt weit geöffnet, damit sie sich nicht durch das Geräusch des Schließers verriet, sollte sie sich doch entschließen wegzulaufen.

Durch die Lamellen sah sie, wie die zwei Agents ihm ins Haus folgten. Ihre Worte konnte sie nicht verstehen. DeMarco warf einen prüfenden

Blick auf ihre Ausweise, rollte dann ein Stück zurück, um etwas Abstand zwischen sich und seine Besucher zu bringen, und wies sie an, Platz zu nehmen. Einer der Agents setzte sich, der andere blieb bei den Bücherregalen stehen, wobei seine Hände immer in Nähe seines Mantels blieben. Er setzte auch nicht den Hut ab, was ihr seltsam erschien, auf gewisse Weise sogar provozierend.

Sie bemerkte, dass Sam ihm immer wieder Blicke zuwarf.

Ihr fiel auf, dass sie Sam wie einen sehr gefährlichen Mann behandelten, und sie fragte sich wie schon damals, als sie ihn auf dem Schießstand beobachtete, wovon genau er sich zur Ruhe gesetzt hatte.

»Ich weiß nicht, wo sie ist«, hörte Bethany Sam sagen. Ihr wurde klar, dass er nur ihr zuliebe lauter sprach, damit sie mitbekam, was geredet wurde, in der Hoffnung, dass es ihm die Agents gleichtun würden. »Ich habe sie nicht gesehen.«

»Sie ist in der Stadt«, sagte der sitzende Agent.

»In welcher Stadt? Dieser?«

»Spielen Sie keine Spielchen mit uns, Mr DeMarco. Sie wissen doch sicherlich, dass man aus dem Zeugenschutzprogramm fliegen kann, wenn man flüchtige Personen unterstützt.« Er schlug eine Seite in seinem Notizheft um. »Ich frage mich, ob Ms Barclay überhaupt über Ihre Verbrechen im Bilde ist.«

Der alte Mann lächelte. »Sagen Sie mir Bescheid, wenn Sie sie geschnappt haben, dann werde ich sie gerne aufklären.«

»Lassen Sie mich raten. Sie glaubt, Sie hätten etwas mit der Mafia zu tun gehabt oder so etwas in der Richtung, nicht wahr? Sie hat keine Ahnung, was Sie wirklich gemacht haben. Und für wen.«

»Ich habe nicht den leisesten Schimmer, was sie glaubt und was nicht, Agent Fiedler. Sie hat mich nie danach gefragt.«

»Dennoch hält sie sich in der Stadt auf. Und ich wage doch sehr zu bezweifeln, dass sie wegen der überdachten Brücke in Ashland hier ist, so reizend sie auch sein mag. Also war sie entweder schon bei Ihnen oder ist auf dem Weg hierher.«

Sam zuckte mit den Schultern. »So oder so – ich weiß nicht, wo sie ist. Tut mir leid, dass ich Ihnen nicht helfen kann.«

Der Agent auf dem Stuhl schien damit zufriedengestellt zu sein. Der größere Mann neben dem Bücherregal jedoch runzelte die Stirn. Er nahm seinen Hut ab und hielt ihn an der Seite. Sein dunkles Haar wurde von einer weißen Strähne geteilt. Bethany war sich sicher, ihn schon einmal gesehen zu haben.

»Tut mir leid, Mr DeMarco«, sagte der größere Mann. »Aber das kaufe ich Ihnen nicht ab.«

»Ich sage Ihnen die Wahrheit. Ich weiß nicht, wo sie ist.«

»Oh, den Teil glaube ich Ihnen. Ich bin mir sicher, dass sie Ihnen nicht verraten hat, wo sie untergekommen ist. Vielleicht hat sie es versucht, aber das hätten Sie niemals zugelassen. Wie dem auch sei, sie war hier in diesem Haus und hat mit Ihnen gesprochen.«

Sams Reaktion schien noch immer entspannt zu sein, seine Hände ruhten in seinem Schoß. »Wie kommen Sie darauf?«

»Ich verfüge über eine sehr gute Menschenkenntnis.«

»Genau wie ich.«

»Gut. Dann wissen Sie ja, dass wir nicht eher gehen, bis Sie uns sagen, was wir wissen wollen.«

Sam DeMarco sah von einem Mann zum anderen und fuhr dann unmerklich seinen Rollstuhl ein Stück zurück. »Dürfte ich nochmals einen Blick auf Ihre Ausweise werfen, Gentlemen?«

Der Mann neben ihm beging einen Fehler. Bevor er in seine Jackentasche griff, warf er zuerst seinem Partner einen Blick zu. Doch lange bevor er seine Waffe ziehen konnte, hatte DeMarco seine eigene Pistole aus den Falten seiner Decke befreit und ihn mit zwei Schüssen in den Oberkörper zur Strecke gebracht.

Der Größere der beiden war klüger und aufmerksamer. Er hatte seine Waffe bereits auf DeMarco gerichtet, bevor dieser herumschwenken konnte. Dann gab er einen einzigen Schuss ab und jagte dem alten Mann eine Kugel durch die Stirn.

Ihre Fingernägel gruben sich in die Resopalbeschichtung der Küchenzeile. Ein Anfall von Übelkeit ließ alles vor ihren Augen grau werden, doch sie war geistesgegenwärtig genug, keinen Laut von sich zu geben.

Der Mann mit der weißen Strähne kniete neben seinem gefallenen Kameraden. Er beugte sich tief zu ihm herunter. Der verwundete Mann flüsterte etwas. Der Killer versuchte, ihm auf die Beine zu helfen. Als klar wurde, dass der Verwundete nicht stehen konnte, hob sein Partner DeMarcos Waffe auf, verpasste ihm eine dritte Kugel und hielt ihn in den Armen, während er starb.

Inzwischen war Bethany bereits zur Tür hinaus und stolperte den felsigen Hang hinter dem Haus hoch. Jetzt fiel es ihr wieder ein. Der Killer mit der weißen Strähne im Haar war der gleiche Kerl, der versucht hatte, sie auf der Straße in Chicago zu entführen.

58

Stuart van der Staal überquerte die überdachte Brücke und fuhr in die Hügel hinauf. Nach zehn Minuten erreichte er ein Forstgebiet, das für seine Zwecke abgelegen genug war. Er bog in einen Trampelpfad ab, schaltete die Scheinwerfer seines Wagens aus und wartete ab. Als er sich vergewissert hatte, dass ihm niemand gefolgt war, schleifte er den Körper seines Partners aus dem Auto in den Wald. Er durchsuchte die Leiche nach allem, womit man den Mann hätte identifizieren können, und nahm die Gegenstände an sich, darunter auch dessen Portemonnaie, Uhr und ein goldenes Kreuz an einer Kette, die er um den Hals trug. Zweifelsohne würde der Tote innerhalb eines Tages gefunden werden, aber mehr Zeit brauchte er auch nicht, um seine Spuren zu verwischen.

Er hätte es besser wissen müssen, statt sich unnötigen Ballast aufzuhalsen. Aber ihm war nicht wohl bei dem Gedanken gewesen, Sam DeMarco allein einen Besuch abstatten zu müssen. Der Mann mochte mittlerweile im Rollstuhl sitzen, aber zu seiner Zeit hatte er einen ernst zu nehmenden Gegner dargestellt. Wäre Stuart ohne Begleitung in das Haus eingedrungen, hätte er es vielleicht nie wieder verlassen.

Aber das war jetzt egal.

Der Professor richtete sich auf, wischte sich die Hände ab und wollte gehen. Dann blieb er stehen. Etwas kribbelte in seinem Nacken. Etwas, dass er vergessen oder übersehen hatte. Er klopfte seine Taschen ab. Die CDs, auf denen die Aufnahmen der Überwachungskameras gespeichert waren, und auch die aus dem Sicherungslaufwerk im Schlafzimmer hatte er eingesteckt. Trotzdem ließ ihm irgendetwas keine Ruhe, ein Detail, das er außer Acht gelassen hatte.

Dann wusste er es.

Er zog das goldene Kreuz aus seiner Jackentasche. Ein ziemlich merkwürdiges Schmuckstück für einen Mann, der seinen Lebensunterhalt mit Morden verdiente. Glaubte er wirklich, in den Himmel zu kommen, trotz all der Leben, die er genommen hatte?

Und wo um alles in der Welt war dieser Gedanke jetzt hergekommen?

Stuart schauderte. Der sterbende Mann hatte etwas geflüstert, hatte versucht, ihm etwas mitzuteilen. Der Professor fragte sich, ob er Buße tun wollte für all das Böse, das er in seinem Leben getan hatte.

Dann schüttelte er den Gedanken ab. Buße, das Böse, Himmel, Hölle – der Stress der Jagd schien ihm zuzusetzen. Nachdem er Bethany geschnappt und ausgequetscht hatte, würde er erst einmal Urlaub nehmen.

Erst als er den Wald verlassen und wieder in sein Auto gestiegen war, bemerkte Stuart, dass er das Kreuz nicht mehr bei sich trug. Ohne darüber nachzudenken, hatte er die goldene Kette wieder um den Hals des toten Mannes gelegt.

Bethany raste mit dem geliehenen Jetta durch die Dunkelheit und machte sich dabei mittlerweile keine Gedanken mehr, wegen überhöhter Geschwindigkeit angehalten zu werden. Ihr bleib keine Wahl, sie musste das Risiko eingehen. Die Adresse, die Sam ihr gegeben hatte, führte sie nach Baltimore. Sie wollte sich jetzt einfach nur noch Janice schnappen, die Pässe besorgen und das Land verlassen.

Sie versuchte zweimal, Janice auf ihrem Handy zu erreichen, aber beide Male ging direkt die Mailbox an. Vielleicht telefonierte sie mit Zach. Vielleicht schlief sie. So oder so verstieß sie gegen die Regeln. Sie hatte immer erreichbar zu sein. Immer. Beim zweiten Mal hinterließ Bethany eine Nachricht: Steh auf, zieh dich an, pack deine Sachen.

Mit quietschenden Reifen fuhr sie auf den Parkplatz des Motels, rannte zu ihrem Zimmer ...

Und fand es leer vor.

Nicht nur leer.

Das komplette Zimmer war gesäubert worden. Der Teppich war gesaugt, das Badezimmer glänzte. Es wirkte so, als wäre hier nie ein Gast abgestiegen. Bethanys Reisetasche stand ordentlich gepackt neben der Tür. Von Janice oder ihren Sachen war keine Spur zu sehen.

Wo war sie hin?

Dann entdeckte sie die getippte Nachricht, die auf dem akkurat gemachten Bett lag.

Wenn Sie alles haben, rufen Sie an. Nicht vorher.
Sie haben zwei Wochen.

An den Zettel, direkt unter der Telefonnummer, war ein Foto von Janice geheftet. Sie hatte die Augen verbunden und sah furchtbar verängstigt aus. Kein Wunder: Man hielt ihr eine Waffe an den Kopf.

59

Ihr blieb keine Wahl. Sie rannte zurück zum Auto und raste in die Nacht hinein. Sie fuhr nach Vermont, dann Richtung Süden, wobei sie ganze neunzig Minuten nicht vom Gas ging, bis sie sich sicher war, den Radius der Ringfahndung, die das FBI möglicherweise mittlerweile in die Wege geleitet haben könnte, hinter sich gelassen zu haben. An einer verlassenen Einkaufsmeile hielt sie an und riss den letzten Umschlag auf ... der für Notfälle reserviert war.

Also steckst du jetzt auch in Schwierigkeiten, was? Schick eine SMS mit deinem Problem an diese Nummer. Ruf nicht an, schick nur eine Nachricht. Sag nicht, wer du bist. Tu, was dir gesagt wird. Sie können dich aus jedem Schlamassel rausholen. Aber es wird dich etwas kosten.

Bethany atmete tief durch und zog dann ihr Handy aus der Tasche. Sie beobachtete einen Moment die Straße, doch die wenigen vorbeifahrenden Autos schenkten ihr keinerlei Beachtung. Sie kam sich dämlich vor, doch da ihr keine Wahl blieb, schrieb sie:

stecke in schwierigkeiten

Nichts passierte. Sie schlug die Hände vors Gesicht, bereit aufzugeben, aber dann riss sie sich schnell wieder zusammen. Ihr fiel ein Satz ein, den Tante Claudia immer zu sagen pflegte: *Er hat dich nicht so weit gebracht, um dich jetzt fallen zu lassen.*

Der Signalton ihres Handys ertönte.

sind sie verletzt?

Sie schrieb zurück:

nein

Sie wartete. Erwischte sich dabei, fast zu lächeln. Wünschte sich, dass Janice jetzt hier wäre, um zu sagen, dass ihr Gedanke an Gott und die gleichzeitig eintreffende Nachricht reiner Zufall wären. Wünschte, Janice wäre hier.

Das Telefon piepste.

sind sie mobil?

ich habe ein auto

halten sie sich in den vereinigten staaten auf?

ja

in welchem bundesstaat?

connecticut, log sie.

Es folgte eine lange Pause.

können sie in drei stunden in newburgh new york sein?

ja

route 9w, 13 km nördlich von der brücke, elaine's grill. bestellen sie käsekuchen. fahren sie sofort los

Ein weiteres Piepsen.

und nennen sie beim nächsten mal ihren wahren aufenthaltsort. ich bin ein freund

Sie fuhr los.

»Dieses Massaker ist unentschuldbar«, sagt der Schutzherr. »Jetzt werden sie niemals aufhören. Das ist Ihnen doch klar.«

»Ich weiß«, erwidert Elliott St. John. Er befindet sich im großen Schlafzimmer seiner dreistöckigen Wohnung in Manhattan. Wieder einmal fragt er sich, ob dieses Telefon wirklich so sicher sein kann, wie der Schutzherr behauptet, aber darüber will er jetzt wirklich nicht diskutieren. »Er ist außer Kontrolle.«

»Ich spüre ein ›aber‹ nahen.«

»Er hat einen Plan, wie er das Zielobjekt wieder in seine Gewalt bekommt.«

»Das glaube ich sofort, Elliott. Er hat immer einen Plan für irgendwas. Er ist einfach nicht so kompetent, wie wir es erwartet haben.«

»Oder sie haben Gott auf ihrer Seite.«

Die letzte Bemerkung des Medienmoguls ist als Scherz gemeint, doch der Schutzherr klingt alles andere als amüsiert. »Er ist zu einer Belastung geworden.«

»Da stimme ich zu.«

»Sie wissen, was das bedeutet.«

»Das tue ich, Schutzherr, aber bedenken Sie auch, dass er möglicherweise irgendwo Informationen über uns hinterlegt hat, sozusagen als Lebensversicherung.«

»Glauben Sie, dass er so weit gedacht hat?«

»Ich würde es tun.«

Eisige Stille breitete sich in der Leitung aus. »Eine interessante Aussage, Elliott, aber machen Sie sich keine Sorgen. Wir sind vernünftige Menschen, keine Fanatiker. So behandeln wir einander nicht.« Es folgte eine weitere Pause, um das Gesagte wirken zu lassen. »Hören Sie zu. Wenn unser Professor es wirklich schaffen sollte, die Zielperson wieder in seine Gewalt zu bekommen, umso besser. Sie hat wahrscheinlich vor, das Land zu verlassen. Ich nehme an, dass er ihr folgen kann, wenn es sein muss. Aber um kein Risiko einzugehen, haben wir uns ein wenig abgesichert.«

»Abgesichert?«

»Nur damit sie weiß, wer hier das Sagen hat.«

Wie üblich legt der Schutzherr auf, ohne sich zu verabschieden, so wie es mächtige Menschen heutzutage tun: Auch Elliott hält es so. Auf Zehenspitzen schleicht er zurück ins Schlafzimmer, um sicherzugehen, dass seine Frau schläft, und läuft dann die Treppen zur obersten Etage seines dreistöckigen Appartements hoch. Sein persönliches Refugium. Mithilfe einer Schlüsselkarte und eines Codes öffnet er die Tür und tritt in sein riesiges Büro ein. Ein Bodyguard, der außerdem auch als sein Assistent beschäftigt ist, döst in einer Ecke, springt aber sofort auf, als er hereinkommt.

»Entspann dich, Ben. Ich will nur in den Tresorraum.«

Der Tresorraum verfügt über ein Zwei-Personen-Sicherheitssystem, und so drehen Elliott und Ben simultan ihren jeweils eigenen Schlüssel im Schloss herum, um die Tür zu öffnen. Die Luft im Inneren steht unter Druck und ist staubfrei. Der Raum wird nur schwach beleuchtet. Die Raumtemperatur beträgt gerade mal zwölf Grad. Hier bewahrt Elliott nur ein paar seiner Schätze auf. Er läuft die Reihe von Schaukästen entlang, bis er die Vitrine findet, die er sucht. Sie ist bereits angepasst worden, wartet nur noch auf das Vorzeigestück. Darunter ist ein Messingschild angebracht, auf dem bis auf den Titel nichts zu lesen ist, da die Kuratoren erst wissen werden, wie die Beschreibung zu lauten hat, wenn sich das Stück in seinem Besitz befindet.

Auf der Tafel steht *Die Pilatus-Inschrift.*

Elliott stützt sich auf dem Schaukasten ab und beugt den Kopf, allerdings nicht zum Gebet. »Sie können dich nicht von mir fernhalten«, zischt er. »Egal, wie gut sie sich absichern.«

Wie sich herausstellte, war Elaine's Grill eine ausgebrannte Aluminiumruine mit herunterhängendem Schild, die Fenster eingeschlagen oder zugebrettert und die einst glänzenden Außenwände mit unzähligen Graffiti beschmiert, die sich im Laufe der Jahre angesammelt hatten. Wer auch immer ihr die SMS geschrieben hatte, war entweder seit Jahren nicht mehr hier gewesen oder besaß einen schrägen Sinn für Humor.

Sie fuhr an dem zerstörten Imbiss vorbei, wendete und passierte ihn erneut. Der Parkplatz war durch eine rostige Kette abgesperrt. Unkraut hatte den Asphalt aufgebrochen. Sie konnte kein Auto entdecken, das zu warten schien, und es drückte sich auch niemand in den Schatten herum.

Etwa vierhundert Meter weiter südlich gab es eine Sackgasse, die von kleinen, aber gepflegten Häusern gesäumt wurde. Dort bog sie ab und hielt am Straßenrand, um sich zu überlegen, wie sie weiter vorgehen sollte. Sie hatte den Namen und die Adresse von Sam DeMarcos Passfälscher in der Tasche, doch er lebte in Baltimore, und sie bezweifelte, dass sie unbemerkt so weit kommen würde. Ihr war klar, dass sie Hilfe brauchte, doch an einem zugebretterten Imbiss herumzulungern, war die Art von Verhalten, mit der man die örtliche Polizei auf sich aufmerksam machte.

Moment.

Das Telefon.

Sie nahm es zur Hand und schickte eine weitere Nachricht.

ich bin hier. wo sind sie?

Keine Antwort.

Während Bethany darüber nachdachte, was sie nun tun sollte, streifte das Licht von Scheinwerfern durch ihren Wagen. Bethany wurde stocksteif, doch das vorbeifahrende Auto hielt nicht an. Regungslos wartete sie ab, bis die Rücklichter des Wagens hinter einer Ecke verschwunden waren. Sie stieß die Luft aus und wurde sich erst jetzt bewusst, dass sie den Atem angehalten hatte. Dann zog sie das Foto von Janice aus ihrer Tasche, betrachtete ihre weit aufgerissenen und angsterfüllten Augen und die Waffe an ihrer Stirn. Sie musste ...

Wieder tauchten Scheinwerfer auf, diesmal kamen sie aus der entgegengesetzten Richtung und rasten auf sie zu.

Ein dunkler Viertürer mit Stufenheck hielt so dicht neben ihr, dass er ihre Tür blockierte.

Ein Fenster wurde heruntergerollt, durch das sich ein bekanntes Gesicht schob.

»Niemand ist Ihnen gefolgt«, sagte Raymond Fuentes. »Nehmen Sie mit, was Sie brauchen, und steigen Sie ein.«

Eine Weile fuhren sie schweigend in Richtung Süden. Er hatte sie nicht gefragt, wohin sie wollte. Und auch sie ließ sich überraschen, wohin er sie fuhr. Die grünen Meilensteine flackerten im Licht der Scheinwerfer an ihnen vorbei. Vermutlich döste sie. »Sie haben zusammengearbeitet«, sagte sie, als sie die Stille nicht länger ertrug. »Sie und Annabelle. Sie haben zusammengearbeitet.«

Es verging ein Moment, während er darüber nachdachte. Sie stellte sich vor, dass er in seinem Kopf gerade eine Liste von zulässigen Fragen und Antworten durchging.

»Wir haben zusammengearbeitet«, gestand er endlich.

»Wie lange?«

»Eine Weile.«

Sehr hilfreich. Sie versuchte es erneut. »Für wen gearbeitet?«

Wieder eine lange Pause, bevor er antwortete. »Es zählt nur, gegen wen wir agieren.« Die Muskeln in seinem Gesicht verzogen sich zu etwas, das einem Lächeln ähnelte. »Ich habe es Ihnen gesagt, Bethany. Ich bin eine Ein-Mann-Armee.«

Nun war sie an der Reihe, nachdenklich zu werden. »Wohin fahren wir?«

»Wo auch immer Sie hinmüssen.«

»Das weiß ich noch nicht«, erklärte sie – was stimmte, denn sie hatte keine Ahnung, ob sie ihm trauen konnte. Nicht die Überzeugung, dass er gekommen war, um sie zu retten, hatte sie in sein Auto getrieben, sondern nur ihr Überdruss, allein auf der Flucht zu sein.

Er nickte knapp. »Sehr umsichtig. Ihren endgültigen Bestimmungsort sollten Sie für sich behalten, es sein denn, Sie haben keine andere Wahl. Ich habe nur vor, Sie durch die Gefahrenzone zu bringen, so weit ich diese einschätzen kann. Dann können Sie sich wieder allein durchschlagen.« Er warf ihr einen Blick zu. »Darin scheinen Sie ja gut zu sein.«

»Was ist die Gefahrenzone?«

»Dort, wo der Mann an Sie rankommt.«

»Welcher Mann?«

»Der Mann, der Sam DeMarco und die beiden FBI-Beamten ermordet hat. Ich bin froh, dass Sie entkommen konnten. Wenn es hart auf hart gekommen wäre, wäre ich eingeschritten.«

»Sie waren *dort?*«

Er entschied sich, eine andere Frage zu beantworten. »Der Mann, der geschossen hat, ist ein professioneller Auftragskiller. Sein Name ist Stuart van der Staal. Er war es auch, der versucht hat, Sie aus dem Village House zu entführen.«

Bethany rieb sich bei der Erinnerung an die Infusion den Arm. »Irgendwie erstaunt es mich nicht, dass Sie beide sich kennen.«

»Wir kennen uns nicht. Ich habe mehrere Quellen angezapft, um alles über ihn in Erfahrung zu bringen. Ich vermute, dass das FBI spätestens morgen seinen Namen kennt. Wenn nicht, sorge ich dafür, dass sie ihn erfahren.«

Sie warf ihm einen bohrenden Blick zu. »Wer zum Teufel sind Sie?«

Aber Raymond Fuentes ließ sich nicht vom Thema abbringen.

»Ich weiß nicht genau, was van der Staal von Ihnen will, aber ich bin mir sicher, dass er erneut versuchen wird, Sie zu schnappen. Ich habe jedoch nicht vor, das zuzulassen.«

»Wissen Sie denn, wie er es versuchen wird?«

»Ich weiß, wie ich vorgehen würde.«

Sein unverwandt düsterer Ausdruck hielt sie davon ab, weiter nachzufragen. Ein vorbeiziehendes Schild zeigte an, dass sie nun die Staatsgrenze nach New Jersey passiert hatten.

»Wenn Sie in Ashland waren«, fragte sie plötzlich, »warum haben Sie mich dann den ganzen Weg nach Newburgh fahren lassen?«

»Damit ich Ihnen folgen konnte. Es gibt keine Form der Überwachung, die mir im Lauf einer dreistündigen Autofahrt entgehen würde.«

Erneutes Schweigen, und wieder war sie diejenige, die es brach.

»Ich habe gehört, dass Ihre Schwester ein Mitglied von Martins Gruppe war.«

»Meg. Ja, das war sie.«

»Was ist passiert?«

Plötzlich hatte sie das Gefühl, ihn vor den Kopf gestoßen zu haben, und erwartete, keine Antwort zu erhalten. Doch er schien nur seine

Gedanken zu sammeln. »Meg und ich standen uns früher nahe. Sehr nahe. Dann zog ich in den Krieg und Meg ... nun, sie war gegen den Krieg. Unsere Eltern waren Missionare. Sie reisten um die Welt und errichteten Kirchen. Damals dachte ich, dass ich heute das Gleiche tun würde. Und Meg ... nun, sie nimmt ihren Glauben sehr ernst. Und ist eine überzeugte Vertreterin der christlichen Gewaltlosigkeit. Für sie sind Krieg, Selbstverteidigung, Abtreibung, das Töten von Tieren ... alles Akte der Gewalt und damit sündhaft. Ich kann sie verstehen. Meine Abschlussarbeit am College handelte von Augustinus und der Theorie des gerechten Krieges. Einige Theologen meinen, dass der Friede die von Gott beabsichtigte Basis für das menschliche Leben ist. Deswegen stellt für sie jeder Gewaltakt eine Anomalie dar. Gewalt darf nur im extremsten Notfall angewendet werden. Diese Meinung hat auch Meg vertreten.« Er trat aufs Gas, um einen Pick-up-Truck zu überholen, der in der Spur hin und her schlingerte. »Die andere Fraktion glaubt, dass Gerechtigkeit die von Gott gewollte Basis für das Leben der Menschen sei und Ungerechtigkeit die Sünde, die nur im schlimmsten aller Fälle zugelassen werden darf. Das entspricht eher meinen Vorstellungen. Manchmal stellt Krieg eine tragische Notwendigkeit dar, eine Phase der Zerstörung, um größere Ungerechtigkeit zu verhindern. Wir sollten den Krieg immer verabscheuen und unsere Feinde niemals hassen, aber es gibt Zeiten, in denen wir kämpfen müssen.«

Es erstaunte sie, wie offen er sprach und wie gelassen er theologische Fragen diskutieren konnte, während er sie außer Reichweite eines Auftragskillers brachte, damit sie ihr unbekanntes Ziel im Ausland erreichen konnte.

»Also haben Sie beide sich nur wegen Ihrer Ansichten über den Krieg gestritten?«

»Ich war in Afghanistan. Meg meinte, der Krieg sei unrecht. Sie war davon überzeugt, dass ich etwas Falsches tat. Sie besuchte zu der Zeit das College. Wir blieben über E-Mail und Skype in Kontakt. Dann meldete sie sich auf einmal nicht mehr.«

»Das war, als sie sich Martin anschloss.«

Er hatte in seiner Geschichte etwas vorgegriffen. »Ich wurde vorzeitig entlassen, nachdem ... nun, nach einem Vorfall in Afghanistan bot man mir diese Möglichkeit an, und so entschloss ich mich dafür. Ich machte mich auf die Suche nach Meg und fand Martin. Er sagte mir, dass sie zwei, vielleicht drei Monate geblieben und dann nach San Francisco gegangen war, um sich irgendeinem Guru anzuschließen. Ich wusste nicht, dass man heute so etwas überhaupt noch macht.«

Sie lächelten beide kurz.

»Ich reiste nach Kalifornien. Fand den Guru, aber nicht Meg. Wochenlang folgte ich ihrer Spur. Schließlich fand ich sie in einer Veganer-Kommune ganz in der Nähe von Seattle. Diese Leute waren mir gegenüber sehr freundlich, Meg hingegen war nicht sonderlich glücklich, mich zu sehen. Martin predigt, dass die Regierung eine Bedrohung darstellt.« Er sah sie von der Seite an. »Das bekommt man erst nach ein paar Wochen mit, aber er tut es. Hat es getan. In diesem Punkt ähneln sich viele dieser Sektenführer. Wenn man erst einmal durch all die Freude und Mantras geködert ist, wird einem gesagt, dass man sich von der Außenwelt fernhalten soll. Die Behörden führen nichts Gutes im Schilde, denen kann man nicht trauen und so weiter. Die arme Meg trieb es von einer Sekte zur nächsten. Alle boten andere Wege zur Erlösung an, doch in einem waren sie sich einig, nämlich dass die Regierung es auf sie abgesehen hatte. Wie auch immer, mittlerweile war sie davon überzeugt, dass ich der Feind sei.«

»Wie haben Sie reagiert?«

»Ich bin ein paar Tage geblieben und habe versucht, ihre Mauern zu durchbrechen. Ich glaube, das ist mir auch ein Stück weit gelungen. Aber dann forderte sie mich auf, zu verschwinden und nie wiederzukommen. Wenn sie mich sprechen wolle, sagte sie, wisse sie, wo ich zu finden sei.«

»Also sind Sie gegangen.«

»Ja.«

»Aber warum haben Sie dann Martin erneut aufgesucht?«

»Weil diese Veganer-Kommune harmlos war und der Guru nur unangenehm, Martin hingegen wirklich gefährlich. Ich wollte ihm auf die Schliche kommen, ihn auffliegen lassen.«

»Die Ein-Mann-Armee«, erinnerte sie sich.

»So ist es.«

Aber so war es nicht.

»Wenn Sie mit Annabelle zusammengearbeitet haben, wussten Sie dann nicht auch, was sie getrieben hat? Wissen Sie, wer sie beauftragt hat, hat sie Ihnen irgendwelche Namen verraten?«

»Dazu werde ich mich nicht äußern. Ich fahre Sie hin, wo Sie hinmüssen, und dann mache ich mich daran, Ihre Spuren zu verwischen.«

»Aber warum? Warum helfen Sie mir?«

Er fuhr die Abfahrrampe hinunter. Sie erreichten einen Rastplatz am Ende der gebührenpflichtigen Autobahn, die nach New Jersey führte. Es war bereits nach zwei Uhr morgens. In ein paar großen Lkw schliefen Trucker in ihren Kabinen. Ansonsten war der Parkplatz so gut wie verlassen.

»Ich erkläre Ihnen jetzt, wie wir es machen, Bethany. Entweder lasse ich Sie hier raus und Sie reisen von hier an allein weiter, oder ich fahre Sie nach Newark oder Philadelphia, wo Sie einen Bus oder Zug nehmen können nach wo auch immer Sie hinwollen.«

Sie zögerte. »Die junge Frau, die mit mir unterwegs war. Janice. Sie haben mich gar nicht nach ihr gefragt.«

»Ich bin davon ausgegangen, dass Sie schon darüber reden würden, wenn Sie es wollten.«

»Das will ich.« Sie schluckte. »Sie haben sie entführt. Ich weiß nicht, wo man sie festhält.«

»Ich verstehe.«

»Könnten Sie ... gibt es irgendeine Möglichkeit ... ich meine, Sie verfügen offensichtlich über Verbindungen ...«

Er hob die Hand und berührte mit erstaunlicher Sanftheit ihre Wange. »Es ist unwahrscheinlich, dass ich etwas auszurichten vermag, aber ich werde es versuchen.«

Sie lächelte: zum ersten Mal seit langer Zeit. »Können Sie dann noch eine letzte Sache für mich tun? Könnten Sie mich ein Stück weiter fahren?«

»Wie viel weiter?«

»Bis nach Baltimore.«

60

Professor Stuart van der Staal läuft durch ein Einkaufszentrum in Stamford, Connecticut, weil das Labyrinth von Geschäften und endlosen Rolltreppen, das diese riesigen Innenräume füllt, sich hervorragend dafür eignet, festzustellen, ob man verfolgt wird. Als Einkäufer bleibt man dauernd stehen, betrachtet Schaufenster, überlegt es sich anders und rennt von einem Geschäft zum nächsten. Für den unbedarften Beobachter ist Stuart nur ein weiteres Gesicht in der unbekümmerten und konsumfreudigen Menge. Die reichlich vorhandenen Versteckmöglichkeiten bieten genügend Gelegenheit, jeden unglückseligen Verfolger zu entdecken, der sich von seinen Mätzchen in die Irre führen lässt, während er jedem seiner unberechenbaren Manöver folgen muss.

Nachdem er eine Stunde lang herumgeschlendert ist, weiß er, dass ihm niemand folgt.

Gut.

Nun kann er in Ruhe nachdenken. Es ist der Morgen nach dem Missgeschick in Ashland, und er muss eine Entscheidung treffen. Die Anweisungen, die er in Hartford erhalten hat, waren unmissverständlich: Bethany Barclay in seine Gewalt bringen und herausfinden, was sie weiß. Der Plan ging schief. Er hätte funktioniert, wenn das Verhalten seines idiotischen Partners Stuart nicht dazu gezwungen hätte, Sam DeMarco zu erschießen, bevor er ihn befragen konnte; doch sein Auftraggeber wird nicht an Stuarts Entschuldigungen interessiert sein.

Also muss er einen neuen Plan schmieden, um sie wieder in seine Fänge zu bekommen.

Jeder in seinem Geschäft kennt den Trick: Schafft man es nicht, die Zielperson zu finden, muss man sie eben dazu bringen, freiwillig zu einem zu kommen. Das erfordert sowohl drastische Maßnahmen als auch einen Weg, wie das Opfer von diesen erfährt.

Stuart hält sich gerade beim Herrenausstatter Brooks Brothers auf und probiert einen zweitausend Dollar teuren Tweedblazer an, als ihm die Lösung für sein Problem einfällt. Wahrnehmung ist alles, das stimmt wohl, aber kein Ereignis wird von zwei Menschen gleich wahrgenommen. Es bedurfte eines Ereignisses, dessen Bedeutung nur Bethany wahrnehmen würde.

Eine Entführung.

Eine spektakuläre Entführung. Eine, die es in die Nachrichten schaffen würde, egal, wo sich Bethany auf dem Globus aufhält, zusammen mit einer Botschaft, die nur sie versteht.

Stuart zahlt das Jackett und eilt zu seinem Wagen. Als er sich wieder auf der Straße befindet und Richtung Süden fährt, spürt er eine Welle der Erleichterung durch seinen Körper strömen. Vor sich hinlächelnd, wählt er einen religiösen Radiosender aus, wie immer auf der Suche nach Themen für seinen Blog. Irgendein Depp predigt gerade über die Probleme, mit denen sich Teenager heutzutage konfrontiert sehen, aus der Perspektive der Bibel betrachtet. Die Predigt lässt ihn an Janice Stafford denken. Die zwei Frauen waren zusammen in Ashland, aber das schwarze Mädchen ist Ballast. Früher oder später, so vermutet er, wird Bethany sich dessen bewusst werden und sie loswerden.

»Dieses Mal wissen wir, dass es nicht Bethany Barclay war«, sagt Carl Carraway. »Die Aufnahme des Überwachungsvideos von Sam DeMarcos Vordertür ist eindeutig. Die zwei Männer haben Ausweise hochgehalten und sind dann reingegangen. Fünfzehn Minuten später trägt der eine den anderen raus. Die CDs wurden aus DeMarcos Überwachungssystem und der Sicherungsplatte entfernt, aber der Killer wusste nicht, dass es auch Sicherungskopien von der Sicherungsplatte gab. Davon stammen diese Aufnahmen.«

Die Schießerei liegt einen Tag zurück. Carraway und Pulu befinden sich mal wieder im Büro ihrer Vorgesetzten. Niemand hat ein solches Gespür für neue Entwicklungen wie Vanner. Ramirez und ihr Partner sind nach Philadelphia abgeschoben worden, um Polly Hollins zu befragen. Nun liegt die Sonderkommission wieder mehr oder weniger in Carls Händen.

»Wir haben Bethanys Fingerabdrücke auf der Küchenzeile gefunden«, fährt er fort. »Wir gehen davon aus, dass sie sich in der Küche versteckt hielt, während DeMarco die Killer abgelenkt hat. Das ist das einzige Szenario, das Sinn ergibt.«

Pulu klinkt sich ein. »Norval Jamison ist aufgewacht. Ein paar Agents sind mit einem Ausdruck der Videoaufnahmen auf dem Weg ins Krankenhaus. Wenn er einen der Männer aus DeMarcos Haus als seinen Angreifer identifiziert, entlastet sie das auch für die Schießereien in Virginia.«

Carraway ergreift wieder das Wort: »Ein State Trooper meint, auf seinem Weg zum Tatort den Mann gesehen zu haben, der aus DeMarcos Haus kam, als dieser mit sehr hoher Geschwindigkeit an ihm vorbeifuhr.«

Vanners Gesicht bekommt den entrückten Ausdruck, den man von ihr gewohnt ist, wenn sie nachdenkt. Ihre beiden Untergebenen warten.

»Gute Arbeit«, sagte sie schließlich. »Wir werden die Informationen über den Schützen weiterleiten. Anscheinend haben wir es hier mit einem Profi zu tun, also wird er in einer der Datenbanken auftauchen müssen. Wahrscheinlich wird sich eine eigene Sonderkommission mit ihm beschäftigen.« Sie reibt die Hände aneinander. »Kommen wir zurück zu Ms Barclay.«

Carraway ist aufgebracht. »Jetzt ist es doch wohl offensichtlich, oder nicht? Sie hat mit dieser Schießerei nichts zu tun. Sie hat weder David Hollins ermordet noch auf Norval Jamison geschossen. Martin Potus sagt aus, dass sie auch nicht an den Bombenanschlägen beteiligt war. Da ihr Name mit so vielen Verbrechen in Verbindung steht, die sie nicht begangen hat, ist wohl anzunehmen, dass sie auch nicht für den Mord an Ken Kirkland verantwortlich ist. Ich denke, dass wir hier eine unschuldige Frau jagen.«

»Das zu entscheiden, liegt nicht bei uns. Das ist Aufgabe des Justizministeriums«

»Aber ...«

»Unser Auftrag bleibt bestehen: sie finden und herbringen. Sollte sie unschuldig sein, bin ich mir sicher, dass sie es erwähnen wird.«

Einen Moment lang macht sich gereizte Stille im Raum breit.

»Wir haben das Motelzimmer untersucht, in dem sie mit Janice Stafford übernachtet hat«, erklärt Carl. »Dabei konnten wir nicht einen einzigen Fingerabdruck finden. Die Leute in der Stadt haben gesehen, dass sie gemeinsam unterwegs waren, aber zwei Zeugen berichten, dass Bethany das Motel allein in ihrem Wagen verlassen hat.«

»Es ist ein Motel, nicht das Weiße Haus. Die Zeugen können nicht sicher sein, dass Bethany allein wegfuhr. Das Stafford-Mädchen könnte sich auf dem Rücksitz versteckt haben. Sie könnte am Burger King an der nächsten Straßenecke gewartet haben. Sie könnte sonstwo gewesen sein.«

»Aber angenommen, die Zeugen haben recht«, fährt Carraway beharrlich fort. »Nehmen wir nur für einen Moment an, dass Bethany allein weg ist. Warum sollte sie das tun? Nach Aussage der Zeugen standen sich die beiden sehr nahe. Ihre Haltung gegenüber Janice wurde als mütterlich beschrieben. Bethany nennt sie »Süße«. So wie man es bei einem Kind tun würde. Ich glaube nicht, dass sie sie freiwillig fallen lassen würde.«

Vanner legt die Fingerspitzen aneinander. »Ah, und schon sind wir wieder bei Ted Lesofskys Verschwörungstheorien angelangt.«

»Sie sollten das nicht so einfach abtun. Teds Nachricht zufolge gibt es Kopien von all den Aufzeichnungen, die Annabelle hinterlassen hat. Angenommen, Bethany hat diese Kopien gefunden. Dann würde sie der Spur folgen. Und wenn ich jemand wäre, der Angst hat, was sie finden könnte - wenn ich es, was immer es auch ist, zuerst sehen wollte -, was gäbe es dann für ein besseres Druckmittel, als Janice zu entführen?«

»Eine nachvollziehbare Theorie«, meint Pulu.

Vanners Tonfall ist forsch. »Macht keinen Unterschied. Wir können uns die ganze Woche Theorien aus den Fingern saugen, aber das bringt uns auch nicht näher an Ms Barclay heran. Versuchen Sie sich daran zu erinnern, wer die Zielperson ist.« Sie hebt einen mahnenden Finger, um seine Einwände im Keim zu ersticken. »Und sollten Sie recht behalten, Agent Carraway - sollte Ms Seaver Aufzeichnungen hinterlassen haben, die auf eine Verschwörung hinweisen -, dann sind diese Aufzeichnungen mit Sicherheit bei uns in besseren Händen als bei Bethany Barclay.«

Carl kann seine Überraschung nicht verbergen. »Wollen Sie damit sagen, dass wir Annabelles Aufzeichnungen finden sollen - nur um sie dann abzugeben?«

»An das FBI. Nicht an mich persönlich.« Vanner scheint amüsiert zu sein. »Werden Sie nicht zu einem Ted Lesofsky. Nicht jeder ist ein Verschwörer.«

»Pastor Jamison meint zu glauben, dass es sich bei seinem Angreifer um Ihren Schützen handelt«, erklärt Vanner. Drei Stunden sind vergangen, und sie hat die beiden zurück in ihr Büro zitiert. »Und wie ich informiert wurde, haben auch drei der Überlebenden aus dem Village House sein Foto als den Mann identifiziert, den sie den Professor nennen. Glückwunsch, Carl. Scheint so, als hätten Sie richtig gelegen.«

Carraway und Pulu tauschen einen Blick aus. Dies war das überschwänglichste Lob, das sie je aus dem Mund ihrer Vorgesetzten gehört haben.

»Währenddessen«, fährt sie fort, »wird es Sie überraschen zu hören, dass sich unsere Freunde in Langley selbst unter massivem Druck weigern, uns irgendwelche Informationen über Raymond Fuentes mitzuteilen, außer dass er seit fast einem Jahr nichts mehr mit der CIA zu tun hat. Ich bin fast bereit, ihnen zu glauben.«

»Fast?«, fragt Carl.

»Lassen Sie es mich so formulieren: Er wäre nicht der erste Offizier im Ruhestand, der seine Dienste einem weniger anständigen Interessenten anbietet.« Sie klickt zu einem anderen Bildschirm auf ihrem Laptop. »Da ist noch etwas«, sagt sie, während sie über die Seite scrollt. »Agent Ramirez hat gerade aus Pennsylvania angerufen und einen vorläufigen Bericht über Mrs Hollins Befragung abgegeben.« Vanner lässt ihr gerissenstes Lächeln aufblitzen. Sie ist sich der Dramatik dieses Moments voll bewusst. Normalerweise hat sie es nicht gern, wenn alle Aufmerksamkeit auf sie gerichtet ist, aber im Moment scheint sie es zu genießen. »Wir wissen jetzt, warum Mrs Hollins so erpicht darauf war, Immunität zu bekommen. Im letzten Herbst hat sie ihrer Schwester ihren Pass geborgt.«

Sie lässt diese Information einen Moment wirken.

»Offensichtlich wollte Annabelle Seaver unbemerkt das Land verlassen. Anscheinend sehen sich die Schwestern verblüffend ähnlich. Nichtsdestotrotz ist das Verleihen eines Passes natürlich eine Straftat. Und wir sind uns nicht sicher, ob das alles ist, was sie getan hat. Mrs Hollins versucht weiterhin auszuweichen, aber Agent Ramirez glaubt, dass die Schwestern mehrere Male während dieser fehlenden Monate in Kontakt standen.«

»Wissen wir, wohin Annabelle gereist ist?«, will Carl wissen.

»Dazu wird gerade ein Bericht zusammengestellt, den Sie in nächster Zeit per E-Mail erhalten sollten. Denn wenn Ihre Theorie stimmt, Carl, dann wird, wo immer Annabelle gewesen ist, auch Bethany dort hinwollen. Das erklärt auch ihren Besuch bei Sam DeMarco. Sie braucht einen gefälschten Pass, und er ist der Einzige, den sie kennt – war der Einzige, der ihr helfen konnte, einen zu bekommen.« Das Lächeln verschwindet aus ihrem Gesicht. »Also stehen Sie nicht einfach so rum. Finden Sie sie.«

Pulu ist schon zur Tür raus, aber Carl zögert.

»Ja, Carl?«

»Wegen dieses Professors ...«

»Was wollen Sie noch von mir hören? Sie hatten recht. Und er hat zwei unserer Leute ermordet. Hunderte Agents sind da draußen und suchen nach ihm. Nur für den Fall, dass er tatsächlich ein Professor sein sollte, lassen wir gerade eine Gesichtserkennungssoftware sein Foto mit Bildern von jedem College-Dozenten hier und in Kanada vergleichen. Wir kriegen ihn. Keine Sorge.«

»Ja, Ma'am. Aber seinen Namen zu kennen, bedeutet nicht, dass wir ihn schnappen werden.«

Sie kneift die Augen zusammen. »Fahren Sie fort.«

»Erinnern Sie sich noch an den anderen Teil meiner Theorie? Wer auch immer dahintersteckt, wird Bethany folgen?«

»Ich erinnere mich.«

»Nun, ich glaube, dass die Schießerei in Ashland nicht geplant war. Es ist möglich, dass sie nicht nur uns, sondern auch dem Professor durch die Lappen gegangen ist.«

»Und?«

»Und das bedeutet, dass er ihre Spur wieder aufnehmen muss.«

»Lassen Sie mich raten. Sie haben eine Theorie, wie er das anstellen will.«

»Das habe ich tatsächlich. Und wenn ich recht behalte, erwischen wir ihn auf frischer Tat.«

Als Carl Carraway die wenigen Stufen zum Großraumbüro hinabsteigt, springt sein Partner breit grinsend auf. »Der Bericht über den Pass liegt vor. Sie ist nach Europa geflogen.«

»Was du nicht sagst.«

Pulu grinst noch immer. »Annabelle Seaver hat den Pass ihrer Schwester im Oktober oder November an sich genommen. Im Dezember flog sie vom Flughafen Dulles nach London. In der EU gibt es keine Passkontrollen, aber im Lauf des folgenden Monats benutzte sie den Pass, um in Hotels auf dem ganzen Kontinent einzuchecken – Amsterdam, Paris, Rom und viele andere kleinere Orte. Sie ist sogar bis Istanbul gereist und in südliche Richtung bis Kairo gekommen.«

»Und das konnten wir nicht anhand ihrer Kreditkarten erkennen?«

»Sie hat überall bar bezahlt.«

»Einen ganzen Monat lang? Das bedeutet, dass sie zehntausende von Dollar dabeihatte. Irgendwo muss das für Aufmerksamkeit gesorgt haben.«

»So ist es auch. Besser gesagt, geht das auf das Konto ihrer Schwester. Darum haben wir auch so schnell diese Informationen erhalten. War alles bereits im System gespeichert. Das Dezernat für Wirtschaftsverbrechen ist auf eine Reihe von Überweisungen aufmerksam geworden, die in Verbindung zu diesem Pass standen, und hat sich Polly Hollins' Kontobewegungen angesehen, um festzustellen, ob es da irgendwelche illegalen Aktionen gab.« Er grinst. »Ihnen ist aber nicht eingefallen, zu überprüfen, ob sie tatsächlich das Land verlassen hatte.« Er legt den Stapel Berichte auf dem Schreibtisch seines Partners ab. »Wie dem auch sei, jetzt wissen wir zumindest, wo Annabelle Seaver gewesen ist.«

Carl lässt sich das durch den Kopf gehen. »Gut. Nun zurück zu Sam DeMarco. Es könnte sein, dass er ermordet wurde, bevor er sich mit Bethany treffen konnte. Aber nehmen wir erst mal an, dass es nicht so war. Gehen wir davon aus, dass sie es irgendwie geschafft hat, zu entkommen, bevor die Schießerei losging, und zwar mit der Information, wo sie einen gefälschten Pass bekommt. Sie wird ihn benutzen, um Annabelles Spur nach Europa zu folgen.«

»Also müssen wir nur herausfinden, welchen Namen sie benutzt, und dann alle Grenzübergänge und Flughäfen in den Vereinigten Staaten überwachen.«

Carraway greift nach seiner Jacke. »Vielleicht gibt es auch einen einfacheren Weg.«

61

Richterin Edna Harrigan ist nicht sonderlich entzückt, als die FBI-Beamten erneut vor ihrer Tür stehen, nicht zuletzt, weil sie sich gerade für den Brunch revanchiert, zu dem Lillian Hartshorne sie anderntags eingeladen hatte. Da es an diesem Morgen regnet, nehmen die beiden Damen ihr Frühstück statt auf der Terrasse in der Essecke im Wintergarten ein, und diesmal ist das Essen von der Gastgeberin selbst und nicht vom Personal zubereitet. Doch Lillian erklärt, dass sie die Mahlzeit trotzdem genießt, und Edna ist gewillt, ihr zu glauben.

Lillian hat die vergangene Stunde damit zugebracht, ihre Freundin dazu zu überreden, dem Vorstand irgendeiner wohltätigen Organisation beizutreten, aber am Ende schafft es Edna doch, das Gespräch auf *bllnet* zurückzulenken.

»Was soll mit ihnen sein, Liebes?«

»Haben sie denn irgendeinen wirklichen Schaden angerichtet? Ich meine, außer in fremde Systeme einzubrechen? Haben sie vielleicht das Stromversorgungsnetz, die Flugverkehrskontrolle oder so etwas in der Art angegriffen?«

»Nicht dass ich wüsste. Nein.« Sie spitzt ihre durchsichtigen Lippen. »Bei den jungen Leuten heutzutage kann man nie wissen, aber ich denke, dass ich davon gehört hätte.«

»Dann frage ich mich, warum Janice Stafford bei ihnen ausgestiegen ist.«

Die akkurat gezupften Augenbrauen heben sich. »Edna. Meine liebe, gute Edna. Wer sagt denn, dass sie ausgestiegen ist?«

In diesem Moment klingelt es an der Tür.

»Es tut mir sehr leid«, erklärt sie Carraway und Pulu in der Eingangshalle. »Jetzt ist es gerade sehr ungünstig. Ich habe Besuch.«

»Ach Unsinn«, sagt Lillian, die von hinten angestiefelt kommt. »Das ist eine dienstliche Angelegenheit, Edna. Da solltest du kooperieren.«

Edna schließt kurz die Augen. Die Weltanschauung ihrer Freundin beruht größtenteils auf den Filmen, in denen sie selbst einst mitwirkte, bevor sie ihren mittlerweile verstorbenen Milliardär heiratete. Ihr größter Hollywood-Moment war, als sie das Mädchen in einem der am wenigsten beachteten James-Bond-Filme spielte, das in Minute sieben starb.

»Ich finde, dass die Agents zu einem geeigneteren Zeitpunkt wiederkommen sollten«, meint Edna.

»Wir wollten wirklich nicht stören«, sagt der jungenhafte Carraway. »Wir brauchen nur fünf Minuten.«

Lillian greift bereits nach ihrem Mantel. »Unsinn. Ich war sowieso gerade im Begriff zu gehen. Edna, vielen Dank für das herrliche Essen.«

Sie deutet ein paar Küsse in der Luft neben Ednas Wangen an und schwebt dann die Stufen der Vorderterrasse hinunter, wo ihr Fahrer sie erwartet.

»Bethany könnte möglicherweise versuchen, das Land zu verlassen«, erklärt Carraway.

Edna rümpft die Nase. »Das würde mich keineswegs überraschen, so wie ihre Leute sie für Verbrechen jagen, die sie nicht begangen hat.«

»Verstehe, Ma'am. Aber mal angenommen, dass Sie recht haben.« Er lehnt sich vor. »Gehen wir davon aus, dass sie unschuldig ist. Trotzdem müssen wir sie finden. Sie steckt in Schwierigkeiten. Sie braucht Hilfe.«

»Ich nehme an, dass man Ihnen diese Taktik an der Akademie beibringt. Vorzugeben, das alles nur zum Wohl des Verdächtigen zu tun.«

»Das mag wohl stimmen, Ma'am. Aber in diesem Fall ist es wirklich so.« Er schlägt seine Mappe auf und reicht ihr ein Foto. »Haben Sie diesen Mann schon mal gesehen?«

Sie schaut sich den Abzug genau an und schüttelt dann den Kopf. »Nicht dass ich mich erinnern könnte.«

»Wir glauben, dass er versucht, Bethany zu finden. Er hat zwei Agents und einen geschützten Zeugen ermordet.«

Ednas Gesicht wird aschfahl. »Wann?«

»Vorgestern Abend. Die Schießerei in New Hampshire.«

»Das habe ich in den Nachrichten gesehen. Es wurde berichtet, dass das organisierte Verbrechen dahintersteckt.«

»Das glauben wir nicht. Bei dem einen Opfer handelte es sich um Sam

DeMarco. Sie erinnern sich? Er wohnte mal in dieser Gegend. Ist mit Bethany auf den Schießstand gegangen. Ihr Ersatzvater. Ich meine mich zu entsinnen, dass wir das letzte Mal, als wir hier waren, über ihn gesprochen haben.«

Edna hält das Foto noch immer in der Hand.

»Wir glauben, dass der Killer DeMarcos Haus aufsuchte, weil er hoffe, Bethany dort in die Falle locken zu können. Sie war da – das verraten uns ihre Fingerabdrücke –, und es gibt auch Hinweise, die nahelegen, dass sie die Schießerei mit angesehen haben könnte. Nein, nein«, ruft er, um ihrem Protest zuvorzukommen, »wir glauben nicht, dass sie daran beteiligt war. Wir gehen davon aus, dass sie sich in der Küche versteckt hielt, und wissen, dass sie entkommen konnte. Wir haben das Auto gefunden, das sie zu der Zeit nutzte. Sie hat es in einer Nebenstraße in Newburgh, New York, zurückgelassen.«

»Wenn Sie mich jetzt fragen wollen, was sie nach Newburgh getrieben haben könnte, muss ich antworten, dass ich nicht den leisesten Schimmer habe.« Sie reicht ihm das Foto zurück. »Warum genau ist dieser Mann hinter Bethany her?«

»Das versuchen wir gerade herauszufinden. Wir haben gehofft, dass Sie vielleicht ein bisschen Licht in die Sache bringen könnten.«

»Es tut mir leid, Agent Carraway. Wie bereits gesagt, bin ich diesem Mann noch nie begegnet.«

»Ja, Ma'am.« Er wirft seinem Partner einen Blick zu. »Aber vielleicht können Sie uns trotzdem helfen.«

»Wie?«

»Richterin Harrigan, wir gehen davon aus, dass Bethany von jemandem – besser gesagt einer gewissen Gruppe – manipuliert wird, damit sie der Fährte ihrer Freundin Annabelle folgt. Den genauen Grund dafür kennen wir nicht. Wir glauben jedoch, dass diese Gruppe zunächst gute Absichten hatte, aber dass die Situation irgendwann außer Kontrolle geriet.«

Edna erwidert nichts. Hinter der rahmenlosen Brille bleibt ihr Blick standhaft, obwohl alle Energie aus dem kleinen Körper gewichen ist.

»Ma'am, wir meinen, wenn es irgendeine Möglichkeit gäbe, mit dieser Gruppe in Kontakt zu treten – zum Beispiel über eine Freundin von

Bethany, die sie in diese Lage gebracht hat –, dann stünden unsere Chancen vielleicht um einiges besser, sie zu finden.« Er tippt auf das Foto. »Sie zu finden, bevor dieser Mann es tut.« Er beobachtet sie genau. »Dieser Mann oder vielleicht andere, von denen wir noch nichts wissen. Wir können ehrlich gesagt nicht abschätzen, wie viele Personen an Bethanys Unterfangen interessiert sein könnten.«

Edna befeuchtet ihre trockenen Lippen. »Ich weiß nicht, was Sie von mir hören wollen, Agent Carraway.«

»Wissen Sie, wo Bethany sich aufhält?«

»Nein.«

»Wissen Sie, wo sie hinwill?«

»Nein.«

Er hält den Augenkontakt. »Ma'am, wir glauben, dass Bethany das Land verlassen will, um Annabelle Seavers Spur zu folgen. Möglicherweise wurde Annabelle von den gleichen Leuten rekrutiert wie Bethany.«

Die Richterin schüttelt den Kopf. Ihre Hände zittern. »Davon weiß ich nichts, Agent Carraway.«

»Aber Sie wissen, dass Bethany und Annabelle sich nahestanden.«

»Natürlich.«

»Ich frage aus folgendem Grund. Wir haben Grund zu der Annahme, dass Bethany mit Annabelles Reiseroute vertraut ist. Sie weiß, dass Annabelle das Land verlassen hat. Sie weiß, wann und wie und wohin. Bis jetzt konnte sie Annabelles Reise genau rekonstruieren. Annabelle hat ihre Schwester besucht. Genau wie Bethany. Annabelle hat ihre Tante besucht. Genau wie Bethany. Annabelle besuchte ihren Halbbruder. Genau wie Bethany. Annabelle ging nach Chicago ins Village House. Genau wie Bethany. Sie sucht nicht einfach die gleichen Orte auf, sie folgt einem Schema. Ich glaube, dass sie herauszufinden versucht, was in Annabelles Kopf vorging, während sie ihrer Fährte folgt.«

Edna kneift die Augen zusammen. Mittlerweile ist sie wieder in der Lage, klar zu denken. »Ich sehe, worauf Sie hinauswollen, Agent Carraway. Sie wollen mich fragen, ob sie Annabelles Spur auch in Europa verfolgen würde.«

»Ja, Ma'am. So ist es.«

»Sie glauben, dass sie vielleicht sogar versuchen wird, die gleichen Flughäfen anzusteuern, wenn sie versucht, Annabelles Motive nachzuvollziehen. Dass sie die gleiche Route nach Europa nehmen wird, nur um sicherzugehen, dass ihr nichts entgeht. Sie müssen mich entschuldigen, Agent Carraway, aber das halte ich für sehr weit hergeholt.«

»Ich bitte Sie, Richterin. Sie hat die Risiken abgewogen und sich entschieden, weiterzumachen. Dennoch muss sie wissen, dass dies ihre letzte Reise sein könnte. Ist es da nicht naheliegend, dass sie sich an Annabelles Route orientiert?«

Edna spitzt den Mund. »Wenn Sie damit meinen, dass sie wahrscheinlich die gleichen Orte wie Annabelle ansteuert, um, wie Sie es ausdrücken, Witterung aufzunehmen, haben Sie natürlich recht. Aber wenn Sie glauben, dass sie die gleichen Flughäfen nutzen würde – nun, dafür ist sie viel zu schlau.«

»Mir geht es nicht um Schlauheit. Ich rede von Sentimentalität. Bethany lässt ihre beste Freundin aufleben und will dabei keinen Schritt auslassen. Deswegen glaube ich, dass sie genau die gleiche Route nimmt, angefangen mit dem Flug nach London.«

»Wenn Sie recht haben, Agent Carraway, ist es wahrscheinlich eher andersherum. Die Psychologie funktioniert in entgegengesetzter Richtung. Annabelles Bemühungen endeten, wenn Ihre Darstellung korrekt ist, in einer Katastrophe. Sollte Bethany wissen, von welchem Flughafen Annabelle abgeflogen ist, können Sie sich sicher sein, dass sie diesen vermeiden wird.«

»Wenn ich Ihnen also sage, dass Annabelle über Dulles das Land verlassen hat ...«

»Würde ich Ihnen sagen, dass der Flughafen Dulles der Letzte ist, den Sie im Auge behalten sollten.«

An der Tür sagt Carraway sanft: »Jetzt, wo Annabelle nicht mehr da ist, sind Sie wahrscheinlich Bethanys engste Vertraute, nicht wahr? Sie verehrt Sie.«

»Das kann ich wirklich nicht beurteilen, Agent Carraway. Ich auf jeden Fall bewundere sie sehr.«

»Mögen Sie sie?«

Die Frage überrascht Edna. »Natürlich tue ich das.«

»Deswegen sorgen Sie sich, in was sie da nur hineingeraten sein mag. Weil Sie ihr nahestehen.«

»Ich glaube, das habe ich bereits bei Ihrem ersten Besuch klargestellt.«

»Dann nehme ich an, dass sie jetzt einiges bedauern.« Sein Tonfall bleibt weich. »Weil Sie es doch waren, die sie überhaupt erst in diese Lage gebracht hat, meine ich.«

Der böse Blick, mit dem sie diese Aussage quittiert, scheucht sie zum Auto.

»Wo geht's jetzt hin«, fragt Pulu.

»Was meinst du?«

»Lass mich raten. Dulles.«

Carraway nickt. Er rast durch die Nebenstraßen. »Richterin Harrigan wusste, dass ich recht habe. All das Gerede über Dulles als letzte Option für Bethany sollte uns nur vom Kurs abbringen.«

»Aber würde Bethany nicht davon ausgehen, dass wir diesen Flughafen besonders im Auge behalten?«

»Vielleicht nicht. Sie weiß, dass wir hinter ihr her sind, aber sie hat keine Ahnung, dass wir wissen, dass sie Annabelles Spur folgt. Und was ich zu Richterin Harrigan sagte, ist wahr – Bethany kann es sich nicht leisten, einen Hinweis zu verpassen. Etwas an diesem Flughafen oder diesem Flug könnte ein wichtiges Teil des Puzzles sein.«

Pulu greift zu seinem Handy, doch Carraway berührt sein Handgelenk. »Das behalten wir erst einmal für uns. Wir bringen die Informationen in den Umlauf. Jeder Zollbeamte und Beamte der Einwanderungsbehörde in den USA wird ihr Foto haben. An allen internationalen Flughäfen des Landes werden unsere Leute die Augen aufhalten. Aber Dulles – das bleibt unter uns.«

»Weißt du, was uns unterscheidet, Carl? Ich war tatsächlich schon mal in Kuala Lumpur. Du andererseits scheinst dich geradezu darum zu reißen, dort hinzukommen.«

»Die Petronas Towers sollen atemberaubend sein.«

Pulus Miene bleibt ernst. »Was meintest du mit dieser Aussage zum Schluss? Als du sagtest, dass Richterin Harrigan sie in diese Lage gebracht hat?«

»Ich wollte nur, dass die Botschaft ankommt. Wenn sie ein Mitglied des *Gartens* sein sollte – und vielleicht ist dir aufgefallen, dass sie es nicht bestritten hat –, nun, vielleicht halten die sich dann bedeckt, wenn sie wissen, dass wir ihnen auf die Schliche gekommen sind.«

»Aber das war nicht der einzige Grund. Du wolltest bestätigt haben, dass sie Bethanys beste Freundin ist. Warum?«

»Weil es im Moment sehr gefährlich ist, Bethany Barclays beste Freundin zu sein.« Er seufzt. »Wir werden ein Team dort rausschicken müssen, um sie zu überwachen.«

»Ich weiß, Carl.«

»Es ist dir aufgefallen?«

Pulu nickt. »Du hast ihr nie verraten, dass Annabelle nach Europa gereist ist.«

62

»War es das wert?«, fragt der Mathematiker.

Der Kirchenbaumeister schüttelt den Kopf, nicht um die Frage zu verneinen, sondern als Zeichen, dass er sie nicht beantworten will. Er weigert sich, den Schaden gegen das Ziel abzuwägen. Er ist von Augustinus' Lehre überzeugt, dass es rechtens ist, Gewalt anzuwenden, wenn damit der Gerechtigkeit gedient wird; die Umsetzung dieser Auffassung fällt ihm jedoch schwer. Sein Blick schweift über die massiven, verstaubten Regale der Bibliothek, doch das sonst so bestätigende Gefühl will sich einfach nicht einstellen.

Der Mathematiker scheint die innere Zerrissenheit seines Freundes nicht zu bemerken. »Wann fliegst du nach Europa?«, fragt er.

»Hmmm? Oh, Morgen. Morgen Abend.«

»Und du bist dir immer noch sicher, dass du allein reisen willst?«

»Du sollst in Deckung bleiben.«

»Ich habe gefragt, ob es das wert war«, hakt der Mathematiker nach. Er fängt an, die Punkte an seinen Fingern abzuzählen. »Annabelle ist tot. David Hollins ist tot. Norval Jamisons Zustand ist kritisch. Zwei FBI-Agenten sind tot. Einer unserer eigenen Leibwächter wurde verletzt. Janice Stafford ist verschwunden. Ihr Onkel ist tot. Und natürlich befindet sich Bethany Barclay noch immer auf der Flucht. Wie können wir das alles rechtfertigen?«

»Wir haben das nicht zu verantworten.«

»Aber es war abzusehen, Harry. Wir wussten, dass das passieren würde.«

»Da muss ich dir recht geben.« Der Baumeister fährt mit den Fingern über die Mappe. »Und wenn es nur um die Inschrift gegangen wäre, hätten wir uns auch zurückgezogen. Aber ich weigere mich zu glauben, dass Annabelle einfach nur ein doppeltes Spiel gespielt hat. Vielleicht hat sie ihr Geld genommen. Das muss nicht heißen, dass sie uns verraten hat.«

»Du glaubst noch immer, dass sie wirklich die Namen der *Wildnis*-Anführer hatte?«

»Ich vermute, dass es der Name von jemandem war, der versucht hat, die Inschrift zu kaufen. Darum geht es, George. Sie hat sie auf sich aufmerksam gemacht, und irgendjemand dort kam mit einem besseren Angebot auf sie zu. Wir müssen herausfinden, wer dieser jemand war.«

»Und das ist es wert? So viele Todesopfer im Austausch für diese Information?«

Harry Stean atmet tief ein. »Nein, George. Das ist es nicht wert. Natürlich nicht. Nicht mal annähernd.« Erschöpft lässt er die Schultern hängen und schließt die Augen. »Unser Heiland ermahnt seine Jünger, klug wie die Schlangen zu sein. Aber manchmal befürchte ich, so klug geworden zu sein, dass ich vergesse, warum wir hier sind.« Er richtet sich wieder auf. »Wir müssen unseren Glauben leben. Selbst während wir diesen Krieg führen, müssen wir unseren Glauben leben.«

Die Stimme des Mathematikers ist sanft. »Du solltest dich etwas ausruhen, Harry.«

»Zuerst muss ich meinen Pflichten nachkommen, alter Freund. Und was die Ruhe angeht – nun, die wird mich früh genug ereilen.«

Es ist Nacht.

Stuart van der Staal steht zwischen den Bäumen auf der Anhöhe hinter Edna Harrigans Haus. Er hält sich dort nun schon seit über einer Stunde auf und beobachtet die Umgebung durch das Nachtsichtgerät, das alles in wechselhaftes grelles Grün verwandelt.

Im vergangenen Monat hatte er ein Referat vor der American Philosophical Association gehalten, dem Berufsverband der amerikanischen Philosophen. Es ging um die Untersuchungsergebnisse von Neurowissenschaftlern, die nahelegen, dass »Grün« wie jede andere Farbe von jedem Menschen anders wahrgenommen wird: Wenn man die Welt durch die Augen eines anderen betrachten könnte, wäre das eine beängstigende Erfahrung, da alle Farbtöne falsch wären. Dieses Experiment, argumentierte er, untermauerte seine Theorie, dass es keine Realität, sondern nur Wahrnehmungen gibt.

Doch an diesem Abend, so muss er sich gestehen, gibt es eine Realität. Er muss Bethany schnell wieder in seine Gewalt bekommen, und die Entführung der bekannten Edna Harrigan scheint der direkteste Weg, ihre Aufmerksamkeit zu gewinnen. Kurzzeitig hatte er in Erwägung gezogen, Annabelles Schwester oder sogar ihre Tante zu entführen, doch es gab keine Garantie, dass diese Geschichten es in die landesweiten Nachrichten schaffen würden.

Ganz anders als diese hier.

Es wird Zeit. Die einzige Bewegung, die er im Lauf der vergangenen zwei Stunden beobachten konnte, findet im Haus statt und kommt von einer kleinen gebeugten Gestalt.

Sie erwarten ihn nicht. Diesen Schritt haben sie nicht vorausgesehen.

Er legt sich den Gurt seines Gewehrs um die Schultern und macht sich daran, den Abhang hinunterzusteigen ...

Und auf einmal ist er blind. Um ihn herum entflammt alles in blendendem Grün. Ein Lichtstrahl fällt direkt in sein Gesicht. Halb blind reißt er sich das Nachtsichtgerät vom Kopf und fällt auf die Knie. Um ihn herum ertönen Rufe, gebellte Befehle, seine Tasche fallen zu lassen und sich auf den Boden zu legen, begleitet von dem ebenso steten wie verhassten Paukenschlag, den er schon immer gefürchtet hat: »FBI! FBI!«

Und es wird noch schlimmer. Er hört seinen Namen:

»Stuart van der Staal! Auf den Boden!«

Er weicht in Richtung der Bäume zurück, auch wenn hinter ihm noch mehr Agents sein müssen. Später wird der weitere Verlauf der Ereignisse viel diskutiert werden. Einige Agents behaupten, dass der Verdächtige nach dem Gewehr an seiner Schulter griff. Andere bestehen darauf, dass er nur wie befohlen versuchte, seinen Rucksack abzunehmen. So oder so, der Kugelhagel erfolgt schnell und effektiv, die meisten Geschosse treffen seinen Oberköper und werfen ihn zu Boden.

Er ist fasziniert.

Selbst als die Agents aus dem Wäldchen eilen und seinen zerfetzten Körper umringen, nimmt der Professor ein letztes Mal alles bewusst wahr. Denn der Tod, wie Stuart es ganzen Generationen von Studenten gepredigt hat, ist das letzte Ereignis des Lebens und sollte deswegen distanziert und aufmerksam wahrgenommen werden.

Er hätte mehr Schmerz erwartet. Und mehr Angst. Er hebt eine Hand oder glaubt zumindest, dass er es tut. Als sich ihm ein Mann mit Helm nähert, seine Waffe wegtritt, ihn auf den Bauch dreht und seine kraftlosen Handgelenke in Handschellen legt, will er mitteilen, dass seine Wahrnehmung noch so scharf ist wie immer, dass er schon immer seinem Ende im vollen Bewusstsein ... der ... der Sinnlosigkeit des Lebens ...

Aber was, wenn es einen Gott gibt?

Bei dem Gedanken, dass dies nicht das Ende sein könnte, verfällt er für einen kurzen Moment in Panik. Dann schließt Stuart van der Staal zum letzten Mal die Augen und bekommt die Gelegenheit, es herauszufinden.

63

Bethany Barclay sitzt in der Abflughalle für internationale Flüge und ist erstaunt darüber, dass ihr Pass sie so weit gebracht hat. Auf ihrem Platz ist sie zwischen einem extrem übergewichtigen Mann und einer Frau eingeklemmt, die anscheinend viel Ellbogenfreiheit braucht, um ihren Laptop zu bedienen. Bethany verfolgt die CNN-Nachrichten auf einem der von der Decke hängenden Monitore. Auf dem Bildschirm ist die Auffahrt zu Edna Harrigans Grundstück zu sehen, wo letzte Nacht FBI-Beamte einen verrückten ehemaligen Prozessführer erschossen haben. Er hatte wegen eines alten Falls, der nicht zu seinen Gunsten ausgegangen war, der Richterin aufgelauert, um sie zu entführen oder vielleicht sogar zu ermorden. Aber jedes Mal, wenn das Gesicht des toten Mannes gezeigt wird, hat Bethany nur die schrecklichen Szenen, die sich vor drei Tagen in Sam DeMarcos Haus abgespielt haben, vor Augen und ihren eigenen Beinahe-Unfall, als er versuchte, sie an der Straßenecke in Chicago zu entführen.

Dann erinnert sie sich an Raymond Fuentes, der sie im Auto warnte, dass der Killer alles versuchen würde, um sie zurückzubekommen.

Zurückzubekommen. Was für ein emotionsloser Ausdruck.

Sie hatte geahnt, dass diese Leute sich an Janice vergreifen könnten. Irgendwie hatte sie es die ganze Zeit über gewusst. Deswegen hatte sie auch weder Janice, Tia, Peter oder Elliott St. John verraten, dass sie genau wusste, wer der weise Mann war, von dem Annabelle ständig sprach. Weiser Mann war der Spitzname, den Bethany ihrem Dozenten für Moralphilosophie in Oxford verpasst hatte; ein aufgeblasener, brillanter Tyrann, dessen echter Nachname Wisdom lautete, das englische Wort für Weisheit. Außer Annabelle hatte sie niemand erzählt, dass sie den Mann so nannte. Das Problem ist nur, dass Wisdom tot ist, und zwar schon seit Jahren. Es ist absolut ausgeschlossen, dass Annabelle sich mit ihm getroffen haben kann, doch genauso ausgeschlossen ist, dass sie mit der Bezeichnung jemand anderes gemeint haben könnte.

Wie dem auch sei, in Oxford wird sie wenn schon nicht die Antwort, dann zumindest die Fragen finden.

»Entschuldigen Sie bitte, Miss.«

Sie sieht auf. Vor ihr stehen zwei Männer, einer in Uniform und mit einer Waffe am Gürtel, der andere im Anzug mit einem Walkie-Talkie in der Hand. Er ist es auch, der sie angesprochen hat.

»Würden Sie uns bitte begleiten?«

Bethany steht auf. »Wohin soll ich denn mitkommen?«

»Bitte«, sagt er nur.

»Mein Flug ...«

»Machen Sie bitte keine Szene«, sagt der Mann im Anzug und packt sie vorsichtshalber am Oberarm.

Harry Stean ist allein im Archiv und schlendert durch die Reihen von Bücherregalen. Für ihn ist es, als würde er Abschied nehmen. Er glaubt nicht, dass er diesen Raum jemals wieder betreten wird. Liebevoll streicht er mit den Fingern über die staubigen Flächen, und es kommt ihm vor, als würde er einen alten Freund umarmen. In ein paar Stunden wird er ins Flugzeug steigen. Er hat Anweisungen für seine Nachfolge hinterlassen und dafür, den Plan zu einem erfolgreichen Ende zu bringen.

Als er seinen Streifzug beendet, stellt er fest, dass er erneut vor der Jonathan-Edwards-Bibel steht. Er erinnert sich an den Tag vor zwei Wochen, als der Bedienstete hereinplatzte, um ihm mitzuteilen, dass Bethany Barclay vom vorgesehenen Kurs abgekommen war. Damals nahm er die Information mit Furcht und sogar Entmutigung auf, doch jetzt ist er froh, dass es so gekommen ist.

Eine außergewöhnliche junge Frau.

Sie hat es geschafft, den Fallen zu entgehen, die man in Virginia für sie ausgelegt hatte. Anstatt davonzulaufen, um ihre eigene Haut zu retten, entschloss sie sich, auf die Lösung des Rätsels zuzurennen. Sie entkam ihren Verfolgern in Pennsylvania und New Jersey. Sie überlebte das Village House und half sogar dabei, diese Organisation hochgehen zu lassen. Sie überlebte den Vorfall in Ashland. Sie wurde von den Behörden gesucht, doch das schien sie in keiner Weise aufzuhalten.

Eine wirklich beeindruckende junge Frau.

Jetzt bereitet sie sich darauf vor, das Land zu verlassen, genau wie er selbst. Sehr wahrscheinlich wird die *Wildnis* auch auf sie ein paar Leute ansetzen, ebenso wie die Regierung.

Und Bethany, die sich dessen bewusst sein wird, wird trotzdem weitermachen.

Motive hat sie genug: Janice zu retten, Annabelle zu rächen, ihre eigene Unschuld zu beweisen. Und trotzdem glaubt Harry zu spüren, dass es der Wille ist, die *Wildnis* zu besiegen, der sie am meisten antreibt. Vielleicht kennt sie nicht den Namen oder die Geschichte ihres Widersachers, doch seine Boshaftigkeit entgeht ihr nicht.

Er schlägt die Bibel auf, blättert zu der Geschichte von David und Goliath und führt sich vor Augen, was die bekannten Darstellungen so oft fehlinterpretieren. Nicht Davids Selbstvertrauen, sondern sein Glaube ist es, der ihm den Mut verleiht, sich dem Riesen zu stellen. Harry erinnert sich an die Worte von Sarah Pierpont Edwards, der Frau von Jonathan Edwards: »Bereitwillig sterbe ich in Angst und Dunkelheit, wenn damit der Ehre Gottes gedient ist.«

In diesem Moment traut er auch Bethany zu, so etwas zu sagen und dabei jedes Wort ehrlich zu meinen.

Sie führen Bethany durch eine Tür, auf der »Kein Zutritt für Unbefugte« steht, dann eine kurze Treppe hinauf und schließlich einen schmalen Gang mit Betonbausteinwänden entlang. Ein Code öffnet eine weitere verschlossene Tür, und sie treten in einen kleinen Raum ein, der mit einem alten Tisch und wackligen Stühlen ausgestattet ist. Auf einem verblassten Sideboard blubbert eine Kaffeemaschine vor sich hin. Das große Fenster bietet einen Blick auf das Rollfeld.

»Warten Sie hier bitte«, sagt der Mann im Anzug.

Bethany setzt sich.

Das war's, sagt sie sich. Du wusstest, dass es so kommen würde, also lächle und akzeptiere, was auch immer als Nächstes passieren mag. Du hast getan, was in deiner Macht stand, den Rest hast du nicht in der

Hand. Trotzdem sucht sie bereits nach einem Fluchtweg. Das Foto von Janice hat sie bei jedem ihrer Schritte vor Augen. Ihr fällt das Neue Testament ein, das sie in ihrer Reisetasche mit sich trägt. Sie holt es heraus, doch bevor sie es an dem Lesezeichen aufschlagen kann, öffnet sich die Tür.

Ein schlanker Mann, der kaum älter als Bethany zu sein scheint, tritt lächelnd ein. Sein Charme lässt sie misstrauisch werden, noch bevor er den Mund aufmacht.

»Mein Name ist Carl Carraway«, stellt er sich vor und zieht einen Stuhl heran. In der Hand hält er eine dicke Aktenmappe, die er ungeöffnet auf den Tisch legt. »Ich bin ein Special Agent des FBI. Außerdem bin ich stellvertretender Leiter der Sonderkommission, die sich mit den Laboranschlägen befasst.«

Bethany nickt stumm. Ihr Stuhl hat ein Bein, das zu kurz ist, und deshalb ständig wackelt. Sie hat einiges über Verhörtricks gelesen und kann sich Situationen vorstellen, in denen eine solche Ablenkung wirksam wäre. Bis jetzt empfindet sie diese List aber nur als nervig.

Währenddessen ist der Agent dabei, ihren Pass durchzublättern. »Elaine McMullen. Das ist Ihr Name.«

Sie gibt sich Mühe, verdutzt und nicht trotzig auszusehen. »Ja, so heiße ich.«

»In Irland geboren.«

»Schottland.«

»Entschuldigung, natürlich.« Er klappt den Pass zu und legt ihn sorgsam neben der Aktenmappe ab. »Sie haben gar keinen Akzent.«

»Ich lebe hier schon seit meiner Kindheit, Agent Carraway.«

»Aber trotzdem sind Sie noch schottischer Staatsbürger.«

»Ich habe die doppelte Staatsbürgerschaft. Darf ich fragen, worum es hier überhaupt geht?«

Er tippt auf den Pass. »Das ist keine Fälschung, der Pass ist echt.«

Bethany erlaubt sich aufzubrausen. »Warum sollte er auch gefälscht sein? Können Sie sich bitte beeilen? Ich will meinen Flug nicht verpassen.«

»Warum haben Sie nicht auch Ihren amerikanischen Pass dabei?«

»In Schottland brauche ich ihn nicht, und um ehrlich zu sein« – sie bringt ein zutrauliches Lächeln zustande –, »ist es bei Reisen auf dem Kontinent manchmal besser, wenn man nicht für einen Amerikaner gehalten wird.«

»Wenn Sie wieder einreisen, werden Sie mit dem schottischen Pass nicht durch den grünen Durchgang gehen können.«

»Ich bin mit dem Ablauf vertraut, Agent Carraway.«

»Sie sollten wirklich besser beide Pässe mit sich führen.«

An ihrem unteren Rücken sammelt sich der Schweiß. Sie zwingt sich, nicht nervös auf ihrem Stuhl herumzurutschen. »Ich weiß Ihren Rat zu schätzen.«

»Ich könnte mir vorstellen, dass Sie etwas Wichtiges nach London führt.«

»So ist es.«

»Macht es Ihnen etwas aus, mir zu verraten, was das ist?«

»Ja.«

»Ja, Sie verraten es mir?«

»Ja, es macht mir etwas aus. Es ist etwas Persönliches.«

»Eine Familienangelegenheit?« Er hat die Aktenmappe wieder zur Hand genommen und blättert so durch dessen Inhalt, dass sie ihn nicht sehen kann.

»Ja.«

»Weil ich nämlich dachte, dass Sie unterwegs sind, schreckliches Unrecht wiedergutzumachen. Die bösen Jungs zu schnappen. Die Art von Dingen eben, Ms McMullen, für die es uns gibt, das FBI.«

»Nein.«

Sehr zu ihrer Überraschung wird der Ausdruck in seinen Augen sanft. »Sie befinden sich also nicht gerade inmitten eines gewaltigen Krieges? Das Gute gegen das Böse?«

»Ich ... ich bin mir nicht sicher, was Sie meinen.«

»Ich dachte mir, Sie wären vielleicht auf einer Mission. Zu der Sie vielleicht ein Freund überredet hat. Vielleicht haben Sie genug gesehen, Ms McMullen. Vielleicht sind Menschen zu Schaden gekommen. Vielleicht sind Sie mittlerweile zu der Überzeugung gekommen, dass das alles für einen allein zu viel ist.« Er hat, was er braucht, aus der Mappe herausgeholt, hält die Seite aber mit dem Gesicht nach unten. »Wenn ich richtig liegen sollte, ist es vielleicht an der Zeit, sich an jemanden wie mich zu wenden. Es muss schwer sein, ganz allein gegen unsichtbare Feinde zu kämpfen.«

Bethanys Fassade gerät einen Moment ins Schwanken. Nur einen kurzen Augenblick, dann hat sie sich wieder gefangen. Aber sie weiß, dass seine blassen schlauen Augen ihren kurzen Reflex mitbekommen haben, sich dem verzweifelt einsamen Verlangen zu beugen und ihre Last mit ihm zu teilen.

Sie ist in die Falle getappt und weiß es. Und kann es sich nicht erlauben. Sie zwingt sich, an Janice zu denken – und sie übersteht den Moment der Schwäche.

»Sollte ich jemals auf irgendwelche unsichtbaren Feinde treffen«, sagt sie mit einem verzweifelt lockeren Tonfall, »werde ich es Sie wissen lassen.«

»Genau das sollten Sie tun, Ms McMullen.«

»Ich werde es mir merken.«

Er blättert in ihrem Pass zur ersten Seite zurück. »Hier steht, dass Sie verheiratet sind.«

»Das ist ein Druckfehler.«

»Den sollten Sie beheben lassen.«

»Ich weiß. Aber dafür müsste ich den Pass einschicken und könnte nicht reisen. Außerdem kann mich der Druckfehler auf Reisen beschützen.«

»Vor wem?«

»Männern.«

Carraway lächelt nur leicht. Seine blassen Augen wandern über ihr Gesicht. »Dann sollten Sie sich auch einen falschen Ehering besorgen. Wenn Sie sich schon eine Tarnung ausdenken, sollten Sie sie auch konsequent durchziehen.«

»Ich werde es mir merken«, erwidert sie und blickt ihm dabei direkt in die Augen. Carl ist beeindruckt, dass sie nie zögert, nie nach den Antworten ringt, auch wenn sie falsch klingen.

»Diese persönliche Angelegenheit von Ihnen. Ich nehme an, dabei geht es nicht darum, herauszufinden, was eine gute Freundin von Ihnen getrieben hat?«

»Deswegen habe ich das Wort ›persönlich‹ benutzt, Agent Carraway. Um anzudeuten, dass ich nicht vorhabe, die Angelegenheit mit einem Fremden zu besprechen.«

»Ich erwähne das nur, weil es mithilfe von offizieller Seite manchmal einfacher ist, Leute zu finden.« Als auch dieses Angebot keine Reaktion hervorruft, ändert Carl seine Vorgehensweise. »Sind Sie sich bewusst, dass es ein Vergehen auf Bundesebene darstellt, einen Bundesbeamten im Rahmen einer offiziellen Vernehmung anzulügen?«

»Es sollte außerdem ein Bundesvergehen sein, unschuldige Bürger festzuhalten und sie ihre Flüge verpassen zu lassen.«

Er ignoriert die spöttische Bemerkung. Stattdessen dreht er das Blatt um, das er aus der Mappe gezogen hat, und schiebt es über den Tisch.

»Erkennen Sie diesen Mann?«

Bethany schüttelt den Kopf. »Nein.« Aber ihre Stimme ist nur noch ein leises Krächzen. »Nein«, wiederholt sie etwas lauter, wenn auch nicht weniger zittrig. »Sollte ich?«

»Er hat vor drei Tagen drei FBI-Agents erschossen, in Ashland, New Hampshire.«

»Ich fürchte, dass ich noch nie dort war.«

»Danach habe ich Sie auch gar nicht gefragt.«

Sie schiebt das Foto zurück. »Ich habe keine Ahnung, wer dieser Mann ist.«

»Das dachte ich mir bereits.« Der Agent lächelt wieder. Sie kann nicht genau sagen, warum. »Sie verstehen, dass ich Sie fragen musste.«

»Ich verstehe überhaupt nichts von dem, was hier gerade vor sich geht, Agent Carraway.«

»Wir sind fast fertig. Aber jetzt müssen Sie mir zu Protokoll geben, dass Sie nicht Bethany Barclay sind.«

»Wer?«

»Die Anwältin, die wegen der Bombenanschläge gesucht wird.«

Sie setzt einen verwirrten Gesichtsausdruck auf. Das fällt ihr nicht sonderlich schwer. »Sie wollen, dass ich es leugne? Ich bin nicht diese Frau.« Sie wackelt mit den Fingern. »Sie können gerne meine Abdrücke nehmen.«

»Das wird nicht nötig sein.« Er schiebt ihr wieder ihren Pass zu. »Ich wünsche Ihnen einen angenehmen Flug, Ms McMullen. Bitte entschuldigen Sie die Unannehmlichkeiten.«

»Vielen Dank.«

»Oh, eins noch, Ms McMullen. Sollte es irgendetwas geben, das wir für Sie tun können, während Sie im Ausland sind – sagen wir: ein Freund von Ihnen braucht Schutz oder jemand wird vielleicht vermisst und soll wiedergefunden werden –, dann zögern Sie nicht, uns anzurufen.«

Sie blickt zu Boden. Sie kann nicht anders. In seinem offenen Blick ist zu viel Anstand, zu viel Wahrheit, zu viel Mitgefühl, zu viel von dem, was Tante Claudia als Ehre bezeichnet hätte. Er ist der Mann, den sich Eltern als Schwiegersohn wünschen, und aus diesem Grund auch wirklich gefährlich.

»Ich muss jetzt los, Agent Carraway. Mein Flug wird bestimmt schon aufgerufen.«

Sie verlässt den Raum mit der Erwartung, dass jemand sie aufhalten wird.

Aber das tut niemand.

Von seinem Platz an der Bar beobachtet Raymond Fuentes, wie Bethany den Sicherheitsbereich verlässt und zurück zu ihrem Platz eskortiert wird, diesmal von dem Beamten in Uniform anstatt dem Mann im Anzug. Gut. Dass sie überhaupt befragt wurde, hat ihm zunächst Sorgen bereitet. Dass sie sie laufen lassen würden, dessen war er sich sicher.

So weit läuft alles nach Plan.

»Sie war es nicht.«

Pulu ist außer sich. »Was meinst du damit, sie war es nicht? Natürlich war sie es.«

Carraway steht am Fenster und betrachtet die lange Reihe von Flugzeugen auf dem Rollfeld, die darauf warten, abheben zu können. Seine Hände sind hinter dem Rücken verschränkt, und wie ein nervöses Kind wippt er auf seinen Fußballen hin und her. »Ich sage es dir. Offiziell. Fürs Protokoll. Das war nicht Bethany Barclay.«

»Wer war sie dann?«

»Ihrem Pass zufolge Elaine McMullen.«

Pulu war damit beschäftigt, den Kühlschrank zu plündern. Jetzt stellt er sich neben seinem Partner auf. Die kleine Packung Orangensaft verschwindet fast in seiner riesigen Hand. »Elaine McMullen.«

»Ganz richtig.«

»Du gehst ein großes Risiko ein, Carl.« Pulu nimmt einen Schluck und verzieht das Gesicht. »Bethany ist dir unter die Haut gegangen, stimmt's? Vanner hatte recht.«

Carraway antwortet lakonisch. »Sagen wir, ich verfolge eine Theorie.«

»Und welche wäre das?«

»Dass Annabelles Aufzeichnungen bei Bethany in besseren Händen sind als bei uns.«

Pulu lacht leise. »Ach so, dann fährst du jetzt die Ted-Lesofsky-Schiene? Du meinst, dass die Regierung insgeheim von der *Wildnis* gelenkt wird?«

»Absolut nicht.« Durch das Fenster beobachten sie Bethanys Flugzeug auf der Rollbahn. »Ich glaube nur, dass es gewisse Situationen gibt, in denen ein entschlossenes Individuum mehr auszurichten vermag als eine Behörde.«

»Und dann gibt es da noch die Situation mit dem Stafford-Mädchen zu bedenken, schätze ich.« Pulu nimmt noch einen Schluck. »Also, was jetzt? Rufen wir unsere britischen Freunde an und sorgen dafür, dass jemand ein Auge auf sie hat?«

»Nein.«

»Carl ...«

»Wenn wir sie beobachten lassen, könnten wir damit die Leute verschrecken, die sie ebenfalls beobachten. Will man einen Hai fangen, lässt man die kleinen Fische im Teich.« Er wendet sich vom Fenster ab und reibt sich seine müden Augen. »Wir haben die Bombenanschläge aufgeklärt. Das war ein großer Erfolg. Wir haben den Irren zur Strecke gebracht, der zwei unserer Agents, den alten Sam DeMarco und wahrscheinlich auch David Hollins neben einer Reihe anderer Leute ermordet hat. Auch das ist eine wirklich beachtliche Leistung. Was, wenn uns dieser eine Fisch zufällig durch die Lappen gehen sollte? Wenn sie im Meer bleibt? Er zuckt mit den Schultern. »Früher oder später wird der Hai versuchen, sie zu schnappen.«

»Und auffressen.«

Carraway schüttelt den Kopf. »Bis jetzt hat sie sich wacker auf eigene Faust durchgeschlagen. Eine sehr beeindruckende junge Frau, Jake. Sehr beeindruckend.«

Sie laufen jetzt den Gang hinunter, zurück zum Büro der Flughafenpolizei. »Carl?«

»Hmmm?«

»Was genau hast du vor, in deinen Bericht zu schreiben?«

»Was ich dir gesagt habe. Wir haben einen Fehler gemacht. Das war nicht Bethany Barclay.«

Von ihrem Fensterplatz im hinteren Teil des riesigen Fliegers schaut Bethany zu, wie die Fluggastbrücke zurückgezogen wird und sich die kastenförmigen weißen Elemente langsam ineinanderschieben. Das Flugzeug buckelt und vibriert, als es von seiner Parkposition geschoben wird. Selbst als es anfängt, sich aus eigener Kraft zu bewegen, und auf das Rollfeld zusteuert, rechnet Bethany noch mit einer Durchsage des Towers, die den Piloten anweist, zum Terminal zurückzukehren oder irgendwo auf dem Rollfeld anzuhalten, damit man die gesuchte Terroristin, die sich an Board befindet, in Gewahrsam nehmen kann.

»Nervös?« Der geschniegelte junge Geschäftsmann auf dem Platz neben ihr versucht, sie in ein Gespräch zu verwickeln, seitdem sie ihre Plätze eingenommen haben. »Sie fliegen wohl nicht oft?«

»Mir geht's gut«, erwidert sie ruppig, während sie sich fragt, für welche Seite er arbeitet oder ob er im eigenen Auftrag handelt. Dann wendet sie sich ihm zu und ringt sich ein Lächeln ab. »Tut mir leid, ich bin einfach nur müde.«

Jetzt, da er ihre Aufmerksamkeit hat, spult er sein Programm ab und deutet anzüglich an, dass sich niemand im Londoner Nachtleben so gut auskenne wie er. Dann nennt er ihr ein halbes Dutzend Gründe, warum sie nach ihrer Ankunft, wie er es ausdrückt, zusammen abhängen sollten. Bethany ignoriert ihn. Er ist viel zu ungehobelt, um eine echte Bedrohung zu sein.

Mit zurückgelehntem Kopf geht sie erneut ihren Plan durch. Sie hat die Botschaft richtig gedeutet, da ist sie sich ganz sicher. Sie wird herausfinden, warum Annabelle behauptet, den weisen Mann getroffen zu haben, obwohl der weise Mann tot ist. Sie wird alle Hinweise aufspüren, die Annabelle im Ausland hinterlassen hat, ob nun in England oder sonstwo, um die Pilatus-Inschrift oder die Anführer der *Wildnis* zu finden – oder was immer auch Annabelle versteckt hat.

Und es dann benutzen, um Janice zurückzubekommen.

Eines jedoch ist ihr nach wie vor unklar: Warum hat Agent Carraway sie laufen lassen? Sie vermutet, dass er Anweisungen von oben folgte. Raymond Fuentes hatte gemeint, dass man nicht wissen könne, in welch hohe Kreise die Verschwörung reichen würde, und sie ist geneigt, ihm zu glauben.

Das Flugzeug hat das Ende der Rollbahn erreicht. Der Pilot meldet, dass sie startbereit sind. Neben ihr plappert der Geschäftsmann noch immer ununterbrochen, aber Bethany blendet ihn aus. Sie lehnt sich zurück, schließt die Augen und betet zu Gott, er möge Janice beschützen, egal was passiert.

Als sie wieder aus dem Fenster blickt, kämpft sich der Jumbo-Jet gerade zu den Wolken hoch.

»Halte durch, Liebes«, flüstert sie. »Ich werde dich finden.«

EPILOG

»Hören wir jetzt mit den Bombenanschlägen auf?«, fragt der ehrfürchtige junge Mann, der vor dem massiven Schreibtisch steht.

»Das tun wir«, erwidert der Schutzherr der Organisation, die manchmal die *Wildnis* genannt wird. »Wir haben zwar nur den halben Krieg gewonnen, aber das reicht fürs Erste. Schon bald wird das FBI dahinterkommen, dass die Kirchen nichts mit den Anschlägen zu tun hatten – und vor allem, dass Bethany Barclay unschuldig ist. Aber der Schaden, den wir beabsichtigt hatten, wird dann größtenteils angerichtet sein. Vielleicht nicht so durchschlagend, wie wir gehofft hatten, aber wir sind in unserem Kampf ein ganzes Stück vorangekommen. Und die Nachricht, dass die Kirchen unbeteiligt waren, wird kaum Beachtung finden. Auf jeden Fall wird sie es nicht in die Abendnachrichten schaffen.« Alte, aber brillante blaue Augen mustern den jungen Assistenten. »Die Bombenanschläge waren ein kluger Schachzug, keine Frage, aber wenn wir nicht damit aufhören, wird das FBI weiter nach den Bombenlegern suchen. Also lassen wir die Spur beim Village House im Sand verlaufen und überlassen es den Bloggern, sich Gedanken über mögliche Motive zu machen. Wir hingegen haben weit wichtigere Themen zu besprechen.«

»Elliott St. John.«

»So ist es«, sagt der Schutzherr. »Ich wusste von Anfang an, was Elliott im Schilde führte. Er verfolgt immer seine eigenen Interessen. Er sieht die Dinge auf seine eigene Art. Er will, was er will. Er würde unsere wichtige Mission für ein antikes Artefakt verraten, das er noch nicht einmal jemandem zeigen könnte. Was machen wir mit so einem Mann?«

»Ihn loswerden«, meint der Assistent. Er muss sich beherrschen, um keinen misstrauischen Blick durch das holzvertäfelte Büro zu werfen. Schnell ruft er sich ins Gedächtnis, dass dieser Raum so abhörsicher ist wie sonst kein anderer: Denn die *Wildnis* ist stets mit der modernsten Technologie ausgestattet, die auf dem Markt zu bekommen ist. »Er ist zu einer Belastung geworden.«

»Sie irren sich. Wir werden nichts dergleichen tun.«

»Was dann, bitte?« Sein Ton ist steif.

»Seien Sie nicht direkt beleidigt«, erwidert der Schutzherr mit einem Zwinkern in den alten blauen Augen. »Ich war auch mal jung. Ich bin dem Rat beigetreten, da war ich kaum älter als Sie jetzt. Auch ich glaubte einst, dass Probleme mit Entschlossenheit gelöst werden mussten. Selbst mit Gewalt.« Ein leises Lachen. »Aber wir sind Verfechter der Vernunft. Das werden Sie doch wohl nicht vergessen haben. Der Feind, nicht wir, sind die Fanatiker. Wir sind die Ungläubigen. Wir lassen uns von der Vernunft leiten. Wir treffen rationale Entscheidungen. Und es ist nicht rational, einen Mann wie Elliott St. John zu opfern, nur weil er gierig ist.«

»Ich verstehe immer noch nicht.«

»Zum einen: Er ist reich. Sehr reich. Sein Vermögen kommt uns sehr zugute.«

»Sie sind reicher.«

»Mag sein, da müssten Sie meine Buchhalter fragen. Ab einem gewissen Punkt habe ich aufgehört, mich um so etwas zu kümmern. Auf jeden Fall bin ich nicht mehr das, was ich einmal war. Meine Kontakte sind verkümmert. Elliott hingegen kennt jeden und hat genug schmutzige Informationen in seinen Akten gesammelt, um Druck ausüben zu können, wann immer und wo immer wir es benötigen.« Es folgt ein tiefes, raues Lachen. »Und das Beste daran: Weil er Journalist ist, wird niemand die Zusammenstellung dieser Akten als unlauter betrachten. Ich wette, dass zwei Dutzend seiner bestbezahlten Reporter hauptsächlich damit beauftragt sind, seine Akten mit Material für Erpressungen zu füllen.«

»Davon hatte ich keine Ahnung.«

»Jetzt wissen Sie es. Und ich verrate Ihnen noch etwas. Elliott ist schlau. Sehr schlau sogar. Dann schlägt er eben ein bisschen über die Stränge. Zeigen Sie mir einen Vollblutunternehmer, der das nicht tut.«

Der Assistent startet einen erneuten Versuch. »Bethany Barclay in seiner Gewalt zu haben und sie dann laufen zu lassen, ist nicht nur ein wenig über die Stränge schlagen. Er hat unsere Strategie über den Haufen geworfen.«

»Mit ein wenig Einmischung kann ich leben, solange wir davon wissen – und wenn nötig selbst ein wenig mitmischen können. Deswegen haben wir Annabelle geopfert. Wegen der Nebenabsprache, die sie getroffen hat. Und weil sie nur noch unter Drogen stand und für nichts mehr zu gebrauchen war. Wir wussten, dass es kein großer Verlust sein würde. Der *Garten* war gezwungen, Bethany einzusetzen. Seit Annabelles Verschwinden waren sie an ihr dran. Natürlich wusste ich von ihrem Plan. Und er ergab Sinn. Bethany ist die Klügere von beiden, besser organisiert und disziplinierter. Es würde ihr ein Leichtes sein, die Fährte ihrer besten Freundin aufzunehmen, sodass wir ihr nur noch folgen mussten.«

»Trotzdem war es riskant, den Rat über Ihre Absichten im Dunkeln zu lassen. Besonders was Annabelle anging.«

Die blauen Augen verdunkeln sich. Die Stimmung des Schutzherrn kann in Sekundenschnelle umschlagen, was vielen unaufmerksamen Gesprächspartnern zum Verhängnis wird. »Wir alle haben unsere Geheimnisse, mein Junge, ist es nicht so?« Dann folgt ein unbeschwertes Lachen, so fröhlich wie zuvor. »Um einer von uns zu sein, muss man es lieben, zu gewinnen. Es reicht nicht einfach, es zu wollen – man muss sich danach verzehren. Das Gewinnen muss als Selbstzweck betrachtet werden. Die eingesetzten Mittel sind dabei nebensächlich. Es sind die Gewinner, die am Ende die Geschichtsbücher schreiben.« Seine Augen funkeln vor Aufregung. »Und es ist so einfach zu gewinnen, wenn man wie wir über die richtige Technologie verfügt. Diese armen Narren da drüben im *Garten* haben das noch nie begriffen. Die ganze Geschichte kam ins Rollen, als sie es geschafft haben, Bethany diese Textnachrichten zu schicken. Aber wer stellte die Technologie zur Verfügung? Wir. Technologie, die wir kontrollieren und wenn nötig zu unseren eigenen Zwecken einsetzen. Wir haben den richtigen Moment abgepasst, Ken Kirkland zu opfern und Beweise zu platzieren, um Bethany nach Chicago zu lotsen. Der Feind dagegen hat es nicht geschafft, sie in Bewegung zu setzen. Wir konnten beobachten, was im Village House vor sich ging, während der Feind das nicht vermochte. Wir haben Bethany in Ashland gefunden, was dem Feind nicht gelang. Wir haben sie und Janice Stafford bis zu diesem Motel verfolgt, während selbst das FBI auf dem Schlauch stand. Wir haben Janice in unsere Gewalt gebracht – und nun wird Bethany, egal, wo sie auch hinreist, für uns arbeiten anstatt für den Feind oder den armen Elliott.« Wieder wird der mahnende Finger erhoben. »Was nicht heißen soll, dass Elliotts Idee schlecht war. Man muss immer ein offenes Ohr für neue Ideen haben, egal, wie sehr man an den alten hängen mag. In diesem Fall bedeutet das: Es ist besser, Bethany weiter laufen zu lassen, als sie zu schnappen und auszufragen. Deswegen habe ich mir die Freiheit erlaubt, unseren Professor zu opfern. Er hätte uns sowieso nicht mehr von Nutzen sein können. Das FBI hatte sein Foto. Er war geliefert.«

Der Schutzherr schwingt im Sessel herum. Draußen vor dem Fenster erstreckt sich der smaragdfarbene Rasen in ebenmäßiger Perfektion zu den entfernten Hügeln hin, wo sich dichte Baumreihen erheben.

»Unsere Pläne sind auf Jahrhunderte angelegt. Wir sind geduldige Leute. Wir sind vernunftorientiert. Das ist der andere Grund, warum wir den Feind besiegen werden. Nicht nur wegen unserer überlegenen Technologie. Sondern weil wir keinen Gott haben, der uns in der Wahl unserer Methoden beschränkt. Wir sind bereit, alles zu tun, was nötig ist. Sie lassen sich von etwas bremsen, das sie als Moral bezeichnen. Aber das ist keine Moral. Das ist Fanatismus. Und dieser Fanatismus, ihr Glaube an das Übernatürliche, an das Leben nach dem Tod, an diesen Gott von ihnen - ironischerweise ist es genau dieser Unsinn, der sie daran hindert, im Kampf alles zu geben. Die Last seiner eigenen Widersprüche wird dem Feind letztendlich zum Verhängnis werden. Unser endgültiger Sieg ist nur eine Frage der Zeit.«

»Das sehe ich genauso, Schutzherr.«

»Das weiß ich. Mir zuzustimmen ist Ihr Job.« Erstaunlich agil für ihr Alter, kommt sie auf die Beine. »Ich habe Hunger. Tragen Sie dem Butler auf, mir ofengebackene Eier und Toast zu bringen.«

»Jawohl, Ma'am«, erwidert der Assistent.

Als sie wieder allein ist, schwindet das Lächeln im Gesicht des Schutzherrn. Auf sie warten Herausforderungen. Große Herausforderungen. Nichtsdestotrotz ist die *Wildnis* dabei zu gewinnen. Das ist alles, was zählt. Sie haben Janice und damit auch Bethany. Sie haben die Ermittlungen in der Hand. Es gibt so gut wie keine losen Enden. Sie kann keine Möglichkeit erkennen, wie es dem Feind doch noch gelingen sollte, zu siegen. Nicht ohne die Hilfe Gottes, an den sie nicht glaubt. Es gab ein paar schreckensreiche Momente auf dem Weg, besonders als Bethany verschwand, aber jetzt haben sie sie wieder voll unter ihrer Kontrolle. Alles verläuft nach Plan. Langsam, ganz langsam kehrt der fröhliche Ausdruck zurück in das von tiefen Falten gezeichnete Gesicht des Lord Schutzherrn, Lillian Hartshorne.

Anmerkung des Autors

Weder existiert eine »zweite« Pilatus-Inschrift, noch gibt es Gerüchte darüber. Auch die Stadt Pennville, Virginia, ist ein Produkt meiner Fantasie. Beides habe ich nur für diesen Roman erfunden. Die Suche nach beidem wird also vergeblich sein.

A. L. Shields
Juni 2013